T0387091

Los comienzos

Los comienzos

Juegos de la eternidad, I

ANTONIO MORESCO

Traducción del italiano a cargo de
Miguel Ros González

Título original: *Gli Esordi*

Primera edición en Impedimenta: septiembre de 2023

Juan Álvarez Mendizábal, 27. 28008 Madrid

http://www.impedimenta.es

Questo libro è stato tradotto grazie a un contributo del Ministero degli Affari Esteri e della Cooperazione italiano.

Este libro ha sido traducido gracias a la ayuda a la traducción del Ministerio de Asuntos Exteriores y de la Cooperación italiano.

Esta obra ha recibido una ayuda a la edición del Ministerio de Cultura y Deporte.

ISBN: 978-84-19581-01-3
Depósito Legal: M-8282-2023
IBIC: FA

Impresión: Grafilur
Avenida Cervantes, 51. 48970. Basauri, Bizkaia

Impreso en España

Impreso en papel 100% procedente de bosques gestionados de acuerdo con criterios de sostenibilidad.

Juegos de la eternidad

Esta obra, pensada y escrita a lo largo de treinta y cinco años, está formada por tres extensos volúmenes *(Los comienzos, Cantos del caos* y *Los increados),* divididos a su vez en tres partes.

En la primera parte del primer volumen *(Los comienzos),* el protagonista y voz narradora es un seminarista silencioso; en la segunda, un agitador revolucionario; en la tercera, un escritor subterráneo. La primera parte está inmersa en la dimensión religiosa; la segunda, en la histórica; la tercera, en la artística: sacerdote, soldado, artista.

Desde el principio de este primer volumen encontramos a las dos figuras que, con su pugna y su abrazo, atravesarán las tres partes de toda la obra (el Gato y el Loco); empiezan a desplazarse las fronteras y los límites de la percepción, se despliegan y se abren el tiempo y la luz, mientras que el mundo visible queda inmovilizado. Porque hay que inmovilizar el mundo para poder abrirlo de par en par y atravesarlo.

En el segundo volumen *(Cantos del caos),* explosivo y extremo, vientre lírico de toda la obra, la burbuja de la inmovilidad y del silencio estalla, e irrumpen así todos los materiales incandescentes de esta época, que se aborda y se canta a través de algunas de sus dimensiones dominantes: economía, pornografía, publicidad, moda y reproducción técnica de la vida biológica y de nuestro imaginario mítico y religioso como especie.

En el tercer volumen *(Los increados)* tiene lugar la vertiginosa anagnórisis de la naturaleza íntima y secreta de toda la obra, revelada paulatinamente al lector —y al propio autor—, que me cuidaré mucho de adelantar aquí, en pocas y superficiales palabras. Así, quien la lea podrá realizar por su cuenta y de manera activa todo el viaje, seguir su recorrido poético y cognoscitivo, y lo que anida desde las primeras páginas del primer volumen llegará directamente al lector con las palabras con las que ha conseguido configurarse y verbalizarse a través del lenguaje.

Para acompañar y despedir esta edición, en la que por fin se publica la obra en su integridad —y, en concreto, para presentar el volumen con el que comienza—, añado a esta breve reseña varias páginas que escribí después de que se publicara por primera vez, hace veinte años, donde explico cómo nació y en qué condiciones vio la luz la novela.

Solo queda añadir que en dichas páginas incluyo también varios dibujos con los que intenté dilucidar y tomar conciencia del viaje que estaba a punto de emprender, mientras me imaginaba e inventaba sus estructuras narrativas y sus proyecciones mentales.

Entonces no podía saberlo, pero ahora, una vez completado el trabajo, me doy cuenta de que no se referían únicamente a las tres partes del primer volumen, sino que reflejaban desde el principio las tres partes de la obra completa e indivisible.

A. M.

Cómo nacieron *Los comienzos*

Empecé a escribir *Los comienzos* en enero de 1984 y seguí trabajando en el libro hasta poco antes de su publicación, en la primavera de 1998. Quince años: cuatro de escritura y once para revisarlo y mecanografiarlo, porque por aquel entonces aún no tenía ordenador y me tocaba pasarlo todo a máquina una y otra vez.

Empecé a presentar el libro a los editores en 1990, a partir de la primera versión que me pareció buena, de ochocientos treinta folios, en la que luego seguí trabajando para proponer el libro después de cada nueva revisión.

Lo escribí día tras día, a mano, en grandes hojas cuadriculadas, en la mesa de la cocina, cuando me quedaba solo en casa. Pero antes de empezarlo me pasé años imaginándolo, soñándolo, e iba con los bolsillos llenos de hojitas, de billetes usados y de pequeñas agendas en las que garabateaba imágenes y apuntes mientras deambulaba por las calles, de día y de noche, mientras iba en metro o estaba en el supermercado, o cuando me despertaba bruscamente del duermevela. Un sinfín de apuntes que luego copiaba otra vez en cuadernos. Los apilaba, volvía a cogerlos, los releía. Dejaba que se formasen movimientos internos, torbellinos y estructuras de manera intrínseca, vertical, en lugar de forzarlos según las convenciones narrativas, con acumulaciones horizontales, combinatorias y automáticas. Solo en ocasiones hacía alguna pequeña excepción, cuando un pasaje imantado atraía unos espacios narrativos que antes no estaban.

Releía los apuntes, los reescribía en otros cuadernos y, cuando la fisonomía del libro empezó a aparecer, anotaba a su lado números y siglas. Seguí haciéndolo después de empezar a escribir. Los borraba a medida que iba avanzando, para no tener que releerlo todo una y otra vez.

Imaginaba sus movimientos internos y sus tensiones, ayudándome de los dibujos que hacía aquí y allá. No sé por qué abordé así este libro, habida cuenta de que no soy propenso a la geometrización: no tengo una visión geométrica ni de la literatura ni de la vida. Hay tres segmentos de rectas interrumpidos, uno para cada parte del libro, y otros segmentos de curvas, también interrumpidas, que nacen de algunos de los extremos de las rectas. En uno de estos dibujos también aparece el punto de fuga del infinito.

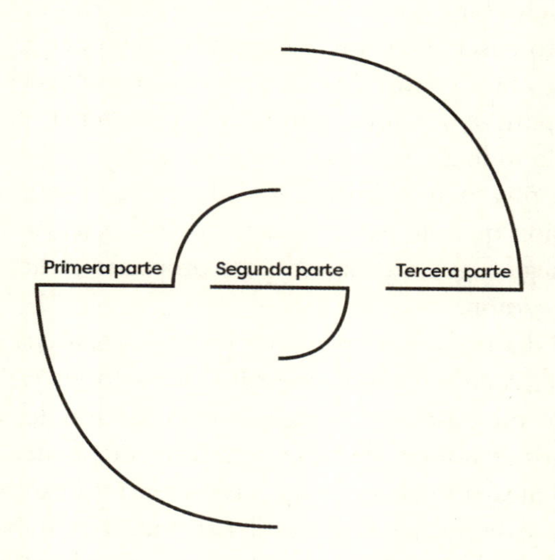

«Entiendo lo que representan las rectas —me dijo una vez un amigo—, pero ¿qué son las curvas?»

Me cuesta responder. Probablemente, era incapaz de concebir este libro como una mera concatenación de convenciones narrativas: necesitaba abordarlo también a través de la fuerza de atracción de sus curvaturas internas, que no son conexiones, sino tensiones cóncavas entre partes separadas e inconciliables. Soñaba con algo que no fuera solo una recta o solo una curva, solo tiempo o solo espacio, solo narración o solo contemplación, sino que fuese a la vez una recta y una curva, que albergase en su interior la recta y la curva. No solo el movimiento o la inmovilidad, sino la inmovilidad dentro del movimiento y el movimiento dentro de la inmovilidad.

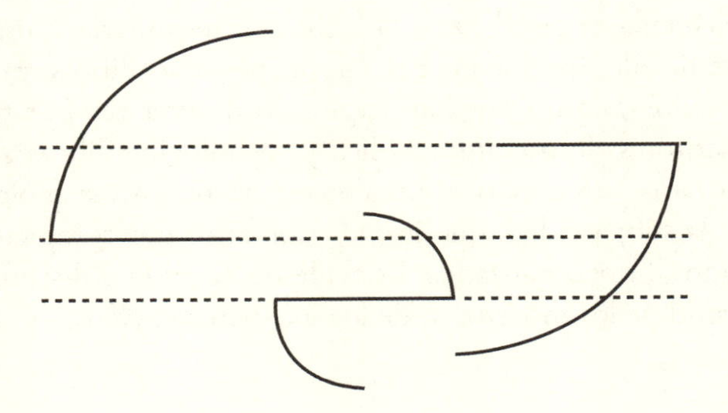

Cuando empecé a escribirlo tuve claro, desde las primeras líneas, que no sería como los otros libros que había escrito; que estaba empezando a romperme, porque me enfrentaba a una ola más lenta, más arrolladora, más amplia, y que sería algo mucho más arriesgado y más largo. Me llevé las manos a la cabeza: ningún editor había aceptado aún ninguno de mis textos, ni siquiera el más corto, por lo que proponer una novela extensa se antojaba todavía más absurdo. No tenía lógica, era un sinsentido. «¿Cuántos años me llevará?», me preguntaba. «¿Podré acabarlo alguna vez, dadas mis circunstancias? ¿Podré mantener abierta esta puerta tantísimos años? ¿Por qué me habré metido en algo así?»

Sin imaginarme que este libro, que empecé con treinta y seis años, no se publicaría hasta mis cincuenta y uno.

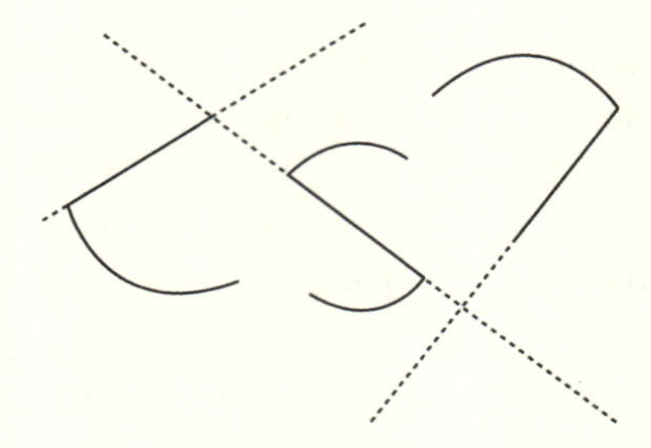

No quiero hablar aquí de lo que ocurría mientras tanto en mi interior, porque no creo que el dolor personal sea un valor añadido que contribuya a determinar la fuerza de una obra, aunque a veces no pueda desvincularse de ella y de la lucha por terminarla, como si formase parte de ella. Incluso en esta época en que los libros, ya se sabe, se hacen «solos», como nos han explicado de una vez por todas los nuevos escritores de literatura idílica y tecnológica: libros sin abrasión, sin drama, sin precio, transgénicos; libros sin ese molesto diafragma de la subjetividad, que impide domarlos por completo; libros normalizados, horizontalizados. Es evidente que yo no disfruto de esa perfecta salud de los muertos, o de los que parecen vivos.

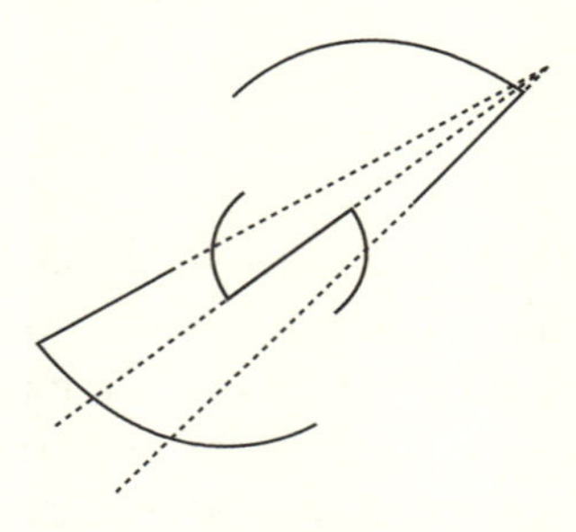

Seguía trabajando a mano, con una letra cada vez más pequeña e ilegible por la tensión con que escribía. Tendría que haber mecanografiado día a día lo que iba garabateando, como me había propuesto, cuando aún estaba fresco en mi memoria y podía descifrarlo mejor. Sin embargo, seguía escribiendo sin pasar a limpio, a costa de perder muchas cosas. Porque sentía la necesidad de sumergirme y hurgar a fondo en ese territorio, de no saber qué estaba haciendo, de perderme, de conquistar una desmesura tan constante que acabara creando su propia regla, de seguir avanzando hasta no reconocer ya las calles por las que transitaba, sin brújulas ni mapas; de olvidar de dónde había salido, adónde me dirigía.

Luego llegó la larga tarea de descifrar, de escribir a máquina enormes pilas de folios. La compra de una fotocopiadora vieja y barata de segunda mano para copiar las sucesivas versiones que enviaba a los editores. Las releía, corrigiendo a mano en papel; las volvía a mecanografiar y a fotocopiar, las releía otra vez. Y los años pasaban. Había días buenos y días malos. Dormirse, despertarse. Mi rostro iba cambiando en el espejo; el pelo y la barba encanecían. Seguía deambulando, pasándolo mal, fantaseando.

Trabajé hasta la extenuación en este libro y en cada una de sus frases: recortes, cambios, páginas torturadas y luego descartadas, renglones cada vez más microscópicos, superpuestos. Había cicatrices por doquier, flechas, capítulos cuyo título florecía de repente, grandes bloques de texto que se eliminaban o se compenetraban. Los bolígrafos se gastaban sin cesar, se quedaban por decenas en el camino, exhaustos. Y, sin embargo, nunca reescribí desde cero ningún párrafo. En ese sentido, existe una sola versión. Otros escritores, incluso entre los más grandes, reescriben y reescribieron desde el principio muchas veces. Yo sigo creyendo, como cuando era niño y no tenía ni idea de estas cosas, que la forma inicial y urgente que adopta una obra posee una fuerza viva e intangible que soy incapaz de considerar arbitraria e intercambiable.

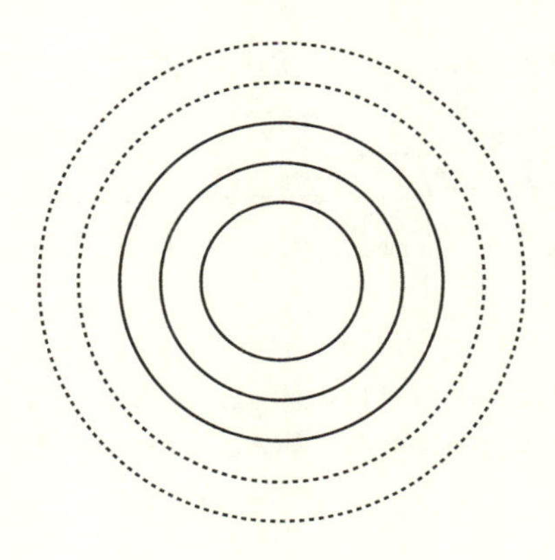

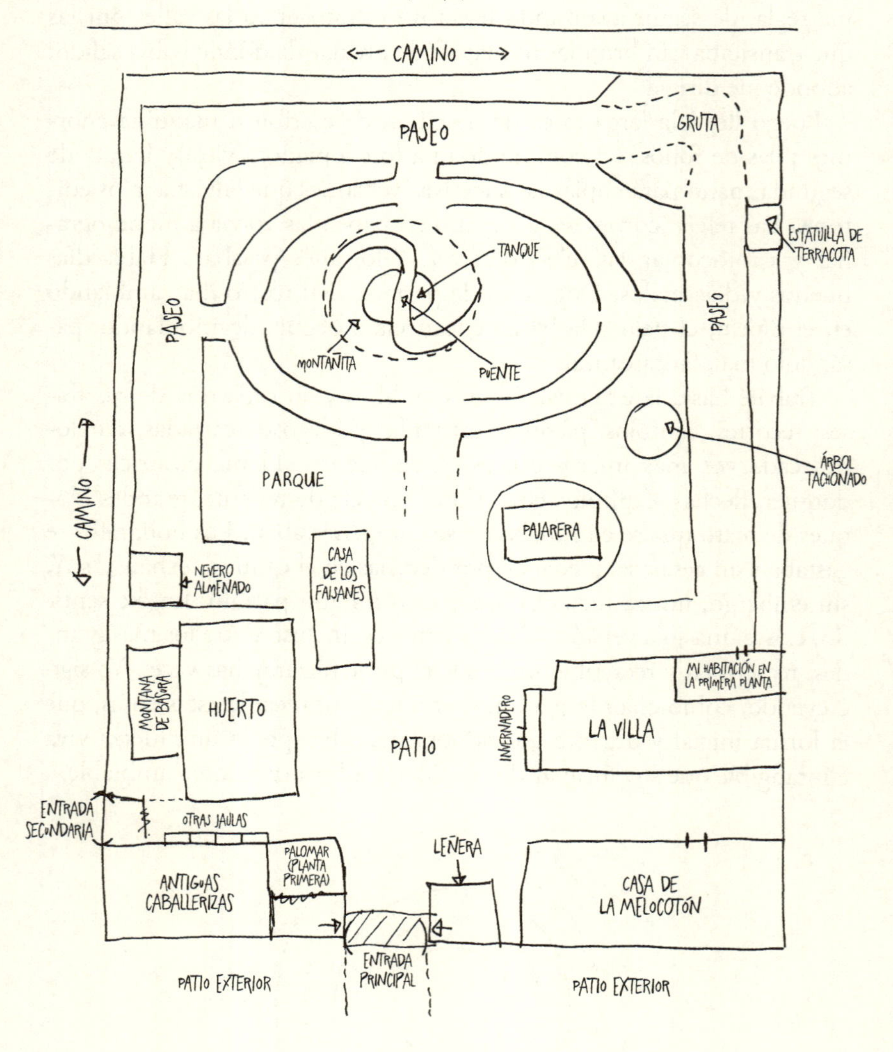

Plano de la villa y del parque de Ducale
dibujado por el autor para la edición alemana de *Los comienzos.*

Los comienzos

Primera parte

ESCENA DEL SILENCIO

I

Del sueño al silencio, del silencio al sueño

En cambio, yo estaba cómodo en aquel silencio.

Nos despertaba antes del amanecer una oración que flotaba en los dormitorios aún oscuros, y muchos se quedaban con los ojos muy abiertos y la cabeza un poco levantada de la almohada, en ese ligero mareo que se produce al pasar de golpe del sueño al silencio. Volvía a cerrar los ojos un instante, como si quisiera dar marcha atrás y pasar del silencio al sueño, antes de abrirlos otra vez en el dormitorio aún aturdido. Alguien había empezado a ponerse los pantalones debajo de las mantas, moviendo brazos y piernas como un molino, sin hacer ruido, arqueando con esfuerzo la espalda hasta formar un puente con la columna vertebral.

Yo también me vestía debajo de las mantas, sin prisa; sacaba los pies de la cama, me ponía los calcetines, abría el cajón de la mesilla de chapa y, después de destapar la lata de betún, mojaba la punta del cepillo, metía una mano en el zapato y empezaba a untar la crema. Alargaba la operación infinitamente para captar el instante en que el betún se extendía hasta desaparecer, perdía consistencia y solo quedaba una luz reluciente, desprovista de cuerpo y color.

Me entretenía con este y otros juegos de la eternidad.

Luego me dirigía con la toalla al hombro a la enorme sala de los lavabos, alargados como abrevaderos. Era tan temprano que, al otro lado de los ventanales sin marco de esa ala del edificio, recién construida, el cielo seguía completamente oscuro. A poca distancia veía a un seminarista sordomudo; me resultaba imposible apartar la mirada de la extraña costra gelatinosa y transparente que coronaba su cabeza, y que el peine mojado atravesaba sin destrozar: la veía abrirse con suavidad para cerrarse al punto, intacta; y en la hora de recreo, cuando nos echábamos carreras, se apoderaba de ella un ligero temblor. Yo volvía bruscamente la cabeza para observarla cuando pasaba corriendo por su lado, intentando distinguir qué se escondía debajo de la transparencia absoluta de aquellas líneas.

Volvía al dormitorio, hacía la cama, remetiendo bien las mantas, y colgaba la toalla en la cabecera de aluminio. Luego me ponía el alzacuellos de celuloide en la camisa sin cuello, procurando que me quedara un poco holgado por delante, para que no me cortase la nuez al tragar. Acto seguido metía la cabeza y los brazos en la sotana, que había dejado con varios botones desabrochados. Terminaba de abrocharla, un botón tras otro, hasta llegar a los zapatos relucientes.

Para bajar a la iglesia teníamos que ir pegados a la pared de las escaleras, porque en su esqueleto de cemento aún no habían colocado las losas de mármol de los peldaños, y tampoco había barandilla. Entrábamos en silencio en la iglesia, una sala grande y sencilla con dos filas de reclinatorios y un pequeño bastidor colocado detrás del altar que, como en un teatro, habilitaba una zona que hacía las veces de sacristía. Mientras los demás ocupaban su lugar en los reclinatorios, yo entraba con la cabeza gacha en la sacristía, donde el padre prior llevaba un rato esperándome para que lo vistiese.

Me enfundaba la sobrepelliz y empezaba a vestir al sacerdote, que ya se había puesto el amito y rezaba en silencio, moviendo los labios. Le ataba el cíngulo y el manípulo, procurando no apretarlos demasiado ni dejarlos demasiado flojos, para que no se soltaran y acabasen en el suelo durante las primeras oraciones a los pies del altar. El padre prior besaba todos y cada uno de los ornamentos justo antes de que yo se los colocara, moviéndome a su alrededor con la mirada gacha. Se recolocaba los dos extremos de la estola debajo del cíngulo, comprobaba la solidez de los nudos que mis dedos habían atado en su cuerpo. La casulla ya estaba abierta y desplegada sobre un mueble bajo. El padre prior aceleraba imperceptiblemente su oración musitada mientras introducía en ella la cabeza. Salíamos del pequeño bastidor, que daba una curva junto a los peldaños del altar. Muchos ojos nos seguían con la mirada atenta desde sus reclinatorios. Unos segundos después, lo único que veían de mí, a los pies del altar, eran mi cogote afeitado y mis orejas, muy despegadas de la cabeza, como las de una cría de animal.

Yo, por mi parte, observaba la cabeza del padre prior, colocado a su espalda. Parecía cortada en dos por culpa de un viejo accidente que hundió una de las dos mitades en vertical, y reconstruida con negligencia. Era tan distinta según se mirase desde la derecha o la izquierda que yo hasta tenía un apodo para cada una de las dos cabezas que parecían conformarla: a una la llamaba «paleolítica» y a la otra «sincopada».

Me levantaba e iba por el misal, situado en uno de los extremos del altar, junto a la cabeza paleolítica: bajaba los peldaños, me arrodillaba antes de volver a subirlos y nunca dejaba de sorprenderme un poco encontrar, al cabo de unos segundos, una cabeza completamente distinta en el otro extremo del altar.

Luego, en absoluto silencio, se producía la transustanciación. La enorme hostia recién partida acababa en la boca del padre prior, abierta en una mueca antinatural para obviar la asimetría de sus partes. Yo lo seguía, patena en mano, mientras los presentes se iban levantando para formar una fila, con la boca muy abierta, delante del primer reclinatorio. Entonces yo cogía las vinajeras tintineantes, vertía el agua en el cáliz de interior dorado, deslumbrante, y de inmediato el pulgar y el índice del padre prior, que se habían quedado pegados desde que sostuvieran la enorme hostia consagrada, como por una repentina quemadura, se separaban. Lo seguía con la mirada mientras él secaba enérgicamente el interior del cáliz con el purificador, y echaba un último vistazo al sagrario, aún abierto de par en par a pocos metros de mí, con sus paredes acolchadas, como el interior de esas polveras que recuerdan a un manicomio.

Salíamos en silencio de la iglesia y del refectorio y nos desperdigábamos por las zonas más recónditas del parque o del edificio nuevo para meditar con mayor recogimiento, escogiendo el lugar con suma discreción, pues, de lo contrario, alguien podría descubrir nuestro rincón predilecto —con un atractivo insuperable, situado ante los ojos de todos pero aún no descubierto por nadie más— y querer ocuparlo, por lo que desde la salida misma del refectorio apretaría el paso con disimulo, para llegar antes que nosotros con su pequeño breviario, ya abierto, con marcapáginas de tela de colores ondeando al viento.

Iba a sentarme un rato en el pequeño terraplén junto a los cimientos del ala nueva, aún en construcción, donde los albañiles habían sacado a la luz piedras redondas que te palpitaban en el puño si, cuando las apretabas, la intensidad de la meditación te absorbía hasta tal punto que te olvidabas de ellas durante un período de tiempo incalculable.

La comida y la cena transcurrían en silencio; las horas pasaban en silencio en la iglesia. Volvía a oscurecer. Antes de subir a los dormitorios deambulábamos un rato más junto a la balaustrada de mármol, con la inmensa ciudad de fondo, en la llanura, o paseábamos debajo de los tilos para la meditación de la noche, cuando la búsqueda de un sitio en la oscuridad era aún más arriesgada: siempre podías optar por acomodarte en un lugar ya ocupado por otro e intentar pasar inadvertido; pero también podías buscarte un rincón que creías desconocido por los demás, y recorrerlo con los ojos cerrados sin percatarte de que estabas desde el primer momento en compañía de alguien, absolutamente invisible en la oscuridad. O podías dar grandes rodeos para llegar por una ruta insospechada, distrayendo a todo el mundo, a la vieja piscina drenada, justo donde acababan los tilos; pero entonces, en el último segundo, veías surgir en la densa penumbra la cabeza del delegado principal de los seminaristas, que rezaba en silencio en el fondo de gresite. También podía darse el caso de que ciertos lugares íntimamente anhelados quedaran vacíos durante una hora irrepetible, por el mero hecho de que uno o varios seminaristas confundían una pila de ladrillos perforados, que habían dejado ahí los albañiles, con una silueta erguida e inmóvil en la oscuridad, tan concentrada que permitía al viento atravesar silbando todo su cuerpo.

Al otro lado de la balaustrada de mármol la ciudad resplandecía al fondo de la llanura: sus luces parecían provenir de profundidades submarinas. Volvíamos a subir al dormitorio, previa parada en la iglesia para el *Noctem quietam*. Me desabrochaba con un solo gesto medido un buen número de botones de la sotana y me dirigía a los abrevaderos. Mientras me lavaba las manos con la pastilla de jabón, pasaba un rato contemplando a través de los ventanales sin marco el cielo luminoso y desierto, como si las estrellas se hubieran disuelto en un inmenso espacio ácido. Luego volvía a la gran habitación, donde muchos compañeros ya estaban metidos en la cama, afanándose para quitarse los pantalones y ponerse el pijama debajo de las mantas. Ya habían apagado la luz central, pero aún adivinaba la cabeza del seminarista sordomudo en la fila de camas de enfrente, gracias a las lucecitas que parecían seguir encendidas bajo su costra blanda, como la maqueta de una ciudad futurista repleta de puntiagudos rascacielos de cristal y de aeropuertos. Extendía la sotana a los pies de la cama y, como mis compañeros, me cambiaba debajo de las mantas. También las luces del otro dormitorio iban apagándose, y las del pasillo. Paraba a mitad de camino entre el silencio y el sueño, cerraba los ojos, volvía a abrirlos: me parecía caer dormido cuando los abría y despertarme cuando los cerraba de nuevo. Me pasaba un buen rato observando la lucecita magmática encendida debajo de una imagen sagrada, en el extremo opuesto del dormitorio. Titilaba imperceptiblemente, se desenfocaba.

Cerraba otra vez los ojos, volvía a abrirlos con un ligero mareo, pasando por última vez del sueño al silencio, del silencio al sueño.

2

El hombre de gafas

La mañana del último día de ejercicios espirituales, mientras paseaba por una zona apartada del patio, al doblar la esquina del edificio viejo me pareció ver en dos ocasiones a un hombre alto, con gafas, que deambulaba al otro lado de la verja.

Se alejaba un poco, fingiendo pasear sin rumbo por allí, pero al cabo de unos minutos su cabeza volvía a asomar por la verja y miraba dentro un instante, como asustada. El aire estaba tan terso y cargado de oxígeno que me parecía estar a punto desmayarme por momentos; también el hombre agarraba con las dos manos los barrotes de la verja, para no desplomarse de golpe al respirar.

Doblé otra vez la esquina y me dirigí a la sala grande de la planta baja del edificio nuevo. Sentado a una mesa al fondo, el padre prior estaba al lado de otro sacerdote de la congregación, un misionero que pronunciaba una disertación sobre el «estado de espera», con la que concluían los ejercicios espirituales. El tiempo pasaba, y me daba la sensación de que el padre prior miraba de vez en cuando al delegado principal, apodado «el Gato». El misionero había terminado, y con sus palabras también acababan aquellos ejercicios espirituales. En la sala grande se elevó de repente un gran murmullo. Salí de mi fila junto a mis compañeros y, al pasar a poca distancia de la mesa, oí al padre prior preguntarle acaloradamente al Gato:

—¿Sigue ahí fuera?

El Gato asintió con un gesto nervioso de la cabeza.

En el patio y debajo de los tilos se habían formado corrillos de seminaristas. Sus voces, después del largo período de silencio, aún sonaban indefinidas. Al otro lado de la verja se arremolinaba ahora una pequeña multitud de parientes que esperaban para entrar, pues aquel año el final de los ejercicios espirituales coincidía con el día de visita. El Gato se acercaba de vez en cuando a la verja a paso ligero, les decía algo y acto seguido volvía a la sombra de los tilos, donde el padre prior lo esperaba impaciente, con la cara colorada.

—¿Qué quiere? —le preguntó bruscamente al Gato mientras yo estaba a poca distancia de ellos, procurando no acercarme demasiado, pero tampoco quedar demasiado lejos del corrillo más cercano para que nadie notara que aún no había vuelto a hablar, a diferencia de los demás.

—¡Quiere entrar! —le respondió el Gato.

El padre prior agachó las dos cabezas.

Mientras tanto, algunos seminaristas, que habían reconocido a sus parientes al otro lado de la verja, saludaban discretamente con la mano. Les respondían con ruiditos prolongados, acuáticos.

—¿Qué debo hacer? —preguntó el Gato, acercándose de nuevo al padre prior al volver de la verja, ya abarrotada de parientes.

El prior negó con las dos cabezas, parecía incapaz de responderle.

—¡Abre la verja! —dijo al fin—. ¡No podemos dejarlos ahí fuera más tiempo!

—¿Y si intenta entrar confundiéndose con el grupo de parientes? —preguntó el Gato.

El padre prior se encogió de hombros, sin decir nada.

El Gato se dirigió a la verja, con la sotana aleteando sobre los zapatos: su cara debió de adoptar una expresión que desde atrás nos resultaba inimaginable, pues, a medida que se acercaba, los familiares enmudecían en sus corrillos y casi agachaban la cabeza.

La verja se abrió de par en par. Cuando los parientes acabaron de entrar, el padre prior levantó un segundo la mole de sus cabezas y sus dos rostros parecieron relajarse. También el Gato, que seguía inmóvil a poca distancia de la verja, se quedó unos instantes mirando aquí y allá, asomándose fuera para ver mejor, sorprendido de que ya no hubiese nadie.

El padre prior fue a saludar a los parientes. Muchos corrillos ya se habían apartado para situarse a la sombra de los tilos, muy recogidos, como un solo bloque. Uno de los seminaristas estaba probando en el fondo de la piscina los patines nuevos que acababan de traerle: solo se veía su cabeza, como una flecha, asomar por el borde.

El padre prior había agarrado del brazo al Gato. Paseaba conversando con él con los ojos entrecerrados, aliviado.

No me resultaba difícil romper el asedio, justo cuando parecía que había llegado la hora de capitular, recurriendo a un pequeño gesto, infinitamente medido, que consistía en ofrecer un caramelo de menta que llevaba desde hacía tiempo en el bolsillo. Aún más eficaces eran esas tiras de chicle envueltas en papel de aluminio que podía ofrecer de pronto, sin que me la hubiera pedido, a alguien que llevara hablándome al menos diez minutos: entonces lo veía alejarse mascando, su silueta recortada contra el lejano campo de tiro al plato al otro lado del valle. Se me acercaban, empezaban a hablar como quien no quiere la cosa y al cabo de un rato se marchaban tan tranquilos, sin darse cuenta ni abrigar la menor sospecha de que, durante todo ese tiempo, no les había respondido ni una sola palabra. Si me colocaba en un determinado ángulo, sin que mediase una distancia tan grande que hiciera recelar a mi interlocutor, podía incluso ahorrarme oírlo y escucharlo: solo tenía que situarme en el punto exacto en que la palabra acaba y su soplo se detiene.

Durante la misa, cuando había que responder al sacerdote según la liturgia, siempre encontraba la forma de hacer creer a los demás que habían oído mi respuesta, sin que eso implicase tener que pronunciarla, ni despertar en los oyentes la sospecha de que el seminarista acólito, yo, se había pasado toda la ceremonia en silencio. Al otro lado de los ventanales el cielo retrocedía un poco, como siempre ocurre a primera hora de la mañana cuando lo miramos a través de un cristal al que la oscuridad de la noche recién transcurrida le impide revelar en todo su esplendor los primeros rayos de luz.

También al principio de las comidas y de las cenas en el refectorio, cuando me llegaba el turno de recitar los Salmos, antes de que el padre prior decretase el final de la regla del silencio con un sencillo gesto de la mano, podía leer pasajes enteros en voz alta sin pronunciar ni una sola palabra: me entregaba hasta tal punto a este tipo de lectura, desarrollé tal dependencia, que la alargaba al máximo, y me era casi imposible interrumpir la lectura.

Cuando le tocaba a otro yo también escuchaba al lector, con la cara encima del plato hondo y humeante, mientras todo el refectorio guardaba silencio. En uno de los rincones del refectorio había una especie de carrusel de madera por el que las monjas nos hacían llegar la comida. Había que susurrar unas palabras de advertencia por su portezuela, que recordaba a una boca, antes de hacerlo girar para devolverlo vacío al otro lado. Y también entonces, cuando me tocaba servir las mesas, conseguía hablar sin emitir ningún sonido; giraba en silencio el carrusel. Cuando la abertura empezaba a rotar hacia el refectorio y una finísima franja de luz recorría uno de los bordes, distinguía la mano femenina que al otro lado colocaba simétricamente los platos, unos encima de otros, en equilibrio. Sobre su piel negra y reluciente destacaban las uñas, más claras, pues la monja a la que pertenecían venía de un país lejano y se había convertido al tratar con los misioneros de la zona. Ella tampoco hablaba, pero mientras giraba el carrusel ciento ochenta grados emitía un extraño sonido gutural, indescifrable, que no parecía humano.

Nadie había reparado en que seguía guardando silencio.

—No hay nada que hacer, ¡sigue ahí!

—¿Qué quiere?

—Entrar… ¡Como siempre!

El padre prior había enrojecido de pronto; sus cabezas estaban casi violetas.

Yo las observaba, sentado en el borde de la piscina drenada. Me había atado los dos patines, pero no me había puesto de pie, y veía a los demás deslizarse por el fondo de gresite. Daban un saltito para pasar de la zona donde menos cubría a la más profunda. El Gato se había alejado otra vez. Me quité los patines y me encaminé a otra zona del patio, doblando la esquina del edificio viejo.

El hombre de gafas seguía allí. Deambulaba al otro lado de la verja con expresión indiferente, pero de vez en cuando se fijaba en las esquinas del edificio nuevo, casi completamente tapado por el viejo, como si intentara imaginarse, a partir de ellas, la forma del conjunto.

Entré en el edificio nuevo, pasando sobre una tabla colocada por los albañiles, y subí al dormitorio vacío. Habían hecho las camas, se olía la fragancia de las sábanas limpias, y a los pies de cada una estaba la bolsita con la ropa interior, señal de que las monjas habían pasado mientras estábamos en la sala de estudio.

Salí de la habitación y fui a la enorme sala de los abrevaderos. Allí, asomado a uno de los ventanales sin marco, pasé un rato observando unos cuadraditos y rectángulos deslumbrantes esparcidos por las colinas. Eran las lonas de celofán con las que cubrían algunas parcelas de huerto, que reflejaban el sol por todas partes. Al fijarme en el tramo de verja que se veía desde mi atalaya, descubrí con estupor que el Gato y el hombre de gafas estaban hablando a través de ella, otra vez cerrada. El hombre de gafas negaba ligeramente con la cabeza, mientras que el Gato se le había acercado aún más, casi metiendo la frente entre los barrotes, y no dejaba de hablar ni un segundo.

Más tarde, de camino al refectorio para la cena, al doblar la esquina del edificio viejo vi que el hombre de gafas seguía al otro lado de la verja. Ahora también tenía delante, acompañando al Gato, al padre prior. Esta vez era el hombre de gafas quien hablaba y el padre prior el que negaba con la cabeza, como si quisiera hacerlo callar.

Luego el hombre de gafas pasó una temporada sin aparecer por allí. El aire se había vuelto aún más terso, más cálido, y se percibía un aroma que no parecía llegar de ningún sitio. Había pasado un tiempo, yo había visto otras dos veces aquella mano de uñas claras en el carrusel del refectorio. Instaurada ya la regla estival de la siesta de después de comer, me quedaba largo rato despierto en el dormitorio, inmóvil y en penumbra, entre los reflejos de aluminio de las mesillas y de las cabeceras de las camas alineadas en filas enfrentadas, tapado solo con una sábana perfumada color tiza. Varias camas más allá, el Gato dormía o parecía dormir, en silencio y muy quieto, con las rodillas asimétricamente levantadas bajo la sábana, extendida y apoyada en puntos de lo más inesperados y distantes, como si debajo no hubiera un hombre, sino una devanadera u otro complejo aparato por el estilo. En la fila de delante, un poco desplazada, descansaba el seminarista sordomudo con algunas gotitas de sudor en la frente. Yo levantaba la cabeza de la almohada para comprobar si el calor sofocante estaba derritiendo su costra, en cuyo interior las lucecitas llevaban un tiempo encendiéndose mucho más tarde, ahora que el cielo seguía iluminado hasta que se hacía la hora de volver al dormitorio para la noche.

Uno de esos días, cuando bajé a la iglesia con los demás después de la siesta, vi con estupor que el hombre de gafas estaba arrodillado tranquilamente en uno de los últimos reclinatorios, mirando a su alrededor con profundo asombro, mientras que unas filas más adelante el padre prior, también arrodillado, tenía las dos cabezas entre las manos.

Durante las oraciones me volvía de cuando en cuando para mirar al hombre de gafas. Lo sorprendía con la cabeza en las nubes y los ojos abiertos de par en par, clavados en un adorno sagrado del altar, o en el hilo del que colgaba la lámpara de techo, o en el cogote afeitado de algún seminarista absorto en su plegaria. Hojeaba el pequeño misal que había encontrado en el reclinatorio, despegaba las páginas de los pasajes menos leídos y aún crepitantes, donde la capa dorada que bañaba el canto del libro seguía intacta; pasaba los dedos sobre ella, la inclinaba ligeramente para que la luz la hiciese brillar. Observaba las manos de las filas contiguas, y luego volvía a las ilustraciones de las festividades en el misal, a las estampitas que iba encontrándose entre las páginas. Se quedaba embelesado mirando la pequeña llama de una vela en el altar, cuyo reflejo se dilataba poco a poco en sus pupilas. Rozaba con la yema de los dedos una esquina del reclinatorio, asomaba la cabeza por el borde y acto seguido la retiraba de golpe, como si temiera precipitarse hacia delante.

A la salida de la iglesia el padre prior aún no había mudado su expresión contrariada, mientras que el vicario, que se había asomado un momento a la puerta durante las oraciones, caminaba de aquí para allá a la sombra de los tilos, con cara de pocos amigos.

El hombre de gafas entró con los dos al edificio viejo, donde pasaron un par de horas. Entretanto, en el centro del patio se había formado un corrillo alrededor del Gato. Todo el mundo se moría de ganas de saber quién era ese tipo. Situándome a una distancia calculada, un milímetro antes de que el soplo de sus palabras se detuviese, yo también agucé el oído. Pero el Gato debía de haberse percatado, pues a veces se desplazaba unos centímetros, obligándome a avanzar un pasito para oírlo, o se limitaba a echar la cabeza ligeramente hacia atrás para cerciorarse de que estaba intentando escucharlo. Me daba la impresión de que su cara huesuda sonreía al sorprenderme realizando un movimiento con la cabeza, imperceptible y correspondiente con el suyo.

Luego lo vi alejarse del corrillo y entrar también en el edificio viejo. La aglomeración empezó a disgregarse, los pequeños grupos deambulaban hasta juntarse de nuevo, siempre en combinaciones distintas, a la sombra de los tilos. Yendo de aquí para allá pude enterarme de que el hombre de gafas era un antiguo seminarista que había colgado los hábitos la víspera de su ordenación. No era la primera vez que intentaba volver a entrar: se presentaba cada varios años, pedía vivir un tiempo en el seminario y luego se marchaba de nuevo.

También durante la cena, en el refectorio, cuando por fin se unió a nosotros, el hombre de gafas lo observaba todo con expresión enajenada. Lo habían colocado en uno de los extremos del lateral largo de la mesa, junto al padre prior y el vicario, que ocupaban el corto. Se distinguía de los seminaristas sentados a su izquierda por la indumentaria de paisano, la diferencia de edad y su aspecto de lo más descuidado. Observaba el carrusel, que seguía dando vueltas cargado de platos; aguzaba el oído para intentar entender lo que se musitaba dentro de su boca de madera. No apartaba los ojos del hule a cuadros que cubría las mesas, pasaba los dedos por las chinchetas que lo sujetaban, bien doblado, en cada esquina. A veces desaparecía tras la nube de humo que se elevaba de su plato de sopa, que él mismo provocaba y engrandecía soplándole desde distintos ángulos muy medidos. Luego su rostro volvía a surgir con nitidez, concentrado en el análisis de un tenedor. También lo sorprendía observando el vino ya servido en su vaso, o las grandes botellas de agua alineadas en determinados puntos de la larga mesa. Examinaba y olfateaba el dado de mermelada que acompañaba al segundo plato. Levantaba una de las dos rodajas de salchichón colocadas al lado de la montañita de achicoria picada muy fina, para acto seguido olvidarse de ella, ya absorto en la escucha de los Salmos, leídos en medio del silencio general. La rodaja de salchichón se le caía sin querer en el plato hondo, aún humeante, y sus circulitos blancos de grasa se desprendían y se quedaban flotando en la sopa caliente. Rescataba a toda prisa la rodaja mojada, metiendo dos dedos en el caldo, y la levantaba para llevársela a la boca. Me daba la sensación de que, mientras hacía ese gesto, nos miraba a todos por un instante a través de los circulitos de aire recién formados.

Luego el padre prior interrumpió el silencio con un rápido gesto de la mano y todos empezaron a hablar. El hombre de gafas se había ruborizado de pronto entre el murmullo. El vicario tenía los ojos clavados en el techo. Nadie hablaba con el hombre de gafas, e incluso el seminarista sentado a su lado había alejado la silla: toda su fila parecía ahora un poco más apretujada y comprimida que las otras, y todas las cabezas se inclinaban ligeramente hacia un lado, hasta el fondo de la mesa.

También a la salida del refectorio vi que el hombre de gafas paseaba solo, rozando con la palma de la mano la parte superior de la balaustrada de mármol, sin apartar la mirada de la ciudad, que ya resplandecía, inmensa, al fondo de la llanura.

Sin embargo, al llegar a la esquina del edificio viejo, el padre prior le pidió que se acercara con un gesto, con semblante serio. Los vi discutir con fervor; el hombre de gafas había empezado otra vez a negar con la cabeza. Al pasar a su lado me pareció entender que se oponía a dormir en la habitación de invitados que le habían preparado exprofeso en el edificio viejo; exigía un sitio en el dormitorio, con los demás.

Varios seminaristas habían empezado a seguirse bajo los tilos, veía sus túnicas aletear. Otros charlaban junto a la pila de ladrillos perforados, atravesados por las luciérnagas. Después de las oraciones de la noche, mientras me dirigía a los dormitorios sin hablar con nadie, vi al hombre de gafas subir en silencio con nosotros. Parecía emocionado sobremanera y apretaba entre los brazos una pequeña maleta blanda con dos asas. Cuando llegó a lo alto de las escaleras, el otro delegado de los seminaristas lo llamó para conducirlo a su dormitorio. Sin embargo, al cabo de unos diez minutos, mientras me estaba quitando la sotana al lado de la cama, lo vi entrar inesperadamente en el nuestro.

—¡Dice que quiere quedarse aquí! —le murmuró el otro delegado al Gato.

Se produjo una discusión un tanto exaltada, en voz baja.

Luego el Gato se dirigió al fondo de la habitación, donde había dos camas aún vacías. Le indicó una al hombre de gafas, que se sentó esbozando una sonrisa. Se puso la maleta en las rodillas, abrió las cremalleras con emoción. Unos segundos después dejó a los pies de la cama el pijama y un par de toallas muy grandes, mientras miraba las otras camas para saber el lugar exacto en el que tenía que colocarlos. Luego lo vi abrir con más emoción si cabe el cajón de la mesilla de chapa, y se detuvo para observarlo unos segundos antes de guardar las cuchillas y la navaja de afeitar, una pastilla de jabón y un tubo de pasta de dientes sin usar. Volvió a cerrarlo con cuidado, escuchando su chirrido en el dormitorio silencioso. Se encaminó con los demás a la enorme sala de los abrevaderos. Vi desde lejos que se estaba lavando los dientes sin cepillo, después de echarse un poco de pasta en la yema del dedo.

Volvió al dormitorio y se deslizó lentamente debajo de la manta. Con la cabeza muy levantada de la almohada, para ver cómo lo hacían los demás, empezó a quitarse ahí debajo los pantalones y a ponerse el pijama. Luego la luz grande se apagó; solo quedó la luz magmática reflejada en la pared. Suficiente para permitirme ver al tipo, con la cabeza descansando en la almohada, sonriéndose en la penumbra.

3

Tiempo de Adviento

A la mañana siguiente, mientras estaba dándole la espalda a los pies del altar, notaba su mirada en mi cogote, en los tendones del cuello. No dejaba de observarme desde atrás; lo veía cuando iba por el misal, mientras bajaba y subía los peldaños del altar delante de todos mis compañeros, inclinados en sus reclinatorios.

En el momento de la comunión no hizo ademán de levantarse. Yo, mirando hacia los bancos, lo observaba mientras seguía al sacerdote con la patena en la mano.

A lo largo del día, en el patio o en la sala de estudio, intercepté varias veces la trayectoria asombrada de sus ojos. El padre prior y el vicario aún parecían infinitamente contrariados; incluso evitaban mirarlo. Pero ya la tarde siguiente, mientras estaba sentado con los patines puestos, vi que el padre prior lo había agarrado de la muñeca y paseaba con él a la sombra de los tilos. A veces, cuando pasaban por mi lado, llegaba una frase a mis oídos.

—Me gustaría poder emprender de nuevo ese camino —oí murmurar con esfuerzo al hombre de gafas— y llegar de nuevo a ese momento, exactamente…

Otra vez se alejó; sus voces volvieron a perderse.

—Y comprobar si a partir de ese momento el camino sigue siendo el mismo —captaba cuando volvían a pasar.

El padre prior le aferraba con más fuerza la muñeca, mirándolo en la penumbra con la cara paleolítica.

Poco antes de subir a los dormitorios los vi otra vez en la balaustrada de mármol. Hacía una noche limpísima y una suave brisa traía sus palabras hasta mí.

—Hacía una noche como esta —dijo el hombre de gafas—, estaba contemplando, justo igual que ahora, la ciudad iluminada al fondo de la llanura. Toqué la parte superior de la balaustrada con la mano y, en ese mismo momento, sentí desbordarse algo inmenso en mi interior. Me había dado cuenta de repente: «¡Claro! Ya se ha cumplido todo, ¡de ahora en adelante solo queda la horrible repetición!».

El vicario se había marchado precipitadamente del seminario. Nos enteramos de que iba a ausentarse unos días para recolectar ofertas y donativos de particulares y predicar en varias iglesias de la ciudad.

«¿Pueden los sonidos atravesar a Dios?», me preguntaba.

Estaba apretando una piedra con tanta fuerza, durante tanto tiempo, que la sentía palpitar claramente en mi puño.

Cuando aún no había ningún sonido, ningún oído que pudiera oírlo; antes de que el primer e imperceptible movimiento produjese un sonido, antes de que la primera gotita de agua recién formada, inaudible, pensada desde el primer momento, cayera de una bóveda subterránea en un espejo de agua primigenia y desatase el caos...

Del campo de tiro al plato llegaba el eco de los escopetazos. No me costaba visualizarlos en el cielo mientras estaba sentado en el borde del pequeño terraplén con los patines puestos, me imaginaba los platos haciéndose añicos en el aire. Distinguía sin esfuerzo la singularidad de cada disparo; también los distintos tipos de estragos que se producían en el cielo según la estación: en verano se desintegraban lentamente; se helaban casi de golpe en invierno, mientras que en primavera parecían pequeños clavos de yeso que rasgaban esa película que, como la del hígado, recubre el cielo.

Entreveía, a través de uno de los ventanales, el interior desierto de la iglesia. Seguro que las monjas habían pasado por allí, pues los reclinatorios resplandecían encerados. En uno de los bancos más alejados, el benefactor estaba solo, con las manos en el regazo, absorto en la contemplación de los nuevos manteles y adornos que cubrían el altar.

La hora de recreo debía de haber terminado, pues ya no oía el viento desplazado por las sotanas que se perseguían de un lado al otro del patio. Me puse en pie y me solté los patines. Arrojé bien lejos la piedra que aún tenía apretada en el puño, para que no acabase destrozándomelo.

Había visto otras dos veces la mano negra y reluciente en el carrusel del refectorio; ya estábamos en tiempo de Adviento. Las funciones, en la sala enorme de la iglesia, eran cada vez más solemnes. Había nevado un poco, como mandan los cánones, y muchos seminaristas organizaban apresuradas batallas en el patio y se perseguían unos a otros, después de ponerse a toda prisa el suéter de lana negra o el anorak encima de la sotana para protegerse del frío.

El hombre de gafas deambulaba por el patio con la cara enrojecida y las lentes un poco congeladas por los bordes. Con el calor del refectorio, en cambio, se le quedaban empañadas un buen rato. En la cabeza del seminarista sordomudo la costra gelatinosa se veía cada vez más dura y helada; el pelo repeinado hacia atrás parecía irreal, inmóvil, como un bloque de cristal. Debía de reinar un ambiente festivo en la ciudad, pues sus luces resplandecían, intensas, al fondo de la llanura: parecían desbordarse, fundirse. Quizá porque el aire gélido de la noche vitrificaba mis pupilas, a veces me daba la sensación de que la intensidad de las luces crecía aquí y decrecía allá sin cesar, por muy distantes que estuviesen las zonas entre sí; de que latían concéntricamente, desde los tramos más brillantes de las calles céntricas hasta las periferias lejanas; de que se disgregaban para formar luego, un poco más allá, galaxias cada vez más inesperadas. Parecían apagarse, pero al instante su intensidad aumentaba de nuevo, como si se hubiese desgarrado la fina piel de cristal que las recubría.

Las luces también parecían llegar aquellos días con más intensidad desde las fincas aisladas y desperdigadas en las colinas; en una hondonada se encendían de repente zonas semiocultas, donde jamás se habría sospechado que hubiera una casa. De una granja que había justo a los pies de nuestra colina ascendían, aquellas tardes de fiesta, cánticos exaltados e imprevistos que culminaban banquetes. Llegaban cada vez más lejos, a través de paredes y ventanas cerradas a cal y canto por el frío, hasta que esas voces ebrias elevaban el tono de repente, y sobre el resto destacaban las más estridentes y agudas, inequívocamente femeninas.

Un escalofrío me recorría el cuerpo, me alejaba del pequeño terraplén. Esquivaba por los pelos una bola de nieve lanzada con fuerza desde un lugar inesperado. La veía estallar y espachurrarse contra la pared porosa del edificio viejo. Sus fragmentos se quedaban ahí pegados mucho tiempo, congelados, y resplandecían cuando el sol los iluminaba, como botellas hechas añicos.

El hombre de gafas seguía sin recibir los sacramentos. Durante la comunión se quedaba arrodillado en su sitio, con la cabeza gacha. Pero a veces lo sorprendía levantando la mirada para contemplar la hilera de bocas abiertas en el reclinatorio. Seguía con ojos atentos a los que regresaban a su fila y, de rodillas, movían un poco las mejillas para favorecer la salivación. Rara vez se acordaba de limpiarse las gafas, que a veces se volvían opacas, impenetrables. En los cristales se distinguían fragmentos de pestaña, manchas claras, gotitas de salsa que habían saltado del plato mientras movía el tenedor, aún un poco emocionado, en el refectorio. A veces, cuando pasaba a su lado a determinadas horas de la tarde y de la noche, notaba en su boca un estremecedor olor a tabaco. Algunos, murmurando en el patio en la hora de recreo, planteaban incluso la hipótesis de que, con el paso del tiempo, se hubiera vuelto ateo.

Dos días antes de Navidad todos nos agrupamos en la sala grande situada en la planta baja del edificio nuevo, para el afeitado. El suelo estaba completamente cubierto de finas telarañas de pelo recién cortado, mientras que el otro delegado, con la ayuda de un par de asistentes, manejaba la máquina, subiendo y bajando por el cogote de quienes iban sentándose en las tres sillas colocadas en el centro de la sala. De vez en cuando paraba para descansar la mano o para quitar mechoncitos encastrados entre los dientes del cabezal. Una detrás de otra, las cabezas aparecían peladas, llenas de pequeñas zonas destrozadas. La máquina daba continuos tirones, se enganchaba, se quedaba pegada a la cabeza, aunque el barbero alejase un segundo la mano. Otros tres seminaristas se disponían a tomar asiento, y los que ya estaban afeitados se levantaban con los rasgos cambiados de pronto, agigantados, sonrojándose al punto.

Cuando me llegó el turno tomé asiento al lado del Gato, a quien el otro delegado ya había empezado a afeitar el cogote y la parte baja de la sien. Lo miraba con el rabillo del ojo; parecía tan tenso y atento a cada movimiento de la máquina que casi no respiraba. El otro delegado le sujetaba la cabeza con tres dedos que apuntalaban la parte alta del cogote. Con la cabeza gacha y la barbilla contra el pecho, observaba el pelo que me caía en las rodillas y en el suelo ya cubierto de madejas ajenas, movidas de aquí para allá por el trasiego de pies. A veces se producían acaloradas discusiones cuando tocaba ponerse otra vez los alzacuellos, que nos quitábamos antes del afeitado y dejábamos en fila encima del radiador, en la zona menos caliente, para que no se derritieran. Al terminar siempre había alguien que se confundía, y entonces tocaba quitarse un alzacuellos y ponerse otro a toda prisa, sin molestarse siquiera en meter por el cuello de la sotana la pechera de bordes dentados que colgaba por delante. Se desataban discusiones vehementes, sobre todo cuando el alzacuellos en disputa aún estaba nuevo y completamente blanco, mientras que el no reconocido ya amarilleaba por los bordes, resquebrajado.

De pronto, y aunque no parecía haber pasado nada, vi que el Gato se ponía rojo. Estaba rígido y completamente inmóvil, pero miraba al suelo con gran intensidad, como si viese reflejada en él la cara del otro delegado, amenazante, a su espalda. Apretaba los dientes; se le marcaba la yugular, hinchada, palpitando por el resquicio de la sotana desabrochada y sin alzacuellos. El otro delegado estaba con la cabeza agachada, cortándole aún más el minúsculo mechón de pelo que le caía por la frente mientras esbozaba una sonrisa, pero como si le hubiera estallado una vena del cerebro. Yo observaba a los dos desde mi silla, con los músculos contraídos, con los brazos listos para saltar como un resorte y defenderme. El Gato había girado la cabeza hacia un lado. El otro delegado daba tijeretazos contundentes; sus ojos seguían sonriendo, parecían a punto de cegarse.

Lo que quedaba de gélido día transcurrió como en suspenso. Había mucho ajetreo al lado de la despensa. El benefactor había entrado un par de veces con grandes cajas que sabíamos llenas de trozos de turrón. El vicario ensayaba algunas piezas de música sacra en el armonio, ante la inminente misa de Navidad.

Pero aquella misma noche, mientras entrábamos en la iglesia para el *Noctem quietam* y nos apretujábamos en silencio en el vano de la puerta, me pareció ver un brazo del Gato levantarse entre el gentío, enganchar una mejilla del otro delegado y retorcérsela hasta casi hacerla sangrar.

Yo tenía los ojos abiertos de par en par, pero la rapidez del gesto había sido tal que me pareció haberlo imaginado. Sin embargo, la mano del Gato aún se veía rígida, ganchuda, mientras cruzaba la puerta de la iglesia, y el otro delegado tenía la cara enrojecida.

En la iglesia, durante las oraciones, los miraba de vez en cuando: los dos parecían temblar en sus reclinatorios, y no tenían las manos juntas y los dedos bien extendidos, sino entrecruzados y lánguidos, como si de un momento a otro fuesen a caérseles al suelo.

Salimos en silencio de la iglesia y empezamos a subir en fila las escaleras sin peldaños ni barandilla. Pero, cuando ya casi habíamos llegado arriba, vi claramente y muy de cerca que el otro delegado, desde atrás, había enganchado de su minúsculo mechón de pelo al Gato, que siguió subiendo con la cabeza inclinada hacia atrás y los ojos clavados en el techo. Iba con los dientes apretados, la mandíbula se le marcaba un poco por la tensión, y muchos de los seminaristas se intercambiaban miradas sin mediar palabra, pues ya habían comenzado las horas de silencio.

Cuando llegamos arriba, al doblar la esquina que separaba los dos dormitorios, el Gato se volvió de golpe y empujó al otro delegado contra la pared. Le asestó un par de puñetazos en las costillas, sin abrir los ojos, mientras que el otro delegado intentaba sujetarle la muñeca con las dos manos para atenuar la violencia de sus golpes.

Se separaron.

Cada cual pareció dirigirse a su dormitorio, pero al instante el otro delegado volvió a abalanzarse sobre el Gato emitiendo un gemidito. No sé con qué gesto logró aferrarlo, pero lo vi girar sobre sí mismo y, acto seguido, llevarse una mano a la cara. Los dos salieron despedidos, como dos ruedas que se rozan mientras giran a una velocidad vertiginosa.

Luego cada cual entró en su dormitorio.

Me acerqué a mi cama y me quité el alzacuellos, desabrochando la mitad de los botones de la sotana con un único gesto de la mano, sin esfuerzo, porque los ojales ya estaban holgados. Entonces me dirigí a los abrevaderos. Muchos ya habían terminado de asearse y volvían al dormitorio con la toalla al hombro y la jabonera en la mano. Cuando estaba a punto de entrar yo también en la habitación, ya a pocos pasos de la puerta, noté que me temblaban las piernas. Dentro se oía un estruendo de objetos volcados. Varias camas, golpeadas con violencia y arrastradas, arañaron las baldosas con sus patas.

Me asomé.

El otro delegado y el Gato estaban peleándose, agarrados en el suelo. Se golpeaban en absoluto silencio, pero de sus ojos saltaban lagrimones, perfectamente visibles en el aire, como cristales rotos. Aún llevaban puestas las sotanas, que aleteaban cuando rodaban y cambiaban de posición; que se enredaban con las patas de una mesilla y la derribaban. Cuando los cajones de chapa se abrían y se estrellaban contra el suelo, con gran estrépito, salían disparados un millar de pequeños objetos tintineantes.

Se había formado un gran corro a su alrededor, pues también habían acudido los seminaristas del otro dormitorio. No sabría decir cuánto tiempo pasó hasta que uno de ellos logró mover un músculo: soltó un sollozo y salió corriendo del dormitorio. Lo oí bajar volando las escaleras sin peldaños, emitiendo un sonido interminable, liviano, que no me parecía haber oído en toda mi vida.

Al cabo de unos minutos el padre prior irrumpió precipitadamente en el dormitorio.

No llevaba la sotana abotonada hasta arriba e iba sin alzacuellos, señal de que ya estaba a punto de acostarse en su habitación del edificio viejo. Se detuvo un instante a poquísima distancia de los dos delegados, que aún no habían dejado de pelear, aunque ahora lo miraban desde el suelo con la cabeza colorada.

Un segundo después lo vi agacharse. Empezó a abofetearlos con el revés de su enorme mano, y para hacerlo se veía obligado a girar a tanta velocidad que sus dos cabezas parecían intercambiarse el sitio: la paleolítica acababa donde la sincopada y viceversa. Sin embargo, el otro delegado y el Gato no solo no dejaban de atizarse, sino que desde que el padre prior había entrado en el dormitorio arreció la rabia de la pelea, como si sus bofetadas hubieran tenido el efecto de acelerar los puñetazos.

Con un último esfuerzo, el padre prior consiguió levantarlos del suelo y ponerlos de pie. Estaban frente a frente, entumecidos. El padre prior cogió a cada uno de un brazo y los arrastró hasta la puerta.

Así salieron del dormitorio.

Alguien había tenido que encargarse de apagar la luz grande, porque ahora el dormitorio estaba en penumbra. Las camas y las mesillas habían vuelto a su sitio. Nos metimos en silencio debajo de las mantas y empezamos a mover brazos y piernas para desvestirnos. Distinguía a duras penas la silueta del hombre de gafas, que estaba mirando a la pared. Me era imposible conciliar el sueño. Me parecía oír cada cierto tiempo ráfagas de voz que llegaban amortiguadas del edificio viejo. Desde mi posición veía el nivel del agua bendita de una virgencita de plástico transparente colocada encima de una mesilla, a pocas camas de distancia. Llegaba hasta la comisura de los labios, mientras que el resto de la cara y de su diminuta cabeza estaba seco. Puede que ya me hubiera dormido y despertado dos o tres veces del duermevela cuando, al abrir los ojos, vi la silueta del Gato entrar en silencio en el dormitorio.

Todos dormían, era noche cerrada. Ni siquiera tenía que girarme para ver, y puede que mi posición en el dormitorio impidiese a los demás saber si tenía los ojos abiertos o cerrados. El Gato se quitó la sotana con movimientos muy lentos, se descalzó, puso los zapatos debajo de la mesilla y, después de meterse en la cama, empezó a desvestirse con tal parsimonia que me dio tiempo a dormirme y a despertarme varias veces.

A la mañana siguiente, un poco antes de la misa, mientras me aseaba en los abrevaderos con los demás, miré por uno de los ventanales sin marco y vi que el padre prior ya estaba en pie y paseaba por el patio en compañía de los dos delegados. Caminaba entre ellos abrazándolos, apretando la cabeza de uno y de otro contra su pecho. Me daba la sensación de que estaba hablando largo y tendido, en voz baja, mirando a cada uno con una cara distinta.

Comenzó así aquel interminable día de Nochebuena. Ya casi no quedaba nieve, solo algún pequeño tramo congelado debajo de los tilos y algún fragmento incrustado en la pared porosa del edificio viejo, bombardeado por las bolas de nieve, en las zonas donde no daba el sol. En el refectorio habían puesto un mantel encima del hule y encontramos panecillos aún calientes para mojar en la leche, en lugar de los que sobraron del día anterior. El hombre de gafas se había anudado una pequeña corbata al cuello de una camisa que no le había visto hasta entonces. Probablemente no era suya, porque le estaba ancha y el cuello quedaba muy holgado. Se había cortado el pelo como los demás, el día anterior, y debía de haberse afeitado con mucho esmero en los abrevaderos, porque la piel de las mejillas estaba suave y reluciente. Se le había quedado un poco de espuma encima de una patilla. En la iglesia habían renovado los adornos del altar, con una cantidad ingente de velas nuevas, aún no roídas por la llama.

El Gato deambulaba entre los demás, ausente. El otro delegado sonreía de vez en cuando, como quien se levanta de la cama después de una larga enfermedad que lo ha tenido postrado. Lo veía acercarse a los corrillos desde atrás, poner las manos en los hombros de alguien al azar y abrirse hueco con la cabeza entre las otras, que seguían conversando.

Habíamos hecho varias pruebas para la misa solemne de medianoche. Después de comer llegó hasta el seminario, desde la granja de abajo, un cántico inequívocamente obsceno. Se elevaba y se irradiaba por el aire, sacudido cada cierto tiempo por los disparos del tiro al plato.

Aquella gente debía de estar cantando y masticando a la vez: las voces aceleraban y se interrumpían casi de golpe durante unos segundos, y acto seguido las carcajadas parecían hacer añicos las ventanas de la granja. Al instante llegaba, desatado, el canto de las mujeres.

En las misas cantadas yo me encargaba del incensario, pues quien oficiaba a la derecha del sacerdote en esas ocasiones tenía que manejar una campanilla múltiple, distinta a la que yo tocaba los días normales. Estaba formada por una gran campanilla central rodeada de otras cinco, algo más pequeñas, y para sostenerla había que meter los dedos en una complicada empuñadura con tres anillos. Con la compleja campanilla múltiple era infinitamente más difícil lograr que se oyese el tañido de los seis fragorosísimos badajos, pues no se debía mover la mano para hacerla sonar. Sobre todo durante aquellas misas solemnes en las que todas las velas ardían y el padre prior estaba aún más encorvado, ataviado con la resplandeciente capa pluvial color oro y marfil, con la cabeza hundida y casi invisible tras el enorme capillo reluciente, del que solo asomaba su amplia coronilla, que parecía afectada por un terremoto.

El incensario, en cambio, se puede manejar sin emitir el más mínimo sonido, aunque hay que prestar muchísima atención para que las cadenillas no choquen entre sí: más que balancearlo, hay que arrojarlo de un lado a otro con movimientos muy precisos de la mano, trazando dos perfectas líneas rectas. Así, el recipiente del incensario parece alejarse y acercarse por sí solo con cada oscilación, como si sus cadenillas fuesen de goma.

Por fin llegó la medianoche.

Salimos en fila del bastidor que hacía las veces de sacristía. Yo incensaba lentamente, caminando hacia los peldaños del altar. El hombre de gafas se había asomado por un lateral del reclinatorio para vernos mejor. Yo llevaba una sobrepelliz nueva y muy almidonada sobre la túnica roja, con bordados que se transparentaban a través del encaje. Ya habíamos terminado de dar la curva. Al mirar una última vez al hombre de gafas, me pareció verlo mover los labios sin emitir ningún sonido mientras los demás entonaban con fuerza el *Aleluya.* Me arrodillé a los pies del altar. El padre prior movía los antebrazos con dificultad, casi prisionero de los pesados bordes de la capa pluvial, que parecía privarlo de hombros. Observaba las varias capas de manteles que cubrían el altar, el corporal almidonado, la sacra y los flamantes candelabros de múltiples brazos, y me imaginaba a la monja negra atareada, decorando el altar para la misa de medianoche. Sabía que se encargaba ella en persona, dada su mayor agilidad, cuando la puerta de la iglesia se quedaba horas cerrada y no podíamos pasar. Tenía que subirse necesariamente al altar para colocar los jarrones de flores y las velas, me decía para mis adentros. Se quitaba los zapatos y se subía descalza, y quizá, mientras caminaba a lo largo y ancho del altar, mirando de vez en cuando hacia abajo, sentía un vértigo creciente…

El padre prior ya había subido hasta el altar; movía con esfuerzo las manos, que apenas asomaban de la capa pluvial, cerrada por delante con una gran tachuela. Había un cáliz nuevo, era la primera vez que lo veía. Seguí manejando el incensario, arrojándolo en silencio a los lados e imprimiéndole a la vez suficiente fuerza centrífuga para evitar que las brasas ardientes salieran volando. Lo más difícil era levantar la tapa del incensario descorriendo la cadenilla central: no debía rozar con nada, para que no tintineara. Quien estaba a la derecha del prior cogía la naveta flamante, apoyada en un banco, y vertía con una cucharilla los granos de incienso. Me era imposible impedir que chisporroteasen un poco sobre las brasas, pero unos segundos después, cuando volvía a arrodillarme, ningún oído humano podía percibir ya el fragor de las grandes nubes de humo que exhalaba el incensario, que volvía a oscilar de un lado a otro.

Incensaba al padre prior, que estaba ligeramente vuelto hacia un lado, por lo que el humo solo alcanzaba la cara paleolítica. Luego le pasaba el incensario para que él incensase el sagrario de paredes acolchadas, abierto de par en par.

Se acercaba el momento de la consagración. El movimiento de mi mano era hasta tal punto inconsciente que no me parecía que fuese ella la que hacía oscilar el incensario en el aire, sino que, al contrario, era este el que hacía girar mecánicamente mi muñeca, como un pivote. Unos segundos antes de que se produjese la transustanciación, mientras yo tenía los ojos clavados en el semicírculo de flecos dorados que resplandecían en la capa pluvial del padre prior, ya inclinado sobre la gran hostia, la persona que oficiaba a mi derecha me indicó con un ruidito que una de las brasas se había salido del incensario.

Bajé la mirada.

Había aterrizado en el peldaño más alto del altar, incandescente, con varios granos de incienso, que no habían terminado de consumirse, aún pegados. Estaba quemando la alfombra, empezaba a notarse el olor.

Me quedé mirándola unos segundos, incapaz de mover un músculo. El padre prior, mientras tanto, había apartado los ojos de la gran hostia apoyada en el altar. Lo vi inclinarse hacia un lado con esfuerzo. Miraba la brasa con unos ojos que parecían adormilados, como si se hubiera despertado abruptamente en plena noche. Acto seguido lo vi estirar una mano. Cogió la brasa con dos dedos, pero tuvo que soltarla por el dolor. Volvió a cogerla, pero puede que no la sujetase con suficiente fuerza, pues la brasa cayó por segunda vez a la alfombra, que estaba empezando a arder. Se inclinó una última vez y la aferró con un gesto furioso de la mano. El movimiento de su brazo fue tan rápido que temí que la tachuela de la capa pluvial saltase. Apretaba los dientes, con las dos cabezas encendidas, y, soportando el dolor de la quemadura, giró casi por completo el tronco para devolver la brasa al incensario.

Al instante nos dio otra vez la espalda para continuar con la adoración de la gran hostia, que seguía en el centro del altar. Su respiración ya rozaba el diseño en relieve de la hostia; la levantó, recién consagrada, sujetándola con los dedos chamuscados. No podía verle la cara desde mi posición, pero distinguía claramente las quemaduras negras en las yemas de los dedos; me parecía que, de un momento a otro, la piel iba a quedarse pegada a la lámina de pan ácimo.

La campanilla múltiple sonó varias veces para marcar el comienzo de la adoración colectiva, pero la mano que la manejaba no debía de haberla agitado con suficiente fuerza, porque cada badajo golpeó el interior de su campanilla en un momento distinto.

El padre prior volvió a inclinarse para partir la Sagrada Forma, y mientras se la tragaba con las dos cabezas agachadas sobre los manteles del altar volví a ver, aún con más claridad, las quemaduras en las yemas de los dedos. Parecía que, además de la hostia, iba a tragarse la fina capa de piel que empezaba ya a despegarse, con todos los circulitos de las huellas dactilares chamuscados.

Salimos en silencio de la iglesia al cabo de un buen rato. Hacía una noche serena, un frío lancinante. La ciudad se desparramaba al fondo de la llanura. Llegamos al refectorio, decorado para la fiesta. Había pedazos de turrón en el centro de las mesas cubiertas con mantel; por todas partes destacaban las manchas de color de los cítricos. No sabría decir si la hostia se me había deshecho del todo en el paladar o si ahora pasaban sobre sus restos los desgarradores fragmentos de turrón. El hombre de gafas, que ni siquiera esa noche se había acercado a comulgar, miraba a su alrededor embobado.

Salimos del refectorio a la gélida noche. Varios corrillos se alejaron en masa por el patio, bajo los tilos; alguno parecía haberse quedado clavado al pasamanos de la balaustrada de mármol. Al fondo de la llanura, la ciudad resplandecía hasta tal punto que parecía que habían lijado sus bombillas una por una. Un murmullo continuo se elevaba y se apagaba aquí y allá. Llevaba un buen rato sin ver al hombre de gafas. Di una vuelta completa al patio y bajé incluso a la piscina; caminé por el fondo unos minutos. Luego fui a sentarme justo donde la colina empezaba a descender, con el oído aguzado para no perderme las palmadas del padre prior, que anunciaban la hora de recogerse para la noche.

Empecé a bajar la colina con la mirada. Había algo a unas pocas decenas de metros, donde la ladera se hacía más abrupta y caía casi a plomo. Entorné los ojos para ver mejor, me los froté con los dedos para limpiar la humedad causada por el frío, un poco distorsionante. Era como una gotita incandescente que se ponía al rojo vivo y luego se apagaba, haciendo latir la esfera de espacio que la rodeaba. Esa luz se irradiaba a trompicones en la oscuridad trazando pequeños arcos, nunca idénticos; parecía apagarse del todo, pero acto seguido desprendía un nuevo resplandor que se expandía de repente.

Apoyé las manos en el suelo helado para no rodar colina abajo. Mi corazón empezó a palpitar, desbocado, en cuanto caí en la cuenta de que era la brasa de un cigarrillo que alguien estaba fumándose a escondidas en la ladera.

Volví a frotarme los ojos y, cuando llegó la siguiente onda de resplandor, me pareció adivinar la silueta inconfundible del hombre de gafas.

Mi primer impulso fue levantarme y volver corriendo a la zona más iluminada del patio, pero lo que vi a la luz de la siguiente calada me impidió moverme de mi sitio. El hombre de gafas estaba sentado en ese suelo gélido y en pendiente, entre los últimos cúmulos de nieve sin derretir, y fumaba intensamente, con los ojos cerrados y la cabeza levantada hacia el cielo.

De la granja de abajo, donde llevaban ya un buen rato celebrando un banquete aún más concurrido de lo habitual, seguían llegando estruendosas carcajadas y cánticos obscenos. Aquella tarde había visto al padre prior plantado, con aire inquieto, en el pequeño terraplén; levantaba los brazos cada cierto tiempo, como si quisiera bloquear las ondas sonoras que se elevaban e impedir que irrumpiesen en nuestro patio. Luego lo había visto alejarse y entrar con el vicario en el edificio viejo, donde estaba el teléfono. A veces las voces masculinas que llegaban de la granja enmudecían de golpe, y solo se oían, agudísimas y aisladas, las de las mujeres; luego también estas iban apagándose, una tras otra, para dejar el protagonismo a una sola voz anciana que se expandía por el aire, puntiaguda, altísima, como recién liberada de una lengua de chapa aporreada salvajemente con un martillo.

Oí al padre prior dar enérgicas palmadas desde una zona muy lejana del patio.

Llegamos a los dormitorios y nos preparamos para acostarnos, pero nadie parecía capaz de conciliar el sueño. Pasé un buen rato viendo figuras embelesadas atravesar el dormitorio en penumbra rumbo a la enorme sala de los abrevaderos. Se levantaban, luego se metían otra vez en la cama unos minutos, volvían a levantarse. El hombre de gafas, que, no sé cómo, también había oído desde la ladera la señal del padre prior, estaba tumbado bajo las mantas con las manos en el cogote y las rodillas un poco levantadas. Se había lavado concienzudamente los dientes en los abrevaderos para eliminar el olor del cigarrillo. Tenía los labios un poco grises y tensos, como si hubiera vomitado. El Gato, en cambio, se había dormido en un santiamén, antes incluso de acabar de desvestirse dentro de la cama. Yo también me levantaba cada cierto tiempo, vagaba un rato por el dormitorio, me acercaba a los ventanales sin marco de la enorme sala de los abrevaderos. El cielo estaba repleto de esquirlas, de fragmentos; en aquel majestuoso silencio me parecía oír el fragor de las estrellas molidas en un inmensa trituradora. Las veía con más nitidez, destacadas, como si la humedad por fin se hubiera congelado en mis ojos. Sentado en el borde de una pequeña bañera para lavarse los pies, el seminarista sordomudo también contemplaba el espacio con los ojos muy abiertos, mientras se frotaba los pies con un hilo de agua gélida que caía del grifo semiabierto. Minúsculos aviones despegaban sin cesar del interior de la costra blanda de su cabeza, sin desgarrarla siquiera. Alzaban el vuelo después de un largo rodaje por las pistas de los aeropuertos, que seguían repletos de luces en plena noche.

Volvía al dormitorio, pero no lograba conciliar el sueño. Había quienes, aquí y allá, gesticulaban en la penumbra. Otros sacaban la mitad superior del cuerpo de las mantas y, dejando la otra mitad debajo, se descolgaban de la cama: así podían comunicarse con otra cabeza invertida, con el pelo casi a ras de suelo, dos o tres camas más allá. Me daba la sensación de que, en el cielo, el fragor de las estrellas aumentaba sin mesura: planos completos del espacio iban a la deriva, su corrimiento trituraba firmamentos, mientras Dios era presa de la angustia ante lo ilimitado. «En otros tiempos —me parecía oírlo vociferar en silencio en el espacio—, Yo era una libérrima y magmática papilla que hacía estragos en lo increado, hasta entonces intacto. ¿Qué le ha ocurrido a mi mente? Una idea jamás concebida y que, sin embargo, estalló. El límite se rebasó por primera vez, se desbordó, cuando envié a mi hijo a la Tierra. Así que esta vez me encarnaré en un bacilo. Y podré darme por satisfecho si, al cabo de un determinado número de años, tras una serie de reacciones en cadena que alguien podría calcular como incalculables, cuando ya estemos tan cerca del final de una era que alguien podría incluso interpretarlo como un sello cíclico —aunque en realidad no tenga ninguna finalidad, ni ánimo alguno de redención—, por fin logro provocar un rugido intestinal perfectamente audible en un cuerpo humano que esté en ilusorio movimiento por el espacio, en una noche cualquiera y sin embargo irrepetible, en el mismo momento en que dicho cuerpo se cruce con otro por la acera…

»¡En verdad podré decir entonces que mi obra está concluida!»

4
El Gato

En los días sucesivos probé nuevos y más vertiginosos juegos de la eternidad.

Me di cuenta, por ejemplo, de que podía cortar la llama de las velas mientras estaba arrodillado a los pies del altar con las manos juntas. Bastaba con que, de todos los dedos entrelazados, levantara uno solo, de manera que la línea de su prolongación se intersecase con alguna de las llamitas que ondeaban en el altar. Elegía el punto exacto, movía imperceptiblemente el dedo y la llama se dividía al instante, como de un navajazo. La puntita de fuego quedaba en vilo sobre su base separada y nadie parecía percatarse. Podía cortar más de una, e incluso todas, si se me antojaba, y seguían centelleando como si nada, cada cual sobre su vela. Cuando la misa era cantada, y muchas las llamas que ardían en los candelabros múltiples del altar, segaba filas enteras. A veces, por no mover lo bastante rápido el dedo, las puntas cortadas quedaban algo desplazadas con respecto al resto de sus respectivas llamas: no me explicaba cómo era posible que nadie lo viese. Y también me parecía perfectamente visible la sutil cicatriz que aparecía entre las dos secciones recién cortadas de la llama, donde se acababa formando un callo ígneo: si lograbas localizarlo con exactitud, hasta podías meter la mano en la llama sin correr el menor riesgo de quemarte. Quizá la monja negra también lo hubiese descubierto ya, me decía yo, mientras caminaba descalza sobre los manteles del altar. Me la imaginaba metiendo los dedos en el callo ígneo, haciendo un poco de presión para separar de nuevo las dos partes de la llama. Jugaba con las secciones superiores, las lanzaba al aire y volvía a cogerlas, las hacía girar todas a la vez como una malabarista consumada. Al final, volvía a colocar cada una sobre su base; o, ya fuera de manera intencionada, ya por error, sobre otras bases más anchas o más estrechas, para ver qué pasaba en los ángulos rectos donde al fuego le resultaba geométricamente imposible llegar.

Por eso las llamitas nunca se extinguían con el primer golpe del pequeño apagavelas. Siempre había que bajarlo por segunda vez, una por cada sección de la llama.

Una de aquellas tardes, mientras estábamos en la sala de estudio y el Gato ensayaba con el armonio en la iglesia, sentí la irreprimible necesidad de escribir algunos apuntes en un cuaderno…

Hacía pocos días habíamos celebrado una festividad sagrada en el refectorio y se había organizado un partidillo múltiple de fútbol. Habíamos formado seis equipos que jugaban al mismo tiempo en tres zonas contiguas del patio. Yo no distinguía bien la pelota, la veía cada vez en un punto distinto del campo, siempre corría hacia donde no estaba. Además, los tres terrenos de juego, separados por líneas imaginarias, estaban tan pegados que me salía continuamente del mío. Deambulaba por el otro campo, pues aquel día no diferenciaba bien a mis compañeros, hasta que al cabo de un rato me echaban a empujones por obstaculizar involuntariamente una jugada de peligro. También jugaba el vicario, en nuestro equipo. Se había quitado el alzacuellos, y su sotana aleteaba por el campo, embarrada, porque el suelo helado había empezado a licuarse, removido por todos aquellos pies a la carrera. Su coronilla se abría de par en par, expuesta, cuando golpeaba el balón de cabeza, y luego el pelo le caía con contundencia a los lados. Nosotros sí nos habíamos quitado la sotana antes de empezar el partidillo: estaban todas alineadas en la balaustrada de mármol, casi llegaban al refectorio. Me giraba a un lado y a otro, buscando el balón con la mirada, pero cada vez lo veía menos, como si estuviéramos jugando en plena noche. A veces se colaba en el campo contiguo, incluso en el que estaba más alejado, o irrumpía en nuestro campo el balón con el que jugaban otros equipos, después de un disparo inesperado y muy desviado. No obstante, el partidillo seguía con los balones cambiados para no perder tiempo; las jugadas se veían modificadas e invertidas con tal brusquedad que todo un equipo lanzado a la portería rival tenía que cerrarse en defensa de inmediato. O viceversa: un balón ajeno que iba a parar por casualidad a los pies de un jugador que llevaba un rato deambulando por un lateral del campo, sin hacer nada, bastaba para que su equipo se lanzase al contraataque con gran alboroto. También podía darse el caso de que dos balones acabaran al mismo tiempo en el mismo campo y que, en el frenesí del juego, nadie reparase en ello durante unos segundos, por lo que cada uno de los dos equipos corría lanzando gritos victoriosos hacia la portería contraria, dibujada simbólicamente en el aire, antes de percatarse de que el equipo rival estaba haciendo lo propio en la otra mitad simbólica del campo.

En ocasiones intuía por unos segundos el balón. Parecía oscuro, transparente, como una enorme gota blanda. Corría tras él hasta invadir el campo contiguo, e incluso el más alejado, sin caer en la cuenta de que me había salido del mío. A veces chutaba la pelota ignorando dónde estaba, y los jugadores del equipo en el que había caído se cuidaban mucho de abrir la boca si una de mis patadas involuntarias les daba ventaja.

Al cabo de un rato me veía empujado a otro campo. El padre prior, que arbitraba los tres partidillos al mismo tiempo, desgarraba sin cesar el aire con su silbato cuando surgían polémicas, en teoría irresolubles, sobre la dimensión exacta de una portería, que no estaba señalada, por lo que nunca podía saberse con certeza dónde se situaba, hasta dónde llegaba y si, en efecto, el balón había entrado o no. Algunos jugadores hacían gestos en el aire, intentando señalar los postes simbólicos, el travesaño. Pero el padre prior se veía obligado a intervenir aún con más decisión cuando estallaban polémicas teológicas ante la salida del campo de un jugador o del propio balón: puesto que algunos consideraban el esférico como el alma del juego, se planteaba inevitablemente la cuestión de si esta podría mutar de repente al cruzar la imaginaria línea divisoria entre dos campos, o al encontrarse en un mismo campo en compañía de otra, o incluso de dos almas distintas. El padre prior también se veía obligado a intervenir para determinar, y he aquí un problema aún más intolerable y escurridizo, si el marcador debía basarse en los campos relativamente fijos y en los equipos formados bien que mal al principio o si, en cambio, había que basarse en el balón y su vuelo libre entre campos; y si, en tal caso, no habría que revisar y modificar por completo todos los cálculos mentales que regían el recuento de los marcadores, si es que aún era posible, no ya contar, sino incluso hablar de marcadores en el plano teórico.

De cuando en cuando veía al seminarista sordomudo. Golpeaba tranquilamente de cabeza el balón embarrado, sin que la costra gelatinosa se quebrara ni se hiciera añicos y se desperdigase por doquier. También me cruzaba con el Gato, en nuestro campo o en otros. Pasaba por mi lado como una flecha, controlando el balón con la punta de sus botas de tacos. «¿Es que no ves la pelota?», parecía decirme. «¿No puedes verla moverse a través del espacio? ¿O la ves cada vez en un punto distinto? ¡Qué más da! Yo tampoco veo la pelota y, si te fijas, ni siquiera la persigo. Sin embargo, mira, ¡casi siempre la llevo en los pies! Hay que aprender a atraerla de otra forma…»

Cuando acabó el partidillo nos quedamos un buen rato en la enorme sala de los abrevaderos. Algunos aprovechaban para raspar el barro que había crecido en las suelas de sus zapatillas de deporte mientras se lavaban los pies, que intentaban escabullirse en la pequeña bañera en cuanto el agua gélida empezaba a caer del grifo.

En la sala de estudio llevaba un tiempo observando, al otro lado de los ventanales, el cielo gris y sin disparos. Empezaba a oscurecer. Unos pupitres más adelante se había desatado una lucha feroz y absolutamente silenciosa. Un seminarista se había girado de repente y, con una regla, había golpeado de refilón en la sien al que estaba en el pupitre de atrás; el otro, acto seguido, le había correspondido clavándole la punta de una escuadra en la espalda. Si hubiese estirado un poco la cabeza habría podido ver con exactitud cuántos centímetros se había hundido la regla graduada en la carne. En aquel momento el Gato, que tenía una cátedra elevada colocada frente a los demás, estaba en la iglesia ensayando con el armonio. No en vano, de allí llegaban intermitentes oleadas musicales que hacían vibrar toda la sala de estudio. Yo las escuchaba con la cabeza agachada sobre el cuaderno, pero me temblaban los brazos. Al otro lado de los ventanales, cuyas persianas seguían subidas, el cielo se oscurecía por momentos: entrábamos en esa hora en que la luz y la sombra se anulan y los cristales de las ventanas casi parecen desvanecerse.

Seguía escuchando la música del armonio, incapaz de hacer otra cosa. Se interrumpía unos segundos, como si quisiera darme tiempo para respirar, y luego subía las escaleras aún sin peldaños, invadía todo el edificio nuevo, impregnaba uno a uno sus ladrillos. Un seminarista se había levantado de su pupitre para bajar las persianas. Mi mano se movía, sin que pudiera controlarla, sobre la hoja del cuaderno que tenía delante; ni siquiera veía las palabras que estaba escribiendo. Cuando llegué al final de la página, levanté la cabeza. La música se había interrumpido de golpe en ese mismo momento. Arranqué la hoja del cuaderno y levanté la tapa abatible del pupitre para esconderla. Pero, mientras seguía mirándola, intentando distinguir al menos algo de lo que acababa de escribir, una minúscula señal me reveló que el Gato ya había salido de la iglesia, que ya había entrado sigilosamente en la sala de estudio, levantándose un borde de la sotana para no hacer ruido al pasar entre los pupitres, y que ahora estaba de pie, inmóvil, justo detrás de mí.

Me volví de golpe. Tenía los ojos clavados en la hoja. Sonreía.

Bajé la tapa abatible del pupitre y me tumbé encima con los dos brazos estirados. Entretanto, el Gato había llegado a su cátedra, al fondo de la sala, y había sacado un pequeño libro del cajón. Pasaba las páginas mirando para otro lado, bostezaba.

En aquel instante comenzó una larga y agotadora negociación.

Al principio parecía que el Gato hacía todo lo posible para evitarme. Pero esa misma noche, mientras caminábamos en fila junto a la balaustrada de mármol, pasó por mi lado a toda prisa, casi huyendo. Parecía preocupado, ausente. Yo lo observaba de reojo en el refectorio. Lo veía quedarse bloqueado con la comida en la boca, se le olvidaba terminar de masticarla. En el dormitorio, se quitaba lentamente la sotana, y también sus dedos se demoraban a veces en los botones. Luego se quedaba inmóvil, ya sin alzacuellos, a los pies de la cama. Me evitaba, pero mientras se alejaba a paso ligero del sitio donde yo estuviese fruncía el ceño, como si quisiera ahuyentar algún pensamiento. El Gato bajaba cada vez con menos frecuencia a patinar al fondo de la piscina; y, cuando lo hacía, a veces se frenaba a mitad del impulso, como si las ruedas hubieran decidido quedarse bloqueadas de repente. Llegaba al borde de la piscina, andando como un pato, y se agarraba atropelladamente y con esfuerzo con las dos manos.

En la sala de estudio, cuando me veía levantar la tapa abatible del pupitre, palidecía. Se lanzaba de cabeza a su libro abierto de par en par, pero se notaba que sus ojos no estaban leyendo. En la iglesia se ausentaba durante períodos interminables; por la tarde, en pleno rezo del rosario, las cuentas le colgaban inertes entre los dedos. Se percataba al cabo de un rato, miraba con disimulo el rosario del seminarista que tenía al lado y pasaba un buen número de cuentas para alcanzar a los demás. Cuando me veía bajar los peldaños del altar con el misal apretado contra el pecho, el Gato agachaba la cabeza, se tapaba los ojos.

Muchos días después, al pasar por mi lado mientras bajábamos al refectorio, lo oí susurrarme algo inesperadamente.

—Ya veo… Te has encontrado por primera vez ante esa explosión repentina, inesperada… No te lo niego: me encantaría leer lo que has escrito en esa hoja, en serio.

Y huyó a tal velocidad que me quedé con la duda de haberlo imaginado.

Entramos en el refectorio. Le tocaba servir a él, pero la monja tuvo que dar varios golpes en la boca del carrusel, con insistencia, porque ya se habían acumulado muchos platos dentro y nadie iba a recogerlos.

El Gato por fin se levantó de su sitio, se dirigió hacia allí y abrió la portezuela. Acto seguido me pareció verlo meter la cabeza en la boca del carrusel y empezar a hablar acaloradamente en su interior, como si buscase allí consuelo.

Cuando acabó de servir volvió a su sitio, pero no parecía tener hambre. Pasó al plato de su vecino de mesa una porción entera de achicoria, cogiéndola con la mano y levantando bien alto sus hojitas muy picadas. También lanzó a otro plato las rodajas de salchichón, una de las cuales, por un error de trayectoria, se quedó pegada a una enorme botella de agua que estaba un poco húmeda por fuera.

Al día siguiente, en la sala de estudio, pasó por mi lado de repente. Yo acababa de bajar la tapa abatible del pupitre y aún tenía en los labios algunas gotas de la miel que acababa de beber del vasito de cartón que guardaba debajo.

—Me encantaría, ya digo, que me dejaras leer lo que has escrito… —murmuró con una sonrisa, mientras pasaba la palma de la mano por mi pupitre.

Noté que estaba ruborizándome y volví la cabeza. Entretanto, el Gato había llegado a su cátedra, como si la cosa ya no le interesara.

Los días seguían siendo gélidos y serenos. Muchos, para entrar en calor, se encaramaban al poste de un farol en el centro del patio, con la sotana ondeando al viento. Desde abajo veía sus manos ateridas engancharse al poste, cada vez más alto, cada vez más lejos. El Gato también se encaramaba a veces: subía sin esfuerzo aparente, pero los tendones se le marcaban en las muñecas y en el cuello, que asomaban de la sotana. Cuando llegaba arriba, giraba la cabeza bruscamente para mirarme.

Un día, mientras estaba releyendo lo que había escrito en la hoja, parapetado tras la tapa abatible, me percaté de que el Gato había vuelto a acercarse. Esta vez no estaba de pie, sino que incluso había traído su silla para sentarse en el estrecho pasillo entre dos filas de pupitres.

Doblé instintivamente la hoja. El Gato me había puesto una mano en el hombro.

—Hombre, si no quieres… —dijo con semblante respetuoso.

Sin embargo, su mano ya me había arrebatado la hoja con dos dedos, con un gesto que daba a entender, al contrario, que se la había entregado yo.

Me quedé con los brazos caídos. El aire vibraba por los disparos del tiro al plato. Me parecía oírlos hacerse añicos en el cielo y caer helados al fondo de la colina.

Al día siguiente, el Gato me llevó aparte.

—¿De verdad quieres que lo lea? —me preguntó mirándome con suma seriedad.

Llevaba la hoja en la mano y parecía a punto de devolvérmela: solo necesitaba reunir la suficiente fuerza en los brazos para cogerla.

La giró dos o tres veces, como si de verdad estuviera sopesando si podía asumir la enorme responsabilidad de leerla.

—No sé qué debo hacer —lo oí murmurar. Luego hizo un gesto decidido con la mano, como para ahuyentar cualquier atisbo de duda, y mientras se alejaba añadió—: Si tan claro lo tienes...

Él ya había vuelto a su sitio, y yo ya no podía hacer nada para recuperar la hoja.

—¡En cuanto pueda, te diré qué me parece! —concluyó en voz alta con aire distraído, casi exasperado.

Pasaron muchísimos días. El Gato volvía a rehuirme. Noté que, cada vez que pasaba por su lado, no podía evitar escudriñar cualquier mínima expresión de su rostro. La hoja yacía encima de su mesa, olvidada; tan a la vista que, a veces, cuando no había nadie más en la sala de estudio, yo intentaba taparla con algo para que no pudieran leerla. Más de una vez llegué incluso a encontrármela en el suelo, caída por el soplo de una sotana al pasar, y me agachaba para recogerla. Pero, en cuanto me encaminaba a mi pupitre con la hoja en la mano, aparecía de repente el Gato.

Me la quitaba con delicadeza.

—Ay, gracias... ¡Se me habrá caído!

Apenas tenía unas líneas escritas, pero pasaron varias semanas y, al parecer, aún no había tenido tiempo de leerla. Me lo dijo él mismo, sin que se lo preguntase, quizá porque le dio la sensación de que estaba rondándolo con demasiada insistencia. Me encontraba aquella hoja en los sitios más inesperados: el Gato debía de haber empezado a llevarla siempre encima, porque a veces la veía en su mesilla, en el dormitorio, en el reclinatorio de la iglesia o en el estante de las zapatillas de deporte. Alguna que otra vez intenté hacerme con ella, pero el Gato siempre aparecía de pronto, cuando ya saboreaba mi victoria.

—¿Quieres que te la devuelva? —me preguntaba, encogiéndose de hombros, con expresión concentrada—. No te digo que no... Sin duda, sería una solución. No sé qué decirte: tienes que pensártelo bien…

Y al instante la hoja estaba otra vez en su mano. Se la metía en el bolsillo doble de la sotana, pero a veces, con las prisas, se le olvidaba comprobar si se la había guardado bien, porque una media hora después, mientras se encaramaba al farol, la veía descender suavemente, planeando. El Gato se dejaba caer unos metros farol abajo y se estiraba para agarrarla, soltando una mano del poste. Luego seguía subiendo, quedándose inmóvil después de cada brazada; también su sotana parecía bloquearse un instante, electrizada, en su punto de máxima expansión, como si unas descargas intermitentes la recorriesen de lado a lado durante el ascenso. Al llegar a la cima se quedaba quieto unos segundos, sujetándose solo con las piernas. «¿Es que no tienes la suficiente fuerza en las manos para agarrarte al poste?», parecía querer gritarme desde lo alto del farol. «¡¿Es que te crees que las manos sirven de algo?! Que sepas que puedes metértelas en el bolsillo y seguir subiendo tranquilamente…»

Un día, mientras lo observaba desde un lugar muy apartado, lo vi bajar como un rayo del farol, deslizándose sin manos, con los ojos muy entornados, casi cerrados.

Se me acercó a grandes zancadas y se quedó un rato mirándome con expresión severa.

—¿De verdad quieres saber lo que pienso? —empezó a decir, aunque no sonaba a pregunta—. ¿Acaso quieres un juicio de tipo… artístico, nada menos? ¿A estas alturas?

Se quedó unos segundos en silencio; luego dio media vuelta para alejarse.

Volvió a pasar por mi lado, ya al anochecer, mientras nos dirigíamos al refectorio. No creía que fuese a hablarme, porque ya era hora de silencio. Sin embargo, se detuvo de pronto y se apoyó en la balaustrada.

Yo también paré y me quedé observándolo detenidamente, recortado sobre la ciudad repleta de luces al fondo de la llanura. Él tampoco apartaba los ojos de mi cara.

—¡Tú estás loco! —susurró de repente. Negó dos o tres veces con la cabeza y añadió a toda prisa—: Pero ¿te das cuenta de lo que estás haciendo?

Acto seguido siguió caminando en silencio hacia el refectorio.

Fui tras él y, poco después, mientras comíamos en absoluto silencio durante la lectura, seguí observando su rostro un tanto ceñudo, que masticaba lentamente, se diría que con esfuerzo. Hasta que el padre prior levantó el brazo para decretar el final del silencio. La lectura terminó de golpe. Volví a mirar al Gato. Parecía que su boca se había deformado un poco, como si fuese incapaz de seguir reprimiendo un impulso irrefrenable. Tembló unos segundos, algunos trozos de comida ya empezaban a asomar entre sus labios. Cerró la boca con fuerza, apretando los dientes, pero parecía a punto de desgarrarse de golpe otra vez.

Al instante comprendí que, entre el murmullo que acababa de comenzar, el Gato estaba riéndose inconteniblemente. Había echado la cabeza hacia atrás, le caían lagrimones de los ojos cerrados.

Me concentré en mi plato, todavía humeante. Evitaba mirar al Gato, pero seguía oyendo el estruendo de su carcajada irreprimible. Su vecino de mesa debía de pensar que se había atragantado con la comida, porque lo estaba aporreando enérgicamente en la espalda. El Gato soltaba una carcajada más escandalosa con cada golpe, sacudiendo los hombros, estremeciéndose hasta casi meter la cara en el plato. Su tórax retumbaba, los golpes del otro eran tan fuertes que creía que iba a saltarle todos los dientes.

El padre prior se volvió para mirarlo, aniquilando la carcajada casi en el acto.

Seguí comiendo pausadamente, con los ojos muy abiertos, sin apartarlos del plato. No me hacía falta mirar para darme cuenta de que, de vez en cuando, el Gato soltaba otra risotada aprovechando los pretextos más dispares y efímeros. Se colaba de repente en una carcajada general, con un tono infinitamente más alto, y hasta quienes se reían por otro motivo se volvían para observarlo con asombro. Noté que estaba mirando en mi dirección, sin dejar de reírse a mandíbula batiente; se le saltaban las lágrimas. También cuando se levantaba de su asiento para ir al carrusel parecía dominado por temblores irreprimibles, hasta tal punto que avanzaba balanceándose entre las dos largas mesas; se diría que iba a partirse de un momento a otro. Llegaba a la boca del carrusel y metía la cabeza para oír mejor. También entonces seguía soltando carcajadas: su risa iba cambiando de sitio, como si la mano negra y reluciente de la monja hubiese hecho girar el carrusel de sopetón y la cabeza del Gato hubiera quedado al otro lado, sin por ello separarse del resto del cuerpo.

Salimos del refectorio. Mientras todos charlaban o se perseguían bajo los tilos durante el breve recreo de la noche, seguía oyendo sus risotadas aquí y allá, llegadas cada vez de un lugar distinto e inesperado: del fondo de la piscina, de detrás de la pila de ladrillos perforados, de una ventana en la planta alta del edificio nuevo e incluso de la cima del farol al que muchos compañeros se encaramaban. Volvía la cabeza y veía su sotana aletear en silencio durante el ascenso del poste, hasta detenerse junto al farol encendido y cegador. Distinguía su rostro irreal en plena luz: parecía temblar por el esfuerzo de reprimir una nueva carcajada, aún más explosiva. El otro delegado se retorcía las manos en la base del poste. No se arriesgaba a subir por las tardes y por las noches, cuando el farol ya estaba encendido y había que agarrarse directamente con los dedos al flujo de corriente.

En la iglesia, mientras recitábamos el *Noctem quietam,* no podía evitar lanzar miradas ocasionales al Gato. Estaba muy recogido en su reclinatorio, con la cabeza escondida entre las manos, como en un momento de profunda devoción. Sin embargo, me daba la sensación de que todo su cuerpo seguía temblando de manera imperceptible. Yo contenía el aliento, convencido de que podía estallar una nueva e irrefrenable carcajada de un momento a otro, aunque estuviésemos dentro de la iglesia.

Cuando salimos rumbo a los dormitorios, me coloqué detrás de él. Procuraba caminar a su ritmo, mientras mis compañeros recitaban la ultimísima oración de la noche y empezaban ya a subir las escaleras. Me desvestí aprisa, sin mirar al Gato, que ya se retorcía debajo de las mantas, varias camas más allá. La luz central se apagó, solo quedaba la lucecita magmática reflejada en la pared. De vez en cuando alguien pasaba por delante de ella, volviendo a su cama en la penumbra, y yo estaba convencido de que bastaría un roce con la esquina de la toalla, por leve que fuera, para que la película que la envolvía se desgarrase de golpe y su contenido empezara a caer lentamente por la pared, como yema de huevo.

Todo el mundo estaba ya en su cama; también habían apagado la luz del pasillo y la más alejada, en la enorme sala de los abrevaderos. Muchos ya dormían, aunque el hombre de gafas había empezado a toser con insistencia al fondo del dormitorio. Paraba unos segundos, después lo acometía un nuevo ataque de tos. Se acurrucaba debajo de las mantas; se cubría incluso la cabeza para no molestar. Yo veía temblar su colchón mientras estaba ahí escondido, tapándose la boca con la palma de la mano. Pero esa tos no podía ser la causa de la leve vibración que sacudía cada cierto tiempo todo el dormitorio, me decía yo en plena madrugada, puesto que ocurría también cuando el hombre de gafas había superado un ataque y estaba tapado, tan tranquilo, con la cabeza fuera de las mantas.

Me daba la sensación de que también mi cama empezaba a ondear; los pequeños objetos de las mesillas vibraban ligeramente; algún cajón de chapa que no estaba bien cerrado se abría un poco y acto seguido volvía a su posición. La virgencita de plástico llena de agua bendita registraba cada mínima vibración, como un minúsculo sismógrafo. Me ponía de lado para verla mejor. Su cuerpo era tan transparente que podía ver a la perfección el agua vibrar a la altura de sus hombros, bajo la cabecita seca. El tiempo pasaba, y estaba ya a punto de conciliar el sueño cuando mis ojos entrecerrados captaban otra pequeña vibración en la superficie del agua. Me desvelaba por completo, volvía la cabeza hacia la cama del Gato. Y otra vez se apoderaba de mí la sospecha de que las vibraciones telúricas que sacudían imperceptiblemente el dormitorio nacían en realidad de aquella zona, de algún punto invisible bajo las mantas, donde el Gato se zambullía de cuando en cuando, hecho un ovillo, con toda la cabeza tapada y un poco dolorida por la tremenda presión de las manos en la boca, esforzándose por sofocar la irrupción de una nueva e incontenible carcajada.

Siguió riéndose a carcajada limpia el día siguiente, y también el otro; estuvo así una semana entera. En la iglesia, en el patio, en el refectorio. A veces paraba, y en el momento menos esperado empezaba otra vez. Podía pasarse toda una tarde sin reír. Volvía a verlo con aire distante, concentrado; no parecía reparar siquiera en mi presencia cuando, por casualidad, pasaba por mi lado. Escudriñaba su boca desde lejos, para cerciorarme de que la carcajada se había extinguido definitivamente. Me estiraba un poco hacia él, con las manos hundidas en los bolsillos. Pero un segundo después el Gato soltaba una risotada inesperada. Pasaba por mi lado, me daba incluso un manotazo en el hombro buscando mi complicidad, y a veces me percataba, horrorizado, de que estaba a punto de lograr que le devolviera una discreta risa de complicidad. Yo negaba con la cabeza, apretaba los labios, pero al cabo de unos segundos tenía que aceptar que estaba riéndome a carcajada limpia en silencio, salvajemente. Entonces el Gato callaba de golpe, se alejaba de mí con una expresión casi dolida. Se adentraba en el barullo de los jugadores de fútbol y me parecía que, durante unos minutos, pateaba el balón con furor, golpeaba con violencia cada rodilla y tobillo que encontraba a su paso. Saltaba para rematar de cabeza el balón, pero en ese mismo momento una carcajada se adueñaba de él. Todo su cuerpo temblaba, estremeciéndose, aún en el aire. La pelota estaba ya cerquísima de su cara, la golpeaba de lleno con los dientes. Luego se arremolinaba con los demás en la base del farol, se abría paso a codazos y subía eléctricamente hasta la cima, como si con ese ejercicio quisiera despejar unos segundos su cabeza. Yo me quedaba mirándolo desde el pequeño terraplén. Estaba convencido de que la irrupción repentina de una de sus carcajadas, en un punto tan alto del farol, podría encender de golpe la luz, aunque fuese de día.

Entretanto ocurrían otras muchas cosas a nuestro alrededor. El vicario se había marchado de nuevo. El padre prior volvía a mirar con ojos severos al hombre de gafas, pues nadie sabía, una vez más, cuáles eran sus planes. Parecía tener intención de quedarse indefinidamente en el seminario, pero de paisano, sin recibir siquiera los sacramentos. A veces el benefactor lo abordaba, mientras caminaba separado de los demás a la sombra de los tilos. El hombre de gafas se alejaba gesticulando, ruborizado. Los albañiles habían puesto cuatro peldaños de mármol al principio de la escalera, habían cambiado varios grifos. Yo seguía observando desde lejos el rostro del Gato, para cerciorarme de que su risa había muerto de una vez por todas.

5

Viaje a Ducale

Las obras del edificio nuevo habían cogido impulso, aparecieron nuevos andamios casi de pronto, en vilo sobre el pequeño terraplén. Moviéndose por pasarelas invisibles, los albañiles colocaban los ladrillos perforados directamente en el aire. En los vanos de las puertas y de las ventanas aún sin marco habían aparecido cortinas de celofán que crujían al moverlas con gran esfuerzo. Habían construido una cisterna para el agua en el desván y una pequeña sala de juegos bajo tierra. Llegaron una mesa de pimpón y varios futbolines, pero las pelotas aún no, y había quien, a falta de pelotas, lanzaba al centro del campo bolitas de nieve recogida a toda prisa en el patio, que prensaba con las manos hasta formar una esfera helada. La bolita se desintegraba y se derretía en cuestión de segundos, pero siempre cabía la posibilidad de marcar un gol con un disparo particularmente afortunado, golpeándola cuando no se podía saber si todavía era un pedazo de nieve o si ya era una gota de agua, pero justo antes de que desapareciera por completo a causa de la evaporación.

Las bolitas de papel de periódico, por su parte, se elevaban y salían volando, livianas. Si alguien las mojaba para espesarlas y aumentar su peso, los golpes las desmenuzaban al cabo de unos segundos y todo el campo se inundaba. Secarlas en el radiador antes de jugar no servía de mucho, porque entonces se partían por la mitad al primer remate y caían al suelo destripadas. Las gomas de borrar rebotaban demasiado contra las paredes, los compases se quedaban clavados en la madera de las palas de pimpón, los ladrillos podían dejar marcas inaceptables en la cabeza del jugador más lento en devolver el golpe y las bolitas de miga de pan se deshacían demasiado rápido, además de originar acaloradas discusiones cuando una migaja se separaba de la pelota y, casi invisible, volaba por su cuenta para anotar un punto.

Por fin llegaron las pelotas de verdad. Las de pimpón eran tan ligeras que a más de uno podía apetecerle hincarles el diente y, con los ojos entornados, destrozarlas de un mordisco. Las de futbolín, en cambio, eran duras y pesadas, como de cera prensada y sucia. A veces salían disparadas en direcciones inesperadas por culpa de un remate demasiado desviado o largo, y podían golpear las manos de algún jugador con suficiente fuerza como para hacer estallar sus nudillos como flores de hueso.

Debían de haber puesto al hombre de gafas entre la espada y la pared, porque desde hacía un tiempo lo notaba inquieto e irritado. A veces lo llevaban aparte, o el vicario se detenía para hablarle con dureza a la sombra de los tilos. No gritaba, yo ni siquiera podía oír su voz, pero veía desde lejos sus tendones marcados en la carne del cuello, donde terminaba el alzacuellos. También el padre prior lo convocaba de vez en cuando en el edificio viejo. Pasaba allí horas. Cuando salía, lo veía caminar como a tientas por el patio. Y el benefactor lo paraba una y otra vez, o subía al dormitorio a buscarlo. Gesticulaba, perdía la calma en un abrir y cerrar de ojos. El Gato nos mandaba salir a toda prisa. El prior acudía desde el edificio viejo y al rato, entre las voces exaltadas que llegaban del dormitorio, se oía también la suya, cada vez más nítida, intentando a toda costa tranquilizar al benefactor, dominado por una inquietud incontenible. Bajaban todos juntos. Al benefactor, agarrado al brazo del prior, le temblaban las manos y las piernas; estaba blanco como una sábana.

Esa misma noche veía al hombre de gafas trastear con su maleta, de espaldas. Su cuerpo la tapaba casi por completo, pero me parecía intuir que estaba guardando su ropa interior. Acto seguido volvía a dejarla debajo de la cama. La sacaba de nuevo a la mañana siguiente, accionaba otra vez los cierres, la vaciaba. Su relación con los objetos también había cambiado. A veces la tomaba con la mesilla, cuando el cajón de chapa no se deslizaba bien. La zarandeaba con violencia, la aporreaba con la palma de la mano. Cuando llegaba la ropa interior limpia, que las monjas subían a los dormitorios sin que las viésemos, mientras estábamos en la iglesia o en la sala de estudio, abría casi con furia su bolsita, esparcía en su cama todas sus cosas y pasaba revista, una a una: a veces no lograba contener un bramido de indignación cuando notaba algún defecto de plancha, algún zurcido mal hecho. También en el refectorio, cuando el plato que le había tocado por casualidad le parecía intencionadamente rácano o mal presentado, daba rienda suelta a silenciosos gestos de protesta. Levantaba una rodaja de queso, la inclinaba para evaluar mejor la escasez de su espesor y volvía a echarla al plato con expresión decepcionada. Apretaba en el puño una porción de mermelada antes de despegar con infinita repugnancia la película de celofán que la recubría. Si una montañita de verdura hervida perdía un poco de líquido y este mojaba el trozo de sucedáneo de chocolate que iba en el mismo plato, el hombre de gafas levantaba la onza bien alta y la observaba gotear con gesto ostentoso. También los cubiertos debían de llevar un tiempo contrariándolo, porque a veces los cogía y parecía reprimir una sonrisa apenas esbozada, atroz, mientras escudriñaba los dientes de un tenedor demasiado convergentes o, al contrario, tan separados que podían hacer al mismo tiempo cuatro heridas distintas en el interior de la boca. Modificaba con las manos la curvatura de una cuchara; se quedaba mirando fijamente la grieta que atravesaba de lado a lado un plato hondo, le pasaba la mano por debajo y luego se la miraba, para comprobar si se había mojado de sopa.

Yo seguía sorprendiéndolo de vez en cuando mientras fumaba acurrucado en la ladera de la colina, pero también el cigarrillo parecía asquearlo: se olvidaba de él y pasaba un buen rato sin darle una calada, dejaba que se le apagase en los labios. Cuando por fin se acordaba de encenderlo, una enorme llama iluminaba por un instante su cabeza en la oscuridad. La colilla estaba ya tan apurada y el hombre de gafas avivaba la brasa con tal fruición que se diría que quería quemarse toda la cara.

Lo veía detenerse al otro lado de la balaustrada de mármol, recortándose contra la ciudad repleta de luces al fondo de la llanura. Echaba el cuerpo hacia delante, apoyando los codos en el frío pasamanos. Se quedaba así hasta que oía, a lo lejos, las palmadas sordas que nos convocaban. Otras veces, el padre prior se le acercaba, se apoyaba a su lado en la balaustrada, hablaba con él. El hombre de gafas se inclinaba hacia el vacío, asomaba la cabeza todo lo posible. El padre prior no podía contenerse y lo agarraba de golpe por el brazo. A veces, si no estaba demasiado lejos de ellos, me las apañaba para captar alguna que otra frase.

—¿Dónde ha acabado el camino? —murmuraba de pronto el hombre de gafas—. ¿Dónde ha acabado quien lo recorre?

Se balanceaba en el vacío con violencia; el prior casi tenía que aferrarse a su brazo para detenerlo.

Luego el viento cambiaba de dirección. Por unos segundos solo los oía musitar, como si estuvieran rezando juntos, en voz muy baja. Veía sus tres cabezas estiradas hacia delante, en el vacío.

—¿De qué se ha disfrazado esta vez la Revelación? —lograba oír poco después, mientras el padre prior guardaba silencio.

La ciudad parecía brillar con aún mayor intensidad en la llanura, como si sus luces emergieran desde el fondo de la tierra.

Una de aquellas noches, mientras salía de la iglesia y me disponía a subir al dormitorio, hice un hallazgo.

Cuando acabaron las oraciones, tuve que comprobar si habían llevado las sobrepellices nuevas a la sacristía. Los demás ya habían salido de la iglesia: oía sus pasos en las escaleras, cuyo sonido variaba según apoyasen los pies en los primeros peldaños de mármol, ya colocados, o directamente en la estructura desnuda de cemento. Yo avanzaba entre las dos filas de reclinatorios cuando uno de ellos me llamó la atención, pues tenía la tapa abatible abierta. Era el del hombre de gafas; debía de haberse olvidado de cerrarlo. Me acerqué para hacerlo yo, pero me detuve justo antes: dentro, junto al pequeño misal, había un curioso objeto. Alargué el brazo, temeroso, para tocarlo. Era un objeto de hierro que no había visto en mi vida, muy pesado, opaco, formado por cuatro anillos casi negros, cada uno coronado por un rostro.

No me explicaba qué era, pero su peso, ahora que lo tenía en la mano, me aterrorizaba. Lo dejé en su sitio, cerré la tapa abatible del reclinatorio y me dirigí a la salida, conteniendo la respiración, justo a tiempo para que no me viese el hombre de gafas, que en ese preciso momento había vuelto a entrar en la iglesia.

—Pensaba que me había dejado el reclinatorio abierto —murmuró con alivio cuando llegó a mi lado, en voz bajísima, pues ya era hora de silencio.

Subimos en fila india las escaleras sin barandilla. En el dormitorio ya habían apagado la luz grande. Me desabotoné lentísimamente la sotana, solté el corchete del alzacuellos. En la enorme sala de los abrevaderos ya no quedaba casi nadie. Volví al dormitorio sin hacer ruido y me desvestí bajo las mantas. El hombre de gafas ya estaba tumbado de lado, cara a la pared; parecía llevar un buen rato dormido. Me quedé observando la lucecita magmática reflejada en la pared, pero no conseguía conciliar el sueño. Debía de tener los ojos abiertos de par en par, porque la veía ligeramente desenfocada, como si titilase.

Al cabo de un rato, cuando ya se me había olvidado y estaba a punto de dormirme de verdad, caí de pronto en la cuenta de que aquel objeto de hierro que había visto en la iglesia era un contundente puño americano.

«¿De qué sirve la regla del silencio —me preguntaba— si no se puede circunscribir a una regla, más general, de los silencios?»

Como mucho, podía impedir por un período limitado de tiempo que el incesante movimiento de los cuerpos, que produce sonidos y lenguajes, encontrase su desembocadura arrolladora y extrema en la palabra humana, que produce silencio total.

Lo percibía cuando me quedaba unos brevísimos instantes al borde de ese silencio, cuando incluso los albañiles en los andamios colocaban los ladrillos perforados sin hacer ruido, como si quisieran adaptarse al silencio general. Pero el momento era efímero y un segundo después ya percibía la trama de miles y miles de lenguajes alternativos o paralelos, cuyos códigos cambiaban a tal velocidad que podían perder el sentido antes incluso de que la exigencia expresiva que los había provocado llegara a su destino. Los veía flotar, desactivados, por el espacio.

Lo comprobaba desde que, a primera hora de la mañana, la puerta del refectorio se abría de par en par para el desayuno y me encontraba frente a las formidables baterías de cuencos alineados en las mesas, las fragorosísimas cucharas, los panecillos que las manos desgarraban y hacían cantar de mil formas distintas. Y también cuando algún compañero, derrotado por aquel silencio en plena noche o irritado al verse atravesado por miles de señales electromagnéticas procedentes de galaxias lejanísimas e invisibles, no resistía la tentación de sonarse con estruendo la nariz en el dormitorio, originando un minúsculo bostezo perfectamente audible en la otra fila de camas, al que podía responder una elocuente uña triturada con suma lentitud por los dientes, que a su vez podía desatar…

Durante el día, mientras estábamos en una de las salas grandes o en el patio, un minúsculo gruñido en apariencia devocional e involuntario podía guardar cierta relación, o haberla guardado en un principio, con el soplido casi imperceptible que vibraba entre dos páginas de un pequeño misal para separarlas por la línea brillante del canto dorado. Y un cepillo de dientes, prestado en silencio en los abrevaderos, podía contener una cantidad de información tan sumamente desorbitada, merced a la acción autónoma e irradiante de cada cerda en los dientes, que dejaba al cepillador inmóvil y casi ausente frente a la esquirla del espejo, como sumido en una concentración casi intolerable. Unos segundos después lo veíamos sentado como un arqueólogo en el borde de una de las bañeras para lavarse los pies, con las piernas cruzadas y un piececito de mármol, inerte y helado, entre las manos.

Y yo me daba cuenta de que, involuntariamente, podía intervenir en alguno de esos lenguajes paralelos. Como cuando, al hacer tintinear por error una de las vinajeras mientras vertía el vino o el agua en el cáliz, causaba, en algún punto de la iglesia a mi espada, el desplazamiento de una rótula sobre la dura base de madera de un reclinatorio. Dicha rótula servía de excusa para que, a pocos metros de ella, se oyese el roce de una estampita en una página, o para que alguien sintiera el repentino deseo de leer las líneas del misal que asomaban sobre sus bordes de cartulina adornada. Lo que a su vez, por una serie infinita de minúsculos pasos y conexiones que nunca lograba descifrar del todo, podía causar al cabo de unos segundos el sonido desgarrador de un disparo del tiro al plato, al otro lado del valle.

Se creaban catalizadores continuamente, como cuando el absoluto silencio de un grupo que meditaba en la primera planta podía despertar la sospecha de que se hubiese producido una transferencia de sonidos hacia el piso de arriba. Donde, en efecto, pocos segundos antes una potente enceradora se le había escapado de las manos al más forzudo de los albañiles y ahora se desplazaba con estruendo, zafándose también de los demás albañiles, que intentaban sujetarla en grupo, persiguiéndola de aquí para allá. Con su enorme cabeza oxidada, la enceradora huía hacia las paredes recién enlucidas, las golpeaba con fuerza, hasta que de repente se lanzaba de nuevo hacia el centro de la amplia sala, arrastrada por sus cepillos giratorios, que no dejaban de despellejar el suelo, aún repleto de gotas secas de cal y pintura caídas en silencio del techo durante la noche.

Nadie levantaba la vista del libro de meditación o del pequeño breviario, aunque todo el edificio temblase, y, sin embargo, me daba la sensación de que una sutil embriaguez recorría sus caras.

Lo que rompía el silencio no eran, ni mucho menos, las oraciones recitadas en la iglesia. De hecho, era precisamente durante las oraciones, cuyas palabras se superponían unas sobre otras a la perfección, cuando se producía un silencio tan extremo que me pitaban los oídos. Yo me fijaba en el seminarista sordomudo, que justo en esos momentos parecía experimentar una dicha plena. Me lo imaginaba ordenado ya sacerdote, en el altar, celebrando misa sin pronunciar ni una palabra, inclinándose sobre la hostia para realizar en absoluto silencio la transustanciación. Me lo imaginaba en la oscuridad del confesionario, sonriendo para sí en el más indiscriminado de los silencios. Y, acabada la inaudita confesión, la perfecta potencia de su gesto final y absolutorio.

Era un día de finales de primavera y estaba ayudando a oficiar la misa a los pies del altar, un tanto embelesado.

«Et clamor meus ad te veniat!», moví los labios para que los presentes creyeran oírme.

Luego noté que me ausentaba otra vez. Había aprendido hacía un tiempo a tallar la llama de las velas con un cortaplumas imaginario. Solo había que hundir la hoja en el callo ígneo y practicar tres incisiones perfectas, de modo que las tres secciones concéntricas de la llama quedaran bien separadas entre sí. Luego había que tumbarlas con la ayuda de los dedos, y tallar en primer lugar la minúscula zona fría, raíz de la llama, mientras invisibles virutas de fuego frío caían por todas partes. Pasaba después a la zona intermedia, luminosa, que solo podía esculpirse unos segundos con la punta del cortaplumas. La última de las tres zonas es la llama pura, que apenas da luz. La rozaba con una pasada rápida de la hoja, que en un instante se ponía incandescente, tan transparente que distinguía en su interior los finísimos capilares del hierro, rosas y palpitantes por la vasodilatación causada por el fuego, y sus cartílagos minúsculos y primigenios, hasta llegar al filo cortante de la hoja, con su división candente. Cuando terminaba, volvía a montar la llama del revés, para que la zona fría coronase y abarcase las otras dos, y la llama se pudiera rozar y tocar tranquilamente con los dedos, como una simple pastilla de jabón.

«Ya estamos en el *Kirie…*», me dije sobresaltado.

Pero unos segundos después noté que me alejaba de nuevo. Tenía que haber emitido algún sonido involuntario en un lenguaje paralelo, porque cuatro disparos en perfecta sucesión hicieron vibrar el espacio que nos rodeaba. Exactamente el mismo número de respuestas que había que recitar en el *Kirie*. La noche anterior casi no había pegado ojo y a veces me daba la sensación de adormecerme, de ver y no ver al mismo tiempo. El padre prior ya estaba delante del sagrario, con la puerta abierta de par en par. Yo miraba en su interior y me parecía ver, en lugar de la píxide, una latita de betún. A veces, cuando creía estar a punto de dormirme y caer redondo al suelo, rozaba un peldaño del altar con los dedos. Las dos cabezas del padre prior se inclinaban sobre la enorme hostia para pronunciar las palabras de la consagración. De vez en cuando las miraba de reojo, y desde mi posición el corrimiento entre ambas parecía aún más pronunciado, hasta el punto de plantearme una duda: cómo podía cada parte de los órganos gemelos, cada hemisferio del cerebro, cada sección del paladar o de la lengua, sin duda atravesados telúricamente por aquella grieta, no perder sus vínculos con la otra parte; cómo era posible que ninguno de los miles y miles de nervios y fibras que mantenían unidas las dos mitades se hubiesen desgarrado en el accidente.

«Hoc est enim…», musitaba el padre prior, completamente inclinado sobre la enorme hostia.

Al cabo de unos segundos, mientras se tragaba la Sagrada Forma recién partida con estruendo y yo distinguía en su nuca la continuación perfecta de la grieta, noté que se apoderaba de mí una terrible sospecha.

Debía de haber tardado más de la cuenta en ponerme en pie para seguir al padre prior con la patena hasta la primera fila de reclinatorios, porque cuando levanté los ojos lo vi inmóvil, esperándome, con una pequeña hostia ya en la mano extendida. Lo seguí a toda prisa y, mientras pasaba la patena bajo las bocas muy abiertas de los comulgantes e iba moviéndome a la par que él, tuve varias veces la sensación de que la vista se me nublaba de repente por el sueño. Me parecía que el padre prior no sujetaba con su mano izquierda la píxide, sino la lata de betún, de la que sacaba las hostias. Procuraba no mirarlo a la cara, no me atrevía a observar lo que sucedía dentro de las bocas. Cuando el prior por fin regresó al altar, cerró la lata de betún con una ligera presión de la mano y volvió a colocar en posición horizontal el cierre, un mecanismo con forma de pajarita de hierro. Entonces, mientras lo veía colocar con sumo cuidado la lata en el sagrario acolchado, me asaltó de nuevo la sospecha de que aquel contundente puño americano que había descubierto en el reclinatorio abierto, y no un accidente de coche, era la verdadera y remota causa del corrimiento de una mitad de su cabeza.

A la hora de comer, en el refectorio, me tocaba a mí servir. Abrí la portezuela del carrusel y metí todo el cuello en el interior de su boca de madera, que goteaba a causa del vapor. Muchos platos humeantes esperaban ya en perfecto equilibrio, unos sobre otros. Me los coloqué en los brazos y empecé a transportarlos hacia las largas mesas. Volví a meter la cabeza en el carrusel: los miles de olores estratificados de años y años de comidas impregnaban la madera del cilindro. A veces captaba el gesto rápido de la mano negra y reluciente que lo hacía rotar después de recargarlo; oía el sonido acuático del cucharón al hundirse y emerger goteando de la enorme olla de sopa. En ocasiones, el cilindro del carrusel se quedaba parado, con la boca no completamente girada hacia una parte, de manera que por una fina rendija podía entrever una larguísima hoja de cuchillo que atravesaba a intervalos regulares una gran rueda de queso, golpeando con cada tajo la tabla de cortar. La hoja, tantas veces afilada, era tan resplandeciente y filiforme que me costaba creer que no se quebrase.

Por fin llegó la última oleada simétrica de platos. Ya me los había colocado en los antebrazos, para llevarlos de un solo viaje a las mesas alargadas, cuando algo me hizo detenerme de golpe frente a la rendija del carrusel.

La monja debía de haberse quedado justo ahí detrás por casualidad, pero por primera vez entreví una pequeña franja negra y reluciente de su rostro. Me quedé paralizado con los platos en los brazos, y retrocedí un paso antes de que cerrasen la portezuela desde el otro lado, pero me había dado tiempo a ver su mano atravesar de abajo hacia arriba toda la rendija, con un gesto preciso, definitivo, pasando dos dedos de uñas claras por la hoja del cuchillo filiforme antes de llevarse a los labios los trocitos de queso que se habían quedado pegados.

La tarde transcurrió lentamente. Había subido con un libro de oraciones al desván del edificio nuevo, realizando distintas maniobras de distracción: salí por una ventana, recorrí un tramo de la pasarela de un andamio y volví a entrar por otra ventana sin marco. Llegué a la nueva cisterna construida en el desván, subí impulsándome con los brazos y me quedé un rato contemplando la superficie del agua inmóvil en ese espacio cúbico. Luego volví a acercarme al ventanal sin marco, donde la pared terminaba: el aire atravesaba los ladrillos perforados, aún sin encalar, hinchándola con cada leve soplo de viento. Salí otra vez a los andamios. Rodeé el edificio nuevo, con el libro de oraciones en las manos; me parecía pisar directamente el vacío. Así me desplazaba de una planta a otra. Llegaba hasta el final de las pasarelas de madera y veía salir un poco de humo del extremo de alguno de los tubos de un andamio, donde los albañiles metían bolitas de papel y andrajos en llamas para obligar a salir a las avispas que habían anidado en él.

Me encontraba otra vez delante del ventanal cuando se oyó un gran estruendo en el centro del patio.

No había forma de saber qué era, porque una densísima nube de humo envolvía por completo lo que debía de ser el origen del estruendo.

Luego la nube empezó a disiparse. Pude distinguir, inmóvil en el centro, a horcajadas en una moto de gran cilindrada, a un hombre enfundado de la cabeza a los pies en un ceñido mono de cuero negro resplandeciente, del que solo asomaban los ojos.

Lo reconocí de inmediato: «¡El Nervio!».

Extendí los brazos para apoyarme en aquellas paredes rellenas de aire.

Sin bajarse de la moto, en el centro del patio, el Nervio seguía arrojando densas nubes de humo por el tubo de escape, dando gas una y otra vez. Subió de revoluciones el motor por última vez y, justo cuando el bramido de la moto estaba en su punto álgido, se inclinó hacia delante y apagó el motor acariciando un punto conocido y concreto debajo del faro. Al instante todo el patio se sumió en un silencio vibrante, antinatural, mientras las últimas nubes de humo se disipaban.

Era incapaz de despegarme del ventanal sin marco. En el patio todas las cabezas miraban al Nervio, que había desmontado de la moto y la había subido en el caballete. Todo el mundo parecía contener el aliento mientras el Nervio daba los primeros pasos por el patio, estirando brazos y piernas después del largo viaje. Una cremallera brillante recorría todo su cuerpo, obscenamente abultada en la entrepierna. No había reparado en que ya era hora de silencio, porque lo vi acercarse a los seminaristas inmóviles como estatuas y, cuando no recibía ni una palabra en respuesta, la capucha de su mono se fruncía a la altura de la frente. Giraba sin cesar sobre sí mismo, en busca de nuevos interlocutores, y al hacerlo la cremallera, iluminada por los rayos oblicuos del sol, lanzaba destellos tan potentes que llegaban hasta mí. Los interpelados se limitaban a sonreír sin responder; movían los brazos intentando explicarse, temiendo que, de un momento a otro, el Nervio los agarrase por los hombros y los zarandeara, haciéndolos ondear como si sus sotanas estuviesen vacías. A juzgar por lo poco que asomaba de la capucha reluciente, tenía una expresión cada vez más hosca. Su cuerpo seguía girando encolerizado sobre sí mismo. Se veían claramente los rayos de su cremallera salir disparados como flechas.

Pasaron así unos segundos interminables. Hasta que su voz irrumpió de pronto desde las zonas más profundas y comprimidas del mono, mientras el padre prior, que por fin acudía atraído por el estrépito, corría hacia él con la sotana aleteante y lo agarraba del brazo para acompañarlo, con sus pasitos cortos, al edificio viejo.

Me aparté del hueco del ventanal y bajé lentamente al dormitorio. Saqué mi maleta del trastero y la llevé a la cama para abrirla. Abrí también el cajón de la mesilla de chapa y guardé la pasta de dientes y el jabón, la lata de betún y el cortaplumas. Doblé la sotana de repuesto, con el alzacuellos viejo, ya amarillento y resquebrajado. Lo metí todo en la maleta, también el libro de oraciones, y volví a cerrarla, ciñéndola con un cinturón elástico deshilachado, pues uno de los cierres ya no funcionaba. Enseguida tuve que volver a abrirla, porque se me había olvidado meter los patines. La habitación estaba desierta; las patas de las camas de aluminio, alineadas en dos filas, proyectaban pequeñas sombras en el suelo recién abrillantado. Observé el dormitorio unos segundos más antes de salir al fin.

Había dejado la maleta en la cama. Seguí caminando por los andamios, sorprendido de que aún no me hubiesen llamado la atención. La enorme moto seguía aparcada en el patio, en lo alto de su caballete, con una rueda ligeramente separada del suelo. Más de un seminarista, mientras meditaba, le lanzaba una mirada ocasional. De cuando en cuando se incrustaban en el cielo, como en un acerico, disparos lejanos.

Luego oí unas palmadas sordas.

Me volví hacia la entrada del patio.

Era el padre prior, haciéndome gestos para que bajase del andamio.

Lo hice con sumo cuidado, procurando que la sotana no se enredase en los cruces de los tubos, hasta llegar al suelo. Me encaminé al edificio viejo con el padre prior, que me sujetaba la cabeza contra su pecho y me obligaba a avanzar de lado, tropezando con mis piernas. Pasamos por delante de la moto, poco antes de cruzar el umbral del edificio viejo. Caminaba con dificultad por sus pasillos, pues el padre prior seguía sujetándome en silencio contra su pecho: tenía que ir saltando mis propios pies, como en los pasos de algunos bailes. Entramos en la sala donde antes se encontraba la pequeña iglesia. El Nervio, todavía enfundado en su mono, estaba sentado en la sillita giratoria del viejo armonio. Para hacer tiempo había cargado el metrónomo, cuyo tic-tac marcaba un compás de cuatro por cuatro en la sala.

—¡Nos vamos a Ducale! —dijo al verme entrar.

El padre prior me apretó aún con más fuerza contra su pecho.

—Vas a pasar un tiempecito lejos de aquí… —susurró por encima de mi cabeza.

Luego oí que estaban acordando la hora de salida. El padre prior lo había invitado a quedarse a cenar en el refectorio antes de afrontar el viaje de vuelta. También podía quitarse el mono, si quería. El Nervio había hecho un gesto complejo con los brazos, dando a entender que quitárselo y volver a ponérselo era tan engorroso que prefería renunciar. La tarde tocaba a su fin. Salimos de la sala, mientras el metrónomo seguía a lo suyo, con su tic-tac, encima del armonio. En el patio aún había un poco de luz. El hombre de gafas nos daba la espalda, al borde del pequeño terraplén. El seminarista sordomudo me miraba de vez en cuando, sonriente.

Nos encaminamos al refectorio. El Nervio estaba sentado en el lateral corto de la mesa, al lado del padre prior y del vicario. No se había quitado el mono, y la capucha reluciente que le cubría la cabeza parecía a punto de rasgarse con cada mordisco. Se tensaba aún más, como una segunda piel, cuando tenía que abrir mucho la mandíbula. Durante la masticación se la veía palpitar claramente por ambos lados. El Nervio ensartaba con el tenedor varias hojas de lechuga y yo temía ver emerger sus bordes cortantes a través de la piel reluciente del mono, siguiendo la línea del esófago y luego a la altura del estómago, como cuellos de botellas rotas. Inclinaba exageradamente la cabeza para dar largos tragos a su vaso; cogía la última y afiladísima migaja de pan del mantel y se la llevaba a la boca.

Al final, salimos a pasear bajo los tilos. La ciudad ardía al fondo de la llanura, como en un brasero. El Nervio caminaba en la penumbra con las piernas bien abiertas, porque acababa de ponerse en la parte baja del mono dos grandes alerones aleteantes, para no mancharse los zapatos. Nos dirigíamos todos en grupo hacia la moto, pero el Gato se adelantó de repente para encaramarse al poste del farol recién encendido.

Me separé del resto, fui al dormitorio y encendí la luz en la habitación desierta. Luego bajé al patio con la maleta, que el Nervio sujetó con una correa de cuero a uno de los laterales de la moto. Lo observé mientras levantaba los alerones para accionar el pedal de arranque. Tenía los labios un poco cuarteados por el viento de la velocidad. Ahora el tacón de su zapato estaba peleándose con el pedal, que después de cada pisotón temblaba y volvía a su posición original como un resorte. Los demás formaban un círculo alrededor de la moto. Solo el hombre de gafas me daba la espalda ostensiblemente. También faltaba el Gato, que presenciaba la escena desde lo alto del farol, agarrado solo con las piernas al poste, con los brazos colgando.

La moto empezó a rugir de repente en el patio. El Nervio se volvió, girando la cintura, y buscó la mirada de los presentes para arrancar un aplauso. Ya me disponía a subir al elevado asiento trasero cuando el padre prior me agarró con fuerza la cabeza y la apretó contra su pecho.

Oí que el Nervio daba cada vez más gas a la moto, para meternos prisa. Grandes nubes de humo se elevaban de nuevo en el patio. Solo el Gato seguía en lo alto del poste. Yo procuraba no mirarlo, pero me pareció que había acercado muchísimo la cara a la luz del farol, como para que este lo cegase.

—Sales al mundo —murmuraba el padre prior por encima de mi cabeza—. Te verás sometido a una prueba. También tendrán que hacerte esa pequeña operación…

Trasteando debajo del faro, el Nervio ya había encendido las luces. Me monté en el asiento trasero, mientras que el Nervio, ya subido a la moto, hizo saltar el caballete con una repentina embestida. Revolucionó el motor al máximo. El asiento trasero estaba tan elevado con respecto al suyo que me parecía estar en equilibrio sobre sus hombros. La intensidad de la luz del faro aumentaba a medida que el Nervio daba gas a la moto. Yo observaba el círculo de seminaristas, a punto de abrirse; me fijé en el cogote del hombre de gafas, que seguía dándome obstinadamente la espalda, y justo antes de ponernos en marcha vi también la mano del seminarista sordomudo, que se había levantado de repente en un gesto de despedida. La moto estaba dando una lenta curva en el patio, y la mano que me decía adiós, iluminada de lleno por la luz del faro, parecía transparente.

La verja ya estaba abierta. La moto la atravesó con un saltito y se lanzó vertiginosamente hacia delante. El asiento trasero se levantó tanto, merced a la pendiente del camino, que la cabeza del Nervio, prácticamente pegada al manillar, pareció alejarse hasta casi desaparecer. Las piedrecitas se quedaban inmóviles y deslumbradas por el haz de luz del faro. Ahora la moto rebotaba con violencia, mi asiento me lanzaba más y más alto con cada bache. El Nervio debía de haber enfilado una interminable escalera de peldaños bajos y muy separados para llegar más rápido a la ciudad, al fondo. De vez en cuando volvía la cabeza para hacerme alguna advertencia. Desde esa cercanía extrema veía que su labio inferior estaba un poco aplastado por el centro, como si en el viaje de ida se hubiera dedicado a presionarlo con violencia, muchas veces, con otros labios que lo esperaban a ambos lados de la carretera, sin parar la moto siquiera, sin aminorar la marcha. La escalera había terminado y ahora el asiento volvía a oscilar un poco más lento. Ya estábamos en el corazón de la ciudad, donde una muchedumbre abarrotaba las aceras. Había grandes charcos a los lados de las calles. En su interior veía reflejadas a personas variopintas e inmóviles, sentadas en fila sobre las tapias. Alguna que otra ventana se abría de repente, alguna silueta sorprendida se asomaba para vernos pasar, temblando por un instante en los círculos de agua. Ante la luz aparecían de pronto pequeños setos, cuyas hojitas y marañas de ramas, que parecían trabajadas en hierro, quedaban encandiladas.

Dejamos la ciudad a nuestra espalda. El Nervio se lanzaba por carreteras en cuesta y desconocidas, y a veces se enzarzaba en duelos de velocidad con otros motoristas para evitar que lo adelantasen. Entonces todo su cuerpo se tumbaba en la moto, hasta tal punto que invadía el asiento trasero y me desplazaba poco a poco de mi sitio. La moto se inclinaba mucho en las curvas, veía saltar las chispas cuando mis rodillas tocaban el asfalto. Yo procuraba no agacharme, para que el viento de la velocidad no me arrancase del poco asiento que me quedaba. Veía la columna vertebral del Nervio marcada en el cuero reluciente del mono. Cerraba los ojos, de repente sentía que me estaba durmiendo. Pero acto seguido me despertaba una nueva carrera: el Nervio se lanzaba con tal concentración tras la moto que lo había adelantado que se levantaba de su asiento e invadía otra vez el mío. Yo le aporreaba la espalda con los puños, porque tenía miedo de salir volando. Me esforzaba por apretar al menos las piernas contra el guardabarros. Hasta que también esa persecución acababa de pronto, después de que adelantásemos varias veces a la otra moto, que se rendía.

Volvía poco a poco a ocupar mi sitio, me dormía de golpe por el agotamiento. Y en sueños veía la moto correr en el interior de otro vehículo en movimiento, o dentro de una sala con unos suelos tan encerados que sus ruedas giraban vertiginosamente sin avanzar ni un milímetro. Abría un poco los ojos, medio apoyado en el Nervio, en su columna vertebral rellena de tuétano. Agarraba un borde de mi sotana con la mano, porque llevaba un rato aleteando demasiado cerca de los radios de la rueda.

Hasta que algo me despertó de repente.

—¡Casi hemos llegado a Ducale! —oí gritar al Nervio, girando completamente la cabeza hacia mí.

Aún estaba oscuro, pero el cielo se volvía transparente por momentos, como cuando está a punto de amanecer. Yo iba sentado en el faro trasero de la moto, que debía de haber impedido que me cayera durante la última persecución frenética.

Abrí bien los ojos para ver un poco mejor y me impulsé con los pies para colocarme otra vez en mi asiento. La moto rugía por una pequeña calle entre dos hileras de casas dormidas. Me dio la sensación de que el Nervio había vuelto a dar gas, aunque el vehículo estaba a punto de detenerse, señal de que había accionado el embrague al mismo tiempo. Dio una vuelta completa a una plazuela y, después de enfilar otro camino polvoriento, avanzó en paralelo a una larga tapia de la que asomaban las grandes hojas aserradas de los castaños de Indias. La moto entró por un primer portón abierto de par en par, dando un ligero saltito, y atravesó un patio exterior, cuya gravilla crujía inerte bajo sus ruedas. Luego enfiló una segunda verja abierta, pasando bajo un portón abovedado. Estábamos atravesando una amplia construcción en penumbra; solo se distinguían la forma perfecta de una ventana geminada en la planta superior y la expresión en el hocico de la fiera rampante del blasón que coronaba el arco del portón. La moto tronó unos segundos en el interior del pasaje cubierto, hasta que su fragor se perdió en una inmensidad vegetal. Nos detuvimos en el centro de otro patio, más espacioso: al fondo se erigía una villa aún dormida, sobre el zócalo acristalado de un invernadero.

La moto ya no rugía. El Nervio la había apagado con su habitual caricia en la parte inferior del faro, antes de levantar una pierna reluciente y desmontarse. Yo también bajé para desperezarme. Miraba a mi alrededor, en esa luz transparente que precede al amanecer; la gravilla crujía bajo mis zapatos. Me encaminé hacia el parque mientras el Nervio empujaba la moto al interior de una leñera. Ya había enfilado el paseo que doblaba la esquina de cristal del invernadero. Caminaba entre dos franjas de césped aún húmedas de rocío, acercándome a la pequeña figura femenina de terracota que se erigía poco antes de la entrada de una gruta, y de cuya boca entreabierta salía un chorro de agua.

Me adentré unos pasos en el interior de la gruta. El suelo estaba un poco en pendiente hacia el centro. Justo antes de llegar a un recodo de roca artificial, la oscuridad era tan densa que durante unos segundos tuve que avanzar palpando las paredes. Di la curva y avancé unos metros más, envuelto en un ligero olor a orina que se elevaba del suelo, antes de salir otra vez por el lado opuesto. Seguí caminando por el paseo, paralelo a la tapia casi invisible bajo las enredaderas. Pasé entre unos arbustos separados por bambú verde y negro y subí por un puentecillo de hierro que cruzaba sobre un enorme tanque de cemento situado en lo alto de un montículo. El agua en el fondo del tanque era negra y estaba llena de madera mojada y de hojas. Unas ranas invisibles, despertadas por mis pasos, empezaron a saltar y croar. En algunos tramos de la tapia, las enredaderas habían crecido tanto que parecían pequeños troncos enmarañados: rompían el antiguo enlucido de cal, abrían grietas profundísimas en el muro, libando el interior de los ladrillos con sus miles de raicillas desenfrenadas. Pasé al lado de un viejo nevero almenado. El sol empezaba a asomar, pues cada elemento iba tomando forma y se recortaba cada vez con más claridad contra el aire transparente. En una enorme pajarera situada en una esquina del parque, muchos pájaros habían empezado a trinar con fragor, despertados de repente por mis pasos en la gravilla. También los faisanes fueron abriendo los ojos en sus jaulas, repartidas a lo largo del paseo, y salían correteando de una caseta de ladrillo. Se quedaban unos segundos observándome mientras pasaba, girando la cabeza, al otro lado de la malla metálica. La luz ya hacía brillar las plumas doradas de sus colas. Todo el parque estaba cada vez más iluminado, como si el sol se levantara a una velocidad vertiginosa. Miraba a mi alrededor con los ojos bien abiertos, inmóvil en la gravilla resplandeciente del patio. En el tronco de un gran árbol tachonado, miles de circulitos luminosos lanzaban destellos por doquier: parecían encenderse y apagarse aquí y allá en la corteza; su intensidad aumentaba y disminuía, registrando cualquier mínima variación en el ángulo de incidencia de los rayos del sol, merced a la rotación incesante de la Tierra en el espacio.

Las ventanas de la villa todavía estaban cerradas; no llegaba ningún ruido de aquella zona. Me pegué a las cristaleras del invernadero. Las cortinas de dentro no estaban completamente corridas: se veían varias sillas de mimbre y tumbonas; y, a los pies de una escalera, una vitrina de cristal con un faisán, una garza real y un tucán embalsamados.

Volví al centro del patio y me senté en una tumbona. La tela aún estaba un poco mojada de rocío, la humedad atravesaba mi sotana. Las ventanas de la villa seguían cerradas, pero de repente se abrió una en la casa del guardés, justo al lado. No vi quién había sido, porque en ese momento estaba mirando al parque. En la leñera, el Nervio debía de haber descubierto una avería en la moto, porque empezó a lanzar improperios. Entonces, la puertecita de la casa del guardés se abrió de pronto. Una chica, aún adormilada y despeinada, había aparecido en lo alto de la pequeña escalera exterior.

Miró a su alrededor con asombro, entornando un poco los ojos, como si quisiera ver más lejos. Su mirada se detuvo unos segundos en mi sotana, una mancha en el centro del patio.

Mi tumbona estaba orientada hacia ella, así que pude verla bajar la escalera. Miraba los peldaños con unos ojos tan bizcos que no me quedaba claro si con cada paso se fijaba en el siguiente o en el que había aún más abajo, por lo que su velocidad parecía aminorar y acelerar continuamente. Y al mismo tiempo, no sé cómo, era capaz de mirarme también a mí, que seguía observándola desde el centro del patio.

Llegó al último peldaño de la escalera, titubeó antes de poner la punta del pie en el suelo y empezó a cruzar el patio como quien no quiere la cosa. No había forma de saber dónde miraba exactamente, pero comprobé con estupor que se estaba acercando.

Ahora se había plantado delante de mi tumbona, sonreía.

—¿Es que ya no me reconoces? ¡Soy la Melocotón!

6

La Melocotón

Justo entonces la puerta del invernadero se abrió de par en par.

—¡Ven a saludar al Tió! —dijo la Diosa.

Entré, y no cerré la puerta porque el estuco estaba tan agrietado y reseco alrededor de las cristaleras que al hacerlo las láminas transparentes temblaban en su armazón de metal, como si estuvieran a punto de soltarse.

Comenzamos a subir la escalera que llevaba a la primera planta de la villa. La Diosa subía a paso ligero, abriéndome camino. Los motivos de su bata se veían desdibujados por la luz que entraba a través de un tragaluz con forma de medialuna abierto en un punto muy alto de la pared del fondo, compuesto por muchos fragmentos de cristal de colores variados. Una de sus manos, la que no se agarraba a la barandilla, sostenía una máquina para cortar el pelo.

En las habitaciones las ventanas aún estaban cerradas y la luz artificial encendida, pero ya bullían en su interior numerosas y diversas actividades. Pasábamos de una a otra, siguiendo un largo pasillo lleno de recodos y ensanchamientos. La Diosa abría todas las puertas a medida que pasaba por delante. Sus zapatillas de andar por casa chirriaban un poco, invisibles bajo la bata.

—¡Esta es tu habitación! —dijo de pronto, abriendo de par en par una puerta.

Debía de llevar mucho tiempo vacía, pues se notaba un ligero olor a humedad y moho. Di unos pasos para acercarme a la cama de hierro y a la mesilla mientras la Diosa abría la ventana, asomando casi todo el cuerpo para plegar sus hojas de acordeón. Era una habitación en esquina: un poco más abajo, cerquísima de mi ventana, la tapia terminaba abruptamente contra una de las paredes exteriores de la villa.

Me asomé a la ventana, desde la que se veía casi todo el parque, el árbol tachonado que lanzaba destellos de luz, el paseo de gravilla que discurría en paralelo a la tapia almenada, casi invisible bajo el peso de las enredaderas, hasta la estatuilla de terracota y, un poco más allá, la boca negra de la gruta.

—¡Tienes que subir la maleta! —dijo la Diosa mientras salíamos de mi habitación y entrábamos en la del Tió, que ya se había levantado y estaba sentado en su tocador para el aseo matutino, con el cuello de la camisa desabotonado y levantado.

No distinguía bien sus facciones porque de la palangana que tenía delante ascendían tenues volutas de vapor, elevándose desde el agua hirviendo recién vertida de una de las jarras. La Diosa se había colocado justo detrás de su cabeza calva y había reanudado el afeitado con la máquina, alrededor de las orejas y en el cogote.

Me detuve unos segundos en el vano de la puerta. No había forma de saber si, al otro lado de la fina barrera de vapor, el Tió me estaba saludando de alguna manera.

Me alejé sin hacer ruido, pero, antes de bajar otra vez al patio, al pasar por delante de otra habitación que tenía la puerta abierta de par en par, distinguí de repente la cara de Turquesa, que se estaba peinando delante de un espejo.

Encima de la cama había muchas prendas de ropa aún hilvanadas. En la habitación, con las ventanas todavía cerradas e iluminada con luz artificial, los bordes un poco deshilachados de las prendas, los dobleces aún rígidos y las puntadas largas y blancas del hilvanado resaltaban de manera antinatural. También estaba allí la modista, a pesar de que todavía era muy temprano. Yo observaba los movimientos de sus brazos alrededor del cuerpo de Turquesa, que seguía cepillándose el pelo muy lentamente. La mancha de mi sotana en el vano de la puerta debía de haber atraído por un instante la mirada de Turquesa, porque me pareció distinguir una sonrisa a modo de saludo en el óvalo del espejo.

La gravilla del patio todavía estaba reluciente. La pisaba con pasos muy lentos, para no quebrarla. Una infinidad de animalillos debían de haberse despertado en todos los rincones del parque, pues oía llegar de todas partes minúsculos bostezos mientras deambulaba de nuevo por los paseos. Ahora que la luz era más intensa se presentaron ante mis ojos mil detalles que había pasado por alto: piedras marcadas, grandes raíces que sobresalían del suelo en los bordes del parque, tramos de la tapia donde aún se podía distinguir, en los pequeños huecos arrebatados a las enredaderas, un antiguo fresco que representaba una verja casi del todo descolorida, recortada sobre un cielo pintado, que debía de recorrer toda la tapia que rodeaba la villa.

Ahora todas las ventanas de la casa del guardés estaban abiertas. Había llegado otra vez al patio, siguiendo un itinerario distinto. También en la villa la Diosa estaba abriendo de par en par y plegando las hojas de todas las ventanas, coronadas en el exterior por una medialuna ciega. Se me ocurrió entrar en las antiguas caballerizas y, después de pasar por delante de una fila de cuadras vacías, con las puertas de madera abiertas, me asomé a un conducto que ascendía en vertical, oculto detrás de un recoveco. Miré hacia arriba, apoyando el pie en el primer travesaño de hierro clavado en la pared harinosa, y empecé a subir por ese espacio cúbico. Era tan estrecho que podía quedarme quieto y suspendido en su interior, a muchos metros del suelo, con tan solo apoyar la espalda en una de sus paredes y los pies en cualquiera de los pocos travesaños que no temblaban demasiado, sin la necesidad de sujetarme con las manos. Subía lentamente, y en ocasiones alguno de los travesaños se soltaba sin oponer resistencia cuando lo agarraba con la mano. Apuntalándome con la espalda en la pared, volvía a meterlo en su sitio. Cada vez que iba a poner el pie en un travesaño miraba hacia abajo, para comprobar que la sotana no se enredaba con los zapatos.

Llegué a lo alto del conducto y, apoyando los codos en el suelo polvoriento del desván, me impulsé con los brazos para subir. Asomado a una de las ventanas geminadas, veía desde arriba todo el parque, el patio exterior de la villa, el techo hundido de la leñera y de la casa contigua del guardés. El palomar estaba casi vacío: solo unas pocas hembras desperdigadas estaban incubando, mientras que un único macho cojeaba en el alféizar de una de las ventanas, caminando nerviosamente de un lado a otro.

Agaché la cabeza para enfilar un pasillo bajo que pasaba sobre el portón abovedado y por el que también se accedía a la leñera. Llegué al tramo hundido del techo, por el que se veía el cielo. La superficie que pisaba era un sencillo entablado sostenido por postes, a muchos metros del suelo de la leñera, y repleto de bártulos. Desde abajo ascendía un olor a hierba recién cortada y amontonada. Las tablas se movían ligeramente con cada paso; mirando a través de sus hendiduras podía calcular la altura de aquel altillo improvisado, que parecía suspendido sobre la nada. Toda la luz entraba por una única ventana destrozada que ocupaba las dos alturas de la leñera. Había una larguísima escalera de madera, cuyo extremo superior se apoyaba en el entablado. Me coloqué de espaldas, para no pensar en la altura a la que me encontraba. La escalera era estrecha y estaba inclinada hacia un lado; no parecía apoyarse en nada más.

Bajé con cautela. Puse el primer pie en el suelo mientras muchos conejos, despertados por el ruido, saltaban en sus jaulas. El Nervio ya había desatado mi maleta de la moto y la había dejado en un enorme banco de carpintero, ahí al lado. Me sacudí la sotana polvorienta con la mano antes de salir en silencio de la leñera.

El guardés estaba cruzando, con paso casi titubeante y rastrillo al hombro, el patio de gravilla luminosa. Entré en el invernadero y pasé por todas las habitaciones de la planta baja, perfectamente amuebladas, pero vacías. Crucé un pequeño comedor en penumbra, cuya oscuridad a duras penas me permitía distinguir el blasón pintado al fresco encima de la chimenea. Al acercarme un poco más, también vi el rostro de la fiera erguida sobre las patas traseras, que parecía enseñar los dientes mientras dormía.

Volví al invernadero, subí la escalera y entré de nuevo en mi habitación. La ventana seguía abierta: de cuando en cuando echaba un vistazo al parque iluminado, mientras por fin vaciaba la maleta.

Ya estaba entrada la tarde.

Había subido a lo alto del nevero almenado y tenía el libro de oraciones en las manos cuando un claxonazo, proveniente del camino, me hizo girar la cabeza de golpe.

Miré hacia abajo.

Al volante de un descapotable había un hombre cubierto de polvo de la cabeza a los pies.

Él me devolvió la mirada sin decir palabra; llevaba la cara tapada por unas enormes gafas para el viento igual de polvorientas.

No me explicaba cómo había distinguido desde el camino la mancha negra de mi sotana, porque el techo del nevero estaba cubierto por una capa de tierra en la que había crecido una vegetación impenetrable y, por si fuera poco, lo rodeaban grandes almenas de piedra sobre las que colgaban, por todas partes, las hojas aserradas de los castaños de Indias.

—¡Tengo que entrar! —exclamó el hombre de pronto, viendo que no me movía.

Me descolgué del nevero y me acerqué al portón secundario, muy cerca de las caballerizas. El hombre ya estaba al otro lado. Oía el rugido del motor, que aceleraba un poco, impaciente, mientras yo trasteaba con las pesadas cadenas.

Cuando el portón por fin se abrió, el hombre maniobró con decisión en el camino. Debía de llevar muchas horas de viaje, pues tenía la cazadora y el pelo, e incluso los cristales de las enormes gafas y la gruesa goma que los sujetaba, cubiertos de salpicaduras de barro, de colores variados y en capas superpuestas.

Me pegué a la pared para dejarlo pasar. El coche ya estaba a poca distancia de la villa, en el centro del patio, pero seguía avanzando lentamente, y la gravilla se partía y crujía bajo sus ruedas, que lanzaban minúsculas lascas al aire límpido. Cuando llegó al invernadero, el conductor se detuvo, bajó del coche y, sucísimo de barro y polvo, entró con decisión en la villa.

Al cabo de unos segundos estalló un gran bullicio en la primera planta. De vez en cuando alguna cabecita se asomaba por una de las ventanas, como si faltase el aire. Veía a Turquesa aparecer aquí y allá, moverse como una flecha al otro lado de la fila de ventanas, seguida siempre de la modista. También había salido de su casa el guardés, al que en Ducale todo el mundo llamaba Lenín. Estaba pasando por delante de la villa, acompañado de Dirce.

Me disponía a volver al nevero cuando el fragor de otro coche me hizo detenerme a poca distancia de la montaña de basura; lo siguió otro, y otro más. Todos llegaban por el portón abovedado. Me giré. Una larga fila de coches estaba entrando rápidamente en el patio, dando un saltito al superar el ligero desnivel. Los observaba conteniendo la respiración: el pasaje abovedado amplificaba unos segundos su estruendo antes de que entrasen en el patio. Daban vueltas en círculo, tocando todos a la vez el claxon, en un carrusel improvisado.

De la villa llegaba un gran vocerío, muchas personas se habían asomado a las ventanas y hacían aspavientos sin cesar en señal de saludo. La puerta vibrante del invernadero ondeaba en sus bisagras cada vez que pasaban los coches; las cristaleras bailaban en sus armazones sin estuco. También habían abierto de par en par todas las ventanas de la planta baja, y ya había muchos invitados sentados en los rígidos sofás o en las tumbonas. Los vi mientras pasaba a poca distancia de la villa, justo antes de enfilar el paseo que conducía a la gruta. Me llegaban sus voces indistintas, atenuadas por las cristaleras del invernadero. También sus caras tenían tonos un poco irreales, por la refracción de la luz en las cortinas a primera hora de la tarde. Una de las invitadas se recolocaba sin cesar el mismo pliegue del vestido; otra giraba ligeramente la cabeza, y su melena se extendía cada vez hacia un punto distinto del invernadero. Un tercero aplastaba la colilla del cigarro bajo el tacón reluciente de su zapato.

Doblé la esquina. El murmullo aún me siguió unos segundos por el paseo, cada vez más indescifrable y atenuado, como si estuvieran hablando todos al mismo tiempo con la boca debajo del agua. Subí uno de los dos pequeños tramos de escaleras que llegaban a lo alto de la gruta. Me senté en uno de los bancos porosos excavados en la falsa roca. Llevaba el alzacuellos desabrochado y ligeramente holgado, asomando por el cuello de la sotana. Al apartar un poco las hojas de las enredaderas, que formaban una segunda bóveda sobre la mineral de la gruta, observé una fila de casamatas al otro lado del camino desierto y polvoriento. Los prados y los bosques parecían suspendidos sobre sus techos, que debían de estar abarrotados de miles de pequeños nidos recién construidos, pues llegaba de aquella zona un trino fragoroso e indistinto.

Abrí otra vez el libro de oraciones y uno de sus marcapáginas de tela de colores ondeó al viento. Sin embargo, unos pasos no tardaron en interrumpir mi lectura. Levanté la vista. Muchos de los invitados estaban paseando por el parque, en parejas o en grupos bastante nutridos. Se detenían junto a las mesitas de mármol o los bancos, hacían resonar bajo sus zapatos el puentecillo de hierro que cruzaba sobre el tanque de cemento o provocaban el roce de las hojas cortantes del bambú al pasar. Salvaban con grandes zancadas las raíces que asomaban del suelo y volvían a dar pasos cortos cuando pisaban las cunetas, la gravilla. Un grupo se había detenido alrededor del árbol tachonado. Vi varias manos extenderse hacia su tronco, acariciar durante unos segundos sus circulitos relucientes. Atendía a su parloteo ininterrumpido, distinguía cada sonido y, sin embargo, no acababa de descifrar las palabras, aunque pasasen cerquísima de la gruta o incluso la atravesaran, y oyera bajo mis pies sus voces y sus carcajadas amplificadas cuando alguna de las invitadas fingía asustarse para que el caballero que la acompañaba la agarrara con más fuerza del hombro o de la cintura.

Luego empezaron a circular por el parque varios tocadiscos de maleta, que sus portadores llevaban abiertos y muy levantados. Sus largos cables oscilaban de aquí para allá y se desenrollaban; los enchufes acababan arrastrando varios metros por detrás, por las franjas de césped, por la gravilla. Colocaron los tocadiscos en las mesitas de mármol, en varias partes del montículo y en la boca de la gruta. Los cables de los alargadores también habían empezado a recorrer el parque. Bortolana, el encargado de hacer el trabajo duro para Lenín, era el que los transportaba. Aunque iban enrollados, a veces uno de los nudos se desataba de golpe, y entonces los alargadores atravesaban todo el parque, interminables, rodeando los árboles cuando su portador cambiaba de repente de dirección. Los enroscaron en varias ramas colgantes, conectados con otros cables también interminables, y los veía extenderse hasta el lejano invernadero, para enfilar juntos la puerta de cristal abierta de par en par.

Llegaban cables sin cesar, todos procedentes de la villa. Bortolana despellejaba con los dientes las puntas de los que eran demasiado cortos, para empalmarlos con otras marañas que había encontrado a última hora en la leñera. Arrancaba el revestimiento, y yo veía un hilo de cobre brillar unos segundos en un punto alejadísimo del parque, antes de que lo aislara con cinta adhesiva. Algunos pedían más y más cable, gritando desde el invernadero, mientras otros desplazaban un alargador a lo largo de una rama, para que no quedara demasiado tirante. Ahora que todos los tocadiscos estaban instalados y distribuidos por el parque, muy alejados entre sí, se veían por doquier cables que corrían hacia la puerta del invernadero, a unos centímetros del suelo y muy tensos, como los radios de una rueda. Los invitados paseaban levantando los pies para no arrancarlos, mientras Lenín aguijoneaba sin cesar a Bortolana, que no paraba quieto e iba cada vez más rápido, jadeando. Desaparecía en el invernadero, donde conectaba los enchufes a nuevos y complejos ladrones.

Al cabo de unos instantes, una música se extendió por todo el parque. Siguiendo al primero, un segundo tocadiscos empezó a sonar en la zona del montículo: una pareja ya bailaba abrazada, entre el puentecillo de hierro y el bambú. Entonces se elevó la música de un tercero, a poca distancia de la gruta. Ya eran varias las parejas que se desplazaban bailando por el parque, a medida que se activaban más y más tocadiscos, adaptando el paso de baile a la zona musical que atravesaban.

Volví a cerrar el libro de oraciones para bajar de la gruta. Al salir de la cúpula de enredaderas la música se oía con más nitidez: podía seguir las distintas arias llegadas de puntos muy lejanos del parque. Empecé a caminar por sus paseos, levantando los pies para no tropezar con los cables. Los bailarines hacían lo propio al pasar de una zona a otra, y también aquel gesto parecía formar parte del baile. Una pareja bailaba muy muy lento en lo alto de una mesita de mármol, girando en silencio sobre sí misma. Otras atravesaban danzando la galería oscura de la gruta, hasta que al fin salían por el otro lado con la cara colorada. Debían de haber colocado un tocadiscos en el centro del patio, o puede que incluso en el invernadero, porque también la Diosa bailaba delante de la villa con el Nervio. Un poco más allá, casi en la puerta de la leñera, Lenín había agarrado a Dirce de la cintura, sin darle el tiempo ni siquiera de quitarse el delantal. Desde una sillita, Bortolana contemplaba plácidamente la escena, ahora que todos los cables y las conexiones funcionaban a pedir de boca, transportando la corriente a cada rincón del enorme parque. Al pasar por su lado, vi que estaba apurando las últimas caladas de un pitillo, relajado. La ceniza había ido cayendo por su cuenta al suelo, pues se le había olvidado sacudirla con el dedo. Dio la ultimísima calada y, después de observar la brasa unos segundos, apagó meticulosamente la colilla en uno de sus pabellones auditivos.

Se estaba produciendo un movimiento concéntrico de parejas en dirección al montículo. El Nervio, que había dejado de bailar con la Diosa para subir a la primera planta de la villa, bajaba ahora cargando en brazos al Tió, sentado en su sillón de mimbre. Lo llevaba a toda prisa a los alrededores del montículo, un poco inclinado hacia delante por el peso. Los dos iban con la cara pegada, aplastada la una contra la otra, como dos globos a punto de explotar. Todas las parejas habían llegado ya a la zona más animada, a excepción de la que seguía subida a la mesita, girando sobre sí misma como un único cuerpo dormido. En el puentecillo de hierro, Turquesa había cogido de la mano al hombre que había llegado en el descapotable. Yo estaba ya muy cerca de la pareja. A juzgar por el tono emocionado de su voz y el gran silencio que se hizo alrededor, comprendí que se disponía a anunciar su inminente boda.

Luego se reanudó el baile, mientras se extinguían los últimos vítores y aplausos. Las parejas volvieron a dispersarse por el parque, cambiando de paso de baile según la música, levantando los pies de cuando en cuando para no arrancar los cables que corrían a unos centímetros del suelo hasta la puerta del invernadero. Había otros cables enmarañados en la tapia, confundiéndose con las enredaderas. A veces una pareja de bailarines arrancaba alguno sin querer, justo por donde estaba enchufado al alargador, y entonces los veía cambiar de baile de repente, al son de la música de algún tocadiscos que seguía funcionando en una zona limítrofe. Algunos bailarines habían llegado hasta la caseta de los faisanes, cuyas cabecitas no dejaban de girar a un lado y a otro para no perderse detalle. Había otra pareja en lo alto del palomar. Debían de haber subido lentamente por la escalera de travesaños de hierro del conducto vertical, primero ella y él debajo, y ahora giraban muy pegados, con los ojos cerrados. No se podía saber con certeza si estaban besándose, pues el fino parteluz de la ventana geminada atravesaba la imagen justo por el punto en que sus dos caras se juntaban.

El tiempo pasaba, la luz se había desplazado alrededor del tronco del árbol tachonado. Algunas parejas se preparaban ya para marcharse, mientras que otras seguían bailando en los rincones de los paseos y entre las cañas de bambú. Sentado a poca distancia de la gruta, el Tió miraba a un lado y a otro con aire soñoliento. Yo ya me dirigía a la pequeña escalera que llevaba a lo alto de la gruta cuando la Melocotón se plantó de repente delante de mí.

No la había visto en toda la tarde, mientras caminaba por los paseos y por el patio, ni desde lo alto del nevero almenado o de la gruta. No tenía claro hacia dónde miraban sus ojos, pero creo que en cierta manera los dirigía hacia mí, pues al cabo de un segundo oí que me estaba invitando a bailar.

Volví la cabeza hacia un rincón del paseo, donde las raíces despuntaban del suelo y todo el parque parecía inclinarse de golpe hacia un lado. Levanté los dos brazos para defenderme, pero puede que la Melocotón interpretase mi gesto como una aceptación inmediata de su propuesta, pues ella hizo lo propio y empezó a entrelazar sus deditos con los míos.

Al instante noté que su cuerpo empezaba a moverse. Yo la seguía sin rechistar, girando de vez en cuando sobre mí mismo. Mis ojos enfocaban cada vez una parte de su rostro o del espacio que nos rodeaba. Ahora apoyaba sus manos en mis hombros, donde el alzacuellos desabrochado quedaba un poco holgado. Me percaté de que el vinilo del tocadiscos más cercano ya estaba terminando. Creo que habíamos ido a parar al interior de la gruta, porque notaba emanar del suelo un tenue olor a orina. Mi sotana aleteaba un poco mientras giraba, con un sonido contundente, como el de un trapo empapado de agua que alguien agita. El vestido de la Melocotón, en cambio, emitía un liviano frufrú. A veces me parecía rozarlo con la yema de los dedos o con la palma de la mano; notaba su superficie inconsistente, como muselina.

—¡Es de organza! —me dijo.

Unos segundos después ya habíamos salido por el otro extremo de la gruta. En el tocadiscos el vinilo terminó con un chasquido, la música se despegó de repente del aire. Al fondo del paseo otras dos parejas se habían detenido de golpe, como esos muñecos con muelle de las cajas sorpresa. También la Melocotón estaba inmóvil, inanimada. Yo ya había apartado las manos de su cuerpo. Nunca habría dicho que le había apretado los brazos con tanta fuerza cuando estábamos en el interior de la gruta, pero vi en ellos las marcas de la presión de mis dedos. Me parecían cada vez más intensas: se oscurecían y se amarataban a tal velocidad que podía distinguir en ellas incluso los círculos perfectos de mis huellas dactilares.

La Melocotón no se movía. Respiraba.

—Se me quedan marcas en la piel con suma facilidad —me explicó sonriendo—, ¡como a los melocotones!

Ya llegaban del patio claxonazos lejanos, llamando a las últimas parejas que aún remoloneaban en el parque; llegaban portazos y el bramido de los motores que arrancaban de repente, haciendo derrapar las ruedas en la gravilla. Algunos tocadiscos seguían girando en vano, vacíos, en zonas invisibles del parque. Otros se habían detenido bruscamente, pues las piernas de los bailarines, ya cansadas y entorpecidas, habían desenchufado los alargadores. El Nervio había arrancado la moto, que lanzó un rugido inesperado, y recorría con indolencia todo el parque. En la caseta de los faisanes y dentro de la pajarera un sinfín de alas revoloteaba al unísono contra la malla metálica cuando la fragorosa moto pasaba demasiado cerca, levantando polvo y grava en el aire.

La Melocotón se había esfumado. La luz declinaba rápidamente. Las cristaleras del invernadero reflejaban ya los colores de la puesta de sol; parecían hechas de agua. Turquesa se estaba dando un último beso con el hombre polvoriento, que se disponía a marcharse y ya se había puesto las gafas para el viento. Luego también el descapotable se alejó casi al ralentí por la gravilla, enfiló el portón abovedado y oímos el motor, cada vez más acelerado, mientras Turquesa seguía diciéndole adiós con la mano, cada vez más lento.

El árbol tachonado había adquirido el color de las brasas, se estaba apagando poco a poco, pero nadie se había acordado de meter otra vez en la villa al Tió, que seguía dormitando en el sillón de mimbre junto a la entrada de la gruta, con su flamante escopeta entre los brazos.

7

En la villa y en el parque

Las palomas mensajeras tenían que llegar de un momento a otro, desde un lugar lejanísimo al que las habían mandado en tren.

Bortolana deambulaba por el patio con su enorme reloj para apuntar las horas de llegada. Fumaba con ansia, escrutando el cielo con la cabeza inclinada hacia atrás. En el invernadero estaban el Tió y la callista. Cuando pasaba por delante de sus cristaleras con el libro de oraciones en la mano me detenía a mirar dentro, antes de dar otra vuelta completa al parque. La callista, con una toalla de esponja en las rodillas, sujetaba entre sus manos el pie aún informe del Tió, que estaba enfrente de ella, reclinado en una tumbona.

Tenía que llevarme la mano a la frente para ver bien el interior, pues la luz se reflejaba en las cristaleras del invernadero. Ni siquiera parecía un pie, sino un complejo bloque de caliza sin desbastar. La callista lo giró varias veces, a un lado y a otro: parecía incapaz de disimular su expresión de enorme asombro. Alrededor del pie, e incluso entre los dedos, brotaban y se ramificaban curiosas flores ya calcificadas. Parecían cambiar de forma continuamente, mientras la callista seguía dando vueltas y más vueltas a ese pie entre sus manos; se derretían para recomponerse al punto, cada vez en una zona diferente, merced a la mera presión de sus dedos.

Luego la callista empezó a hacer catas con un instrumento cortante que sacó de su bolsa: cortó varios callos, pero a juzgar por su cara de preocupación, por cómo los veía caer uno a uno en la toalla, por sus miradas alarmadas a la zona recién cortada, me pareció entender que compartía conmigo el temor de ver crecer por escisión dos callos donde antes solo había uno.

Llevaba un tiempo observando las sucesivas fases de aquella operación mientras daba vueltas al parque, y cada vez que me detenía frente a las cristaleras del invernadero el pie del Tió había cambiado hasta tal punto que me costaba reconocerlo. La callista seguía tallándolo con paciencia, moviendo su pequeña cuchilla, que lanzaba destellos inesperados en el invernadero, donde solo la garza real, el faisán dorado y el tucán, desde su vitrina de cristal, presenciaban la escena sin parpadear. Veía salir despedidas por todas partes pequeñas escamas transparentes que revoloteaban en el aire unos instantes antes de caer, multiplicadas, en la toalla y en el suelo. Estaban completamente rizadas, como virutas de cera. Algunos callos, en cambio, se desgajaban de golpe, íntegros, como perfectos nudos minerales, ahora que la callista había empezado a tallar también los dedos, separándolos uno por uno, reabriendo el hueco entre ellos. El Tió empezaba ya a mover las últimas falanges. Las contemplaba fijamente, con asombro, levantando de cuando en cuando la cabeza de la tumbona.

Di otra vuelta al parque. En el patio, también Lenín y los hermanos de la Melocotón habían empezado a mirar al cielo. La callista se enfrentaba ya al segundo pie, mientras el primero yacía irreconocible en las baldosas. Las virutas habían crecido y se habían acumulado a su alrededor, como en el suelo de una fábrica de cirios. Cuando terminó con el segundo pie, después de tallar de nuevo los dedos uno a uno, la callista recogió las virutas con una pequeña escoba y las metió en un gran cucurucho. El Tió por fin se había puesto en pie; ya daba sus primeros pasos sin ayuda por el invernadero.

Volví a alejarme para dar una última vuelta, lentísima, al parque. Las hojas aserradas de los castaños de Indias estaban completamente inmóviles en el aire. Podía leer sin dificultad mientras caminaba y, al mismo tiempo, mirar por el rabillo de los dos ojos el espacio que se desplegaba a mi alrededor. Un hilo de agua brotaba en parábola de la boca de la estatuilla de terracota y una paloma blanca, con las plumas de la cola muy enmarañadas, cayó a plomo, como rendida, de la ventana geminada del palomar. Creía que iba a espachurrarse contra el suelo, pero en el último instante desplegó las alas y se alejó volando.

—¡Diosa! —gritaba desde el invernadero el Tió, en tono emocionado.

Poco después lo vi salir, tambaleándose, por su propio pie. Sujetaba su flamante escopeta con una mano y el sillón de mimbre con la otra. El Nervio había entrado en el invernadero riéndose a carcajada limpia. No me quedaba claro qué estaba haciendo, así que me acerqué.

Había cogido el cucurucho de callos, que crecía y aumentaba de volumen a simple vista. Lo tenía un poco abierto, miraba su contenido con excitación y lo sacudía con fuerza. Algunos fragmentos de callo, aún entumecidos, se revitalizaban y volvían a crecer de repente, rebosando del cucurucho.

El Nervio salió del invernadero y entró corriendo en la leñera, pero a través de la ventana destrozada lo vi lanzar puñados de callos a las jaulas de los conejos; podía oír los nudos más duros y compactos partirse bajo aquellos dientecillos frenéticos. Se desintegraban en miles de fragmentos minúsculos, y todos y cada uno de ellos volvían a crecer al instante, a ramificarse. El Nervio estaba inclinado, presa de la emoción, sobre las jaulas. Yo veía el cucurucho cada vez más rebosante en sus manos. Lo rodeó con todo el brazo y salió corriendo de la leñera, rumbo a la caseta de los faisanes y la pajarera. Lanzaba puñados a través de la malla metálica y las aves descendían en picado para picotearlos: los fragmentos salían despedidos por la pajarera, saltando de pico en pico antes de ser engullidos con un gesto rápido de cabeza. Los faisanes salían brincando de la caseta de ladrillo, se apiñaban en busca de los callos más gruesos y transparentes, con una patita levantada por la concentración, y se los arrebataban los unos a los otros con el pico.

—¡Ahí están! ¡Ahí están! —empezó a gritar de repente Bortolana, como un poseso, desde el centro del patio.

Levanté la cabeza y miré al cielo, que de pronto había empezado a bullir de actividad. Me lancé a toda prisa tras sus pasos, al verlo correr hacia la puerta de las caballerizas con su enorme reloj para apuntar las horas. Lo seguí hasta el recoveco y subí tras él por la escalera de travesaños que llevaba al palomar. Ascendía con torpeza, dándose golpes contra las paredes harinosas del conducto, sujetándose a los travesaños con una sola mano, pues con la otra abrazaba el reloj. Yo iba justo debajo de él, y de vez en cuando se volvía para pasarme un travesaño que, con el frenesí del ascenso, se había soltado de la pared. Yo lo dejaba caer y lo oía retumbar en el fondo del conducto, cada vez más lejos.

Las palomas ya estaban sobrevolando la villa. Unos segundos después, pude observarlas agazapado a espaldas de Bortolana, que me hacía señas para que me quedara escondido, pues la presencia de un desconocido y la mancha oscura de mi sotana habría podido espantarlas y retrasar su regreso al palomar. Él estaba inmóvil detrás del parteluz de la ventana geminada, con el reloj apoyado en el alféizar, y me parecía verlo mover la cabeza de lado a lado, emitiendo un levísimo estertor gutural. Del patio llegaban los gritos y las órdenes de Lenín. Si me asomaba un poco, lo veía dar vueltas sobre sí mismo mientras movía los dos brazos en el aire agitado por un millar de alas en movimiento. También Dirce había salido aprisa de su casa y miraba al cielo ondeando el delantal con las manos.

Bortolana asomaba casi todo el cuerpo por la ventana, hasta tal punto que a veces tenía que agarrarlo de la chaqueta para que no se cayera. Se había encendido un cigarrillo con las manos trémulas por la emoción. Con pequeños sonidos guturales intentaba llamar la atención de las palomas más cercanas, que preferían seguir remoloneando en el cielo, mientras otras bandadas se agrupaban y permanecían unos segundos juntas antes de emprender de nuevo el vuelo hacia otros palomares de Ducale. El cielo estaba cada vez más abarrotado, y el aire tan agitado y confuso que vi a los hermanos de la Melocotón tambalearse en medio del patio, estirando los brazos en todas direcciones en busca de un asidero. El árbol tachonado parecía inclinarse y rotar sobre su propio eje, lanzando destellos.

—¡Bajad! ¡Bajad! —suplicaba Bortolana con un curioso sonido nasal que repetía sin cesar, completamente asomado a la ventana, con los ojos cerrados, mientras un hilillo de baba le caía de la boca y se estiraba en el aire sin llegar a romperse.

El perro de Lenín ladraba enloquecido en el centro del patio, retorciéndose, dando brincos. Toda la bóveda de cielo que cubría el parque y la villa vibraba con el infinito bullir de alas; la luz se atenuaba si las palomas convergían en un solo punto, o aumentaba si se desperdigaban de repente, antes de converger de nuevo, para luego volver a separarse. Lanzaban chirridos y reclamos desde su perspectiva oblicua del parque y de la villa, cuyas líneas de fuga se hundían en el suelo como los lados de un ángulo. Deshilachaban y volvían a tejer de mil maneras el cielo al descender en picado desde sus capas más altas y menos densas; las propias aves parecían fragmentos de cielo en emulsión.

Luego la primera paloma se separó de la bandada y descendió de golpe, como dormida. Se posó en la parte más alejada del alféizar protegido por una malla metálica. Aún vacilaba, se movía dando pasitos cortos, por donde nadie podía atraparla. Si la mano de Bortolana se le acercaba más de la cuenta para incitarla a entrar, la paloma amagaba con alzar otra vez el vuelo. Tenía el pico pegado, negro, como si se hubiera parado a beber en un tanque de petróleo a mitad del viaje. Las plumas de la cabeza estaban levantadas y endurecidas. Oí a Bortolana empezar a suplicarle en voz baja, arrodillado en el alféizar de la ventana. De lo alto del cielo seguían llegando los chirridos y el aleteo de las muchas bandadas que sobrevolaban la zona.

La primera paloma cruzó al fin, de un saltito, el umbral de la ventana. Bortolana la agarró a toda prisa para arrancarle el anillo que llevaba en la pata y apuntar la hora de llegada. Ahora parecía algo más relajado, porque otras palomas habían empezado a posarse en el alféizar. Entraban una tras otra después de titubear más o menos tiempo. Varias de ellas, acaso alcanzadas de refilón por algún cazador, tenían pequeños grumos de sangre entre las plumas, o una patita destrozada y colgando, mientras que otras llegaban con extraños objetos enredados en las plumas: hebras de tabaco, una grapa de metal, fragmentos polvorientos de pastillas, tiras de periódico escritas en una lengua completamente desconocida, recogidos quién sabe dónde y cómo durante su larguísimo viaje de vuelta.

«¿Quién sabe si duermen mientras vuelan?», me preguntaba al ver a algunas llegar con los ojos cerrados y estrellarse en el parteluz de la ventana geminada. Ya se habían posado casi todas, y Lenín preguntaba desde el patio por las horas, impaciente porque no tenía forma de entender lo que le decía Bortolana. Una vez que todas las palomas hubieron regresado al palomar, el Tió había empezado a disparar desde el centro del parque. Bortolana daba las últimas caladas a un pitillo casi inexistente, que sujetaba a duras penas con sus grandes dedos. Yo seguía inmóvil a su espalda, observando en primerísimo plano el pabellón de su oreja derecha, completamente ennegrecido, un poco chamuscado, como el interior de un cenicero.

Las palomas correteaban por el suelo del palomar emitiendo un sinfín de ruiditos, agolpándose alrededor de un cuenco. Ahora Bortolana se había girado y las miraba con infinita tranquilidad. Dio una última calada, tan fuerte que me pareció ver la colilla arder entre sus labios, e inclinó levemente la cabeza antes de apagarla, con sumo cuidado, en el pabellón ennegrecido de su oreja. La aplastó haciéndola girar unos segundos en el punto más cóncavo, y la presionó dos o tres veces contra el conducto auditivo para asegurarse de que la brasa se apagaba del todo. La colilla estaba ya tan consumida que, cuando Bortolana acabó el ritual, solo le salió de la oreja un poco de ceniza. Inclinó la cabeza hacia un lado con gesto mecánico, y sacudió dos o tres veces con la mano el pabellón auditivo para que cayera todo, pero yo aparté la mirada por miedo a ver la oreja deshacerse de pronto entre sus dedos.

Llevaba un rato observando las palomas, cada vez más amontonadas alrededor del cuenco, cuyo contenido había descubierto con sorpresa.

Me preguntaba cómo se las había apañado el Nervio para llegar al palomar antes que nosotros, que habíamos subido a toda prisa los travesaños del conducto vertical en cuanto habían aparecido las palomas. Quizá subió por aquella escalera interminable y muy inclinada de la leñera y pasó por el entablado suspendido sobre la bóveda del portón, para luego volver sigilosamente sobre sus pasos.

Las palomas ya empezaban a picotear los callos más gruesos del cuenco, para reponerse al fin después del largo viaje.

Había encontrado un lugar para cada cosa en mi habitación. La ropa interior en el primer cajón, la maleta vacía en el segundo, el betún y el libro de oraciones encima de la mesilla. Colgué la sotana de repuesto en una percha, que podía enganchar en uno de los picos del armario. Debían de haberla lavado y planchado otra vez, porque la veía aún más lisa y reluciente que de costumbre. La que me ponía a diario, en cambio, la dejaba extendida con mimo a los pies de la cama antes de acostarme, después de cerrar los postigos plegables y de recitar las oraciones arrodillado en el suelo, a falta de reclinatorio en la habitación. Mientras pulsaba la pera del interruptor aún me daba tiempo a ver, por un instante, el antiguo espejo colgado sobre la cómoda. Los fragmentos de habitación que se reflejaban en él tenían una luz plúmbea; parecían estar dentro de un escudo primigenio.

Al entrar, cerraba la puerta a mi espalda. Aún oía por unos segundos pasos en las escaleras, y luego la puerta del invernadero cerrarse de un portazo por última vez. La notaba vibrar un buen rato en sus bisagras, con las cristaleras temblando en los armazones sin estuco, mientras las luces se apagaban una tras otra en la villa y el faisán dorado, la garza real y el tucán se dormían en la vitrina con sus ojillos de cristal muy abiertos. Observaba con asombro el interior de mi habitación, envuelto en la ligera resonancia de la puerta recién cerrada: la cama solitaria y un poco hinchada, que parecía levitar sobre el suelo, en contraste con la simetría de las dos filas de camas del dormitorio del seminario. Oía un ratito más al Tió, que se preparaba para acostarse en la habitación de al lado; y luego, durante mucho tiempo, solo quedaba el tañido de las horas y las medias que marcaba toda la noche el campanario de Ducale. Al otro lado de los postigos plegables ya cerrados, los animalillos nocturnos se despertaban y empezaban a hacer ruiditos en todos los rincones del parque. Se lanzaban chirridos y reclamos, con los ojos entrecerrados en sus recovecos; surcaban el aire vibrante y se lanzaban en picado de golpe, con la boca abierta de par en par. También a mi alrededor se expandían sin cesar nuevas eflorescencias, que oía crujir en el enlucido polvoriento y un poco desconchado de las paredes.

Por las mañanas seguí haciendo la cama sin ayuda. Lustraba los zapatos durante un período de tiempo incalculable. Me ponía la sotana sin alzacuellos, por el calor, encima de una camisa sin cuello. A veces alguien abría la puerta de repente, por error o a propósito, para verme. Por el interior de la villa siembre pululaban muchos invitados. Algunos se quedaban a dormir, pasaban allí varios días y luego se esfumaban; otros parecían tener residencia estable en la villa, aunque su residencia estable estuviera en otro sitio. Acudían principalmente a ver al Tió, que recibía desde primera hora de la mañana, cuando aún estaba haciendo sus abluciones con la cabeza hundida en la palangana. Emergía y se zambullía de nuevo, a veces respondía con una pequeña carcajada, sin sacar la cabeza del agua. Luego las visitas se le acercaban cuando ya estaba en el parque, escopeta en mano, sentado a poca distancia del árbol tachonado. No dejaba de disparar mientras le hablaban, y siempre apuntaba antes de apretar el gatillo, para que los proyectiles se incrustasen en los últimos huecos vacíos que quedaban en el tronco. Los oía clavarse con un bramido en la pulpa vegetal, hasta que solo asomaban los circulitos resplandecientes de su base. El Tió volvía a disparar, la bala se incrustaba en una zona recién descortezada y la atravesaba de golpe, levantando astillas al estallar en su interior. El visitante se ponía tenso, e incluso fruncía un poco el ceño, cuando el Tió recargaba la escopeta con unos proyectiles largos que acababa de sacar de una cajita pesada. Resplandecían al sol mientras los introducía uno a uno en el arma. En el parque se disipaba paulatinamente el eco de los disparos, se elevaba por doquier el trino de los pájaros. El Tió intercambiaba unas palabras con el visitante, distraído, antes de apoyar de nuevo su cabeza calva en la culata de la escopeta, con suma lentitud y con los ojos casi cerrados, como si fuera una almohada. Apretaba los dientes por el retroceso, mientras la bala se clavaba con un gemido neumático en el tronco, y volvía a disparar sin mover un milímetro el cañón. A veces los proyectiles se superponían, al impactar de lleno en el anterior, y desaparecían en la planta dejando a su paso un sinfín de astillas levantadas. Entraban uno dentro del otro y estallaban de forma concéntrica, perforando hasta el último de los anillos más blandos y profundos del tronco, relleno de médula, mientras la planta permanecía perfectamente inmóvil y silenciosa en el centro del parque, del espacio.

El Tió levantaba la cabeza de la escopeta. El árbol tachonado, bañado por los rayos del sol desde una determinada inclinación, irradiaba una luz semicircular, mientras que el resto del parque solo parecía iluminado por una tenue luz artificial. El visitante felicitaba al Tió mientras daban un breve paseo por el parque, que había vuelto a sumirse en el silencio. Yo los veía desde la ventana de mi habitación, desde lo alto del nevero o de la gruta. Desde primera hora llegaban coches alargados con los cristales ahumados. Bajaban de ellos niños bien peinados, aún dormidos en brazos del chófer, o agarrados de la mano de viejas con la cara semicubierta por un velo, y se dirigían a la villa, cuyos postigos plegables empezaban a abrirse. Las viejas se detenían en el centro del patio a mirar, y el sol recién nacido encendía por un instante sus velos, que parecían tejidos con hilos de cobre incandescente. Observaba los pequeños bolsos de cuero que colgaban de sus brazos huesudos y llenos de manchas. A veces tenían formas muy curiosas: el cuero estaba tenso, deformado por objetos contundentes, inusitados. Intentaba entender qué guardaban ahí, intuir las formas bajo la fina capa de piel, y a veces me quedaba por un instante petrificado, aturdido, cuando conseguía distinguir la silueta inconfundible de un ladrillo o de una vieja plancha llena de brasas ardientes.

Los niños se desperdigaban por el parque a la carrera. El Tió, después de dejar la escopeta en una franja de césped, empezaba a conversar con la visitante y la conducía al interior del invernadero, cuyas cortinas aún estaban descorridas. Al otro lado de las cristaleras veía a la vieja tocar con gesto furtivo, con un solo dedo, la ruedecilla del audífono, para oír enormemente amplificado el chisporroteo que de un momento a otro emitiría el rostro del Tió bajo la plancha ardiente, que sin duda ella se disponía a sacar de sopetón del bolso deformado. Luego los niños, después de corretear un buen rato por el parque, irrumpían a grito pelado en el invernadero.

El tiempo pasaba, el árbol tachonado indicaba que la Tierra ya había completado casi medio giro sobre su eje. El chófer, que se había quedado esperando en casa de Lenín, volvía al patio y se acercaba al coche, hasta que la vieja salía como si nada del invernadero, con los dos niños de la mano. Se volvía por última vez para despedirse. El sol ya estaba muy bajo, su cara apenas se distinguía bajo el velo incandescente. Los niños eran los primeros en montar de un salto en el coche, y con sus pequeños puños aporreaban las ventanillas ahumadas para abreviar el momento de la despedida, hasta que el vehículo se ponía en marcha. Bortolana corría a cerrar la verja del portón abovedado y alisaba, arrastrándola con el pie, la gravilla del patio, que se cerraba rápidamente sobre sí misma y borraba las huellas de los neumáticos.

A veces las visitas se solapaban por casualidad. Los coches pequeños se detenían aterrorizados en la gravilla, ya dentro del patio, al encontrarse otros coches aparcados casi delante de las cristaleras del invernadero. Bajaban de ellos hombres fornidos, con aire de indiferencia, mirando a su alrededor con los párpados entrecerrados. Otros, ya dentro de la villa, los observaban sin conseguir disimular una sonrisa, retorciéndose el bigote, asimétrico y un poco pegado por la nicotina. Hasta que una joven pareja irrumpía en el patio montada en moto, demudando de pronto la expresión en las caras de los dos primeros grupos de visitantes.

A veces se quedaban a cenar, y entonces aparecían dos extensiones laterales en la mesa, desplegadas para la ocasión. Mientras tanto, los invitados se lavaban las manos en el baño con gran revuelo. Se intercambiaban entre risas las toallas, se mojaban la cara para quitarse el polvo del viaje. En la mesa ya estaban los platos y los cubiertos de plata, los que tenían el blasón grabado. En los platos hondos la sopa llevaba unos segundos humeando. Turquesa se demoraba, seguía en su habitación con la modista, que le estaba probando el vestido de novia. Todos la llamaban a voz en cuello desde el comedor. La modista se apresuraba en quitarle los últimos alfileres del vestido y se los metía uno tras otro entre los labios. Empezaba la cena. Yo, sentado en el extremo de una de las extensiones, miraba al exterior por la ventana aún abierta. Mi sotana contrastaba como una mancha en el mantel cuando estiraba los brazos hacia el plato. Veía, en la luz menguante, la silueta de las almenas sobre la tapia, el último vuelo de las palomas antes de regresar al palomar para pasar la noche; veía a Bortolana detrás de una ventana geminada, justo a mi altura. Parecía mirarme única y exclusivamente a mí, que estaba cenando al otro lado del patio, en la villa. Los hermanos de la Melocotón caminaban de aquí para allá por la gravilla, levantando de cuando en cuando los ojos hacia las ventanas. Con la cabeza inclinada sobre el plato, observaba la indescriptible fiera rampante que destacaba en la empuñadura de plata del cuchillo, a la que ni siquiera el aroma del plato recién servido y aún sangrante lograba hacer abrir, por poco que fuese, sus grandes ojos soñolientos, entrecerrados.

La conversación se animaba cada vez más alrededor de la mesa, y la extensión en la que se apoyaba mi plato empezaba poco a poco a ondear. Llegaba el pescado en la gran fuente, el ala de la mesa subía y bajaba dos o tres veces mientras los comensales expresaban su satisfacción echando el pecho hacia atrás y presionando con fuerza las muñecas en el mantel. Los pescados se cortaban en la propia fuente, con los cubiertos correspondientes, y al abrirlos ahumaban el comedor. En la villa siempre tenían muchos peces vivos, en una bañera llena de agua. Los mataba la Diosa, aporreándolos con violencia contra el suelo. Todo el edificio, sobre el zócalo de cristal que era su invernadero, temblaba ligeramente con cada golpe. De la cocina llegaban nuevos platos que nadie se esperaba, el ala de la mesa subía y bajaba cada vez con más intensidad: tenía que sujetar mi plato con las dos manos para que no se volcara. Los cubiertos de plata pesaban tanto que me parecía imposible levantarlos. Hasta que una agitación aún mayor e incontrolable recorría el comedor cuando llegaba la noticia de que Dirce estaba subiendo las escaleras de la villa con una olla llena de trozos humeantes de conejo. Fuera ya era noche cerrada, pero soplaba un aire tan tibio que dejaban abiertas las ventanas, aunque los pequeños insectos estivales, transparentes y un poco encandilados, irrumpiesen en la villa. La gravilla se enfriaba y se apelmazaba bajo los pasos de los hermanos de la Melocotón, que seguían caminando de aquí para allá bajo las ventanas.

Luego la cena concluía poco a poco, se apagaba. Todo el mundo bajaba a fumar y caminar por el parque. Las diminutas brasas se desplazaban en la oscuridad por los paseos, aumentando y disminuyendo de intensidad en puntos muy alejados y sin duda no relacionados entre sí. Aunque, al observarlos desde lejos con atención, se distinguían tantas y tan calculadas asimetrías que uno llegaba a sospechar que, sin saberlo, configuraban un único circuito que transmitía impulsos eléctricos a través de su red de nodos y de puntos conectados. De dicho circuito formaban parte incluso algunos cigarrillos que parecían escapar por completo de sus redes, como los de la joven pareja que fumaba en el puentecillo de hierro y entre el bambú, cuyas brasas se acercaban y se desenfocaban hasta tal punto que parecían fundirse en una sola, o se apagaban y desaparecían de pronto, como si ambos hubieran empezado a besarse sin molestarse siquiera en quitarse el pitillo de los labios. Y también los cigarrillos de las dos hermanas, algo más jóvenes, que fumaban a escondidas entre el follaje en lo alto de la gruta: absolutamente nadie podía verlas, pero a veces condicionaban el pulso intermitente de una nueva brasa, también invisible, a los pies del montículo o detrás del imponente tronco del árbol tachonado.

Hasta que el Nervio, que paseaba por la gravilla del patio, separado del resto, decidía introducir su colilla por la malla metálica de los faisanes, que corrían a picotear la brasa y levantaban chispas en la noche. Entonces, también los otros puntitos luminosos que seguían vagando por el parque parecían disminuir de intensidad, empezaban a apagarse paulatinamente en zonas muy distantes entre sí, pulsando aún unos segundos entre el follaje. Hasta que la última brasa, que caía del puentecillo describiendo una parábola, se apagaba en el agua negra del tanque y todo el parque se sumía de golpe en la oscuridad.

Turquesa se demoraba, seguía en la cocina de la villa, delante de la pila de platos por fregar; descarnaba uno por uno todos los huesecillos, limpiaba las raspas de pescado con la uña, hacía saltar los ojos de las cabezas con un palillo. Luego volvía a toda prisa con la modista, que la esperaba en su habitación con el vestido desplegado en la cama y listo para probárselo, después de que se limpiara el pringue de las manos con un pañuelo. La modista le ponía el vestido de novia metiéndoselo poco a poco por la cabeza y extendía uno a uno sus pliegues, que siempre parecían a punto de partirse por unas aristas que, al cruzarse con otros pliegues, formaban puntas cortantes. Turquesa se quedaba con los brazos levantados en el centro de la habitación, mientras la modista empezaba a clavar los alfileres, sacándoselos de entre los labios. Estiraba la tela por la espalda, porque la barriga de Turquesa estaba un poco hinchada después de la cena, y la superponía en distintas capas tensándola con las dos manos. Turquesa no tardaba en empezar a llorar, alarmada, sin bajar los brazos y casi sin respirar, metiendo barriga, mientras la modista seguía haciendo pruebas con el ceño fruncido; parecía clavarle los alfileres directamente en el cuerpo.

Luego yo también bajaba al parque, mientras los invitados volvían de allí, o se quedaban charlando en los sillones del invernadero con las luces apagadas para evitar los mosquitos. Seguía de memoria los paseos de gravilla, y los senderos más estrechos e intrincados en la zona del montículo, cada vez más oscuros a medida que me alejaba del patio. Me adentraba en la gruta, y luego subía el puentecillo de hierro con sigilo, para no despertar a las ranas ya dormidas, como cuando pisaba la gravilla alrededor de la caseta de los faisanes y de la pajarera. Caminando entre las franjas de césped, que a esa hora parecían marañas de alambre oxidado, veía algún que otro patito que aún no se había recogido. Se dirigían a paso ligero y en grupo hacia la puerta de la leñera, abierta de par en par, incitados por Lenín. Me sentaba en una piedra de molino hundida casi por completo en el suelo. Desde ahí veía cerrarse una tras otra las ventanas de la villa, mientras los invitados empezaban a dirigirse a las escaleras. También en la casa de Lenín se preparaban para la noche.

Daba una última vuelta y, a veces, un leve fragor que se extendía por la oscuridad me indicaba que Lenín estaba orinando musicalmente en la gravilla, en una zona muy lejana del parque, antes de volver a casa para acostarse.

En la villa, justo antes de entrar al fin en mi cuarto, todavía me daba tiempo a cruzarme con algún invitado que, después de familiarizarse con su habitación, deambulaba en pijama por el pasillo con un vaso de agua en la mano. Entonces las luces empezaban a apagarse una tras otra. Turquesa debía de haber convencido a la modista para que se quedara a pasar la noche, y así reanudar las pruebas a primera hora de la mañana. Me parecía verlas dormir en la misma cama, gracias al hilo de luz que desde el pasillo se colaba por la rendija de la puerta: Turquesa sujetaba a la modista con los dos brazos, por miedo de que se marchara en plena madrugada.

Apagaba la luz del pasillo, buscaba a tientas mi habitación. La ventana y sus postigos plegables como un acordeón seguían abiertos de par en par, y en la oscuridad se intuía todo el parque. A veces no los cerraba de inmediato, ni encendía la luz de la habitación, para que ningún ave nocturna me viese rezar de rodillas en el suelo. El aire estival bullía de actividad, todas las estrellas parecían molidas, acumuladas sobre el parque.

Una de aquellas noches, mientras subía a la primera planta de la villa, vi a la Diosa esperándome, inmóvil, en lo alto de las escaleras.

La miré. Iba en bata, sus ojos parecían cerrarse por el sueño.

—¡Los del hospital me han avisado de que es mañana! —la oí decir—. Ya sabes lo que tienes que hacer…

En la habitación, bien a la vista, delante del espejo de plomo, habían dejado unas tijeras.

Me quité la sotana, me acerqué a la ventana para tener un poco de luz sin necesidad de encender la cegadora bombilla. La vista alcanzaba con nitidez los primeros diez metros desde el zócalo acristalado de la villa, hasta llegar a las hojas metálicas de los gladiolos a orillas del parque. Puede que la luna también iluminase el tenue resplandor de mi cuerpo desnudo en la ventana, pues me pareció oír que alguna voz se interrumpía de repente cuando me asomé sin sotana; que algún instrumento había desentonado de pronto, de manera casi imperceptible. Empecé a cortar con las tijeras mechones de vello púbico. Los arrancaba sin dificultad, los tiraba por la ventana. Eran tan poco consistentes que a veces se quedaban enganchados en el enlucido poroso del exterior de la villa, o en la cornisa que corría bajo el alféizar. Los quitaba con la mano, asomando medio cuerpo por la ventana, los alejaba de un soplido. Me recorría un escalofrío cuando, al tener la cabeza tan baja, me daba la sensación de que el resto del cuerpo no bastaría para hacer de contrapeso.

Me quedaba unos segundos inmóvil, hurgando con los ojos en la oscuridad. En las zonas más inaccesibles del parque ya cantaban los grillos; afloraban por doquier sonidos minúsculos y apenas perceptibles, como pasitos en la hierba y dentro de la pajarera. Pequeñas alas transparentes zumbaban encandiladas a mi alrededor, voces infinitamente tenues gemían y se llamaban desde la distancia, desde diminutos agujeros excavados bajo tierra, y quizá también oía las virutas de los callos arrojados a manos llenas por el Nervio, pasando de boca en boca con enrevesados movimientos de cuello, creciendo y ramificándose dentro de los cuerpecillos de miles y miles de pequeños animales aún despiertos.

Mi pubis destacaba un poco en la penumbra, con los cañones del vello cortado a ras de piel, como si hubiese sido pasto de un incendio.

8

Circuncisión

Sentado en lo alto del nevero con el libro de oraciones en las manos, dejé asomar de la sotana el pene recién circuncidado y completamente envuelto en vendas, como una momia colgandera.

Aún estaba un poco turgente debajo del vendaje, tumefacto tras la operación. Tenía que tenerlo al aire todo lo posible, por el dolor que me provocaba el más mínimo roce con un tejido. Las hojas del castaño de Indias ya estaban oscuras, gigantescas, y formaban una cúpula compacta sobre mi cabeza. No obstante, algún que otro orificio perfecto se abría inesperadamente aquí y allá cuando el Tió erraba el tiro y uno de los proyectiles no impactaba por unos milímetros en el árbol tachonado. Pasaba silbando por encima de mi cabeza y, en un instante, perforaba todas las capas superpuestas y pesadas del follaje.

Al levantar los ojos del libro de oraciones, veía a través de aquellos orificios distintas partes del parque y del patio. A veces una suave brisa los desplazaba un poco y me permitía seguir con la mirada a algo o a alguien en movimiento. En el patio había estallado un altercado furibundo. Lenín iba caminando por la gravilla detrás de Maciste, su hijo mayor, y de vez en cuando le daba un golpe en el cogote o en los hombros. Ninguno de los dos parecía acelerar el paso, ni Maciste para huir ni Lenín para seguirlo. No me quedaba claro si el primero estaba llorando o riéndose. Se tapaba los ojos cerrados con los puños, y de sus labios solo salía un murmullo confuso: parecía estar rezando para contener hasta el final su fuerza descomunal.

Entretanto, la Melocotón había aparecido de repente en la puerta de su casa. Llevaba un espejo en la mano y miraba a un lado y a otro en busca del mejor lugar para colocarlo. El viento había cambiado de dirección hacía unos segundos, alineando perfectamente un gran número de hojas para crear un nuevo orificio. Después de mirar a su alrededor dos o tres veces, la Melocotón empezó a bajar la pequeña escalera exterior de la casa del guardés. Estaba muy lejos y, además, era del todo imposible saber hacia dónde dirigía sus ojos, pero no cabía duda de que la chica estaba mirando más de un peldaño a la vez. Me pareció verla bajar tres y luego subir dos; bajaba de nuevo, y otra vez subía, hasta regresar a lo alto de la escalera. Al observarla me daba la impresión, por una serie de sencillos cálculos matemáticos, de que era directamente imposible que lograse bajar.

El viento cambiaba de dirección cada cierto tiempo, porque el orificio seguía desplazándose para enmarcarla. Procuraba no perderme ni el más imperceptible de sus movimientos por el espacio, pero algo se me tuvo que escapar, porque al cabo de un buen rato vi que, contra todo pronóstico, había llegado a los pies de la escalera y caminaba ya por la gravilla, espejo en mano.

Miró a su alrededor para elegir el lugar ideal donde colgarlo. No tenía claro si al menos uno de sus ojos podía verme a través de uno de los orificios del follaje, ayudándose también de meticulosos cambios de orientación del espejo, que la Melocotón llevaba un rato moviendo en el aire. La veía reflejada cuando el espejo coincidía con la línea visual que atravesaba el orificio en movimiento de las hojas: el rostro de la Melocotón se me presentaba por un instante inclinado y anguloso; sus ojos giraban en todas direcciones por el espacio abierto, donde es imposible no mirar desde y hacia todas partes.

Aún no me quedaba claro dónde iba a colocar el espejo, pues cada día escogía un sitio distinto. Podía colgarlo en la pared exterior de su casa, pero también en la de la leñera o las caballerizas, e incluso en el recoveco más escondido de la propia villa, porque por todas partes despuntaban numerosos clavos, grandes y pequeños, clavados sin motivo aparente en las paredes y en los troncos de los árboles, en los límites del patio y en medio del parque. La gravilla crujía bajo sus bailarinas, que se ensanchaban con cada paso y volvían a ceñirse a su pie. Ya había cruzado todo el patio. Yo seguía preguntándome dónde iba a colgar el espejo esta vez cuando la vi detenerse junto a la caseta de los faisanes. La Melocotón estaba muy cerca del nevero, inmóvil y con el espejo bien levantado. Inspeccionó las paredes con los dedos, y debió de encontrar con la yema algún clavo infinitamente fino, porque en un abrir y cerrar de ojos vi que el espejo ya estaba colgado o suspendido, y que el rostro de la chica había aparecido de repente en su interior, a poca distancia de mi cúpula vegetal.

Se miraba con unos ojos tan bizcos que parecía imposible que se viese, mientras empezaba a peinarse. Su pelo iba cubriendo más y más el marco del espejo. Se lo cardaba, separando los mechones uno por uno, enmarañándolos hasta tal punto alrededor de los dientes del peine que le costaba Dios y ayuda sacarlo después de cada pasada. La masa de pelo se expandía y ocupaba cada vez más espacio, sus pequeños hombros no parecían ya capaces de soportarlo: cada vez que la Melocotón inclinaba un poco la cabeza, los oía crujir y lanzar minúsculas chispas que se reflejaban a la perfección en el espejo. Sobre mi cabeza, una miríada de insectos microscópicos daba vueltas casi rozando la bóveda de follaje, donde la luz reverberaba y se espesaba. Llevaba los patines puestos y, cada cierto tiempo, una de las ruedecitas empezaba a girar por su cuenta, sin hacer ningún ruido. Bajo las vendas, mi pene palpitaba ligera y dolorosamente; cada dos por tres tenía que espantar las avispas y hormigas que, atraídas por el olor de la sangre y de las pomadas, caminaban sobre él en busca de un hueco entre las vendas. La Melocotón había terminado de cardarse el pelo y se lo había levantado, bien alto, apelmazándolo con la palma de una mano y haciendo crepitar con más fuerza toda la masa electrizada.

Un segundo después vi que el espejo había desaparecido. Se desplazaba de nuevo por el patio, balanceándose en manos de la Melocotón, cuya cabellera seguía crepitando a cada paso. La llevaba tan extendida y alta que, mientras la chica pasaba por delante del zócalo acristalado de la villa, a través de su nube de pelo pude ver al Tió en el invernadero, contemplando absorto sus pies con la ayuda de una lupa, y a su lado también a la Diosa, que miraba por la misma lupa con un semblante igual de preocupado.

Detrás de una de las ventanas geminadas del palomar, Lenín seguía caminando con Maciste, pero ahora iba él delante. Debía de haberlo adelantado antes de encaramarse a la escalera de travesaños de hierro que ascendía por el conducto vertical, para, girándose de cuando en cuando, seguir golpeando en la cabeza a su hijo mayor ahí dentro. La Melocotón había vuelto a la escalera exterior de su casa, se disponía a subir. La vi poner un pie en el primer peldaño y acto seguido volver al suelo; subir con el otro pie dos peldaños a la vez para luego bajar uno; subir y bajar una infinidad de veces mientras el tiempo pasaba y el sol empezaba ya a ponerse.

Me quité los patines y volví a guardarme en la sotana el pene vendado antes de bajar del nevero con mucha precaución. Di una vuelta lentísima al parque. Cuando regresé al patio para entrar en la villa, la Melocotón seguía subiendo y bajando la pequeña escalera, mientras Dirce, no muy lejos de allí, quitaba granos de maíz de una molleja de pollo vuelta del revés, sin percatarse de nada.

La villa bullía con los preparativos de la boda de Turquesa. Ponían las sillas y las habitaciones patas arriba, una tras otra. La Diosa enceraba las mesas y los suelos, también en la planta baja y en el invernadero, donde los invitados se juntarían para el convite. La modista pasaba horas y horas haciendo pruebas, dando el enésimo retoque al vestido, porque la barriga de Turquesa se hinchaba y se deshinchaba sin cesar. Había alfileres por todas partes. Me los encontraba en la sopa y en la leche con cacao, en la pulpa de una cereza o de una perilla. Más de una vez, pelando un huevo duro, me encontré uno clavado misteriosamente en la yema, sin que la cáscara pareciese perforada por ningún sitio. A veces, después de una sesión de prueba particularmente agotadora,

Turquesa se asomaba a una de las ventanas de la villa con el vestido puesto.

Había un gran número de invitados sentados en las distintas salas, charlando; llegaban sin cesar proveedores de lo más inesperado, y a veces alguno irrumpía por error en mi habitación justo cuando estaba cambiándome el vendaje del día. Desenrollaba la gasa con sumo cuidado, cerrando los ojos cuando tenía que arrancarla de la carne viva. Tenía que echar gotitas de agua tibia en los puntos más secos y pegados para poder seguir desenrollándola. Intentaba por última vez sacar un trozo de hilo que se había partido y se me había quedado en la carne cuando me quitaron los puntos, pellizcándolo con las uñas y tirando de él con decisión, en vano. En el parque, Lenín y Bortolana llevaban unos días haciendo una limpieza a fondo: rastrillaban la gravilla, amontonaban las hojas caídas en una carretilla de hierro con una sola rueda que enganchaban a una bicicleta, e iban a tirarlo todo a la montaña de basura que había detrás del huerto, rodeada por tres lados por un muro alto y semiderruido. Les ayudaba el hijo pequeño de Lenín, que conducía la bicicleta como una flecha incluso por los senderos más estrechos y tortuosos. Sus ruedas rebotaban en las raíces que sobresalían del suelo, y las hojas y los papeluchos salían volando de la carretilla y volvían a desperdigarse por el parque. Veía su cabeza perfectamente albina aparecer y desaparecer entre el follaje, subir y bajar por el montículo para luego despuntar unos segundos, encabritada, al otro lado del muro semiderruido que rodeaba la montaña de basura.

También estaban tapiando varios tilos, rellenando con cemento los huecos que el paso del tiempo había formado en el interior de los troncos. Lo transportaba Bortolana en otra carretilla, mientras Lenín tapiaba la planta, con la cabeza muy inclinada hacia un lado por la concentración. Extendía el cemento con meticulosidad, prestando mucha atención a que quedase bien nivelado con el tronco, y luego le hacía pequeñas marcas con el borde de la paleta para imitar la corteza. Bortolana acercaba muchísimo la cabeza para observarlo, y como Lenín siempre cogía con la punta de la paleta una porción minúscula de cemento, me daba miedo que pudiera echársela de repente en la oreja, para tapiársela también.

Muchos se aproximaban a admirar la capa de cemento aún fresco, hombres y mujeres, y arrimaban tanto la cabeza que un día un mechón de pelo se quedó pegado a un gran tilo tapiado, en uno de los rincones del parque. El mechón se levantaba al menor soplo de viento y podía distinguirse cada pelo, con su microscópica raíz transparente. Poco a poco, la montaña de basura fue agigantándose. Cuando alguien subía a lo más alto, los residuos apilados comenzaban a temblar y a desmoronarse de pronto en todas direcciones.

También la familia de Lenín empezaba ya a prepararse para la boda de Turquesa. Dirce se estaba rizando el pelo con una plancha, sentada junto a la pequeña escalera, y llamó a sus tres hijos para lavarlos en el centro del patio con la manguera de regar las flores. En la villa todo el mundo estaba ya en las ventanas. Si me asomaba un poco por el alféizar, podía verlos en sus cómodos sillones. Algunas señoras abrían el abanico de golpe, con evidente nerviosismo, manifestando su disgusto por el retraso.

Luego un leve chirrido se elevó de repente desde abajo y miré con infinito estupor: Dirce, manguera en mano, empujaba a sus tres hijos hacia el patio reluciente.

Los tres iban como Dios los trajo al mundo, caminando por la gravilla puntiaguda sin dar muestras de dolor. Era casi imposible verlos, porque a esa hora el sol estaba en su cénit y bañaba, deslumbrante, sus cuerpos desnudos.

Con un gesto sumamente experto, Dirce acopló un cabezal de hierro en el extremo abierto de la manguera, lo hizo girar dos o tres veces para enroscarlo y el agua empezó a brotar de mil maneras distintas: primero se extendía en círculos cada vez más amplios y vaporosos; luego se concentraba poco a poco hasta salir con tal potencia que la gravilla saltaba por los aires; después se ensanchaba otra vez, difundiéndose en una nube de gotas finísimas por todo el patio, atravesada a oleadas, durante unos segundos, por zonas irisadas e irreales.

Los tres hijos estaban apiñados, intentando esconderse unos detrás de otros. La Melocotón se tapaba los pechos y el pubis con un brazo y con los dedos de una mano, y el contorno de su cuerpo ni siquiera se podían distinguir en el suelo, pues el sol estaba tan perpendicular a su cabeza que no proyectaba sombra.

Dirce solo miró un instante hacia las ventanas abarrotadas de la villa. Enroscó un poco más el cabezal y, acto seguido, siguió golpeando con el chorro de agua los tres cuerpos apiñados.

Se había hecho un silencio repentino en la villa. Dirce parecía separar uno por uno los cuerpos, a partir de un único bloque que iba tomando forma; los desbastaba, concentrando cada vez más el chorro para penetrar hasta los pliegues más finos de la oreja y redibujarlos con paciencia, uno a uno. Enroscaba aún más el cabezal antes de apuntar a los genitales de los dos hombres, que bajo la concentrada potencia del chorro giraban sobre sí mismos y siempre parecían a punto de desgajarse del resto del cuerpo y salir volando. Golpeaba a la Melocotón, insistiendo con el chorro precisamente en las zonas que ella más protegía; ensanchaba el cabezal hasta envolverla en una nube irisada de vapor, y luego lo cerraba de golpe para rematar los hombros y las rodillas; le retocaba la línea del cuello y de las caderas, dirigía otra vez el chorro infinitamente fino y concentrado a la mano izquierda, que protegía el pubis, intentando que penetrase a través de las hendiduras de los dedos, y yo imaginaba que el agua, después de recorrer todo su cuerpo, acabaría brotándole de la boca, como a la estatuilla de terracota situada a poca distancia de la gruta.

Luego, el chorro de agua cambiaba inesperadamente de forma y de dirección, hacía girar sobre sí mismo a todo el grupo. El cuerpo del Albino cubría los de Maciste y la Melocotón, de repente se deslizaba hacia un lado y luego volvía a superponerse a ellos, como el negativo de una fotografía que, después de ser revelado, vuelve otra vez al negativo. Su vello púbico era blanco y curiosamente opaco, pero algunas gotitas de agua resplandecían en él, dándole la apariencia de un copo de lana de vidrio pegado al resto del cuerpo con cola.

El sol se había inclinado un poco en el cielo; en las ventanas de la villa más de uno empezaba ya a distraerse, pues la hora de comer se acercaba, y otros miraban el reloj con la esperanza de que corriese más deprisa.

Dirce daba los últimos retoques a los cuerpos de sus tres hijos, que seguían apiñados en el centro del patio. A su alrededor el suelo estaba cada vez más empapado, empezaba a hundirse poco a poco, y se puso tan blando que durante unos días fue imposible caminar por ahí: había que dar un buen rodeo para no caer de golpe en una de sus oquedades.

Me arremangué ligeramente la sotana para no ensuciarla mientras caminaba sobre la montaña inestable de basura.

Se había formado una señora cumbre a uno de los lados de la entrada del recinto por culpa de la holgazanería del Albino, que no se esforzaba en llevar la carretilla rebosante hasta las zonas más bajas y alejadas. De repente la cumbre se compactaba bajo los pies y algo rodaba ladera abajo. Al emprender el descenso hacia las zonas más bajas y aún vacías, había que evitar acelerarse demasiado y extender bien los brazos para no acabar estrellado contra el muro que rodeaba la montaña de basura.

Entre las capas de hojas apiladas había una tumbona desvencijada, fragmentos de objetos indefinidos, quizá arrojados hacía mucho tiempo por las ventanas de la villa y luego destrozados y desperdigados por los pies de quienes caminaban con las manos a la espalda por los paseos del parque. Una papilla indescriptible se abría inesperadamente aquí y allá, y me parecía reconocer amasijos de comida podrida o grandes panales con las celdillas ya deformadas, derretidas.

Me arremangué aún más la sotana antes de encarar una cumbre más alta y aislada, en cuya cima habían arrojado un enorme gato muerto, color rojo fuego.

Lo había estado observando un buen rato desde lo alto del nevero antes de decidirme a ir a la montaña de basura. Y aún antes lo había visto recorrer los paseos del parque, yacente en la carretilla repleta de hojas hasta lo inverosímil, que el Albino hacía rebotar con fuerza sobre las raíces. También el gato saltaba sobre la capa de hojas, y en los rebotes más altos se desequilibraba en el aire, adoptando posiciones de lo más inesperadas: se enroscaba sobre sí mismo para desplegarse acto seguido, enseñaba los dientes mientras la cabeza inerte se balanceaba aquí y allá, y un segundo después se llevaba una patita a la altura de su minúsculo hocico, como para reprimir un bostezo. A veces, cuando el Albino pasaba sobre una raíz muy grande, el gato se quedaba tanto tiempo suspendido en el aire que me daba la impresión de que no volvería a caer en la carretilla, que ya estaba muy adelantada, en una zona totalmente distinta del parque, o que incluso había dado una vuelta completa para volver por fin a situarse justo debajo del cadáver en el momento exacto de la caída. Veía al gato titubear un último instante en el aire antes de caer espatarrado sobre las hojas, y temía que fuesen a arder al entrar en contacto con él.

Al final, el Albino lo agarró de la cola y le dio varias vueltas en el aire antes de arrojarlo a la montaña de basura. Sin embargo, pareció arrepentirse enseguida, porque unos segundos después lo vi apoyar la carretilla vacía en el muro semiderruido y dar un brinco hasta el centro desmoronado de la montaña. Con las piernas hundidas en las hojas, había cogido otra vez al gato, de la cabeza. Lo examinaba con atención, sobre todo en las partes donde el rojo del pelaje era más intenso. Intentó partir uno de sus dientes largos y curvados, levantarle los párpados para mirarlo a los ojos. Luego intentó arrancarle una pata, sujetándola con las dos manos y aporreándola a la altura de la articulación contra el borde del muro. Lo vi doblar varias veces y en direcciones opuestas la patita, que no acababa de desgajarse. De hecho, al final el Albino volvió a agarrar al gato de la cola y le dio varias vueltas en el aire antes de arrojarlo a una zona aún más lejana del vertedero.

Busqué un punto de equilibrio, porque a mi alrededor todo se tambaleaba y se desmoronaba. Apoyándome en un solo pie, introduje el otro por debajo del cadáver del animal y, de una patada, lo aparté de la montaña de basura.

La patita estaba casi arrancada, pero un fino tendón seguía uniéndola con obstinación al resto del cuerpo, como un hilo.

Intenté tirar dos o tres veces, pero el tendón parecía alargarse cada vez más, sin partirse; resbalaba y brillaba como la cuerda reluciente de un violín. Probé a frotarlo contra los dientes de un serrucho que estaba apoyado en el muro que rodeaba la montaña de basura. Emitió una nota estridente, prolongada, que se difundía lentamente por todo el parque.

«Nunca había visto un color tan semejante al fuego —me dije poco después, sentado en la piedra de molino, mientras estudiaba la patita arrancada que tenía entre las manos—, porque en realidad el propio fuego no tiene el color del fuego.» En cambio, el color de aquella pata era el que le gustaría adoptar al fuego cuando devora en absoluto silencio, en plena noche, mientras fantasea que alguien lo observa desde algún lugar, en la distancia. El Albino había dejado de dar vueltas con su bicicleta. Estaba sentado en el suelo, en medio del huerto, y de vez en cuando miraba, fingiendo indiferencia, la pata de gato que yo tenía en la mano.

Me giré hacia la villa. Por una de las ventanas se había asomado Turquesa vestida de novia. Bortolana, subido a una escalera apoyada en el árbol tachonado, estaba lustrando con un trapo todos los circulitos en relieve de las balas, que la humedad oxidaba con el paso del tiempo. Los rociaba con un líquido blanco y un poco cremoso, el mismo con que limpiaban los picaportes de la villa. Debajo de él, el Tió le indicaba dónde frotar con más fuerza; cuando no lo entendía, señalaba nerviosamente con el dedo. El sol seguía inclinándose en el cielo y ahora su luz bañaba la zona más castigada del tronco, haciéndola resplandecer de manera insoportable. Dejé la pata de gato en la piedra de molino, pero tuve que cogerla enseguida porque el Albino, que había aprovechado la ocasión para acercarse, deambulaba alrededor de la gran piedra redonda, intentando calcular si la pata estaba lo bastante lejos de mi cuerpo como para que ya no pudiera considerarse mía. Le di la vuelta y la toqueteé unos segundos para que el Albino se alejara de la piedra de molino. Cuando doblaba la pata por el extremo, todas las uñitas transparentes y arqueadas asomaban de la piel. Caía la tarde. Me acerqué al invernadero, en cuyo interior el Tió leía una hoja de periódico anaranjada por la luz. Subí las escaleras y me dirigí a mi habitación para cambiarme el vendaje después de cerrar la puerta con llave, aunque el pestillo era tan corto que cualquiera podría abrirla desde fuera como si nada.

Cuando volví a salir de la villa, después de cenar, vi que la Melocotón estaba bajando la pequeña escalera de su casa, desde hacía quién sabe cuánto tiempo. Encontré el parque sumido en un extraño silencio. Le di varias vueltas en la vieja bicicleta, aún enganchada a la carretilla, con el pene vendado asomando de la sotana para evitar roces dolorosos al pedalear. El vendaje blanco resaltaba en la oscuridad, y me preocupaba que todos los insectos errantes se posaran en él y se quedasen pegados como a una tira de papel atrapamoscas. De vez en cuando me arremangaba la sotana aleteante para que no se enredase en los radios. El parque se comprimía y se extendía sin cesar, según acelerase o aminorase la marcha; se desplegaba desmesuradamente cuando activaba la dinamo con el lateral de la rueda, que aminoraba de repente su velocidad. El vendaje destacaba cada vez más en la oscuridad. Temía que alguien pudiera verlo, incluso desde lejos, desde las ventanas de la villa o de la casa de Lenín. Cuando cruzaba la gruta, pedaleando más lento y palpando con una mano las paredes, se volvía casi fosforescente en la más absoluta oscuridad: me preocupaba que pudieran distinguir su ligero resplandor en la distancia, manando de las dos bocas de roca. En plena noche, el parque bullía de antenas, pequeñas probóscides y lenguas protráctiles. Subía en un abrir y cerrar de ojos el puentecillo y me lanzaba cuesta abajo entre las cañas, con el manillar completamente girado hacia un lado: la carretilla derrapaba en los bordes redondeados del montículo, se salía del sendero y volvía a entrar con un salto, mientras oía a mi alrededor el roce de las hojas cortantes del bambú contra mis mejillas. Los grillos lijaban el aire que me envolvía. Me parecía distinguir en la oscuridad minúsculas chispas, que saltaban de las zonas de follaje más negro y enmarañado: no me quedaba claro si surgían del aire ardiente de la noche o si también la Melocotón, con su gran cabellera electrizada, se movía con sigilo por el parque.

Pero no era la Melocotón, porque poco después, cuando volví al patio para entrar en la villa, vi que seguía en el mismo peldaño de la pequeña escalera exterior con el ceño fruncido por la determinación, resuelta a bajar.

Me retiré a mi habitación y dejé la pata de gato en la mesilla antes de rezar las oraciones nocturnas, arrodillado a los pies de la cama. Pero, a la mañana siguiente, al salir por el invernadero con el libro de oraciones, vi con inmenso estupor que la Melocotón seguía en el mismo peldaño de la escalera de su casa.

Seguí mirándola un buen rato desde lo alto del nevero. Estaba muy lejos de ella, pero me pareció distinguir que tenía los ojos casi cerrados, después de haber pasado la noche en la escalera, mientras dentro de su casa y en la villa todos dormían. La pata de gato ya se había secado por el punto de la fractura; el huesecito casi no se veía. De cuando en cuando me pasaba por la mejilla la almohadilla aterciopelada, esa que tantas veces se habría posado con sigilo en la tierra acechando a su presa. Se habían abierto algunos huecos entre las hojas del castaño de Indias, en el aire flotaban bullentes esferas de insectos y los pajarillos se zambullían en los bosques suspendidos sobre las casamatas. Oí unos golpes secos que llegaban de la villa y me volví para mirar. Eran cada vez más contundentes, en series repetidas y casi siempre idénticas. Clavé los ojos en la fachada del edificio. Uno de los postigos plegables, que no estaba bien sujeto, ondeaba en sus bisagras. Al instante noté que toda la villa vibraba a simple vista sobre su zócalo acristalado.

Casi no podía respirar. Las cristaleras del invernadero temblaban en los armazones sin estuco, las aristas de las paredes no paraban quietas, y veía sus ondas estacionarias desvanecerse en el aire, un poco difuminadas, mientras bajaba de un salto del nevero con la cabeza completamente girada hacia allí. La gravilla del patio crujía con fuerza bajo mis zapatos mientras me dirigía conteniendo el aliento a la puerta vibrante del invernadero. La crucé a paso ligero, subí a toda prisa a la primera planta y recorrí en un instante el pasillo. La puerta del baño estaba abierta de par en par. Al lado de la bañera, la Diosa aporreaba un gran número de peces contra el suelo.

—¡Es para el banquete de bodas de Turquesa! —explicó al verme aparecer.

Jadeaba un poco por el esfuerzo, pues los peces coleteaban sin descanso para que no los aferrase en el agua espumosa. Había que saber agarrarlos con fuerza y en el punto exacto, para que no se escurriesen de las manos, y arrojarlos varias veces desde bien alto contra las baldosas.

A su lado, Dirce recogía los peces aturdidos del suelo y empezaba a recortarlos uno a uno con las tijeras, mientras aún se movían.

Volví otra vez al patio, donde ya rondaba el Albino. El Nervio recorría el parque montado en la moto y riéndose a carcajada limpia, mientras Lenín le gritaba algo desde las caballerizas. Me agaché lentamente para sentarme con sumo cuidado en la piedra de molino. Dejé en la roca la pata de gato y el libro de oraciones, antes de levantar otra vez la mirada hacia la villa. Turquesa, con el vestido de novia puesto, se asomó un instante a una de las ventanas. En el patio, el altercado iba a más: no acababa de distinguir las palabras, pero me pareció entender que el Nervio había emborrachado con aguardiente al perro de caza de Lenín. El Albino daba vueltas en círculos cada vez más cerrados alrededor de la piedra de molino, con los ojos clavados en la pata de gato, bastante separada de mi cuerpo. Calculaba la distancia, con su cabeza blanquísima ligeramente inclinada y los ojos entornados, casi cerrados, para defenderse de la luz cegadora que se reflejaba en la gravilla.

Miré un instante a otro lado, y me pareció que la pata de gato en la piedra de molino se había alejado unos centímetros, como si el Albino, en una de sus muchas vueltas, la hubiese apartado de mí con la ayuda de una ramita. Acto seguido, mientras reanudaba la lectura del libro de oraciones, supe que el Albino se había apoderado de la pata con un gesto fulgurante.

No lo había visto acercarse, porque su cuerpo era tan pálido que casi se confundía con la luz.

Levanté la cabeza.

Estaba enfrente de mí, a bastante distancia, para disponer de una ventaja insalvable en caso de que decidiera perseguirlo para recuperar la pata.

—¡Voy a asustar a la Melocotón! —gritó con los ojos entornados—. ¡Se la voy a esconder esta noche en la cama!

Luego me dio bruscamente la espalda y escapó.

Cruzó como una flecha el huerto y empezó a correr a pies descalzos por los paseos. Lo veía aparecer y desaparecer entre el follaje, en zonas de lo más variadas del parque. La pata de gato destacaba en la palidez de su puño; lo oía saltar sobre las raíces y entre las cañas dando gritos, hacía resonar el puentecillo de hierro sobre el tanque de agua negra, se lanzaba en picado montículo abajo, sin dejar ni por un segundo de blandir la pata de gato, que parecía a punto de arder y arrugarse sobre sí misma con el viento de la velocidad.

En el patio, Lenín había empezado a despotricar otra vez contra el Nervio, que acabó acercándose amenazadoramente con la moto. Pero yo ya no los miraba a ellos. Ahora me había girado hacia la casa de Lenín, donde la Melocotón, dada la imposibilidad matemática de bajar la escalera por los peldaños, lo había hecho por el lateral, saltando de repente la barandilla.

Su vestido se había abierto y se había desplegado por un instante en el aire.

Entré en mi habitación y cerré la puerta, intentando forzar un poco la llave con la esperanza de que el pestillo aguantase. Coloqué el cazo encima de la silla. El agua todavía humeaba un poco. De vez en cuando la tocaba con el dedo, para comprobar que no quemase.

Del resto de la villa llegaba un ruido de muebles arrastrados. Apoyé el cazo en la cama y me senté en la silla, de espaldas a la puerta, que podía abrirse de golpe en cualquier momento. Ayudándome de las uñas, empecé a aflojar el doble nudo que afianzaba el vendaje. La gasa se iba desenrollando, vuelta a vuelta. Al verla caer serpenteando hasta el suelo, me sorprendía su increíble longitud.

Ya estaba muy cerca de la zona cortada del prepucio, y me disponía a meter dos dedos en el cazo cuando oí el picaporte de la puerta bajar lentísimamente a mi espalda.

Me volví de golpe, pues aquella no parecía una de las habituales irrupciones involuntarias en la habitación. No se había asomado ninguna cabeza, para disculparse y acto seguido desaparecer. La gasa estaba desenrollada y esparcida por el suelo; solo quedaba un extremo pegado a la sangre seca.

Giré aún más el busto; debía de tener los ojos muy abiertos.

Un segundo después oí unos pasos alejarse, con suma lentitud, al otro lado de la puerta.

«¿Quién sería?», me pregunté conteniendo el aliento.

El cazo seguía humeando ligeramente. Esperé un buen rato antes de decidirme a meter la punta de dos dedos, como en una pila de agua bendita.

Con la cabeza muy agachada, vi las primeras gotas separarse de los dedos y caer en el punto exacto en que la gasa se había quedado pegada. Empecé a tirar un poco de cada lado, para reducir al mínimo la zona que arrancar. Volví a meter los dedos en el cazo y dejé caer otra gota para despegar el punto más seco y obstinado.

Cuando toda la tira de gasa cayó por fin al suelo, cogí un rollo limpio de la mesilla. Pasándomelo de una mano a otra, lo hice girar pacientemente alrededor del pene para renovar el vendaje. Las capas de gasa se superponían unas sobre otras; tenía cuidado de no apretarla demasiado, ni tampoco dejarla demasiado holgada, para que no se desenrollase en cualquier momento del día. Una vuelta tras otra. Superponía las capas cruzándolas cada vez más, para que no sobresaliera ninguna arista cuando acabase el vendaje, y luego volvía con vueltas cada vez más seguidas hasta la base.

Cuando concluí la complicada operación, me incliné para cortar la gasa con los dientes y la rasgué en dos tiras muy alargadas, que enrollé y anudé varias veces alrededor del pene para sujetar con firmeza todo el cilindro del vendaje.

9

La boda

Habían llegado muchos invitados, la Diosa ya no sabía dónde acomodarlos en la villa.

—¡Esta noche tendrás que dormir en casa de Lenín! —me anunció después de cenar.

La primera planta de la villa estaba casi desierta en aquel momento, porque todo el mundo estaba paseando por el parque o charlando en el invernadero con las luces apagadas. Fui a mi habitación. Ya habían cambiado las sábanas, y al lado de mi mesilla había una pequeña maleta que no había visto nunca.

Busqué el pijama en uno de los cajones y me lo puse. Luego me puse la sotana encima, antes de salir de la habitación con gran sigilo.

El invernadero estaba a oscuras, en silencio. Desierto, se diría, pues el triángulo de luz que entraba por la puerta abierta de par en par, después de realizar un viaje interminable y sin retorno por el espacio, solo iluminaba varias baldosas y una tumbona vacía. Salí al patio y di una vuelta completa al parque. No había nadie por los paseos. La gravilla ya dormía, ni una sola brasa de cigarrillo latía entre el follaje. Contuve un instante el aliento, al pensar que quizá el invernadero estaba abarrotado de invitados cuando lo había atravesado, inmóviles en la oscuridad y un tanto adormilados, a los que había sorprendido en una larguísima pausa de la conversación. Miré hacia la casa de Lenín, que ya estaba completamente oscura.

Di otra vuelta lentísima al parque y volví a observar la casa del guardés desde el patio. La bombilla de la escalera exterior estaba apagada, tampoco se veía luz en las ventanas. Pero al dar unos pasos en esa dirección distinguí un tenue resplandor entre los listones de uno de los postigos, en la primera planta, como si al otro lado se moviese una lucecita.

No tenía ni idea de qué hora era, el campanario parecía haber dejado de dar las horas hacía tiempo, pero debía de ser francamente tarde, pues también estaban cerradas todas las ventanas de la villa y no se veía ninguna luz en las rendijas de los postigos. La puerta del invernadero llevaba ya tiempo con la llave echada. Al pasar por delante, pude distinguir en la penumbra las siluetas del faisán dorado, la garza real y el tucán, inmóviles en su vitrina. Una fina franja de luz, que se filtraba por un resquicio entre las cortinas, iluminaba la esquina de una tumbona y un pliegue de tela, quizá una chaqueta doblada, quizá una rodilla cruzada. No se veía nada más. Me alejé procurando no hacer ruido en la gravilla, para no despertar al posible dueño de esa rodilla, que quizá se había dormido sin querer en la tumbona antes de que le diera tiempo a subir a la primera planta de la villa.

Me acerqué a la casa de Lenín y enfilé con el corazón encogido la pequeña escalera exterior. Arriba habían dejado la puerta entornada. Entré. Intenté cruzar la sala sin encender la luz. Avanzaba palpando, a tientas, para no chocarme con los muebles y las paredes, aunque podía distinguir algunos objetos porque unas grandes piezas redondas de metal, quizá apoyadas en un aparador, reflejaban, quién sabe cómo, un poco de luz. Distinguía los marcos de algunos diplomas colgados de las paredes, obtenidos por las palomas más rápidas del palomar; percibía a mi alrededor los olores de comidas del todo desconocidas.

Entré por otra puertecita. A mi derecha debía de abrirse una pieza más grande, muy ordenada; probablemente era la habitación a la que la familia de Lenín bajaba a dormir en los meses más fríos del invierno.

Al otro lado se veía una escalera que llevaba a la primera planta. Puse tímidamente un pie en el primer escalón y en ese mismo momento un pequeño haz de luz muy intensa iluminó toda la escalera, hasta arriba.

—¡Estoy aquí! ¡Ven! —murmuró desde lo alto la Melocotón.

Empecé a subir, pisando el círculo de luz de la pequeña linterna que la Melocotón sostenía al final de la escalera. La movía ligeramente, para indicarme el canto redondeado de un peldaño o para evitar que tropezase con un par de zapatos o con una cesta llena de pinzas para la ropa. Había un sinfín de cosas en los peldaños: cepillos para limpiar el suelo, sobres con semillas, una sopera tapada con un plato bocabajo, una pila de ropa para la plancha y otros pequeños objetos que no sabía descifrar. Palpaba las paredes con ambas manos mientras la Melocotón iluminaba los obstáculos desperdigados por los escalones con el estrecho haz de luz de la linterna.

—¡Llevo un buen rato esperándote! —susurró cuando llegué a lo alto de la escalera.

No le veía la cara porque estaba apuntando el haz de luz contra el suelo, pero me pareció que se llevó un dedo a los labios, en señal de silencio.

Debíamos de estar ya en la habitación de Dirce y Lenín. Se oía un suave ronquido muy cerca. Ahora la Melocotón me precedía por la habitación, iluminando una pequeña franja de suelo con la linterna. Sus pies asomaban a duras penas de una bata exageradamente larga y ancha, que debía de haber sustraído de algún cajón de Dirce para la ocasión. Yo la seguía con una mano en la pared. Al igual que ocurría en la escalera y en la habitación grande de la planta baja, aquella pared tampoco era recta: se hundía para luego resurgir con un abombamiento inesperado; estaba completamente ondulada, toda la casa parecía modelada a golpe de pulgar, cuando la cal aún estaba muy fresca. El suelo resplandecía un poco bajo nuestros pies. También era ondulado y sin baldosas, de cemento desnudo abrillantado con cera.

Cruzamos un vano sin puerta que separaba una habitación de la otra. La Melocotón dio unos pasos más. Seguía apuntando la linterna al suelo, aunque entraba un poco de luz en la habitación desde arriba, desde una parte donde faltaban techo y tejado. Por fin se detuvo delante de una cama de matrimonio que se distinguía a la perfección, a pesar de la poca luz, porque en el resto de la habitación no había el menor atisbo de muebles. Miré a los rincones más oscuros para ver si había otra cama pequeña para mí.

—¡Donde caben tres caben cuatro perfectamente! —susurró la Melocotón iluminando la cama grande, donde el Albino y Maciste dormían o al menos fingían dormir.

Di un pequeño giro sobre mí mismo. Cuando volví a mirar a la cama, la Melocotón seguía apuntando con la linterna la cara de sus hermanos, alumbrándolos alternativamente desde muy muy cerca. Apretaban un poco los ojos por la luz; parecían esforzarse por reprimir una sonrisa.

Al cabo de un segundo la Melocotón también desapareció en la cama de matrimonio. Su bata debía de ser de fibra sintética, pues emitía una leve crepitación mientras se hacía hueco entre las sábanas, soltando minúsculas chispas. No veía bien dónde se había colocado, porque había revuelto toda la cama de matrimonio y los cuerpos de sus dos hermanos habían girado sobre sí mismos, intercambiándose de sitio. Pasaban uno por debajo del otro, deslizándose sobre el colchón voluminoso y, sin embargo, casi inconsistente. También la Melocotón aparecía y desaparecía, para emerger de nuevo entre las caras de sus dos hermanos, que seguían durmiendo como si nada, sonriendo.

Entonces toda la cama se asentó unos segundos. Había quedado libre un pequeño hueco cerquísima de mí.

—¡Venga, ya puedes acostarte tú también! —susurró la Melocotón, alumbrando con la linterna unos centímetros de almohada vacía.

Se la había metido en la cama y seguía manejándola para iluminarme mientras me quitaba lentísimamente la sotana: se detuvo sobre el primer botón, y me fue indicando también los demás, uno por uno, mientras me los desabrochaba. Luego alumbró los pies de la cama de matrimonio, sugiriéndome que podía extender ahí la sotana. Volvió a iluminar el pequeño espacio vacío en la almohada mientras yo levantaba con sumo cuidado las sábanas para meterme. No lograba distinguir su posición exacta, si estaba cerquísima e incluso pegada a mi cuerpo o si, en cambio, estaba justo al otro lado, casi incorporada en la cama y girada hacia mí para iluminarme con la linterna. Debía de haber todo tipo de trastos a los pies de la cama, pues rozaba continuamente pequeños objetos con los dedos, sin acertar a distinguir de qué se trataba. Me puse bocarriba e intenté quedarme quieto un rato. Veía una porción de espacio deshilachado a través de la parte sin techo ni tejado. La Melocotón tenía que haberse dado cuenta de hacia dónde apuntaban mis ojos, porque el pequeño haz de luz se dirigía ahora en esa dirección. Del campanario de Ducale ya no llegaban los tañidos de las horas, pero a través del desgarrón del techo veía fragmentos de estrellas desplazarse trazando una parábola. A veces, un movimiento repentino e inesperado sacudía hasta tal punto el colchón que todos los cuerpos se mezclaban de nuevo, y no tenía manera de saber dónde estaba exactamente, ni a quién pertenecía esa mano que se había posado de pronto en mi mejilla, ni esos labios que parecían seguir durmiendo en mi cuello. Agitados y desplazados por la rotación de cuerpos en la cama de matrimonio, también los objetos desconocidos que a veces me rozaban los tobillos parecían subir todos juntos por el colchón. Unos destellos repentinos, quizá causados por la bata electrizada de la Melocotón, llevaban mis ojos de un lugar a otro de las sábanas. Me ponía un poco de lado, mientras otro cuerpo se deslizaba por debajo de mí, y al instante acababa en el lado contrario. La linterna de la Melocotón volvía a encenderse de pronto.

—¿Necesitas algo? Estoy aquí… —susurraba cerquísima de mi cara.

De la otra habitación seguían llegando los suaves ronquidos de Lenín, que vibraban unos segundos en el aire ligeramente iluminado que se colaba por el agujero del techo. Me tumbaba otra vez bocarriba y así me quedaba hasta que la cama volvía a mezclarse. Me parecía que uno de los hermanos había ido a parar a un lugar muy profundo del colchón, zambulléndose con los dos brazos y la cabeza estirada, y seguía durmiendo con una sonrisa en los labios. El otro se había acomodado en una nueva posición, sacando medio cuerpo de la cama, y también la Melocotón, girando en un remolino, había acabado en algún lugar indefinido debajo de las sábanas, donde, no en vano, distinguí un pequeño destello tan intenso que no podía deberse sino al roce de su bata electrizada. Me parecía ver el círculo de la linterna alargarse y deformarse por un instante bajo las sábanas. Me giraba poco a poco, buscando una nueva postura, porque unos segundos antes algo me había rozado dolorosamente el vendaje: no había forma de saber si había sido una rodilla, una mano o una boca, un tapón de botella, una migaja de pan o incluso una minúscula peladilla que erraba desde hacía quién sabe cuánto tiempo por la cama.

Noté que la Melocotón había vuelto a acercarse muchísimo.

—Mira… —me susurraba dándome un golpecito con el codo.

Y al segundo apuntaba con la linterna bajo la sábana levantada, metía la cabeza y me llamaba. Se giraba por completo sobre sí misma y empezaba a descender, agarrándome de la mano. Yo también me zambullía en ese abismo, movía la mano libre por el colchón inconsistente para apartar la cabeza dormida de uno de los hermanos justo antes de chocar con ella. La Melocotón la iluminaba de pronto con la linterna mientras nos deslizábamos por su lado, como nadando. No nos miraba, no abría los ojos, pero sus labios parecían tensarse al máximo, esforzándose por reprimir una sonrisa. Entonces la Melocotón apuntaba con la linterna a la cara del otro hermano, que había aparecido de pronto e inexplicablemente, pues tanto los pies como la cabeza estaban en lo más hondo de la cama. El rostro del Albino, que el haz de luz volvía aún más cegador, se diferenciaba a duras penas de la sábana. Luego la cara de Maciste se deslizaba sobre él, parecía revelarlo en un fulmíneo proceso fotográfico, para volver al negativo bajo la luz de la linterna. Seguíamos avanzando. La Melocotón alumbraba zonas muy remotas del colchón, mostrando por un instante un cepillo de dientes, una goma mordisqueada, un vasito de cartón. Su cuerpo parecía enroscarse en la anchísima bata, que el roce con las sábanas ya no frenaba. Estábamos girando otra vez sobre nosotros mismos para emprender el ascenso hacia la alejada zona de las almohadas cuando la linterna de la Melocotón se detuvo de repente.

Aún no podía ver qué alumbraba, porque el colchón de plumón se había hinchado sobremanera por uno de los lados de la cama de matrimonio. El Albino se había movido, desbarajustándolo todo otra vez. Lo vi darse la vuelta cerca de la cabeza de la Melocotón y taparle la boca con la mano, como si quisiera impedirle que gritase. Entonces el colchón empezó a hundirse por la zona de la linterna, a cuya luz vi la incandescente pata de gato en el puño del Albino, que ascendía hacia las almohadas sonriendo en silencio y sin abrir los ojos.

Mi cabeza estaba otra vez en la almohada. El tiempo pasaba. Por el agujero del techo cruzaban a veces constelaciones desconocidas. Puede que me adormilase de vez en cuando, un ratito, sin acordarme siquiera de mantener los ojos cerrados. El resplandor de la linterna volvía transparente toda la sábana. Bajo su velo se captaba el movimiento de piernas y brazos que no paraban quietos. Me ponía de lado, acercaba la cara a la sábana levantada. Ahora también la Melocotón tenía los ojos cerrados y parecía dormida, con la linterna encendida abandonada en el colchón. A veces me costaba descubrir dónde había ido a parar la pata de gato, porque se movía continuamente por la cama: siempre aparecía en un punto distinto, inesperado, cada vez que miraba bajo la sábana. Pasaba de mano en mano, desaparecía un rato en el fondo del colchón para luego ascender con alguna peladilla o migaja de pan pegadas. Mucho después la veía en la mano de Maciste, y luego otra vez en la del Albino; se perdía unos segundos en un pliegue de la sábana para aparecer, tras un período de tiempo interminable, bajo una mejilla dormida de la Melocotón. Al cabo de unos segundos desaparecía de nuevo en zonas aún más recónditas e inexploradas de la cama de matrimonio. Yo me dormía y me despertaba. La pata de gato se esfumaba una vez más bajo la sábana transparente, y al cabo de un rato la descubría de pronto en el lugar más insospechado, mientras Maciste y el Albino, los dos con la cabeza a los pies de la cama, la aferraban al mismo tiempo con el puño cerrado. También la Melocotón se giraba de repente para hundir la cabeza hasta el fondo de la cama, devolvía la pata a la superficie, arrancaba con la punta de los dedos las peladillas que se le habían quedado pegadas. Los dos hermanos se acurrucaban, uno a cada lado de ella, que seguía apretando la pata contra su bata con las dos manos. Yo cerraba los ojos, porque acababa de despertarme de un brevísimo sueño de ojos abiertos. Me ponía de lado y volvía a abrirlos, pero acto seguido un minúsculo sonido me sorprendía con los ojos aún abiertos.

«¿Dónde ha ido a parar la pata de gato?», me preguntaba. «A saber dónde ha acabado.»

Ya debía de haber pasado buena parte de la noche, porque un fragmento de constelación había vuelto a asomar, ligeramente invertido, por el desgarrón del techo. En la pieza de al lado Lenín se había despertado. Lo oía dar vueltas y vueltas en la cama, inquieto, y susurrarle algo a Dirce, que fingía seguir dormida. De pronto vi que el vano de la puerta se había iluminado. Lenín debía de haberse sentado en la cama, con los pies en el suelo. Lo oía suspirar de cuando en cuando. Yo tenía la cabeza girada hacia el vano de la puerta, y cada vez que me acordaba de abrir los ojos comprobaba que la luz de la otra habitación seguía encendida. Me puse bocarriba. El cielo se había aclarado un poco en el agujero del techo, pero aún era de noche. Me giré de nuevo hacia la otra habitación: Lenín se había levantado de la cama; lo veía a través del vano de la puerta, mirando desde muy cerca la hora en el despertador. Lo tenía en la mano y lo zarandeaba, como si quisiera hacer correr las horas. Empezó a darle cuerda con los pies descalzos en las baldosas. Me giré otra vez hacia el desgarrón del techo. Me adormecía y me despertaba, y cada vez que me fijaba en la otra habitación veía a Lenín dándole cuerda interminablemente al despertador. El tiempo permanecía en un estado de gestación constante, como siempre que se da cuerda a un despertador. Debía de haber movido los pies hasta llegar a una zona inexplorada de la cama de matrimonio, porque me pareció rozar con los dedos un enchufe. Luego vi que la mano de Lenín había dejado de dar cuerda al despertador. Al cabo de unos segundos, el campanario de Ducale volvió de repente a dar las horas. ¡Solo eran las cuatro de la mañana!

Cerré los ojos dos o tres veces más. Volví a abrirlos. Ahora no había ni rastro del despertador y Lenín ocupaba todo el vano de la puerta. Llevaba el traje oscuro de los días de fiesta, aunque todavía iba descalzo. Inmóvil frente al espejo del armario, se estaba peinando hacia atrás el pelo recién cortado por el barbero. Se lo extendía un poco sobre las sienes, se lo tocaba con la yema de los dedos, mirándose con aire absorto al espejo; abría las piernas y el baricentro de su cuerpo bajaba cada vez que el peine surcaba su pelo. Se ajustó el nudo de la corbata y volvió a la cama, vestido de la cabeza a los pies descalzos. Lo oí echarse lentamente encima de las sábanas, para no arrugar el traje. Debía de haberse sentado con la espalda apoyada en la cabecera; suspiraba.

Cuando volví a abrir los ojos ya estaba entrada la mañana.

Me di cuenta de inmediato, gracias a la luz que se colaba por el techo. Miré a mi alrededor. Ya se había levantado todo el mundo, no quedaba nadie en la cama de matrimonio. Puse los pies en el suelo y fui a toda prisa a mirar en la habitación de Lenín. Allí tampoco había nadie, todos estaban abajo. Mi sotana seguía perfectamente extendida a los pies de la cama, a pesar de los numerosos movimientos de la noche. Me la puse encima del pijama sin perder un segundo y empecé a ponerme los zapatos mientras ya corría escaleras abajo, apoyando las manos en las paredes onduladas. En la planta de abajo tampoco había nadie. Bajé a toda prisa la pequeña escalera exterior. Hasta que no llegué al centro del patio no me di cuenta de que todo el parque estaba abarrotado de invitados. Turquesa ya paseaba de aquí para allá vestida de novia.

—Iba a pedir que fueran a buscarte, ¡es muy tarde! —exclamó la Diosa, asomándose a una de las ventanas de la villa.

Entré casi corriendo en el invernadero, ocupado por una larguísima mesa que no había visto nunca en aquella parte de la villa. Sobre sus manteles brillaban ya los cubiertos y los vasos alineados, que se extendían casi hasta donde alcanzaba la vista. Logré llegar a la escalera que subía a la primera planta. La puerta de mi habitación estaba entornada. Me acerqué para saber si podía entrar a vestirme y, al llegar, me quedé inmóvil: la habitación estaba en perfecto orden, como la tarde anterior; las sábanas intactas revelaban claramente que nadie había pasado ahí la noche.

Di unos pasos por la habitación. «¡Anoche no me equivocaba —me dije— cuando me pareció ver a uno de los invitados dormido en el invernadero!» Del resto de la villa llegaban indicios de una gran animación. Me vestí a toda prisa, introduje el mejor alzacuellos en el cuello de la sotana y me lo ajusté bien con los dedos para que no me hiciera daño al tragar. En el patio, el bullicio crecía por momentos. Debían de haber llegado más coches, porque oía el fragor ininterrumpido de sus neumáticos haciendo añicos la gravilla, seguido de las distintas voces que presentaban sus respetos al Tió. El Nervio se había puesto un uniforme flamante. Lo había visto de pasada antes de subir a la villa, estrechando con ambas manos la mano de una persona que se le había acercado para saludarlo rápidamente, para luego seguir caminando por la gravilla, ajustándose de cuando en cuando el cinturón, del que colgaba un martillo de guerra reluciente.

Había surgido un nuevo motivo de enorme revuelo, pues el futuro esposo acababa de llegar con su descapotable y las gafas polvorientas, y Turquesa había tenido que escapar a una zona inaccesible del parque para que no la viese vestida de novia antes de tiempo.

En el patio se había reunido una gran aglomeración, pero yo no entendía por qué. Me acerqué un poco más tarde, cuando bajé de la villa. Algunos de los invitados soltaban carcajadas guturales y muy lentas, gesticulando sin cesar. Habían vuelto los dos niños. Veía sus cabecitas repeinadas casi a ras de la gravilla del patio, en el punto más hondo de la aglomeración. En el centro, Lenín estaba exhibiendo a Bortolana, que se disponía a dar la última calada a su colilla antes de apagarla en su singular cenicero. Yo ya estaba en otra parte del patio cuando un coro de exclamaciones y carcajadas me indicó que Bortolana había terminado. En efecto, ya se alejaba con Lenín, que se había puesto como un tomate y se lo estaba llevando tirándole del brazo, un poco emocionado, mientras la aglomeración se disolvía. También el Albino y Maciste iban vestidos de fiesta. Estaban un poco apartados, cerca de la leñera. Dirce tenía que estar en la villa con la Diosa. No había ni rastro de la Melocotón. A pocos metros del portón abovedado, apiladas contra la pared de las caballerizas, había varias cajas llenas de palomas mensajeras procedentes de otro palomar de Ducale. Cuando pasé junto a ellas, las palomas me miraron desde sus cajas con los ojos muy abiertos. De vez en cuando se acercaba también el Albino. Se había mojado el pelo, recién cortado por el barbero, y se había peinado con un peine de dientes a todas luces demasiado anchos. Maciste llevaba la chaqueta doblada en el brazo. Caminaba con cierta rigidez, su camisa parecía siempre a punto de estallar. Un grupo de invitados, que llevaba un rato delante de la caseta de los faisanes, había llamado a gritos a Lenín. Desde lejos, los oía contarle algo con emoción. Lenín observaba la jaula perplejo, ajustándose con gesto mecánico la corbata. Al otro lado de la malla, en su casa en miniatura, los faisanes actuaban de manera antinatural: daban vueltas sobre sí mismos y luego caían de lado, se tumbaban bocarriba y pedaleaban en el aire con sus dos patitas, miraban avergonzados a su alrededor. También sus pequeños reclamos tenían tonos completamente distintos, desconocidos.

—¡Rápido, Lenín! —empezó a gritar el Tió, de pie y apoyado en la pajarera.

Se agarraba a la malla con las dos manos, porque sus callos habían empezado a crecer a una velocidad vertiginosa.

—No me lo explico... —balbuceaba Lenín, palidísimo, junto a la pajarera.

En su interior, muchos pajarillos de colores aleteaban contra la malla metálica, se lanzaban en picado desde el árbol seco y se quedaban tumbados en el polvo del suelo, en una posición extraña, como riéndose, incapaces de mantenerse erguidos sobre sus patas.

Muchos de los invitados se alejaron de la caseta de los faisanes para arremolinarse a toda prisa en torno a la pajarera. Los niños habían conseguido subirse a hombros de dos adultos para ver mejor la escena. Todos discutían con gran exaltación desde que a alguien le había parecido notar que algunos pájaros emitían trinos propios de otras especies, intercambiándoselos continuamente. Al final, Lenín había abierto la portezuela de la pajarera y había entrado doblando todo el cuerpo, sin dejar de sujetarse el nudo de la corbata con dos dedos. Se había erguido al llegar al árbol seco y miraba a su alrededor con expresión atónita, mientras los pájaros caían al suelo a plomo, por todas partes.

Sin embargo, unos segundos después un grito repentino, exaltado, disolvió también el corrillo alrededor de la pajarera. Bortolana había aparecido de pronto por la puerta de la leñera. Toda la aglomeración se dirigía en manada hacia esa zona, para ir a ver lo que ocurría en las jaulas de los conejos, cuando una nueva algarabía los hizo cambiar otra vez de dirección. El Albino había empezado a bailar a poca distancia de la montaña de basura. Señalaba con la mano una fila de patitos que, en vez de caminar en línea recta, cruzaban zigzagueando el huerto. Chocaban uno tras otro con el borde de un parterre y daban media vuelta con su paso descoyuntado e indiferente, levantando sus patitas palmeadas mucho más que de costumbre, todos a la vez.

Ahora Lenín miraba con el ceño fruncido hacia el parque, donde otros muchos invitados paseaban como si nada. Los patitos habían subido en fila al muro semiderruido que rodeaba la montaña de basura, tambaleándose sobre las piedras sueltas, para dirigirse al punto más alto. Maciste no había podido evitar subirse a la montaña de basura para impedir que cayesen. Los sujetaba a todos con un solo brazo para devolverlos al patio. Al verlo, Lenín salió a toda prisa de la pajarera. Fue incapaz de contenerse y le plantó a su hijo un tortazo por haberse ensuciado los zapatos nuevos al hundir los pies en la basura.

También se había acercado el Nervio con su flamante uniforme. Lenín no le quitaba el ojo de encima ni un segundo. Caminaba cerquísima de él, rozándolo de cuando en cuando con el hombro. El Nervio miraba a otro lado, pero sus labios parecían esbozar una sutil sonrisa mientras acariciaba la empuñadura del martillo de guerra. Caminaban un poco separados de los demás, en dirección al paseo. Pero, al pasar por delante de las caballerizas, se desviaron de repente hacia la puerta abierta. Los dos desaparecieron en el mismo momento, y no quedó claro si ambos habían tenido la misma idea a la vez o si uno había arrastrado al otro de repente, tirándole del brazo. No se oían gritos, y las palomas seguían posadas en el alféizar de la ventana geminada, señal de que las paredes no estaban temblando por los golpes; pero cuando el Nervio y Lenín volvieron al patio, con expresión de fingida indiferencia, los dos iban claramente despeinados. Lenín llevaba la corbata muy torcida y un poco deshilachada, aleteándole sobre un hombro. El Nervio, con gesto displicente, se apretaba con un pañuelo la comisura del labio, y se quitó un momento su aparatoso sombrero para arreglarse los mechones de pelo alborotado. Entretanto se difundió por el patio la noticia, aunque nadie pareció abrir la boca, de que el Nervio había emborrachado con aguardiente a todos los animales.

Unos segundos después se detuvo todo movimiento por el patio y los paseos. Todo el mundo, cada cual inmóvil en una postura distinta, sorprendido en medio del gesto más inesperado o con un pie en el aire, escuchaba en silencio las campanas de Ducale, que habían comenzado a repicar sin descanso.

Pasaron así unos instantes interminables. Hasta que Turquesa, clavada en el centro del patio, tocó un pliegue de su vestido de novia y lo recompuso con los dedos. Una niña se inclinó para recoger el velo transparente de la gravilla, sonrojándose. El Nervio, al que el repique de las campanas había sorprendido, por casualidad, justo al lado de Turquesa, ofreció su brazo a la novia, mientras que todo el grupo de invitados, reanudando la marcha como un bloque único, se encaminó detrás de la pareja hacia la bóveda del portón.

El invernadero bullía de actividad. Habían corrido las cortinas casi por completo a causa del sol, y la luz, que se filtraba a través del tragaluz de cristales coloridos, hacía casi irreconocibles los alimentos que llegaban a la mesa, plato tras plato. Por delante de mis ojos pasaban pequeños entrantes completamente azules, chuletillas de carne verde y cebolletas estofadas un poco violetas, que cambiaban de color con el paso del tiempo, cuando la luz iluminaba el siguiente fragmento de cristal del tragaluz, de otro color, merced a la continua rotación de la Tierra por el espacio, y cuando se desplazaban por el invernadero en sus platos, transportados por cuatro chicas de Ducale, y cruzaban haces de colores cambiantes. Una gran tarta nupcial color azufre esperaba en uno de los rincones del invernadero. Alrededor de la larga mesa, también los rostros de los comensales se volvían cada vez más irreconocibles a causa de la luz. Solo distinguía algún que otro tocado con velete al rojo vivo, algún rostro de niño negro y azul. A veces me parecía reconocer la cara emocionada de Lenín, al que también habían invitado al convite en el invernadero, mientras hincaba el diente a una pequeña oliva rosa.

Luego los colores seguían deslizándose sobre las caras, se cambiaban de sitio cuando alguno de los comensales se acercaba a la de su vecino, entrando de pronto en un haz de luz diferente. Desde su vitrina de cristal, el faisán dorado, la garza real y el tucán observaban sin parpadear la gran mesa alargada; no perdían la compostura ni siquiera cuando las carcajadas repentinas y fragorosas hacían temblar las cristaleras de la puerta, en sus armazones sin estuco, ni cuando alguno de los comensales encontraba por casualidad un alfiler de la modista en la vinagreta, o una tiza alargada y plana en lugar de la rodaja de limón en la boca de uno de los pescados de la fuente. Al cortarlos desprendían un ligero olor a aguardiente, señal de que quizá el Nervio también los había emborrachado, vertiendo el licor en el agua de la bañera, y estaban completamente borrachos mientras Dirce los recortaba, entre coletazos, con las tijeras.

A través de una rendija entre las cortinas veía a los hijos de Lenín caminar de aquí para allá en el patio. Se movían en silencio, con las manos en los bolsillos; sus zapatos relucientes y puntiagudos golpeaban de vez en cuando alguna piedrecita entre la gravilla y la hacían volar varios metros a ras del suelo. Bortolana estaba sentado en el alféizar de una de las ventanas geminadas del palomar, con las piernas colgando alegremente, y cada cierto tiempo miraba hacia el invernadero fragoroso. Ya había pasado un buen rato, porque al fondo de la mesa alargada Turquesa y el novio habían adquirido un color distinto. Ahora estaban de pie, con la cara pegada, empuñando juntos un cuchillo para cortar la gran tarta que, entretanto, había adquirido un tono gris rosado. Sus rostros giraron un poco, se acercaron para el beso y, al hacerlo, cambiaron de color otra vez: sus labios amarillo limón se tocaron un instante y se separaron, mientras todos los cristales del invernadero vibraban con la ovación que estalló de repente.

Llevaba un rato observando a las cuatro chicas de Ducale, y a una en particular, que a veces me rozaba al cambiarme el plato y los cubiertos. En una de sus mejillas, de color siempre cambiante por la luz, me parecía distinguir una pequeña marca incomprensible, como un circulito con la circunferencia recortada. Lo observaba con suma atención, a escasos centímetros, en los pocos segundos en que se me acercaba por un lado con el siguiente plato. Levantaba la cabeza para verle la cara desde abajo, notaba su expresión concentrada, la silueta de la barbilla, de formas redondeadas, sus pestañas celestes casi cerradas, y me asaltaba la duda de que aquella chica no era sino la Melocotón, irreconocible a causa del peinado distinto y de la continua mutación de la luz. La seguía con la mirada mientras se alejaba con la pila de platos sucios, con los párpados casi cerrados para disimular la bizquera. Hasta que desaparecía al otro lado de la puerta. Aún oía durante unos segundos sus pasos rumbo a la enorme cocina de la planta baja, que habían vuelto a acondicionar para la ocasión. Al cabo de un rato me la encontraba inesperadamente muy cerca; su brazo me rozaba la sotana al pasar por mi lado con un nuevo plato. Yo seguía mirando el circulito con la circunferencia recortada impreso en su mejilla. Me acercaba todavía más cuando la chica se inclinaba para colocar los cubiertos en el mantel, y de pronto me parecía reconocer la silueta del tapón de una botella, que quizá se había quedado largo rato debajo de su mejilla mientras dormía en algún lugar remoto de la cama de matrimonio.

Ya estábamos acabando la fruta. Al fondo de la mesa, Turquesa estaba llevándose a los labios una cereza perfectamente negra cuando el Tió, intentando levantarse, empezó a tambalearse por el esfuerzo. Apoyó las manos en la mesa y se quedó unos segundos en un equilibrio inestable. Pronunció unas palabras de despedida en voz alta y, sin embargo, incomprensible, pues el humo multicolor de los numerosos cigarrillos ya saturaba el invernadero. También llegaron las tazas humeantes de café, tintineando en las bandejas. Luego los invitados se fueron levantando uno tras otro y salieron en manada del invernadero. El Nervio cogió su aparatoso sombrero, que había dejado a su lado encima de la mesa durante toda la comida. Turquesa desapareció en la enorme cocina, donde habían llevado los platos con las sobras.

Fuera del invernadero, los invitados se desperezaban al sol después del largo banquete. Paseaban por la gravilla crujiente del patio, con paso titubeante. El novio se había acercado al descapotable y tocó dos o tres veces el claxon para llamar a Turquesa, que se demoraba en la cocina, cogiendo una a una todas las raspas de pescado y acercándolas a la ventana, para cerciorarse al trasluz de que las habían limpiado a conciencia; hurgando en los platos de los entrantes; mordisqueando una guinda de la tarta que alguien se había dejado.

Cuando al fin salió por la puerta del invernadero, acalorada, el novio ya se había puesto las enormes gafas para el viento y la esperaba al lado del coche, con la puerta abierta. Turquesa se puso de puntillas para subir y levantó con los dedos toda la nube esponjosa del vestido nupcial antes de acomodarse en el pequeño vehículo. El novio se sentó al volante y subió de revoluciones el motor entre los vítores de los invitados arremolinados a su alrededor. De pronto las ruedas derraparon y el coche se puso en marcha, pero, en vez de enfilar el portón abovedado, dio una amplísima vuelta por el patio y se dirigió hacia el parque. Había muchos invitados desperdigados por los paseos y en lo alto de la gruta, o sentados en las mesitas de mármol, charlando. Le decían adiós al vehículo a su paso, moviendo unas manitas que parecían de cera o con tímidos aplausos llegados de zonas inesperadas. El coche aminoraba aún más la marcha en las curvas estrechas, sus ruedas rebotaban en las grandes raíces que asomaban del suelo, y aceleraba en los tramos más anchos y sin gravilla. Levantaba una gran polvareda mientras Turquesa, con la cabeza ligeramente apoyada en el asiento, veía pasar sobre ella las copas de los árboles.

Luego el coche se detuvo otra vez en el patio. Ya había una capa de polvo en las gafas del novio, también en la cara de Turquesa. Alguien, acuclillado detrás del vehículo, estaba atando latas y cintas al parachoques mientras los novios fingían no darse cuenta de nada. La Diosa lloraba, asomada a una de las ventanas de la villa. Bortolana había ido corriendo hasta las cajas apiladas en la pared de las caballerizas, y ya abría una tras otra sus portezuelas para que las palomas alzaran el vuelo al unísono mientras Turquesa y el novio salían de la villa. Sin embargo, parecían reacias a abandonar las cajas, así que Bortolana metió los dos brazos y empezó a agitarlos para obligarlas a salir. Lenín observaba la escena desde un lugar alejado del patio, ruborizado. Se acercó a las cajas gritándole algo a Bortolana, que seguía braceando entre las patas de las palomas. Hasta ese momento no había salido ni una: estaban todas apiñadas en las cajas, caían al suelo desordenadamente cuando Bortolana las desplazaba de forma violenta con las manos. Los invitados aguardaban en distintos puntos del patio; también los novios estaban inmóviles, a la espera, en el coche.

Ahora Lenín se había puesto palidísimo. Gesticulaba, insultando entre dientes a Bortolana. Desapareció unos segundos en la leñera y salió con un atizador. Hasta la Diosa había dejado de llorar en la ventana de la villa. El exceso de luz iluminaba una lágrima que llevaba unos segundos cristalizada en el centro de su mejilla. Lenín había apartado con un gesto a Bortolana y ya hurgaba en las cajas con el atizador. Golpeó a las palomas en las patas y la cabeza hasta que varias empezaron a salir. Sin embargo, alzaban el vuelo de forma extraña, ganando altura en diagonal. Lenín empezó a coger las cajas, las ponía bocabajo una a una y las zarandeaba: todas las palomas salían de golpe con ojos atónitos, se estrellaban contra el suelo y se levantaban al punto, para elevarse como una abstracción en el cielo de la villa.

En el coche, la mano del novio por fin había movido el volante y las ruedas habían empezado a girar en la gravilla, entre la muchedumbre de invitados, de nuevo en movimiento. Al otro lado de una de las ventanas de la villa, la lágrima siguió cayendo por la mejilla de la Diosa, mientras Turquesa y su esposo cruzaban el portón abovedado y las palomas volaban, de forma cada vez más asimétrica, ya a muchos metros del suelo de la villa.

El Nervio debía de haberlas emborrachado también, echando aguardiente en su alpiste, pues todas miraban a su alrededor estupefactas antes de tomar rumbos distintos. Se enredaban unas con otras, con las plumas más largas de sus alas, y se veían obligadas a volar un rato enganchadas, moviendo solo un ala cada una. Se cortaban el paso, caían a plomo unos metros hasta que recordaban que debían seguir batiendo las alas. Surcaban el cielo en rectas que se cruzaban, hasta zambullirse en los bosques suspendidos sobre las casamatas.

10

La pata de gato

Me detuve junto a una de las ventanas de la villa.

Un visitante inesperado estaba cruzando el portón abovedado, observándolo todo, atónito, con sus dos cabezas.

Nadie más había reparado aún en su presencia; la gravilla reverberaba, haciendo casi invisible el patio y la propia sotana del padre prior, que contrastaba con ella mientras se dirigía hacia el zócalo acristalado de la villa.

Me aparté del alféizar. Mientras corría a través de las habitaciones casi vacías, y luego escaleras abajo para llegar al invernadero, sentía vibrar ligeramente toda la villa. Cuando salí del invernadero con la sotana puesta, el padre prior se detuvo de repente y retrocedió unos pasos para poder verme en la gravilla cegadora del patio. Al instante sus cabezas se tambalearon dos o tres veces hacia los lados, como si le costara sostenerlas, y dirigió la mirada hacia la villa y el parque, antes de extender desmesuradamente los brazos en el centro del patio.

Tenía los labios apretados, como si llorase mientras me abrazaba con fuerza, en silencio. Alguien debía de haber visto nuestros cuerpos fundidos en una única silueta casi invisible, porque llegaron voces de la villa y de la casa de Lenín.

El resto de la mañana pasó como una exhalación. El Tió había secuestrado al padre prior, con el que charlaba en el invernadero. «Pasaba por casualidad cerca de Ducale...», oí decir al primero una de las veces que pasé por delante de las cristaleras. Desde la ventana, la Diosa le gritó algo a Dirce, que fue corriendo a coger dos gallinas que deambulaban por el huerto. Yo, desde el patio, la vi estrangularlas, retorciendo el busto, con una pierna obscenamente doblada por el esfuerzo. El cuello de las gallinas seguía estirándose mientras Dirce volvía corriendo a su casa: ya había llegado a la escalera exterior, pero las cabecitas inertes aún se arrastraban por la gravilla, en un punto muy lejano del patio. También cuando empezó a subir los peldaños, y entró por fin por la puerta, los dos cuellos seguían desenrollándose. Pasó un buen rato hasta que vi las dos cabezas subir la escalera estrellándose con cada peldaño, mientras Dirce ya estaba en la planta de arriba, e incluso había subido al tejado, a través del agujero del techo, para que los dos cuellos cupieran por completo en la casa.

Poco después salió con una maraña de vísceras humeantes envueltas en papel de periódico. Las arrojó a los pies de la escalera exterior y enseguida, llegados de todos los rincones, aparecieron gatos que empezaron a disputárselas, a desenmarañarlas a mordiscos. Hincaban el diente a un extremo y huían rápidamente patio a través, antes de que otro gato se abalanzase con las uñas sobre el tubo humeante para arrancar un trozo. Arrastraban las vísceras por la gravilla, desenrolladas, y algunas se desgarraban al engancharse en el saliente puntiagudo de alguna raíz, o en una piedra de bordes cortantes y recortados, con lo que acababan desparramadas por todo el parque. Los gatos subían de un brinco al árbol entre cuyas ramas, ocultos plácidamente, acostumbraban devorarlas.

Antes de la hora de comer el padre prior salió del invernadero y se acercó a mí, que estaba al lado de la caseta de los faisanes. Me echó un brazo por encima del hombro.

—Nunca me habría esperado todo esto... —susurró, apretándome contra su pecho.

A pesar de que me tenía sujeto en una posición incómoda, el padre prior se encaminó hacia el paseo más cercano. Seguía aplastando mi cabeza contra su pecho y me obligaba a caminar de lado, pasando una pierna sobre otra, avanzando como buenamente podía. El padre prior ya no hablaba. Me miraba la cabeza con una emoción incontrolada, y a veces su mano me apretaba con más fuerza el hombro, colocándolo casi a la misma altura que la cabeza. Con la mejilla aplastada contra los botones de su sotana, veía a duras penas las raíces que sobresalían del suelo, un segundo antes de tropezar con ellas. El padre prior observaba pensativo todo el parque, se detenía unos segundos cerca de una mesita de mármol, o del puentecillo que cruzaba el tanque de las ranas. Para dar las curvas casi tenía que enroscarme sobre mí mismo. Del árbol de las tripas colgaba una última rama lánguida, retráctil, que ascendía lentamente hasta desaparecer en la boca de algún gato agazapado en un lugar oculto y muy alto. El padre prior también caminaba con paso antinatural, un poco de lado, para que yo pudiera mover las piernas. Ya estábamos dentro de la gruta; luego subimos y bajamos los peldaños que llevaban al techo, un poco inclinados, demasiado estrechos para tanto pie. Al llegar al final del paseo, dimos media vuelta y regresamos lentamente sobre nuestros pasos. El padre prior parecía cada vez más ausente y concentrado, y de cuando en cuando observaba el parque también con la otra cabeza.

Desde la villa nos llamaban para la comida. Llegamos otra vez al lado de la caseta de los faisanes. El patio estaba un poco en cuesta, pues la Melocotón había apoyado su espejo, no del todo recto, en una pared de las caballerizas: teníamos que caminar con el cuerpo inclinado para compensar la pendiente del patio. Habían puesto la mesa en el pequeño comedor de la planta baja. Nos sentamos pocas personas a la mesa. Los escasos invitados que quedaban en la villa se las veían y se las deseaban para volver a moverse, levantaban lentísimamente los cubiertos y se los llevaban a la boca semicerrada. Todas las ventanas estaban abiertas de par en par. Al otro lado de las rejas de hierro forjado veía nubes de insectos inmóviles en el aire, como fragmentos de un cielo mal enfocado. El padre prior presidía la mesa, sentado enfrente del Tió. Al levantar los ojos, a veces lo sorprendía mirando fijamente la fiera rampante pintada al fresco encima de la chimenea.

—¡Tome un poquito de aguardiente! —oí que le ofrecía el Nervio.

Todavía llevaba el mono de cuero, porque acababa de volver con la moto. Veía sus brazos y hombros resplandecer bajo la luz que entraba por las ventanas abiertas.

Antes de que el padre prior pudiera apartar con la mano el cuello de la botella, el Nervio le rellenaba el vasito, hasta el borde. Ya estábamos al final de la comida. El padre prior levantaba con suma lentitud el brazo, rígido, y el líquido convexo resplandecía en el borde del vaso, casi a rebosar. El Nervio se las apañaba para llenarle otra vez el vasito. Lo miraba en silencio, con una expresión indescifrable y absorta, pues la capucha del mono le ceñía la cara hasta tal punto que le impedía esbozar el más mínimo gesto. El padre prior volvía a llevarse el vasito a la boca, lentamente, para que no se desbordara, y lo pegaba al punto de sutura entre los dos labios, con los ojos cerrados. Sus dedos dejaban huellas nítidas en el cristal un poco empañado.

Luego la Diosa lo invitó a visitar la primera planta de la villa. Yo subí las escaleras, a unos metros de ellos, y los seguí por las habitaciones. Veía al padre prior tambalearse. Apoyaba la palma de la mano en las paredes, como si caminara sin ver absolutamente nada. Pero cuando la Diosa abrió de par en par la puerta de mi habitación, se detuvo de golpe, aturdido. Se adentró unos pasos y, al ver el libro de oraciones en la mesilla, volvió a pararse. Luego se acercó a la ventana abierta y pasó unos segundos observando el parque, con los codos apoyados en el alféizar bajo. Se balanceaba hasta tal punto que yo, a su espalda, estaba listo para agarrarlo de la sotana en caso de que el resto de su cuerpo no pudiera compensar el peso de las cabezas.

Cuando bajamos de nuevo al invernadero, el Nervio lo agarró inesperadamente del brazo. Los seguí con la mirada mientras caminaban juntos por los paseos del parque. El mono del Nervio resplandecía al lado del padre prior, que de vez en cuando parecía ruborizarse de pronto e intentar abrir la boca para responder. El Nervio cambiaba de posición sin cesar, para hablarle a cada uno de sus oídos. Lo obligaba a girar continuamente sobre sí mismo mientras bajaban el montículo.

Mientras estaba medio tumbado en una franja de césped a orillas del parque, de repente oí al padre prior levantarle la voz al Nervio. Se había detenido junto al árbol con el mechón de pelo, se tambaleaba.

Pero enseguida vi que el Nervio lo agarraba otra vez del brazo y seguía hablándole como si nada, en voz baja, acercándose con su capucha reluciente a una de las dos cabezas del padre prior.

Durante un buen rato no hubo ni rastro de ellos. No me explicaba dónde se habían metido. Bortolana estaba apilando muchas cajas vacías antes de subirlas al palomar para un nuevo envío de palomas mensajeras. De vez en cuando se quedaba quieto, observándolas con cierta perplejidad. Me parecía que hacía amago de rascarse la oreja, pero en el último momento siempre se contenía, para que no se le desmigajase. Yo seguía intentando descubrir dónde habían ido a parar el Nervio y el padre prior, así que me levanté del césped y me sacudí con gesto mecánico la parte trasera de la sotana. Un segundo después oí un grito lejano.

Dirigí la mirada al palomar.

Perfectamente visibles al otro lado de una de las ventanas geminadas, el Nervio y el padre prior estaban frente a frente con los puños en alto y la cara colorada. Los dos gritaban tanto que no se entendía casi nada. El padre prior estaba tambaleándose a escasos centímetros del hueco de la ventana sin alféizar, que llegaba hasta el mismo suelo; a veces me parecía que medio cuerpo se le asomaba al vacío, para acto seguido volver a entrar, sin que él se diera cuenta de nada. Yo contenía la respiración: las dos voces gritaban aún más fuerte y el edificio de las caballerizas ya empezaba a vibrar claramente. No podía apartar la mirada de la ventana: detrás, el Nervio y el padre prior seguían gesticulando con la cara colorada.

«A saber de qué estarán hablando», me decía conteniendo el aliento.

Cuando por fin regresaron al patio, se los notaba silenciosos, ausentes. Sus caras se habían puesto palidísimas, como si fuesen de molla de pan, y tenían los ojos clavados en la gravilla. El Nervio seguía agarrando del brazo al padre prior, que llevaba el alzacuellos desabrochado y levantado. Lo aplastó con la mano para recolocarlo. Me parecía que evitaba mirarme mientras se despedía en voz baja del Tió, que había salido del invernadero apoyándose en la Diosa. También varios de los invitados se habían congregado allí. Hasta que no se despidió de ellos, y del Nervio, que había dado un taconazo en la gravilla en señal de respeto, el padre prior no se volvió hacia mí, que estaba en tierra de nadie, apartado del grupo.

Apenas se movió, pero fue suficiente para abrazarme. De repente se había hecho un silencio aún más denso. Aunque tenía la cabeza aplastada contra su pecho y girada hacia un lado, me pareció ver que algunas personas se habían asomado a las ventanas en la villa, y también en la primera planta de la casa de Lenín. Oía llegar unos sonidos tenues e indescifrables de los labios apretados contra mi cabeza, como si el padre prior quisiera susurrarme algo, pero no diese con las palabras.

Unos segundos después ya nos había dado la espalda. Se dirigió al portón abovedado tambaleándose por la gravilla: me daba la sensación de que le costaba horrores guardar el equilibrio, pues el patio seguía inclinado hacia un lado.

Cuando el patio volvió a quedarse vacío, la Melocotón apareció en lo alto de la escalera exterior.

Miró a su alrededor dos o tres veces y luego, sin molestarse siquiera en intentar bajar los peldaños, saltó la barandilla y aterrizó en el suelo.

Se acercó al espejo, lo tocó con dos dedos para enderezarlo y, al hacerlo, lo inclinó ligeramente hacia el otro lado.

Yo, sentado en la piedra de molino, clavé los pies en la gravilla mientras cambiaba la inclinación del busto para compensar la nueva pendiente del patio. La Melocotón ya había empezado a cardarse el pelo, estirando cada vez más los brazos. Su cabellera electrizada se movía autónomamente en el aire, atraída por el gran peine de plástico: estaba ya tan alta que la Melocotón tenía que extender por completo los brazos para llegar a la cima. La chica ya no podía verla en el espejo, ni aunque doblara un poco las rodillas y echara la cabeza hacia atrás para atisbarla al menos en un marcado escorzo. Distinguí miles de pequeñas marcas que habían quedado grabadas en la piel de sus brazos, cuello y hombros. Me parecía ver con claridad diferentes huellas dactilares, de Lenín, de Dirce, de alguno de sus hermanos. Había zonas en las que las marcas se confundían, mezclándose de repente; en otras, huían radiadas en todas direcciones. Algunas desaparecían, precedidas por una erupción moteada, como si alguien hubiera presionado un cepillo contra la piel, y luego aparecían de pronto en una parte del cuerpo completamente distinta. También había zonas un poco borrosas, en las que distinguía la inesperada silueta de una cucharilla de café o de una pinza para la ropa. Me preguntaba qué habría pasado en la piel borrada, donde no quedaba ninguna marca, o donde se veía la confusa señal de un enchufe o de un pequeño botón, que quizá fuese la copia de una señal que había aparecido primero en otra parte y que luego, quién sabe por qué, alguien había borrado con el cepillo para que yo no pudiera seguir su rastro.

Contenía la respiración ante un círculo perfecto, como una moneda calcada frotando grafito en papel; observaba, alarmado, una profunda explosión en la base de su cuello, quizá un macarrón dormido en la cama de matrimonio que había reventado, aplastado bajo su peso. Veía a la Melocotón girarse hacia un lado, para que al menos uno de sus ojos pudiera mirar al espejo, y ese giro me ofrecía la imagen de una axila rasurada y abierta de par en par, en cuyo interior distinguía la marca dentada de un sello que tenía que haber pasado mucho tiempo ahí pegado, en el centro de un rodal tan tenue que solo podía estar causado por un palito de regaliz, que se había derretido lentamente ahí dentro mientras ella dormía. Yo tenía las dos manos apoyadas en la piedra de molino para apuntalarme mejor al suelo del patio, ahora que la Melocotón había vuelto a recolocar el espejo con los dedos e intentaba mirarse con la cabeza inclinada hacia atrás. Podía verle la garganta y una parte de la cara, que apuntaba al cielo. En la piel aún se distinguía el diseño dejado por el agua de la manguera durante la ducha en el centro del patio, así como las gotitas errantes y las salpicaduras que en algunos puntos estropeaban la obra. Sus círculos se ensanchaban y se cerraban, con cada giro que Dirce había dado al cabezal; se intersecaban, desplazando continuamente el boceto del diseño inicial. Podía distinguir las gotitas una a una: primero se concentraban, luego huían radiadas y livianas, hasta tal punto que no había manera de determinar si todavía podían considerarse agua o si ya se habían convertido en aire o en burbujas de aire en el aire, en la luz.

La Melocotón ya no se veía en el espejo. La cumbre de su cabellera crepitaba en un punto aún más alto, junto a la pared de las caballerizas.

Retrocedió un paso, agarró el espejo y lo descolgó de la pared para colocarlo, con el mango muy inclinado, todavía más arriba, donde no parecía haber ningún clavo. Así, la chica volvía a ver la cumbre de su cabellera electrizada. La piedra de molino se había hundido aún más en el suelo, deslizándose ligeramente hacia un lado, y yo, casi tumbado bocarriba, me las veía y me las deseaba para no caerme. La Melocotón había sacado algo del bolsillo de su falda, quizá un pasador gigante, que intentaba colocar en lo alto de su cabellera estirando todo lo posible los brazos. Lo hundió en la maraña de pelos crepitantes y quebrados y lo hizo girar dos o tres veces para que toda la cabellera quedara enroscada a su alrededor. Nunca había visto un pasador por el estilo. Seguí mirándolo mientras la Melocotón lo hacía girar por última vez para dar una extrema vuelta de tuerca a toda la masa electrizada. También la piel de su cara, estirada hacia arriba desde el nacimiento del pelo, se había tensado y enroscado un poco, deslizándose sobre los huesos de los pómulos y de la frente.

Cuando la Melocotón por fin se alejó de la pared de las caballerizas con el espejo debajo del brazo para dirigirse a pasitos cortos a su casa, yo, que seguía escudriñando su increíble pasador, cada vez más distante, caí de pronto en la cuenta de que se trataba de la pata de gato.

La pata de gato aparecía y desaparecía sin cesar, pero siempre tardaba un rato en reconocerla. La veía inesperadamente en una de las bailarinas de la Melocotón, a modo de hebilla desproporcionada. La perdía otra vez de vista durante una tarde entera, y a la mañana siguiente la veía refulgir en uno de sus hombros, cosida al vestido con una puntada, como una gran charretera militar. O me percataba, después de pasar mucho tiempo preguntándome dónde estaría, de que llevaba un buen rato delante de mis narices, transformada en un increíble botón. Desaparecía de nuevo, para reaparecer en una parte muy alta de su brazo, o engarzada en una cadenita que le rodeaba el tobillo. La Melocotón también debía de haber encontrado la forma de sujetarla con un alfiler, porque en más de una ocasión se la vi cosida a modo de alamar en una blusa o una falda, para unir dos partes sin botones. La chica seguía bajando la escalera exterior de su casa con un salto lateral, pero nunca veía cómo la subía después.

El parque bullía de actividad, la montaña de basura crecía y se agigantaba por momentos. El Albino recorría los paseos a toda velocidad en su bicicleta, con su carretilla tambaleante. Derrapaba sobre las castañas de indias que empezaban a caer de las ramas y que estallaban bajo las ruedas de los coches, en el centro del patio, dejando un pequeño círculo irregular y destripado en la gravilla. Oía los golpes secos llegados de lugares invisibles del parque cuando esos erizos se partían de pronto entre el follaje. Bortolana estaba preparando una nueva expedición de palomas. Las cogía una por una y las metía en las cajas, que bajaba por la escalera de travesaños del conducto vertical. Las sujetaba con ambas manos, y se dejaba caer resbalando con la espalda por la pared y apoyando los pies, a ciegas, en los travesaños ya sueltos. Apilaba las cajas en el patio y las llevaba en un triciclo, varias por viaje, a un tren de mercancías que esperaba, con uno de sus vagones abierto, en la pequeña estación de Ducale.

En lo alto del nevero almenado, la cúpula de hojas ya empezaba a despejarse. Había subido con un par de ladrillos para no mancharme la sotana de tierra, que estaba algo más húmeda y fría. En el parque aumentaban poco a poco los cúmulos de hojas, a intervalos regulares, en los márgenes de los paseos. El Tió había vuelto a sentarse en su sillón de mimbre al lado del árbol tachonado; disparaba a las hojas que titubeaban en caer, intentaba dar en el blanco cuando ya se habían soltado y planeaban en el aire. Ahora tenía dos señoras escopetas al lado del sillón, porque el Nervio le había conseguido también una de caza, con cañón de ánima lisa, y perdigones. Disparaba primero con una y luego con la otra. Metía los grandes cartuchos de cartón colorido en el cañón y, al cabo de unos segundos, se oían los perdigones irradiarse por el parque. Caían como granizo liviano en la gravilla y, en los disparos de mayor alcance, pasaban por encima de mi cabeza. El Tió pedía que lo llevaran en su sillón hasta la tapia y agarraba las ramas de las enredaderas que empezaban a secarse. Les daba tirones violentos, con la cara colorada, para intentar arrancarlas, y con ellas caían también cascotes, fragmentos de ladrillo. Cuando las plantas oponían una resistencia mayor de lo previsto se enfurecía y, enredándoselas en los brazos, tiraba aún con más fuerza, desgajando delgadas ramas interminables que hacían llover cascotes a muchos metros de él. A veces, con el esfuerzo, el sillón de mimbre se volcaba de repente, y el Tió se quedaba en el suelo agitando brazos y piernas como una tortuga bocarriba.

«A saber dónde ha ido a parar la pata de gato», me decía, pues llevaba un tiempo sin verla en el cuerpo de la Melocotón, que estaba paseando muy lentamente por el parque.

Podía observar a la chica desde todos los ángulos, ahora que muchas de las hojas habían caído y solo quedaba la masa compacta de las perennes y de las magnolias, cuyos pétalos, que se habían desprendido hacía mucho tiempo y yacían arrugados en el suelo, como recortes de papel secante, se oscurecían poco a poco y recogían minúsculos charcos de lluvia después de las tormentas. La Melocotón caminaba entre los cúmulos de hojas dispuestos en orden geométrico, los rodeaba siguiendo un itinerario que se salía de los paseos, que Lenín llevaba un rato rastrillando. Daba vueltas sobre sí misma, bordeando los cúmulos o recorriendo el sendero tortuoso que bajaba del montículo; se subía a una mesita de mármol circular y giraba sobre la punta de una de sus bailarinas, como si quisiera que la viesen desde todos los ángulos. No había ni rastro de la pata de gato. La buscaba en su cabeza y en los dibujos rojos de su vestido, donde podía estar camuflada; en las muñecas y en los tobillos finos de la chica, que giraban sobre la mesita. Maciste retocaba los setos con las tijeras de podar, se encaramaba descalzo a los árboles para cortar las ramas demasiado dispersas. Caían en la gravilla desde lo alto, y el Albino giraba bruscamente el manillar de su bicicleta para esquivarlas, de camino a la montaña inestable de basura. Lenín había bajado al tanque de cemento e intentaba drenarlo con la ayuda de una bomba de agua. Caminaba con las botas de goma por esa agua negra y pútrida, y las ranas brincaban aterrorizadas en el fondo cenagoso, cada vez más seco. La bomba absorbía el agua de lluvia con un ruido infinitamente obsceno que se extendía por todo el parque, mientras el agua recién drenada descendía por las laderas del montículo.

El Albino le pedía de vez en cuando a la Melocotón que le sujetara la bicicleta mientras él se agachaba para recoger brazadas de hojas de los cúmulos y cargarlas en la carretilla. Mientras tanto, ella inclinaba la cabeza hacia arriba, y me parecía ver moverse sus labios, como si estuviera cantando de memoria para vencer el aburrimiento de esos pocos segundos. Una castaña de indias hacía resonar de repente el portón de chapa, y se diría que las vibraciones de ese mero sonido bastaban para derrumbar, en una cumbre remota de la montaña de basura, un gran cúmulo de hojas, que se desplomaba con estruendo hasta caer en una de las depresiones del vertedero mientras Lenín despotricaba palabras incomprensibles, invisible en el fondo del tanque.

Ahora la Melocotón había reanudado su recorrido por los paseos, acariciando con una mano la tapia, que seguía desmigajándose aquí y allá por culpa de los tirones del Tió, aún sentado en su sillón de mimbre. Clavaba los pies en el suelo para que el sillón no volcase y tiraba con más fuerza si cabe; parecía que toda la tapia estaba descarrilando. Paraba unos segundos, jadeando, y volvía a coger las dos escopetas para seguir disparando a las hojas que aún vacilaban en la copa de los árboles. Yo oía de nuevo la lluvia de perdigones en la gravilla, o el silbido de la munición de caza que pasaba rozándome si alguna hoja, por casualidad, caía planeando en el nevero. Desde allí arriba veía a la Melocotón acercarse, caminando en paralelo a la tapia hasta casi llegar a la construcción. Esperaba poder verla aún más de cerca, para descubrir dónde había ido a parar la pata de gato, pero unos metros antes de pasar por delante del nevero un cúmulo de hojas la obligaba a cambiar de pronto de dirección. La veía alejarse otra vez. Al rato volvía a pasar cerquísima, porque una rama que Maciste había dejado caer desde las alturas le había cortado el paso de repente. Lenín se agarraba a una soga y salía airado del tanque. Quizá estaba orinando a escondidas en el fondo cuando oyó el estrépito de la rama: se había abrochado con demasiadas prisas antes de salir hecho una furia del tanque, pues un testículo solitario y reluciente asomaba entre los botones de los pantalones de trabajo de Lenín mientras él seguía despotricando, sin percatarse, contra su hijo, que se reía con la boca tapada desde la rama más alta de un árbol.

La Melocotón había vuelto a acercarse mucho, porque había desaparecido el cúmulo de hojas que la obligaba a girar antes de poder acariciar el nevero hacia el centro del parque, y luego hacia la caseta de los faisanes. El Albino acababa de llevárselo con su fragorosa carretilla, y ya humeaba en una profunda hondonada de la montaña de basura. Yo veía a la Melocotón caminar con sus bailarinas por la gravilla recién rastrillada, y era imposible que ella no me viese a mí al menos con uno de los ojos, porque estaba al descubierto, bajo una cúpula que había perdido casi todas sus hojas. Ahora pasaba pegada a la pared del nevero y, aunque su cabeza quedaba muy por debajo del techo, su cabellera lo superaba con creces; parecía desplazarse por su cuenta en el aire. Ni siquiera tuve que asomarme para verla pasar justo por debajo de mi posición, sentado de piernas cruzadas en los ladrillos. Avanzaba acariciando la pared, pegándose hasta casi rozarla con el hombro, y su blusa se ensanchaba y se adhería a su cuerpo con cada paso. Contuve la respiración al ver de pronto la incandescente pata de gato colgada de un collar, entre sus pechos.

Lenín había vuelto a descolgarse hasta el fondo del tanque, para arrojar fuera los trozos de tablas podridas y las ramas que afloraban tras el drenaje, cuando ya empezaba a caer la tarde. Yo bajaba del nevero almenado y, a paso lento, me dirigía a mi habitación. Me cambiaba el vendaje, que seguía llevando porque la cicatriz aún no se había secado del todo. Desenrollaba la gasa con el cazo a mi lado, la veía caer al suelo, con alguna manchita de sangre reseca que, en los últimos giros, aparecía de manera regular y siempre a la misma altura. Anudaba el vendaje nuevo y recogía el viejo para tirarlo a la basura. Al inclinarme y coger la gasa, me parecía que se alargaba cada vez más; que crecía y se hinchaba sobremanera entre mis brazos.

Por las tardes y a primera hora de la noche seguía paseando en bicicleta por el parque. A veces el Albino saltaba por sorpresa a la carretilla a mi espalda, mientras yo pedaleaba a toda velocidad. Su cabeza era casi fosforescente en la oscuridad de la noche: si por casualidad alguien miraba hacia el parque desde las ventanas de la villa, la cabeza sería sin duda lo único que vería, como si levitara por el parque; y también, si acaso, la silueta de su cuerpo, radiografiada en el espacio.

¡Hay que montar de noche para hacerse una auténtica idea de qué es una bicicleta! Desactivaba la dinamo y pedaleaba aún más rápido durante unos segundos, haciendo carambola contra los cúmulos de hojas inmóviles e invisibles en la oscuridad. Repetía infinidad de veces la misma vuelta, hasta que de repente cambiaba de dirección para rebotar en las raíces que asomaban del suelo, donde todo el parque se levantaba por un lado, y pedalear casi directamente sobre la tapia —cuya base quedaba cubierta por una franja de tierra que suavizaba el ángulo de unión con el suelo—. Luego la dejaba atrás, completamente inclinado, casi tumbado, como un motorista en una curva de la muerte. Activaba de nuevo la dinamo con el lateral de la rueda y todo el parque se iluminaba y se restringía de pronto. Si soplaba un poco de viento me parecía ver, uno por uno, los pelos del mechón que ondeaban en el árbol tapiado. Más allá del círculo de luz del faro, algo huía llameando hacia las zonas más oscuras y profundas. Yo me lanzaba tras ella, subiendo las dos ruedas a la tapia, pero la pata de gato desaparecía aún más rápido, en dirección al patio y a la casa de Lenín, bufada y con las uñas fuera, colgando de una oreja de la Melocotón, o eso me parecía a mí, como un gran pendiente primitivo.

Algunas noches entreveía la silueta desgreñada de la Diosa, que deambulaba en compañía de Dirce por el parque. Del interior de la gruta llegaban risotadas irreprimibles, como estallidos: las dos debían de haberse acuclillado para orinar. Distinguía un humo tenue que salía por una de las bocas de la gruta. Intentaban reanudar la conversación entre carcajadas. Debían de haberse acuclillado otra vez, apoyándose en las paredes irregulares de la gruta para no caer en la tierra mojada. Al día siguiente se veían hoyos profundos en el suelo, en el interior de la gruta y repartidos por el parque; entradas de galerías a cuyo alrededor la tierra parecía removida por una explosión, como madrigueras de topos.

Habían clavado dos pequeños cordeles en el portón de la leñera, donde Lenín colgaba los conejos por las patas traseras antes de desollarlos. Rajaba el pelaje con su cuchillo y le daba la vuelta como a un guante. En la zona de la cabeza hacía muchos cortes minúsculos, para no correr el riesgo de arrancarla junto con la piel. Los conejos se quedaban mucho tiempo con las patas traseras abiertas en el portón de la leñera. Veía de lejos sus cuerpecillos desollados, con las botas de piel aún puestas, mientras sus pellejos arrancados estaban extendidos bocarriba en la gravilla para secarse al sol. Del parque llegaba el fragor de las ramas que caían al suelo de golpe. El árbol tachonado irradiaba una luz un poco más oscura a medida que avanzaba la estación, y al subir a lo alto de la gruta se veía que también los bosques suspendidos sobre las casamatas habían cambiado de color y ya casi no tenían hojas.

Lenín había vuelto a bajar al fondo drenado del tanque para cazar ranas. Esta vez se había valido de una escalera, para poder subir con el saco lleno a la espalda. Las ranas brincaban por doquier, no quedaba ni un poco de cieno al que lanzarse de cabeza, porque justo antes Lenín lo había removido y quitado con una pala, arrojándolo a muchos metros de altura para que superase las paredes del tanque. Atrapaba las ranas una a una y las echaba al saco, caminando con paso amenazante por el fondo del tanque con sus botas de goma, aunque a veces se le escurrían de las manos y brincaban bien lejos, electrizadas. Las aturdía a patadas. En ocasiones, una de sus botas salía volando y se estrellaba contra una pared del tanque. Iba por ella a toda prisa, caminando con la punta del pie muy levantada, y alguna que otra rana, un poco hinchada y aturdida, estallaba de repente bajo el peso de su talón. El saco cambiaba continuamente de forma, se abultaba y luego se volvía puntiagudo, aquí y allá, incluso mientras Lenín salía del tanque por la escalera. Lo veía brincar, formar remolinos a su espalda, pero Lenín lo tenía bien cerrado, sujetándolo con el puño, y sonreía. Después recogía la escalera con parsimonia. El Albino apuntaba al fondo del tanque con el chorro de la manguera, que atravesaba todo el parque serpenteando. Despegaba las incrustaciones aún visibles, despejaba las rejillas de los desagües con finísimos chorros puntiagudos. A veces el agua dejaba de brotar por unos segundos —cuando alguien pisaba la manguera en algún lugar lejano del parque, o incluso intentaba caminar con pasitos cortos sobre ella como un funambulista— y el Albino se volvía de golpe y empezaba a imprecar. También el Nervio pasaba una y otra vez con su moto por encima de la manguera: a veces era un instante, otras frenaba y la aplastaba con una de las ruedas, como si una reflexión inesperada lo hubiera sorprendido en ese mismo momento, e incluso intentaba recorrerla subiéndose con las dos ruedas a la manguera, serpenteando y derrapando por el parque. El Tió tenía que haber errado clamorosamente el tiro, pues unos chorritos inesperados salían en forma radial de un tramo de manguera cosido a perdigonazos. Lenín intentaba contener la fuga unos segundos, pisándola con la suela de la bota, mientras se dirigía al patio con el saco a la espalda. Todas las ranas acababan en un barreño de plástico colorido, y alguien empezaba ya a despellejarlas mientras sus patitas seguían moviéndose eléctricamente, rozándose entre ellas, desolladas.

De repente, la villa empezaba a vibrar otra vez. Yo cruzaba el invernadero y subía a la carrera a la primera planta, donde la Diosa ya estaba aporreando los últimos peces contra el suelo.

«¡Tenemos invitados!», me explicó al verme aparecer. Unas horas después, varios coches se detuvieron lentamente en la gravilla del patio. Muchas personas se apearon con calma, desperezándose. Miraron a su alrededor, adormecidas. Debían de haber hecho un largo viaje para asistir en persona a la inminente quema de la montaña de basura.

11

La quema

El parque estaba irreconocible. A la mañana siguiente, mientras lo observaba con medio cuerpo asomado al alféizar bajo, después de abrir de par en par los postigos plegables, oí moverse el picaporte de la puerta. Me volví de golpe.

Era la Diosa.

—Bueno, ¿qué? —preguntó con los ojos clavados en el suelo—. ¿Qué vas a hacer?

Toda la villa estaba en silencio, porque los invitados también se habían levantado muy temprano y ya deambulaban, intrigados, por el parque, donde Lenín rastrillaba por última vez los paseos y el Albino transportaba a la montaña inestable de basura los pocos cúmulos de hojas que quedaban por recoger. Yo también tenía los ojos clavados en el suelo, y quizá ambos estuviéramos mirando la misma baldosa, pues parecía a punto de saltar y salirse de las líneas perfectas de sus juntas.

Unos segundos después reparé en que la Diosa había salido de golpe de la habitación.

Me quedé inmóvil unos instantes, mientras el portazo iba apagándose a través de las habitaciones desiertas de la villa. Veía en el plomo del espejo la cama recién hecha; las voces y los sonidos volvían a llegar a mis oídos desde zonas remotísimas del parque.

Poco después, en el patio, contemplaba de lejos la montaña inestable de basura, tan alta que el Albino ya tenía que subirse al muro para arrojar las últimas brazadas de hojas. A veces lo veía lanzarse a grito pelado sobre su cima, que primero se hundía y luego se elevaba otra vez como un resorte. Bortolana subía y bajaba del palomar, se detenía en el centro del patio, alarmado, y miraba muy de cerca su reloj, sorprendido de que las palomas aún no hubieran aparecido en el cielo de la villa.

También la Melocotón había salido de casa con su espejo. Estaba sentada en una sillita y lo tenía abandonado en su regazo. Lucía el mismo vestido de organza que el día del baile en la gruta y llevaba la pata de gato en una mano. A veces se la acercaba a la mejilla, se rozaba la base del cuello con aire pensativo. Las patas de la sillita eran tan cortas que parecía sentada en la línea del horizonte. El espejo estaba muy inclinado sobre sus rodillas y me daba la sensación de que la chica no podía ver su superficie con ninguno de sus ojos. Lanzaba destellos fugaces cuando la Melocotón movía un poco las piernas entumecidas y los rayos de sol incidían desde el ángulo idóneo. Seguía acariciándose una mejilla con el extremo afelpado de la pata de gato, que a veces se quedaba inerte durante unos segundos larguísimos, como si su mano se hubiera olvidado por completo de su presencia. Luego la pata volvía a moverse de repente, descendiendo por la línea del cuello e incluso por uno de los brazos, mientras el rostro de la Melocotón seguía como ausente, a pocos metros de las paredes acristaladas del invernadero.

Yo acompañaba con la mirada sus continuos desplazamientos, y a veces me daba la impresión de que sus paradas no eran casuales, sino que pretendían indicarme alguna pequeña marca en la piel de sus brazos que hasta ese momento podía habérseme escapado, o que podía haber malinterpretado. La pata de gato se detenía a propósito en la base de un tendón del cuello de la Melocotón, o en una zona descubierta y todavía inexplorada de su nuca, donde había un minúsculo arañazo que podía estar causado por una uña asomada de las almohadillas aterciopeladas, sí, pero que también podía ser el rastro de una senda que me conducía a una zona neurálgica y aún ignota de su hombro, donde, debajo de un borrón muy evidente, distinguía de pronto, con una emoción indecible, el contorno inesperado y perfecto de un goniómetro.

Un instante después la pata descendía para rozar vertiginosamente un tobillo, seguía la línea del gemelo, se quedaba unos segundos apuntando a una rodilla. Subía de nuevo hacia la cara, la veía pasar por los párpados cerrados, donde me parecía distinguir una telaraña casi invisible. Unos cortecitos minúsculos cubrían también sus labios y la zona circundante. Yo giraba el busto y la cabeza, clavaba un poco más los pies en la gravilla, conteniendo el aliento. Seguía mirando fijamente las líneas de sus labios cuarteados, como si los hubiesen frotado con un copo de lana de vidrio hasta despellejarlos.

Me acerqué a la montaña de basura. Su contenido ya superaba con creces la altura del muro semiderruido, alzándose hasta su cúspide para luego caer a plomo. Ya no podía encaramarme a lo más alto, así que observaba sus laderas caminando por el muro, que subía y bajaba hasta cortarse de golpe en las partes donde faltaban ladrillos. El muro se estrechaba y luego se ensanchaba, se movía a un lado y a otro en cuanto pisabas los ladrillos inestables, que bailaban entre la cal seca y desmigajada. Habían allanado muchas veces la montaña, a patadas o con la ayuda del rastrillo, para que la basura ocupara también las hondonadas que quedaban a los pies del muro, pero enseguida se reconfiguraba; alcanzaba tal altura que no lograba explicarme cómo subía el Albino la carretilla hasta la cima tambaleante. Mientras rodeaba la montaña haciendo equilibrios sobre el muro, mis ojos escudriñaban sus laderas irregulares, de las que a veces asomaban las pieles defectuosas o con cortes de los conejos, que no se había podido vender, vueltos del revés y un poco hinchados; las raspas del pescado y, al mirar con atención, también las minúsculas pieles de las ranas. Había pesadas pilas de hojas estratificadas por todas partes. Me acuclillaba en lo alto del muro para verlas aún más de cerca: unas estaban perforadas por una única bala, otras cosidas a perdigonazos. Me ponía de puntillas en los ladrillos sueltos que se tambaleaban en lo alto del muro y extendía el brazo para extraer una sola hoja de la montaña de basura que, con su balanceo, se alejaba y volvía a cernirse amenazante sobre mi cabeza. Levantaba la hoja acribillada para observar la filigrana al trasluz.

Oí llegar, de no muy lejos, unos gritos prolongados. Volví sobre mis pasos por el muro para bajar por uno de sus extremos, donde los ladrillos que asomaban de la cal desmigajada hacían las veces de peldaños. Puse los pies en el suelo. En ese momento, el patio estaba desierto. Me parecía que los gritos venían de lo alto del palomar, pero era imposible subir porque, cuando llegué al conducto vertical y miré hacia arriba, comprobé que apenas quedaban ya travesaños. Veía solo unos pocos, muy altos, y estaban demasiado separados entre sí para apoyar los pies. Me encaminé a la leñera para ver si podía subir por la larguísima escalera de madera hasta el entablado que conducía al palomar por un pasillo que pasaba sobre el portón abovedado. Sin embargo, en cuanto pisé el patio oí otro grito fortísimo sobre mi cabeza y me giré: Bortolana estaba asomado a una de las ventanas geminadas y agitaba los brazos, quizá para que el Albino, que deambulaba por el parque, lo entendiera.

Ya había pasado, con mucho, la hora prevista para el regreso de las palomas, pero aún no se había avistado ninguna en el cielo de la villa. Unos segundos después, el Albino salió en bicicleta por el portón a toda velocidad, pedaleando tan rápido que a veces las ruedas derrapaban en la gravilla. Volvió poco después con la noticia de que las demás palomas de Ducale ya habían regresado hacía tiempo a sus palomares. Ahora Bortolana estaba sentado, exhausto, en el alféizar de una de las ventanas geminadas, con las piernas colgando en el vacío. Ya apenas se movía, ni siquiera miraba al cielo. Tampoco se levantó cuando, poco después, el presidente de los colombicultores de Ducale, llegado a la villa al enterarse de la increíble noticia, entró por el portón seguido de una recua de personas. Subieron todos al palomar por la escalera sin travesaños. No me explicaba cómo lo habían hecho, toda vez que alguno de ellos necesitaba incluso la ayuda de un bastón para caminar. A lo mejor se habían pasado unos a otros los pocos travesaños que quedaban, haciendo complicadísimas combinaciones, y cada cual había esperado su turno en vilo, apoyado en un solo travesaño, o con la espalda y los brazos apuntalados a las paredes del conducto vertical para quedar suspendidos en los tramos sin travesaños. Estaban todos asomados a una de las ventanas, mirando aterrorizados el cielo. A juzgar por sus gestos, se diría que hasta al mismísimo presidente le costaba explicarse aquel suceso sin precedentes, mientras Bortolana, que no les prestaba atención, lloraba desconsoladamente, sentado al lado del parteluz de la ventana geminada.

Entonces, un fragor inesperado desvió todas las miradas hacia el portón abovedado. Se había llenado de humo durante unos segundos, mientras un coche lo atravesaba con gran estruendo. Sus ruedas casi se hundían en la gravilla hecha añicos. Algunos invitados se habían acercado desde las zonas más lejanas del parque y confluían de todas direcciones en el centro humeante del patio. Los colombicultores habían bajado del palomar de un salto, aterrizando uno tras otro, con un golpe seco, en el suelo de las caballerizas. Pero acto seguido se levantaban como si nada y se dirigían, apoyándose en sus bastones, al centro del patio. El coche ya se había detenido, pero no me quedaba claro a quién o qué traía.

Al cabo de un segundo apareció el marido de Turquesa.

La otra puerta también se abrió, pero no vi a nadie apearse. Solo un diminuto tobillo giró en el aire dos o tres veces, sin apoyarse en la gravilla. Entonces el marido soltó los ganchos de la capota y, tras recogerla completamente, se acercó a la otra puerta del coche, ya abierta de par en par. Por fin, agarrándola de una mano que asomaba apenas, ayudó a salir del vehículo a una embarazada Turquesa.

«¡Hemos venido a ver la quema de la montaña!», la oí gritar con emoción, mientras daba los primeros pasos por la gravilla, un poco vacilantes, y se acercaba a la Diosa, que había bajado corriendo de la villa.

Muchas personas la rodeaban, formando un semicírculo. Observaban en absoluto silencio su enorme barriga. Estaban casi todos los invitados, los colombicultores y la familia de Lenín al completo, menos la Melocotón, que había vuelto a desaparecer. En el último momento también había llegado el Tió, entumecido y sentado en el sillón de mimbre que el Nervio transportaba a pulso con facilidad. Le había pedido que lo dejase en primera fila, en el centro del gran semicírculo. Ahora Turquesa guardaba silencio. Estaba casi inmóvil, con los brazos en alto, y el enorme bulto parecía en vilo sobre sus caderas. Su vestido todavía se veía un poco plisado, señal de que la barriga aún no había alcanzado su máxima expansión. Todos los ojos estaban clavados en ella, y el tiempo transcurría tan rápido que nadie había reparado en que ya había pasado la hora de comer y casi toda la tarde: iba siendo hora de cenar. Aquí y allá había quien bostezaba, sin dejar de mirar en silencio la barriga de Turquesa. Luego algo se movió de repente bajo los pliegues del vestido. Un ligero murmullo se elevó a lo largo del gran semicírculo, que al fin empezó a disolverse.

Los invitados se encaminaron al zócalo acristalado de la villa y los colombicultores, dándose una palmada en la frente después de echar un vistazo al reloj, salieron de la finca por el portón abovedado, apoyados en sus bastones. Los había visto mirar de reojo la ventana geminada del palomar antes de salir en fila del patio, para comprobar si las palomas habían vuelto mientras tanto. La Diosa subió corriendo a la primera planta de la villa antes de que se pasara también la hora de cenar.

En el invernadero, Turquesa charlaba con su marido y con el Tió. Yo veía su barriga flotar al otro lado de las cristaleras, en la sala ahora iluminada: se elevaba sobremanera cuando Turquesa echaba hacia atrás la cabeza y soltaba una carcajada o un bostezo desde su tumbona. En la primera planta de la villa se habían encendido otras luces, pues anochecía muy rápido. Luego la barriga de Turquesa empezó a subir lentamente las escaleras y atravesó una tras otra las habitaciones hasta llegar al comedor, donde ya habían desplegado las extensiones de la mesa. Los cristales de las ventanas estaban cerrados; aun así, se oían miles de ruidos febriles en el parque y en el patio, donde se ultimaban los preparativos para la quema de la montaña. Muchos ya la estaban mirando desde el comedor iluminado, aunque no la distinguían bien del todo en la oscuridad. Los pasitos frenéticos hacían crujir la gravilla ya fría del patio, en la que se extendían las siluetas de luz de las ventanas de la primera planta de la villa. También se adivinaba el tenue resplandor de la bombilla encendida bajo la bóveda del portón, señal de que esperaban la llegada de más personas. El Nervio había pedido permiso para levantarse de la mesa antes que los demás y supervisar en persona los últimos preparativos de la quema. Turquesa tenía toda la mesa en vilo sobre su barriga, y la hacía balancearse con cada mínimo desplazamiento de su silla.

Del parque llegaban ahora gritos exaltados, pasos a la carrera. Aunque las ventanas estaban cerradas, se oía un ligero silbido, como si alguien estuviera corriendo por los paseos mientras desenrollaba algo. Turquesa hablaba con un tono de voz agudísimo, parecía que todos los comensales se miraban sin verse. La larga mesa se inclinaba y oscilaba cada vez más, como si la enorme agitación se transmitiera también a la criatura que Turquesa llevaba en su seno.

Entonces empezaron a llegar voces aún más fuertes de la montaña de basura. Las manos de los invitados sacaron lentísimamente las servilletas de sus cuellos o las levantaron de sus rodillas y las arrebujaron en el puño, quebrando todos sus pliegues. Al cabo de unos segundos, el Nervio lanzó un grito perentorio desde el centro del patio. Aunque no se entendió lo que había dicho, uno de los comensales se lanzó con premura hacia la puerta, sin dejar siquiera la servilleta en la mesa. El comedor se vació en unos segundos. Solo quedaba el Tió, que seguía en su sillón. Me pareció verlo esbozar una leve sonrisa, inmóvil casi en el otro extremo de la mesa, encogiéndose ligeramente de hombros.

—Me quedas solo tú… —dijo, abriendo los brazos.

Me acerqué al sillón e intenté levantarlo del suelo, pero no sabía muy bien cómo cogerlo. Me desequilibraba hacia un lado, y las patas se me enredaron en los pliegues de la sotana mientras pasaba por delante de la ventana, caminando a tientas por un suelo que parecía inclinadísimo. Me vi obligado a apoyar el sillón otra vez en el suelo; tenía que encontrar una forma diferente de agarrarlo.

—¿Por qué no pruebas a ponerme encima de la mesa? —me aconsejaba el Tió—. Podrías levantar el sillón haciendo un esfuerzo, sujetándome con una rodilla para que no me estrelle contra el suelo, y dejarme en la parte central y más firme de la mesa, no en las extensiones. Luego podrías echarte un poco hacia atrás y cargar con todo mi peso sobre el pecho y los hombros, solo un segundo, el tiempo justo para que yo me abrazase a tu cuello. Así, el peso se volvería tan liviano que bajaríamos las escaleras volando y cruzaríamos el patio en un pispás hasta llegar a la montaña en llamas…

Intenté levantarlo del suelo y noté que el sillón se elevaba sin el menor esfuerzo, como si al mismo tiempo el Tió se hubiera impulsado hacia arriba apoyando las dos manos en los reposabrazos. Dejé el sillón en el centro de la mesa y, acto seguido, el Tió volvió a caer a plomo en el asiento. Entonces me echó los brazos alrededor del cuello, buscando un asidero en mi nuca con las manos. Cargué el sillón; lo llevaba casi bocabajo, con sus cuatro delgadas patas apuntando al techo. Me encaminé por el pasillo y bajé las escaleras con el cuerpo inclinado para compensar el peso y no caer rodando. El Tió empezó a restregar la cabeza por mi mejilla, noté que intentaba acercar la boca a mi oído. Las escaleras estaban oscuras, solo distinguía el tenue resplandor del invernadero en los últimos peldaños. El Tió había encontrado un equilibrio tan perfecto que apenas notaba su peso. Tenía la cabeza apoyada sobre la mía, de lado, y también el sillón parecía cada vez más liviano, como si hubiera encontrado un punto de apoyo sólido en el techo y no fueran sus patas, sino mis piernas, las que se zarandeaban en el aire.

Una vez acabada la pendiente de la escalera, tuve que corregir rápidamente la inclinación de mi cuerpo. También el Tió se había movido, encaramándose aún más a mí con su sillón de mimbre. Cruzamos el invernadero iluminado: desde su vitrina de cristal, la garza real, el faisán dorado y el tucán nos vieron pasar sin parpadear, posados sobre una sola pata. Llegamos al patio. El Tió había empezado a hablarme en voz baja, con la boca presionada directamente contra mi oído. Yo avanzaba con los ojos bien abiertos; una infinidad de animalillos escapaba en todas direcciones. No los veía con claridad porque iba con la cabeza muy echada hacia atrás, apuntando al cielo, pero intuía sus siluetas desenfocadas al huir: chocaban en la oscuridad contra mi sotana y reemprendían la huida hacia el parque, removiendo la gravilla. Salían por la puerta de la leñera —que quizá se había quedado abierta con tanto ajetreo—, o de las numerosas casetas y pequeñas jaulas —que alguien había dejado abiertas a propósito—. Me parecía verlos tropezar, dar dos o tres vueltas de campana a unos centímetros del suelo, y luego reanudar su huida equivocándose de dirección, en diagonal o en vertical, hacia el cielo. El ligero olor a aguardiente que llegaba a mis fosas nasales, que también apuntaban al cielo, sugería que el Nervio los había emborrachado otra vez, quizá después de levantarse de la mesa con la excusa de supervisar en persona los últimos preparativos de la quema, por lo que no era descartable que hubiera emborrachado también a las palomas mensajeras que inexplicablemente no habían regresado, subiendo a escondidas al palomar por la escalera sin travesaños o acercándoseles en el último momento, cuando ya estaban apiladas en sus cajas dentro del vagón de un tren a punto de salir de la pequeña estación de Ducale.

El Tió, al que seguía llevando en brazos con las piernas por los aires, no dejaba de hablarme al oído. Su peso debía de haber disminuido aún más, pues no se me caía ni siquiera cuando me flaqueaban de golpe las fuerzas en ambos brazos. Las llamas todavía no se elevaban sobre la montaña, pero ya se adivinaba a mucha gente aglomerada en la oscuridad a su alrededor. Distinguí, un poco más arriba, la figura fosforescente del Albino, que se movía en lo alto del muro semiderruido, casi corriendo, con un bidón de gasolina en la mano.

—He aprovechado la ocasión para contarte estas dos o tres cositas… —concluyó justo entonces el Tió.

Sus palabras me habían dejado de piedra, a pocos metros de la montaña de basura, con el sillón aún por los aires. También el Tió se había quedado inmóvil: ni siquiera me pedía que lo bajara al suelo. Solo se olía a gasolina, que el Albino vertía con pequeños chorros en la montaña siguiendo las indicaciones del Nervio, que iba de aquí para allá agitando los brazos en la oscuridad. Yo tenía los ojos abiertos de par en par, pero no veía bien; estaba pensando en algo que no podía pensarse.

—Creo que se me ha bajado un poco la sangre a la cabeza —oí decir con voz pausada al Tió—. Intenta dejarme en el suelo, anda.

Giré la cabeza para mirar hacia arriba y me pareció verlo esbozar una sonrisa en la oscuridad. Me curvé hacia delante todo lo que pude, de golpe, para que la fuerza centrífuga mantuviese al Tió bien pegado al sillón. Estaba casi convencido de haberlo bajado al suelo, pero ahora era yo el que estaba con el cuerpo patas arriba. También mis ojos debían de estar del revés, porque justo en ese momento, cuando el Nervio lanzó una solitaria cerilla antitormenta a la montaña empapada de gasolina, vi que las llamas empezaron a extenderse hacia abajo.

Había una cantidad ingente de personas agolpadas alrededor de la montaña, y ahora que había soltado el sillón y volvía a tener los pies en el suelo empezaba a reconocer algunas caras. Las llamas iluminaban todo el espacio circundante como si fuera de día, ascendiendo en ráfagas repentinas desde los estratos de hojas, y crepitaban al desgajarse continuamente de sí mismas. Todos los espectadores estaban arremolinados en torno al fuego, y eran tantos que habían tenido que colocarse en varias filas. Las llamas alcanzaban cada vez más altura en la oscuridad, separándose de la curvatura de la Tierra. Miles de pequeñas lenguas se desplegaban, tratando de alcanzar la gran llama central, que se elevaba aún más alto desde la cima. Sin duda su resplandor se veía no solo al otro lado de la tapia, sino también en las partes más remotas de Ducale, además de iluminar los rostros encandilados que se asomaban a las ventanas. Se oían ramas finísimas crujir y caer carbonizadas en la gravilla, incluso en zonas muy alejadas de la montaña de basura. Las llamas aumentaban por momentos, su base se ensanchaba, mordiendo estratos cada vez más bajos de hojas. A su luz reconocía ahora, uno a uno, a los residentes de la villa. El Albino debía de haber bajado de un salto del muro para alejarse de esa zona donde el fuego deja de ser visible para poder quemar aún más. También distinguía un buen número de caras desconocidas, quizá vecinos de Ducale llegados para presenciar la quema. Sus cabezas oscilaban en varias filas superpuestas, buscando hueco entre las demás cabezas en movimiento. Reconocí a la callista. Estaba muy inclinada sobre el sillón de mimbre, quizá concertando la próxima cita con el Tió, que la escuchaba sin apartar los ojos de las llamas, cuyo resplandor iluminaba su rostro y borraba sus facciones. En el centro del gran semicírculo, el Nervio lanzaba pequeños chorros de gasolina en distintos puntos de la montaña de basura y agitaba los brazos, como si quisiera dirigir los movimientos repentinos del fuego. La barriga de Turquesa flotaba cautivadoramente al otro lado de las llamas. Los pliegues de su vestido se habían tensado un poco más, como si el calor de la quema la hiciera fermentar. A nuestro alrededor, el aire era cada vez más seco y abrasador. De pronto distinguí también a la Melocotón. Estaba un poco apartada de los demás, abanicándose con una aleta de esturión que alguien había pescado esa misma mañana en el río que pasa por Ducale para venderlo a porciones en un tenderete improvisado en la plaza.

Ahora las llamas se habían unido en un único frente que ascendía en forma de cúspide. Parecían querer desgajarse de la base de la montaña de basura para arrancarla como una costra gigante. Se retorcían en el cielo, descoyuntadas, y el muro apenas lograba contenerlas. Brotaban desde muy abajo, formando pequeñas lenguas que se colaban por las grietas entre los ladrillos; roían zonas aún más profundas de la parte alta de la montaña, dejando al descubierto en su cumbre los esqueletos de objetos desconocidos, arrojándolos a muchos metros de distancia, carbonizados, un segundo antes de que alguien pudiera reconocerlos. Pasto del calor del fuego, las pieles de conejo se desgarraban y estallaban con un estruendo inesperado; podían distinguirse uno por uno los pelos incandescentes que se elevaban hacia el cielo. El Tió estaba dando una cabezadita en el sillón de mimbre, o quizá era que el resplandor del fuego también le borraba los puntitos brillantes de los ojos. Se diría que estaba saboreando en ese duermevela el momento en que volvería a caminar. Estaba con las piernas extendidas y los pies cruzados junto a la raíz del fuego, como para que empezasen a derretirse. La barriga de Turquesa había crecido aún más; iluminada por ese resplandor, se había vuelto transparente, y en su interior me parecía distinguir la aureola del pequeño cráneo que estaba dorándose en silencio, con los ojos cerrados, por la vasodilatación causada por la quema. Unas chispas enormes saltaban de la montaña de basura crepitante y, aún en llamas, ascendían hacia el cielo, contempladas por los espectadores de la quema, cuyos ojos parecían lustrados, reflectantes. Las veía revolotear, ya borrosas, cada vez más alto, y agigantarse por un instante antes de desaparecer, cuando se agotaba la materia combustible de esas gotitas incendiadas. El Nervio hundía una pala en las llamas para remover la montaña ardiente. Otras mil chispas saltaban de pronto, e iban a apagarse en las prendas de los invitados, de un tejido inconsistente que enseguida se rasgaba, revelando sus piernecillas pálidas y delgadas.

Yo habría podido cortar como si nada, con los dedos, la base del fuego; girar una por una las tres secciones de la gran llama y colocarlas en posición invertida, para luego adentrarme en ella y observar tranquilamente desde ahí a los demás espectadores, que rodeaban el fuego formando un semicírculo, como desde el interior de una cúpula de cera. Varios animales borrachos se habían abierto paso entre las piernas de los presentes, intrigados también por la quema. Tenían los ojos muy abiertos, a veces se desplomaban de repente y se levantaban en el acto, para seguir mirando fijamente la enorme llama retorcida, balanceándose sobre una sola pata. Se estaba acumulando un número considerable de animales alrededor de la montaña de basura; no era consciente de que entre las tapias de la villa vivieran tantos. Algún gato ya había subido de un salto al muro ennegrecido por las llamas y estiraba el hocico hacia la base cada vez más ancha del fuego, donde se estaban asando marañas de vísceras. Debían de haberlas tirado a la montaña justo antes de la quema, para que los animales no las arrastrasen por todo el parque y ensuciaran los paseos recién rastrillados. Se desenrollaban y explotaban al más leve contacto con las llamas. Los gatos se asomaban cada vez más desde lo alto del muro, y uno de ellos, embobado, saltó a la montaña. Empezó a revolcarse por las poquísimas zonas sin fuego, intentaba morder las vísceras que aún no habían sido pasto de las llamas. Lo siguieron otros gatos, caídos del muro, que hundían el hocico entre las llamas en busca de vísceras ardientes, o intentaban hincar el diente a uno de sus extremos, que asomaban de la montaña aquí y allá. Las sacaban y tiraban de ellas, estirándolas en todas direcciones, con los labios abrasados y desfigurados. Soltaban la presa y acto seguido volvían a hincar los dientes en el fuego. Hasta que alguno por fin conseguía rescatar alguna fibra chamuscada y huir hacia las zonas más recónditas del parque con la boca en llamas. Arrancaban fragmentos muy largos, encogidos por la combustión o lacerados y abiertos como una flor. Los veía huir hacia el huerto con esos copos de fuego aún encendidos, mientras otros gatos se lanzaban de cabeza a la montaña y se disputaban las últimas fibras intactas que el corrimiento de un terrón de fuego había dejado de pronto al descubierto. Clavaban todos a la vez los dientes en esa única porción, tan juntos y apelotonados que parecían morderse los labios unos a los otros, mientras nuevas fibras veían la luz desde las profundidades de la montaña, que se hundía un poco por la extracción de carne. Huían arrastrándolas por el suelo, entre las piernecillas pálidas de los espectadores. El Nervio, bidón en mano, les lanzaba chorros de gasolina cuando los gatos pasaban cerca de él: el fuego se reavivaba de pronto en las vísceras que llevaba en la boca; podía verlas serpentear en llamas por los paseos, y un olor a estiércol quemado impregnaba rápidamente el parque.

Veía balancearse las cabezas de los espectadores. Minúsculos insectos carbonizados me caían en el pelo y en los hombros cuando el fuego acariciaba sus grandes esferas flotantes. Ya no veía a la Melocotón, ni aunque parpadease para humedecerme los ojos secos por el calor. El gran semicírculo se había engrosado y lo veía ondear al otro lado de las llamas, ya transparentes. Me daba la sensación de que la barriga de Turquesa estaba creciendo aún más; había borrado todos los pliegues de su vestido. Me disponía a alejarme de la montaña de basura cuando de repente se elevó un grito, lacerante, al otro lado de las llamas.

—¡Han empezado las contracciones! —oí a alguien exclamar.

Muchas personas se habían arremolinado alrededor de la barriga de Turquesa: el calor de la quema debía de haber acelerado increíblemente su gestación. El marido ya tiraba de ella hacia el coche aparcado en el patio para llevarla a casa a toda velocidad. Yo también me dirigí hacia allí. La cima de las llamas había alcanzado un punto altísimo del cielo. El marido intentaba meter a empujones a Turquesa en el coche abierto de par en par, pero no había manera de que cupiese.

—¡Es inútil! —dijo Turquesa—. ¡Tendré que quedarme a dar a luz en la villa!

Una recua de invitados entró con ella en el invernadero y subió a la primera planta de la villa. Toda la fachada estaba iluminada, como si fuera de día, por el resplandor de la montaña de basura: ni siquiera se distinguía si habían encendido las luces de las habitaciones. Al otro lado de los cristales se veía a la Diosa correr de aquí para allá, ahuecando almohadas con ayuda de la callista, que también era la comadrona de Ducale. Luego los brazos del marido asomaron para cerrar los postigos plegables de una de las habitaciones. Justo después empezaron a llegar del interior de la villa los gritos salvajes de las contracciones.

Yo paseaba por el parque. Muchos ya habían vuelto a la montaña de basura, donde el Tió, que con tanto jaleo se había despertado, mandó al

Nervio traerle una de sus escopetas y disparaba con calma a las llamas. Cargaba la escopeta con largas balas de cobre, con la espalda bien separada del respaldo del sillón de mimbre: parecía que intentaba seguir el proyectil con la mirada, para ver si se conservaba intacto o se fundía al atravesar fulmíneo la barrera del fuego. El Nervio removía las zonas ya quemadas, rociaba de gasolina los animales que se topaban con él y los prendía con una ramita ardiendo sacada de la montaña de basura. Vi a alguno huir por el parque envuelto en llamas. De la primera planta de la villa seguían llegando los alaridos salvajes de Turquesa. Muchos invitados se alejaban unos minutos de la montaña y subían para asomar la cabeza a la habitación de la parturienta. Puede que saludasen desde el vano de la puerta, o que se llevaran la mano a la frente haciendo el saludo militar. También subieron Lenín y el presidente de los colombicultores, al que hasta ese momento no había reconocido junto al fuego. La callista había encargado al Albino que fuese corriendo a su casa para traerle la bolsa con los instrumentos de trabajo. En la habitación de la parturienta habían abierto otra vez los postigos plegables, quizá para permitir que Turquesa contemplara la quema de la montaña de basura también en esos momentos. No había ni rastro de la Melocotón. Ni siquiera me la encontré caminando por los paseos más lejanos, iluminados por el resplandor como si fuera de día: se podía ver entre las plantas, que parecían esqueletos en movimiento, y a través de los setos, transparentes como telarañas. Yo cruzaba el patio y rozaba la pared de la villa con la mano, acelerando al pasar por debajo de la habitación de Turquesa: cabía la posibilidad de que expulsara con tal fuerza al *nasciturus* que saliese volando a través de la ventana hecha añicos. Doblaba la esquina de la villa, enfilaba el paseo y bordeaba toda la tapia hasta llegar a la montaña en llamas. Había dejado los patines justo debajo del nevero. Me agaché para ponérmelos, ciñendo bien fuerte las correas. Unos metros más adelante vi la bicicleta, desenganchada ya de la carretilla, apoyada en la pared. Monté y empecé a pedalear con los patines puestos, recorriendo los paseos.

No hacía falta activar la dinamo, pues el parque estaba completamente iluminado y deslumbrado. La ausencia de carretilla, sumada al hecho de que pedalease con tantísimas ruedas en los pies, confería a la bicicleta una velocidad vertiginosa. De vez en cuando se me cruzaban animales en llamas, que sorteaba a duras penas en el último segundo. Pasaba por debajo del árbol de las tripas, del que aún colgaban fibras ardiendo. Ascendían a bocados hacia las ramas, chisporroteaban y humeaban unos segundos, hasta apagarse poco a poco en el esófago de los gatos. Las balas del Tió silbaban sobre mi cabeza, fundidas, y acababan espachurradas en la tapia o entre la gravilla. Me daba la sensación de que todos los animales borrachos gritaban desde distintas zonas del parque y del patio, y que al hacerlo cada cual se olvidaba de su propia voz o la intercambiaba con la de otras especies. No solo los que pasaban como flechas en llamas en todas direcciones, sino también los demás animales minúsculos que veía moverse confusamente: pequeños ratones que debían de haber robado un poco de comida del cuenco emborrachado de los faisanes, gatos que quizá habían devorado ratones beodos y calcinados. Recorría el parque a tal velocidad que siempre tenía que girar de golpe el manillar cuando llegaba al final de uno de sus laterales. Reprimía en el último segundo el impulso de lanzarme a la montaña incendiada. Habría podido atravesarla por la delgada línea de su callo ígneo, o detenerme en su interior como si nada, bajarme del sillín y mirar tranquilamente al exterior desde dentro del fuego, con los patines puestos, sujetando el manillar de la bicicleta con una sola mano.

Los gritos de Turquesa habían cesado de repente, pero nadie había abierto las ventanas todavía para asomarse con el neonato goteante. Ahora se oía aún más la quema, el crepitar de las chispas extremas que estallaban en distintos puntos del cielo. Alrededor de la montaña de basura, algunos invitados envueltos por el aire reseco por el calor se habían llevado el pañuelo a los labios. Solo el Nervio seguía gritando y agitando los brazos, tosiendo de cuando en cuando por culpa del humo, mientras que el Albino había encontrado la forma de subir otra vez al muro. Corría de aquí para allá, alejaba las llamas con una enorme chapa que había encontrado en las caballerizas. Su cuerpo, recortado sobre el resplandor del fuego, se había vuelto transparente; se le veían los huesos.

Me alejé otra vez de la montaña de basura. Estaba pedaleando por la senda circular que rodeaba el montículo cuando me pareció entrever a la Melocotón en el puentecillo sobre el tanque de cemento.

No podía parar: las ruedas de la bicicleta giraban con tal frenesí que tuve que dar muchas vueltas antes de aminorar un poco la marcha para enfilar uno de los senderos del montículo. Cuando por fin pude torcer sin derrapar, la Melocotón ya había llegado al paseo más amplio. Ahora, cruzando el puentecillo de hierro a toda velocidad, la veía mucho mejor. Alguno de los animales en llamas se estaba apagando en absoluto silencio en el fondo drenado del tanque, después de haberse arrojado, en vano, en busca de salvación. La curva del paseo estaba iluminada: el Albino, que se afanaba con su chapa en lo alto del muro, debía de haber dado la vuelta a un enorme terrón de fuego, pues una luz cegadora había alumbrado en un instante todo el parque. La gruta vibraba, parecía hecha de cartón prensado y arrugado. La gravilla casi transparente crujía bajo las bailarinas de la Melocotón mientras yo la adelantaba con la bicicleta, rozándola, a toda velocidad. No vi la pata de gato en su cuerpo; tampoco cuando di media vuelta y me la crucé de frente. La buscaba con la mirada en los escasos segundos de los que disponía antes de pasar una y otra vez junto a la Melocotón, como una flecha, en todas direcciones. El parque y el patio estaban tan iluminados que nada ni nadie era capaz de proyectar su sombra. «¿Dónde habrá ido a parar la pata de gato?», me preguntaba. No la veía colgar de uno de sus tobillos, ni en los brazos; tampoco en una oreja, y no parecía escondida en su maraña de pelo electrizado. Su vestido de organza ondeaba y se desplegaba con cada paso, como para mostrarme que no la llevaba escondida en ninguno de sus pliegues. Yo tenía la garganta seca por el humo y respiraba como siempre respira quien está a pocos metros de un incendio: recurriendo a unos pulmones primigenios. Pedaleaba tan rápido que hasta las ruedas de los patines empezaron a girar vertiginosamente. La luz era cada vez más cegadora. Un animal en llamas había prendido con su cola el mechón del árbol tapiado al pasar por su lado mientras huía parque a través: los pelos se achicharraban y se retorcían sobre sí mismos, seguían encrespándose incluso cuando ya estaban del todo carbonizados. Oía que el Tió seguía disparando a las llamas, y de vez en cuando una bala fundida se espachurraba en mi mejilla. Me la limpiaba con la mano sin dejar de dar vueltas al parque a toda velocidad. Hendía esferas de insectos con la cara, los oía chisporrotear a la altura de mis sienes mientras bajaba en picado una cuesta. La Melocotón estaba rodeando una mesita de mármol, justo en el límite del parque, y se giró hacia mí con la cabeza un poco inclinada. De pronto me la encontré de frente, solo un instante. La luz era tan intensa que ni siquiera hacía falta tener los ojos abiertos. El pene me palpitaba dolorosamente, envuelto en el vendaje, con el frenético movimiento de las piernas. La montaña de basura seguía ardiendo, sus llamas se habían disgregado por completo en el cielo: se plegaban hacia un lado y acto seguido se enardecían de nuevo, como si el Albino estuviera abanicándolas con su escudo de chapa para avivarlas. Unas llamitas infinitamente delgadas y unas chispas minúsculas, las que lograban colarse por los orificios de las balas que agujereaban las hojas, se elevaban aún más alto en el cielo.

Tomaba cada vez más rápido las curvas, subiendo con las dos ruedas de la bicicleta a la tapia, en la que a veces apoyaba un pie para conservar mejor el equilibrio: entonces, también las ruedas de los patines giraban sobre los ladrillos. «¿Dónde habrá ido a parar la pata de gato?», me pregunté una vez más, viendo reaparecer a la Melocotón. Pero debí de preguntármelo a voz en cuello, porque la chica se detuvo en seco al lado de la estatuilla de terracota, completamente iluminada, y se volvió hacia mí agarrando con ambas manos el borde deslumbrante de su vestido. Ahora tenía los párpados muy abiertos, con sus ojos bizcos clavados en dos puntos del cielo distintos y muy distantes. Intenté apoyar un pie en el suelo para frenar antes de dar la curva, pues la presencia de la Melocotón me obligaba a modificar el itinerario, pero las ruedas de los patines, que giraban de manera frenética e independiente en la gravilla, aceleraron más si cabe la bicicleta, en lugar de frenarla. Mientras tanto, la Melocotón se había levantado de pronto el vestido con las dos manos. Lo tenía muy alto y desplegado en toda su extensión. La pata de gato destacaba, leonada, irreal, en el resplandor que aún llegaba de la montaña de basura. Colgaba de la parte central de una cadenita que daba varias vueltas a su cintura, y en contraste con la carne desnuda parecía muy enjuta y reseca, como a punto de caer al suelo abrasada, carbonizada.

De la montaña llegaban los gritos del Albino, que se había deshecho del escudo de chapa y hurgaba en las llamas con un larguísimo horcón para dar la vuelta a los objetos más voluminosos y que se quemaran bien por el otro lado. Yo intentaba aminorar poco a poco la marcha, pero la bicicleta iba lanzada por el circuito del parque en pendiente. Ponía los pies en el suelo para frenarla, pero las ruedas de los patines la aceleraban en contra de mi voluntad. Me incliné hacia un lado, levantando primero el pie de ese pedal, y luego repetí la operación con el otro. Cuando logré soltar las correas y deshacerme de los patines, sacudiendo con fuerza las piernas, supe que por fin podría frenar.

También activé la dinamo, a pesar de que la luz que aún se elevaba sobre el parque lo hacía innecesario, y sentí que la bicicleta frenaba aún más. Ahora las ruedas volvían a notar el rozamiento de la gravilla. Alrededor de la montaña de basura, el grupo de espectadores empezaba a disolverse. Alguno caminaba ya hacia la villa, pero se giraba y a veces incluso volvía sobre sus pasos cuando el Albino, después de arrancar una capa de cenizas y dar la vuelta a un terrón ardiente con su horcón, avivaba otra vez el fuego. El Tió se había dormido de nuevo en su sillón. Alguno de los invitados empezó a frotarse las manos por el fresco en cuanto la llama amenazó con declinar definitivamente. Los veía alejarse de la montaña a pasitos cortos y regresar a la villa con sus raquíticas piernas a la vista a través de los pantalones agujereados por las chispas. Había logrado frenar aún más la bicicleta dando vueltas alrededor del patio, donde las capas de gravilla eran más profundas. Ahora la velocidad me permitió clavar en el suelo el tacón del zapato, presionando cada vez con más fuerza en la gravilla, a la vez que accionaba el único de los dos frenos que quedaba en el manillar, con mucha suavidad porque la zapata había perdido hacía tiempo su goma y, cuando mordía directamente el aro de hierro de la rueda, saltaban chispas.

Cuando la bicicleta por fin se detuvo puse los pies en la gravilla con precaución, pero caminaba con esfuerzo, porque todo el patio giraba sobre sí mismo como alrededor de un pivote. Me costó llevar recta la bicicleta y apoyarla en la pared de las caballerizas sin que cayera al suelo con estruendo. Alrededor de la montaña de basura había cada vez menos espectadores. El Nervio había desaparecido. Bortolana estaba sentado, un tanto pensativo, en el muro tiznado por las llamas. El Albino seguía hurgando con el horcón en la costra carbonizada: había rescatado el esqueleto incandescente de una vieja bicicleta y, tras levantarlo bien alto, volvió a arrojarlo a la montaña, formando una nube de pequeñas chispas. Tampoco había ni rastro del Tió: debían de haberlo transportado en su sillón a la villa, donde ahora volvía a reinar un perfecto silencio.

Me quedé un ratito más a los pies de la montaña. Seguía con la mirada el incansable horcón del Albino, que no dejaba de hurgar en la costra carbonizada. Todavía brotaban minúsculas llamas, algo más oscuras, cuando daba la vuelta a un último terrón intacto y lo lanzaba, desmigajado, al cielo. La punta del horcón se hundía en zonas aún encendidas; estaba negra, abrasada, y a veces empezaba a arder de pronto durante unos segundos. El Albino la apagaba blandiendo el horcón por encima de su cabeza. Los últimos invitados se despedían ceremoniosamente, estrechándose la mano antes de alejarse con parsimonia de la montaña de basura. Los veía caminar en silencio, de dos en dos, hacia la villa. Mis patines se habían quedado en el parque, cada vez más oscuro a medida que la barrera de fuego declinaba. Ya era noche cerrada. Yo también me alejé de la montaña para volver a la zona del parque donde me había deshecho de los patines.

Ahora caminaba sujetándolos por las correas con una sola mano, rumbo al invernadero apagado y con la puerta aún abierta. Subí las escaleras sin hacer ruido. Algunos invitados en pijama seguían pasando por las habitaciones para dar las últimas buenas noches, con un vaso de agua en la mano. Antes de volver definitivamente a su habitación, se acercaban una última vez a la habitación de Turquesa y se asomaban a la puerta. Los oía dar un taconazo a modo de despedida. Y otro, señal de que también se despedían del neonato. Llegué en silencio a mi habitación y cerré la puerta con una vuelta de la pequeña llave. Ya había subido la maleta a la cama y me disponía a meter todas mis pertenencias cuando la puerta se abrió como si nada a mis espaldas.

—¿Entonces te marchas? —preguntó la Diosa.

Estaba inmóvil en el vano de la puerta, sin mirar a nada en concreto, como si mirar se hubiera vuelto imposible.

Le di otra vez la espalda, a pesar de que ya había entrado en la habitación, y guardé también los patines en la maleta.

Un instante después noté que la Diosa había salido de golpe.

Me acerqué lentamente a la puerta. Las jambas parecían haberse hinchado mucho. La puerta se cerraba... Cerrarse, se cerraba, pero el marco también se había vuelto elástico. Esperé un buen rato, intentando captar algún sonido en cualquier habitación de la villa. Incluso el Albino tenía que haber vuelto a casa, pues tampoco llegaba el menor ruido de la lejana montaña de basura. No sabía muy bien qué hora era, a pesar de que el campanario de Ducale la marcaba sin cesar. Perdía la cuenta una y otra vez, aunque a aquella hora de la noche los tañidos eran pocos. No había terminado de contar cuando ya sonaba la siguiente hora. La maleta estaba lista y cerrada con su correa. Me arremangué la sotana a la altura de las caderas, empecé a quitarme el vendaje con delicadeza.

La gasa estaba empapada de semen, pesaba, y a medida que la desenrollé se fue quedando pegada en el suelo. No hacía falta renovar el vendaje, la cicatriz ya se había secado. Abrí con sumo cuidado los postigos. Ahora el parque estaba oscuro, silencioso. Recogí del suelo la madeja de gasa empapada y la tiré por la ventana. Su blancura destacaba en la oscuridad mientras descendía serpenteando. Se pegó un instante a la tapia, después su propio peso la despegó de golpe y por fin cayó al suelo.

Unos segundos después el fragor de la moto se oyó de repente en el patio.

Cogí la maleta, empecé a bajar las escaleras. El invernadero seguía a oscuras, pero de algún sitio lejano debía de llegar un reflejo de luz, porque pude distinguir el faisán dorado, la garza real y el tucán. Sus ojillos de cristal brillaban nítidamente en la oscuridad. El Nervio ya estaba a horcajadas en la moto, plantado en el centro del patio. Dio gas varias veces al verme aparecer. Las cristaleras del invernadero vibraban en sus armazones sin estuco, mientras que, en la pajarera, muchas alas despertadas de golpe se agitaban aterrorizadas.

Subí al asiento trasero mientras el Nervio sujetaba la maleta a uno de los laterales de la moto. Alguien se me acercó muchísimo para ofrecerme un anorak.

—¡Póntelo! —oí susurrar a la Melocotón.

Me puse el anorak encima de la sotana sin bajarme de la moto, que al instante se dirigió hacia el portón abovedado. Me habría gustado aguantar un rato más con los ojos abiertos, mientras salíamos del patio, y girarme al menos una vez para ver la fiera rampante del blasón, y luego otra mientras la moto aceleraba por las calles desiertas de Ducale. Sin embargo, enseguida noté que me estaba durmiendo irremediablemente, recostado en la espalda del Nervio, que iba completamente inclinado sobre la moto.

Me parecía haber dormido apenas unos segundos, pero al despertar me vi ante las puertas del seminario. Alguien estaba abriendo la verja, pero no pude distinguir si era de día o de noche. Iba sentado en el faro trasero de la moto, que debía de haber impedido que me cayera durante quién sabe cuántas extenuantes persecuciones.

Me habría gustado despertarme por completo, mirar a mi alrededor para observarlo y reconocerlo todo poco a poco. Sin embargo, al instante noté que estaba durmiéndome otra vez, sumiéndome en un sueño aún más profundo, sobre la moto a punto de detenerse.

12

«¿Qué habrá pasado en mi ausencia?»

Alguien tuvo que bajarme a pulso de la moto para subir mi cuerpo inerte por las escaleras y meterme en la cama, porque cuando por fin desperté estaba debajo de las mantas, en el dormitorio.

No había forma de saber qué hora era. Entraba una luz que no acababa de concretarse. Las demás camas estaban vacías, con las mantas remetidas, y sus finas patas de aluminio proyectaban una pequeña sombra en las baldosas recién abrillantadas. No se oían voces en el patio, tampoco en la iglesia.

Puede que volviera a cerrar los ojos. Cuando los abrí otra vez debía de haber pasado mucho tiempo, porque la sombra de las camas había cambiado de inclinación y se veía ligeramente desenfocada sobre las baldosas. Las mesillas de chapa lanzaban reflejos tenues; varias toallas colgaban, bien dobladas, de las cabeceras alineadas. Estaba intentando girar la cabeza en la almohada, para ver también el otro lado del dormitorio, cuando me pareció que alguien se movía a poca distancia de mi cama.

Notaba una suave brisa cada vez más cerca, pero ignoraba quién o qué la provocaba. Solo veía una parte del dormitorio, hasta una puerta entornada y desconocida para mí, que los albañiles habían instalado en mi ausencia.

Al cabo de unos segundos vi al padre prior inclinado con sus dos cabezas sobre mi cama, sentado en una pequeña silla de aluminio. Parecía estar llorando.

Mientras volvía a quedarme dormido como un tronco, noté que me estaba aferrando ambas manos.

Cuando abrí los ojos y observé otra vez el dormitorio, había pasado mucho tiempo. Las patas de las camas proyectaban sombras desalineadas en las baldosas: se abrían como abanicos en la habitación en penumbra. Me parecía recordar que otras personas habían ido pasando por la pequeña silla de aluminio, o se habían quedado un rato a los pies de la cama, para hacerme una visita: el benefactor, el vicario, quizá también algún seminarista que había subido con la excusa de coger algo de la mesilla. El corazón me latía a mil por hora, sentí que me estaba ruborizando incontrolablemente en aquel dormitorio inmóvil y en penumbra cuando, de repente, oí un leve murmullo subir del patio.

Claro… Mis compañeros debían de haber salido de la sala de estudio y estaban persiguiéndose por el patio con las sotanas aleteando. Debían de estar jugando con una pelota tan liviana que casi no se oían los golpes secos de las patadas en el cuero. Al otro lado de los ventanales veía una esquina del edificio viejo, que recordaba a una estampa. La luz iba menguando, las camas con las mantas remetidas apenas se distinguían en la penumbra. Habría querido girar la cabeza en la almohada, para ver también el otro lado del dormitorio, pero en ese mismo instante oí que ya habían empezado a cantar en la iglesia. Me pareció reconocer algunas voces que se destacaban y se elevaban sobre el resto, mientras la noche caía y los ventanales estaban cada vez más negros, sin fondo.

Luego también la iglesia se sumió de golpe en el silencio. Oí un sonido distante de pasos que se dirigían con calma al refectorio. Llevaba un tiempo incalculable entre la vigilia y el sueño, en un dormitorio que ya no se veía, cuando un ruido de pies que subían en tropel me sobresaltó de repente. A través del vidrio esmerilado de la puerta se filtraba ahora un poco de la luz de las escaleras. Los oía cada vez más cerca, subían recitando una oración. Ya estaban al otro lado de la puerta... Al cabo de unos instantes la luz se encendió. Los primeros seminaristas irrumpieron en silencio en el dormitorio.

Yo tenía los ojos casi cerrados. Temía no aguantar despierto, volver a quedarme dormido. Los distinguía a duras penas mientras pasaban, uno tras otro, junto a los pies de mi cama. Me miraban con curiosidad antes de seguir su camino. Me pareció ver también caras nuevas. Luego la luz grande se apagó. Quedó encendida la lucecita magmática reflejada en la pared. Solo entonces, girando la cabeza con suma discreción en la almohada, dirigí la mirada hacia el Gato.

Se había quitado la sotana. Ya debía de haber vuelto de los abrevaderos, porque aún llevaba la toalla al hombro. Sin embargo, me costó reconocerlo, pues tenía la cabeza rapada casi al cero; tampoco sus facciones parecían las mismas. Seguí mirándolo con los ojos casi cerrados mientras los demás seminaristas volvían de los abrevaderos y empezaban a desvestirse y a ponerse el pijama debajo de las mantas. Me quedé así, con la cabeza girada y los párpados casi cerrados. Aún me parecía distinguir las facciones del Gato en la almohada cuando el dormitorio llevaba mucho tiempo en silencio.

Al cabo de un buen rato me acordé de mirar hacia el otro lado. Todo parecía como antes: reconocí alguna cabeza que asomaba de las mantas, algún objeto habitual en una mesilla. Estaba a punto de volverme otra vez hacia el Gato cuando algo me detuvo de golpe.

Al fondo del dormitorio ya no había ni rastro del hombre de gafas: su cama estaba vacía y sin sábanas, con el colchón doblado.

«¿Qué habrá pasado en mi ausencia?», me pregunté, con la cabeza aún girada, mientras el sueño volvía a apoderarse de mí.

El seminarista sordomudo subía dos veces al día a traerme algo de comer en una bandeja. Se paraba al lado de mi cama. Me ayudaba a quitarle la costra al queso, a levantar el tenedor, que parecía de plomo. Oía llegar de fuera, alternándose, los sonidos acompasados de los juegos y de las oraciones, mientras los días pasaban uno tras otro en el dormitorio, que se iluminaba y se oscurecía sin cesar. Cada cierto tiempo llegaba la oleada de seminaristas; la luz magmática se encendía y se apagaba, se extendía como la yema de un huevo arrojado con fuerza contra la pared. Cuando me despertaba, el dormitorio estaba otra vez desierto, en silencio. No sabía muy bien qué hora era. Intentaba levantarme, caminar un poco entre las dos hileras de camas, aprovechando que no había nadie. Me tumbaba otra vez, y cuando volvía a despertar me daba la sensación de que habían pasado muchos días. Oía llegar el eco de los disparos del campo de tiro al plato.

Los domingos por la mañana ascendía desde la iglesia la música del armonio. Me despertaba y volvía a dormirme continuamente. A veces, algún seminarista tenía que guardar cama un par de días en el mismo dormitorio que yo. Lo veía de lejos, debajo de las mantas, a la luz de la tarde declinante, mientras escudriñaba la línea de mercurio del termómetro. «Pasó una cosa…», me daba tiempo a oírlo murmurarme desde la distancia —pues me había visto con la cabeza girada hacia la cama vacía del hombre de gafas—, antes de dormirme de golpe otra vez, irremediablemente. Luego el dormitorio volvía a quedarse desierto. Y de nuevo aquellos pasos que subían noche tras noche las escaleras, las pastillas de jabón sacadas de las mesillas de chapa, cada cual en su cajita o envuelta en un trozo de periódico. Algunas noches cerraba los ojos bruscamente para fingir que no veía al Gato remeter con diligencia mis mantas, que tenía completamente torcidas y holgadas después de haber dado tantas vueltas en la cama.

Seguían parando a mi lado personas silenciosas. Advertía su presencia, aunque en ese momento tuviera los ojos cerrados y me pareciera estar durmiendo. Me miraban largo rato, de pie o sentados en la pequeña silla de aluminio. Luego oía sus pasos alejarse: podía abrir otra vez los ojos. Venían sobre todo a última hora de la tarde, cuando el dormitorio estaba tan sumido en la oscuridad que ya no se distinguían sus caras sobre el negro de las sotanas.

Pocos días antes de levantarme definitivamente, mientras estaba entre el sueño y la vigilia, me despertaron unos levísimos pasos procedentes de la otra habitación. Estaba bien entrada la tarde y no se veía casi nada. También oí un chirrido continuo, como de ruedecillas. «¿Quién habrá en la otra habitación?», me pregunté. A esa hora tenían que estar todos en la iglesia para la meditación, pues no se oía nada en el patio. El chirrido de las ruedecillas cesaba para reanudarse al punto, lo escuchaba sin comprender qué era, pero al mismo tiempo crecía en mi interior una emoción incontenible. Tenía la cabeza girada hacia la mesilla, sobre la que se perfilaban pequeños objetos conocidos: el cortaplumas, un calzador, un vaso bocabajo. Unas mesillas más allá, la virgencita de plástico: había que llenarla otra vez, porque solo sus piececitos transparentes tenían agua. A medida que el tiempo pasaba, me parecía que los pasos y el chirrido de las ruedecillas se acercaban a mi dormitorio, y cada vez era más vehemente la sospecha de que el chirrido procediese de un carrito, de que los leves pasos fueran los de una de las monjas, encargada del reparto de sábanas y ropa interior limpia, lavada junto a los ornamentos en la única gran colada del sábado por la mañana.

Me quedé completamente inmóvil en la cama, casi sin respirar, porque oí que las ruedecillas ya estaban al otro lado de la puerta del dormitorio. Logré ponerme bocarriba, para clavar los ojos entrecerrados en el techo oscurísimo.

Al cabo de un segundo noté que la puerta se abría.

No había hecho casi ruido, lo supe por una corriente de aire que me golpeó de pronto la cara. No podía ver el carrito que había abierto la puerta con tanto sigilo, como si sus esquinas fuesen de goma. Tampoco a la persona que lo empujaba entre las dos hileras de camas. Pero oía el ligero frufrú de su hábito y de su velo, la suave corriente de aire que levantaba a su paso.

Al llegar al fondo del dormitorio, se detuvo. Empezó a repartir las bolsitas de ropa limpia, parando unos segundos delante de cada cama. La habitación estaba cada vez más oscura, ni siquiera las cabeceras de aluminio destacaban en la penumbra. Intenté abrir un poco más los ojos porque creía que la monja todavía estaba lejos. No la había oído acercarse, pero me la encontré a los pies de mi cama, mirándome fijamente a la cara, que tenía un poco levantada de la almohada. Sin embargo, me era imposible ver la suya: se había colocado justo delante de la poca luz que entraba por el ventanal a su espalda. Ni siquiera el blanco de su córnea destacaba en la oscuridad que había envuelto poco a poco todo el dormitorio. Apenas distinguí la silueta quebrada de su hábito; me daba la sensación de que dentro no había nada.

«¡Es la monja negra!», me dije conteniendo el aliento.

Un segundo después la oí seguir avanzando, alejándose.

Probé a poner los pies en el suelo.

En el dormitorio no había nadie, tenía que ser ya más de mediodía. No me había despertado cuando se levantaron los demás, mientras chancleteaban de aquí para allá y subían las persianas con estrépito. Tampoco cuando habían abierto y cerrado los cajones de las mesillas, aporreándolos con la mano si se encastraban en sus raíles; ni mientras se abrochaban los corchetes de los alzacuellos y cepillaban los zapatos antes de salir del dormitorio.

Di unos pasos entre las dos hileras de camas, sujetándome a las cabeceras por seguridad. En mi sillita de aluminio vi otra bandeja con comida, pero no tenía hambre. De hecho, debía de estar bien entrada la tarde.

Poco después, al salir del dormitorio dando pasitos cortos, reparé con asombro en que habían terminado las obras de las escaleras en mi ausencia. Bajé pisando los nuevos peldaños relucientes, de mármol, agarrado a una barandilla que corría de arriba abajo. En el patio no había un alma, de la iglesia no llegaba ningún sonido.

«Estarán en la sala de estudio…», me dije.

Pero allí tampoco había nadie. Me acerqué a mi sitio y levanté la tapa abatible del pupitre. Miré por los ventanales al campo de tiro al plato y a las colinas circundantes, para ver si habían ido de excursión. Buscaba con la mirada una fila de puntitos negros desperdigados por los senderos.

«¿Dónde se habrá metido todo el mundo?», me pregunté, siguiendo con mi ronda de inspección.

También la planta baja del edificio viejo estaba desierta. Me encaminé lentamente hacia el refectorio y, mientras pasaba la mano por la balaustrada de mármol, me sorprendió ver que habían colocado varias colmenas en el fondo de la piscina.

La puerta del refectorio estaba abierta, pero no había nadie dentro. En uno de los laterales el suelo estaba un poco húmedo y había un trapo y un escobón aún a la vista, lo que indicaba que quizá una de las monjas estaba limpiando y se había metido a toda prisa en la despensa al oírme entrar. Del carrusel con la portezuela abierta salía, muy concentrado, el inconfundible aroma a comida que impregnaba todo el refectorio.

Me encaminé a la iglesia. La cabeza me daba vueltas mientras cruzaba con mucha calma el patio. En la entrada del edificio nuevo también había una puerta de madera flamante, en sustitución de la cortina de celofán que antes cubría el vano sin marco. Estaba a punto de asomarme a la iglesia, que ya entreveía desierta, cuando me acordé de repente de la sala de juegos del semisótano.

Pero era imposible que estuvieran allí, porque de aquella zona no subía el más mínimo ruido. De todos modos, bajé las escaleras, que en ese tramo aún no tenían las paredes enlucidas. La puerta de la sala de juegos estaba cerrada. Bajé el picaporte, abrí lentamente.

Me quedé atónito.

La sala bullía de actividad. Todos estaban arrodillados en silencio en el suelo, alrededor de la mesa de pimpón sin red.

—¡Hemos inventado un juego nuevo! —dijo el Gato viniendo a mi encuentro.

Todos los seminaristas, que rodeaban la mesa de pimpón, giraron la cabeza hacia mí.

—¡Hacedle algo de hueco a él también! —añadió, ruborizándose.

Dos de ellos se apretujaron aún más para hacerme sitio y dejaron libre un pequeño espacio en el suelo. Yo también me arrodillé.

—Mira... Tenemos que soplar todos a la vez y desde todas las direcciones la pelota —me explicó el Gato, acercándose mucho—, no podemos tocarla con los labios, y tenemos que impedir que caiga de la mesa por nuestro sitio, o por nuestro lateral, si jugamos en equipos, para que no nos eliminen. Hay que girar continuamente la cabeza para soplarla en direcciones que nadie se espere, antes de que los rivales tengan tiempo de llenarse otra vez los pulmones de aire para volver a soplar...

Estaba de rodillas y con la boca a ras de mesa cuando el Gato volvió a poner en juego la pelota. Me parecía que todos los soplidos la empujaban concéntricamente hacia mí; me la encontraba siempre cerquísima de los labios y tenía que soplar para que no llegase a tocarlos, pero al instante la veía regresar con más fuerza si cabe, volando a unos centímetros de la mesa. Intentaba alejarla otra vez, con un soplido cada vez más tenso. A veces la pelota se alzaba levísimamente, revoloteando unos instantes entre dos soplidos contrapuestos, antes de que uno de los dos se impusiera. Regresaba a toda velocidad, la repelía justo antes de que se estrellara en mis labios o de que cruzara botando la línea blanca del borde de la mesa. Ahora la cabeza me daba aún más vueltas, veía la mesa completamente inclinada. Intenté inspirar un poco de aire en el brevísimo intervalo entre dos soplidos muy prolongados, pero me parecía que todo estaba a punto de desvanecerse. Ante mí, muchas caras se hinchaban y se deshinchaban sobre la línea blanca del borde de la mesa. Ya casi no podía verlas.

Empecé a sentirme ligero, cada vez más ligero.

Y entonces tuve la sensación de que mi sotana caía, completamente extendida y vacía, al suelo.

13

El juego nuevo

—¡Esta vez vas a venir tú a ayudarme! —dijo el Gato.

Me levanté del pupitre, guardé el libro bajo la tapa abatible.

En el patio hacía frío; la tierra estaba cuarteada y levantada porque acababan de jugar un partidillo. Distinguía en el cielo las manchitas oxidadas de los disparos mientras bajábamos por la colina empapada, fangosa. El Gato se había puesto unas zapatillas de fútbol que había encontrado en un trastero del edificio viejo, tan bajas y destrozadas por los talones que no podía explicarme cómo no se le salían. Reconocía aquí y allá, casi disueltas por el agua de la lluvia y por la humedad, las colillas tiradas en su día por el hombre de gafas.

—¡Vamos a empezar por aquí! —dijo el Gato, dejando caer al suelo dos cubos maltrechos.

Lo vi encaramarse al primer caqui. No acababa de entender cómo sus botas de tacos se agarraban con tanta firmeza a la corteza. Se detuvo en la horquilla más alta del árbol y miró al suelo.

—¡Estate atento! —lo oí gritar.

Acto seguido, sin darme siquiera el tiempo de preparar los brazos, empezó a bombardearme con caquis.

No lograba seguir su trayectoria, los veía caer aquí y allá, tenía que agitar los brazos sin descanso mientras el Gato los arrojaba con todas sus fuerzas desde lo alto, sin tregua, como si tuviera un sinfín de manos. Ni siquiera me daba tiempo a agacharme para meterlos en los cubos. Los sentía estallar en mis nudillos, en la nuca, y su pulpa gélida me recorría la columna vertebral. Intentaba mover los dedos, pero estaban helados, engarrotados. Los caquis se espachurraban en mis uñas, caían hechos papilla al suelo.

La luz también empezaba a cambiar, ya casi no se veía la colina. «¿Cómo podrá moverse con las zapatillas de fútbol por esas ramitas tan finas y repletas de caquis cada vez más grandes y transparentes?», me preguntaba. «¿Y cuántos quedarán aún en este arbolito inagotable que parece hecho de hierro y de alambre oxidado?»

Intentaba agarrarlos, ni demasiado fuerte, para no aplastarlos, ni con demasiada suavidad, para que no se me cayeran al suelo y estallaran, pero el bombardeo de caquis no cesaba, cada vez más invisibles y seguidos, de dos en dos, incluso tres o cuatro a la vez, espachurrándose continuamente en mis brazos, en mi cara.

El murmullo cesaba de golpe en la sala de juegos. Ya estábamos todos arrodillados alrededor de la mesa verde de pimpón. Alguien colocaba la pelotita en el centro y todos los mofletes empezaban a hincharse de nuevo. Ya sabía evitar desmayarme en el último momento, incluso cuando mi cuerpo y mi cabeza se vaciaban tanto de aire que veía las caras de enfrente desvanecerse poco a poco, pese a que no se movían de su sitio. La vista se me nublaba cada vez más. Aunque «nublarse» tampoco es la palabra: me daba la sensación, antes bien, de que se agudizaba tanto que ya no podía ver nada.

La pelota se desplazaba de forma oblicua, atravesando toda la mesa en diagonal, sin rodar siquiera. Cuando dos corrientes contrapuestas la empujaban con la misma intensidad, se quedaba inmóvil un instante, se elevaba y permanecía unos segundos suspendida en el aire. Entonces una cabeza cambiaba de posición, para que su soplido la golpeara desde otro ángulo y la hiciera girar sobre sí misma mientras seguía en el aire. La veía ascender de golpe, para luego posarse en la mesa, liviana. Llegaba a una esquina y se detenía un instante en el borde antes de rebasar como si nada un rostro hinchado, casi desfigurado por el aire, y caer al suelo.

Me parecía que el Gato evitaba deliberadamente soplar la pelota en mi dirección mientras se producían las primeras eliminaciones. Se limitaba a corregir un poco su trayectoria, a imprimirle esa ligera rotación que la hacía desviarse. Quienes ya no participaban en el juego seguían mirando, algo apartados. Sus caras empezaban a descongestionarse poco a poco, se ponían palidísimas. Apoyaban las manos en los radiadores nuevos y muy lisos, en los que nunca sabías cómo colocar los dedos. La partida proseguía un buen rato. La sala de juegos estaba cada vez más saturada de aire respirado, mientras que el del interior de la pelota se conservaba intacto, irrespirado. El tiempo pasaba más deprisa, o eso me parecía, quizá debido a la falta de oxígeno.

Cada vez estaba más entrado el otoño, y el padre prior me abrazaba de pronto, en silencio, cuando se cruzaba conmigo, mientras bajaba al refectorio acariciando la balaustrada de mármol. Al fondo de la llanura la ciudad se veía aún más inmensa, sus casas parecían de ceniza. La mano del padre prior me apretaba con tanta fuerza que no sentía los hombros. En el refectorio habían desplazado un poco mi sitio, porque el hombre de gafas ya no estaba, pero habían llegado dos seminaristas nuevos. El murmullo era cada vez más intenso. No me quedaba del todo claro si yo estaba hablando o no. A mí me parecía que no, pero en ocasiones, a juzgar por cómo se comportaban los demás, me daba la impresión de que sí. Me tocaba los labios para cerciorarme de que estaban bien cerrados, incluso mientras masticaba el pan rescatado del cuenco con la cuchara: como mucho se me escapaba un poco del vapor de la leche aún caliente, cuando abría necesariamente la boca entre bocado y bocado, y quizá era eso lo que los demás confundían con palabras.

Caminaba a paso muy lento por el patio, después del desayuno y por las tardes, y volvía a darme la impresión de que los demás respondían a frases que yo no había pronunciado. «¿Hasta qué punto se puede perfeccionar la capacidad de guardar silencio?», me preguntaba. «No hablar y que tampoco nos hablen. Sencillamente, pasar la vida en otro sitio, pero en otro sitio que ni siquiera pueda definirse como tal, y dejar a nuestro paso una nada que a alguien podría recordarle a la cola de una lagartija huida…»

También el otoño pasó deprisa. Llegó el invierno. En el patio debía de haber nieve, porque a veces veía minúsculas esquirlas de hielo en los peldaños del altar mientras oficiaba la misa. Algunos seminaristas se marchaban misteriosamente del seminario, después de pasar un buen rato cuchicheando en el confesionario. Salían de la iglesia en plena misa con los ojos rojos y caminaban a lo largo y ancho del patio impracticable, helado, mientras la mano del padre prior acariciaba sus hombros, cada vez más lento. Llegaban coches silenciosos, que cruzaban la verja y se detenían junto al edificio viejo. Varias personas bajaban de ellos con calma, emocionadas. Se ajustaban con gesto mecánico la corbata y entraban con el padre prior en la sala grande de la planta baja. En el dormitorio ya había una maleta abierta encima de una cama. Dos manos vaciaban como ausentes la mesilla —bajo atentas miradas llegadas de todas partes, de lejos— y repartían varias onzas de chocolate y una mandarina que se había quedado en el cajón y que ninguna otra mano parecía atreverse a coger.

Otros seminaristas, en cambio, llegaban sin previo aviso, durante la hora de recreo en el patio. Miraban a todas partes con los ojos muy abiertos; en la iglesia intentaban comprender cómo se manejaban las cuentas del rosario, en el refectorio parecían tragar con esfuerzo.

Entretanto, alrededor de la mesa verde de pimpón se celebraban largas competiciones invernales. A veces también se sumaban al juego el padre prior y el vicario. Veía al primero arrodillarse en el suelo con gesto torpe, como cuando se desplomaba a los pies del altar al principio de la misa. Soplaba con fuerza y el aire salía dividido por cada una de las dos partes de su boca, en direcciones distintas, por lo que la pelota se quedaba inmóvil un buen rato, sin saber hacia dónde ir. Los recién llegados se ponían pálidos en cuestión de segundos, sus ojos parecían salirse de las órbitas. Al final casi siempre me quedaba solo delante del Gato, después de que los demás cayeran eliminados uno a uno. El sonido de la campanilla nos interrumpía de pronto, antes de que uno de los dos lograra prevalecer. Al día siguiente se reanudaba el partido. Y así seguíamos durante días y días, mientras del campo de tiro al plato nos llegaba amortiguado el eco de los disparos, el ruido de las grietas abiertas de golpe en el cielo helado, blanco. Aunque me daba la sensación de que ya apenas soplaba, la pelota cruzaba de manera inexplicable hacia la otra mitad de la mesa. La golpeaba ligeramente desde abajo, bastaba un levísimo soplo para hacerla rodar un poco, aunque su avance era contraintuitivo: avanzaba fingiendo retroceder. De igual manera, el Gato parecía atraer hacia sí la pelota al soplarle, en vez de alejarla. Veía a mi contrincante desplazarse unos centímetros hacia un lado, en busca de una nueva diagonal. A veces ni siquiera hacía falta hinchar las mejillas e impulsar la pelota con soplidos contrapuestos, vigorosos e inútiles, de varios segundos. Dejaba de soplar casi del todo, o soplaba con tal lentitud que la pelota empezaba a rodar cuando menos lo esperaba, a su aire. También el Gato reducía al mínimo sus soplidos. Me observaba largo rato con increíble atención, y ambos teníamos la boca cerrada cuando la pelota empezaba a moverse de repente por la mesa, sin hacer el menor ruido.

Debía de haber pasado gran parte del invierno, porque nos habían entregado ropa interior algo más ligera. El padre prior había comprado una nueva casulla verde, un tanto deslumbrante. De la granja de abajo ya no llegaban cánticos los domingos, señal de que por fin habían expulsado a sus ocupantes. A veces me parecía que en algunos corrillos formados inesperadamente en el patio se hablaba del hombre de gafas, pero la conversación se apagaba de pronto cuando un desplazamiento involuntario por mi parte podía despertar la sospecha de que quería acercarme. Desde hacía un tiempo en la cabeza del seminarista sordomudo habían aparecido varias abejas. Agitaban sus patitas, como si estuvieran atrapadas en la costra, condensada por el frío del invierno, hasta que una pasada del peine les devolvía de repente la libertad.

Caía rápidamente la tarde. Me levantaba un poco la sotana para no desgastarla cuando me arrodillaba en el suelo. El Gato también se la arremangaba antes de arrodillarse, como yo, delante de la mesa verde de pimpón, procurando que los tacones de sus zapatos no mancharan el borde trasero de la tela. Cuando el sonido de la campanilla por fin interrumpía el partido, se levantaba y se sacudía la sotana con las manos. Me fijaba en su cara, al otro lado de la mesa de pimpón: me parecía cada vez más disipada, y notaba que a la mía le estaba ocurriendo exactamente lo mismo. La escasez de oxígeno hacía que los ojos y las orejas lo viesen y lo oyesen todo de una forma distinta. También el ritmo de la respiración cambiaba: la clave ya no era espirar mucho tiempo, aguantar un instante más que el rival, sino, al contrario, saber quedarse largo rato sin respirar, para que todo el aire exterior se concentrara hasta tal punto que pudiese entrar de lleno en la pelota, mientras que el que estaba dentro pudiera salir y expandirse, infinitamente disipado, a lo largo y ancho de la enorme sala.

«¿A qué nueva especie estamos insuflando vida?», me preguntaba.

Me sentaba en los peldaños que rodeaban la piscina con los patines puestos. Los días se volvían algo más luminosos y menos fríos. No se podía mirar las colinas, pues en sus laderas resplandecían las cegadoras lonas de celofán, extendidas aquí y allá para proteger los huertos y los invernaderos. En el fondo de la piscina, el seminarista sordomudo se acercaba a las colmenas con su careta y su ahumador. Manipulaba los pequeños panales superpuestos, los sacaba y volvía a meterlos como cajones; destapaba las colmenas y se asomaba para mirar en su interior con la careta puesta. La llevaba un poco arrugada, y el velo le envolvía toda la cabeza, pero era evidente que algunas abejas conseguían colarse, quién sabe cómo, y acababan pegadas a la costra blanda de su pelo. El seminarista sordomudo introducía en la colmena los nuevos panales, cuya cera aún estaba blanca, intacta. Yo los veía oscurecerse con el paso del tiempo: eran casi negros cuando volvía a sacarlos; las celdillas parecían carbonizadas. Veía las abejas adentrarse en la bullente rendija, desaparecer en la oscuridad casi absoluta de la colmena, donde los ojos apenas sirven y cada ejemplar ha de encontrar por otros medios el camino a su celdilla, idéntica a otras mil. El seminarista sordomudo se quitaba la careta y los guantes, tan grandes que no me explicaba cómo podía mover los dedos, antes de dirigirse a la sala de estudio al oír la llamada inesperada de la campanilla. Desde mi pupitre, mirándole la cabeza de reojo, veía algunas abejas despegarse de su costra blanda y echar a volar por la sala. También me parecía percibir su ligero zumbido en el dormitorio, algunas noches que me quedaba despierto hasta más tarde de lo habitual. Distinguía sus cuerpecillos cuando se posaban por un instante en la manta que coronaba una rodilla levantada; sorprendía a alguna mientras paseaba asombrada alrededor de una fosa nasal o sobre la lucecita magmática encendida en la pared, que revelaba perfectamente el interior de su cuerpecillo al trasluz.

Ya no veía muy bien al Gato, pero tampoco necesitaba distinguir el contorno de su cabeza arrodillada al otro lado de la mesa de pimpón, ni siquiera el de sus labios, para saber en qué dirección se disponía a soplar. La pelota apenas rodaba, se detenía enseguida; me parecía verla moverse cuando ninguno de los dos soplaba, mientras que paraba en el mismo momento en que alguno volvía a hacerlo. La sala de juegos se sumía en un profundo silencio, muchos espectadores se pegaban a nosotros para seguir aún más de cerca el duelo. El Gato dejaba de soplar unos segundos, pero me parecía que todo su cuerpo y su cabeza estaban acumulando una gran masa de aire para hacerla salir de golpe. Y puede que él creyese que lo mismo ocurría en mis pulmones. La pelota se detenía un segundo en el centro de la mesa. Yo notaba que a él también le costaba verme. De repente me parecía que sus labios se levantaban, que los fruncía. Y puede que él tuviera la misma sensación al mirar los míos. Las demás cabezas se nos acercaban infinitamente, asomándose a la mesa desde muy, pero que muy arriba, para que su respiración no influyera en la contienda.

Al cabo de un segundo la pelota rodaba de nuevo, señal de que había pasado el momento de tensión: ninguno de los dos había decidido llevar al límite el desafío, soplar. Entonces todas las cabezas se alejaban de la mesa y se desperdigaban por los distintos rincones de la sala, ajenas a que el partido se reanudaba de pronto justo entonces. Veía la pelota rodar lentamente hacia el Gato, que quizá estaba aspirando aire, en lugar de espirarlo, para acercársela. Entonces yo también aspiraba, la pelota volvía a mi mitad de la mesa y se quedaba un rato inmóvil, tranquila. El Gato dejaba poco a poco de aspirar, sus mejillas se veían menos chupadas. Es posible que yo hiciera lo mismo. La pelota seguía quieta, como si no creyese necesario moverse porque sí, para mostrar desde todos los puntos de vista una imagen idéntica.

«¡Acabaré encontrando la forma de poner la pelotita del revés!», me decía. «Pero ¿cómo se puede poner del revés una pequeña esfera? Y ¿cuál es, por lo demás, el revés de una esfera? ¿Acaso no es solo una esfera, otra esfera?»

El Gato tenía la cara cada vez más hinchada, sus ojos parecían trazados con un compás.

«Estará preparándose para el ataque final...», pensaba sin mirarlo siquiera, sin respirar.

Mientras tanto, el tiempo en el seminario pasaba cada vez más rápido. Había entrevisto otras tres veces aquella mano negra y reluciente a través del carrusel. La primavera había vuelto, como si tal cosa.

—¡En marcha! —gritó el padre prior.

Abrió las dos puertas de la verja y la fila empezó a salir.

Nos desplazábamos por los caminos en tropel, en aquella tarde tibia y ventosa. Debajo de la sotana ya llevábamos ropa interior ligera, que nos facilitaba las bajadas, cuando pisábamos las piedras inestables balanceando los brazos para guardar el equilibrio. En el cielo aún quedaba una delgada franja de luz, un poco desalineada. El camino tortuoso pasaba por delante de diminutas casas desperdigadas por las colinas, luego giraba y se convertía casi en un desfiladero, entre grandes bloques de piedra pulida, donde el aire soplaba un poco más fuerte y hacía aletear por un instante todas las sotanas. Después el camino volvía a bajar, a subir; se estrechaba y se ensanchaba de nuevo. A través de atajos inesperados, que pasaban por debajo de casas en forma de puente, con una ventanita solitaria e iluminada, se llegaba de una puesta de sol a otra. Al mirar con los ojos entornados a través de la ventana, a una distancia minúscula del cristal, el camino al otro lado parecía discurrir sobre los tejados de las casas, o dar una curva cerradísima para luego adentrarse bocabajo en un pequeño caserío con algunas lucecitas aún encendidas, que atravesábamos con los ojos entrecerrados y las manos hundidas en los bolsillos, en aquella tarde llena de luz...

«Quién habrá construido estos caminos», me preguntaba. «Parecen desvanecerse durante largos tramos; se bifurcan en todas direcciones y al instante se juntan en una inmensa curva cerrada que cae a plomo, con las primeras estrellas de fondo…» El parapeto se interrumpía de golpe. Solo se oían ladridos de perros a lo lejos, procedentes de granjas que parecían llevar mucho tiempo apagadas, abandonadas; y el ruido amortiguado de algún coche esporádico que se cruzaba con nosotros. Lo veíamos girar en el último momento, pues las luces de los faros apenas se distinguían a aquella hora de la tarde. Solo vislumbraba el brillo en las pupilas del conductor, al otro lado del parabrisas. La fila de sotanas se apretaba durante unos segundos a un lado del camino, para luego dispersarse otra vez. El murmullo se reanudaba, las cabezas recién rapadas aún se distinguían contra el cielo vespertino. En una de las primeras posiciones de la fila, el Gato caminaba al lado del otro delegado, agarrándolo del brazo. La luz menguante revelaba la expresión relajada de sus rostros.

Era la tarde del Viernes Santo y nos dirigíamos a presenciar el canto de la *Pasión* en un lejano convento de clausura.

El edificio ya se divisaba al otro lado del valle. El padre prior, que encabezaba la comitiva, levantó de repente el brazo. Un instante después empezó a cantar.

—*Águios o zeós!*

—*Águios isjirós!* —respondieron de manera arrolladora las otras voces.

Yo seguía caminando en silencio, temblando ligeramente. Algunos seminaristas se ajustaban el alzacuellos, recolocaban el puño de la camisa para que no asomara demasiado de la sotana. A pesar de que ya estaba oscuro, aún se podían distinguir las mil tonalidades de negro de las sotanas. El pueblecito quedaba muy cerca; quizá ya estuviésemos caminando entre sus primeras casas. Solo había que estirar un poco las manos para sentir sus paredes desmigajarse bajo la levísima presión de los dedos. El camino daba una curva y ascendía, inclinado hacia un lado. Notaba sus piedrecitas, que parecían de goma, bajo mis zapatos. De las paredes de las casas colgaban ramas de un aroma exquisito…

—¡Hemos llegado! —dijo el padre prior al cabo de un rato.

Todos nos habíamos concentrado delante de la fachada del convento. Sus ventanucos con rejas se veían a duras penas, muy altos, casi pegados al tejado. La puerta, situada en un lateral del edificio, era tan baja e inesperada que a simple vista no parecía que hubiera entrada.

Irrumpimos en absoluto silencio. Nuestros pies avanzaban por un suelo de madera con una iluminación tenue, mientras el canto encandilado de las monjas nos llegaba desde arriba, desde lejos. Ya se veía el interior de la iglesia baja; el altar sin cruz ni candelabros ni manteles. La fila había entrado en la nave única, y en ese mismo instante pareció elevarse de pronto el canto de las monjas, invisibles detrás de una tupida reja casi a la altura del techo. No era fácil caminar en esas condiciones: miraba fijamente los hombros y la nuca del seminarista que me precedía, la franjita del alzacuellos sobre la piel recién lavada, aún algo enrojecida. Seguía mirándolo mientras ocupaba mi sitio en el reclinatorio, sin levantar los ojos hacia la iglesia que recorría en todas direcciones el canto cada vez más emocionado de las monjas. El tiempo pasaba. Apenas distinguía las telas violetas que cubrían las imágenes sagradas en las paredes desnudas y encima del altar. Todos habíamos ocupado los reclinatorios mientras las monjas seguían cantando tras la elevada reja, justo encima de nuestras cabezas.

Entonces, el oficiante, desprovisto de casulla, se situó delante del altar desnudo. Solo llevaba la estola negra sobre el alba y el amito, mientras que los seminaristas acólitos se habían postrado con la cara en el suelo a los pies del altar. Veía las telas que cubrían sus cuerpos tumbados, las suelas de sus zapatos nitidísimas bajo la luz.

Empezó el canto de la *Pasión.* Lo interpretaba todo el mismo oficiante, que intentaba dar una voz distinta a cada personaje. Lo veía fruncir el ceño, relajar el semblante y, al rato, volver a arrugar la frente. *«Ergo rex es tu?»,* preguntaba Poncio Pilato con voz de falsete. Y un segundo después respondía la voz de bajo de Jesús. Cuando los personajes se multiplicaban y se pisaban, y entraban en escena los sacerdotes, el pueblo enfurecido y los judíos, a veces su voz era incapaz de seguir el ritmo al continuo cambio de entonaciones. Podía darse el caso de que cantara *«Crucifige!»* con la voz de falsete en vez de barítono, y que Pilato preguntase *«Quid est veritas?»* con la misma voz potente de bajo que tenía Jesús. Entonces el oficiante se mordía un instante los labios. Luego el canto seguía desplegándose con infinita lentitud. Los seminaristas tumbados bocabajo a los pies del altar habían ido cerrando los ojos poco a poco; no quedaba claro si estaban despiertos o dormidos. Fuera tenía que haber oscurecido del todo, y quizá las luces se habían apagado una tras otra en las casas del pueblo y a lo largo de los caminos. El aire debía de haberse vuelto más frío y penetrante en las colinas, por las que acabada la *Pasión* regresaríamos caminando con el rostro aún acalorado tras la larga estancia en la iglesia, invisibles al otro lado de curvas cerradas, dejando atrás villas y granjas dormidas, en fila y en silencio, rozando con las manos setos insoportablemente aromáticos y tapias inesperadas y solitarias, que se desmigajarían a la menor presión de la yema de los dedos, hasta llegar al lejano seminario con los dormitorios todavía oscuros y desiertos en el corazón de la noche.

El canto de la *Pasión* procedía con suma lentitud, parecía interminable. Apenas distinguía los atriles vacíos en el altar, las paredes de la pequeña nave invadida por el aroma. Las monjas habían dejado de cantar hacía un buen rato; del otro lado de la reja no llegaba ningún sonido. «Se habrán dormido todas ahí arriba…», me decía, entrecerrando yo también los ojos. Ahora Jesús había dejado de responder a Pilato. «¿A mí no me hablas? ¿No sabes que tengo autoridad para crucificarte y que tengo autoridad para soltarte?», le explicaba Pilato. Se había detenido en el centro de la sala, sonriendo. Jesús se encogió ligeramente de hombros, le devolvió la sonrisa. Había gente que iba y venía, una gran confusión de hombres y bestias en la sala de audiencias. «¿Qué mal ha hecho este?», se le ocurrió preguntar a Pilato, pero al instante se ruborizó, consciente de la magnitud de la pregunta. También Jesús había agachado la cabeza hasta el pecho, avergonzado.

«La verdad es que parecía más difícil», decía poco después, hablando consigo mismo mientras cargaba sobre los hombros el travesaño de la cruz por las calles abarrotadas de Jerusalén. «Pero en este tiempo humano, que se contrae y se expande, todo parece fácil y difícil al mismo tiempo, y arrastrar una cruz supone el mismo esfuerzo que quitarse una pelotita de cera del oído… Ay, Padre, ¡nuestra creación se está decreando poco a poco!»

Algunos se habían subido a los tejados de las casas para ver mejor, pero aún había largos tramos de camino casi vacíos. Otros se asomaban un momento a su puerta a mirar, enrollándose el turbante.

«A ese hombre lo he visto en algún sitio», se decía Jesús sin poder reprimir una sonrisa. Hacía un día sofocante, y algunos se abanicaban sentados a la puerta de casa. Oía llegar el ruido amortiguado de las piedras bajo los pasos del pequeño grupo que llevaba un tiempo siguiéndolo. De cuando en cuando algún niño se separaba del grupo y corría a colgarse, jugando, del travesaño de la cruz, para que lo llevase así unos metros. El camino empezaba a ascender. «Jerusalén, Jerusalén…», pensó por un instante Jesús, pero fue absolutamente incapaz de continuar.

Ya lo estaban izando en la cruz, notaba que ascendía desde el suelo, que su cabeza trazaba un cuarto de circunferencia en el espacio. La madera de la cruz crujía bajo su peso, mientras dos hombres rellenaban con tierra suelta y apelmazaban con los pies descalzos y con palas el agujero donde habían encajado el palo. Aún quedaba un poco de gente desperdigada a su alrededor, en pequeños corrillos o sentada en las piedras, pero le daba la sensación de que ya no reconocía a nadie. «¿Cómo voy a acordarme de todos?», se preguntó de repente, mientras giraba la cabeza a un lado para comprobar si aún podía mover los dedos. Le pareció que el hombre crucificado a su derecha había estado a punto de hablarle, pero que luego había negado con la cabeza, que había renunciado. Aún podía ver el brillo de algún que otro yelmo, aquí y allá. Varios de los soldados deambulaban con el barboquejo desabrochado, por culpa del calor.

«Tengo sed…», intentó murmurar.

Ya le habían quitado la ropa, pero le parecía que nadie podría verlo de verdad bajo aquella luz. El murmullo se volvía cada vez más denso, más confuso. Alguien reparaba una sandalia golpeándola con una piedra. Era como si la luz se hubiese aplanado, ya no se podía separar de los cuerpos. Otro hombre apoyó una escalera torcida en la madera de la cruz. La oyó tambalearse mientras el tipo ponía los pies en los travesaños. Jesús giró la cabeza hacia un lado y la dejó un rato descansando en el hombro. El hombre estaba haciéndole un torniquete justo encima del pliegue del codo, uniendo el brazo de madera de la cruz con el suyo. Vio que le introducía la aguja de una jeringuilla en una vena. Un instante después sintió que su cabeza se desplomaba sobre el pecho, no sabía si estaba muriendo o si solo estaba durmiéndose por la anestesia.

Aún le dio tiempo a entrever el gesto de un centurión, que estaba estirándole con dos dedos la piel del prepucio para elegir el punto exacto en el que dejar caer de golpe su daga.

14

El planeador

El seminarista sordomudo corría gesticulando por el patio.

—¿Qué está pasando? —gritó el otro delegado.

Acabábamos de terminar de rezar el rosario mientras caminábamos de un lado a otro del patio, porque la iglesia estaba patas arriba por la limpieza para la Pascua. El vicario, que regresaba en ese mismo momento al seminario, iba un poco levantado del asiento del escúter y seguía acelerando. Sujetaba el manillar con una sola mano e incluso se ponía de pie para ver más lejos.

El seminarista sordomudo había llegado a la piscina. Saltó al fondo de gresite y se detuvo al lado de una de las colmenas, sin dejar de agitar los dos brazos.

—¿Qué querrá decir? —preguntó el padre prior, que había llegado del edificio viejo jadeando, cogido del brazo del Gato.

El vicario había dejado el escúter en el suelo para llegar cuanto antes a la piscina.

Sin embargo, todo parecía perfectamente normal. Las colmenas estaban en silencio y abarrotadas, como siempre, de abejas; alguna que otra llegaba volando distraída, con las patitas cargadas de polen.

Todo el mundo se miraba sin decir palabra, se había hecho de pronto un gran silencio.

Justo entonces, un enjambre de abejas surgió de repente de la rendija de una de las colmenas.

—¡Están saliendo! ¡Están saliendo! —gritó el padre prior.

El seminarista sordomudo se caló la careta y echó a correr detrás del enjambre, que ahora se desplazaba en un denso racimo alrededor de la reina expulsada: era imposible explicarse cómo podían volar tan comprimidas y apiñadas, cómo podían mover sus alitas en medio de tal barullo.

—¡No las perdáis de vista! —gritaba una y otra vez el vicario—. ¡Dispersaos por el patio y por la colina! ¡Que alguien vaya por un saco! ¡Estad atentos para ver dónde se paran!

La tarde aún era infinitamente luminosa, parecía interminable. El enjambre se desplazaba por el cielo con su caparazón zumbante, subiendo y bajando; se movía por el aire a un ritmo lentísimo y, sin embargo, siempre aparecía donde uno menos lo esperaba, parecía imposible seguirlo. El seminarista sordomudo corría con la careta puesta, siguiendo su enorme sombra en el suelo, moviendo los brazos como si quisiera agarrarla. A veces el enjambre se quedaba inmóvil unos segundos mientras su sombra seguía desplazándose sobre el suelo. Luego se volvía oblicua y un poco deforme sobre las paredes del edificio viejo, y otros seminaristas ya se lanzaban tras él, corriendo escaleras arriba hasta perder el aliento, para ver si se posaba en algún rincón del techo.

—¡Que no os confundan! —gritó el padre prior.

Ahora el enjambre se había apelotonado alrededor de una rama. El seminarista sordomudo ya se estaba encaramando al árbol. La careta nos impedía ver su expresión desde el suelo. Algunas de las abejas exploradoras ya indicaban la nueva dirección, mientras en ese mismo momento, sin lugar a dudas, la reina vencedora estaría haciendo estragos en el interior de la colmena, desatada, destrozando una por una las celdillas de las otras reinas recién nacidas. El seminarista sordomudo estaba a horcajadas en la rama, golpeándola con un zueco a pocos centímetros del enjambre, completamente apelotonado y zumbante, mientras otro compañero abría un saco justo debajo del árbol.

—¡Se suelta! ¡Se suelta! —empezó a gritar el vicario.

Por un momento dio la impresión de que todo el enjambre, turbado por los golpes del zueco, estaba cayendo en el saco.

Sin embargo, un instante después se quedó inmóvil en el aire, zumbando intensamente, con su superficie acorazada cada vez más brillante y compacta.

—¡Las ventanas de la iglesia! —gritó de repente el padre prior, a voz en cuello.

Un seminarista echó a correr para cerrarlas, levantándose la sotana para no tropezar. Las abejas se habían puesto en marcha de nuevo, el enjambre se había estirado un poco. Ahora su interior parecía hueco, con espacio para volar libremente con los ojos cerrados. También su sombra se veía mucho más dispersa en el suelo, y se dirigía tranquilamente hacia uno de los dos ventanales aún abiertos de la iglesia, volando en línea recta. El seminarista, en cambio, tenía que entrar por la puerta, y luego doblar una esquina y pasar entre los reclinatorios desordenados y patas arriba para la limpieza, y quizá hacer con gesto mecánico la genuflexión al llegar al centro de la nave, frente al altar desnudo y sin ornamentos.

Olía ligeramente a desinfectante dentro de la iglesia. Los candelabros abrillantados estaban apiñados a un lado del altar de madera, que sin ornamentos parecía mucho más pequeño, casi indigno. El enjambre se había zambullido de golpe en el sagrario vacío y abierto de par en par. El seminarista sordomudo intentaba expulsarlo, ayudándose del apagavelas, mientras que el vicario había cubierto a toda prisa el sagrario con el saco y lo tenía bien sujeto con todos los dedos, sin dejar un resquicio.

No obstante, y aunque lograron recuperar el grueso de las abejas, algunas debían de haberse quedado en los rincones del sagrario, porque al día siguiente vi salir varias cuando el padre prior, con los brazos casi inmovilizados por la capa pluvial, abrió la portezuela dorada durante la misa solemne de Pascua. Alguna salió volando incluso de la píxide, mientras el prior extraía una tras otra las hostias recién consagradas frente a los seminaristas arrodillados con la boca muy abierta. Yo las golpeaba con la patena dorada para ahuyentarlas, para que no clavaran su aguijón en esas lenguas exageradamente desplegadas, y las veía caer aturdidas en las alfombras.

Sentado en el borde del sepulcro abierto, el ángel estaba muy inclinado sobre el cuerpo de Jesús.

Le estaba quitando los puntos del pene recién circuncidado con la ayuda de un minúsculo gancho que brillaba en su mano. Su bata blanca resplandecía, y blancos eran también el empeine y los laterales de los grandes zuecos de madera que calzaba.

Jesús también estaba sentado en el borde del sepulcro, con los ojos entrecerrados por la luz. El rostro del ángel parecía infinitamente concentrado, sus manos movían el ganchito con gran precisión y los hilos casi invisibles se extendían en el aire. Quien lo observara desde lejos creería que estaba concentrado copiando un enorme bordado al trasluz.

—¡Ay! —se le escapó a Jesús, mientras un fragmento de hilo un poco más largo atravesaba su carne.

El ángel levantó un momento la cabeza.

—Señor, ¿qué pasa?

—Estaba pensando en otros mundos… —dijo Jesús, que miraba a su alrededor como ausente.

De su cuerpo aún emanaba el aroma a aloe y mirra de la sepultura.

—Pero ¿qué es un sueño de Dios? —se preguntó en voz alta, al cabo de un rato.

Ahora el ángel se había quedado inmóvil en el borde del sepulcro; apenas se oyó su voz cuando susurró:

—Señor, no entiendo.

Con la visita de los parientes por Pascua se habían formado varios corrillos a la sombra de los tilos. Habían dejado abierta la mitad de la verja, para no tener que estar abriéndola con la llegada de cada grupo. Hacía un día despejado, el cielo estaban tan terso y deslumbrante que casi no se distinguía el sol. Alrededor del seminario, en las laderas de las colinas y los altozanos, había crecido el número de las largas lonas de celofán extendidas sobre el terreno. Refractaban toda la luz como espejos, mientras los pequeños grupos de parientes seguían entrando con cuentagotas en el patio. Los recién llegados miraban a todas partes, un poco acalorados después del último trecho de subida, más escarpado justo antes de la verja. Entonces algún seminarista se ruborizaba de pronto y se separaba de los demás, que seguían esperando en el centro del patio.

—¡Tú también tienes visita! —me avisó el Gato, pasando por mi lado casi a la carrera.

Me volví para mirar con estupor a la verja, en ese momento desierta, y luego a los pocos bancos a la sombra de los tilos, donde había pequeños grupos de personas reunidas, casi apelotonadas.

Probé a acercarme más, pero no me pareció reconocer a nadie. Grandes bolsas panzudas se abrían clandestinamente aquí y allá. De ellas salían bolsitas de cacahuetes, pastillas de chocolate o pastafloras para saborear en la intimidad antes del reparto comunitario en el refectorio. Algunos llevaban a sus parientes a enseñarles su sitio en la iglesia y en el dormitorio.

Me giré otra vez, pero ya no vi al Gato. Desde hacía un rato, del interior del edificio viejo llegaba el sonido increíblemente desafinado del armonio. «Será algún pariente —me decía mientras seguía paseando por el patio—, no pueden evitar sentarse en la sillita giratoria después de hacerla rotar en ambas direcciones para verla subir, bajar. Y luego levantan la tapa del viejo armonio, quitan el paño, empiezan a torturar el teclado...» Tampoco me pareció reconocer a nadie alrededor de la piscina, ni en el pequeño tramo que conducía al refectorio pasando junto a la balaustrada de mármol. Algún seminarista estaba asomado a ella con sus parientes, contemplando la ciudad resplandeciente al fondo de la llanura, que se extendía como si hubiesen arrancado y esparcido las casas con una pala gigante.

Volví hacia el edificio viejo y se me ocurrió doblar la esquina para asomarme a mirar hasta en las puertas del fondo, casi pegadas a la tapia.

Me detuve.

Aparcada al lado del parterre brillaba una inmensa máquina de metal resplandeciente.

Me vi obligado a entornar mucho los ojos, porque sus cromados reflejaban el sol y los rayos de luz discontinua reverberaban en todas direcciones. Avancé unos pasos, incliné la cabeza y, mientras las esquirlas de luz rotaban y adoptaban formas cambiantes, pude distinguir por unos segundos la silueta de una enorme moto con sidecar.

«¡La moto del Nervio!», me dije de repente.

Seguí mirándola con los ojos muy entornados. Era la primera vez que veía ese sidecar resplandeciente, que debían de haber comprado y enganchado a su lado no hacía mucho. Incluso la moto no parecía la misma: quizá habían cambiado los viejos puños por otros más nuevos y brillantes. Tampoco el manillar en su conjunto: o lo habían sustituido o lo habían niquelado otra vez. Además, el tapón del depósito era distinto: tenía en el centro una pequeña cerradura que yo nunca había visto, señal de que ahora podía cerrarse herméticamente con llave. Y también había cambiado el asiento: en vez de dos individuales, había uno solo, más ancho y perfilado, con dos pequeñas concavidades en el acolchado.

Miré hacia el edificio viejo, pero no había nadie en las inmediaciones, ni siquiera el padre prior estrechando manos cerca de una de las puertas. Solo el sonido del armonio, cada vez más tortuoso, llegaba con insistencia del interior. «¿Quién lo estará tocando?», me preguntaba.

Sin embargo, el reflejo en los cristales era tan intenso que me resultaba imposible ver nada. En el otro extremo del patio, varios seminaristas escuchaban atentamente con el ceño fruncido. Hasta que uno de ellos consiguió despegar los pies del suelo y se acercó a una de las ventanas, protegiéndose los ojos con la mano para ver al otro lado del cristal.

—¡Hay una chica bizca tocando el armonio en la iglesia vieja! —lo oí decir emocionado, volviendo completamente la cabeza.

Mis pies se quedaron clavados en el suelo.

De repente, la luz se volvió tenue, más tenue. En el edificio viejo, el ruido del armonio se había interrumpido un segundo antes de continuar, aún más tortuoso e improvisado. Cada nota interrumpía a la anterior a una velocidad vertiginosa, acababa antes incluso de empezar. No miré a mi alrededor, pero me daba la sensación de que los demás seminaristas tenían la cabeza gacha y expresiones de asombro. También los que descansaban en los bancos a la sombra de los tilos, o apoyados en la larga balaustrada de mármol, y los que paseaban por los dormitorios con sus parientes. Todos miraban hacia el edificio viejo y se detenían con los ojos muy abiertos al otro lado de los cristales.

Hasta que, de repente, la música del armonio se interrumpió y se oyó el batacazo de la tapa al cerrarse con fuerza sobre el teclado.

—¿Qué pasa? —preguntaron voces procedentes de todas partes.

El seminarista que estaba pegado a la ventana se quedó en silencio un instante interminable antes de tomar la palabra.

—Han empezado a discutir. Me parece que el padre prior y el vicario están valorando si puede entrar…

—¿Lleva los brazos descubiertos? —inquiría alguno, un poco alejado.

—No, no los lleva descubiertos…

—Entonces, ¿qué?

—No es cosa de los brazos, en este caso…

—Entonces, ¿cuál es el problema?

—Cuesta decirlo…

Ahora llegaban hasta el patio los sonidos incomprensibles y amortiguados de una vertiginosa discusión. Entre las voces que se solapaban y se enmarañaban creía captar de vez en cuando una voz femenina más alta que las otras. Pareció detenerse un instante, pero al punto siguió elevándose, descontrolada. Mi cuerpo se volvió de pronto inhabitable; durante unos segundos se me nubló la vista.

—¿Y ahora qué hace? —había preguntado otro.

—Está gritando algo, tiene la cara colorada. Parece que ya no pueden contenerla. El padre prior ha tenido que agarrarla de los brazos…

Respiraba con esfuerzo. El aire se me bloqueaba, entrecortado, en los pulmones.

—¿Está también el Gato dentro? —se interesaba alguien.

—Me parece que sí…

—¿Y qué hace?

—No se ve bien. Está de espaldas, mirando por la ventana, jugando con los flecos de la cortina entre los dedos, si no me equivoco…

Yo estaba cerquísima de la acera que rodeaba el edificio viejo. Me pareció que del interior llegaba un ruido de sillas arrastradas y volteadas.

—¿Qué está pasando? —preguntó de repente una voz un poco alarmada.

—Se han caído varias sillas. La chica sigue peleando, forcejeando, no tengo claro cómo acabará la cosa…

Sin embargo, al instante todo el edificio viejo volvió a sumirse en el silencio.

—¡Está saliendo! —dijo a toda prisa el seminarista antes de separarse de la ventana y confundirse rápidamente entre los demás en el patio.

Alguien caminaba por la pequeña acera de cemento. Se oían unos pasos cada vez más cerca, rozando las esquinas del edificio viejo, aunque aún no se veía de quién eran.

Al cabo de unos segundos el Nervio dobló la última esquina.

Me parecía cada vez más enorme a medida que se acercaba, aunque me costaba reconocerlo con esa ropa de paisano que nunca le había visto puesta. Sus pantalones ondeaban lentamente con cada paso; ni siquiera se intuía la forma de sus piernas debajo. También la chaqueta, la camisa y la corbata ondeaban sin cesar, como si el suave viento que despejaba la mañana hubiera encontrado la forma de atravesar la tela para salir por el otro lado e, irreconocible, dispersarse en el aire, en el espacio.

—¡No la han dejado entrar! —dijo el Nervio.

—Había insistido mucho en venir… —se lamentó una mujer a su lado.

Hasta entonces no reparé en que iba acompañado de la modista de Turquesa.

Ahora paseábamos sin rumbo fijo por el patio; ninguno de los tres parecía capaz de detenerse. Nos abríamos camino a través de las manchas negras de sotanas, que se apartaban a nuestro paso bajo el cielo cristalino de primera hora de la tarde. Se veían migajas en el suelo, alrededor de los corrillos aún sentados en los bancos. No se oían disparos en el campo de tiro al plato. Llegamos hasta el borde del pequeño terraplén y no nos quedó más remedio que detenernos, pues no podíamos seguir avanzando.

—¡Te he traído esto! —dijo la modista de Turquesa, interrumpiendo un silencio que parecía imposible de romper.

Había sacado un tarro de mermelada del bolso y lo tenía levantado al trasluz, para que viese mejor su contenido.

—¡Mermelada de alfileres! —dijo entre risas el Nervio.

Yo no sabía cómo sujetar el tarro: si agarrarlo solo de la tapa con los dedos y dejarlo colgando, si sostenerlo en la palma o si apretarlo contra el pecho con ambas manos. No me hacía falta volver la cabeza para adivinar la presencia del Gato, que me observaba absorto desde una de las ventanas del edificio nuevo. En las manos de la modista de Turquesa habían aparecido inesperadamente la aguja y el hilo, y la mujer empezó a hacer retoques minúsculos que consideraba indispensables en mi sotana. Estábamos en el borde del pequeño terraplén y yo no sabía cómo ponerme, mientras el hilo pasaba de un lado a otro de la tela negra, empujándome hacia delante cuando la aguja estaba en el punto más alejado de mi cuerpo, acercándome cuando la modista le daba un tirón algo más fuerte para cerciorarse de que había pasado del todo. A veces la modista me hacía girar sobre mí mismo mientras me sacaba la aguja por un hombro; otras, me obligaba a retroceder un poco, hasta el mismísimo filo del pequeño terraplén, cuando la clavaba en un lugar inesperado de mi sotana: sentía su puntita hundirse un poco más de la cuenta y atravesar la capa de ropa interior hasta rozar, sin llegar a arañarla, mi piel.

Los tres guardábamos silencio. La modista de Turquesa ya había terminado el trabajo, y acercó muchísimo la cara a mi cuerpo para cortar el hilo con los dientes. El Nervio tenía la cabeza girada hacia un lado y sonreía con la boca tensísima: las comisuras de sus labios se habían estirado tanto que podía verlas aun estando detrás de él, a su espalda.

—¿Y bien…? ¿No tienes nada que decir? —preguntó de repente.

Su boca se había alargado y afinado aún más, el hueso de la mandíbula se le marcaba bajo la piel.

Volvió a cerrar los labios, sin dejar de mirarme.

—¿Por qué no nos llevas al dormitorio y nos enseñas tu cama? —intervino por fin la modista de Turquesa.

Subimos las escaleras sin mediar palabra. A veces los zapatos se me enredaban en el borde de la sotana mientras oía sus pasos impertérritos a mi espalda.

Los dos dormitorios estaban abiertos. Había varios seminaristas desperdigados aquí y allá. Alguno de los parientes probaba a sentarse, e incluso se tumbaba unos segundos en una cama para comprobar su comodidad. La modista de Turquesa había vuelto a sacar la aguja y el hilo para dar también una puntada a la funda de la almohada, que se había descosido por un lado. Algunos ya se despedían en el patio de aquellos parientes a los que esperaban los viajes de vuelta más largos. Varios grupos salían emocionados de la sala de estudio, mientras que otros seguían demorándose, bien ahí dentro, bien en la iglesia. Se oía el ruido de sillas arrastrándose, de tapas de reclinatorios que subían y bajaban, mientras algún que otro pariente se sentaba por curiosidad en un banco u observaba el pequeño misal y el rosario guardados bajo la tapa abatible del reclinatorio. Otros visitantes llegaban del refectorio, o volvían por la escalera que conducía a los pies de la colina. Subían con la chaqueta desabrochada y agarrados a la barandilla, respirando hondo.

Nos habíamos acercado otra vez al edificio viejo. Los tres llevábamos un buen rato sin hablar. Estábamos cruzando en diagonal el patio cuando el Nervio se detuvo en seco.

Había girado la cabeza, pero ya no me miraba a mí. Se sacó una mano del bolsillo, aún en silencio. La modista de Turquesa se apartó un poco.

De repente el Nervio se rascó una oreja. Y al instante desapareció.

Tampoco había ni rastro de la modista de Turquesa. Al menos no los veía en aquella zona del patio, que se extendía hasta una de las esquinas del edificio viejo. Probé a buscarlos en la piscina, en cuyo borde aún había varios grupos de parientes. Algunos habían bajado al fondo del vaso y escudriñaban las colmenas acercando la cara a la rendija, casi pegándola a ella, como intentando atisbar algo en el interior. Tampoco los vi en la balaustrada de mármol, ni en las inmediaciones del refectorio. No asomaron por la escalera que llevaba a los pies de la colina. «A lo mejor no me he fijado bien —conjeturé— y he confundido su último gesto con la mano: quizá no se estaba rascando la oreja y en realidad era una despedida...»

Me dirigí otra vez hacia el edificio viejo. De vez en cuando me cruzaba con alguno de los seminaristas, que volvía de la zona de la verja. Deambulaban un rato por una zona apartada del patio, solitarios y con la cara colorada, antes de mezclarse de nuevo con los demás, que estaban en grupo a poca distancia del edificio viejo. «Habrán entrado...», me dije. Pero tampoco estaban dentro, porque al cabo de unos segundos, cuando yo también me acerqué, oí que el mismo seminarista de antes, otra vez pegado a la ventana, narraba lo que ocurría en el interior.

—Está sola ahí dentro.

—Pero ¿no han dejado a nadie vigilándola?

—No.

—¡Al menos habrán cerrado con llave!

Me había quedado otra vez petrificado, no sabía cómo poner los brazos. El Gato estaba encaramándose lentamente al farol.

—¿Y qué hace?

—Nada... Está muy quieta en la sillita del armonio, no mueve un músculo.

—¿Y qué expresión tiene?

—No sabría decirte, está casi de espaldas, no se le ve la cara...

—¿Qué estará mirando?

—Ha accionado el metrónomo, creo que está mirando el péndulo para matar el tiempo.

El Gato había llegado a lo más alto del poste. Estaba quieto ahí arriba, sin sujetarse con las manos, y me di cuenta de que no me quitaba ojo ni por un instante.

«¿Dónde se habrán metido?», volví a preguntarme. Pero el seminarista ya había retomado la narración.

—Vale, ahora han vuelvo a entrar todos en la iglesia vieja, parece que se preparan para marcharse. Han abierto la puerta de par en par, al otro lado se ve esa moto enorme con sidecar...

—¿Qué hace la chica?

—Nada... Ahora ella también se ha levantado, pero por lo demás no mueve un músculo.

Del interior llegaba un sonido tranquilo de voces, de despedidas. «¿Quién irá sentada detrás del Nervio y quién en el sidecar?», me pregunté de pronto. Se oía el ruido de la otra mitad de la verja, que habían abierto de golpe.

—¿Se están yendo de verdad? —preguntó alguien.

—Sí, ya están al lado de la puerta…

—¿Y la chica?

—Ya no la veo. La han tapado con un mantel repleto de flecos, o quizá sea una manta, para que nadie pueda verla en los pocos segundos que le llevará salir por la puerta. A lo mejor le han echado más de una manta por encima, porque me parece que camina muy jorobada, como pegada al suelo. No me queda claro, solo veo un bulto moverse a gatas, cualquiera diría que ahí debajo hay una persona…

El seminarista seguía hablando, pero me pareció que sus ojos ya ni siquiera miraban a través del cristal de la ventana. Se detuvo un instante, pero enseguida reanudó la narración como si nada hubiera ocurrido, sin percatarse de que al otro lado del edificio viejo ya se había oído hacía rato el estruendo de la moto al arrancar; de que el potente rugido del motor ya se había disipado en el aire; de que los tres viajaban ya a toda velocidad cuesta abajo; de que ya habían llegado quién sabe dónde…

Un ininterrumpido frufrú de sotanas recorría todo el patio. Los seminaristas iban de acá para allá con la cabeza mirando al cielo para seguir las imprevisibles piruetas de un planeador que lanzaban por turnos desde uno de los ventanales del desván.

Oía los pasos retumbar en las escaleras. Luego el planeador asomaba de repente por el hueco de la ventana, aún sin marco, y descendía sin hacer ruido, mientras los seminaristas echaban a correr patio a través, intentando adivinar el lugar en que aterrizaría. Innumerables manos se extendían hacia el cielo, agolpándose, para ser las primeras en cogerlo. Siempre me daba la impresión de que el planeador iba a hacerse añicos al estrellarse contra esa barrera de dedos.

Las colinas y el valle refulgían en el aire terso, era imposible posar directamente la mirada en ellos. En aquel día de fiesta, sin disparos en el campo de tiro al plato, se adivinaba la presencia de pequeñas comitivas que se deslizaban por los senderos. A medida que pasaba el tiempo, el planeador descendía con menos frecuencia del ventanal del desván; se quedaba largo rato en el suelo hasta que alguien se decidía a subir otra vez las escaleras del edificio nuevo. Ahora yacía abandonado en una hondonada del terreno, con un ala apoyada en el suelo.

Crucé el patio y me agaché para cogerlo.

Era mucho más ligero de lo que me esperaba; sus alas desmesuradas eran blandas al tacto.

Lo sopesé mientras me encaminaba al edificio nuevo. Subí las escaleras con la sensación de que cada nuevo peldaño que ascendía aumentaba un poco el peso del planeador. Lo llevaba en todo momento sujeto por encima de mi cabeza, ligeramente inclinado para que las alas no se partieran al chocar con la pared. Desde el fondo del patio todos me metían prisa, vociferando. Entré en el desván y me acerqué al ventanal sin marco. La forma alargada del planeador ya debía de haber asomado por el hueco, pues desde abajo se elevó una exclamación colectiva de alivio. Justo antes de aplastarlo con el pie, sorteé un ratón ahogado que yacía en el suelo. «Alguien lo habrá sacado de la cisterna de agua agarrándolo con dos dedos por la cola», me dije. «Debió de caerse mientras hacía funambulismo por el borde resbaladizo del depósito, en una de esas curvas inesperadas donde, para no salirse del trazado, hay que arquear todo el cuerpo y mover las patitas delanteras y traseras al mismo tiempo y en dos planos y en dos direcciones diferentes…»

Me acuclillé para observarlo de cerca, y de repente se me ocurrió que podía meterlo en la minúscula carlinga del planeador.

Intenté sentarlo, pero su barriguita hinchada de agua no encajaba bien del todo en el hueco, y tampoco sabía dónde era mejor acomodar la cola, si sacarla o dejarla enrollada dentro. Era muy larga, y ella sola ocupaba buena parte de la minúscula carlinga. Busqué en el bolsillo doble de la sotana mi cortaplumas, con el que practiqué sin esfuerzo una serie de incisiones en la madera de balsa, cuyas pequeñas y livianas astillas empezaron a caer al suelo. Ahora la carlinga era un poco más espaciosa y el cuerpecito del ratón cabía cómodamente. Solo la barriga hinchada de agua hacía presión contra las paredes, de modo que no había riesgo de que el ratón cayera al vacío cuando el avión se encabritara o entrase en barrena, o de que pudiera desequilibrarlo mientras planeaba. Desde el patio seguían llegando gritos metiéndome prisa, cada vez con más ahínco. Volví a asomarme al ventanal y sopesé por última vez el planeador: ahora me parecía tan pesado que apenas lograba levantar del todo el brazo para lanzarlo. La luz estaba ahora en la parte alta del cielo; no quedaba claro si lo que entraba por el hueco de la ventana sin marco seguía siendo aire. Moví el brazo de golpe, como dando un latigazo, y todo mi cuerpo se abalanzó hacia delante tambaleándose: el impulso fue tal que por un instante me pareció salir volando por el ventanal junto con el planeador.

En el fondo diminuto del patio muchos seminaristas corrían ya con los brazos en alto. El planeador había recuperado su ligereza en el aire, parecía descender suavemente, pero acto seguido empezaba a subir otra vez. Se quedaba un instante bloqueado en el cielo, hasta que una de sus alas se inclinaba de repente y lo veía caer en picado. Sin embargo, en cierto momento debía de toparse con una gran masa de aire antes de llegar al suelo, porque enseguida se encabritaba de nuevo. La cabecita de su piloto se estrellaba contra las paredes de la carlinga por los bruscos cambios de dirección, como si estuviera viva: se lanzaba hacia delante en los picados y se inclinaba hacia atrás en los repentinos encabritamientos, impertérrito.

Luego el viento cambió otra vez de dirección. El planeador empezó a virar hacia el valle, y muchos corrieron escaleras abajo con la intención de rescatarlo. Volaba altísimo, surcando el cielo en perfecto equilibrio. Parecía casi inalcanzable, al otro lado de la colina, pero unos segundos después volvió a sobrevolar el patio. Luego se alejó de nuevo, como arrastrado por un remolino. Lo veía moverse, diminuto, en zonas cada vez más remotas del valle. Ya casi no distinguía la cabeza inmóvil de su piloto, aún atónito a los mandos.

15

El Sacacorchos

«Las palabras, en un primer momento, empiezan siempre así…», me decía de camino a la iglesia. «Cuando una sale de la boca, ya no hay quien la detenga. Emitimos el aire y le imprimimos una determinada cantidad de movimiento, y la palabra no puede sino seguir adelante, avanzando, incluso cuando su fuerza motriz ya no da más de sí. Dicha palabra ejerce su fuerza de atracción sobre otras palabras, sobre otros sonidos que no puede evitar cruzarse en su camino. Pero es que además empieza a provocar otros sonidos, que a su vez provocan otros, y luego otros… La palabra se expande cada vez más, levanta papeluchos, reúne ondas sonoras llegadas de todas partes, abarca pequeñas y grandes transferencias de energía, desplazándose de un punto a otro del espacio, y de ese modo empiezan a formarse frentes meteorológicos vocales. Ya ni siquiera se sabe si arrastra o es arrastrada. Sus límites se extienden de manera irresistible, estableciendo en un instante las conexiones necesarias, mientras su fuerza centrífuga aumenta más y más, desbordándose sobre otros planos que a su vez se desbordan. Su superficie empieza a quemar, atrae vastísimas colonias sonoras, se repliega sobre sí misma como una avalancha que sigue avanzando, cada vez más irradiada e irradiante. Erradica, arranca todo lo que encuentra a su paso, y al final no puede sino adoptar, poco a poco, el inconfundible aspecto de una inmensa y destructora esfera de fuego…»

El interior de la iglesia estaba desierto. Ni siquiera se oía nada en el pequeño confesionario, como si el padre prior se hubiera dormido ahí dentro esperando. Me arrodillé a uno de los lados, el que daba a su cabeza paleolítica. Y, sin embargo, me pareció entrever, a través de la tupida rejilla con agujeritos, la cabeza sincopada en vez de la otra, como si el padre prior estuviera increíblemente retorcido en el interior del confesionario, o se hubiera sentado al revés, con la espalda pegada a la portezuela y la cara mirando a la pared ciega.

Oía su respiración al otro lado de la rejilla.

—¡Adelante! —dijo la voz del padre prior al cabo de un rato.

Yo debía de tener los ojos muy abiertos, y quizá toda la cara se me puso colorada de golpe, pues en el interior del confesionario su voz sonó un poco alarmada.

—Procura estar tranquilo…

El tiempo pasaba, se oían disparos aislados procedentes del campo de tiro al plato. Retumbaban unos segundos y luego el eco desaparecía, se disolvía.

—Y el Verbo estaba con Dios, y el Verbo era Dios… —recitó el padre prior, con la boca pegada a la rejilla.

De ella emanaba un ligero olor a indigestión, causado por el aliento acumulado de todas las demás bocas que se le habían acercado. Ahora que la miraba mejor y más de cerca, me parecía que alguno de los orificios se había ido obstruyendo con el tiempo. «¿Cómo limpiarán uno a uno esos agujeritos?», me preguntaba. «Con un trozo de alambre, quizá… Lo meterán y lo sacarán varias veces por cada orificio, y esa delgada pasta que anida en su interior se despegará y caerá al suelo como una costrita finísima, o se hará añicos y descenderá en minúsculos fragmentos densos y pegajosos, como el chocolate para untar…»

—Domine non sum dignus —siguió recitando el padre prior, haciendo especial hincapié en la segunda parte de la frase—: ¡pero una palabra tuya bastará para sanarme!

Mi cara debía de haberse puesto más oscura entretanto, casi negra. El padre prior dio unos golpecitos con los dedos en la rejilla del confesionario.

—¡Inclina la cabeza hacia atrás, intenta respirar! —lo oí gritar—. ¡Abre la boca todo lo que puedas! ¡Que entre al menos un poco de aire en los pulmones! Si quieres, puedes levantarte y caminar por la iglesia, haciendo ejercicios de respiración con los brazos…

Esa misma noche, mientras volvía del refectorio y pasaba junto a la balaustrada de mármol, el padre prior se me acercó por detrás y me posó una mano en el hombro. Caminaba a mi lado sin decir palabra, solo se oía el frufrú de nuestras sotanas.

—Me veré obligado a pedirle al Sacacorchos que venga… —lo oí murmurar de pronto, como si estuviera hablando consigo mismo.

Así llamaban al confesor extraordinario, que venía a visitarnos dos o tres veces al año.

Ya llevábamos varios días esperándolo. El padre prior lo había anunciado entrando abruptamente en la sala de estudio. La primavera se desplegaba con brío, las colinas estaban tan cambiadas que costaba reconocerlas. De pronto irrumpían en el patio corrientes de aire que traían aromas variados, y que yo atravesaba durante unos segundos antes de que se desvanecieran. Reaparecían al cabo de unos días, en lugares y momentos inesperados: mientras me agachaba para dejar los zapatos debajo de la cama, cuando levantaba la tapa abatible de mi pupitre en la sala de estudio o mientras me mojaba la cabeza recién afeitada debajo del grifo. A lo lejos, los disparos quedaban estampados unos segundos en el cielo, como flores de colza amarillo intenso. Había que entornar los ojos para mirarlos.

El Gato llevaba un tiempo actuando de una forma que me costaba entender. Lo sorprendía a solas en la iglesia, algunas tardes en las que pasaba por casualidad por delante de sus ventanas. Lo veía subir los peldaños del altar con las zapatillas de deporte, y observarlo todo muy de cerca. Cuando regresaba al patio, sus ojos parecían cegados. Por las noches, antes de volver al dormitorio, caminaba con el otro delegado, agarrados del brazo, junto a la balaustrada de mármol. Hablaban en voz baja, o iban de acá para allá sin abrir la boca. El cielo seguía iluminado mucho tiempo, nunca quedaba claro si ya nocturno o aún vespertino. El padre prior los contemplaba plácidamente desde lejos.

El seminarista sordomudo aprovechaba esos últimos minutos de luz para bajar a la piscina. Abría unas cuantas colmenas sin molestarse en ponerse la careta, metía en ellas las manos sin guantes. Luego iba corriendo al taller con los patines puestos para ganar tiempo, y volvía con un nuevo panal de cera aún blanca. Las abejas bullían alrededor de la costra blanda de su pelo, lo seguían hasta la iglesia, y a veces incluso subían las escaleras y entraban con él en el dormitorio. En la sala de los abrevaderos, lo observaba mientras se cepillaba los dientes mirando distraídamente por uno de los ventanales todavía abiertos, sin preocuparse de la nube de abejas que envolvía su cabeza. Esta seguía zumbando durante un tiempo en el dormitorio. Yo lo observaba un rato más desde mi cama, girado hacia el lado donde él estaba. La lucecita magmática acentuaba y escondía cada detalle. Su intensidad crecía y disminuía sin cesar: unas veces estaba oscuro como boca de lobo cuando nos tocaba levantarnos en plena noche; otras, iluminaba todo el dormitorio como si fuera de día. En sus picos de intensidad parecía a punto de romper la película que la cubría y caer goteando por la pared. La cabeza del seminarista sordomudo dormía apoyada en la almohada, con sosiego, aunque las abejas seguían pululando a su alrededor: de cuando en cuando pasaban en pequeñas ráfagas sobre su cara, borrando sus facciones.

Giraba la cabeza hacia el Gato y vislumbraba su silueta relajada, que dormía o descansaba con los ojos cerrados. Tenía los dos brazos encima de la almohada y el cogote apoyado en las palmas de las manos, después de entrelazar lentamente los dedos.

Por las tardes, el Gato desaparecía con el padre prior en el edificio viejo. Cuando salían caminaban a tientas a la sombra de los tilos; apoyaban los pies en el suelo como si fueran borrachos. No había forma de saber si iban hablando o guardaban silencio, ni siquiera al cruzarse con ellos a poca distancia mientras una minúscula corriente de aire perfumado pasaba por esa zona de patio. La luz empezaba a declinar pausadamente, el crujido de sus sotanas al caer la noche era cada vez más discreto, no quedaba claro si estaban quietos o seguían caminando.

A veces, en el refectorio se cruzaban miradas silenciosas durante la lectura. A su alrededor solo se oía el ruido atenuado de las cucharas y el carrusel de madera, que giraba cada cierto tiempo sobre sí mismo. Aparecían en su interior objetos inesperados, cajitas rígidas y lacadas, como joyeros, o grandes paquetes blandos y bien envueltos, que el padre prior se apresuraba en arrancar de las manos del seminarista que servía la mesa. Mientras volvía con ellos a su sitio, sujetándolos con una mano, como una bandeja, el papel del envoltorio se hundía un poco, crujía, chirriaba: su contenido era un misterio. Pero también aparecían objetos reconocibles e inexplicables entre oleada y oleada de platos, o cuando el carrusel ya llevaba un tiempo sin girar. Una cinta métrica, por ejemplo. Me daba la sensación de que el padre prior no podía reprimir una sonrisa mientras se la entregaba al Gato. Al día siguiente volvían a colocarla en el carrusel, junto con un papelito doblado. La mano de la monja, al otro lado del carrusel, lo recogía todo aprisa.

Al salir del refectorio en esas noches increíblemente luminosas, costaba distinguir las estrellas. También las luces lejanas de las casas, que parecían suspendidas sobre las colinas. El padre prior y el Gato caminaban abrazados sin decir palabra. A veces el vicario llegaba de repente por su espalda, se sumaba al abrazo y los tres seguían paseando junto a la balaustrada. Tampoco la noche se distinguía ya de la tarde. El tiempo seguía pasando infinitamente lento; se diría que también el padre prior se demoraba cada vez más en dar la señal para la noche.

—¡Está llegando el Sacacorchos! —anunció de repente un seminarista mientras bajábamos a comer al refectorio.

Todavía estaba lejos, pero lo atisbamos mientras subía por los caminos al volante de su viejo y renqueante coche estadounidense. Seguíamos su trazado en las curvas cerradas; el parabrisas lanzaba destellos repentinos y cegadores cuando los rayos del sol incidían en el ángulo exacto. Lo perdíamos de vista en algunos tramos, cuando la carrocería descolorida se camuflaba en el paisaje circundante, hasta que un centelleo repentino del parabrisas nos revelaba su presencia, ya cerca del seminario.

El padre prior fue corriendo a abrir las dos puertas de la verja, y al fin asomó, bramando en el último tramo de la pendiente, el enorme morro descolorido. Seguido de todo el perfil abombado del coche. Cruzó el umbral de la verja y sus ruedas delanteras se detuvieron en el parterre más grande. Lo tenía muy cerca, parecía inmenso en esa parte del patio. Aún echaba humo por el esfuerzo y el capó estaba ligeramente desenfocado por culpa del vapor.

Se oyó el crujido gradual del freno de mano subido con fuerza. Acto seguido el Sacacorchos abrió de golpe la puerta y puso un pie en el suelo.

Cogió dos piedras del borde del parterre para calzarlas debajo de las ruedas traseras del vehículo, pues esa zona estaba en pendiente. Muy agachado, las golpeaba con el borde del zapato para incrustarlas todo lo posible: con cada patada su cabeza temblaba por el esfuerzo, y las gafas de sol, excesivamente grandes, le bailaban en la cara.

Al fin se volvió hacia nosotros, que rodeábamos en silencio el enorme coche, y, antes de encaminarse con el padre prior hacia el refectorio, nos hizo un gesto amenazante con la mano.

Bajábamos a paso muy lento por la balaustrada de mármol. El Sacacorchos caminaba por delante con el padre prior, que lo había tomado del brazo. De vez en cuando se volvía para mirarnos. Ni siquiera se quitó las gafas de sol en el refectorio, era imposible saber dónde miraba. Del carrusel llegó un plato especial para él. Enrollaba las rodajitas de carne en el tenedor, con la sotana arremangada, y se oía nítidamente cada mordisco que daba, como si tuviera la mandíbula desencajada. El padre prior se le acercaba de cuando en cuando para susurrarle algo, pero el Sacacorchos seguía masticando como si nada. A veces lo miraba con discreción, cuando me parecía imposible que me viese. Le temblaban los labios con cada mordisco, se llevaba a menudo la servilleta blanca a la boca, mientras los huesos de su cabeza seguían desplazándose y palpitando al masticar: se deslizaban sin descanso bajo la piel despegada de los pómulos, sombreada por una barba de varios días con rodales canosos aquí y allá.

En el refectorio el murmullo aumentó paulatinamente, y los ojos de todo el mundo cruzaban la sala desde todas direcciones para clavarse en el Sacacorchos, que seguía masticando sin prestar la menor atención. El padre prior se le había acercado aún más y, con el ceño fruncido, empezó a susurrarle algo al oído. No se veía demasiado bien, pues habían bajado las persianas a causa del sol: las delgadas franjas de luz se desplazaban sobre rostros, cabezas afeitadas y frentes; se dividían al llegar a la grieta de la cabeza del padre prior y seguían avanzando por separado. Se vislumbraban minúsculos elementos flotantes que desaparecían y volvían a aparecer, que pasaban sobre las caras, cortantes como polvo de vidrio.

Me fijé otra vez en el Sacacorchos, que ahora enrollaba madejas de verdura cocida en el tenedor. El padre prior seguía susurrándole algo con creciente vehemencia; la comida se le acumulaba en el plato, y luego tenía que recuperar el ritmo con dos o tres bocados tan seguidos que no parecía siquiera masticarlos.

Entonces, cuando ya estaba a punto de apartar la mirada, me pareció que la expresión del Sacacorchos se tensó de repente. Tenía la mandíbula cerrada, había dejado de masticar, y una madeja de verdura colgaba de su tenedor, un tanto deshilachada, inmóvil entre el plato y la boca. Justo después vi que el padre prior, con un gesto fugaz de los ojos, me señalaba inequívocamente al Sacacorchos.

Estábamos a punto de terminar. También la pared de enfrente aparecía segmentada por la luz que se filtraba a través de los listones de las persianas. Las servilletas metidas en los cuellos destacaban sobre el negro de las sotanas, y alguien se balanceaba en su silla, con la rodilla apoyada en la esquina de la mesa, mientras las franjas de luz pasaban deformadas sobre su cara.

El Sacacorchos se volvió de repente hacia mí y dejó de masticar unos segundos. Se quedó inmóvil, con los dientes apretados, invisible tras las desfachatadas franjas de luz.

Lo vi girarse hacia mí en varias ocasiones más, por la tarde y antes de que empezaran las confesiones, mientras estaba sentado con el padre prior a la sombra de los tilos. Primero se había desabrochado el alzacuellos y luego se lo había quitado. Lo tenía apretado en una mano mientras hablaba, con la pechera de bordes dentados abierta, mientras que con la otra se pasaba el pañuelo por el cuello. Con un gesto de la mano, el padre prior llamaba de cuando en cuando a alguien —entre ellos al Gato y al otro delegado—, que se acercaba un rato al banco y se quedaba ahí hablando con él en voz baja, acuclillado.

—¡La sala está lista! —oí gritar a uno de los seminaristas con la cara colorada.

De repente, se hizo el silencio en el patio. El Sacacorchos se encaminó hacia el edificio viejo, en una de cuyas salas confesaba cara a cara.

Hizo pasar al primero.

El padre prior paseaba un tanto emocionado por el patio. Los demás seminaristas charlaban entre ellos en voz baja, con la cabeza en otro sitio. Alguno ya se iba preparando espiritualmente y caminaba con el ceño fruncido a la sombra de los tilos. El tiempo pasaba, había llegado la hora de ir a la sala de estudio, pero el primer seminarista aún no había salido del edificio viejo. De su interior llegaban gritos atenuados, que acallaban los murmullos en todos los rincones del patio. El padre prior consultaba con inquietud su reloj una y otra vez.

Varias veces me quedé mirando al Gato en la sala de estudio: tenía la cabeza inmóvil sobre el libro abierto; sus ojos estaban tan fijos que era imposible que siguieran las palabras.

Luego la puerta se abrió y el primer seminarista entró con aire absorto en la sala. Otro compañero se levantó de su pupitre.

Los siguientes tardaron algo menos en volver del edificio viejo, pero seguía pareciéndome una eternidad. Enfilaban con su cabeza rapada el pasillo entre las dos filas de pupitres, y al pasar rozaban un lápiz gastado o una gomita, que caía al suelo. Seguían andando sin molestarse en agacharse para cogerlos. Otros regresaban a la sala de estudio casi corriendo, con los ojos enrojecidos.

Luego tocó salir otra vez al patio: había llegado la cesta con la merienda. A muchos les faltó tiempo para hundir la mano entre las esferas de pan, que rodaban con estruendo, e hincarles el diente. Se veían pequeñas esquirlas asomar de pronto entre sus labios mientras masticaban. Del edificio viejo seguían llegando gritos amortiguados, pero un segundo después se oía una carcajada. Alguien pasaba muy cerca de la ventana para intentar enterarse de qué ocurría.

—¿Quién está dentro? —oía preguntar desde todas partes.

—El sordomudo.

—¿Y qué hace?

—Está haciendo sus típicos gestos con las manos...

—Y el Sacacorchos, ¿qué?

—Le ha respondido metiéndose los dos pulgares en los oídos.

—¿Y qué hace con los otros dedos?

—Los mueve sin parar...

Luego la puerta se abría, alguien encomendaba a un compañero su esfera de pan mordisqueada y se limpiaba las migajas de los labios antes de cruzar el umbral.

Ahora debía de ser el Gato quien estaba dentro, porque el padre prior caminaba con una emoción creciente por el patio. Iba con las cabezas muy inclinadas sobre el breviario, acariciando la pared del edificio viejo, del que esta vez no llegaba el menor ruido. Había terminado ya la hora de recreo, y nos encaminábamos de nuevo a la sala de estudio cuando el Gato abrió la puerta de un portazo.

Estaba parado sobre un solo pie, mirando a su alrededor con aire aturdido. Nosotros lo observábamos desde todos los rincones del patio. También el padre prior, a punto de dejar caer el breviario que llevaba en las manos. Muchas esquirlas de pan seguían asomando, puntiagudas, en las comisuras de todos los labios.

Entonces el Gato negó dos o tres veces con la cabeza y se frotó los ojos con los dedos durante unos segundos, mientras sus labios se relajaban irresistiblemente y sonreían. El padre prior fue casi corriendo a abrazarlo.

Ya se habían confesado casi todos. Estábamos otra vez en la sala de estudio. Aunque ya no miraba hacia el pupitre del Gato, sentía sus ojos clavados en mí. Se abrió la puerta y otro seminarista volvió con la cabeza un poco morada a su pupitre. Me levanté de la silla y salí. Pasé al lado de la iglesia antes de llegar al patio vacío y abombado... El padre prior seguía allí, a poca distancia del edificio viejo, y levantó un instante la mirada al verme aparecer, caminando por la acera de cemento. Mantenían la puerta abierta —quién sabe por qué— con un ladrillo. Llegué a la pequeña sala. El Sacacorchos estaba sentado en un banco con las piernas abiertas y los ojos ocultos por las gafas de sol. Aún no se había puesto el alzacuellos, y de la sotana asomaba la camisa blanca sin cuello. Estaba pidiéndome con gesto mecánico que apretara el paso cuando su cara se tensó al reconocerme.

—¡En el nombre del Padre, del Hijo y del Otro! —lo oí decir con una risita maliciosa mientras cerraba la puerta al pasar y me arrodillaba en el pequeño reclinatorio del centro de la sala.

La ventana estaba abierta de par en par a causa del calor. El Sacacorchos se levantó de repente del banco y fue a sentarse, de un saltito, en el alféizar. Se apoyó en él con una sola mano —ni siquiera podía verle la cara a contraluz—, mientras que con la otra se abanicaba de vez en cuando, moviendo la estola.

—¡Y el Verbo se hizo carne! —dijo de pronto con otra risita, bajando de un salto del alféizar—. Venga, ¡ahora te toca a ti!

Yo tenía los dientes tan apretados que sentía a través de ellos todos los huesos de mi cuerpo.

El Sacacorchos empezó a caminar de un lado a otro de la sala. Cada cierto tiempo se detenía detrás del reclinatorio y observaba desde arriba mi cabeza rapada, que asomaba de la sotana.

—Solo un gánster como yo podría absolver a alguien como tú... —lo oí decir carcajeándose.

Yo guardaba silencio, con la cabeza girada, procurando no inclinarme demasiado hacia delante para que el pequeño reclinatorio no volcase.

El Sacacorchos volvió a sentarse en el banco con la estola en su regazo, agarrándola con las dos manos. Parecía haberse quedado sin fuerzas de repente.

—Pero ¿tú qué te has creído? ¡No soy tu saltimbanqui! —murmuró.

A veces lo miraba sin decir palabra, girando los dos ojos hacia un lado. No se oía el menor ruido en la sala, tampoco en el patio. Por la ventana no entraba más que luz.

El tiempo pasaba. Volvía a clavar los ojos en los puños de mi camisa, que asomaban un poco de la sotana, y me asaltaba la sospecha de que se había dibujado en mi cara una sonrisa involuntaria e intolerable.

El Sacacorchos, sentado frente a mí, había empezado a abanicarse con la estola otra vez. Mis codos resbalaban cada dos por tres en la repisa resplandeciente del reclinatorio, tenía que apuntalarlos con el peso de la cabeza. No me quedaba claro hacia dónde miraba el Sacacorchos.

—¡Vete! —lo oí murmurar de repente.

Todo el mundo estaba otra vez en el patio. No debía de faltar mucho para la hora de cenar. El padre prior caminaba encorvado, con ambas cabezas coloradas. El Sacacorchos había salido al fin del edificio viejo y el padre prior se había montado con él en el enorme coche, que seguía aparcado en el parterre. Apenas se los veía, detrás del parabrisas; se diría que ni siquiera estaban hablando. Luego las puertas del coche volvieron a abrirse. Había muchas sotanas desenfocadas, de espaldas al patio. Al Sacacorchos, que tenía que pasar por otro centro antes de la cena, se le había hecho tardísimo. Sacó las dos piedras de debajo de las ruedas; el freno de mano se resistía un poco a bajar. El padre prior miraba fijamente una de las ruedas, con los ojos muy abiertos. El enorme automóvil maniobró en aquella pequeña parte del patio, hasta que la mitad delantera cruzó la verja y se asomó, inclinadísima, a la pendiente escarpada.

Unos minutos después, no acertaba a ver con nitidez la mano negra y reluciente que se movía en la boca del carrusel, algo desenfocada; tampoco los platos, mientras servía la cena recorriendo el pasillo entre las dos mesas alargadas, irreconocibles con ese hule nuevo, sujeto con mil chinchetas de cabeza centelleante. Aquella noche, la lectura no tenía visos de concluir: el padre prior parecía haberse olvidado de ordenar su interrupción con un gesto. Vislumbraba a duras penas sus dos cabezas al otro lado de la barrera de vapor que ascendía de su plato aún lleno de sopa. La mano cargaba el carrusel en tandas, y a través de la rendija iluminada atisbaba por un instante la palma, de piel más clara. Me pareció que ya no quedaban platos y empecé a buscar mi sitio, aunque me costaba encontrarlo —pues el nuevo hule tenía formas geométricas completamente distintas a las del anterior—, cuando oí dos o tres golpecitos en el carrusel.

Me giré otra vez.

Había un objeto un tanto complejo en la boca de madera. Lo cogí y lo levanté para mirarlo mejor, pero no sabía muy bien cómo sujetarlo, porque de sus laterales salían dos larguísimas puntas afiladas. Todavía estaba con ese objeto entre las manos, mirando hacia las mesas alargadas y repletas de ojos, cuando me pareció entrever que la sotana del padre prior abandonaba de repente su sitio y se acercaba, casi a la carrera, hacia mí.

Me arrebató el objeto y volvió a su asiento, al fondo del refectorio. Mientras se alejaba, pude ver y reconocer mejor lo que llevaba en las manos: se trataba de un suéter negro, sin terminar, del que despuntaban dos largos moldes metálicos con la lana aún anudada en ellos.

El padre prior le pidió al Gato que se lo pusiera directamente encima de la sotana, y este se lo introdujo por la cabeza con suma precaución. Mantuvo los ojos entrecerrados mientras los moldes puntiagudos y desarticulados se deslizaban sobre su cara. El padre prior los sujetaba con las manos, para que no se saliesen de los últimos puntos, un poco holgados.

A lo largo de las mesas, todos los ojos se dirigían ahora hacia el mismo sitio. El rostro del padre prior se había relajado un poco, su boca ya se abría para decir algo.

—Las monjas han querido hacerle un regalo al Gato… —se interrumpió un instante—, ¡que está a punto de ordenarse sacerdote!

Nos movíamos como un rebaño en la noche interminable. Casi no distinguía las siluetas de las sotanas que se seguían por el patio y debajo de los tilos. La ciudad se había extendido aún más al fondo de la llanura y, en aquel resplandor indistinto, apenas se adivinaban las minúsculas grietas de las calles. Algunas voces hablaban entre susurros en el fondo de la piscina, y de cuando en cuando me parecía oír imperceptibles peticiones de silencio llegadas del interior de las colmenas. También la noche se extendía como un brazo de agua. Las palmadas del padre prior por fin anunciaron el inicio del silencio. Ya nos dirigíamos a la iglesia para el *Noctem quietam* cuando noté de repente que se había colocado detrás de mí.

Caminaba a unos metros de distancia, quizá sin distinguir del todo el contorno de mi sotana, y ni siquiera la franja blanca del alzacuellos: el farol del patio llevaba un rato apagado, y poco a poco también se habían apagado los insectos que volaban acaloradamente a su alrededor. Ya estábamos cerquísima de la iglesia. El padre prior había apretado un poco el paso, pero seguía caminando por detrás de mí, a cierta distancia.

—Probaré a mandarte con ese padre celestino… —lo oí decir de pronto, con un suspiro.

«Ya han pasado cuarenta días», constató Jesús. «Es hora de subir.»

El sendero empezaba a ascender, al mirar hacia la zona de Betania dolían los ojos. En los tejados desalineados de las pequeñas casas había grandes paños blancos extendidos para secarse al sol, que reverberaban aquí y allá. «Qué color blanco más curioso…», se dijo Jesús, que seguía caminando con los ojos entornados por la luz. «¿Se puede saber qué clase de ojos son estos, que ni siquiera sirven para mirarlo?»

Uno de los apóstoles se le había acercado, le dijo algo en voz baja.

«He sabido desde siempre que esta frase sería pronunciada», murmuró Jesús, pasándole una mano por la frente.

Ahora caminaban todos en silencio por el sendero. Solo se oían las pisadas de las sandalias, que hacían rodar cuesta abajo algunas piedrecitas al pasar; o el golpe repentino de un bastón en un arbusto polvoriento.

Ya casi habían llegado a la cima.

«¿Cómo pongo los brazos?», se preguntó Jesús. «Cruzados en el pecho no, que parecería un muñeco; pero tampoco tiesos a los lados… Llevarlos extendidos y levantados por encima de la cabeza durante el ascenso me daría un aire insoportablemente pretencioso. Eso es…, quizá pueda llevarlos a la espalda, con los dedos entrelazados, la cabeza algo inclinada a un lado y los hombros un poco encogidos. Podría rascarme de repente la comisura del labio, o incluso de un ojo, para quitarle un poco de hierro al momento…» Ya no sentía el suelo bajo sus pies. Los apóstoles tenían que levantar la cabeza para verlo, en la cima de la colina oscilante.

«Puede que no haya nadie esperándome», se dijo entonces Jesús. «Quizá lo encuentre todo vacío y desierto, abandonado, con las luces apagadas, papeluchos movidos por el viento, sillas patas arriba…»

16

La ordenación

Lo vi dentro de la iglesia, a través de los ventanales abiertos de par en par, mientras caminaba por el patio en la hora de recreo. Subía los peldaños del altar con las zapatillas de deporte y una vieja casulla desteñida, para aprender los gestos de la misa. Movía la píxide vacía, el ostensorio, se giraba de golpe con los brazos abiertos y fingía beber del cáliz vacío, inclinando hacia atrás la cabeza.

A veces, el padre prior se ponía a su lado, le corregía un movimiento del cuello más brusco de la cuenta, la posición de los dedos al dar la bendición. Le enseñaba la forma correcta de realizar el gesto, repitiéndolo cada vez con más ligereza; le cambiaba la posición de los dedos con sus propias manos, mientras el Gato se quedaba mirándolo con el ceño fruncido. Me acerqué al ventanal más próximo al altar, al borde del pequeño terraplén. Me dio la sensación de que el padre prior estaba empleando mucha fuerza para obligarlo a corregir la posición errónea de los dedos, hasta tal punto que sus dos cabezas se ponían tan coloradas por el esfuerzo que era casi imposible distinguirlas. Los dedos del Gato se enredaban y acto seguido se abrían de golpe, como descoyuntados. El padre prior negaba con las cabezas y volvía a empezar, lo obligaba a repetir innumerables veces el gesto de arrodillarse en el peldaño más alto del altar, con los dedos de una sola mano apoyados en los manteles y la cabeza gacha, con los ojos cerrados. O a pasar una página cortante del misal, o a partir una enorme hostia aún sin consagrar. Del patio llegaban las voces de los seminaristas, la inconfundible exaltación de un altercado ocasional durante una carrera o un partidillo. El Gato se volvía de sopetón en el altar, y me parecía que el padre prior tenía que agarrarlo rápidamente del brazo para que no saliera corriendo al patio, con la casulla aleteando tras él.

El Gato desaparecía largas horas en el edificio viejo; su pupitre se quedaba vacío en la sala de estudio. Se ausentaba tardes enteras, se marchaba del seminario en el escúter. Lo seguíamos un buen rato con la mirada, mientras daba curvas cerradas a toda velocidad, rumbo al arzobispado. Regresaba justo antes de bajar al refectorio para la cena, o cuando ya íbamos de camino. La sotana del otro delegado se fundía de pronto con la suya, otras se les iban sumando por el camino, y pasaban todas mezcladas junto a la balaustrada de mármol. Se elevaba un sonido disgregado; la tarde estaba llena de luz, intacta, y entraba por los ventanales del refectorio, todavía abiertos de par en par. Daba la sensación de que, cuando encendían la luz artificial, se veía menos. El carrusel chirriaba un poco y se detenía, su boca se vaciaba y se llenaba sin cesar, y a veces aún traía un paquete dirigido al Gato, lo que le faltaba para completar su ajuar de sacerdote.

El día de la ordenación se acercaba. La boca del carrusel por fin había entregado el suéter terminado. El Gato se lo había probado por última vez en el refectorio antes de hacer una ronda por las mesas para repartir peladillas. Le temblaba un poco la mano mientras las cogía a puñados de la bandeja y las dejaba en los vasos. También había llenado rápidamente el mío, sin mirarme. Solo se oía el tintineo de las peladillas, cada vez más lejano. Algunos ya estaban partiéndolas con los dientes, fraccionándolas en minúsculas esquirlas, girándolas de aquí para allá con la lengua, aunque aún cortaban.

Pasó otro día, y uno más. A veces, en el dormitorio, veía al Gato temblar ligeramente mientras se quitaba la sotana y sacaba la jabonera de su mesilla. Oía la lámina de jabón resonando en su interior cuando volvía de los abrevaderos. Luego la luz central se apagaba de golpe. Yo estaba bocarriba mientras la habitación se dormía poco a poco. La luz magmática extendía un resplandor pálido, como de horno, en el que se distinguían las hileras de camas de aluminio, las cabezas en las almohadas. El Gato dormía girado hacia un lado, pero unas levísimas sacudidas de sus hombros indicaban que seguía temblando ligeramente en sueños. Se giraba hacia el otro lado cuando se ponía la sotana, por la mañana, para que yo no pudiera ver sus dedos peleándose con la hilera de pequeños botones. Cuando me lo cruzaba por casualidad en el patio, me parecía que se tapaba los ojos con las manos de repente, con la excusa de protegerse del resplandor de los invernaderos, que reverberaban en las colinas. El otro delegado lo sujetaba con más fuerza del brazo, mientras caminaba con él en una tarde que declinaba decididamente hacia la vigilia. Entraron juntos en el edificio viejo para la tonsura. En las manos del otro delegado habían aparecido de repente tijeras y navaja de afeitar. Me había parecido ver al Gato titubear un instante antes de entrar: su rostro se tensó de golpe, ya ni siquiera se le veían los labios. El otro delegado lo forzó un poco con el brazo, sonreía.

Pasó la tarde, llegó la noche. Pero aún no había podido ver la coronilla del Gato: me daba la sensación de que se colocaba a propósito en posiciones que me lo impedían, ya estuviésemos en el patio o de camino al refectorio, pasando junto a la balaustrada de mármol. Tampoco al subir al dormitorio para la noche había tenido ocasión de vérsela, pues esperó a que todos saliésemos lentamente de la iglesia y empezáramos a subir desperdigados antes de enfilar las escaleras. Se tumbó bocarriba con la cabeza un poco inclinada, casi pegada a la almohada. Me giré hacia el otro lado, cerré los ojos y volví a abrirlos. Me despertaba de repente en el corazón de la noche, esperando vislumbrar a poca distancia la parte más eminente de su cabeza, con la coronilla tonsurada.

Tampoco al día siguiente se dejó sorprender por la espalda mientras paseábamos por el patio o a la sombra de los tilos. Y al cabo de un rato se presentó con un sombrero redondo que no le había visto antes.

«¡Están yéndose!», gritaron unos cuantos seminaristas a pocos metros de la verja.

Doblé la esquina del edificio viejo. También el padre prior y el vicario llevaban sombrero, y estaban montando en un coche oscuro con el motor ya en marcha delante de la verja abierta. El chófer esperaba con la camisa arremangada y un codo asomando por la ventanilla bajada. Sentado a su lado me pareció ver al benefactor. No me explicaba cómo podían caber los tres sombreros, alineados en el asiento trasero con sus anchas alas redondas, en el estrecho habitáculo del coche. Al padre prior el sombrero le quedaba un poco despegado en el centro de la frente, en el punto de encuentro levemente hundido entre las dos cabezas. Luego el Gato se volvió para mirar a todos los que lo despedían con la mano desde el patio. Sus ojos también se detuvieron un instante en mí, mientras el coche scomenzaba a avanzar lentamente.

No regresó hasta muy entrada la tarde. No los había oído llegar con el coche. Caminaban un tanto embobados a la sombra de los tilos; parecía que iban a tientas. El Gato ya se había quitado el sombrero y peinaba el ala con el dorso de una mano, pero ni siquiera a esa distancia me daba la espalda en ningún momento. El refectorio estaba de lo más engalanado, costaba distinguir la disposición de las mesas. Los hules nuevos formaban por todas partes aristas abocinadas, había que forzarlas con las rodillas para sentarse. Por los ventanales abiertos entraba mucha luz, y las jarras llenas de agua resplandecían, radiografiadas, a intervalos regulares en el centro de las mesas. Encendieron también la luz artificial, dolían los ojos al mirar su filamento incandescente. Había unas cositas de colores dentro de los platos.

—¡Ahora te sientas aquí! —le dijo el padre prior al Gato, que se estaba dirigiendo a su antiguo puesto.

Le habían asignado un sitio al lado del padre prior y del vicario, en el lateral más corto de la mesa. Todo el mundo charlaba; se había cancelado la lectura para la ocasión. En la fila de enfrente pudieron sentarse un poco más anchos. De vez en cuando miraba al Gato, que comía cuidándose en todo momento de no inclinar demasiado la cabeza sobre su plato. También una vez acabada la cena, mientras todos se arremolinaban a su alrededor en la balaustrada de mármol y ya no sabían cómo llamarlo, e incluso cuando una voz inesperada lo hacía mirar a un lado para responder, seguía colocándose siempre de tal manera que me era imposible vislumbrar la parte alta de su cabeza. El ocaso se desplegaba, imparable. Apenas se distinguían las voces de quienes se estaban persiguiendo sobre la imperceptible curvatura del patio. Empezó a caer muy lentamente la noche, pero aún quedaba un poco de luz enredada entre las hojas de los tilos. El padre prior se arrodilló de repente en el suelo y empezó a recitar al aire libre el *Noctem quietam.* Muchas voces le respondieron desde todos los rincones, no quedaba claro de quiénes eran ni de dónde llegaban. Vislumbraba a duras penas la silueta de algún seminarista arrodillado, seguía con la mirada el contorno de su sotana, muy inclinada, porque en ese punto el terreno se hundía o porque había decidido arrodillarse en una raíz con toda la intención, para no mancharse los pantalones o la sotana de tierra. Mientras el seminarista permanecía con la cabeza gacha y los ojos cerrados, yo seguía el perfil de su rostro, de su cogote, para descubrir si de verdad se interrumpía de golpe en la coronilla.

—*Procul recedant somnia, et noctium phantasmata…* —recitaba la voz del padre prior, más alta que las del resto.

Me parecía temblar ligeramente en la oscuridad mientras la oración iba apagándose poco a poco. El padre prior se puso en pie con esfuerzo y se dirigió hacia el edificio nuevo, mientras todos los demás se levantaban también de los lugares más inesperados para encaminarse en la misma dirección. No veía bien dónde pisaba; las blandas piedrecitas se despertaban sobresaltadas bajo mis zapatos. Me disponía a cruzar la puerta con el resto cuando una mano se apoyó en mi hombro de repente.

Me volví.

—¡Serás tú, mañana por la mañana, quien me asista en la primera misa! —oí que me anunciaba al Gato.

Y esperó a que me diese la vuelta y cruzara la puerta, e incluso a que empezara a subir las escaleras para ir al dormitorio, antes de decidirse a girar todo su cuerpo, cabeza incluida, y cruzar el patio en la oscuridad rumbo al edificio viejo, para pasar allí su primera noche.

Reinaba cierto bullicio en la escalera, costaba subir: se diría que habían cambiado de sitio los peldaños. En el dormitorio, muchos caminaban ya con la toalla al hombro, moviéndose en todas direcciones.

Habían deshecho la cama del Gato, el colchón estaba doblado. De vez en cuando, el otro delegado se asomaba a la puerta pidiendo silencio, a la espera de que nombrasen al nuevo delegado de nuestro dormitorio. En los abrevaderos, muchos se lavaban los pies delante de los ventanales abiertos. En el cielo había abundancia de estrellas, y nada más. Aquella noche no conseguía conciliar el sueño. El tiempo pasaba y yo estaba tumbado bocarriba, con los ojos como platos. Alguien hablaba en voz baja con su vecino, fantaseando. Luego esa voz dejaba de escucharse de repente, pero otro seminarista debía de despertarse en el extremo opuesto del dormitorio, porque de allí empezaba a llegar un ruido amortiguado de dientes machacando el último trozo de turrón, debajo de las mantas. En cuanto me giraba un poco hacia ese lado distinguía la silueta del colchón del Gato, completamente doblado.

Hasta que, al cabo de unos segundos, me pareció ver que las persianas ya estaban subidas. Tenía que haber amanecido ya, porque muchos compañeros abrían y cerraban las mesillas de chapa y se movían entre las camas con sus camisas sin cuello y algún rastro de espuma de afeitar en la barbilla, señal de que incluso habían vuelto de los abrevaderos. La luz aumentaba por momentos al otro lado de los ventanales. Me vestí aprisa debajo de las mantas y saqué las piernas de la cama. Al volver de los abrevaderos, pasé un buen rato dando betún a mis zapatos. Abroché el corchete del alzacuellos y me abotoné la sotana mientras los demás ya abandonaban en silencio el dormitorio y enfilaban las escaleras, mezclándose con los del otro dormitorio, que también salían con la cabeza recién peinada con agua, el cabello aún reluciente.

La iglesia estaba abierta. Me detuve en el umbral, atónito.

—¡Es misa solemne! —dijo el padre prior, que esperaba justo al otro lado de la puerta.

Me costaba reconocer el altar: había una cantidad enorme de velas encendidas en los resplandecientes candelabros festivos, y lirios frescos formando una barrera con sus hojas esmaltadas, como lascas vegetales.

Crucé la iglesia y doblé la esquina del bastidor situado detrás del altar. El Gato ya se había puesto el alba y el amito; esperaba con la espalda pegada a la pared. Había tres sobrepellices almidonadas extendidas sobre un mueble bajo. Me puse una, la oí crepitar ligeramente. Procuré no dirigir la mirada al Gato, y él también parecía evitar mis ojos mientras esperaba a que lo ayudase a vestir los ornamentos. Los otros dos seminaristas acólitos tardaban en llegar. El incensario ya estaba listo y en su interior entreveía la forma incandescente de las brasas. Entonces el Gato apoyó los labios en su estola nueva, reluciente. No sabría decir si estaba recitando las oraciones de la vestimenta, porque su boca se veía cerrada; me daba la sensación de que había empezado a temblar otra vez, levemente. Me acerqué con el cíngulo y se lo pasé alrededor de la cintura, sin levantar la mirada. Tensé los dos extremos para atárselo bien en las caderas. Tiraba y tiraba, pero me parecía que por mucho que lo hiciese no acababa de ceñirse sobre su cuerpo. Tenía que mover las manos sin cesar, casi persiguiéndolo, porque ahora todo él había empezado a balancearse súbitamente. Me costaba sobremanera hacer el primer nudo y afianzar el segundo justo antes de que el Gato empezase a moverse otra vez. También el manípulo era nuevo y flamante; sus flecos dorados me pinchaban un poco en los dedos mientras intentaba anudarlo a su muñeca, que tampoco lograba estarse quieta. La cabeza del Gato quedaba cerquísima de la mía; no sabría decir si me estaba mirando o no. Los otros dos acólitos entraron al mismo tiempo, con unas sobrepellices recién almidonadas que crujían con el aire. La casulla nueva del Gato estaba completamente desplegada sobre el mueble bajo y resplandecía hasta tal punto que no había forma de distinguir su color. Ya estábamos preparados para salir. En la sobrepelliz de uno de los acólitos había aparecido de pronto la mancha rosa del misal. Me giré para coger el incensario. El cuerpo del Gato empezó a temblar con violencia; los dibujos de su casulla se desenfocaban sin cesar. Ya caminábamos en fila hacia la zona abierta de la iglesia, donde en ese mismo momento estalló el canto colectivo.

Oía crujir los ornamentos del Gato y temía que pudieran caer al suelo, desportillados y esparcidos a los pies del altar. Habíamos llegado ya al final del bastidor. El Gato giró hacia los peldaños después de agitar en el aire el aspersorio. Vi las grandes gotas que salían de él atravesar nítidamente la iglesia, cada cual con una trayectoria distinta, como flechas. Ahora el Gato temblaba más si cabe, parecía cimbrearse a los pies del altar mientras empezaba a cantar el introito. A veces su voz se desvanecía y durante unos segundos solo se captaba su contorno. Yo incensaba con una cadencia lenta. Encima del primer reclinatorio había una naveta tan llena de incienso que su tapa no se cerraba bien. Las brasas estaban al rojo vivo, tanto que se habían vuelto transparentes. Mantenía la mirada baja, clavada en las tres capas de manteles superpuestos que se descolgaban del altar, con sus bordados almidonados. Sus pliegues resplandecían levemente merced a las llamitas de las velas, que se agitaban entre las corolas de los lirios, dilatadas, saponificadas. Se colaban entre los pétalos, que parecían retocados aquí y allá, o recortados uno por uno con la cizalla que había en el taller. Uno de los acólitos vertió granos de incienso en el incensario: veía la cucharilla recién abrillantada ir y venir de la naveta; los granos chillaban con fuerza en cuanto rozaban las brasas. La casulla del Gato estaba rígida como una lámina de chapa reluciente, apenas se doblaba con sus movimientos. En ocasiones, cuando se arrodillaba, sus pliegues se volvían aún más cegadores; parecía que iban a partirse y rasgarse de golpe, con estruendo. Sobre los manteles del altar, las cuatro esquinas del corporal almidonado se levantaban poco a poco, como si estuviera a punto de saltar y cerrarse de golpe como un cepo. La voz del Gato aparecía y desaparecía, se dejaba oír con intermitencias justo antes de volver a encerrarse en sí misma. La casulla se desenfocaba completamente sobre su cuerpo, las rodillas parecían resbalar en los peldaños a los pies del altar. Ahora me daba la espalda, tenía el cogote casi delante de mi cabeza.

Levanté los ojos de golpe para mirarlo.

Había un tajo profundo en el centro de la coronilla, que la atravesaba de lado a lado con una costra recién formada, aún roja.

«Al otro delegado se le escaparía la navaja mientras lo afeitaba…», me dije, conteniendo la respiración.

El tajo se ensanchaba en el centro, allí donde la sangre empezaba a oscurecerse. La iglesia se sumió de pronto en el silencio. No me había percatado de que el Gato se había dado la vuelta de repente. Sus manos estaban cogiendo el incensario de las mías, antes de volver a girarse. Inclinó aún más la cabeza mientras incensaba el altar en silencio: ahora podía ver todavía mejor su coronilla, exageradamente grande y despellejada, toda destrozada.

Al cabo de un segundo me di cuenta de que se había girado de nuevo y me estaba pasando el incensario para que yo lo incensara a él. Su cara temblaba claramente al otro lado de la nube de incienso. Yo procuraba no perderlo de vista, lo entreveía un instante y acto seguido volvía a perderlo. Tenía los ojos muy abiertos tras la nube de humo; sus hombros parecían estremecerse de tanto en tanto. Me cuidé mucho de no hacer oscilar el incensario con demasiado énfasis, para no golpearle la cara, pero me parecía que, con cada balanceo, el Gato echaba hacia atrás la cabeza de todos modos. Lo veía mejor cuando más alejado estaba de mí. Su boca se deformaba por momentos, como si se estuviera mordiendo los labios; sus mejillas empezaron a palpitar. El incensario parecía no detenerse nunca, aunque yo llevaba un buen rato sin mover la mano. Daba la impresión, antes bien, de que oscilaba cada vez más, mientras la cabeza del Gato retrocedía y se adelantaba con cada balanceo, y poco a poco se apoderaba de mí la sospecha de que el temblor incontrolable que llevaba unos días aquejándolo no se debía sino al terrible esfuerzo de contener aquella antigua e irreprimible carcajada.

Me arrodillé otra vez a los pies del altar. Uno de los acólitos subió los peldaños y luego los bajó. Entreveía a duras penas la mancha chillona del misal en su sobrepelliz. Ya no estaba mirando al Gato, pero sus manos tenían que temblar con fuerza en el altar, pues escuchaba el tintineo de los pequeños objetos situados sobre los manteles. «La monja negra se habrá pasado toda la noche trabajando, sola en la iglesia, para colocar tal cantidad de ornamentos —me decía, incensando a ciegas—, caminando descalza de un lado a otro del altar, con las plantas mucho más pálidas que el resto del pie. Habrá dejado minúsculas señales en los manteles almidonados.» El Gato pasó una de las enormes hojas cortantes del misal y se giró de golpe para intentar cantar unos segundos, con los labios apretados. Nos dio la espalda de nuevo, y de repente sus hombros se desequilibraron hacia un lado. Sus manos no conseguían estarse quietas sobre los manteles…

Para colocar los candelabros recién abrillantados y la barrera de lirios en las gradas más altas del altar, quizá la monja también hubiera puesto un pie en el sagrario y se hubiera quedado inmóvil ahí arriba durante quién sabe cuánto tiempo. Había arrancado los pétalos que ya se habían marchitado ligeramente, y que caían arrugados sobre los manteles y se deformaban por un instante al golpear los recién pulidos candelabros… Debía de haber bajado del sagrario de un saltito, para luego acuclillarse delante de él con las piernas bien abiertas y sostener entre sus manos las láminas con las hostias recién preparadas. Las había separado una por una con una leve presión de los dedos, siguiendo la línea de puntos. La píxide, no en vano, estaba a rebosar. Había cerrado la portezuela blindada, había bajado y había vuelto a subir descalza al altar… ¿Cómo pudo hacerlo? Quizá dando un buen salto frontal, recogiendo todo lo posible sus larguísimas piernas y aterrizando con los dedos de los pies en los manteles. O quizá había subido ejecutando una especie de tijera, haciendo girar de golpe todo su hábito. O acercaría una silla al altar, prestando atención para que ninguna de sus patas, en vilo al borde del peldaño, perdiese pie. Quizá subió sin zapatos y se sentó unos segundos en el centro del altar, más o menos a la altura de la piedra consagrada con la reliquia, que ahora el Gato se inclinaba para besar con los ojos cerrados. Se movió de puntillas sobre los manteles, comprobó las velas por última vez, volvió a encenderlas una a una procurando que sus llamitas no rozasen los pétalos de los lirios, para que no hiciesen saltar trozos de esmalte. Subió y bajó las gradas donde había colocado los jarrones con flores y las velas, intercambió las llamitas de posición, se arriesgó a poner los pies también en la última grada, conteniendo la respiración por miedo a que todo el altar volcara. Bajó de nuevo de los manteles almidonados, pero un segundo después la inclinación excesiva de una vela la obligó a subir. La enderezó, bajó del altar para observarla, subió para corregir también todas las demás, una a una, porque parecían haberse inclinado y sus llamitas se veían muy torcidas en el altar…

El Gato se había arrodillado de nuevo; uno de los pliegues de su casulla atronadora parecía siempre a punto de quebrarse. El incensario oscilaba por su cuenta sin emitir ruido alguno, haciendo rotar mecánicamente mi muñeca sobre sí misma; sus cadenillas parecían de goma. Ahora, en la iglesia debían de estar cantando todos a la vez, porque ya no había forma de oír nada. El Gato estaba completamente inclinado sobre el altar. Por el momento, su temblor se había calmado, pero veía vibrar con más fuerza los tendones de su cuello, cuyas ondas acababan perdiéndose en la vasta extensión despellejada de la coronilla. Se giró hacia uno de los lados del altar, con el cáliz a media altura. Por los cristales de las ventanas recién limpiadas con papel de periódico entraba mucha luz, radiografiando el vino e incluso el agua de las vinajeras. El Gato había bajado el cáliz aún más, mientras el acólito empezaba a verter el vino en él. Un segundo después sus manos volvieron a temblar con tal violencia que se oía golpear el cáliz contra el pico de cristal de la vinajera. También el vino caía inclinado, primero hacia un lado, luego hacia el otro. Yo temía ver caer, mezcladas con el líquido, las esquirlas de cristal del pico.

Contuve el aliento, me daba la sensación de que el Gato ya no era capaz de resistir. Apretó los dientes, sus hombros volvieron a estremecerse, su cabeza se fue inclinando más y más hacia un lado. El temblor cesaba y se reanudaba una y otra vez, más y más incontrolable a cada momento, incluso después de que el Gato se hubiera girado de nuevo hacia los manteles almidonados del altar. No quedaba claro qué hacía: estaba casi apoyado sobre los codos, los pliegues de su casulla crujían con fragor y me parecía que la antigua carcajada estaba a punto de estallar otra vez, aún más incontrolada, en medio de la iglesia. Lo mismo ocurrió mientras partía y se tragaba la enorme hostia... Yo temía que el castañeteo de sus dientes la quebrase, que algún fragmento consagrado saliera volando de repente, y entonces disponer solo de una fracción de segundo para dejar el incensario con las debidas precauciones —para que las brasas no cayeran sobre las alfombras—, agarrar la patena apoyada en el primer reclinatorio y cazarlo al vuelo, un infinitesimal instante antes de que cayera sacrílegamente al suelo. Incluso mientras trazaba pequeñas señales de la cruz sobre su cuerpo, mientras hacía palpitar las mejillas para estimular la salivación o mientras bebía en el cáliz con la cabeza inclinada hacia atrás, sus hombros volvían a estremecerse sin control: me parecía que estaba siempre a punto de estallar en una estruendosa carcajada que le mancharía el amito y salpicaría de vino los manteles. Tenía que estar preparado para subir corriendo los peldaños del altar, acercarme a toda prisa por su espalda y darle un buen golpe para que no se asfixiara.

La misa ya tocaba a su fin. La casulla del Gato parecía borrada por la luz que entraba por los ventanales y se expandía por la iglesia. Me pareció oír de nuevo el canto colectivo mientras el temblor que sacudía al Gato disminuía e incluso se aplacaba unos segundos. Abrí la boca de par en par, intentando respirar. El altar se volvió transparente por momentos, la barrera de lirios y las llamitas casi desaparecieron. En la coronilla del Gato, también el navajazo era cada vez más cristalino: a través del tajo me pareció distinguir los huesos de su cráneo. Los temblores que lo zarandeaban siguieron espaciándose, pero aún oía el tenue crujido de sus ornamentos, que se desenfocaron de golpe cuando se inclinó para besar por última vez la piedra consagrada en el centro del altar.

—*Ite, missa est!* —dijo al fin.

La iglesia empezó a vaciarse. También nosotros nos pusimos en marcha y enfilamos el bastidor. Nuestras sobrepellices volvieron a crujir mientras nos las quitábamos en la sacristía: las demás cabezas desaparecieron por unos segundos mientras levantaba bien alto el borde de mi sobrepelliz con ambas manos y sentía sus pliegues ligeramente quebrados pasarme por la cara, escurrírseme por la frente. El Gato estaba agarrado al mueble, casi apoyado en él, y miraba a su alrededor con una expresión de asombro absoluto.

El patio estaba lleno de luz.

El padre prior abrazó al Gato en el refectorio.

—Tengo que anunciaros algo —dijo con una sonrisa, mirando a las mesas repentinamente silenciosas—: estamos a punto de despedirnos de él —continuó, aún abrazado al Gato—. Va a dejarnos por un tiempo, estará en otro centro… —Se interrumpió un instante—. Pero acabará volviendo con nosotros para sustituir al padre vicario, que será trasladado a otro lugar.

Todos los ventanales estaban abiertos, con las persianas un poco bajadas. Había rejillas de luz por doquier.

Después apareció en el patio el mismo coche flamante de la ocasión anterior, con su chófer. El Gato se agachó para subir.

Evitó mirar en mi dirección, mientras todo el mundo se amontonaba en las ventanillas. La luz se reflejaba en sus cristales, en aquella estación que no daba muestras de ir a acabar jamás.

El padre prior ya había abierto la verja de par en par. La cabeza del Gato empezó a temblar de golpe al otro lado de la ventanilla.

Yo contenía el aliento y me limitaba a mirar su mano, que no dejaba de peinar el ala redonda del sombrero mientras el coche ya se ponía en marcha para enfilar la salida.

17

«¿Será esto la Gracia?»

El padre prior volvió a despedirse de mí con un gesto de la mano mientras cerraba la verja a mi espalda.

Enfilé la pendiente escarpada. Al fondo se veían los tramos de curvas cerradas, en vilo sobre la ciudad. Caminaba con la punta de los pies mirando hacia dentro, para no acelerarme demasiado por la inclinación del terreno, mientras ajustaba las correas de la pequeña mochila que llevaba al hombro.

Recorrí las laderas del valle, siguiendo caminos que se transformaban de repente en largas escaleras que pasaban pegadas a las granjas y las villas, casi atravesándolas. Caminaba unos metros por encima de las grandes lonas de celofán que cubrían los huertos. La luz se refractaba en ellas y me permitía distinguir la nervadura de los destellos, donde el papel se arrugaba en mil pliegues. Al fondo de la llanura se extendían campos de colza tan coloridos que era imposible mirarlos sin que doliesen los ojos. Acababa de amanecer, pero ya estaba sudando un poco. Me desabroché el alzacuellos y me lo metí, completamente desplegado, en el bolsillo doble de la sotana. En las tapias había pequeños arcos de piedra por los que asomaba de repente el fondo del valle, mientras bajaba una escalera tras otra casi sin respirar, sintiendo los suaves peldaños bajo mis pies. Algún perro ladraba a lo lejos, el techo de un invernadero se revelaba de pronto varios metros por debajo, transparente. La cabeza de un hombre se asomaba y se quedaba mirándome bajo esa luz intensa mientras pasaba.

Ya casi había llegado al otro lado del valle, cerquísima del campo de tiro al plato, pues pisaba una tierra más polvorienta y rojiza y veía casquillos de cartuchos y fragmentos de platos clavados por todas partes en el suelo, que ahora ascendía de nuevo. El camino murió para dejar paso a un sendero que serpenteaba entre los bosques. Aún se adivinaba la silueta del seminario, a lo lejos, gracias a las copas de los tilos que despuntaban en lo alto de una colina, ya al otro lado del valle.

Atravesé el campo desierto de tiro al plato y pasé bajo sus ondulados techados de chapa. Había platos no alcanzados e intactos, semihundidos en el suelo. A medida que el sendero ascendía, el bosque se iba espesando; de repente, pequeños insectos se elevaban deslumbrados de los setos al oírme pasar. De vez en cuando se abrían pequeños claros, atravesados por las enormes redes desplegadas en el cielo para la captura de aves. El bosque se aclaró de nuevo, el sendero se fue ensanchando y el terreno se volvió paulatinamente más llano; ya se vislumbraban a lo lejos grupos de casas desperdigadas, pequeños setos polvorientos. El sol se encontraba ahora en un punto muy alto del cielo. El seminario ya no se veía. Me sequé el sudor con el pañuelo y busqué con la mirada un sitio para sentarme a almorzar.

A poca distancia se alzaba una enorme torre de alta tensión. Me encaramé a su alto zócalo de cemento. Miraba a mi alrededor mientras masticaba una pequeña hogaza de pan y un poco de chocolate; también mientras echaba hacia atrás la cabeza para beber a morro el agua cortada con un poquito de vino. La luz, que hacía centellear el líquido, crepitaba alrededor de la enorme torre —cuyos laterales estaban repletos de travesaños inclinados— y se abría por todas partes como una papilla.

Cerré lentamente la mochila y, sentado en el gran cubo de cemento, busqué un punto de apoyo para la espalda. Había luz y solo luz a mi alrededor. Mantenía abierta una rendija finísima de los párpados para seguir viendo algo: las briznas de hierba, las piedras. Poco a poco se volvía imposible mirarlas. Las costillas de acero de la torre de alta tensión cruzaban mi espalda en diagonal, ardientes por el sol. Decidí levantarme, puse el pie en uno de los travesaños y empecé a subir. La llanura estaba inmóvil bajo mis pies, desierta; la luz corría a lo largo del horizonte. Solo veía las líneas torcidas de los travesaños que se unían, formando ángulos, con las líneas de las costillas laterales de la torre, más gruesas. Ascendía apoyando con sumo cuidado la suela de los zapatos en aquellos singulares travesaños, para no resbalarme hacia atrás. Había que subirlos uno a uno, agarrándose con las dos manos al siguiente, y había que subirlos siempre desde dentro de la torre, con la espalda mirando al suelo. No se oía el más mínimo ruido a mi alrededor. Los travesaños se acortaban a medida que ascendía más y más, y a veces procuraba recogerme la sotana con una mano para que no se enredase en las esquinas, cuando me giraba para poner el pie en el siguiente. Me agarraba por un instante a una de las costillas laterales de la torre y veía desplazarse la línea del horizonte, cada vez con una inclinación distinta.

Al llegar a la reja de hierro que protegía la parte superior de la torre de alta tensión me volví para mirar: el suelo se extendía inclinado en todas direcciones, los cables aislados con goma formaban largos meandros cargados de corriente que atravesaban el espacio. Distinguía a duras penas la siguiente torre, que se recortaba sobre la línea curvada de la Tierra. El valle en su conjunto parecía haberse desvanecido, como si toda la luz se hubiera colocado de repente a contraluz.

Empecé a descender lentamente, sin mirar al suelo, agarrado en todo momento a las costillas de acero de la torre de alta tensión, mientras desde abajo me llegaba de tanto en tanto el brillo diseminado de los invernaderos. La línea del horizonte era cada vez más recta, y el cubo de cemento se hacía más y más grande. Bajé al suelo de un salto y reanudé la marcha por los caminos repletos de setos polvorientos. Atravesé uno tras otro pueblos minúsculos que se sucedían. Alguien se asomaba a una ventana, intrigado, y me veía pasar sobre la curvatura apenas perceptible de la Tierra, con la sotana un poco manchada de polvo y la mochila al hombro. A aquella hora no había casi nadie por las calles; del interior de las casas llegaba el ruido de los platos y los cubiertos. Crucé otro pueblo, y luego otro más. A veces me hacía a un lado cuando un coche solitario aparecía de repente en el camino, envuelto en una nube de talco. Me había puesto otra vez el alzacuellos, ya se divisaba en algunos tramos el campanario lejano del convento, el tejado de la pequeña iglesia con sus tejas borradas por la luz. Aparecía, desaparecía y, con cada giro inesperado del camino, volvía a aparecer, cada vez más invisible y, sin embargo, evidente. Ya casi no respiraba y apenas sentía las piedrecitas de goma aplastadas bajo las suelas de mis zapatos. Alguna que otra lagartija huía por las tapias. El convento estaba ahora muy cerca, ya había enfilado el sendero que empezaba a ascender y vislumbraba a duras penas sus vidrieras con figuras casi del todo difuminadas por el polvo.

Di un último paso, me acerqué a la campanilla.

—¡Bienvenido! ¡Te estaba esperando! —exclamó el padre celestino, apareciendo a los pocos segundos en el vano de la puerta.

La espalda y los hombros de su sotana celeste brillaban mientras lo seguía por el interior del claustro. También el pequeño pozo y las columnas parecían hechas de goma, y el polvo parecía polvo de goma.

—¡Por aquí! —dijo con una sonrisa el padre celestino, abriendo la puertecita de una celda.

Había pequeños objetos en una cómoda: un crucifijo, una figurita barométrica y un cuenco.

Me incliné lentamente en el reclinatorio. El padre celestino besó la estola con los ojos cerrados y se la colocó en silencio sobre los hombros, sentado en el borde de un pequeño catre de metal.

De vez en cuando lo observaba en silencio; su cabeza peinada con mimo reflejaba un atisbo de luz a la altura de una sien. Ninguno de los dos hablaba. Del exterior solo llegaba algún sonido levísimo. El tiempo pasaba, pero la cortina corrida del ventanuco aún retenía mucha luz, como papel secante. El padre celestino seguía guardando silencio, sentado con semblante absorto en el borde de la pequeña cama. A veces sonreía, levantando los ojos para mirarme.

Aunque el día empezaba a declinar en la celda, la cortina estaba aún más empapada de luz. Le lanzaba una mirada de vez en cuando, girando la cabeza. El reflejo había rotado un poco en la sien del padre celestino, que seguía observándome en absoluto silencio desde el catre.

—¡Ven! —dijo de pronto.

Se levantó de la cama y se dirigió a la puerta sin quitarse la estola.

Estábamos otra vez en el claustro, caminando en silencio; apenas se veía la luz entre sus columnas.

«¡Cuánto tiempo ha pasado!», pensé de repente al darme cuenta. «Ya está anocheciendo...»

El padre celestino iba unos pasos por delante de mí. Yo veía desde atrás su sotana, doblando nuevas esquinas del claustro, y la blancura del fajín anudado alrededor de su cadera, de un tejido distinto, repleto de pequeñas venas resplandecientes.

«Se le ha olvidado quitarse la estola», me dije sin dejar de seguirlo, doblando una esquina que conducía a otra zona del convento.

Cruzamos un patio en pendiente y llegamos a una puertecita lateral que conducía a la iglesia.

Me detuve a observarla mientras el padre celestino ya empezaba a subir una pequeña escalera a tramos, situada a pocos metros del altar. Había una lata de cera abierta en uno de los reclinatorios que, no en vano, brillaba con la poca luz que entraba por las vidrieras polvorientas. Vi la sotana del padre celestino desaparecer unos segundos detrás de un tramo de escalera y aparecer acto seguido doblando otra de sus esquinas de madera redondeada, como la de un tonel. Casi había llegado arriba, y desapareció detrás de una pared de tubos relucientes, excesivamente grandes para lo pequeña que era iglesia.

Me llamó con un gesto, asomando la cabeza.

Yo también enfilé la escalera, que aparecía y se ocultaba sin cesar. Pasaba sobre la nave de la iglesia y luego parecía descender por debajo del nivel del suelo. Entraba directamente en el púlpito y al instante salía por el otro lado. Pasaba rozando la vidriera, y puede que algún transeúnte intuyera mi presencia desde fuera, desde el camino, si en ese mismo momento levantara la mirada hacia la iglesia al pasar por delante de ella con los ojos entrecerrados por el cansancio, por el sueño, y hubiera fantaseado con distinguir una imagen en movimiento entre las representadas en la vidriera blanca, casi borrada por el polvo.

—¡Súbete al fuelle! —me ordenó con una sonrisa el padre celestino cuando me vio aparecer dentro del gran órgano.

Estaba sentado en un minúsculo espacio circular, como en el interior de un huevo repleto de teclados.

Extendí una mano hacia el fuelle, intenté levantarlo y bajarlo. El padre celestino se recolocó la estola sobre los hombros, puso los dos pies en la pedalera de madera, desactivó algunos registros y activó otros, arqueó un segundo la espalda, estiró los dedos sobre dos teclados diferentes y, de repente, se quedó inmóvil.

Al cabo de un instante la pequeña iglesia empezó a vibrar.

Yo solo podía mirar el fuelle. Sus costillas subían y bajaban, apenas alcanzaba a escuchar el sonido tenue de su pequeña osamenta de madera entrechocando con suavidad en el gran saco de cuero lleno de aire. La balaustrada del órgano se había tornado de repente invisible, vibrante. La sotana del padre celestino se extendía como una mancha de aceite sobre la barrera reluciente de los tubos, mientras la pequeña nave de la iglesia se deformaba nítidamente con el fragor. Distinguía a duras penas al padre celestino, que a veces se giraba hacia mí sin dejar de tocar, sin molestarse en mirar las teclas ni la partitura. Sus dedos llegaban a teclados nuevos, que fundía y conectaba entre sí; cambiaba los registros de mil maneras distintas, sin dejar de mover rápidamente los pies sobre la pedalera de madera. A veces la música parecía cesar de repente, pero un tubo solitario seguía vibrando entre los demás. El aire se desgarraba de lado a lado, se despegaba, se volvía irrespirable.

Aunque ya no levantaba los ojos de las costillas del fuelle, intuía la barrera desenfocada de los tubos. Apenas lograba distinguirlos detrás del velo creciente de las lágrimas que ascendían desde un lugar infinitamente secreto de mi cuerpo; parecía que estaban recién lavados y que aún goteaba agua de ellos.

Ahora el padre celestino se había girado del todo hacia mí y me miraba con una sonrisa desenfocada, presa de la excitación. Una de sus manos se levantó de pronto con gesto absolutorio, mientras la otra siguió volando sobre los teclados.

Había llegado el viento del otoño, trayendo consigo pequeños objetos que no reconocía ni aunque me acuclillara para mirarlos de cerca mientras rodaban por el patio. Subían de la ciudad o de la otra parte del valle, arrancados de las manos de los transeúntes o absorbidos a través de las ventanas o de los invernaderos. A veces, al mirar por los ventanales de los abrevaderos distinguía un puntito casi invisible que se movía muy por encima de las colinas. Menguaba poco a poco o, al contrario, aumentaba de pronto de tamaño en la oscuridad, según dónde lo llevara el viento. Dejaba el cepillo de dientes en el borde del abrevadero y me acercaba todavía más al cristal, haciéndome sombra con la mano en la frente para ver mejor: el puntito se dilataba, y reconocía de pronto la forma estilizada del planeador, con su piloto inmóvil aún a los mandos.

El planeador desapareció de nuevo, hasta que reapareció inesperadamente con el cambio de estación. Me pasaba el rato mirándolo desde los ventanales de la enorme sala, en plena noche, y lo veía encabritarse de repente. Luego su silueta alada descendía en picado, y acto seguido volvía a elevarse en vertical. La cabeza de su piloto se lanzaba hacia delante en los picados y se inclinaba hacia atrás en los repentinos encabritamientos, rumbo al firmamento. Distinguía sus ojillos muy abiertos, brillantes. Se diría que iba canturreando por la emoción, con el bigote completamente blanco por la escarcha de aquellas noches gélidas de invierno, mientras el planeador descendía inclinado y se quedaba inmóvil por un instante, casi pegado al cristal, como una calcomanía.

Luego el viento cambiaba. Lo veía alejarse y menguar hasta tal punto que en cuestión de segundos la forma de sus largas alas desaparecía, como desaparecían también su piloto y la pequeña carlinga y el espacio por el que se desplazaba y el propio viento que transportaba sus cimientos quién sabe dónde…

Los ornamentos cambiaban de color sin cesar, pues ahora el tiempo volvía a correr de modo vertiginoso. Levantaba los ojos y veía brillar una mancha de color distinta en el altar, mientras la anterior aún no había acabado de disolverse en mi retina. En los días de asueto en que las lluvias hacían impracticables el patio y los senderos, la pelota de pimpón pasaba tardes enteras bloqueada en el centro de la mesa de la enorme sala de juegos. Veía las caras, tanto las de los recién llegados como las de quienes estaban a punto de marcharse, cada vez más borrosas. Algunos patinaban como si nada sobre la capa de nieve, en el fondo de la piscina.

Había vuelto la ropa interior gruesa. Al sacarla de la bolsita, antes de ponérmela debajo de las mantas, distinguí un pequeño zurcido en la tela. Tenían que haber cambiado también un elástico, porque seguía doblada de una manera diferente. Luego la nieve empezó a congelarse en los techos de las colmenas; ya no se oía el menor ruido en su interior, ni siquiera cuando pegabas la oreja a ella. Había vuelto a vislumbrar en varias ocasiones aquella mano negra y reluciente en el interior del carrusel. El otro delegado había sustituido al Gato en la sala de estudio, y en nuestro dormitorio habían nombrado a un nuevo delegado. De vez en cuando cerraba los ojos y se reía, sentado en su nueva cama, un poco apartada del resto. El color de los ornamentos volvió a cambiar, la primavera debía de estar de nuevo a las puertas, pues había regresado la ropa interior ligera al dormitorio, y también el vicario salía más a menudo con el escúter.

La luz se elevaba irresistiblemente al otro lado de la balaustrada de mármol, cuyas delgadas columnas distinguía una por una. A medida que las tardes se alargaban, el aire era cada vez más tibio y se llenaba de cositas minúsculas, recién nacidas y aún transparentes. También flotaban en él finísimas agujas de pelo, que se elevaban desde el suelo de la sala grande, abierta de par en par, los días en que nos rapaban. Las colinas se cubrían de un verde distinto, punzante; los disparos dejaban sus señales en el cielo, casi invisibles, como la astilla de un diamante sobre el cristal. Los setos se abrían, los oíamos crujir al atardecer. «Oh, Señor —me decía, paseando en silencio a la sombra de los tilos—, no me libres nunca de nada, ¡para poder vivir al margen de cualquier liberación!» Empezaba a caer la noche, con sus estrellas. De los bancos aún llegaban algunas voces, pero ya no se distinguían las manchas de las sotanas. Con la espalda apoyada en la balaustrada, el padre prior empezaba a dar palmadas mientras la Tierra seguía girando, más suave y silenciosa cada vez, por el espacio.

La luz seguía cambiando y en su interior deambulaban ahora pequeños enjambres increíblemente aromáticos, aunque no salían de los setos. A veces pasaban rozándome la cara mientras corría por el patio con los ojos entrecerrados. Subían desde el pequeño terraplén, se desplegaban en forma de abanico y al cabo de unos segundos, tal como habían llegado, volvían a desaparecer. Se colaban en la iglesia por las ventanas abiertas de par en par, durante la meditación, entraban en los dormitorios durante la siesta de primera hora de la tarde, en esos días sin contornos de principios de verano. Pasaban a través de las rendijas de las persianas, se esparcían por el dormitorio con el mero movimiento de una sábana recién lavada y aún crujiente. Notaba que la mente se me nublaba un poco, que me vencía el sueño. Pero a veces podía abrir los ojos sin por ello despertarme del todo. El dormitorio entero se veía a la perfección bajo aquel resplandor pálido, como de horno; las sábanas parecían fosforescentes. El seminarista sordomudo giraba por última vez la cabeza en su almohada. Creía ver en la costra blanda de su pelo un sinfín de celdillas hexagonales perfectas, cada cual con su gota de miel recién destilada, y a las abejas posándose tranquilamente encima del panal.

«¿Será esto la Gracia?», me preguntaba.

Muchos compañeros ya se estaban refrescando en los abrevaderos. Cuando abría el grifo, el agua empezaba a manar de las profundidades aromáticas de la tierra y se desbordaba un poco de mis manos, mientras acercaba la cara hacia ella. Abría por última vez la mesilla de chapa, me guardaba el cortaplumas en el bolsillo doble de la sotana. Durante los cantos de mayo, por las tardes, la tibieza del aire contribuía a la expansión de los sonidos, de las voces. La luz declinaba, el valle desaparecía poco a poco, la ciudad parecía borrada por sus propias luces. Debajo de los tilos ya ni siquiera se distinguían las manchas arrodilladas de las sotanas.

—*Te lucis ante terminum*... —cantaba una voz mucho más alta que el resto.

Tampoco se distinguían ya las bocas, ni los contornos de los hombros y de las caras en el aire cargado de voces y de aromas. El ocaso se dilataba mientras la Tierra seguía girando. Desde su curvatura se elevaban las voces, cada vez más desplegadas, ascendiendo desenmarañadas hacia el espacio, donde nada se pierde.

Íbamos caminando de lado hacia un extremo del patio, a plena luz del sol. Su brazo me apretaba con fuerza la cabeza contra su pecho.

—Tú conoces las Escrituras... *Eris sacerdos in aeternum!* —me susurró el padre prior.

Notaba sus labios en el pelo rapado de mi nuca, mientras las sombras de los tilos pasaban a oleadas sobre el suelo. Solo veía mis zapatillas de deporte, que destacaban bajo la luz, fosforescentes.

Se detuvo de repente, clavó los ojos en mí un segundo y siguió caminando en dirección a la balaustrada de mármol. Parecía incapaz de hablar.

La luz seguía elevándose. Nos detuvimos de nuevo. Apoyados en la balaustrada de mármol, absolutamente desenfocada, casi borrada, lo oí preguntarme:

—¿Estás seguro de haber sentido la llamada?

—¡Sí, sí, padre! —sollocé.

Segunda parte

ESCENA DE LA HISTORIA

I

En la frontera

—¿No podemos ir un poco más rápido?

—¿Por qué?

—¡Nos están persiguiendo!

La carretera ascendía entre los bosques trazando curvas cerradas, donde los faros del coche evocaban pequeños precipicios.

—Serán los de aduanas…

—¡No, no son de aduanas!

El motor rugió con más fuerza. El interior del coche vibraba, los dos haces de luz se habían alargado de repente sobre el asfalto.

—Creo que los he despistado.

Una sucesión de faros apareció de pronto por el carril contrario, doblando una curva. El parabrisas se iluminó de golpe.

—Estamos atravesando territorios ricos, inexplorados… —murmuró la segunda voz, más relajada, al cabo de unos segundos.

—¿Estamos aún lejos de la frontera?

—¡Basta que nos equivoquemos en una curva y ya estaremos al otro lado!

El coche enfiló una breve y empinada cuesta abajo y quedó como suspendido un momento, justo después del cambio de rasante.

—A lo mejor no nos estaban persiguiendo…

El coche había disminuido de velocidad. Ya no se oía su fragor lejano en las curvas cerradas. Algunas casas se apagaban de golpe, algunas lucecitas se encendían aquí y allá en las crestas de las montañas.

El hombre que iba al volante reajustó el espejo retrovisor. Inclinó ligeramente la cabeza y se quedó inmóvil.

—¡Siguen detrás de nosotros!

—¡Acelera! ¡Tenemos que despistarlos!

—¡Voy a intentar atajar por la curtiduría!

La luz de los faros se alargó de repente, iluminando la barrera del quitamiedos, retorcida y hundida en las curvas.

—¡Vale, ya estamos!

El coche se salió bruscamente de la carretera. Desde no muy lejos llegaba el chirrido rabioso del coche perseguidor, que maniobraba para enfilar también la pequeña travesía.

Ahora reinaba el silencio en el coche, que dejaba atrás a toda velocidad minúsculas casas dormidas a izquierda y derecha. El rugido del motor parecía llegar de lejos. El hombre en el asiento del copiloto se llevó un pañuelo a la cara, mientras por una de las ventanillas pasaba la pared medio desmoronada de la curtiduría.

—¡Ahí están otra vez! Los tenemos detrás.

El espejo retrovisor se había incendiado de repente, ya no se podía mirar por él.

—¡Nos han dado las largas!

Surgieron varios bloques de pisos nuevos, completamente oscuros, en una explanada de tierra un poco elevada, a un lado de la carretera. El único bar a la vista parecía llevar tiempo cerrado; el letrero también estaba apagado.

La carretera se estrechaba de nuevo, ya ni siquiera se veían casas.

—¡Los tenemos cada vez más cerca! ¿Qué hacemos?

—¡Para aquí!

El hombre que conducía se volvió para mirar a su copiloto y agarró con más fuerza el volante, conteniendo la respiración.

—¿Que pare?

—¿Por qué no?

El coche empezó a frenar, la luz de los faros se acortó sobre el asfalto. El hombre que iba al volante se protegió los ojos con la mano, porque el espejo retrovisor deslumbraba. También el coche perseguidor se detuvo en silencio en el arcén, con los faros encendidos.

—¿Qué quieres hacer?

—¡Voy a salir! ¡Voy a plantarles cara!

El copiloto abrió su puerta y se acercó con paso apático al otro coche, que ahora tenía las dos puertas traseras abiertas, subidas como dos alas de metal plegadas. El hombre se apoyó en los faros del coche perseguidor. La humedad de la noche se deslizaba a contraluz por su espalda, como polvo de vidrio. Su cabeza precozmente calva parecía aterciopelada.

No hacía nada, se limitaba a sujetar bien alto una metralleta recién engrasada, como si quisiera enseñársela a alguien que estuviera observándolo desde otro lugar, desde lejos.

El motor del coche perseguidor subió de revoluciones de repente. Sus ruedas chirriaban con fuerza y las puertas traseras daban golpes sin llegar a cerrarse del todo. Se abrían y se cerraban mientras el coche derrapaba, gravitando a un lado y a otro. En el frenesí de la huida, se veían dos bracitos nerviosos que se estiraban y se encogían como muelles, intentando cerrarlas desde dentro.

El hombre calvo sonrió casi con ternura en la noche. Se quedó unos segundos más observando las luces del coche que huía, bajó el arma y dio media vuelta para regresar a su vehículo.

—¿Estás despierto? —preguntó el hombre que conducía, volviéndose hacia mí.

Me incorporé en el asiento de atrás.

—Sí, aquí estoy.

—¡No te oía!

—Me habré dormido.

El motor giraba con suavidad, parecía que no iba a detenerse nunca.

—¿Ves? Todo esto que estamos atravesando será tu zona de ahora en adelante… —dijo el hombre girando otra vez la cabeza para mirarme.

Sentado a su derecha, el hombre calvo observaba en silencio la carretera sin abrir la boca. De su cabeza emanaba un resplandor opalescente en el habitáculo oscuro, silencioso. Se iluminaba unos segundos con las luces largas de algún coche que llegaba desde atrás y que nos adelantaba, para luego seguir desprendiendo un poco de su luz en la oscuridad.

—¡Hemos aplastado algo! —dijo de repente.

En efecto, se había oído un ruido de algo que cedía bajo las ruedas, que se hundía.

—Habrá sido un animal…

—Voy a ver.

El coche empezó a aminorar la marcha y el hombre calvo bajó. Se oían sus pasos livianos alejarse en dirección opuesta, donde el asfalto desaparecía en la oscuridad.

—¡Vas a tener tabaco para rato! —exclamó poco después apareciendo por el vano de la puerta abierta.

Sus brazos estaban cargados de cartones de cigarrillos que las ruedas de los coches habían aplastado por varios sitios.

—Los contrabandistas los tiran por la ventanilla cuando creen que los persiguen…

El coche se apartó del arcén. El hombre calvo empezó a rasgar el envoltorio de un cartón, y luego la película transparente de una cajetilla. Se rio para sus adentros cuando sacó el primer cigarrillo triturado, zigzagueante, y se volvió para colocármelo con fingido respeto entre los labios.

—¡Todos tuyos! —dijo, volcando la brazada de cartones en el asiento trasero.

Girado hacia mí, buscó con su mechero el final de mi cigarrillo. Este zigzagueaba tanto que, en cuanto lo movía un ápice entre los labios, iba a parar al extremo opuesto del coche, que seguía trazando curvas cerradas como si nada.

—¿Falta mucho? —le preguntó el hombre calvo al conductor, mirando de nuevo al frente.

—Casi hemos llegado.

La punta del cigarrillo estaba medio quemada. Veía la pequeña brasa moverse en diagonal dentro del coche, frenar de golpe al llegar a una curva inesperada del cigarrillo y transformarse por un instante en pura llama en los tramos más lentos, más vacíos de tabaco.

El coche dobló una curva imprevista y de pronto apareció ante nosotros un pueblecito.

Las callejuelas estaban vacías, dormidas. Salimos del coche y cerramos las puertas sin hacer ruido. Había un ventanuco aún encendido en la primera planta de un patio interior.

El hombre calvo se adelantó unos pasos, dirigiéndose hacia una estrecha escalera de techo abovedado. Pero, antes de subir el primer peldaño, se detuvo un instante interminable para esperarnos.

—¡Vale, ya estamos! —me pareció oírlo decir de repente con un suspiro.

Se veía un hilo de luz recorrer la silueta de una puerta cerrada, en la primera planta.

—¡Llevo mucho tiempo esperando! —dijo el hombre que vino a abrirnos.

Tenía el pelo casi completamente rapado y decolorado.

El hombre calvo se desabrochó con calma la cazadora, la colgó en el respaldo de una silla y se giró hacia mí.

—¿Quién es el de las gafas? —le preguntó el hombre rapado.

El hombre calvo se me acercó y me echó bruscamente un brazo por encima del hombro.

—¡Ha cambiado todo! ¡De ahora en adelante él será tu nuevo contacto con el Centro!

2

El hombre calvo

—¿Es verdad que estabas a punto de hacerte cura? —me preguntó de repente el hombre calvo sin quitar los ojos de la carretera.

Me volví para mirarlo, pero me dio la sensación de que apartaba la cara, como si quisiera impedirme que la viese.

Apretó los labios.

—Pues son precisamente las personas como tú —continuó, cambiando de tema—, las más incompatibles en apariencia con la propia idea de progreso, las que, en cuanto se ponen a pensar en serio en el desarrollo, a soñar con el desarrollo…, y si al mismo tiempo consiguen evitar que estallen sus fragilísimas paredes…

El asiento en el que íbamos sentados, ya vaciado, estaba tan bajo que nuestros ojos apenas llegaban al parabrisas.

—¿Ves aquellas lucecitas aún encendidas aquí y allá en las crestas de las montañas? —lo oí decir con un suspiro al cabo de un rato—. Se apagan, se encienden, las vemos solo un instante mientras tomamos estas curvas cerradas a toda velocidad…

Dejó de hablar de golpe. Me pareció vislumbrar un rastro de baba al borde de sus labios, a la luz de los faros que nos cruzábamos de vez en cuando por la carretera.

Y, sin embargo, me daba la sensación de que se escondía detrás de mí después de tocar a determinadas puertas. Su cara mudaba de color cuando los pueblos fronterizos se animaban de pronto a ambos lados de la carretera principal, en los pocos instantes que precedían a la cena y a la noche. En verano, los surcábamos con las ventanillas bajadas antes de descender curva tras curva hacia el lago. El agua aún retenía un poco de la luz del día que acababa. La observábamos desde el coche con la cabeza girada, absortos.

—¿Qué son aquellos leves destellos en medio del lago? —le pregunté.

—Son cisnes.

Volvíamos a subir, rumbo a alguna pequeña pedanía que a veces estaba allí y a veces desaparecía. Surgían de repente al lado de la cuneta, y seguro que habríamos encontrado otras en las capas más altas de la atmósfera si las carreteras llegasen hasta allí.

—Conduce tú un rato, estoy cansado —me dijo.

Lo miré con el rabillo del ojo cuando me senté al volante; lo veía acomodarse en el asiento del copiloto, buscando durante un buen rato la mejor forma de colocar las manos. Los pliegues de su ropa se fueron estabilizando poco a poco, pero me daba la sensación de que mantenía los codos en una posición suspendida, antinatural.

—Ahora ya conoces casi por completo la red —continuó, intentando cambiar las manos de sitio—. Has de tener presente cada casa aislada, cada pedanía de cada pueblo, cada curva; todos esos locales cargados de humo donde cada cual habla un idioma o un dialecto diferente, y que se quedan encendidos hasta altas horas de la noche; esos bloques de pisos aislados con una lucecita solitaria que aún brilla, solo para ti, en las crestas de las montañas. Tienes que percibir cómo se conectan en esta red que se segmenta y se cruza sin cesar, que se dilata…

Me pareció verlo ponerse colorado de repente, por el esfuerzo que hacía al mover la cabeza.

—¿No lo sientes? Es como si nada pudiera oponernos resistencia. Cuando bajamos en silencio del coche y nos metemos en una casita en plena noche, por ejemplo... Después ponemos rumbo a pueblos nuevos, que parecen inventados a toda prisa un segundo antes, solo para permitirnos llegar a ellos. Recorremos un rato sus calles, solo tenemos que estirar un brazo para pasar al otro lado del aire, sin más...

Sus palabras se volvían cada vez más ininteligibles a medida que hablaba, como si la lengua se le estuviera durmiendo poco a poco en la boca. Tras tomar una curva cerrada, en lo más alto de la montaña, vimos aparecer de nuevo un fragmento de lago. El agua llegaba hasta unas villas cuyos últimos peldaños estaban cubiertos de algas verdes. Más allá la carretera seguía serpenteando. De pronto se nos cortó la respiración, pues el lateral del coche rozó durante unos segundos una tapia en curva. La puerta se arrugó de golpe, como un labio, y tuvimos que atarla al resto del coche con cordel.

—¡¿Se puede saber qué te pasa?! ¡Ten más cuidado! —lo oí gritar a mi lado.

—¡Se me ha nublado la vista!

Aunque «nublarse» tampoco era la palabra. Seguía viendo a las mil maravillas, pero al mismo tiempo había dejado de ver por completo. Mi corazón fue sosegándose poco a poco. Veía hasta el más mínimo detalle de cada piedra de la tapia encandilada, de cada minúscula brizna de hierba polvorienta, mientras descendíamos en silencio hacia la autovía.

Sin embargo, poco después, la barrera de un paso a nivel me embelesó de nuevo, ya a plena luz del día, al final de una recta. La veía justo delante del morro del coche, aún lejana, mientras bajaba sin prisa la dulcísima pendiente, con el motor frenado por las marchas y los dos pies perfectamente colocados en los pedales. Miraba como hipnotizado la horquilla y la barrera, cada vez más cerca. Unos segundos después oí el golpe seco. Tampoco fue tan violento, era como si el capó fuera de goma o como si el ruido llegara de otra parte, de muy lejos.

* * *

—¡Te hemos buscado este coche de plástico! —me anunció con el ceño fruncido al día siguiente.

—¡Pero si no tiene puertas! ¡Está todo abierto!

Montamos sin mediar palabra. Era como si estuviéramos sentados directamente en el paisaje, mientras el Centro quedaba a nuestra espalda y recorríamos a toda velocidad la autopista.

El hombre calvo sonreía para sus adentros, pero al mismo tiempo se sujetaba bien a la carrocería de plástico del coche, como si temiera salir disparado del vehículo en marcha. Mientras cruzábamos en diagonal una ciudad, lo miré con el rabillo del ojo, pero estaba a contraluz y ni siquiera podía distinguir el corte de su boca. Se asomaba por la carrocería de plástico mientras avanzábamos a poca velocidad por sus calles, al descubierto; estiraba el cuello para observar a los transeúntes uno a uno, de cerca.

La ciudad se acababa, volvían las curvas cerradas. «Qué rápido cae la tarde por estos lares», pensé mientras conducía y nos cruzábamos con las filas de coches que bajaban lentamente de los puertos de montaña, en los que solo cabe encogerse de hombros ante el imponente paisaje.

—¡No pegues frenazos, conduce relajado! —exclamó de repente mi compañero de viaje, exasperado.

Luego volvió a asomarse por la carrocería del coche para mirar las pequeñas luces que parecían moverse, deslumbradas, sobre las crestas de las montañas.

—¡No queda gasolina! —me atreví a decir al ver a lo lejos el surtidor de una pequeña gasolinera aún abierta.

Él negó con la cabeza.

—¡No te haces una idea de los kilómetros que todavía podemos recorrer con lo poco que nos queda!

Le señalé el chivato de la gasolina, que llevaba un tiempo encendido, desatado.

—Eso es porque vamos cuesta arriba…

Esperaba pacientemente hasta la siguiente bajada y me obligaba a reconocer que tenía razón:

—¿Has visto?

Luego se volvía con semblante aburrido hacia la carrocería.

—Incluso cuando parezca que se ha agotado de verdad —continuó sin mirarme, al cabo de un rato—, no tienes ni idea de los kilómetros que todavía se pueden recorrer, pisando sabiamente los pedales, el mínimo indispensable, jugando con el embrague en las bajadas. Además, en los tramos más llanos puedes apagar el motor después de haber cogido mucha carrerilla, o puedes pisar el embrague antes de lo necesario, justo un momento antes de un momento antes… Así podemos hacer aún tantos kilómetros como para volver al Centro, salir otra vez y regresar de nuevo. Esto es lo que hay, ¡no puedes parar!

Pasé por delante de otro surtidor, en vano, bajo esa luz que precede a la caída repentina de la noche, en la que es imposible ver y al mismo tiempo no ver. Me daba la sensación de que el coche derrapaba, o que dejaba de derrapar en ese mismo momento. Sentía que se me paraba el corazón, no me quedaba claro si el coche avanzaba por lo que aún podía definirse como carretera.

—¡¿Se puede saber qué haces?! —gritó mi compañero de viaje volviéndose hacia mí.

Se giró de nuevo hacia el parabrisas, alarmadísimo, y pasó un buen rato sin despegar los ojos de él.

—En esta zona, la gente se muda muy a menudo… —lo oía murmurar mientras íbamos de casa en casa, de pedanía en pedanía, bajo la luz desalineada de última hora de la tarde—. Se mudan cada dos por tres, cambian de casa, cambian de idioma, cambian de pueblo. No hay forma de encontrarlos, y cuando los encuentras se han convertido en otra cosa, pagan la cuota de alguna asociación deportiva, ¡ya no tienen ganas de pensar en nada más!

Aunque la carretera giraba, me parecía que no hacía falta tocar el volante para seguir el trazado de la curva.

—¡Cuidado! —gritó mi compañero de viaje—. ¿Es que no ves que nos hemos salido de la carretera?

Lo veía mirar fijamente, un tanto exasperado, la cinta del asfalto. Los pueblos pasaban, uno tras otro. Coches de lujo atravesaban a paso de peatón las placitas desiertas, recién iluminadas.

El hombre calvo volvía la cabeza para mirarme, fruncía el ceño.

La carretera continuaba en línea recta durante un rato, pero yo debí de girar el volante como para tomar una curva, porque de pronto lo vi dar un respingo en su asiento y aferrarse con ambas manos a la carrocería.

Entramos en un nuevo pueblo.

—¡Para aquí! —me dijo de golpe—. ¡Vamos a estirar un poco las piernas!

Las callejuelas estaban muy animadas, en esos brevísimos momentos que preceden a la cena. Solo teníamos que sacar las piernas por la carrocería para apearnos del coche sin puertas.

—Toda esta gente yendo de acá para allá —me murmuró—, moviéndose como si la Tierra no siguiera girando vertiginosamente bajo sus pies… Tendrás que llamar a las puertas e irrumpir en las casas, incluso en las más aisladas, donde nadie ha logrado llegar. Te presentarás cuando la gente esté recién cambiada y peinada, y mire por la ventana preguntándose si salir o si quedarse, y no esté pensando en nada, y lo último que se le pase por la cabeza sea que pueden romperse de pronto los pactos que tienen firmados con el mundo, con el universo…

Tenía la lengua atada por un frenillo corto, le costaba moverla para articular las palabras.

—Está pasando un tren, allá al fondo… —murmuré yo.

Él negó con la cabeza y se volvió para observar la pequeña hilera de luces que se movía, al parecer por su cuenta, en lo alto de una cresta.

—Aquí no llega el ferrocarril.

—Entonces, ¿qué es?

El pueblo se acababa de repente, había que detener el pie en el aire para no caer al vacío de golpe. A los pocos segundos todo volvía a estar desierto, ni siquiera se oía el ruido sordo de las televisiones en las casas.

—Tendrás que desplazarte así, por la cresta de las montañas —lo oí murmurar con la cabeza girada, cuando ya habíamos vuelto al coche para reemprender la marcha—, parando dentro de los patios llenos de charcos en los días de fiesta…, reconectando una y otra vez lo que no para ni por un segundo de desconectarse, de desplazarse.

Tendrás que construir redes, pero redes que puedan abarcar otras redes; diseñar un proyecto arquitectónico sin pensar en ninguna arquitectura. Tendrás que regresar con paso sigiloso, en silencio, de día o de noche, cuando todo esté desierto y el coche recorra sin hacer ruido la cresta de las montañas; cuando nadie conozca tu trayectoria, ni la esté soñando siquiera en el interior de los bloques de pisos apagados hace ya tiempo a poca distancia de las curvas cerradas; cuando ya no se oiga ni siquiera el motor, ni el paso de la corriente y la chispa, como cuando vamos a toda velocidad y sabemos que nadie está pensando en nosotros ni imaginándonos...

Lo observaba con el rabillo del ojo, recortándose por un instante sobre la luz lejana de un pueblo. Estaba de lado, con las huesudas piernas cruzadas. «¿Cómo tendrá puestos los brazos?», me pregunté, porque uno de sus codos, suspendido en el aire, asomaba por la carrocería de plástico del coche. Pasaba largos ratos sin verlo ni oírlo, pero notaba que era absolutamente incapaz de moverse. Percibía ligeras oleadas de rubor en su cara, que iban y venían en la oscuridad. En los tramos más silenciosos y sin tráfico oía crepitar sus brazos entumecidos. El parabrisas se iba empañando poco a poco.

—¿Me pasas el trapo? —le pregunté.

—¡Como si fuera fácil!

Unos segundos después, se oyó un ruido atenuado bajo las ruedas del coche.

—¿Qué ha sido eso?

Detuve el vehículo, bajé a comprobarlo.

—¡Un manojo de espárragos! —le expliqué al volver.

Lo vi animarse de repente, tragar saliva.

—¿Y no los has cogido?

—Les han pasado muchas ruedas por encima, estaban muy chafados...

A lo lejos ya se vislumbraba la garita de cristal del puesto fronterizo, iluminada en el centro de una explanada. Algunas ventanas se encendían aquí y allá, algunos coches empezaban a bajar lentamente de los puertos de montaña. Los bordes del lago aún estaban embarrados, ya se podían vislumbrar los cisnes moviéndose a ras de agua a poca distancia de la orilla. Adivinaba sus cuellos en la oscuridad, distinguía sus cabecitas aún adormiladas.

—¡Vamos a parar aquí! —exclamó el hombre calvo.

Intentó estirar la mano, que seguía sujetando el micrófono un poco empapado de saliva.

Llovía a cántaros. Uno de los aduaneros nos miraba, fumando pensativo al otro lado del cristal, mientras me acercaba a la garita. Empezaban a llegar las luces de los primeros coches. A orillas del lago, un cisne había echado el cuello completamente hacia atrás para hundir ruidosamente el pico entre sus plumas.

—¡Pon los megáfonos en el techo! ¡Sube el volumen! —gritó el hombre calvo.

La lluvia caía por su rostro sin pómulos; veía cada una de las gotas estallar dentro de los altavoces, de cuyos conos se elevaba una neblina humeante.

Me giré hacia un lado.

—¿Qué te parece si empiezas tú? —exclamó el hombre calvo de repente.

Mientras me tendía el pequeño micrófono, sus labios se tensaron en una sonrisa maliciosa. Sujetaba el micrófono con dos dedos, como si fuera una flor.

—Soy consciente de que es un gran salto, ¡pero tarde o temprano tendrás que decidirte a nacer en el plano histórico!

La lluvia seguía cayendo, adormecía.

Sin embargo, al cabo de un instante oí su voz salir con ímpetu de los altavoces.

—¿Estoy hablando? —me preguntó volviendo la cabeza mojada, emocionada.

Estaba de puntillas a poca distancia del coche, hasta donde el cable le había permitido llegar. Me miraba sin dejar de gritar, su rostro empapado se había puesto colorado de golpe, incontrolablemente.

El aduanero se frotaba los ojos dentro de la garita de cristal, bostezaba. De cuando en cuando veía pasar un coche, una moto. Captaba algún detalle en el rostro de un conductor al otro lado del parabrisas, como una capa de celofán empapada de agua, con el lago de fondo, casi borrado por la vibración sonora.

3

«¿Dónde he ido a parar?»

La luz empezaba a disiparse paulatinamente, se escondía detrás de sí misma, se deshilachaba. Yo bajaba hacia el lago, solo en el coche, a veces sin mover el volante durante un largo tramo. Pero a veces, al pasar cerca de la esquina de una casa o al cruzarme con una pequeña fila de coches en las curvas cerradas, debía de sufrir minúsculos accidentes no consumados, porque notaba el aire arrugarse de golpe contra el lateral del vehículo sin puerta. Dejaba pasar un poco de tiempo. Me encendía un cigarrillo para tranquilizarme. Lo sacaba de la cajetilla, muy retorcido, girando la muñeca varias veces. Me lo llevaba a los labios y accionaba el mechero en la oscuridad. A la llama le costaba encontrar la punta mientras yo mantenía los ojos clavados en la franja de asfalto, prestando atención para no prender fuego a la palanca de cambios, al solemne volante. La brasa trazaba un arco perfecto en la oscuridad cuando movía mínimamente el pitillo entre los labios; lo veía girar de repente e incluso salirse del coche y arder aún más rápido con el viento de la velocidad. Luego volvía a entrar y, cuando la brasa llegaba a un tramo invertido, se consumía en dirección al parabrisas en vez de hacia mis labios. Yo aspiraba entonces con más fuerza, la luz se intensificaba por un instante y distinguía en el espejo retrovisor las facciones inesperadas de mi cara.

«¡Qué largos son estos cigarrillos!», me decía frotándome los ojos.

Bordeaba el lago durante un trecho antes de volver a ascender. Un olor a plástico chamuscado subía del suelo del coche, donde acababa de aplastar la colilla con el tacón del zapato. Había por doquier pequeños orificios ennegrecidos, chamuscados; plástico fundido en varias partes del salpicadero e incluso del techo. A veces una colilla, después de chisporrotear unos segundos, se quedaba ahí incrustada.

Me detenía en un pueblecito difícil de encontrar, detrás de una curva que siempre aparecía de golpe, inesperada. Subía por la estrecha escalera de techo abovedado. Me topaba con edificios de apartamentos aislados, con las ventanas encendidas aquí y allá. Se veían claramente desde lejos, como el interior de una exposición. Llamaba al timbre de tugurios perdidos en los bosques. La puerta de una casa se abría y entraba con infinito estupor en un apartamento suntuoso, muy iluminado, en el que reconocía a un albañil de bajísima estatura que estaba muy cambiado, envuelto en una bata de seda y repanchigado en un enorme sillón repleto de mullidos cojines. Miraba a mi alrededor con las gafas empañadas por el cambio brusco de temperatura. Luego volvía a la carretera de curvas cerradas. Aferraba el volante y zarandeaba el coche sin detener la marcha, para apurar hasta la última gota de gasolina que quedaba en el depósito. La carrocería temblaba mientras atravesaba plazoletas mal iluminadas, y quienes seguían en la calle me veían avanzar vibrando, como un espejismo. Aparcaba al lado de una casa solitaria, subía sin hacer ruido una escalera exterior, con el paquete de periódicos nuevos bajo el brazo, y caminaba unos metros por un balcón corrido hasta llegar a una puertecita. Me detenía de golpe, con la mano ya a medio camino del timbre, porque en el último momento entreveía por un ventanuco empañado, ahí al lado, a un hombre y a una mujer copulando en una silla, casi completamente vestidos. Me alejaba en silencio, bajaba con sigilo los peldaños, me encaminaba al pueblo de al lado y entraba en la única asociación recreativa para trabajadores que seguía abierta, para matar el tiempo antes de volver con los periódicos a la casa. Alguno huía y se escondía detrás de una cortina en la habitación contigua al verme llegar, bien entrada la noche, a su casa. Yo lo atisbaba dentro del marco dorado de un espejo colgado en la pared situada frente a la cortina, mientras se asomaba creyendo no ser visto, presa de la excitación. Abrazaba en silencio a su mujer, que pasaba a la otra habitación como si nada, sin dejar de hablarme; le metía de repente las manos debajo del vestido por la emoción. «¿Sigue ahí?», llegaba incluso a susurrarle con los ojillos brillantes y la cara colorada.

La red de carreteras se dilataba: la sentía moverse bruscamente cuando ya no había nadie circulando y, al llegar a un cruce o a un enlace, cambiaba de repente de dirección. Sentía que en algún punto lejano de la red una recta empezaba a torcerse en ese mismo momento, que una curva cerrada se enderezaba y perdía de pronto su forma de U. Me fumaba un pitillo y lo apagaba arrojándolo al cubo de cola para los carteles, o aplastándolo en el salpicadero o en la propia carrocería. Lo oía chisporrotear unos segundos mientras aceleraba. Bajaba a pegar dos o tres carteles en las plazoletas desiertas, y puede que los habitantes de la casa se despertaran en plena noche con el roce de la escoba, al pasar esta una y otra vez por la pared que lindaba con la cabecera de su cama. Junto al cartel se quedaba pegada la colilla que acababa de apagar en el cubo. Cuando pasaba otra vez al cabo de unos días, volvía a verla ahí pegada, endurecida por el frío. La cola se cristalizaba a causa de la temperatura gélida, y tenía que bajar una y otra vez al lago para diluirla. Acuclillado en la orilla, hundía el cubo en el agua y daba vueltas al fondo pastoso para disolverlo, mientras el pueblo ya llevaba tiempo desierto. Del centro del lago llegaban ligeras ondulaciones, aunque no se veía quién o qué las provocaba.

«Serán cisnes negros», me decía.

Montaba en el coche y me ponía de nuevo en marcha. El ruido del motor desaparecía poco a poco, como las calles, que se curvaban suavemente por su cuenta cuando me olvidaba de mover el volante a causa del sueño. De las curvas cerradas llegaban distantes chirridos de ruedas y disparos que se alejaban cada vez más, montados en coches perseguidos o perseguidores. Pasado un rato, reconocía en la distancia el resplandor de una gran exposición de lanchas neumáticas; sus formas hinchadas y coloridas destacaban en la torre acristalada, que seguía iluminada en plena noche. Luego, una equivocación recurrente al llegar a un cruce me daba la certeza de que iba por el buen camino. Me subía el cuello del abrigo, me dormía un rato con el busto girado hacia un lado, apoyado en el respaldo. «Conducir dormido no es difícil —me decía—, basta con soñar exactamente con las mismas carreteras por las que uno está conduciendo.» El depósito ya seco se recubría de una película de seda mineral. Hasta que me despertaba el estruendo del capó al abrirse súbitamente, que me obligaba a conducir a ciegas, intentando frenar poco a poco. Algo más adelante caía en la cuenta de que ahora sí que me había equivocado de dirección, de que mientras el capó tapaba todo el parabrisas había pasado de largo un camino; de que se me había olvidado girar el volante a ciegas mientras frenaba. «¡Nunca había estado aquí!», me decía atravesando zonas más amplias que, a juzgar por las casas, debían de estar habitadas. Uno de los aros de la montura de mis gafas resplandecía por ese polvillo que flotaba en el aire. Los nombres de los pueblos empezaban a cambiar en los letreros, como ocurre siempre que todos sus habitantes llevan un tiempo dormidos, y tampoco quien los cruza a toda velocidad sabe ya dónde está. Por un instante leía sus nuevos nombres en los carteles, deslumbrados de repente por los faros. «¿De dónde salen estos nombres?», me preguntaba mientras desfilaban uno tras otro a lo largo de una carretera ligeramente inclinada en las curvas. Luego terminaba el asfalto, el pavimento se volvía más claro y estrecho, de cemento, y seguía cambiando a medida que iba subiendo más y más: se tornaba amarillo limón bajo los faros, y después aún más oscuro y casi negro, como de chocolate. Frenaba entonces en seco, miraba a mi alrededor.

«¿Dónde he ido a parar?», me preguntaba.

El asiento del coche de plástico se llenaba y se vaciaba, mi cabeza nunca estaba a la misma altura en el habitáculo.

—¿Qué han metido esta vez? —me giraba para preguntarle al Simple.

Él sonreía en silencio, con sus grandes labios. Ladeaba la cabeza decolorada, como para apoyarla en una ventanilla invisible, y en su mejilla asomaban las púas casi violetas de la barba mientras pasábamos a pocos metros de una farola.

El lago empezaba a congelarse, veía los cisnes clavar el cuello entero en el agua, con la cabeza como una punta de flecha, para quebrar la finísima capa de hielo cuando avistaban una miga de pan desmenuzada, una gasa errante —arrojada al agua desde alguna de las villas o las clínicas iluminadas que se asomaban al lago— o la pasta gelatinosa formada por los restos de cola que raspaba del fondo del cubo al terminar la pegada de carteles. La veía flotar, semihundida, transparente, y oía cómo sus picos leñosos se la disputaban, cada vez más embadurnados a medida que el grumo —en cuyo centro brillaba el polvo aún seco de la celulosa— se iba desintegrando. Luego los cisnes alzaban el vuelo a toda velocidad para trasladarse a otra zona del lago, deslizándose sin mover apenas el agua. Algún guardés los observaba desde el peldaño más bajo de una villa a orillas del lago, pensativo, con las botas hundidas en el velo de agua, hocino en mano, listo para rebanarle el cuello al primero que se acercase más de la cuenta. Luego arrojaría el cadáver degollado al centro del lago justo antes de que explotase el cartucho de dinamita con la mecha encendida que le había atado a modo de pajarita.

También la cola empezaba a congelarse lentamente dentro del cubo, atrapando las colillas y la escoba. La levantaba para empezar a pegar los carteles, pero con ella salía también el cilindro congelado de cola. Lo partía aporreándolo contra las esquinas de las casas, en pueblecitos que llevaban tiempo dormidos, en plena noche. Y también las gafas se me helaban poco a poco: sentía la montura gélida sobre la piel de la cara; las lentes se volvían más transparentes, pues el frío mataba a todos los microorganismos que se revolcaban como si nada dentro del cristal. Entonces montaba otra vez en el coche y me disponía a visitar un nuevo punto de la red.

Llegaba a una casa inclinada en lo alto de una colina. Subía por la escalera y, conteniendo la respiración, abría una copia del periódico nuevo. Sus páginas heladas crujían al hojearlas. Había una mesa con tablero de cristal que reflejaba, además del mío, los rostros desalineados de dos chicas que me escuchaban con atención, mientras la luz declinaba al otro lado de la ventana. Ya se veían las hileras de faros desperdigados que bajaban de los puertos de montaña, y mientras tanto oía el sonido de sus dedos, que sin darse cuenta estaban doblando la esquina de una o de varias páginas del periódico. Luego las alisaban con cuidado, y oía sus pulgares de uñas cortas, sin esmalte, pasando sobre los pliegues. Hasta que otro ruido empezaba a escucharse poco a poco en la habitación. Yo me acercaba algo más a la mesa, me fijaba en el reflejo desalineado del tablero de cristal.

—¿Por qué lloráis? —preguntaba, intrigado.

Las dos negaban con la cabeza.

—No lo sabemos.

El coche de plástico se quedaba rígido por el hielo. Mi aliento condensado envolvía la palanca de cambios y el volante. «¿Quién sabe qué habrán metido esta vez en el asiento?», me preguntaba, al ver destellos inesperados filtrarse desde abajo mientras conducía de noche. Pasaba por delante de una hoguera encendida con muebles viejos, al lado de una casita aislada a punto de ser abandonada o demolida, en la cresta de una montaña. Siempre había familias reunidas alrededor de montañas de objetos que ardían. En cuanto rozaba un instante el freno, para curiosear, me miraban atónitos desde el otro lado de la deformante barrera de llamas. Aceleraba de golpe y me alejaba para que el calor del fuego no acabase derritiendo mi coche. Continuaba mi ascenso por las montañas, parando de vez en cuando para cerciorarme de que el terreno que pisaba aún podía considerarse carretera. Me equivocaba varias veces de dirección, siempre en los mismos cruces, lo que quería decir que, en efecto, estaba a punto de llegar a Luzaire.

—¡Aquí estamos! —decían los dos tipos que me esperaban de pie en medio de la plaza.

Los veía aparecer a ambos lados del coche, de repente. Paseábamos un rato por la plaza repleta de grandes cafeterías con terrazas acristaladas e iluminadas.

—¿Dónde nos reunimos esta vez? —se me ocurría preguntar, viendo que ya me habían dado la espalda y miraban a un lado y a otro, circunspectos, antes de enfilar a toda prisa una estrecha escalera oscura, que yo nunca había visto.

—¡Por aquí! —los oía susurrar de pronto, con medio cuerpo asomado a una pequeña barandilla.

Luego se encaramaban a un canalón, oía tintinear sus rizos helados con cada brazada, y también cuando saltaban a un tejado para colarse por la ventanita entreabierta de un almacén lleno de rollos de tela amontonados.

—¿Se puede saber dónde me habéis traído esta vez? —preguntaba, sentándome en un rollo de organza.

—¡Por desgracia, la sede de la asociación de geodestas no estaba disponible esta noche!

Me llevaban cada vez a un sitio distinto, a pequeñas sedes de asociaciones de las que no había oído hablar en mi vida. Siempre teníamos que colarnos por ventanitas entreabiertas, un poco forzadas. Abría en mi regazo el periódico helado. Las páginas crujían como siempre, a punto de quebrarse por los pliegues, mientras frente a mí, sentados en un mismo rollo de terciopelo ligero, mis dos anfitriones se dedicaban a tirarse del pelo y a darse pellizcos.

—Pero, bueno, ¿cuántos años tenéis? —preguntaba, entreviendo huecos aún sin dientes en sus bocas.

Me acomodaba en mi rollo y me limpiaba las gafas empañadas con el borde de organza antes de empezar a leer el periódico en voz alta. Pero me detenía al cabo de unas pocas líneas.

—¿Hasta qué hora podemos estar tranquilos esta vez? —les preguntaba.

—Ah... ¡Nunca pasan a vigilar antes de las diez y media!

—¡Pero si son las diez y veinticinco!

—¡Exacto! ¡Todavía nos quedan cinco minutazos!

Arrugaba el periódico, salíamos a toda prisa por la ventana y en cuestión de segundos hacíamos el mismo recorrido pero a la inversa, volviendo sobre nuestros pasos. Ya en la plaza, ellos se despedían de mí un poco perplejos, mientras yo arrancaba el motor y volvía a la carretera.

Cuando conducía de noche, bajo la luz de los faros veía pavimentos de colores inesperados, que parecían hechos con sobras de pasta prensada, aglutinada. También las pilas de ladrillos al lado de las pequeñas villas en construcción, en las curvas de la carretera, parecían fabricadas con la misma sustancia, como comprobaba al pasar por su lado como una bala. «En esta zona lo aprovechan absolutamente todo», pensaba sin aminorar la marcha.

Los faros del coche volvían opacas las barreras de hielo que empezaban a erigirse poco a poco a ambos lados de la carretera, blanca como clara de huevo. Toda la red podía modificarse de golpe si, al llegar a un cruce, el asfalto helado impedía que las ruedas girasen. De pronto me veía en zonas más bajas, desconocidas. La carretera no hacía más que serpentear, ni siquiera me quedaba claro si las ruedas seguían girando sobre el firme. Intentaba frenar para leer el nombre de los pueblos bajo la película de hielo, pero las ruedas no dejaban de patinar, bloqueadas, hasta llegar a la primera plaza. «El caso es que tendría que estar en Flundia», me decía al reconocer la luz aún encendida de una asociación recreativa para trabajadores. Bajaba del coche y, empujándolo con una sola mano, deslizándolo sobre el hielo, lo aparcaba a uno de los lados de la plazuela sin acera. Entraba en la asociación. Los cristales de las gafas se me empañaban de golpe por el calor, pero adivinaba un pasillo estrecho delimitado por dos filas de mesas pequeñas y muy pegadas. Lo enfilaba tambaleándome, mientras una infinidad de naipes se quedaba inmóvil a media altura a mi paso. Por fin distinguía una cabeza de pelo canoso y enmarañado en la última mesa del local, al fondo.

—¿Cómo tú por aquí en plena noche? —me decía el hombre, dejando las cartas de golpe.

Salíamos juntos, cruzábamos la plaza deslizándonos a la par sobre el hielo. Al mirar al suelo veía nuestros zapatos surcando las fachadas ya apagadas del pequeño ayuntamiento y de las casas. El hombre abría lentísimamente una puertecita. Ponía el pie en el primer peldaño y me pedía con un gesto que subiera.

—¡Pero si están todos durmiendo! ¡Vamos a despertarlos! —susurraba yo.

Subíamos con mucho sigilo las escaleras. El hombre abría otra pequeña puerta y me invitaba a sentarme a la mesa de la cocinita. De las habitaciones llegaba el ruido de alguien que se movía en sueños, que bostezaba. El hombre abría con cuidado la puerta del frigorífico y ponía una cazuela en la estufa de gas. Me limpiaba las gafas empañadas, pero al poco tenía que limpiarlas otra vez porque el calor las volvía a empañar.

—¿Qué estás haciendo? ¡No te molestes! —le susurraba de nuevo.

Empezaba a comer procurando no hacer ruido. A los pocos segundos me encontraba otra comida humeante en el plato. La vista se me nublaba otra vez, no sabía si eran los ojos o los cristales de las gafas. Veía al hombre pasarse una mano por el pelo, estropajoso por culpa del cemento; sonreía. Se alejaba un poco con su silla, para contemplarme mejor mientras masticaba.

—¡Sírvete más vino!

—Gracias, pero tengo que irme ya…

—No te has acabado el pan…

—Es que tengo que irme sin más remedio… —me disculpaba.

Salía en silencio de la casa. Llegaba a la plaza. Metía las piernas y los brazos en el coche.

Regresaba.

Pero no tengo la menor idea de adónde regresaba.

—Mira, ¿lo ves? ¡Ya estamos al otro lado!

El Simple asomaba la cabeza decolorada por la carrocería del coche. Aún se veía la garita iluminada del puesto fronterizo por el espejo retrovisor. El asiento delantero estaba blando, se hundía; era como estar sentado en una papilla.

—¡Incorpórate un poco! —dijo riéndose el Simple—. ¡Agárrate bien al volante con las dos manos para impulsarte! Dobla una pierna, métela entre el asiento y el trasero, intenta sentarte en el lateral del zapato para que la cabeza te llegue un poco más arriba, ¡que al menos se te vea!

Lo veía gesticular de reojo.

—Ah… ¡No queda mucho para llegar! —dijo negando con la cabeza—. ¡Ya estamos!

Giré el volante, siguiendo las indicaciones de su mano, algo desproporcionada. La nieve helada crujía bajo las ruedas mientras recorríamos el sendero corto, hasta llegar a un anillo de tierra elevado.

—¡Ve frenando! —lo oí decir—. ¡Prepárate para entrar en uno de esos garajes cuando suban la persiana!

Ya casi habíamos parado. El volante estaba completamente helado, transparente.

—¡Ahora, rápido, adentro!

Un hombre había levantado de golpe una persiana, que subía torcida. Al otro lado se entreveía un contrapeso alargado.

—¡No apagues el motor! —dijo el Simple—. Vamos a salir.

La persiana empezó a bajar cuando aún no habíamos terminado de apearnos del coche, doblados como un acordeón. Dos hombres se abalanzaron sobre el asiento para separarlo a puñetazos de la carrocería, sin decir ni una palabra.

Noté que el Simple me agarraba. Caminamos cogidos del brazo sobre la película de nieve, a poca distancia de un pequeño edificio prefabricado, tan iluminado que parecía de día.

—¿Qué estarán cargando ahí dentro? —pregunté.

—¡Vaya usted a saber! —respondió el Simple entre risas, pasándose una mano por la barbilla, abrasiva por la barba.

Al otro lado de la ventanita del edificio apareció de repente una chica, que daba golpecitos en el cristal con una uña.

—¡Espera un momento! —dijo el Simple.

La capa de nieve crujía bajo mis pies, mientras oía los coches que pasaban a toda velocidad por la carretera, al otro lado de una cortina de plantas con ramas y sin hojas. El repiqueteo de una máquina de escribir llegaba atenuado desde el interior del edificio.

Luego la puertecita se abrió. En el rectángulo de luz, el Simple le dijo algo a la chica, que se rio a carcajada limpia, echando la cabeza tan hacia atrás que parecía calva. La persiana del garaje se estaba abriendo de pronto, chirriando. Los dos hombres sacaron el coche empujándolo, casi golpeándolo, a patadas.

Me volví hacia el edificio prefabricado.

—¡Venga, en marcha! —dijo el Simple.

Volvimos a la carretera. A veces algún coche aparecía de repente por detrás y nos adelantaba.

—¿Nos han escupido en el parabrisas? —le preguntaba, porque veía una gota deslizarse por el cristal.

—Habrá salpicado un poco de grasa. Son cosas que pasan…

Íbamos con la cabeza casi aplastada contra el techo, estiraba las piernas todo lo posible para llegar a los pedales. El volante quedaba bajísimo, intentaba agarrarlo como buenamente podía desde arriba.

La fila de coches iba frenando, ya se veía la garita de cristal iluminada.

—¿Qué haces con las manos? —le pregunté al Simple, que no dejaba de moverlas con gesto lento, como solfeando.

El aduanero tenía los ojos entrecerrados, bostezó mientras salía de mala gana de la garita caldeada.

Noté que el Simple sonreía sin motivo aparente. Observaba sus propias manos, un poco excesivas, mientras el coche ya estaba parado del todo y el aduanero se asomaba para mirar en diagonal a través del parabrisas.

—¡Vale, ya estamos!

4

A POR TODAS

Alguien se paraba a hablar en voz baja, aquí y allá, en las escaleras y en los pasillos del Centro. La centralita, situada en un recoveco, estaba en penumbra: solo se distinguía una lucecita, aunque no se veía si era del panel o si la telefonista había avivado la brasa del cigarrillo dando una calada justo en ese momento.

—¿Dónde está el coche de plástico? —pregunté al llegar al vano del portón, pues no lo veía aparcado en la acera.

—¡Están vaciándolo en el garaje! —dijo el hombre calvo sin mirarme.

En efecto, la parte inferior del asiento ya estaba completamente abierta, y en los bordes del cuero brillaban los ganchitos relucientes.

Un hombre estaba inclinado sobre el respaldo, hurgando en su interior con los dos brazos.

—¿Qué hay dentro? —preguntó un tipo a mi lado, inclinándose también para mirar.

—¿Qué más te da? ¡Eso no es de tu incumbencia! —lo reprendió el hombre calvo.

Otro tipo deambulaba por el patio y de cuando en cuando se paraba a mirar, desde lejos.

—¡Vale, ya está! —exclamó el hombre calvo, cerrando uno tras otro los ganchitos.

Salimos a la calle y empezamos a caminar. Caía una lluvia fina, destilada. El hombre calvo empujaba sin el menor esfuerzo el coche de plástico, con una sola mano, caminando a su lado. No parecía haberse percatado de que ya estábamos en la carretera, alejándonos poco a poco del Centro.

—¡Más adelante tendrás que ir a por todas! —me dijo de pronto, emocionado—. Reunir a tu alrededor un Estado Mayor, ¡organizar pequeñas revueltas por doquier! —Tenía la lengua dormida, balbuceaba—. Vas a recibir en dotación un equipo de altavoces, y también he pedido al herrero que te construya una tribuna desmontable.

—¿Para qué? —se me ocurrió preguntar.

—¡Para dar mítines!

—¡No me digas! ¿Mítines, nada menos? —balbuceé yo también.

—¡Sí, sí, claro! ¡Ya te lo he dicho! Soy consciente de que para ti es un salto enorme. ¿Es que no te has enterado? Hemos cambiado de ritmo, de forma.

Notaba que el hombre calvo estaba en ascuas, exasperado.

—Pero ¿de verdad estabas a punto de hacerte cura? —me preguntó de sopetón, volviendo la cabeza bruscamente para mirarme.

Sonreí un instante, porque un pétalo de geranio, que la lluvia debía de haber barrido de un balcón unos segundos antes, se había posado en su cabeza calva sin que él se diera cuenta.

Frunció el ceño y de pronto dejó de empujar el coche, que seguía avanzando por la calle con la inercia.

Monté antes de que se detuviera, arranqué, me puse en marcha.

Y, aunque estaba cada vez más lejos, aún veía por el espejo retrovisor el pétalo de geranio en la cabeza del hombre calvo, que regresaba a paso lento al Centro, volviéndose de cuando en cuando.

Paró una última vez para mirarme desde el portón.

Yo ya estaba muy lejos, pero me pareció distinguir que tenía los labios tensos, amoratados, como si acabara de vomitar.

* * *

La plaza del pueblo estaba completamente desierta, a pesar de que era domingo por la mañana.

Miré a mi alrededor. Ni siquiera había coches aparcados, nadie que pasara por allí a paso ligero en ese mismo momento, girando un poco la cabeza para mirarme mientras descargaba del coche de plástico la caja con los altavoces.

«A saber si es esta la plaza principal», me dije, zambulléndome en el capó para intentar conectar los bornes en los polos de la batería.

Saqué la cabeza y bajé el capó, muy lentamente y no del todo, para no cercenar los cables. Los conecté a la caja del transformador, retorciendo con los dedos el cobre despellejado y deshilachado. Introduje la clavija del micrófono y, al instante, una ligera vibración me indicó que el equipo estaba encendido.

Volví a mirar a mi alrededor. La punta del micrófono crepitaba al paso de mis dedos, emitiendo ese sonido que recuerda a un espacio que se hunde.

Me monté con cuidado en el coche, entre la maraña de cables, y orienté hacia fuera uno de los altavoces, en el asiento del copiloto, mientras llevaba el otro en mi regazo. Empecé a recorrer muy lentamente esas pocas calles, que al rato empezaban a repetirse, sujetando con la misma mano el micrófono y el volante y procurando agazaparme un poco al otro lado del parabrisas, para que no me viesen mientras conducía con los ojos bien abiertos y anunciaba mi propio mitin. En las paredes de las casas y en algunas esquinas reconocía los carteles que había pegado la noche anterior, un poco endurecidos y rizados por las esquinas, donde la cola estaba congelada. «El caso es que no hay otro sitio en todo el pueblo que se asemeje mínimamente a una plaza...», me decía, volviendo al punto de partida.

Me planté otra vez en medio de la plaza y empecé a montar la tribuna al lado del coche. Me subí. Se tambaleaba un poco porque el pavimento estaba en pendiente, y la pequeña barandilla también se movía en cuanto apoyaba una mano.

«¡Hace falta algo de decoración!», se me ocurrió de repente, porque a través del esqueleto de hierro de la tribuna se veía todo mi cuerpo.

Desde arriba, la plaza parecía tener otra inclinación. Un hombre la estaba cruzando a paso lento, abrigado de la cabeza a los pies. Intentó girar la cabeza para mirar a la tribuna, pero el cuello levantado del abrigo le impidió completar el gesto. Me quité las gafas y me las metí en un bolsillo, parapetado tras los hierros desnudos de la tribuna. «Puedo empezar cuando quiera —me dije, recorriendo con la mirada la explanada perfectamente desierta—, puedo bajar y volver a subir a la plataforma, dar un paseíto para estirar las piernas o quedarme todo el tiempo que me plazca en este cuadradito elevado, asomado a esta barandilla sin decorar, mirando en todas direcciones con una sonrisa... Puedo raspar el micrófono con la uña y ver qué ocurre en la cara interna de esta burbuja que parece encerrar toda la plaza. O puedo susurrar algo, como si hablase conmigo mismo, envuelto en la nube de humo que se eleva del tubo de escape del coche. Puedo desencajar de un solo golpe de abajo arriba los tres laterales de la barandilla, levantarla dos o tres veces como una pesa y acto seguido encajarla de nuevo en las cuatro barras descoyuntadas de la plataforma...»

Sin embargo, al instante caí en la cuenta de que estaba gritando descontroladamente a la plaza desierta.

Toda la tribuna se tambaleaba, se deslizaba un poco sobre el asfalto. «¡Tendré que pedir que le pongan patitas de goma!», se me ocurrió. No lograba oír mi voz con claridad; parecía incapaz de moderar el volumen, de separar las palabras unas de otras.

«¡Desde abajo se me tiene que ver una campanilla gigantesca!», pensé. «Ese muñoncito del velo del paladar se contorsionará con cada palabra, ¡repleto de sangre, vacío de huesecitos!»

Las casas que daban a la plaza se veían borrosas. No quedaba claro si era por el impacto de la vibración sonora o por la nube de humo que salía del tubo de escape del coche, que había dejado arrancado para que la batería no se agotase. La nube era cada vez más visible a causa del frío: la veía hincharse, casi cristalizada, en la plaza. Mi voz iba declinando poco a poco, y no sabía si era porque la oía volver cada vez de más lejos o porque me estaba quedando afónico de tanto gritar.

«¿Qué más da?», me dije. «¡Si la plaza está vacía!»

En cambio, el fragor del coche no dejaba de aumentar; el tubo de escape crepitaba.

«Vaya, ¡se está calando!», pensé.

El humo había formado un gran mechón azulado que ocupaba buena parte de la plaza. Miré al frente por última vez. Dejé de hablar.

En el interior del humo me pareció distinguir la silueta de un hombre que me escuchaba de pie, con las manos en los bolsillos.

Bajé de la plataforma de un salto.

El coche temblaba, dando violentas sacudidas sobre el asfalto. Bajé la palanca del acelerador de mano y desconecté el altavoz. Mientras tanto, el hombre se me había acercado. Lo oí carraspear a mi espalda.

—¡Ha ido bien! —comentó de repente.

Me volví para mirarlo.

Estaba delante de mí, aún con las manos en los bolsillos, y en lo alto de su cabeza me pareció ver una cresta de pelo tieso por el frío, un poco alborotado.

Busqué las gafas en el bolsillo, me las puse.

—Hombre… ¡No diría yo tanto!

—¡Se equivoca! ¡Le aseguro que ha ido muy bien!

Me encogí un poco de hombros y me di la vuelta para empezar a desmontar la tribuna.

—Al principio la plaza estaba algo vacía —reconoció—, pero, a medida que usted hablaba, ¿no ha visto cuánta gente se ha acabado arremolinando alrededor de la tribuna?

—¿Había gente? —pregunté sin girarme, afónico.

—Imagino que estaba usted dominado por lo que iba diciendo…

—Me había quitado las gafas, no veía bien…

—¡Nunca se había visto tanta gente en la plaza! ¡A este pueblo nunca viene nadie!

—¿De verdad?

—¡Pues claro! ¿No ha visto cómo se acercaban poco a poco, como si no pudieran resistirse, a medida que avanzaba el mitin?

—No lo he visto, no. Habrá sido por el humo del coche… —volví a disculparme.

—Al principio estaban todos escondidos en los soportales. Como ya se imagina, dejarse ver en un mitin de este tipo no es moco de pavo... Luego, cuando ha hecho esa larguísima pausa y ha continuado diciendo, aún más fuerte...

—¿Que he hecho una pausa? —lo interrumpí.

—Entonces han ido animándose poco a poco, han entrado en la plaza. Ya ni siquiera golpeaban los pies en el suelo para entrar en calor, aunque se notaba que muchos habían salido de casa deprisa y corriendo, sin acabar de vestirse siquiera. También el alcalde, que quizá al principio habría preferido no dejarse ver por la plaza, ha salido de los soportales y se ha unido a los demás, en primera fila. Se veían las nubecillas heladas de vaho salir de todas las bocas a la vez, y detenerse de golpe cuando usted levantaba el brazo desde la tribuna, como señalando algo lejano...

—¿He señalado algo?

—Hacía una pausa aún más larga y, cuando por fin seguía hablando, la gente respiraba de nuevo, y volvían a verse las nubecillas heladas, saliendo todas a una de las bocas. Hasta que el alcalde no ha podido seguir conteniendo la emoción: ha cerrado un instante los ojos y ha empezado a andar... A nadie le quedaba claro dónde iba, pero el caso es que ha dado media vuelta a la tribuna y ha ido a sentarse, en señal de aprobación, en su plataforma.

Yo lo miraba conteniendo el aliento.

—¿En serio? ¿Que el alcalde ha venido a sentarse en la plataforma?

El hombre sonrió, echando la cabeza hacia atrás.

—Tenía los ojos entornados, para saborear mejor todo lo que usted decía. ¡La plataforma temblaba cada vez más por la creciente vehemencia de sus gestos!

—¿He gesticulado?

—Y también la cabeza del alcalde se balanceaba, con los ojos entornados. Se veía perfectamente incluso desde el otro lado, porque en la tribuna no había decoración.

—¡Es verdad, aún falta la decoración!

—El alcalde estaba sentado de piernas cruzadas, sonriendo. De vez en cuando lo veía asentir a algo de lo que usted decía. Algunos, desde el otro lado de la tribuna, lo contemplaban con un amor casi infantil: ya no quedaba claro si le aplaudían a él o a usted…

—¿También ha habido aplausos?

Miré al hombre con ojos estupefactos, sujetando a media altura la barandilla de la tribuna ya desmontada.

—Pero, bueno, ¡¿es que no los ha oído?!

Ahora sonreía, negando con la cabeza, impacientado.

—Los guantes los atenuaban ligeramente, eso sí…

—Ah…

—Pero poco a poco se distinguía el sonido de quienes empezaban a aplaudir a manos desnudas y, movidos por el entusiasmo, se subían a los niños a hombros, los levantaban por encima de la cabeza, los zarandeaban.

—¿Zarandeaban a los niños?

Ya había terminado de desmontar y de cargar en el coche las piezas de la tribuna. El equipo de los altavoces también estaba guardado en su caja, con todos los cables enrollados uno por uno alrededor del transformador y de las clavijas.

—¿Por qué no me lleva con usted? —preguntó el hombre de pronto.

Se pasó una mano por la cresta congelada, conteniendo el aliento, y se armó de fuerza para añadir:

—Podría anunciar sus mítines mientras usted conduce por los pueblos; podría desmontar la tribuna y los altavoces, colocar la decoración, ir repartiendo periódicos mientras usted habla, establecer valiosos contactos, recopilar direcciones…

Yo lo miraba sin abrir la boca.

—¡Pues en eso quedamos! —dijo el hombre, sin esperar siquiera una respuesta.

Palpó el asiento con la mano antes de montarse en el coche.

Salimos despacio del pueblo. Sus callecitas volvían a estar perfectamente desiertas, las esquinas de las casas se veían algo más hinchadas y blandas, como ocurre siempre que al otro lado alguien empieza a cocinar. El hombre había dejado de hablar casi de golpe; veía de refilón su perfil, un poco agarrotado, recortado sobre la carrocería de plástico del coche.

La carretera volvió a ascender. Habíamos dejado atrás varios bloques de pisos aislados y alguna que otra casa o pequeña villa aún sin terminar, con la hormigonera inmóvil delante de la puerta, medio congelada. También el asfalto llevaba un trecho desaparecido; avanzábamos a toda velocidad por un tramo de un color nuevo, inesperado.

Me volví hacia el hombre.

—¿De qué estará hecha esta carretera?

—Pues mire, eso sí que no se lo puedo decir... ¡Soy ciego!

Nos adentrábamos en todos los pueblecitos de la zona, uno tras otro, entre el lago y la autopista, y nos aventurábamos aún más allá. El coche avanzaba con sigilo y, al llegar a un pueblo nuevo, aparcábamos allí donde la carretera se ensanchaba un poco y podía despertar la sospecha de que fuera una plaza. Yo bajaba con la caja de los altavoces, pero el ciego salía a toda prisa por la otra puerta y me cortaba el paso.

—¡Usted es el orador, no puede permitir que lo vean instalando el equipo!

—¡Pero si no hay un alma! —me justificaba.

Él negaba con la cabeza, y enseguida se zambullía en el capó y palpaba con la yema de los dedos los polos de la batería para no equivocarse con los bornes. Conectaba los cables a la caja del transformador, siguiéndolos con los dedos. Introducía la clavija del micrófono y empezaba a probarlo durante un período de tiempo interminable.

—¡Para, para! ¡Vale así! —le decía yo de vez en cuando, intentando detenerlo.

Pero él seguía girando los diales del tono y del volumen. Su voz variaba sin cesar, elevándose sobre la presunta plaza.

—¡Se oye de maravilla! —lo tranquilizaba.

Por fin lograba que parase. Miraba a mi alrededor, pero, cuando me disponía a montar en el coche para anunciar el mitin por las calles del nuevo pueblo, el ciego volvía a impedírmelo, alterado.

—¡Primero tengo que montar la tribuna!

—Eso podemos hacerlo después...

Él negaba con la cabeza, se oponía.

—La tribuna tiene que quedarse ya montada y decorada mientras recorremos el pueblo haciendo propaganda. La gente que pase tiene que verla ahí firme, a la espera, en el centro de la plaza…

—¿Y si alguien va y la roba? —preguntaba, intentando detenerlo por última vez.

El ciego volvía ligeramente la cabeza, sonriendo.

—Pero ¿quién nos la va a robar?

Lo veía descargar del coche las barras de hierro de la tribuna, que dejaba caer con estruendo en la plaza. Yo miraba a mi alrededor mientras él empezaba a encajarlas una a una, palpándolas para saber por su longitud si eran de las patas o de las que sujetaban la barandilla. A veces, cuando el ciego tenía que encajar las cuatro patas en el marco cuadrado que sostenía la plataforma de madera, la parte ya montada volvía a desarmarse. No se podían meter las cuatro a la vez: había que encajar las dos primeras, presionándolas con fuerza contra el suelo, y luego levantar el marco para encajar las otras dos en los extremos opuestos con un gesto fulmíneo; de lo contrario, las dos primeras patas volvían a salirse, y vuelta a empezar. Me acercaba un poco más, mientras el ciego repetía la operación por tercera vez o intentaba un nuevo método: apoyar el marco en el suelo y, después de encajar las cuatro patas, girarlo tan rápido que la fuerza centrífuga les impidiera salirse.

Oía el ruido ensordecedor de las cuatro barras al caer al suelo, haciendo saltar chispas inesperadas cuando caían de punta. Me acercaba aún más al ciego, que seguía con el marco solitario en las manos. Intentaba ayudarlo, en vano.

—¡Está de broma! —se alteraba—. Todo el mundo lo vería montar con sus propias manos la tribuna, ¡y luego pretende subirse a dar un mitin como si nada!

Negaba con la cabeza, llegaba incluso a impedirme que me acercase con el brazo.

—Apártese o, mejor, espere en el coche, fúmese un cigarrillo mirando hacia otro lado con aire distraído…

Al fin veía erigirse la tribuna completa. Agachaba la cabeza mientras el ciego empezaba a desplegar las bandas decorativas. Las fijaba en las esquinas, bien tensas, usando un trozo de cinta de embalaje que arrancaba con los dientes. A veces, mientras él estaba ocupado en una parte de la tribuna, un extremo de la tela se despegaba de golpe justo al otro lado. Yo me acercaba sin hacer ruido e intentaba sujetarla con dos dedos justo antes de que arrastrase con ella el resto de la decoración. Hasta que el ciego, ajeno a mi intervención, volvía y aseguraba el extremo de tela con más cinta adhesiva, «por lo que pueda pasar», mientras yo me escabullía dando pasitos laterales para que no me oyese.

—Ya está, ¿ve? —Sonreía—. ¡Ahora sí que se puede empezar como Dios manda!

Nos montábamos en el coche y recorríamos varias veces el pueblecito, moviéndonos en círculos cada vez más pequeños hasta volver a la plaza. El ciego anunciaba el mitin a grito pelado. Los muy esporádicos transeúntes pasaban rozando las paredes para que los altavoces que asomaban del coche no los golpeasen; se pegaban a los edificios cuando las calles se estrechaban de repente, o en las curvas. Yo veía los fragmentos de enlucido desconcharse y caer al suelo por la mera vibración sonora. El ciego alzaba aún más la voz, lo oía gritar como un poseso, descontrolado.

—¡A todos los que estáis asomados a las ventanas!

—No hay absolutamente nadie asomado… —objetaba yo sin levantar la voz.

Me hundía aún más en el asiento bajo, ya vacío. Los zócalos de las casas desaparecían, todo el pueblo se elevaba de repente hacia el cielo.

—¡A vosotros, que abarrotáis con alegría estas calles!

—No hay nadie en la calle, se lo aseguro. De hecho, ni siquiera hay calles como tal…

El volante estaba cada vez más alto, y yo lo sujetaba desde abajo como podía, en una postura incomodísima. Sentado a mi lado, el ciego cambiaba de pierna cruzada y se pasaba el micrófono a la otra mano un segundo, lo justo para recolocar un pliegue de sus anchos pantalones. La calle se estrechaba, sus paredes nos devolvían la voz rebotada.

—¡Mientras recorremos las calles de esta ciudad tumultuosa!

—¡Le aseguro que reina un silencio absoluto! —intentaba objetar por última vez.

El ciego se olvidaba de desconectar un momento los altavoces antes de responderme, y se oían nuestras voces amplificadas discutiendo mientras volvíamos a la plaza. Me subía a la tribuna y el ciego me tendía el micrófono, pero se colocaba demasiado lejos y me obligaba a asomar casi todo el cuerpo por la barandilla para cogerlo. Luego me quitaba las gafas y oía mi voz irrumpir en la plaza, descontrolada. Me daba la sensación de que la plataforma de la tribuna estaba un poco en pendiente: el ciego debía de haber confundido una pata con una de las barras más alargadas que sujetaban la barandilla, porque la plataforma se hundía claramente hacia un lado, mientras que el pasamanos de la barandilla se empinaba hacia el otro. «A lo mejor no la ha encajado bien...», me decía. Le daba un golpe con la muñeca, pero entonces otro encaje se salía por la parte opuesta y la barandilla se levantaba de golpe. Quedaba unida al resto de la tribuna por una sola esquina: las bandas decorativas eran lo único que impedía que las otras tres barras se desplomasen. Oía mi voz desalinearse, intentaba colocar cada palabra dentro de sus límites antes de quedarme afónico del todo. Me oía gritar con voz desnuda cuando la clavija del micrófono se soltaba del transformador por culpa de un gesto excesivo de mi mano. Miraba a mi alrededor intentando divisar al ciego en la nube azulada que salía del tubo de escape, pero no lo veía por ningún sitio, ni siquiera en esos resquicios que se formaban cuando dos volutas de humo idénticas giraban la una contra la otra, como dos grandes rulos entre los que uno puede colarse y pasar aplastado.

«¿Dónde se habrá metido ese ciego?», me preguntaba, dándome la vuelta para observar toda la plaza desierta.

Habría podido bajar de la plataforma tranquilamente, acercarme al coche para volver a conectar con mis propias manos la clavija y luego subir otra vez a la tribuna para reanudar el mitin. O extender a modo de excusa los dos brazos, como diciendo que ya habría otra ocasión para acabar el discurso... O incluso guardar silencio, asomado a la barandilla algo empinada, con los codos en el pasamanos, haciendo un poco de presión para que la tribuna con la pata cambiada no volcase, golpeando de cuando en cuando los pies en la plataforma para entrar en calor, y quedarme un ratito más ahí arriba, echando vistazos ocasionales al reloj del ayuntamiento para decidir cuándo era razonable bajar de un salto a la plaza y ponerme otra vez las gafas para averiguar dónde demonios se había metido el ciego.

—Pero ¿se puede saber dónde estaba? —le preguntaba al verlo volver al cabo de un rato.

—¡Dando vueltas por la plaza, ocupándome de la difusión!

Notaba con estupor que ya no tenía ni un solo periódico en las manos.

—Pero ¿a quién se los ha vendido?

—Pues, ya que pregunta, ¡el caso es que me han faltado!

El ciego empezaba a desmontar en silencio la tribuna.

—¿Y dónde estaba cuando la clavija se ha desconectado? —volvía a preguntarle.

Él esbozaba una leve mueca, sorprendido.

—¿Se ha desconectado el micrófono? ¡Pues le aseguro que su voz se ha oído en todo momento, en todo el pueblo!

Lo veía darse la vuelta para cargarse las bandas decorativas al hombro. Me impedía ayudarlo por todos los medios, a pesar de tener los ojos en blanco por el esfuerzo.

—De todas formas, ¿dónde estaba usted en ese momento? —le preguntaba.

—Recogiendo suscripciones, direcciones, por las calles…

Yo lo miraba con ojos estupefactos, en silencio, unos segundos.

Entonces me enseñaba una bolsa de plástico llena de billetes y monedas; se sacaba del bolsillo una hojita con la lista de direcciones.

—¿Cómo puede apuntar las direcciones?

—Pues escribo las letras muy separadas, me las apaño como puedo…

Las gafas se me resbalaban un poco por el frío, las sujetaba cogiéndolas de una patilla con dos dedos mientras leía atónito los nombres y apellidos escritos con meticulosidad en la hojita.

Una vez cargado el coche, poníamos rumbo a otro pueblo sin mediar palabra.

Reconocía en plena noche las mismas placitas, cuando volvíamos a pasar con el cubo de cola y los carteles. Bajábamos del coche cuando todas las ventanas llevaban un rato apagadas. El ciego removía con un palito la cola y probaba varias veces su consistencia con los dedos antes de decidir que estaba lista. Arrancaba del pliego el primer cartel, que crujía, casi fosforescente, en la noche. Lo veía resaltar en la oscuridad cuando el ciego empezaba a recorrer las callecitas desiertas y dormidas sujetándolo por las dos esquinas superiores, en busca del lugar con mayor exposición para pegarlo. Intuía el movimiento de sus piernas detrás de la película de papel, como una sábana almidonada.

—¡Me parece que aquí está bien! —decidía el ciego.

Yo conseguía apartarlo en el último segundo, cuando ya estaba extendiendo la cola en una garita de los emplumados y el centinela que había dentro —que movía la boca y sonreía al mismo tiempo, aún en sueños— hacía amago de despertarse por el roce de la brocha.

Buscábamos otro sitio. Yo le sujetaba el cartel, pero el ciego extendía la cola en un punto muy alejado de mí: encima de un surtidor de gasolina o en los postigos de una ventana cerrada a ras de calle. Quien estaba durmiendo en la casa roncaba más fuerte, como si quisiera dialogar con el sonido rítmico de la brocha.

—¡Estoy aquí! —lo avisaba.

Entonces notaba la brocha empapada de cola pasar una y otra vez por encima de la mano con la que llevaba un rato sujetando el cartel; la notaba pasar por el cuello del abrigo, por las gafas.

—¡Ya está! ¡Ya está! —lo avisaba sin levantar demasiado la voz.

—Me parece que aún queda una esquinita seca… —protestaba él, pasándome por última vez la brocha por la nuca.

Sentía una gota de cola casi congelada bajarme por la columna y colarse por una axila mientras seguía con los brazos levantados para apoyar el cartel en la pared. Unos minutos después me costaba mover el volante: me costaba levantar el codo en las curvas. También la carretera adoptaba un aspecto distinto por culpa de la cola que se me había quedado en las gafas.

—¡Conduzca con más precaución! —me amonestaba el ciego—. ¡Tenemos toda la noche por delante!

De vez en cuando nos cruzábamos con algún que otro coche solitario al doblar una curva cerrada. Las luces de sus faros se me quedaban pegadas largo rato en los cristales de las gafas, incluso cuando ya lo habíamos dejado muy atrás y ni siquiera se oía su motor a lo lejos.

—¡Qué poco consume este coche! —exclamaba el ciego, sorprendido, al darse cuenta de que nunca paraba a echar gasolina.

El coche seguía marchando como una bala, pero veía al ciego cada vez más pensativo.

—¡Hay que diluir la cola! —decía, al palparla y notar que se había aglutinado más de la cuenta.

El lago quedaba muy cerca, así que bajábamos a llenar otra vez el cubo. Siempre que me disponía a tirar al agua los grumos que no se habían disuelto, el ciego se las apañaba para detenerme en el último segundo. Se arremangaba todo lo posible y hundía ambos brazos en el cubo. Yo veía los grumos quebrarse bajo sus dedos; la costra gelatinosa se desintegraba, liberando el polvo de celulosa aún seco. Luego cargaba otra vez el cubo en el coche, colocándolo a los pies de su asiento, y cruzaba las piernas en el pequeño espacio que aún le quedaba libre. El borde de sus pantalones, que asomaban por la carrocería, aleteaba con fragor.

—¡Preste atención al cambiar de marcha y al frenar! —me insistía, porque la cola podía desbordarse del cubo en cualquier momento, a causa de un acelerón o un frenazo.

Luego, con un bostezo, me proponía de repente:

—¿Por qué no viene a dormir a mi casa? No queda lejos…

Iba a dormir a su casa.

—Aquí estamos todos ciegos… —me informaba.

Yo dejaba las gafas en la mesilla y me dormía de golpe. Ni siquiera me despertaba cuando alguien se levantaba de su cama e iba palpando las paredes en busca del grifo, de un vaso. Todos se arremolinaban alrededor de mi cama en plena noche. En el duermevela sentía sus manos rozarme la cara, el pelo.

5

Somnolencia

Me habían asignado un cochecito nuevo, amarillo, después de que destrozara también el de plástico en otro accidente. No era fácil conseguir que cupiésemos yo y también la caja de los altavoces, las piezas de la tribuna, los periódicos y las bandas decorativas. Tenía que conducir con la cara a escasos centímetros del parabrisas, pues el marco de hierro de la tribuna, encastrado en el asiento trasero, presionaba los delanteros y los levantaba de sus raíles. También el ciego iba con la cara casi pegada al parabrisas. Se le debían de ver los ojos perfectamente desde fuera, porque notaba que los transeúntes se escabullían en cuanto entrábamos en los pueblos.

Sujetaba los altavoces a la baca del coche, pasando los cables por una rendija abierta en las ventanillas. Conducía despacio, pues el capó tenía que quedarse semiabierto para no cercenar los cables, pero eso no evitaba que se abriese de sopetón una y otra vez. El parabrisas se opacaba de golpe, pero el ciego seguía mirando a la carretera como si nada. Si aceleraba, por poco que fuese, los megáfonos empezaban a inclinarse sobre la baca, girando sus bocas vociferantes hacia el cielo.

Llegábamos a algunos pueblecitos donde estallaban revueltas. El ciego se ponía detrás de mí y me apoyaba una mano en el hombro para que lo guiase por las calles. Nos movíamos entre el tumulto, hasta que un desplazamiento repentino de la multitud lo arrastraba de golpe. Lo veía gesticular, cada vez más lejos, en busca de mi hombro, pero la muchedumbre interpretaba los movimientos de sus brazos como gestos imperiosos con los que daba órdenes. Y se colocaba, compacta, a su espalda. Las calles estaban muy inclinadas, repletas de farolas. Veía a las masas incendiar una gasolinera solo porque el ciego había apoyado la mano en el surtidor al confundirlo con mi hombro. Lo rescataba mientras arrastraba tras de sí a un pequeño grupo de gente embozada.

—¡Está yendo muy bien! —me anunciaba al pasar por mi lado, emocionado.

Veía caer lágrimas de sus ojos muy abiertos. Él también se ataba un pañuelo al cuello, y podía permitirse el lujo de taparse hasta los ojos.

Luego todo el pueblo se sumía de repente en el silencio. Ya no se veía un alma por las calles. Se oía un ruido lejano de botas que llegaba a oleadas, señal de que los emplumados empezaban a rastrear la zona.

El ciego se quedaba inmóvil, alarmado, a mi espalda.

—¡Sáqueme de aquí! ¡Lléveme a otro sitio!

—¿Tanto te cuesta tutearme? —le preguntaba, intrigado, mientras lo arrastraba del brazo por un largo callejón.

—¡No me sale! ¡No puedo! ¡No insista!

El cochecito amarillo llevaba un rato avanzando a toda velocidad camino de Slandia. Veía su pequeña sombra en el margen de la carretera, un poco deformada por la inclinación de los rayos de sol.

A medida que nos acercábamos a la ciudad, había controles por todas partes. El ciego sacó un brazo del coche, el aire empezaba a templarse.

«Slandia...», lo oí murmurar para sí con entusiasmo, cuando ya recorríamos sus calles sintiendo las vibraciones de los distintos tipos de adoquinado.

Las ruedas del coche se zambullían y emergían de los baches que había en algunas plazas, cada vez más abarrotadas a última hora de la tarde. Íbamos despacio. Alguien se sentaba entre risas en nuestro capó y dejaba que lo llevásemos así unos metros, mientras pequeños grupos de emplumados ya andaban sueltos por las calles.

Bajamos del coche y el ciego me puso una mano en el hombro. Caminábamos sin cruzar palabra. También nuestras sombras entrelazadas se desplazaban sobre las paredes con la última luz de la tarde. La del ciego tenía la cabeza un poco dilatada, como si se divirtiese hinchando las mejillas mientras me seguía. Algunos emplumados, sentados en un peldaño, se ataban las espinilleras a los tobillos.

Anocheció. En las esquinas de las calles también había pequeños grupos de jóvenes que se anudaban en la frente vendas finas y un poco fosforescentes. La muchedumbre seguía fluctuando por las aceras, rozándome suavemente la cabeza al pasar. Algún pelotón desperdigado de emplumados seguía patrullando las calles, dominado por la emoción, recortado sobre la ostentación eléctrica de los escaparates recién encendidos. Notaba por todas partes el roce de codos blandos, de rodillas suaves. Se percibía una sensación de dulzura incontrolable, de papilla memorable.

Uno de los bordes de la multitud se replegó dos o tres veces sobre sí mismo. Ya se veían algunas vendas huir calle abajo en todas direcciones.

—¡Están disparando! —dijo el ciego de pronto.

La muchedumbre se deslizaba, fluía a contraluz sobre los escaparates. Se adivinaban los destellos de los cascos de los emplumados apostados en los cruces.

—¡Voy a meterme en los disturbios! —oí gritar al ciego justo antes de que la muchedumbre me alejara abruptamente de él.

Las luces de las tiendas se apagaron de golpe; las persianas bajaron con estrépito; las calles se vaciaron en un instante. Ya era de noche. Solo se oía el ruido de las botas de los emplumados, que empezaban a rastrear la zona.

Me metí debajo de un coche.

De la calle llegaba un sonido como de lluvia. Veía las enormes botas pasar a pocos centímetros del coche, relucientes, mientras los emplumados perseguían a un grupo que se había quedado atrapado. Un tipo había acabado en el suelo y los emplumados le golpeaban todo el cuerpo en absoluto silencio con la culata del fusil: solo se oía el ruido de huesos al romperse, sobre todo los de la cara, los de la cabeza. Se veían densas gotas de sangre y de moco saltar por los aires y salpicar la carrocería de los coches aparcados, como en un sueño.

Me volví de repente porque me pareció oír algo infinitamente cerca: un bostezo.

Entonces reparé en que había otra persona tumbada a mi lado bajo el coche.

—No te había visto... —le susurré.

El otro se llevó un dedo a los labios para que guardara silencio, aunque él seguía con la boca abierta, bostezando.

Pegué la cabeza al suelo. Entreveía, casi en el centro de un grupo, la silueta de un emplumado que tenía a una chica arrodillada delante de él, amenazándola con la culata del fusil bien levantada. Llevaba la visera de plexiglás del casco completamente subida y guardaba silencio absoluto, con la cabeza inclinada hacia atrás y los párpados casi cerrados. Tampoco llegaba ningún ruido de los demás emplumados, que seguían blandiendo la culata de sus fusiles por todas partes, ni de los cuerpos que se iban fracturando poco a poco en el asfalto. Sin embargo, en un momento dado me pareció que el pelo de la chica empezaba a resplandecer inesperadamente.

—¿Qué le está haciendo? —le susurré al que tenía al lado.

—¡Le está meando en el pelo!

Los emplumados se giraron al unísono y de repente hacia un lado. Acto seguido, sin que se oyese ninguna orden, empezaron a huir en desbandada, en silencio, hacia el otro extremo de la calle.

—¿Qué pasa? —pregunté en voz baja.

El hombre tumbado a mi lado se incorporó un poco para mirar.

—¡Huyen!

—Pero ¿por qué?

—¡Ya vienen los guerreros! —susurró.

Yo tenía la mejilla pegada al asfalto, veía las últimas botas de los emplumados pasar muy cerca de mis ojos en su huida vertiginosa.

—¿Quiénes son los guerreros?

—¡Espera y verás! —susurró el hombre a mi lado.

Intenté levantar la cabeza para mirar por el hueco entre el parachoques y el asfalto.

Muchas personas con la cara embozada habían irrumpido en la calle. Llegaban a la carrera, en oleadas, y al mirarlas desde abajo, desde el suelo, sus zapatillas de deporte parecían casi fosforescentes y se movían a un ritmo vertiginoso ante los ojos de los últimos emplumados, que se habían quedado atrapados.

—¡Ya empieza! —susurró la voz a mi lado.

Los guerreros empezaron a dar vueltas alrededor de los emplumados, sin prisa. Hacían el pino y daban unos pasos con las manos, bocabajo, burlándose de ellos. Veía sus zapatillas de deporte fosforescentes aquí y allá, recortándose incluso sobre las ventanas más altas y las cornisas, como si algunos estuvieran formando una torre, unos a hombros de otros, y el último tuviese los brazos muy abiertos para pedir un aplauso.

Los emplumados estaban pegados a la pared, con los ojos como platos.

—Ahí está… ¡La cizalla! —oí susurrar a la voz a mi lado, un poco soñolienta.

Un guerrero había llegado brincando en silencio por la pared. De una patada hizo salir volando el casco de un emplumado que se había dejado caer hasta quedarse sentado en el suelo, con la espalda pegada a la pared y las piernas estiradas en el asfalto, en silencio. El guerrero levantó bien alto, con ambas manos, la cizalla. De repente se inclinó hacia delante, y me bastó un segundo para comprender que estaba cortando de un tajo la garganta del emplumado, cuyo esófago ya asomaba por la carne lacerada como un tubo de goma.

Estaban llegando más torres, precedidas de otros guerreros que avanzaban a la carrera con los brazos abiertos. En el centro de la pequeña multitud embozada había aparecido una figura negra que avanzaba a pasitos cortos, envuelta en una capa.

—¿Se puede saber qué es eso? —me pareció preguntar—. ¿Lleva una capa?

—No, ¡es su pelo! —respondió con un bostezo el hombre a mi lado.

—Pero ¿quién es? —pregunté otra vez, bostezando yo también.

—¡La monja negra!

—¿La monja negra? ¿Por qué se llama así?

—¡Porque dicen que en su día fue monja! ¡Es la líder de los guerreros! —oí que me decía el hombre con la voz adormilada, desde muy cerca.

Se hizo el silencio en la calle. Los guerreros también se habían detenido de golpe y la rodearon.

«Qué va, no puede ser la misma persona…», me dije. Tenía la boca del hombre tan cerca que estaba a punto de dormirme.

Ahora todos los guerreros, guardando un poco las distancias, miraban a esa figura inmóvil y casi invisible tras la barrera de pelo trenzado y enjoyado. De otras partes de Slandia llegaba el aullido lejano de las sirenas.

—¿Qué está haciendo? —susurré.

—¿No lo ves? Está haciendo punto.

En efecto, la capa de pelo se había abierto ligeramente y de ella asomaban dos manitas negras que movían los moldes metálicos a toda velocidad.

«Ah, sí, también hacía punto por aquel entonces, en el seminario…», recordé enseguida.

De repente, todos los guerreros estallaron en una sonora carcajada.

—¡Vale, ya estamos!

La monja negra dejó de mover las manos de pronto, sacó de la prenda una de las agujas alargadas y giró por completo la cabeza, casi de golpe, para mirar a su alrededor. Su pelo se extendió por un instante, irradiado, sobre el asfalto.

Me pegué aún más al suelo.

—¿Qué está pasando? —murmuré.

La monja negra ya estaba muy cerca de la pared. Su pelo había vuelto a cerrarse con estrépito, haciendo chocar los pasadores de hueso que lo adornaban. Se detuvo unos segundos delante de la cabeza aterrorizada de uno de los emplumados.

De pronto su mano saltó como un resorte, de abajo hacia arriba.

La vi hacer fuerza un instante, suspirar.

—¿Has visto? Le ha clavado la aguja enterita en una fosa nasal… —oí susurrar a mi lado.

«No, no, no puede ser», pensaba sin hacer el menor movimiento con la cabeza, sin respirar.

La monja negra ya había sacado todo el molde de la nariz. Le pasó dos dedos por encima, para limpiarlo, y se llevó a los labios los trocitos de cerebro que se habían quedado pegados antes de volver a introducirlo, pacientemente, en la prenda.

«¡Como el día que pasó los dedos por la hoja de aquel cuchillo filiforme para quitar los trocitos de queso!», me dije conteniendo el aliento. «Luego se los llevó a los labios, la vi por la rendija de aquel carrusel de madera para los platos…»

La calle volvía a estar desierta, en silencio.

—¡Ya podemos salir!

Oí que el hombre estaba zarandeándome, que bostezaba.

Salí arrastrándome de debajo del coche y miré a mi alrededor.

—¡Ya no hay ni rastro de los guerreros!

—¡Han huido! ¡Han desaparecido!

—Tampoco se ven por ningún sitio los cadáveres de esos emplumados…

—¡Los camilleros ya han venido a llevárselos!

Todas las ventanas estaban cerradas, pero se colaban franjas de luz entre los listones.

—¡Qué raro! No he visto nada…

—¡Normal! ¡Te habías dormido!

Las calles parecían destripadas; de los callejones más cercanos llegaban los gemidos de alguien que subía las escaleras de su casa con la cabeza abierta. Vislumbraba en la oscuridad sus vendas, como turbantes fosforescentes.

El hombre caminaba a mi lado, un poco soñoliento.

Me volví para mirarlo.

—¿Y tú quién eres? ¿Cómo te llamas?

Se encogió un poco de hombros, me sonrió.

—No sé por qué, pero todo el mundo me llama Somnolencia.

* * *

—¡Nos vamos! —se sentía obligado a anunciar Somnolencia desde el asiento trasero, mientras el cochecito arrancaba y se alejaba del arcén.

De su boca emanaba un ligero hedor.

«¡Debe de tener los dientes podridos!», me decía. «Parecen de carne, y las encías de hueso…»

Había insistido mucho en unirse a nosotros y había discutido largo y tendido con el ciego sobre la mejor forma de distribuir materiales y personas en el pequeño coche, hasta que acabé por rendirme:

—Vale, vale.

Enfilábamos carreteras cada vez más serpenteantes y remotas, señalizadas con líneas cada vez más finas en el mapa, o que había que inventarse de repente, encogiéndose de hombros. Con el rabillo del ojo veía al ciego dar cabezadas, muy pegado al parabrisas, porque el marco de la tribuna desplazaba hacia delante los asientos del conductor y del copiloto. Se despertaba con un sobresalto, abría mucho los ojos como si allí no hubiera pasado nada. Su cabeza apenas asomaba del paquete de periódicos que llevaba en el regazo, abrazándolos para que no cayesen al suelo con la inclinación del asiento. Notaba que un pico de hierro se me clavaba en la columna vertebral cuando Somnolencia tenía que mover un poco el marco sobre sus hombros, como un balancín, para que yo pudiera cambiar de marcha. Del asiento trasero llegaba ese hedor… Yo me llevaba un cigarrillo a los labios con la esperanza de disimularlo. Empezaba a buscar la punta con el mechero para encenderlo y el ciego se despertaba de repente, emitiendo un ligero gruñido.

—¡En realidad eso tendría que hacerlo yo! —apuntaba, con el ceño un poco fruncido.

Yo cerraba los ojos. En manos del ciego, la llamita empezaba a deambular por el pequeño habitáculo del coche. Me rozaba unos instantes la montura de las gafas, ahumando la mitad de un cristal; pasaba cerquísima de la maraña de bandas decorativas; o se detenía tanto tiempo debajo de uno de los laterales del marco que, pasado un buen rato, cuando el cigarrillo por fin estaba encendido, el hierro seguía incandescente. Daba una calada y echaba el humo azulado en el habitáculo del coche, y entonces Somnolencia se asomaba un poco por el marco para aspirar el humo recién espirado por mí y expulsarlo a su vez, putrefacto.

—¡Menos mal que no tenemos que parar a echar gasolina! —oía decir al ciego a mi lado, con un suspiro.

El cochecito seguía haciendo kilómetros. La vista se me nublaba en las curvas, donde había pequeños desprendimientos, piedrecitas en el asfalto caídas quién sabe cuándo y por qué. Bajaba la ventanilla, aunque no sirviera de mucho, y por el espejo retrovisor veía a Somnolencia calarse la capucha en la cabeza, aterido. Sin embargo, el aire exterior debía de embriagarlo, pues al cabo de unos segundos, inesperadamente, lo oía cantar en voz baja. También el ciego, ahora medio dormido, se unía al canto moviendo la cabeza, que apenas asomaba del paquete de periódicos.

—¿Por qué no canta usted también? —me animaba, volviéndose hacia mí.

Notaba que mi boca empezaba a abrirse poco a poco. El espejo retrovisor ya no podía contener las comisuras ondulantes de mis labios. El cochecito amarillo daba una sacudida y algo, la pila de tablas o de periódicos, se desmoronaba a causa de un movimiento demasiado entusiasta de uno de los cantores. También la caja de los megáfonos estaba a punto de volcar, y oía las bandas decorativas desenmarañarse y ocupar los minúsculos espacios aún vacíos del coche. Un pico del marco incandescente se me clavaba dolorosamente en la nuca, porque Somnolencia debía de habérselas apañado para levantar los dos brazos al enfatizar un agudo, haciendo rotar todo el marco con los hombros. La carretera volvía a desaparecer durante un tramo, y no reaparecía hasta el final de un frenazo interminable y zigzagueante, impreso desde hacía quién sabe cuánto en el asfalto, o trazado tal vez por las ruedas del cochecito amarillo en ese mismo momento.

Volvía a cerrar la ventanilla y el canto iba declinando paulatinamente, se apagaba. Ya se veía el siguiente pueblo.

Somnolencia se bajaba la capucha.

—¡Vale, ya estamos! —oía decir a su aliento, a mi espalda.

Nos deteníamos poco a poco. Yo sacaba una pierna del coche y la agitaba para desentumecerla antes de apearme.

—¡Qué abarrotada está esta plaza! —exclamaba con sorpresa, mirando a mi alrededor.

Somnolencia surgía de debajo del marco con una sonrisa, con una especie de tira de carne asomando entre el corte de sus labios.

—¡Hay que montar la tribuna de inmediato! —exclamaba el ciego, animándose.

Somnolencia y él empezaban a trastear en el centro de la plaza atestada de gente que iba de acá para allá, en todas direcciones. El cielo estaba bajo, cargado de vapores, y el pavimento de la plaza muy abombado, como una cabeza gigante. El ciego montaba la tribuna con ayuda de Somnolencia. Los oía discutir con discreción, en voz baja, mientras la parte de la tribuna ya montada se balanceaba, descoyuntada, sobre sus patas finas y aún desnudas.

—¿Puedo echaros una mano? —sugería.

El ciego abría los brazos, se alteraba.

—Usted ya tendría que estar en uno de los bares que sin duda darán a la plaza, sentado a una mesita, mirando por la cristalera con expresión indiferente, como desde una enorme distancia; hojeando por última vez los apuntes, con una mano apoyada en la frente pensativa, inclinada…

—¡Pero si no tengo apuntes!

Somnolencia y el ciego se enzarzaban en una nueva discusión acerca de las rondas de propaganda, en las que yo no debía participar bajo ningún concepto.

—¡No sé conducir! —protestaba con los ojos entrecerrados Somnolencia.

El ciego lo obligaba a sentarse al volante y yo veía el cochecito amarillo alejarse a trompicones por la plaza, mientras la voz del ciego brotaba con vehemencia por los altavoces. La tribuna se balanceaba sobremanera cuando me subía, y tenía que dar saltitos para asentarla en el pavimento abombado de la plaza.

—¿No podríamos al menos bajar un poco la música? —me atrevía a preguntar.

El ciego negaba con la cabeza.

Me quitaba las gafas. Solo entonces cesaba la música. Cogía con dos dedos el micrófono nuevo, delgado como un alfiler. Y al cabo de un instante oía mi grito atravesar la plaza, pero completamente desnudo. Me quedaba inmóvil en lo alto de la plataforma, miraba a un lado y a otro.

—¡Se ha quemado el fusible! —oía exclamar al ciego.

Veía a Somnolencia despellejar con la carne de los dientes uno de los cables y arrancar un filamento de cobre con el que sustituir el fusible recién quemado del transformador. Entonces, yo acercaba la boca a la cabeza del alfiler y, antes incluso de reanudar los gritos, notaba que volvía a formarse una enorme burbuja alrededor de la plaza. Mi voz se expandía sin control entre sus paredes, que se deformaban ligeramente sin llegar nunca a romperse. La oía alejarse y volver muchísimo tiempo después. Podía incluso dejar de hablar en seco, si el tubo de escape me obligaba a toser rabiosamente en la tribuna, y mis gritos no dejaban de oírse ni por un segundo. «¿Para qué habrá venido todo este gentío?», me preguntaba. Algunos se acercaban a pasitos cortos a la mesa y se inclinaban para echar un vistazo al material de propaganda, pero al cabo de un instante los veía abrir la boca de par en par y bostezar, contagiados por Somnolencia, que bostezaba a su vez, sentado en su taburete, sonriendo. Yo me giraba en la plataforma de tablas extremando las precauciones; cambiaba el peso del cuerpo a la otra pierna, procurando evitar que la tribuna empezara a brincar por la plaza.

—¡Hemos triunfado! —comentaba el ciego al final.

Volvía a ponerme las gafas, me frotaba los ojos.

—¡A lo mejor hoy hay mercado en esta plaza! —decía, al caer de repente en la cuenta.

El ciego negaba con la cabeza.

—Eso es del todo irrelevante… —rebatía.

Yo veía a nuestro alrededor puestos a rebosar de embutidos amontonados y cuñas de queso.

—Es más, ¡he apuntado un montón de direcciones! Mire aquí, por ejemplo. Este es un tipo muy conocido en la zona, ha organizado manifestaciones, ¡ha encabezado disturbios!

—¿De verdad? El caso es que me da la sensación de que todo está muy tranquilo por aquí...

—¡No, hombre! ¡Eso es solo lo que parece! ¡Si hubiera oído lo que me ha contado un tipo!

—¿Ah, sí? Y ¿quién es?

—Tiene un tatuaje enorme de la hoz y el martillo en el pecho. ¡Es un combatiente!

—¿En serio? ¿La hoz y el martillo? ¿Cómo lo sabes?

—Pues porque me lo ha dicho... Pero había varias personas alrededor, lo han confirmado. También he oído que se ha abierto la camisa para mostrar el pecho desnudo y enseñarlo. He pensado que podría sumarse a nosotros, que podría subir con usted a la plataforma, quedarse con la camisa abierta mientras usted da los mítines...

Yo me pasaba una mano por la cara. Somnolencia seguía con los ojos entornados en su taburete. El ciego lo exhortaba a levantarse, lo zarandeaba.

Desmontábamos a toda prisa la tribuna y nos marchábamos del pueblo justo antes de que la muchedumbre pudiera vernos de verdad. El cochecito amarillo volvía a recorrer las carreteras a toda velocidad, pero nuestros cuerpos debían de haber aumentado de volumen, porque íbamos aún más apretujados. El cielo se deslizaba, la luz nos pasaba poco a poco por encima. La carretera desaparecía en algunos tramos, como si verla no sirviese de nada. Oía a Somnolencia bostezar en el asiento trasero. Los ojos se me humedecían un poco, yo también bostezaba y me quedaba traspuesto, pero el golpe seco del capó al abrirse de sopetón y chocar contra el parabrisas me despertaba de repente al cabo de un segundo. El cochecito avanzaba unos metros más con la boca abierta, y a veces ni siquiera había que bajar para cerrarlo: bastaba con clavar los frenos y el capó volvía a caer de golpe sobre su cierre roto.

También el ciego se despertaba con un sobresalto, y caía en la cuenta de que aún no había cotejado con Somnolencia la recaudación de la mesa de propaganda.

—¡Caramba! —decía con estupor al constatar que el dinero estaba, sí, pero también los periódicos—. ¿Cómo puede ser?

Oía que Somnolencia carraspeaba, como si se dispusiera a hablar, y me quedaba esperando la respuesta, pero al final el ciego cedía y se adormilaba.

Parábamos a cortarnos el pelo en alguna pequeña barbería cuando nos sobraba algo de tiempo. Me sentaba al lado del ciego, mientras Somnolencia esperaba su turno en una sillita. Lo oía bostezar a nuestra espalda. La mano del barbero iba cada vez más lenta, las tijeras se quedaban atascadas entre el pelo. Notaba que yo también me adormecía. Y esbozaba una sonrisa cuando, por un gesto rápido a mi derecha, me percataba de que el otro barbero había acercado con gesto mecánico el espejo al cogote del ciego para que comprobase cómo le había quedado el corte.

Volvíamos a montar en el coche y nos dirigíamos a las pequeñas sedes que habían abierto aquí y allá en la provincia, repartidas por la red de carreteras. Nos esperaban con sus lucecitas aún encendidas, y la puerta se abría cuando oían el runrún todavía lejano del coche. No se veía de quiénes eran las manos que asomaban para agarrar el paquete de periódicos. Dentro, las paredes parecían recién pintadas. No distinguíamos las caras de quienes estaban sentados alrededor de la mesa, cubierta por un mantel de color intenso, como si fuera la primera vez que la bombilla se encendía y aún no hubiese aprendido a alumbrar sin borrar.

Volvíamos a la carretera. El haz de luz de los faros revelaba de pronto pequeñas siluetas a la fuga: las veía quedarse bloqueadas con la cabeza girada; reparaba por un instante en sus ojillos muy abiertos, encandilados. Parábamos al final de una avenida. En la oscuridad, se adivinaba la silueta lejana de la portería de una fábrica. No hacía falta montar otra vez la tribuna, pero el ciego insistía para que al menos extendiésemos una pequeña banda decorativa encima del capó. Yo me quedaba de pie al lado del coche, con el alfiler en la mano. El fondo de la avenida se teñía paulatinamente de negro. Me quitaba las gafas y notaba el viento de los escúteres que empezaban a pasar como flechas a ambos lados; veía los radios desenfocados de alguna bicicleta inesperada. Intuía el contorno de una cara, porque había alguien que siempre se paraba a escucharnos unos segundos.

Me acercaba un poco, alfiler en mano, intentando descifrar sus facciones.

—¿Has visto quién era? —me preguntaba al final Somnolencia.

—¡Como si fuera fácil! ¡Tenía la cara blanquísima!

La fila de obreros se estrechaba poco a poco, la avenida volvía a quedarse desierta, aunque aún llegaba algún tardón a pie, con las manos en los bolsillos. Lo veía pasar, y al mirarle el pelo se notaba que se había quedado muchísimo tiempo peinándose y repeinándose en los vestuarios. El ciego y Somnolencia ya habían desmontado los altavoces y habían metido la caja en el asiento trasero. Me quedaba un rato más observando las gotas de luz de las farolas, que llegaban hasta la puertecita cerrada de la portería. El ciego ya se había sentado en el asiento del copiloto y tocaba el claxon para que subiera al coche cuanto antes, aunque estaba a poquísima distancia de él. Titubeaba unos segundos, hasta que notaba que Somnolencia me agarraba con tacto del brazo para conducirme a pasos cortos hacia la puerta abierta del cochecito. Escuchaba su voz, sumido en una especie de duermevela.

—Se ha hecho tarde, tenemos que volver…

Notaba ese ligero hedor en la cara. Cambiaba con las estaciones, y se cargaba de una dulzura enervante en primavera. Cerraba los ojos y me quedaba un rato aturdido. «¡¿Cómo?! ¿Ya es verano?», me decía un instante después, al percibir que el aire y todo el espacio estaban fermentando, mientras el cochecito amarillo, sin baca y con el techo abierto, recorría en plena noche las carreteras rurales, y una infinidad de minúsculas ranas recién nacidas brincaba bajo la luz de los faros, al lado de las acequias. Las oía chirriar, crujir bajo las ruedas; saltaban por todas partes como palillos de dientes voladores.

—Se me están cerrando los ojos —le decía a Somnolencia—, cuéntame algo para que no me duerma…

Ponía las largas como si nada, y la carretera volvía a resplandecer de pronto. «Parece de porcelana», pensaba. Y, sin embargo, crujía bajo el peso del coche. No había forma de ver dónde acababa y dónde empezaba.

«¡Pero si esto es nieve!», me decía, dándome cuenta de repente. «¡Eso quiere decir que otra vez es invierno!»

6

Viaje a

—¿Qué hora será?

Somnolencia abrió los ojos y negó con la cabeza, haciendo oscilar la punta de la capucha con la que se cubría la cabeza para protegerse del frío de esa sede recién inaugurada y pintada, sin calefacción.

—No sabría decirte…

Luego su cabeza encapuchada se hundió otra vez hasta tocar el pecho. Se cruzó de brazos y volvió a quedarse traspuesto en la silla. Estaba envuelto en una nube fétida, con los ojos entornados, como encerrado en una suerte de círculo sapiencial.

—¿No podrías hacer algo? —se me escapó al cabo de un rato—. ¡Aquí no hay quien respire!

Somnolencia abrió poco a poco los ojos; me parecía verlo sonreír con mucha dulzura bajo su capucha.

—Estas son horas muertas. Hasta las cinco no sale ningún turno de las fábricas: es demasiado pronto para unas cosas y demasiado tarde para otras. —Se interrumpió un momento—. Además, ¡también hay que saber recuperar fuerzas!

Tampoco se oía ningún ruido en las calles. La luz iba pasando poco a poco, declinaba. Me giré otra vez hacia la puertecita de cristal, donde había un cartel pegado con cinta adhesiva por fuera. Apoyé la mejilla en un brazo doblado y fui cerrando los ojos, pero aún podía distinguir, con la poca luz que llegaba de la calle, el contorno de algunas de las letras impresas en el cartel, en las partes donde el papel estaba más adherido al cristal de la puerta.

—¡Se ha asomado alguien! —susurró Somnolencia.

—No lo he visto…

Se frotó los ojos, bostezando.

—¡Te digo que sí! ¡Ha mirado un momento dentro y se ha ido!

—Si casi toda la puerta está tapada por ese cartel, ¿cómo lo has visto?

—Se habrá puesto de puntillas, habrá estirado el cuello, habrá dado un saltito para mirar dentro…

—¡Entonces tenemos que salir ahora mismo para ponernos en contacto con él!

Levanté los ojos y miré hacia la puerta.

—¿Lo ves? ¡Está ahí otra vez! —susurró Somnolencia—. Ha vuelto…

El tipo tenía la cara casi aplastada contra el cristal, pero no había forma de ver sus facciones.

—No le veo la cara… —susurré.

—Es verdad, ¡no se ve!

—¡No hay manera de saber quién es!

Somnolencia se encogió de hombros y se rascó la cabeza.

—¡Pues será aquel obrero de cara blanca!

El cochecito amarillo estaba otra vez listo para ponerse en marcha. La luz, que poco a poco iba dejando atrás Slandia, era cada vez más tenue.

—¡Está claro que ahora sí que no hay manera de que quepamos todos! —dije yo, abriendo los brazos.

Tuve que entornar un poco los ojos, porque estaba frente al obrero de cara blanca, que también quería montarse en el cochecito.

Somnolencia se apartó de la pared, noté que estaba haciendo acopio de muchísima fuerza para hablar.

—A lo mejor solo hay que cambiar la disposición del marco —terció—: en vez de intentar contenerlo en el asiento trasero podemos dejarlo jugar con más libertad por el interior del coche...

Le gustaba quedarse un buen rato callado entre frase y frase, y siempre que volvía a abrir la boca para hablar me pillaba por sorpresa.

—Podríamos, por ejemplo, meter la cabeza en el marco los cuatro y sujetarlo sobre los hombros, y así dejar espacio en el regazo de los que nos sentamos detrás para la caja de los altavoces, la mesita, los periódicos, el tocadiscos portátil, las bandas decorativas... Llevo ya un tiempo dándole vueltas.

Apoyé los codos en el techo del coche y me quedé unos segundos en silencio.

—¡Entonces el marco irá de acá para allá sin ningún control! —exclamé al final—. ¡Y en cuanto uno de nosotros se mueva se moverán los demás! ¡Corremos el riesgo de que, cuando todas las cabezas se muevan de golpe hacia delante por un frenazo, los picos rompan los cristales de las ventanillas o del parabrisas!

Somnolencia apretó los labios, entornó los ojos.

—Solo tienes que avisarnos justo antes, así los que vamos detrás podremos frenar con el cuello el movimiento hacia delante del marco...

Me volví para mirarlo.

—¡Entonces a los que vamos delante nos dais garrote!

Notaba al obrero de cara blanca agitado por la emoción, a escasos metros del cochecito. Debía de tener entradas, porque el pelo le nacía muy alto en la cabeza y resplandecía por la brillantina que enmarcaba su cara, cuyas facciones eran totalmente invisibles.

De repente nos propuso un brindis, antes de que empezásemos a apiñarnos en el cochecito. Nos arrastró a una pequeña taberna y, de pie junto a la barra, inclinó exageradamente hacia atrás la cabeza: no se veía el orificio por el que entraba el aguardiente. Al cabo de un instante se aceleró, salió casi corriendo del local y echó a andar por las callejuelas escarpadas dando larguísimas zancadas, hasta que encontramos la forma de atraparlo y caminamos un rato a su lado, sujetándolo del brazo, para apaciguar su frenesí ante la salida inminente.

Se apretó al lado de Somnolencia en el asiento trasero, colocando en su regazo las tablas de la tribuna y el cajón de los altavoces. Yo introduje el marco en el coche y los dos metieron la cabeza. Lo sujetaron cada uno con una mano, bien alto y en paralelo al suelo del coche, para que el ciego y yo pudiéramos sentarnos delante y agachar la cabeza para meterla también en el marco.

Arranqué.

—¡En marcha! —anunció Somnolencia como mandaban los cánones, acercándose aún más al obrero de cara blanca, del que no había forma de saber si ya había empezado a palidecer.

Las carreteras se desenrollaban paulatinamente. Me costaba mucho mover los pies en los pedales, porque yo también llevaba en el regazo una pila aún vertical de periódicos, mientras que el ciego parecía un poco aturdido a mi lado, medio tapado por la mesita y las bandas decorativas. El marco de hierro se movía y nos movía por el interior del coche, en los frenazos bruscos y en los acelerones. Rotaba en las curvas, llegando a rozar el parabrisas y levantándonos a unos u otros de los asientos. Notaba una parte aún incandescente pasar un segundo por mi cuello si antes no había estado bastante rápido para encenderme el cigarrillo sin que el ciego se diera cuenta. Unas esquirlas de diente más bien blandas me llovían sobre el cogote y la nuca cada vez que Somnolencia estornudaba de pronto a mi espalda. Veía fragmentos rosados encastrados en su chicle cuando me lo entregaba, después de masticarlo un buen rato, para que lo tirase por la ventanilla. Alguien se pasaba una parte del trayecto suspirando, con la barbilla apoyada en el marco. Cuando las ruedas del coche pasaban por un ligero desnivel, se quedaba suspendidas un instante en el aire. Oía la voz de Somnolencia entonar casi en sordina una canción, a la que se unían el ciego y el obrero de cara blanca. Yo movía un poco la cabeza, haciendo oscilar el marco de hierro que nos abarcaba, pero ni siquiera mirando por el espejo retrovisor lograba ver de dónde brotaba su voz.

Salíamos lentamente del coche, uno detrás de otro, sacando las cabezas por debajo del marco, y yo intentaba estirar las piernas. Alguien nos observaba en silencio desde los soportales de la plaza, mientras un sinfín de objetos y por último la gran maraña colorida de bandas decorativas emergían del minúsculo coche. Veía la silueta de la tribuna materializarse de pronto en el centro de la plaza, bajo las manos del ciego y del obrero de cara blanca, que estaban impertérritos frente a frente, uno sin ver y otro sin ser visto, mientras Somnolencia seguía en su taburete con los ojos entrecerrados, bajo una luz que hacía que su barba pareciera aún más lanuginosa y transparente.

Yo abría bien los ojos cuando la silueta del obrero de cara blanca aparecía en lo alto de la tribuna, dominando la plaza, y empezaba a probar los altavoces, e incluso a anunciar mi mitin con gran naturalidad. Me pasaba el micrófono, y a veces hasta me ayudaba a subir, dándome un empujoncito que hacía temblar unos segundos toda la estructura.

—¿Por qué te quitas siempre las gafas antes de los mítines? —me preguntaba, para colmo.

Lo veía deambular un rato por la plaza, a escasos metros de la tribuna, hasta que la mancha de su rostro se desvanecía en la distancia. A juzgar por sus movimientos bruscos de un lado a otro, por cómo se metía en los soportales con el paquete de periódicos, me daba cuenta de que el obrero de cara blanca estaba perdiendo otra vez el control de sí mismo. De repente lo oía discutir con alguien, y Somnolencia se levantaba de su taburete a regañadientes para ir a rescatarlo. Lo traía dando pasitos cortos hasta el centro de la plaza, sujetándolo por detrás, por el cuello de la chaqueta, como a un gato. El ciego también llegaba jadeando de zonas lejanas del pueblo. Los dos intentaban tranquilizarlo, lo obligaban a sentarse en el taburete y ponían cada uno un brazo encima de sus hombros, hasta que se calmaban poco a poco sus temblores. Le hablaban por turnos, en voz baja; probaban a quitar el brazo con el que le sujetaban el hombro para ver si aún intentaba levantarse del taburete, electrizado. Y yo, al verlo desde la tribuna echar hacia atrás la silueta de la cara; al ver sus piernas y sus brazos calmarse poco a poco, relajados, suponía que ya habían empezado a acariciarlo.

Por las noches, durante la pegada de carteles, cuando los ojos se nos cerraban un poco por el cansancio, Somnolencia se equivocaba y extendía la cola por la cara del obrero, mientras el ciego lo esperaba sujetando el cartel en un sitio completamente distinto. Las calles llevaban un buen rato desiertas y de las casas llegaban los ruidos del sueño, al otro lado de las paredes embadurnadas de cola.

—¿Qué haces? ¡Estoy aquí! —gritaba el ciego con un hilo de voz.

Somnolencia abría un poco los ojos bajo la capucha y cruzaba la callecita con la brocha goteando, mientras el obrero de cara blanca aprovechaba para zambullirse en el coche y sacar un enorme cartel heliograbado.

Todos echábamos a correr detrás de él al percatarnos de que había vuelto a perder el control. Escapaba por las callejuelas sosteniendo con los brazos abiertos el cartel fosforescente, del tamaño de una sábana, y veíamos al trasluz la silueta cambiante de sus extremidades a la carrera. Oíamos los restallidos del papel cada vez en un sitio distinto, cada vez más lejanos.

—¡Tenemos un nuevo pasajero! —anunció el ciego acercándose.

Agaché un poco la cabeza.

Había un animal enorme a su lado, sentado en la acera, observándome.

—¿Y eso qué es?

—¡Por fin me han asignado un perro!

Yo lo miraba muy de cerca, conteniendo la respiración.

—¿Y se supone que va a montarse en el coche también?

—¡Qué remedio!

Así que todos nos apiñábamos en el cochecito amarillo. No lograba explicarme de dónde habíamos conseguido sacar algo más de sitio, pero veía de refilón la cabeza del perro dentro del marco. La carretera ascendía abruptamente y Somnolencia empezaba a cantar de pronto, con voz tenue. También el animal cerraba los ojos casi del todo, adormilado. Su lengua vibrante colgaba hacia un lado de la boca, en la que se adivinaba la larga hilera puntiaguda de dientes. Luego la lengua asomaba aún más, humeante, y ocupaba un espacio del habitáculo que seguía inexplicablemente vacío. La veía un poco borrosa, señal de que estaba tan cerca que mis ojos no conseguían enfocarla del todo. Cuando el marco de hierro se desplazaba y nos obligaba a girar de golpe, los cristales de mis gafas se llevaban un lengüetazo. Volvía a mirar la franja de la carretera. La saliva del perro ya se había secado, porque todo volvía a resplandecer con más intensidad al otro lado de las gafas y del parabrisas. A ambos lados de la carretera veía pasar casas y ventanas como flechas. En el espejo retrovisor distinguía la silueta del obrero de cara blanca, que tenía la cabeza completamente inclinada sobre el borde del marco, como si sonriese para sus adentros por la emoción. Entonces, algo que iba muy apretado aplastaba la cola invisible del perro, que gañía de dolor, y de repente todo se embrollaba dentro del coche. El animal aporreaba con las patas el marco, que se levantaba y nos levantaba uno por uno de los asientos, nos obligaba a girar el cuello y a cambiarnos de posición. Así pues, no era extraño que Somnolencia o el ciego acabasen al volante mientras entrábamos en un pueblo, o que al obrero de cara blanca le tocase conducir por sus calles. Me percataba de que algunos transeúntes se detenían en la acera y se pegaban a las paredes de los edificios al ver el fulgor de su cara sin facciones detrás del parabrisas.

—¡Hemos llegado! —anunciaba el ciego.

El perro salía el primero, brincando por encima del marco, y se lanzaba a la calle por la puerta o a través del techo, que yo procuraba llevar abierto en verano. A veces se quedaba encastrado en las zonas más recónditas del coche. Lo oía soltar un horrible gañido cuando alguien le tiraba de la lengua, confundiéndola con uno de los extremos de las bandas decorativas. Echaba a correr plaza a través con gran estrépito cuando una pata se le quedaba enganchada a uno de los altavoces. Alguien nos lanzaba una mirada enigmática desde los soportales, mientras el perro corría agitando frenéticamente las patas para zafarse de la nube de banderitas y bandas decorativas. El ciego conseguía agarrarlo por el asa del arnés y yo los veía volver juntos hacia el sitio donde, con toda probabilidad, montarían la tribuna. El animal caminaba con paso tranquilo. Su lengua colgante vibraba, como si una ráfaga de viento la rizase de forma permanente. Hasta que Somnolencia pasaba a poca distancia de su hocico: el perro perdía de pronto la orientación, y yo veía al ciego dar una vuelta sobre sí mismo, sin soltar el asa en ningún momento, hasta acabar con la cara estampada en la fachada del ayuntamiento.

—¿Estamos todos? —preguntaba en voz alta, no sé por qué, cuando volvíamos a montarnos en el cochecito al acabar el mitin.

El perro ladraba. Arrancábamos.

La luz hacía casi invisibles las calles a la entrada y a la salida de los pueblos, a la hora en que la gente se metía en sus casas a comer. El motor del coche emitía un runrún muy amortiguado, un tanto resquebrajado, que apenas se dejaba oír. El perro desenrollaba la lengua para lamerle el rostro al obrero de cara blanca. Se detenía con asombro al no sentir sus facciones, y yo veía por el espejo retrovisor sus ojos muy abiertos, atónitos.

—Cuéntame algo —le pedí de repente a Somnolencia—, que no me duerma.

—¡Te puedo contar mi viaje a!

—¡¿Qué me dices?! —exclamé—. ¿Tú has estado en?

Lo noté esbozar una sonrisa lenta a mi espalda. El marco de hierro se deslizó un poco hacia un lado, señal de que alguien había girado la cabeza para mirarlo.

—¿Y cómo fuiste? —preguntó el ciego.

—¡En avión!

El cochecito avanzó en absoluto silencio unos segundos. El motor seguía girando, pero era del todo inútil intentar oírlo.

—¡¿Cómo?! ¿Se puede llegar en avión? —oí preguntar al ciego.

—Y ni siquiera era de esos modelos modernos, ultrarrápidos… —respondió Somnolencia, quitándole hierro.

—¿Cómo era?

—Era un viejo avión de hélice, con arreglos por todas partes.

—¿Fue muy largo el viaje?

Somnolencia estiró un poco los brazos y las piernas. El marco se deslizó ligeramente hacia un lado, volvió a moverse.

—Pues sí… Pero, por suerte, aquel avión se parecía mucho a este coche y no había que parar cada dos por tres a echar gasolina…

El hocico del perro también se giró de golpe dentro del marco; vi su lengua aletear como una vela en puntos que me parecían infinitamente alejados de su boca.

La voz de Somnolencia empezó a desentumecerse un poco, ya no hacía falta esperar demasiado para que llegara la siguiente frase.

—En el fuselaje había cuadrados de chapa nueva, y las tachuelas de acero recién colocadas resplandecían al sol… «¿Dónde estaremos ahora?», se preguntaba de vez en cuando algún viajero. Hacían conjeturas de lo más variopinto cuando de repente asomaba, por detrás de las nubes, la curvatura de la Tierra. La luz cambiaba, llegaba esa oscuridad singular que solo existe en el espacio y engullía las continuas ráfagas de chispas que saltaban de los motores. Hasta que la luz volvía a surgir, casi de golpe, mientras volábamos muy por encima de las nubes. De pronto aparecían barreras tan blancas que era imposible mirarlas directamente. «¡Estamos sobrevolando una sabana!», anunciaba alguien, que aseguraba haber visto el cuello de una jirafa asomar por las nubes. El avión seguía volando y algunos se echaban una cabezadita en su asiento. «¡Hemos ido a parar donde los esquimales!», exclamaba al cabo de un rato otra persona, al atisbar un trineo que se deslizaba por una extensión blanca, que a otro pasajero, en cambio, le parecía hecha solo de nubes. Volvía a oscurecer. Había quien se arrebujaba en su manta, aterido. Luego regresaba la luz. «¡La aurora boreal!», oía exclamar a mi lado. «¡Nos dirigimos a los polos magnéticos de la Tierra!», explicaba con emoción otra voz mientras el avión seguía su ruta y todo el espacio cambiaba continuamente de color. «¡Eso son manchas solares, tormentas!», advertía alguien que ocupaba uno de los asientos que miraban al sol. De vez en cuando, el avión se deslizaba por el cielo, inclinándose hacia un lado o hacia el otro…

—¿Y eso por qué?

Somnolencia negó unos segundos con la cabeza, ausente.

—¡Pues porque todos se apiñaban en el mismo sitio! —continuó, animándose un poco—. Si me sentaba delante, se ponían todos detrás; cuando me sentaba a la derecha, se pasaban corriendo a la izquierda, y el avión levantaba un ala de golpe, se encabritaba, o caía en picado durante unos segundos…

Oí la risa maliciosa del ciego a poca distancia.

—¿Y cómo te lo explicas? —le preguntó.

Somnolencia volvió a ausentarse, no había forma de saber si estaba reflexionando o durmiendo.

—Vete a saber… —lo oí cavilar con la voz un poco pastosa—. A lo mejor era por el afán que mostraban todos por ver más y más constelaciones nuevas. De hecho, lanzaban grititos emocionados mientras corrían de un lado a otro. «¡Estamos en el cielo boreal!», se percataba alguien. «¡Y es sin lugar a dudas primavera!», precisaba otro, porque Ofiuco casi se salía de los límites del cielo boreal. «¡Pues ahora es verano!», anunciaba un tercero, ya que la misma constelación había acabado en un punto que se diría en el centro mismo del espacio. También Cefeo había bajado, y al fondo asomaba Escorpio, e Hidra parecía haberse disipado poco a poco. Me acercaba a mirar por esa ventanilla, pero entonces todo el mundo se pasaba al otro lado. Un ala se inclinaba de golpe, como si el avión fuera a ponerse del revés. «¡Hemos ido a parar al cielo austral!», anunciaba un pasajero al fondo, atónito, vislumbrando a lo lejos su corona luminosa. El avión seguía surcando el cielo, y alguien señalaba con rotulador la posición exacta de las estrellas en la ventanilla, uniendo todos los puntos entre sí para seguir con más facilidad el desplazamiento continuo de las constelaciones a medida que pasábamos de un cielo a otro, de una estación a otra. A veces nos parecía divisar, en lo más hondo del cielo, una estrella lejanísima que expulsaba parte de su masa, devolviéndola al espacio circundante: polvo y partículas en suspensión, señales inconfundibles de la contracción de un universo precedente, o de la formación de una nueva esfera ardiente de hidrógeno y helio, antes de su posterior dilatación... «Pero ¿esto no pasó hace muchos millones de años?», objetaba alguien en voz alta. «¡Yo no veo contraerse ni dilatarse absolutamente nada!», rezongaba otro, negando con la cabeza casi pegada a la ventanilla. El avión parecía detenerse unos segundos. Todos nos mirábamos a los ojos, alarmados. Después el motor volvía a girar, pero a unas revoluciones diferentes. De los motores seguían saltando chispas y llamas; varias lenguas de fuego aleteaban en la oscuridad más tiempo de lo habitual, dirigiéndose a zonas del cosmos aún más negras, más profundas. Las observábamos con atención por la ventanilla, conteniendo la respiración, temerosos de que el espacio que nos envolvía también empezara a arder y a arrugarse alrededor de nuestro viejo avión en pleno vuelo...

Somnolencia seguía hablando, en voz cada vez más baja. Yo me eché un poco hacia delante, pues me daba la sensación de que ya no veía la carretera.

—¡Qué pronto ha oscurecido hoy! —murmuré.

—No, hombre… —dijo Somnolencia con desgana—. ¡Lo que pasa es que llevamos no sé cuánto tiempo con el capó abierto!

7

El hombre del tatuaje

El ciego estaba taciturno y ceñudo dentro del marco, porque se había dado cuenta de que el obrero de cara blanca estiraba de vez en cuando la mano desde atrás para acariciar al perro. Caía la tarde, la carretera brillaba un instante justo antes de desaparecer.

—¡Ya casi hemos llegado! —exclamé.

El asfalto había acabado de golpe y el coche ya recorría las sonoras callejuelas del pueblo, como una piel de tambor.

Entramos en la plaza desolada. Solo se adivinaba la presencia de alguien escondido en los rincones sombríos de los soportales, delatado por el destello de un zapato en un lugar que parecía desierto, detrás de una especie de columna; por el leve reflejo de un sombrero que ninguna cabeza parecía sostener.

—¿Qué te está pasando? —le pregunté al obrero de cara blanca al ver que no podía estarse quieto.

A veces llegaba incluso a desaparecer, por lo que Somnolencia y el ciego empezaban a perseguirlo y volvían a traerlo a la plaza levantado en peso por las axilas, para que sus pies, que giraban vertiginosamente, no tuviesen agarre en el empedrado. Distinguía su silueta, caminando en diagonal por los soportales; su cara deslumbrante, que rozaba las bóvedas. Luego los tres pasaban por mi lado y percibía las tufaradas de aguardiente que salían de sus bocas.

—¡Ya hemos perdido demasiado tiempo! —objeté—. ¿Cómo vamos a dar un mitin a estas horas de la noche?

—La cuestión es que ya se ha anunciado, ¡no se puede cancelar! —respondió el ciego, alarmado.

Me quité las gafas y puse un pie en la plataforma. La plaza estaba completamente desierta, pero mi voz debía de salir sin control por los altavoces, porque de repente vi al obrero de cara blanca pasar corriendo por delante de la tribuna cubriéndose el rostro con ambas manos, presa de la emoción.

Me giré para echar un vistazo a un lado y a otro, inquieto. Somnolencia y el ciego habían echado a correr tras él para pillarlo y llevárselo de allí a cuestas, y unos segundos después me pareció oírlo rugir, contrariado, mientras lo alejaban sosteniéndolo a unos centímetros del suelo.

Me giré otra vez hacia el empedrado desierto de la plaza. Lo veía algo desenfocado a la luz de las pocas farolas. El cochecito amarillo estaba parado con el motor en marcha a escasos metros de mí, debajo de los soportales, para que el cable del micrófono llegase. De vez en cuando le daba un tirón, cuando tosía convulsamente por los gases de escape que saturaban el techo abovedado. A veces también intuía, en un punto muy lejano al otro lado de la plaza, la silueta solitaria de un emplumado, merced a los destellos repentinos y ocasionales que lanzaban sus hombreras. «A saber qué hora es», pensé. Ya no veía a Somnolencia ni al ciego en las inmediaciones de la tribuna. Dejé de gritar y me asomé por un lateral de la barandilla, aguzando el oído para saber si aún había alguien en los soportales. Luego volví a gritar a la explanada desierta de la plaza. Unas manchitas de luz desalineada flotaban sobre cada adoquín abombado, y todas juntas formaban una suerte de pálida galaxia.

«A lo mejor puedo acabar ya», me dije, escudriñando las cornisas más altas de las casas para ver si había, como a veces ocurre, un reloj. A veces me parecía despertarme de sobresalto en lo alto de la tribuna.

La plaza se volvía nítida de pronto, las manchitas de luz se desplegaban por un instante sobre el empedrado.

Me quedé callado unos segundos, porque me dio la sensación de que algo interrumpía la sucesión regular de reflejos en el suelo de la plaza. Entorné los ojos, volví a asomar mucho la cabeza por la barandilla.

Enfrente de mí, en el centro de la plaza desierta, el obrero de cara blanca estaba tumbado en el suelo, discutiendo acaloradamente con el perro.

Me di la vuelta en la plataforma tambaleante y agité varias veces la mano, sin soltar el alfiler, como poseído por un repentino ímpetu oratorio. A los pocos segundos vi al ciego y a Somnolencia llegar corriendo al centro de la plaza agarrados del brazo.

—¿Dónde se había metido esta vez? —pregunté bajando de un salto de la tribuna.

El ciego carraspeó un poco, sonriendo.

—Han pasado muchas cositas en este rato…

—¡¿Cómo puede ser?! ¡Si solo han sido unos segundos!

Desde el suelo, la plaza se veía completamente desalineada; los reflejos de luz iluminaban puntos de lo más variados del empedrado.

—Vamos al coche, ¡voy a necesitar un montón de tiempo para contárselo todo! —dijo el ciego.

También Somnolencia sonreía, envuelto en la nube de bandas decorativas que estaba llevando al coche. Aparecía y desaparecía entre unas franjas de luz y de sombra que no coincidían en absoluto con la columnata que las proyectaba.

—Entonces, ¿dónde se había metido? —volví a preguntar cuando estuvimos otra vez dentro del marco.

—Pues nada —empezó el ciego con indiferencia—, lo hemos convencido para que se alejara del centro de la plaza, pero no había forma de tranquilizarlo, así que nos lo hemos llevado a dar un paseo por las calles más oscuras y desiertas del pueblo, mientras íbamos haciéndole caricias en la cabeza, en los hombros, uno a un lado y otro al otro… Hasta que se nos ha vuelto a escapar. Ha acabado tumbándose debajo de los soportales de una iglesia, ha empezado a hablar otra vez con el perro como si nada. «¡Que sepas que tenemos que volver a la plaza! ¡Hay que ponerse en marcha!», hemos intentado decirle. Él negaba con la cabeza, o al menos eso intuyo… Nos ha dicho que no tenía la menor intención de volver al cochecito; que quería quedarse ahí toda la noche. «¡Pero si estamos en plena campaña!», le hemos recordado. «Ni siquiera tenemos tiempo para volver a Slandia a dormir. Vamos de pueblo en pueblo. De hecho, no sé si podremos volver a por ti, porque nos dirigimos a pueblos nuevos y aún más lejanos, a provincias nuevas…» No había nada que hacer. Él seguía suspirando. Nos ha pedido por favor que, si encontrábamos una taberna que siguiera abierta, le lleváramos una bombilla, porque la noche, decía, se anunciaba fresquita…

—¿Una bombilla?

—Así es como llaman a un tipo de vaso por estos lares… Estábamos pensando si podíamos intentar algo más para llevarlo otra vez a la plaza cuando de repente ha aparecido un hombre de la nada.

—¿Ha aparecido un hombre?

—No lo habíamos oído acercarse. Había poca luz, no se veía bien quién era. No hablo por mí, evidentemente… El caso es que ha dicho que conocía la fama del obrero de cara blanca y nos ha dado su palabra de honor de que dentro de unos días lo llevaría por sus propios medios a Slandia o a cualquiera de los muchos pueblos por los que pasemos. De que irían a nuestro encuentro, para que pudiéramos seguir tranquilamente con nuestra gira de mítines. Luego se ha presentado, pero no lo ha hecho de la manera habitual: se ha abierto la cazadora. He oído la cremallera, luego los botones de la camisa. De repente nos ha enseñado el pecho. «¿Ya no se acuerda de mí?», ha exclamado con ímpetu. Somnolencia, a mi lado, también se ha quedado sin palabras, observando el enorme tatuaje de la hoz y el martillo en el pecho del hombre, conteniendo la respiración…

—Ah, sí, ¡el tipo aquel del tatuaje!

—Nos ha llevado a una taberna de las inmediaciones que seguía abierta y nos ha invitado a un par de bombillas. «Hace tiempo que sigo su trabajo, sus movimientos… ¡Cuánto me alegro de volver a verlos! Me gustaría formar parte del grupo, que organizásemos algo en mi zona. Es más, ya he empezado a moverme por mi cuenta… He venido hasta aquí exprofeso para escuchar el mitin.»

—¡Y eso que me parecía que no había nadie! ¡No lo he visto! —dije mientras el cochecito se ponía en marcha.

—Estaría al otro lado de la plaza, en los soportales.

—Pero ¿ahora dónde está el obrero de cara blanca?

—El hombre del tatuaje nos ha dicho: «No se preocupen, ya me ocupo yo de él. Está en buenas manos, yo le compraré las bombillas que necesite, me quedaré haciéndole un poco de compañía en cuanto se marchen ustedes». Mientras tanto, observaba con emoción al obrero de cara blanca, y luego, acercándose un poco a su muñeca, la esfera también blanca de su reloj, y se ponía pálido...

—¿Y eso tú cómo lo sabes?

—Hombre, se notaba... Luego se ha quedado un buen rato en silencio. El local estaba casi desierto, pero aún quedaba algún parroquiano dormido con la cabeza en la mesa. Supongo que Somnolencia ha cerrado un poco los ojos, ha bostezado...

El cochecito avanzaba sin hacer ruido, sus ruedas parecían de cera.

—¿De verdad han pasado tantas cosas? —pregunté, sorprendido.

Recoloqué el espejo retrovisor. Somnolencia tenía los ojos entrecerrados. De vez en cuando daba una brusca cabezada y volvía a erguirse.

—¡Entonces hay que ir a verlo sin falta! Mañana por la noche, por ejemplo... ¿Tienes su dirección?

—Sí, sí, ¡la llevo siempre en el bolsillo!

Me volví hacia el ciego, dentro del marco.

—¡Y eso que juraría que solo he dicho unas pocas palabras antes de bajar de la plataforma!

—¡No, hombre! ¡Pero es que aún hay más!

El ciego siguió hablando largo y tendido. El motor del coche sonaba cada vez más lejano, atenuado. Al final el perro también acabó durmiéndose. Veía de refilón su cuerpo hincharse y deshincharse lentamente, al compás de su respiración.

—Pero ¿dónde estará esta casa? ¡No se ve nada!

Llevábamos un buen rato recorriendo la periferia de un pueblo con las calles desiertas, completamente apagado.

—¡Y no se ve un alma a quien preguntar! ¡No hay ni un local abierto!

Conducía con la cara casi pegada al parabrisas, intentando leer los nombres de las calles en los cruces.

—Encima esta niebla... ¿Estás seguro de que escribiste bien la dirección?

El ciego se había girado hacia el otro lado, molesto.

—¡Por supuesto que sí!

—Llevamos ya una hora dando vueltas por aquí, se está haciendo tarde. Ah..., mira, parece que ahí al fondo hay alguien. ¡Menos mal!

Se adivinaba la silueta de un hombre en escúter, que estaba cruzando desde el carril contrario.

—Habrá salido de alguna fábrica de la zona, habrá hecho el segundo turno... —dijo inesperadamente Somnolencia, al que llevábamos ya un rato sin oír hablar, desde el asiento trasero.

Frené hasta casi detenerme en el centro de la calle. Saqué la cabeza por la ventanilla para preguntarle dónde estaba esa dirección y noté que al mismo tiempo se movían las demás cabezas enmarcadas.

—Sí, sí. ¡Es aquella calle! —respondió el hombre, que también se había parado, con un pie en el suelo.

Hablaba con desgana, aterido. Llevaba una boina muy calada en la frente, y la barbilla y la boca tapadas por la cremallera de una cazadora subida que le cubría media cara.

—¡Por fin! —dije poniendo rumbo hacia una zona con calles anchas y desiertas, casi sin casas.

—¡¿Ve como la dirección estaba bien?! —dijo el ciego sin volverse.

Ya estábamos recorriendo una de aquellas calles sin apenas casas. A veces se adivinaba la silueta de un edificio aislado y apagado entre la niebla.

—¡Ahí, ese es el número!

Aparqué al lado. Pero todo estaba a oscuras y desierto: solo se veía una negra empalizada de madera, sin huecos, y una puerta algo más alta coronada por un pequeño techado de chapa ondulada. Era imposible saber lo que había al otro lado.

—Ni siquiera se ve si hay una casa ahí detrás —dije—. ¡Además, está todo apagado! Hemos tardado tanto en encontrarla que se ha hecho tarde. No sé si conviene molestar a estas horas...

Somnolencia guardaba silencio. El ciego seguía con los ojos clavados en el parabrisas. Se veía la nube de su aliento mientras me hablaba sin dignarse mirarme.

—Es un buen contacto… ¡No hemos venido hasta aquí para nada!

Miré otra vez la casa. El ciego seguía acariciando la cabeza del perro, sin volverse.

—Vale, ¡voy a ver! —dije, sacando la cabeza del marco—. ¿Queréis venir vosotros también?

—No, no, lo esperamos.

Estiré un brazo hacia el asiento trasero para coger una copia del periódico nuevo. Salí lentamente del coche, di unos pasos hacia la puerta y me detuve un segundo, antes de levantar la mano hacia el timbre.

La casa tenía que estar muy separada de la puerta exterior que daba a la calle, porque el timbre pareció sonar en otro sitio, a lo lejos.

Esperé un rato. Ya me disponía a dar media vuelta para volver al coche cuando oí unos pasos discretos al otro lado.

—¿Quién es usted? ¿Qué quiere? —preguntó de repente una chica.

Me miraba fijamente a través de una rendija de la puerta entornada. Distinguía a duras penas su boca carnosa y su pelo peinado hacia atrás, un poco rizado.

—Estoy buscando a ese hombre con un tatuaje… —dije—. ¿Vive aquí?

La chica seguía escudriñándome, sin hablar.

—¿Es usted amigo suyo? —preguntó de pronto.

—Hombre, no exactamente… Otra persona me ha dado su dirección y se me ha ocurrido pasar para ponerme en contacto con él…

Estaba ahí plantado en la puerta y entreveía los enormes ojos negros de la chica, que seguía mirándome con aire pensativo.

—¡Venga conmigo! —dijo abriendo la puerta.

Me dio la espalda y se encaminó por un estrecho sendero adoquinado hacia una casa baja que apenas se adivinaba entre la oscuridad y la niebla.

—¿Es usted de por aquí? —me preguntó sin volverse.

—Ah, no, no soy de aquí, soy de fuera…

Notaba la presencia de la masa vegetal y los setos que lo rodeaban todo, empapados por la humedad de la noche, por la niebla. A pesar de ir por detrás de ella, intuía el gesto de su mano, cerrando el cuello del abrigo que se había echado a hombros antes de salir, encima de la bata.

Ya casi habíamos llegado a la puerta abierta de la casa.

—¿Quién es? ¿Quién es? —preguntaba con insistencia una voz femenina desde dentro, un poco alarmada.

—Es mi madre —dijo la chica abriéndome camino—. ¡Venga, pase!

Oía el chancleteo de sus zapatillas mientras me precedía por un largo pasillo, y luego a través de una pequeña antecámara sin muebles, hasta llegar a una gigantesca sala vacía, desolada.

Sentada al fondo había una mujer un poco despeinada, en bata.

—¡Ha venido a verlo! ¡Lo conoce! —le dijo con enorme emoción la chica.

La mujer me miraba fijamente sin hablar, conteniendo el aliento.

—A ver, conocerlo, no lo conozco, ya se lo he dicho... —me defendí.

La mujer seguía con los ojos clavados en mí, mientras pellizcaba con ambas manos la manta de viaje que le tapaba el regazo.

—No lo entiendo, disculpe —empecé a decir—. ¿Qué pasa? ¿No está en casa?

Noté que la mujer se cruzaba una mirada rápida con la hija.

—¡No, no está en casa! —dijo, volviendo a escudriñarme—. Mire a su alrededor. ¿No lo ve? Ya ha pasado por aquí. ¡No ha dejado nada!

Intenté decir algo, moví los brazos, me giré en busca de un mueble en el que apoyarme.

—¿Es que no sabe usted absolutamente nada? —preguntó la mujer.

—No, nada, lo siento, no lo entiendo...

Ahora las dos me miraban con los ojos muy abiertos, resplandecientes.

—¡Tome asiento! —dijo al fin la mujer—. ¡Al menos nos ha dejado cuatro sillas!

Me dejé caer casi a plomo en la silla que la chica me había traído.

—Tiene que disculparnos por recibirlo así —dijo al cabo de un instante la chica, que se había quedado de pie, apoyada en la pared, al lado de su madre—, pero esta noche no esperábamos visita, ¡se lo aseguro!

—¡Son ustedes quienes tienen que disculparme por haber venido a estas horas y con este tiempo!

Miré a mi alrededor: la sala estaba completamente vacía. Una bombilla desnuda colgaba del techo, en las paredes se adivinaban las zonas que antes ocupaban los muebles y los cuadros, a juzgar por las marcas de un color distinto que habían quedado en la pintura. No había forma de saber si aquella había sido una habitación o una cocina.

—Ya ve... —dijo la mujer—. Nos lo ha robado todo, no ha dejado nada. Debe de haber venido en camioneta, con alguien más. A mi regreso me he encontrado la casa en este estado. Mi hija todavía no había salido del trabajo. Cuando ha vuelto me ha encontrado sentada en esta silla, como me ve usted ahora...

Yo la miraba conteniendo la respiración. Un ruidito me revelaba que estaba arrugando una esquina del periódico que llevaba en las manos.

—Pero es que esto es lo de menos —continuó la mujer al cabo de un rato—. Se ha llevado todo el dinero, las pocas joyas que guardaba en la mesilla, y también ha pasado por el banco: ha dejado seca la libreta de ahorros que me hizo poner a su nombre hace unos días...

—¿Ha intentado indagar un poco para dar con su rastro? —se me ocurrió preguntar—. Tiene su nombre...

La mujer negó con la cabeza, suspirando.

—Su nombre, sus documentos... ¡Todo falso! Ha venido también la policía, hemos puesto una denuncia, hemos firmado declaraciones. En cuestión de horas nos hemos enterado de todo. Hay muchas denuncias contra él. Se mueve de zona en zona, se fija en una viuda, se gana su confianza con sus modales, con sus promesas, con sus caricias... Se instala en su casa, come y bebe a su costa, a cuerpo de rey, consigue que le ponga la cuenta bancaria a su nombre. Al cabo de un tiempo, desaparece de repente, deja la casa como la está viendo, deja seca la cuenta. He sabido que hay muchas mujeres en mi situación...

La chica, que no se despegaba de su lado, le había puesto una mano en el hombro, mientras que con la otra se había encendido un cigarrillo sin apartar los ojos de mí.

—Lo siento. Cómo iba yo a saber… —balbuceé, mirando a todos los rincones de la sala vacía—. Me dio esta dirección después de un mitin; nos dijo que había organizado luchas en la zona, llegó incluso a abrirse la camisa para enseñarnos ese tatuaje…

—Ah, sí, lo sé, está muy guapo con ese tatuaje… —suspiró la mujer, que había extendido una mano hacia la hija, pidiéndole con un gesto una calada del cigarrillo—. Me he enterado de que también pasa por las distintas sedes y secciones. Todo el mundo lo agasaja por ese tatuaje, pero cuando desaparece no queda ni rastro del dinero de las suscripciones, del equipo de altavoces, del proyector… A mí también me lo enseñó en cuanto nos conocimos aquí al lado, por puro azar, o eso creía yo… Me he enterado de que se lo enseña a todas. La primera vez lo invité a casa: saqué el mantel nuevo, el juego de cubertería más bonito que tenía, después de tanto tiempo… «Mis ideales, mis ideales», decía una y otra vez, entusiasmado. «Con los ideales hasta puedo estar de acuerdo, no me parecen equivocados», le respondía yo mientras le cortaba el lomo de cerdo al horno. «Mi marido también decía… Porque soy viuda, ya ve…» En muy poco tiempo era uno más de la familia. Venía a recogerme al trabajo, me ponía la mano en la frente. «¿Estás cansada?», me preguntaba cuando volvíamos a casa. Yo cerraba los ojos, abandonaba la cabeza en su hombro, le besaba con dulzura el pecho, ese tatuaje suyo… «¡Ah, sí, sí!», me decía. De día y de noche, en fin, para qué entrar en detalles. Me hablaba de nuestra futura vida, de cuando nos casáramos. Le había comprado ropa interior nueva, de marca, y un albornoz; le preparaba el baño cuando nos quedábamos solos en casa, le lavaba el pelo, le daba cacao en los labios, porque siempre los llevaba un poco agrietados. Lo afeitaba, le echaba crema para la dermatitis en un pliegue de la carne que tenía un poco por encima de la ingle. Mire, llevaba ya tanto tiempo sola…

La hija había extendido una mano para acariciarle el pelo.

—Pero ¿no se dio cuenta de nada? ¿No hubo ninguna señal de advertencia, no tuvo ningún presentimiento? —balbuceé, porque las dos me estaban mirando intensamente y sabía que no me quedaba más remedio que decir algo, intervenir.

Yo seguía con los ojos clavados en el pelo de la mujer, surcado por la mano de la chica. El atisbo de gris en la raíz revelaba que tenía que renovar el tinte.

—No, no, nada, nada de nada, solo besos, caricias... Aunque, ahora que me lo pregunta, y pensándolo bien, alguna que otra vez lo vi quedarse inmóvil delante de algún objeto que había en la casa: un reloj, una sortija que veía de repente en un cajón abierto, un mueblecito... Se quedaba mirándolos un buen rato, se ponía pálido...

—Ah, sí, se pone pálido... ¡Eso me han dicho a mí también!

—Se ponía tan blanco que a veces llegaba incluso a preocuparme. «¿Qué te pasa? ¿Has bebido demasiado? ¿Se te ha cortado la digestión?» Él se sobresaltaba: «No, no, no es nada, ¡no te preocupes!». Me miraba y me sonreía con esa boca grande y un poco agrietada. Ya lo ha visto usted...

—No, mujer, ¡no lo conozco en persona! ¡Ya se lo he dicho!

—O se paraba delante de un cenicero de alabastro, de una figura decorativa. Se quedaba absorto, a veces hasta se sentaba, se ponía pálido. Y así seguía, pasado un buen rato. Me daba tiempo a ponerme la bata y a prepararme para irme a la cama. Al ver que no venía al dormitorio, volvía a la otra habitación y me lo encontraba tal y como lo había dejado, muy inclinado en la silla, pálido y con aire ausente. «¿Qué haces? Vamos a dormir...», le susurraba acercándome, con dulzura. Él se sobresaltaba, volviendo en sí de golpe, y se desplomaba contra el respaldo, como si estuviera exhausto. «Sí, sí, querida, ya voy», me decía, rodeándome la cintura con un brazo...

Reinaba un silencio absoluto en la casa. A nuestro alrededor se sentía la presencia de las habitaciones completamente vacías; tampoco del exterior llegaba ningún ruido.

—Por cierto, ¿hay siempre tanto silencio aquí dentro? —pregunté.

—Mire, esta casa está bastante lejos de la calle, ya lo ha visto usted... —respondió la hija, que seguía con una mano en el hombro alicaído de la madre—. Además, por esta zona tampoco pasa nadie a estas horas.

No sabía qué hacer para marcharme de la casa, qué decir. Solo oía el sonido de mis manos, que seguían arrugando la esquina del periódico, en algún lugar lejano.

—Pero ¿usted por qué ha venido a buscarlo? —preguntó de pronto la mujer.

—Porque nos había dejado su dirección, ¡ya se lo he dicho! Simpatizaba con nosotros, o al menos eso decía, ¡quería formar parte de nuestro grupo!

La mujer bajó la mirada al periódico, ya completamente arrugado, en mis rodillas.

—Entonces, si era de los suyos…, ¡quizá pueda pedir una indemnización a su organización! —dijo, animándose de repente—. ¡Usted puede dar fe de lo que ha pasado! ¡Veo que también está ahí impreso, en el periódico, lo mismo que él llevaba tatuado en el pecho!

Me levanté de la silla. Me quedé mirándola con ojos atónitos, conteniendo el aliento.

—No, mujer, no puede ser, ¡créame! —logré decir—. ¡Si usted supiera cuántas hoces y martillos hay por ahí, cuántas siglas, cuántos nombres!

Me dirigí hacia la puerta, sin ver nada, sin respirar.

—¡Espere, espere, que lo acompaño! —oí decir a la chica, a mi espalda.

Ya estaba en el largo pasillo. Ella apretó el paso para seguirme, apenas se oía el chancleteo de sus zapatillas afelpadas, dormidas.

—¡Ay, aquí estamos por fin! ¡Los dos solos! —dijo al alcanzarme, un par de pasos antes de la puerta.

Me había cogido del brazo con un gesto de gran confianza para salir conmigo a ese sendero oscuro y empapado.

Se me había acercado mucho. Yo la miraba.

—Vale, ¡vamos a parar aquí! —dijo cuando estuvimos fuera, apoyados en la pared de la casa, y todo a nuestro alrededor, los setos, las hojas mojadas, estaba oscuro y desierto, envuelto en la niebla.

—¿Lo ha oído? Pues ahí no acaba la cosa… —susurró.

La muchacha temblaba un poco, me miraba con ojos brillantes, de cerca.

—Nadie lo sabe, ni tampoco puedo contárselo a nadie… —siguió susurrando, acercándome mucho la boca, como para que no la oyese la mujer que se había quedado dentro de la casa, sentada al fondo de la sala, inmóvil en su silla—. Por suerte está usted aquí, al menos puedo abrirle mi corazón a usted, no hay nadie más en el mundo a quien pueda contárselo…

—Pero ¿qué? ¿Qué? —susurré yo también—. ¿Qué más ha pasado?

—No puede contarle nada a nadie, ni siquiera a mi madre, mucho menos a mi madre… —murmuró aún más bajo, acercándose todavía más—. ¡Ya ve cómo se ha quedado! Desde que pasó lo que pasó no se ha levantado de la silla. ¡A saber qué ocurriría si se enterara también de lo demás, de todo lo demás! Tengo que guardármelo, no puedo contarle nada a nadie, ni denunciar. Puedo contárselo a usted, solo a usted…

—Pero ¿qué? ¿Qué? —volví a susurrar.

—A mí también me pasó lo mismo… ¡Me engañó! ¡A mí también me lo ha robado todo! Venía a recogerme al trabajo, el día de la paga, me pedía que le diese el sobre, decía que había abierto una cuenta común para nuestra futura vida… «Ay, ¿cuándo podremos tú y yo vivir libres por fin, sin tener que escondernos?», me decía abrazándome fuerte. Venía a recogerme en el coche de mi madre, sin que ella lo supiera. «¿Dónde está el sobre? ¿Dónde?», balbuceaba. Se ponía pálido cuando lo veía asomar del bolso. Llevaba el coche a un lugar desierto, lo aparcaba debajo de unos bloques de pisos a medio construir, por la noche, cuando ya estaba oscuro. Mire, en este pueblo no hay nada que hacer, nunca pasa nada… ¡No se hace usted una idea de lo que pasaba dentro de ese coche! «¿Qué tienes en el hombro, en el muslo?», me preguntaba mi madre cuando me veía los moratones, las señales en el cuerpo. Como puede ver usted mismo, tengo buena figura…

Hablaba cada vez más bajo. Se me había acercado tanto que notaba su cuerpo debajo de la fina tela de la bata recién lavada, que olía de maravilla.

—¡Rosa! ¡Rosa! ¿Dónde estás? ¿Dónde estás? —La voz de la madre empezó a llamarla desde dentro de la casa.

—¡Estoy aquí, no te preocupes! ¡Ya voy! —exclamó la chica, volviendo la cabeza hacia la puerta—. Lo estoy acompañando, esto está oscurísimo, ¡hay niebla!

Se giró otra vez para mirarme con los ojos aún más encendidos, más cerca. Siguió susurrando con mayor afán, para acabar antes. Me tenía agarrado de los dos brazos, notaba su respiración caliente en la cara.

—Incluso aquí en casa, cuando ella salía, aprovechando unos pocos minutos, unos instantes. Y a veces también cuando estaba en casa, en la otra habitación: nos abrazábamos en silencio en el pasillo mientras ella estaba al otro lado de la pared. Me abrazaba hasta casi destrozarme. Y a veces también en plena noche… No aguantábamos. Nos levantábamos de la cama en silencio, cada uno en su habitación, mientras ella dormía o con la excusa de ir al baño, y nos encontrábamos a medio camino, en el pasillo o en cualquier otro sitio del que pudiese huir a toda prisa a mi habitación sin que mi madre me viera, si es que se levantaba. Me subía la bata, me toqueteaba con esas manos enormes todo el cuerpo, me besaba, lo besaba sin tener la menor idea de lo que significaba ese pecho tatuado, los dos de pie, apretando los dientes para que ella no se despertase al oír los gemidos, los suspiros…

—¡Rosa! ¿Dónde estás? ¿Qué haces? —La mujer seguía llamándola desde la casa, cada vez más fuerte, más alarmada.

—¡Tranquila! ¡Un momento! ¡Ya voy! —dijo casi a gritos la chica, girando la cabeza hacia un lado.

Seguía agarrándome de los dos brazos, por un instante me apoyó la frente en el hombro.

—Ahora tengo que marcharme sin más remedio —le dije—, tengo que irme. ¡Hay un par de compañeros que llevan un buen rato esperándome ahí fuera!

Seguimos caminando hacia la puertecita exterior. Ella me abría camino y yo distinguía a duras penas, desde atrás, el resplandor de su bata en la oscuridad, en la niebla.

—Si por casualidad lo viese… —me susurró de repente, volviéndose hacia mí—. ¡Dígale que me ha visto!

La puerta estaba muy cerca, la chica ya había extendido una mano hacia el pestillo para abrirla.

—¡No se olvide de nosotras, vuelva a visitarnos! —insistió, justo antes de que saliera a la calle oscura y desierta, silenciosa.

* * *

Di unos pasos hacia el cochecito amarillo, aparcado al otro lado de la calle, algo alejado.

«¡El caso es que no me parecía haberlo dejado tan lejos!», me dije abriendo la puerta empapada por la humedad, por la niebla.

Los cristales y el techo también goteaban. Entré de lado, con la pierna por delante. Arrojé el periódico al asiento de atrás y agaché la cabeza para meterme en el marco. Somnolencia y el ciego estaban inmóviles y en silencio, no sabía si irritados por el retraso o dormitando, ateridos. El perro también estaba muy quieto, con la cabeza girada con desdén hacia el parabrisas.

—Tenéis que perdonarme —empecé a decir, al ver que seguían en silencio dentro del marco.

—¡Al menos podía haber salido un momento a avisarnos! —dijo el ciego sin volverse—. ¿Sabe cuánto tiempo llevamos esperando mientras usted estaba ahí, a lo suyo, pasando olímpicamente de nosotros?

—¿Pasando olímpicamente de vosotros? ¡Si no podía salir!

El motor se había enfriado, le costaba arrancar.

—¿Has tirado de la palanca del aire? —preguntó Somnolencia desde atrás, de repente.

—¡Sí, sí, he tirado del aire!

Accioné los limpiaparabrisas para quitar las gotas de agua y le pasé una mano por dentro, porque estaba muy empañado por el vaho.

—Quién sabe qué habrá sido del obrero de cara blanca, con este panorama… —se me escapó de repente, mientras el motor reaccionaba y el coche empezaba a vibrar, a traquetear.

El ciego por fin se volvió hacia mí, a regañadientes.

—¿Por?

Metí primera.

—¡Si supierais lo que ha pasado! —dije mientras el coche se separaba lentamente del arcén—. Ahora os cuento…

8

El marco

—Pero ¿de dónde vienes? ¿Qué has hecho todos estos días? ¿Dónde has estado?

—Pues… no sabría decirte. Aquí y allá. Le he echado una mano con algunos trabajillos. Me ha invitado a muchas bombillas, he estado bien.

Yo miraba al obrero de cara blanca conteniendo el aliento. Había aparecido de repente a orillas de una plaza donde el ciego y Somnolencia estaban montando la tribuna para el mitin.

—¿Trabajillos? ¿Qué tipo de trabajillos?

—A ver… Hasta lo ayudé a hacer una mudanza, según me dijo. Luego, al acabar, brindamos muchas veces…

—¿Una mudanza? ¿Qué mudanza?

Me pasé una mano por los ojos, me dejé caer a plomo en el asiento del coche abierto, que estaba parado ahí al lado, con el motor encendido.

—¿Cómo te las has apañado para llegar aquí? ¿Cómo sabías que estábamos en este pueblo?

—Ah, ese hombre sigue todos nuestros movimientos… ¡Y también están los carteles, los anuncios!

—¿Y ahora dónde se ha metido?

—Me ha dejado en una callejuela al lado de la plaza. Ha dicho que tenía prisa, se ha ido volando…

«A saber si seguimos en nuestra provincia…», me decía, pues los lugares que llevábamos un buen rato recorriendo me resultaban del todo desconocidos.

Extendía hacia atrás el brazo para ofrecerle un cigarrillo al obrero de cara blanca y ver por qué parte de su cara salía el humo.

—¿Quieres uno?

—¡Por supuesto!

Anochecía, la carretera brillaba un instante y desaparecía. Estiraba un poco el cuello dentro del marco y veía por el espejo retrovisor que el obrero de cara blanca se llevaba el cigarrillo encendido a la mancha cegadora de su cara, pero no había forma de saber por dónde le daba la calada.

—¿Qué hora es? —lo oía preguntarme.

—¿Por qué? ¿Ya no tienes reloj?

—¡Pues no! Alguien me lo birlaría en algún sitio…

La noche cubría poco a poco todo el parabrisas. Yo también me llevaba un cigarrillo a los labios. El ciego movía peligrosamente la llama del mechero dentro del marco. Me obligaba a hacer un movimiento brusco con la cabeza cuando veía que estaba a punto de encender la lengua del perro en vez del cigarrillo, mientras nos dirigíamos a inaugurar nuevas sedes que nacían aquí y allí, en los pueblos.

Organizábamos pequeñas fiestas en recintos aislados en los márgenes de las avenidas. Tendíamos redes de cables, y de sus puntos de encuentro colgaban como gotas las bombillas. Alguien cavaba en el centro de la explanada un profundo agujero y clavaba el poste de la cucaña, como sopando en una enorme yema de huevo fosilizada. La madera gemía un poco cuando la girábamos para hundirla aún más en el suelo. Al anochecer, las bombillas se encendían de golpe, todas a la vez, y ya ni siquiera se veía la red de cables de la que colgaban. Del pueblo de al lado llegaban pequeños grupos, ligeramente desfigurados por las luces. En el centro de la explanada se encendía de pronto una gran hoguera. Algunos se acurrucaban en el suelo para contemplarla. La cucaña resplandecía un poco por la grasa, en mitad de la noche. Volvíamos al cabo de unos días, pasábamos por delante de aquellas luces cuando ya no creíamos recordarlas, pues estábamos en una fase distinta. La cucaña había perdido casi toda la grasa, la habían afianzado mejor al suelo con una especie de yeso que cantaba cada vez que alguien se encaramaba a lo más alto y el palo empezaba a oscilar de repente. La explanada menguaba, la luz lo anulaba todo por un instante y solo se distinguía, desde arriba, la curvatura de la Tierra, que seguía girando furiosamente como si nada.

De pronto, el ciego se empeñaba en encaramarse a la cucaña. Lo veía subir a toda velocidad, cada vez más rápido a medida que se acercaba a la cima. Le gritábamos desde abajo que parara. Se detenía en el último segundo, con los brazos ya por encima del poste, intentando agarrar el vacío, y volvía a extenderlos eléctricamente un par de veces antes de parar. Subido a una mesita inestable, alguien desmontaba los equipos y empezaba a desenroscar las bombillas. Se vendaba la mano con un pañuelo antes de meterla en las nubes de mosquitos que zumbaban a su alrededor, enfurecidos. Anochecía, se oían los últimos ruidos de las tablas desclavadas, apiladas. Paraba un momento para observar al obrero de cara blanca, que también se subía a la mesita. La mancha de su rostro se volvía aún más cegadora al lado de la gota de luz de la bombilla, a la que se quedaba mirando desde muy cerca antes de desenroscarla. La nube de mosquitos parecía incapaz de picarle en la cara: estaba bloqueada, encandilada, entre las dos fuentes de luz enfrentadas. Los mosquitos parecían perdidos, hasta que empezaban a dar vueltas alrededor de su cara, que sustituía a la bombilla. La nube lo seguía a través de la explanada, y también mientras subíamos al coche lentamente. Empezaba a desvanecerse cuando ya llevábamos un rato en marcha y su cara había perdido un poco de su fulgor en la oscuridad del habitáculo. Oíamos zumbar a los mosquitos, extendiéndose por el interior del marco, y los notábamos pasarnos por la cara con sus alitas. Poco a poco empezaban a saborear nuestro cuello, nuestros brazos. El marco de hierro se deslizaba, nos desplazaba. También las bandas decorativas iban hinchándose poco a poco, ocupando los últimos resquicios del coche, hasta que el marco se estabilizaba de nuevo y las bandas regresaban a su caja. Sin embargo, muchos mosquitos debían de quedar atrapados en ellas, aún hinchados por la comilona y aturdidos, porque cuando volvíamos a desplegarlas alrededor de la tribuna, antes de los mítines, veía minúsculas alitas y patas finísimas que colgaban pegadas a la tela. También veía el ceño extremadamente fruncido del ciego, señal de que sospechaba que alguien había aprovechado la confusión para acariciar al perro.

—¿No está un poco hinchado ese animal? —insinuaba a su espalda el obrero de cara blanca.

—Qué va, ¡está respirando!

Me volví de golpe y miré, muy alarmado, el cuerpo del animal.

La carretera llevaba un buen rato desaparecida. Tampoco se veían las luces largas de los pocos coches con los que nos cruzábamos, señal de que el capó debía de haberse abierto de sopetón otra vez.

—¡Pero si este animal está preñado! —dijo de repente el obrero de cara blanca.

Las ruedas debieron de pasar en ese mismo momento por un badén, porque se quedaron suspendidas un instante en el aire. Me dio la sensación de que también mi pelo se levantaba de golpe y chocaba con el techo, que chirriaba y crujía.

—¡No puede ser! —respondió el ciego, que tenía en su regazo la bolsa de celofán llena a reventar de monedas, esbozando una sonrisa.

Pero al momento ya estaba palpando la barriga del perro con ambas manos.

El coche seguía avanzando, no necesitaba nada ni a nadie para avanzar.

—¿Qué vamos a hacer ahora? —se me ocurrió preguntar—. ¿Cómo vamos a caber todos aquí dentro?

La cabeza del ciego se había inclinado de golpe y asomaba por un lado del marco.

—¿Quién habrá sido? —me pareció oírlo murmurar unos segundos después—. ¿Cuándo habrá pasado?

—Sería en una de las fiestas... —sugirió desde atrás el obrero de cara blanca.

El marco de hierro se desequilibró de nuevo hacia un lado, señal de que el ciego se había tapado la cara con las dos manos.

—¿Se puede saber qué clase de animal me han dado? —lo oí susurrar en la oscuridad, atormentado.

El espacio era cada vez más reducido y el marco de hierro estaba completamente inclinado hacia el lado donde crecía la barriga del animal, por lo que me veía obligado a conducir con la cabeza estirada. Entrábamos en un nuevo pueblo. La barriga del perro colgaba cada vez más cerca del suelo, y el ciego cruzaba la plaza agarrado del asa del arnés, bajo la atenta mirada de algunas cabezas asomadas a los soportales. El animal se acurrucaba casi delante de la tribuna. Yo lo miraba de vez en cuando, procurando darme prisa para que no pariese antes de que acabara el mitin.

—¡Cuidado con los baches! —advertía el ciego cuando volvíamos a ponernos en marcha.

Me pedía que frenase con un gesto de la mano. El cochecito se zambullía en los baches y emergía al ralentí. De vez en cuando notaba los ojos del perro mirándome de refilón, un poco inquietos.

—¡Tiene que llevar cuidado! —insistía el ciego—. Hay que evitar darle sustos, ¡podría parir antes de tiempo!

—¡Pero si estamos en otra provincia! —decía de pronto Somnolencia, sorprendido, al despertarse después de dormitar un buen rato dentro del marco.

—¿Qué pueblo es este? —preguntaba, viendo un letrero pasar como una flecha a uno de los lados del cochecito.

—No me ha dado tiempo a leerlo.

—¡Teníamos una mesa redonda en No me ha dado tiempo a leerlo! —recordaba de repente el ciego.

Bajábamos del coche en la pequeña plaza semioscura, saliendo uno a uno por el techo. En la plaza no había un alma, y también las calles estaban desiertas, pero a través del vidrio esmerilado de una puertecita se filtraba un poco de luz.

Ya estaban todos sentados alrededor de una mesa perfectamente redonda.

—¡Os estábamos esperando! —nos decía uno de ellos, que quién sabe cómo había conseguido sentarse presidiendo la mesa.

Ocupábamos nuestros asientos. Se hacía el silencio, alguien carraspeaba antes de hablar. Pero apenas unos segundos después los participantes de la mesa redonda empezaban a girar, las sillas se movían dando saltitos y se apiñaban todas en el mismo sitio, lo más lejos posible de Somnolencia, que se desplazaba a su vez para que no pareciese que quería ocupar él solo una parte demasiado grande de la mesa. Entonces las demás sillas seguían arrastrándose, y se acababan sellando alianzas del todo inesperadas, se deshacían vínculos que se creían indisolubles, hasta que pocos minutos después se creaban otros nuevos, que a su vez derivaban en nuevas rupturas, en nuevos cismas, en aquella sala cargada de humo, caldeada por una estufa que alguien, con la cara colorada, no dejaba de alimentar con grandes troncos.

Cuando volvíamos a la carretera ya era noche cerrada.

—¡Deberíamos dormir unas horitas! —sugería el ciego.

—¿Quedan aún sedes en esta zona? —preguntaba yo.

El marco de hierro oscilaba, señal de que el ciego había negado dos o tres veces con la cabeza. Aparcaba el coche en un lugar cualquiera de la carretera. Nuestras cabezas se inclinaban, para por fin descansar, asomando por los laterales. Enseguida volvía la luz, ya había amanecido. El marco empezaba a balancearse de nuevo mientras nuestras cabezas se erguían una a una, bostezando. De repente se levantaba bruscamente por culpa del ciego, que se empeñaba en frotarse los ojos como si nada. La lengua del perro colgaba del marco, deshidratada; siempre se le olvidaba guardársela en la boca antes de caer dormido. Teníamos que evitar rozarla por todos los medios, para que no cayese al suelo hecha añicos. Cuando algo me decía que el obrero de cara blanca ya no podía aguantar más quieto, procuraba abrir el techo con la mano.

—¿En qué pueblo estamos? —nos preguntaba, saliendo bruscamente por el techo.

El ciego se despertaba del todo, agitado.

—¡Vamos a sacar los megáfonos y las bandas decorativas!

Me quedaba unos segundos traspuesto en la tribuna, entre frase y frase. Oía las palabras ir y venir ralentizadas y, sin embargo, muy pegadas. «¿Cómo puedo despegarlas?», pensaba, en un confuso duermevela. «¿Es posible siquiera despegarlas? Quizá haya que adelantarse mucho a la palabra ya pronunciada, a la primera palabra pronunciada de todos los tiempos, o retener la que está aún por pronunciar hasta tal punto que todas las demás no puedan sino despegarse y dispersarse sin remedio, cada cual por su camino…» Elegía un punto en el que fijarme: la esquina de un tejado que presionaba las paredes internas de la burbuja que envolvía la tribuna; un aparcabicicletas al otro lado de la plaza; una chispa de saliva que resplandecía un instante en un diente, en una de las bocas que se abrían para bostezar en algún lugar semiescondido de los soportales de techos bajos. Notaba que la plataforma se inclinaba sobremanera hacia un lado, señal de que quien la había montado se había olvidado de encajar una o incluso dos de las patas que sujetaban el marco. Intentaba equilibrarla con los pies. Miraba un momento a Somnolencia, que se había dormido con la cabeza apoyada en la mesa. Cuando tenía que agarrarme a la barandilla para no perder el equilibrio, de las bandas decorativas se despegaban pequeños fragmentos revitalizados de mosquito. Los veía despegarse de la tela incompletos, y volar con desprecio sobre el plano inclinado de la plaza. Podía distinguir sus minúsculas nervaduras, que se extendían más allá de las alitas partidas, hechas trizas.

—¡Tendríamos que echarnos un ratito para dormir como Dios manda! —proponía alguien, ya dentro del marco—. ¿Cuánto hace que no vemos una cama?

Frenaba el coche en medio de una red de callecitas desconocidas. Vislumbrábamos una franja de luz que se colaba por debajo de una persiana bajada hasta la mitad, mientras el resto del pueblo estaba completamente desierto, dormido.

—¡Nos hemos perdido! —rezongaba uno de los enmarcados.

El ciego se pasaba una mano por la frente, se animaba.

—¡Qué suerte la nuestra! ¡Da la casualidad de que tenemos una sede en Nos hemos perdido!

En efecto, detrás de la persiana medio bajada se oía el ruido de un ciclostil. Intenté levantarla con cuidado, usando ambas manos, y agaché la cabeza para mirar. Dentro había varios militantes con los ojos entrecerrados por el sueño, al lado del ciclostil.

—¿Qué tal lo lleváis por aquí? —se apresuraba a preguntar el ciego.

Los folios salían disparados uno tras otro hasta caer en la bandeja de salida, que palpitaba. El hombre que manejaba el ciclostil levantaba a duras penas un párpado para mirar al ciego, que seguía esperando una respuesta. Presionaba un poco el rodillo de tinta cuando se daba cuenta de que los folios llevaban quién sabe cuánto tiempo saliendo en blanco.

—¡Demasiada tinta no, que la matriz se corta! —le daba tiempo a decir a otro militante antes de dormirse de golpe, con un taco de quinientos folios aún sin airear en las manos, por el mero paso de Somnolencia por delante del ciclostil.

Veía al obrero de cara blanca arrebatarle el taco justo antes de que cayese al suelo. Se lo ponía delante, lo miraba y, a juzgar por la forma en que la mancha de su cara temblaba; por cómo metía y extendía dos dedos en el lugar donde por lo general se encuentra el corte de la boca; por cómo acercaba y alejaba con la otra mano el taco de folios, se apoderaba de mí la sospecha de que estaba haciendo muecas, como delante de un espejo.

—¡Vamos a echarles una mano! —proponía el ciego al cabo de unos segundos, mientras ya giraba un nuevo taco con las manos para airearlo. Lo hacía oscilar varias veces para que el aire penetrase entre los folios, que yo oía gemir y separarse uno por uno. Los hacía girar en direcciones opuestas con las dos manos, los retorcía, los agarraba por una de las esquinas y los zarandeaba aún más fuerte para que el aire penetrase en todo el taco. Luego los dejaba caer de canto contra la mesa y se oía el golpeteo de los folios como granizo, uno a uno. Volvía a retorcerlos, y las cuatro esquinas se deformaban de nuevo, empezaban a curvarse en exceso. Los hacía ondear una vez más, soplaba en el taco para cerciorarse de que todos los folios estuvieran sueltos y apoyaba los labios para hacerlos cantar unos segundos antes de colocarlos por fin en la bandeja de entrada.

El brazo metálico del alimentador empezaba a introducir los folios en la matriz giratoria, la bandeja iba subiendo a saltitos. El obrero de cara blanca corría el riesgo de dormirse y desplomarse sobre la bandeja, y había que agarrarlo por los hombros para que el alimentador no cogiese, además de los folios, su cara. Somnolencia, por su parte, empezaba a airear otro taco de folios, lo movía con flema, lo desplegaba un poco hacia un lado antes de abrirlo, lo golpeaba con suma delicadeza en la mesa. Yo intentaba detenerlo cuando veía que estaba a punto de apoyar la boca en el papel para soplar, pero ya era demasiado tarde. Cuando tocaba repartir esas octavillas, incluso pasados varios días, los militantes se quedaban traspuestos. Como traspuestos se quedaban, en cuestión de segundos, quienes las recibían al salir por las verjas de las fábricas en sus bicicletas y sus escúteres. En su duermevela, ni siquiera les daba tiempo a oírnos, o a detener el vehículo, cuando les gritábamos, desesperados por descubrir dónde habíamos ido a parar: «¿En qué fábrica estamos? ¿En qué pueblo estamos?».

—Vamos a echarnos un ratito… —decía el ciego desperezándose—. ¡En estos preciosos tacos de folios!

Ocupábamos la trastienda de la pequeña sede. El ciego ahuecaba los tacos con las manos y nos tumbábamos en ellos. Se notaba que estaban bien aireados porque los oía crujir y extenderse en abanico bajo mi espalda cuando me ponía bocarriba. En la otra sala de la sede los militantes llevaban un rato durmiendo alrededor del ciclostil. Me daba tiempo a ver durante unos segundos la matriz recién despegada, colgada en un clavito sobre nuestra cabeza. Pendía, aún blanda y empapada en tinta, justo encima del obrero de cara blanca, del que no había forma de saber si estaba durmiendo o despierto. Me preguntaba qué pasaría con su cara si la matriz le cayese encima en plena noche. Luego alguien, no sé cómo, lograba apagar la lucecita, pero aún me daba tiempo a oír durante unos segundos al perro lamiendo la cola del cubo.

—¡Déjelo que disfrute! —oía susurrar al ciego en la oscuridad, de cerca—. ¡En esta fase hay que dejar que coma lo que quiera!

Al cabo de un tiempo volvíamos a ponernos en marcha para seguir con la pegada de carteles. En los pueblos ya ni siquiera había lucecitas encendidas. El perro pasaba la lengua llena de cola por las paredes en las que había que pegar los carteles. Somnolencia dejaba de usar su brocha poco a poco. De las casas seguían llegando los ruidos del sueño;

no cesaban ni cuando la lengua del perro pasaba justo al otro lado de los espejos y las cabeceras de las camas. Me fijaba en el obrero de cara blanca, que se agitaba de repente y echaba a correr por las callejuelas sosteniendo el cartel con los brazos extendidos.

El perro empezaba a ladrar, lo seguía.

Yo miraba a mi alrededor, convencido de que, de un momento a otro, se encenderían de repente todas las luces de las casas.

9

La ametralladora

Abrí el techo del coche y saqué la cabeza para salir.

—¿Qué hace aquí toda esta gente?

Había una enorme multitud esperando en la plaza, formando un círculo alrededor del cochecito amarillo, que ya tenía el techo completamente abierto y del que también empezaron a salir los demás.

—¡El caso es que me parece que hoy no es día de mercado! —dije sorprendido, pues no veía los esqueletos de madera de los puestos.

—No me lo explico —se sinceró también el ciego, que se había deslizado para salir del marco con el perro, hinchado como una burbuja, en brazos.

Ya estábamos todos fuera. El ciego seguía sujetando al animal: ya llevaba un tiempo sin dejarlo andar, para que la barriga no le reventase al raspar el asfalto. Todo el mundo estaba de pie y en silencio alrededor del coche, y me pareció distinguir a un hombre con una banda colorida en la cintura, inmóvil frente a mí, un par de pasos por delante de la multitud.

—Y eso que anoche solo pegamos un par de carteles… —añadió el ciego, estupefacto.

El hombre de la banda en el pecho se me acercó: a tenor de cómo movía el cuerpo, de cómo echaba la cabeza hacia atrás, titubeante, se notaba que también estaba infinitamente emocionado.

—¡Le doy la bienvenida en nombre de todos!

Se había acercado tanto que ambos tuvimos que retorcer el brazo para poder estrecharnos la mano.

—Además, le hago entrega… —siguió balbuceando el hombre, unos segundos después— ¡de las llaves de nuestra ciudad!

Abrió con una mano el cierre de un estuche enorme, en cuyo interior vi una llave algo desproporcionada, completamente desenfocada por la cercanía.

El hombre retrocedió un paso y volvió a sonreír, como a trompicones. Ahora que la muchedumbre se había mezclado un poco, distinguí también el sombrero de gala de un coronel de los emplumados, que dio un taconazo en señal de saludo.

—¡Sacad los altavoces, montad la tribuna! —gritó el ciego, que seguía con los brazos ocupados por el animal, volviéndose hacia los otros dos.

El marco asomó en diagonal por el techo del coche, y también las enredadísimas marañas de cables de los megáfonos vieron la luz del sol.

—¡La tribuna del ayuntamiento! ¡Los megáfonos del ayuntamiento! —gritaron varias voces entre la multitud, y muchas personas subieron a la carrera las escaleras del edificio, que daba a la plaza. Incluso desde fuera se oían retumbar sus suelos de madera y sus escaños.

—Ya está… ¡Ha ocurrido! —murmuró el ciego pasando por mi lado, emocionado.

—¿El qué? —me acordé de preguntarle al cabo de un rato, porque no podía quedarme todo el tiempo con la boca cerrada en medio de la multitud.

El ciego parecía incapaz de oír, de hablar. Pasaba por mi lado rozándome, con el perro en brazos. Primero le había aflojado el arnés y luego se lo había quitado del todo, para que pudiera moverse sin impedimentos en cualquier dirección. La multitud había ido guardando silencio, pero se notaba que todo el mundo retenía una cantidad tan formidable de aire en los pulmones que casi no se podía respirar. El perro se las veía y se las deseaba para abrir la boca, pegajosa de cola, cuando quería sacar su larga lengua.

A uno de los lados de la plaza se estaba erigiendo, como de la nada, un enorme escenario formado por tubos de hierro sujeto con tornillos de apriete flamantes, aún relucientes. Encima estaban colocando una pasarela de tablas, que levantaban una neblina de cal cuando las dejaban caer sobre los tubos.

—¡Las bandas decorativas del ayuntamiento! —volvió a gritar alguien, y de nuevo se oyó desde la plaza el estruendo en las grandes salas del edificio, como si muchas personas corriesen por su interior haciendo aspavientos.

Los primeros en salir cruzaron la plaza a la carrera, mientras las bandas se desenrollaban de golpe, a contraluz, por lo que no se veía bien de qué color eran. Aleteaban a muchos metros del suelo y las veía enredarse en las cornisas de los edificios. El perro ladraba mientras el obrero de cara blanca corría dando brincos por la plaza, intentando agarrar la tela volante de las bandas decorativas.

—¿Qué asuntos tiene intención de abordar? —preguntó con deferencia el coronel de los emplumados, que se me había acercado de repente.

—Pues no sabría decirle…

—¡Su mitin ha despertado una extraordinaria expectación! —Sonrió, indicando la plaza con la mano. De su cara aún emanaba un poco de vapor, tras el reciente afeitado—. ¡Su fama crece cada día más por estos lares! —Y volvió a sonreír.

Lo oí dar otro taconazo antes de mezclarse entre la mancha palpitante de la muchedumbre.

El escenario ya estaba decorado, pero aquí y allá, bajo la tela tensa de las bandas, destacaban los bultos de las juntas y de los tornillos de apriete de la estructura, como cabecitas puntiagudas con el viento en contra. Por una de las calles que conducían a la plaza hizo su entrada un larguísimo poste de metal, con racimos de altavoces que pasaban rozando las caras de quienes seguían asomados a las ventanas.

—El escenario está listo, ¡y también hemos montado la columna de altavoces! —oí que me anunciaba en tono deferente el hombre de la banda en el pecho.

Me volví para mirar.

El obrero de cara blanca se había subido de un brinco al escenario para probar los altavoces. Me dio la sensación de que todos los presentes entornaban ligeramente los ojos, intentando descubrir de qué parte de la cara salían sus palabras.

—¡La música! ¡Aún falta la música! —recordó de repente el ciego.

—Creo que no es necesario… —dije, intentando perseguirlo con la voz, pero la música irrumpió con fuerza en la entrada de la plaza.

Distinguía a duras penas al obrero de cara blanca, que llevaba unos segundos encaramado al poste para orientar mejor las bocas de los altavoces. Subía y bajaba apoyando los pies directamente en los megáfonos, como si fueran los travesaños de una escalera. Llegó hasta la cima del poste, cuya punta presionaba un poco la burbuja que encerraba la plaza. Agarrado al poste con una mano, le dio la vuelta a la burbuja, como si quisiera ver aún más de cerca las nervaduras y los filamentos que recorren la finísima película que recubre la luz. El coronel de los emplumados se acercó a la escalerilla que conducía al escenario y me indicó, con suma consideración, el primer peldaño.

—Se sube por aquí. Séquese los ojos… —lo oí susurrar.

Enfilé la escalerilla y recorrí la pasarela de tablas que llevaba al enorme micrófono encajado en un trípode. Me quité las gafas mientras en la plaza ya arrancaba el primer aplauso.

La pasarela oscilaba, el cabezal del micrófono estaba cubierto por una especie de seda fina y vertiginosa. Todos los ojos de la plaza se clavaron en un mismo punto, señal de que mis labios habían estallado hacía unos segundos. La luz corría un tanto acelerada sobre las cornisas, los altavoces eran tan potentes que ni siquiera hacía falta hablar.

La estructura del escenario chirriaba, me veía cada vez en un sitio distinto, y supe que ya había perdido el control de mis movimientos. Desde debajo de la plataforma oía llegar vocecitas confusas; muchas personas aplaudían de manera rítmica, sin parar. «Verán el contorno de mis suelas por las rendijas entre las tablas —pensé de repente—, oirán mis golpes aún más fuertes cuando dé un pisotón con vehemencia, enfervorizado…» A lo largo y ancho de la plaza veía de vez en cuando a gente que daba saltitos y asomaba entre la multitud, con la cara mirando al cielo. Distinguía sus cabezas pululando durante unos segundos en aquella papilla de luz. El obrero de cara blanca había vuelto a encaramarse al poste de los altavoces, subía y bajaba pisando los travesaños vibrantes de los megáfonos y movía alguno para comprobar si el silbido infinitamente ligero que a veces se oía en la plaza se debía a una interferencia o al roce de todos los cuerpos que atraviesan el espacio en todas direcciones, sin ver nada, sin desacelerar.

—¡Nunca se había visto un mitin como este! —murmuró asombrado el hombre de la banda en el pecho, recibiéndome a los pies de la escalerilla cuando terminé.

Caminaba con dificultad, me costaba ponerme las gafas porque me había quedado sin fuerza en los brazos.

—¿Qué puedo hacer por usted? —susurró unos segundos después el coronel de los emplumados, que se me había acercado muchísimo, apartándome de la multitud.

Hice un gesto anodino con la mano, pues se me había agotado la voz. Me volví para mirarlo otra vez y me dio la sensación de que se había ruborizado de repente. Tragó saliva.

—También puedo arrestarlo, claro… —lo oí reflexionar—. ¡Pero irían todos a una a liberarlo!

La plaza bullía con la multitud. De vez en cuando seguía viendo alguna de esas caras que saltaban mirando al cielo. La luz resbalaba como agua sobre sus facciones. De repente se formó una fila de coches en el centro de la plaza. El sol bañaba los parabrisas, era imposible ver quién iba dentro.

—¡Ahora querrán llevarlo en triunfo! —murmuró el coronel de los emplumados.

Y, haciendo una reverencia, retrocedió lentamente hasta perderse de vista.

Un grupo de hombres se abrió paso hacia el escenario. Sus cabezas asomaban, avanzando apiñadas, entre las cabezas blandas de la multitud. Los primeros ya estaban cerquísima del escenario, me gritaron algo a pocos metros de distancia, como si no osaran acercarse más o temieran que su voz no llegara hasta mí. En el centro del grupo entreví a un hombre con el cráneo rasurado que me miraba en silencio, como dormido.

—¡Quieren que vayamos con ellos! —me tradujo el ciego.

Al cabo de unos segundos estábamos en uno de los coches. La gente de la plaza se inclinaba para mirar por las ventanillas. Había acabado en el asiento de atrás, entre Somnolencia y el obrero de cara blanca, mientras que el ciego se había sentado al lado del conductor con el perro burbuja en brazos.

Me pasé una mano por la cara. El conductor no pudo reprimir un ruidito mientras el coche arrancaba y se volvió en su asiento, como si quisiera cerciorarse otra vez de mi presencia. Su pelo con brillantina parecía naranja al trasluz, y solo se veía el blanco de sus ojos, como si los tuviera del revés. Somnolencia también se había girado hacia mí. Debía de haber apoyado la cabeza en mi hombro, porque veía su cara muy cerca. La crema de carne que le asomó de repente entre los labios me indicó que estaba mirándome sin verme, sonriendo.

La comitiva de coches salió con gran estruendo de la plaza. Al otro lado del asiento trasero, el obrero de cara blanca se había echado hacia delante. No me volví para observar la fila cada vez más larga a nuestra espalda, pero en la luna trasera de la cabina del camión que nos precedía reconocí el cráneo rasurado del hombre que acababa de ver en la plaza.

—¡Nos está abriendo camino! —dijo el hombre al volante al interceptar mi mirada por el espejo retrovisor.

El ciego guardaba silencio. La cabeza del perro, minúscula, asomaba de la enorme burbuja de su cuerpo. La tenía girada hacia el conductor, cuya piel rosada desentonaba con el naranja del pelo.

La columna de vehículos enfiló otra carretera estrecha y serpenteante. En la zona había pequeñas casas dispersas y muy bajas, y a veces atisbaba a familias enteras que habían salido a la puerta para vernos pasar, o captaba la imagen de una rodilla rompedora en el mismo momento en que asomaba de una de esas cortinas de cintas que cuelgan de las puertas en los meses de verano. De cuando en cuando oía claxonazos interminables elevarse en algún punto de la larga columna, lanzados de repente por una mano rosada.

—¿Dónde nos lleva? ¿Dónde vamos? —preguntó al fin el ciego.

No parecía que el conductor pudiera oírnos. Balanceaba la cabeza a un lado y a otro, como si quisiera cantar pero no le saliesen las palabras.

El volante daba giros completos y volvía por sí solo a su posición, como si se moviera en una burbuja de agua. Las ruedas del coche se salían un poco del asfalto y derrapaban en las curvas, porque el conductor miraba más el espejo retrovisor que la carretera. A veces, el coche que nos seguía daba acelerones violentos hasta casi rozar nuestro parachoques. Tocaba el claxon con insistencia hasta que me obligaba a girarme. Su conductor se reía, un tanto embobado, detrás del volante.

—¡Casi hemos llegado! —gorgoteó el hombre de pelo naranja, dando palmadas en el volante y volviéndose para mirarme. Me pareció que sus ojos lloraban de alegría.

Tomó otra curva, y la carretera inclinada se precipitó hacia abajo. La cabina del camión que nos precedía viró sin previo aviso, y también los demás coches giraron en forma radial, siguiéndola. La gravilla crujió bajo las muchas ruedas que se iban deteniendo una al lado de otra. En los bordes de la explanada había varios niños, que retiraban justo a tiempo la fila de piececitos y se reían al comprobar que el paso de todas aquellas ruedas no los había fracturado. Los coches se cerraban con portazos, muchos conductores bajaron como si acabasen de terminar una larga persecución. El hombre del cráneo rasurado había bajado de la cabina y se me acercó muchísimo. Mientras me acompañaba en silencio hacia la puerta principal de una casa de paredes enlucidas, vi, a través de una ventana abierta, situada frente a una sucesión de ventanas también abiertas de par en par, una montañita de botellas destrozadas, en el centro de una explanada agreste al otro lado de la casa.

El hombre del cráneo rasurado me había agarrado del brazo y avanzaba bamboleando un poco su enorme cabeza, como si ya no pudiera mantenerse despierto. La puerta nunca estaba abierta o cerrada del todo, las manos apartaban sin cesar las cintas de colores. Una vez dentro de la casa, la cortina destacaba sobre el rostro del obrero de cara blanca, que no dejaba de mover las cintas con las dos manos y parecía la mar de entretenido con el jueguecito. En un momento dado, el hombre de pelo naranja le dijo algo a una vieja, que se volvió para mirarme con los ojos hundidos y, sin embargo, relucientes.

Había una larga mesa en el centro de una sala enorme y vacía, sin decoración. Las persianas ya estaban medio bajadas. Un niño se apresuraba a colocar las sillas.

—¡Que presida! ¡Que presida! —oí gritar a alguien.

El hombre de pelo naranja me acompañó a través de la sala. Todos ocuparon sus sitios, envueltos por ese polvo de luz que conseguía filtrarse por las persianas.

Tomé asiento. A mi derecha se sentaba el hombre del cráneo rasurado y, enfrente de él, Somnolencia.

«¿Dónde se habrá metido el obrero de cara blanca?», me preguntaba, porque no distinguía ningún hueco en esa sucesión cada vez más compacta de rostros. El hombre del cráneo rasurado tamborileó dos o tres veces con los dedos la palma de mi mano, sin decir nada. Me miraba con los ojos entrecerrados, no sabía si por la proximidad de Somnolencia o por la pesadez inherente de sus párpados. En sus labios advertía una sonrisa esbozada, irrealizada.

Luego empezaron a llegar a la sala botellas de vino y de aguardiente y ristras de pequeñas longanizas. El hombre de pelo naranja las hacía rodajas con un cuchillo en la tabla de cortar. Veía desprenderse su finísima piel, a la que la luz daba un tono azulado.

La vieja, que había vuelto al vano de la puerta, parecía incapaz de quitarme los ojos de encima. «¡Ahí está el obrero de cara blanca!», me dije al verlo de pronto, pues había pedido a voz en cuello una servilleta, y muchos se giraron de golpe para ver por qué parte del rostro se la pasaba. La luz confería un tono fosforescente al mantel; se colaba entre las filas de dedos que se llevaban los vasos a los labios y parecían siempre al borde de la combustión. De vez en cuando veía a la vieja irrumpir casi corriendo en la sala. Se acercaba para mirarme con los ojos en llamas, muy pegada a mi cara. El hombre de pelo naranja me la señalaba con la mirada y se tocaba la sien con uno de sus dedos rechonchos, un poco desfigurados por el relleno de la longaniza.

Luego se hizo un profundo silencio a lo largo de la mesa.

—Ya estamos… —oí murmurar a alguien, como en sueños.

El hombre del cráneo rasurado dio una orden en dialecto al niño.

Luego se levantó de su asiento y con un gesto de la mano me pidió que lo siguiera. La vieja me miró petrificada desde una sillita cuando pasé por su lado. Agitaba el delantal en el aire, como si quisiera borrarme del fondo vibrante de la sala.

Enfilé una estrecha escalera, siguiendo al hombre del cráneo rasurado. No se oía ni un alma en la sala.

—¡Aquí estamos! —dijo con una sonrisa cuando llegamos a la primera planta.

Los dos estábamos en el centro de una sala enorme. Oí los peldaños de madera cantar bajo los pasos curiosamente contundentes del niño, que ya subía.

El hombre del cráneo rasurado volvió a sonreír, esperando, hasta que la cabeza del niño asomó por el hueco de la escalera. Llevaba un saco muy pesado a hombros, que dejó en el suelo. Nos miraba jadeando, en posición de firmes. El hombre del cráneo rasurado hizo un gesto imperceptible con la mano y el niño lanzó un grito en dialecto. Sus dedos empezaron a desatar la abertura del saco, del que comenzaron a salir numerosas piezas de hierro, brillantes de grasa.

El hombre del cráneo rasurado lo miraba en absoluto silencio. De vez en cuando musitaba algo con los ojos cerrados, como si rezase. Solo se oía el ruido de las piezas, que el niño encajaba rápidamente.

Me agaché para ver mejor.

En el suelo había aparecido una enorme ametralladora pesada, colocada sobre un trípode.

El niño se puso a cuatro patas a toda velocidad, agarró las dos asas del arma y levantó la cabeza.

El hombre del cráneo rasurado intentó abrir lentamente los ojos, suspiró al ver el arma y, solo entonces, se atrevió a girar la cabeza para mirarme.

—Ya está… —lo oí murmurar—. Aquí ya estamos preparados: ¡solo tienes que darnos la orden de atacar!

Bajé de nuevo a la sala, tanteando uno por uno los peldaños. Algunos se habían puesto de pie alrededor de la mesa y otros dormitaban con la cabeza apoyada en un brazo doblado. La vieja ya no estaba, la vieja ya no podía estar. Delante de la casa los motores arrancados rugían. Algunos se disputaban a gritos nuestra presencia en su coche.

Las ruedas empezaron a girar otra vez en la gravilla. La columna se puso en marcha. Pero me pareció que esta vez nos hicieron dar un rodeo aún más largo, pasando por las pedanías y las eras, para que la gente pudiera vernos a través de la ventanilla. En las rectas tocaban fragorosamente el claxon, y algún coche se ponía en paralelo al nuestro, a toda velocidad. El perro tenía los ojos entrecerrados, lagrimosos.

—¿Qué te pasa? —le pregunté al obrero de cara blanca, que estaba inmóvil y llevaba un tiempo sin decir palabra.

Movió levísimamente la mano. Era imposible saber si se había puesto pálido.

—He comido demasiado. Tengo que vomitar… —murmuró.

El coche paró. La columna de vehículos que lo seguía se detuvo. Todo el mundo miraba al obrero de cara blanca, medio doblado en el arcén, para intentar descubrir por qué parte de la cara estaba vomitando.

En la plaza, el enorme escenario seguía montado. Bajamos del coche. Lo oímos alejarse junto a los otros vehículos, con gran estruendo, mientras intentábamos meternos uno por uno en el cochecito amarillo con el techo abierto.

Lo intentamos una y otra vez, porque el perro estaba todavía más hinchado y ahora además teníamos aquella gigantesca llave con su estuche, a la que no lográbamos encontrarle sitio.

La luz nos estaba dejando atrás poco a poco, pero en las cornisas de los edificios que rodeaban la plaza aún se veían aletear grandes trozos de tela de colores, que quizá se habían escapado por la mañana de la gran maraña de bandas decorativas. El motor por fin arrancó. Al otro lado del parabrisas veía fragmentos de paisaje descarrilar muy lentamente.

—¡Maldita llave! —exclamó el ciego, impacientado.

—Es una llave simbólica —explicó Somnolencia con la voz pastosa—. No sirve para nada, ¡podemos tirarla tranquilamente por la ventanilla!

El obrero de cara blanca guardaba silencio, de su rostro solo llegaba ese olorcillo a recién vomitado.

—¡Hoy hemos tenido demasiadas emociones! —murmuró el ciego con el perro burbuja en brazos—. ¡Me temo que está a punto de romper aguas!

Ahora que había encendido los faros antes de que anocheciese del todo, la carretera se había vuelto un tanto irreal; parecía completamente cubierta por una capa de magnesio.

—¿Por qué estabas mirando hacia atrás? —pregunté a Somnolencia.

Debía de haberse quedado traspuesto en el marco, porque no me respondió.

—¿Nos seguía alguien? —probé a preguntar otra vez, un poco más adelante.

Lo oí aclararse la voz, aún muy pastosa.

—Ha estado siguiéndonos un buen rato una chica, en bicicleta…

Volví la cabeza.

—¿Una chica? ¿Qué chica?

Somnolencia apoyó la mejilla en el marco, bostezando.

—¡No lo sé! Una chica bizca…

El volante giró de golpe, me costó evitar que el cochecito se saliese de la carretera.

—¿No podías habérmelo dicho antes? Bueno, ¿y por dónde era? ¿Por dónde estábamos?

Lo oí bostezar.

—Por la zona de Ducale, creo…

Aparqué en doble fila y entré casi corriendo por el portón.

—¡Ah, por fin has vuelto! —dijo el hombre calvo, saliendo a mi encuentro por un largo pasillo.

Me puso una mano en el hombro mientras me conducía a una sala con la puerta descentrada.

—No dejan de llegarnos noticias sobre tus asombrosos avances —dijo un segundo después, emocionado—. Seguimos el eco de tus movimientos. ¡Aquí no se habla de otra cosa!

Ya estábamos en su despacho. Se había desplomado en un sillón un poco desvencijado, sonreía.

—Alguna pequeña sede aquí y allí —oí que seguía diciendo—, un primer esbozo de grupo dirigente, aunque todavía sea un poco errante…

Se interrumpió de golpe.

—Llegados a este punto, es el momento de asignarte una zona aún más neurálgica… ¡Vamos a trasladarte a Bindra!

Me desplomé en una silla.

—¿A Bindra? ¿Justo a Bindra, dices?

El hombre calvo asintió despacio y entrecerró un instante los ojos.

—Me parece que ya conoces esa ciudad, si no me equivoco… —dijo con una sonrisa.

—No, no… Solo la veía desde arriba, desde la balaustrada de mármol de aquel seminario, por las noches, iluminada…

El hombre calvo me miraba sin hablar. Parecía estar sonriendo y enfurruñado al mismo tiempo.

—Allí te espera una gigantesca sede de tres pisos —dijo, animándose de repente— en la que podrás vivir, porque en el último piso hay un apartamento. Encontrarás toda una red de sedes periféricas muy activas, un gran número de militantes y de simpatizantes, un grupo dirigente local con experiencia, un par de coches destinados en exclusiva al trabajo central, un número dos dinámico y a jornada completa… Tienes que irte cuanto antes, allí están todos avisados, ¡te esperan!

—Pero ¿tengo que dejarlo todo, tal cual, ya mismo? —intenté objetar—. ¿También al ciego, a Somnolencia, al obrero de cara blanca…?

—¡Sí, sí, ya mismo, tal cual! Allí las cosas ya están en marcha, van solas. Para ti ha llegado el momento de abrir una nueva fase, de curtirte en un contexto completamente nuevo, casi inimaginable, como quien dice… ¡No debemos titubear, no podemos esperar!

—A Bindra… —me oí balbucear otra vez.

En el techo, uno de los dos tubos de una lámpara de neón se encendía y se apagaba continuamente.

Me levanté de la silla y di unos pasos por el pasillo, casi a ciegas, mientras oía al hombre calvo levantarse de golpe de su sillón.

Aunque era de noche, por el portón seguían entrando los militantes de las sedes periféricas para recoger el nuevo material. Deambulaban por las oficinas, encapuchados; se acercaban uno tras otro al bidón de amoniaco para el heliograbado, picados por la curiosidad, y se inclinaban para oler por enésima vez su aroma. Se tambaleaban, embriagados, y luego seguían moviéndose por las salas con los ojos un poco entornados.

Ya estábamos cerca de la puerta principal. Un albañil, que trabajaba de noche en el Centro, fuera de hora, estaba levantando un tabique para crear una nueva oficina: arrancaba con las manos los jirones de otro tabique ya casi completamente derribado, justo al lado, que al desgajarse mostraba todas sus nervaduras y nervios secos, como el ala quebrada de una mariposa. La escalera volvía a vibrar, señal de que en una de las plantas superiores había acabado alguna reunión y muchas personas ya bajaban corriendo, agarradas a la barandilla para girar más rápido en los rellanos.

—Estamos ante una nueva fase de expansión —dijo el hombre calvo, envolviéndome inesperadamente las manos con las suyas— y aún no tenemos muy claro cómo puede desarrollarse, dado que a veces nos parece haber llegado al punto de máxima expansión… —Hablaba con vehemencia. Yo veía un cristal de saliva brillar en una de las comisuras de sus labios—. Pero al mismo tiempo sabemos que estamos destinados a seguir expandiéndonos, y que encontraremos sin duda la forma, y que sin duda se nos acabará presentando la posibilidad de seguir expandiéndonos…

Sus dos arcos dentales chocaban entre sí, haciendo un ruidito como de piedras arrojadas sin mirar, a contraluz.

La telefonista se había echado una rebeca sobre los hombros y estaba pulsando por última vez una tecla que se había encendido en el panel; la mantenía hundida en la luz como una cabecita recién parida, aún incandescente.

10

La nueva sede

Abrí la puerta del coche y eché la maleta en el asiento trasero.

Los distintos tipos de pavimento vibraban en los espacios vacíos del coche mientras me alejaba a toda velocidad de la ciudad de Slandia. No me parecía pisar el acelerador, pero las ruedas seguían girando como si nada, cada vez más rápido. La luz aumentaba poco a poco, el parabrisas ya no cumplía ninguna función y los bordes de la carretera eran tan evidentes que me veía obligado a bostezar para seguir esforzándome en verlos.

«Sin embargo, algo tendría que ocurrir —me dije de repente— en algún lugar de esta larguísima carretera llena de luz si, al llegar a ese lugar, lo que tiene que ocurrir aún no se ha molestado en ocurrir…»

Los letreros huían por ambos lados de la carretera. Alguien había creído que valía la pena estampar nombres en ellos. Yo movía los brazos por el interior del coche, increíblemente despejado ahora que ya no había ni marco, ni maraña de bandas decorativas, ni multitud creciente de acompañantes. Podía conducir de forma holgada, desde donde quisiera. Si necesitaba cambiar de pronto el número de revoluciones del motor, o si quería dar a entender que estaba a punto de hacerlo, podía desengranar la marcha pisando con pie errabundo el embrague, acto seguido realizar una larguísima rotación de la mano sin destino aparente y, al fin, mover la palanca de cambios, mientras el cochecito seguía desplazándose por la hipotética carretera.

«Dejaré que se mueva —me dije— y que me mueva... Comprobaré si inevitablemente acabo llegando a ese sitio que, quién sabe por qué, alguien llamó Bindra.»

La carretera daba una curva de vez en cuando, pero sus bordes no se cansaban nunca de acompañarla. Yo giraba apenas el volante, levantando en exceso los codos en el vasto habitáculo del coche. O lo giraba bruscamente, si me parecía que las curvas no eran lo bastante oportunas como para aparecer en el momento exacto en que consideraba que debía dar un volantazo.

A veces atravesaba pueblos desperdigados e inesperados. Se presentaban de manera que fuese imposible reconocerlos, pero sin llegar a parecer del todo desconocidos. «¿De qué sirve recorrer las calles —pensé— si las calles no pueden recorrerse a sí mismas?» Aunque tampoco iba prestando demasiada atención. Mi cara debía de expresar una emoción inmensa al otro lado del parabrisas, porque de vez en cuando veía a algún transeúnte parar de golpe en una de las estrechas aceras y entornar los ojos para verme mejor, o salir corriendo de una plaza, riéndose y haciendo aspavientos.

Moví la palanca de cambios, empecé a girar hasta dejar el dorso de la mano en la parte superior del volante. Con la cabeza un poco inclinada hacia un lado, recorrí una interminable curva que desembocaba en la autopista, y vi la silueta de un dirigible publicitario perfectamente suspendido en el espacio. «¿¡Será posible que esté a punto de llegar a Bindra?!», me dije, pues las ruedas no hacían sino llegar, sin pararse a pensar en ningún momento en las probabilidades estadísticas de llegar. El día se elevaba. Las ruedas seguían girando como si nada. Ya estaba a punto de acabar la barrera arrugada del quitamiedos y en el parabrisas se recortaba, a lo lejos, el perfil de la ciudad de Bindra.

El cobrador del peaje cerró lentamente el periódico y al cabo de unos segundos se dignó a mirarme, pasándose una mano por la mejilla. Su cara se veía un poco borrosa, no del todo enfocada; se la oía crepitar bajo los dedos, que frotaban las púas electrizadas de su barba.

Me incorporé a una de esas circunvalaciones donde las carreteras se ensanchan y se desalinean, o se estrechan de repente al dar una curva bajo un puente. Arriba siempre vemos a alguien que mira las otras carreteras con aire desolado, o que aparece por un instante tras la ventanilla de un tren que se cruza con nosotros, en otro plano y en otro itinerario, con una sincronicidad tan perfecta que los dos viajeros creemos que nos hemos salido de los límites de nuestros respectivos caminos, huyendo hacia un nuevo punto de fuga.

«Habrán venido en masa de las distintas sedes —pensé—, lo tendrán todo encendido, aunque sea de día…»

Dejé atrás uno tras otro los primeros cruces importantes. El camino pasaba por debajo de gigantescos arcos y avanzaba impasible. El cristal del parabrisas estaba tan terso que parecía a punto de quebrarse de un momento a otro. La calle seguía en su sitio. El volante estaba perfectamente inmóvil, parecía pintado en el parabrisas.

Luego me pareció oír un leve suspiro.

El cochecito recorrió unos cien metros más hasta rebotar en el borde curvado de una acera que giraba de repente. Oí que el parabrisas se hacía añicos, que caía como granizo.

Vi una pared infinitamente cerca. El cochecito, casi sin morro, se había subido a horcajadas en la fachada de un edificio. A través de la ventana más cercana vi, al fondo de una habitación enorme, a un hombre que se había quedado petrificado mientras se hacía el nudo de la corbata: aún tenía el cuello de la camisa subido, y le tapaba tanto la cara que no me quedaba claro si estaba susurrando algo con los ojos cerrados o si, en cambio, estaba cantando a voz en grito, solo en su habitación.

Otra persona abrió una ventana, y me pareció oírla aclararse un instante la garganta antes de gritar.

La luz había vuelto de golpe, a contraluz. Al asomarme por la ventanilla comprobé que la acera quedaba muy lejos.

Me descolgué hasta el suelo y me las apañé para sacar la maleta.

Las ruedas delanteras del coche se habían encaramado a la fachada y seguían girando vertiginosamente mientras yo me alejaba de la zona, casi a la carrera.

«¡Se me ha roto un cristal!», me dije un poco más adelante, al darme cuenta de que en una de las lentes de las gafas solo quedaba un fragmento largo y puntiagudo, un poco curvado.

Lo arranqué de la montura y me lo metí en el bolsillo.

Veía mi reflejo en los escaparates mientras pasaba por delante sin detenerme. Uno de mis ojos resaltaba en el hueco sin cristal de la montura.

Enfilé una travesía y me cambié de mano la maleta, porque tenía la palma y los dedos un poco deformados y arrugados. Los nombres de las calles estaban escritos en placas exageradamente altas; había que inclinar muchísimo la cabeza para leerlos.

Me detuve delante de un portón, me pasé la mano por el pelo antes de decidirme a llamar.

«Qué raro...», pensé de repente, porque el timbre estaba oxidado y apenas se distinguía el botón, y también los postigos de la fachada estaban cerrados hasta el último piso.

Comprobé una vez más el nombre de la calle en la placa.

«El caso es que es el mismo... ¡Y el número también coincide!»

Me volví otra vez hacia el timbre y extendí la mano para llamar, convencido de que en cuanto lo tocara se desintegraría de golpe, desmigajado.

Sin embargo, al instante empezó a sonar con tanta fuerza que me tapé instintivamente una oreja con la mano.

Levanté la cabeza mientras el sonido ascendía piso tras piso con alguna que otra leve interrupción, recorriendo la inmensidad de aquella sede enorme.

Esperé un poco y volví a llamar, aguzando el oído para captar el golpeteo en el suelo, en las escaleras, de los pies de la persona que sin duda estaría bajando a abrirme, a toda velocidad.

«He llegado con algo de retraso», me dije, porque el portón seguía cerrado. «A lo mejor ya no me esperaban esta tarde. Tendrían algún compromiso, estarán en el turno de salida de alguna fábrica...»

Apoyé los dedos en el pomo. No me parecía haber hecho la menor presión, pero el portón empezó a abrirse inesperadamente. Chirriaba.

Observé con infinito estupor la hoja inmensa de la puerta, que iba cediendo, como si sus bisagras no estuviesen colocadas en una línea vertical.

«No la habrán cerrado con llave a propósito, antes de ausentarse, para que pueda entrar», me dije. «Dicho esto, ¡no me parece un buen ejemplo de prudencia!»

Entré por el portón. El aire se había desvanecido, olía a polvo secular. Sentí minúsculas descargas fulmíneas pasar rozándome la cara.

«¡Están todos aquí dentro!», se me pasó por la cabeza al cabo de un instante, al percibir unos ruidos vagos en la oscuridad. «Se están tapando la boca para no delatar su presencia con una carcajada irreprimible. Puede que ya haya una enorme mesa preparada, puede que se pongan a cantar al unísono, encendiendo todas las luces de repente...»

En la escasa luz que lograba colarse entre los listones, vislumbré la silueta muy tenue de una ventana cerrada, a poca distancia de mí.

Me acerqué y dejé la maleta en el suelo antes de extender las manos y notar en los dedos una sustancia blanca y un poco disgregada.

La ventana no tenía cristales ni marco. Y los postigos, sin bisagras ni cierres, debían de estar apoyados de manera precaria, porque uno de ellos se soltó de repente en cuanto lo rocé con la mano y cayó con estrépito al otro lado, al suelo de un pequeño patio interior, envuelto en una maraña de telarañas que llevaban tiempo deshabitadas, polvorientas.

Me quedé inmóvil.

«¡Pero si este sitio está desierto!»

Ahora el vestíbulo se veía un poco desfigurado por la luz que entraba a través de la hoja abierta del portón; una especie de polvo de seda flotaba en el ambiente. Las baldosas estaban levantadas; las sillas, partidas, volcadas. Un voluminoso armario cedía hacia un lado, y veía su pequeña llave completamente encapullada, envuelta en una especie de mechón de seda recién vomitada.

Agaché la cabeza de repente al oír unos ruidos a mis pies. Eché a correr hacia la puerta, pisando algunos de los ratones vivos que pululaban por el suelo.

Estaban erguidos sobre las patitas traseras, con los ojos entornados por culpa de la luz, que les molestaba.

El portón ya quedaba a mi espalda. No tenía claro si me había dejado la maleta en el vestíbulo o si había salido corriendo con ella a cuestas. La luz seguía siendo esa luz que nunca puede verse. En todas las calles había siempre un bordillo que subía más rápido que el otro, que era más abrupto. «¡Tengo que encontrar una cabina y llamar inmediatamente al Centro!», me dije. A veces golpeaba con un hombro las burbujas de otros transeúntes. Algunos se quedaban inmóviles en la acera, mirándome y mirando uno de mis ojos, que resaltaba en el círculo hueco de la montura.

El quiosquero movía la mano con una lentitud exasperante para entregarme el cilindro con las fichas. Las oí caer al fondo del teléfono, acanaladas. A través de los cristales de la cabina la ciudad se veía recortada, pero los coches seguían pasando a toda velocidad sobre sus marcos. Supe que había llevado conmigo la maleta cuando constaté, mientras intentaba marcar el número del Centro, que tenía todos los dedos pegajosos.

Me acerqué el auricular a la oreja y cerré los ojos.

El tiempo pasaba, pero lo único que se oía al otro lado de la línea era un sonido monótono, idéntico.

«¡Nadie responde!»

Probé a marcar el número por segunda vez, con calma. Los dedos se iban despegando poco a poco los unos de los otros, rugosos y arrugados.

«¿Cómo puede ser?», me dije, saliendo de lado de la cabina. «¡Parece que tampoco existe ya el Centro!»

Fuera se habían acumulado varias personas. Las puertas de la cabina seguían oscilando y rozándose con sus labios de goma, exfoliando la cara del próximo cliente, que entró a toda prisa, exasperado. La luz se había puesto un poco a la sombra. Las placas con los nombres de las calles parecían haberse deslizado aún más arriba, hasta las cornisas. En las aceras, las caras que pasaban por delante de las franjas de escaparates recién iluminados empezaban a confundirse. «Qué pronto los encienden aquí…», pensé, sorprendido. La maleta chocaba con los peatones en los cruces, golpeaba sus corvas blandas en los pasos de cebra cuando no me daba tiempo a frenar. Paraba unos segundos a descansar y me secaba la frente con los dedos llenos de llagas. Debía de haber recorrido ya un buen trecho, siguiendo al azar el trazado de las aceras. «Tendría que volver sobre mis pasos», me dije. «Quizá mi primera valoración de la sede haya sido un poco precipitada, demasiado destructiva...»

Las aceras se vaciaron paulatinamente, las calles se volvieron más amplias, llenas de reflejos. «Ya casi es la hora de cenar», pensé, sorprendido, mientras volvía por donde había venido. El cielo también estaba oscureciéndose al fin, y uno ya podía levantar la cabeza sin que se le acelerara demasiado el corazón, aunque algunas esquirlas de luz empezaban a resplandecer allá arriba. Parecían haberse encendido en ese mismo momento, aún desprovistas de piel, y no quedaba claro si eran estrellas rasantes o esas luces de cristal que alguien enciende casi sin pensar, irrumpiendo en silencio en algún refectorio, por ejemplo, en determinadas zonas que parecen suspendidas, a lo lejos, sobre la ciudad...

En la callecita no había un alma, la hoja del portón se había quedado abierta de par en par.

Encendí el mechero para ver si había un interruptor por algún sitio.

«¡La luz funciona!», me dije con infinito estupor al ver que una pequeña lámpara de techo se encendía a trompicones en lo alto del vestíbulo. «Se habrán olvidado de venir a cortarla...»

En el suelo ya no se veía esa abundancia de ratones, y solo un par de ellos, medio cojos, cruzaban el vestíbulo sin ninguna prisa y a plena vista. Se volvían de vez en cuando, sorprendidos, a mirarme.

«Los demás ratones se habrán ido a dormir», supuse, mientras me adentraba en el vestíbulo.

Aparté con los dedos arrugados esos hilos solitarios que segregan algunos pequeños insectos al dejarse caer desde el techo con los ojos cerrados: ya estaban sequísimos, se desmenuzaban con solo rozarlos. También las telarañas estaban inertes; la luz de la lámpara de techo las hacía parecer perfectamente opacas. En el patio interior no se oía el más mínimo ruido.

Crucé una vieja puerta de varias hojas esmeriladas. Al otro lado también había un salón muy amplio, y con la poca luz que llegaba del vestíbulo se distinguían montones de pancartas enrolladas con demasiada holgura en sus palos, marañas de cables remendados, transformadores desmontados, otras piezas sueltas de altavoces y cubos medio llenos de cola fosilizada. También había una enorme plasta de cola enmohecida en un pequeño fregadero.

La escalera estaba oscura, pero me bastó con presionar un solo interruptor en el rellano del primer piso para encender una hilera de luces polvorientas.

«¡También hay varias oficinas en este piso!», me dije sorprendido, al comprobar que aún seguían encendiéndose luces en salas cada vez más lejanas, de puertas inclinadas y descolgadas.

Subí otro tramo de escaleras hasta el segundo piso, donde se acumulaban, desperdigadas por el suelo, baterías de coches sin sus taponcitos, vacías. «A saber cuándo fue la última vez que abrieron las ventanas y airearon esto», pensé, porque había que tener los ojos muy abiertos para respirar.

Avancé unos pasos por esa sala única y enorme e intenté girar la manivela de un ciclostil bloqueado. No tardé en percatarme del porqué. «Se ha secado la tinta. Se ha quedado pegada...»

El último tramo de escaleras era de madera, daba una curva y, en los metros finales, pasaba por delante de una cristalera.

«¡El apartamento!», me dije con gran asombro, porque la luz se había encendido de golpe en una cocinita un tanto destartalada. A través de la puerta, como un punto de fuga, se veían un par de habitaciones.

Las luces se encendían poco a poco, con cierto titubeo. No me pareció ver muebles, pero en la última habitación quedaban una cama inclinada, a la que le faltaba una pata, un pequeño armario y un paragüero.

Abrí con cuidado la puertaventana que daba al exterior y salí al pequeño balcón con antepecho cerrado, de obra. La callecita a mis pies estaba desierta. Veía a muy poca distancia los cables de la luz, que corrían a unos metros del balcón, y las farolas suspendidas, envueltas en sus nubes de palomillas diminutas y un poco polvorientas, encandiladas.

Me quedé un rato en el balconcito cúbico. Enfrente tampoco había casas, hasta mucho más allá. Di media vuelta y me metí en la habitación. La luz se atenuó unos segundos y luego volvió a expandirse con renovada intensidad. Las sábanas de la cama estaban hechas un asco, en la almohada había una mancha de sangre ennegrecida. Cerré lentamente las hojas de la puertaventana. De repente, noté que los párpados empezaban a pesarme. Apagué la luz y me desplomé en la cama.

«¡No he subido la maleta!», recordé de pronto.

La luz de la farola más cercana se filtraba a través de las hojas un poco descolgadas. De la calle no llegaba ningún ruido, pero sentía bajo mis pies la presencia de la gran caverna vacía de la sede.

«Seguro que me he dejado abierto el portón...»

Noté algo liviano pasar sobre mis mejillas: no sabía si eran patitas o si había empezado a llover y alguna gota se estaba filtrando por el tejado y el techo. Quizá solo sentía la presencia de uno de esos pequeños insectos que se descuelgan del techo por un hilo, y que ahora pendía a unos centímetros de mi cara, mirándome fijamente con la cabecita ladeada, bocabajo.

Me tumbé de lado para compensar la inclinación de la cama coja. Me dormí al instante, pero acto seguido me desperté.

«¿Dónde he ido a parar?», me pregunté justo antes de volver a caer dormido.

Por las hojas de la puertaventana entraba desde hacía un rato mucha luz.

«¿Qué hora será?», pensé mientras acababa de despertarme.

Puse los dos pies en el suelo e intenté levantarme, apoyando una mano en la cabecera de la cama a causa de un mareo repentino.

Cerré los ojos un instante para que los límites de la habitación tuvieran tiempo de regresar abruptamente de todo aquel resplandor. La garganta me ardía, me costaba horrores tragar.

Abrí la puertaventana y me asomé al balconcito con los ojos un poco entornados. En la planta baja, la hoja del portón seguía abierta. La miré desde arriba, asomado a aquel cubo al que solo le faltaba una cara.

La habitación central no tenía ventanas; la iluminaba una claraboya ennegrecida por esas tiras que deja la lluvia cuando se desliza por los cristales y luego se oxida. Me asomé a echar un vistazo al baño, con el suelo un poco en pendiente. Ahora la cocina estaba muy iluminada gracias a la cristalera del último tramo de escaleras, con su enorme marco de hierro desconchado. Al otro lado se veía la parte trasera de varios edificios que se elevaban lentamente hasta el último piso, además de pequeñas parcelas de huerto y patios.

Abrí la puerta del frigorífico, me tapé la nariz. Dentro solo había un trozo de mantequilla momificada. «Ni siquiera se les ocurrió dejar la puerta abierta después de desenchufarlo», pensé, apartando la cabeza. Me acerqué a la bombona de butano y la balanceé un poco para comprobar si le quedaba algo de gas.

La escalera bajaba, sus peldaños de madera emitían un ruido primigenio a mi paso. Ahora que se filtraba mucha luz por los postigos de las ventanas, vislumbré la boca horizontal de una máquina heliográfica, al lado del ciclostil bloqueado. De pronto los peldaños dejaron de crujir; solo se oía el chirrido lejano de mis suelas bajando con calma al primer piso. «¡Cuántas oficinas hay!», me dije con asombro, abriendo varias puertas seguidas. Había armarios abarrotados de material, casi a reventar; ficheros con cajoncitos aún abiertos. «¡¿Cómo es posible?!», me pregunté al ver varios cajones desperdigados por el suelo de los que asomaban sobres con solicitudes de admisión y resguardos de carnés. «Ni siquiera trasladaron las solicitudes de admisión, los ficheros…»

Bajé el último tramo de escaleras. Mi maleta seguía donde la había dejado la noche anterior. Me asomé al portón. Estaba ya bien entrada la mañana, pero no se veía a nadie por la calle. «Estarán comiendo», me dije de pronto, porque la vista se me había nublado de golpe, una vez más. Había varios paquetes de periódicos aún atados y precintados que acababan de echar por el portón.

Rasgué el papel del embalaje y me agaché para ver la fecha.

«¡Pero si estos periódicos acaban de salir!», pensé, conteniendo el aliento.

Di unos pasos sin rumbo por el vestíbulo. Las baldosas estaban muy levantadas; por la ventana a la que le faltaba un postigo entraba una franja de luz hinchada por el polvo. Algún que otro ratón se apartó con desgana a mi paso, arrastrando jirones de telarañas secas con las orejas.

Ahora que la luz llegaba hasta el fondo, pude distinguir la puerta entreabierta de un amplio trastero. Dentro había una vieja moto bocabajo, apoyada en su asiento. Le pasé los dedos por encima: la herrumbre se despegaba del bastidor, pulverizada. En el fregadero, la plasta de cola se veía un poco transparente por la luz. Probé a abrir el grifo. «¡Tampoco han cortado el agua!», me dije estupefacto al ver que empezaba a caer un hilo, sin ese petardeo de advertencia y ese estruendo que suelen emitir las tuberías vacías desde hace tiempo y demasiado secas.

No podía dejar de preguntármelo: «¿Qué harán aquí estos periódicos?».

II

Estrellas rasantes

Me pasé los primeros días deambulando por la sede desierta. Abría puertas y ventanas con sumo cuidado, para que no se descolgaran. Despejaba con una escoba enana los pasos más estrechos de cada piso, arrancando de techos y paredes las telarañas petrificadas. Entraba conteniendo la respiración en las oficinas. Algunas puertas se abrían al instante, ingrávidas; otras había que empujarlas y girarlas un poco, como si sus bisagras estuvieran en planos diferentes. Había sobres con carnés y resguardos atados con elásticos. Me inclinaba para asomarme al interior de armarios que parecían a punto de desmoronarse y veía las tablas de los estantes arqueadas por el peso de los expedientes. Cerraba un instante los ojos antes de soplar para quitar el polvo y cogía el sobre de los resguardos o una carpeta hinchada con formularios administrativos. «¡Qué bien organizaditos estaban!», me decía.

Entraba en la oficina de al lado, pasando por delante de los cables de teléfono cercenados que asomaban de una cajita ennegrecida en la pared. Había un sobre con solicitudes de admisión rellenas. Quitaba el polvo de un soplido, descifraba los nombres. «¡Pero si estas solicitudes siguen pendientes!», comprobaba con sorpresa al ver que el espacio reservado al reclutador todavía estaba en blanco. Me desplomaba en los restos de una silla y se me empezaba a acelerar el corazón. «A lo mejor puedo intentar dar con ellos comprobando una por una las direcciones», se me ocurría de repente. «Puedo ir verificándolas poco a poco, seguirles la pista hasta dar con su última dirección, si es que desde entonces se han mudado…»

Me levantaba de la silla inclinadísima, dominado por la emoción, y caminaba de un lado a otro de la sala un rato, oyendo pequeños objetos desmigajarse casi sin hacer ruido bajo mis zapatos.

Subía al segundo piso, intentaba girar la manivela del ciclostil fosilizado. La luz volvía impenetrables las marañas de telarañas. Extendía en el suelo uno de los muchos manteles apelotonados en cajas. Estaban completamente cubiertos de frases y dibujos hechos a boli en las reuniones. Me agachaba para observarlos de cerca y, fijándome en detalles minúsculos, lograba percibir si los habían hecho cuando la reunión estaba terminando o cuando acababa de empezar, así como los cambios de mano: si otra persona retomaba ese mismo dibujo en una reunión sucesiva, debido a la rotación de sillas alrededor de la enorme mesa. En algunas partes se notaban interrupciones repentinas o zonas grabadas con furia, casi rasgadas por el boli. «¡Esta sede debe de haber vivido momentos de gran esplendor!», me decía.

Había cortado las otras tres patas de la cama con una sierra de hierro que encontré en el trastero, para que estuviese recta. Había salido a la calle para cambiar el cristal de mis gafas que había estallado en el accidente de coche. Era más transparente que el otro, no tenía todos esos cortecitos negros que aparecen de tanto mirar. Me eché al hombro una bombona de butano nueva, que había comprado a poca distancia de la sede, para subirla al apartamento. Al enfilar el último tramo, con peldaños de madera, me vi reflejado unos metros en la cristalera. Al otro lado había un fragmento inclinado de la ciudad y otro de cielo. Desde allí, se veía y se podía ser visto con suma facilidad, por quién sabe cuántas personas, desde quién sabe dónde…

Me quedaba unos segundos mirando en esa dirección mientras cocinaba algo en el hornillo. Estaba de pie, casi pegado a la cristalera, y cualquiera habría podido reconstruir fácilmente toda mi silueta, descompuesta en los varios paneles de cristal, si se hubiera detenido por cualquier motivo a mirarme desde fuera, a lo lejos. En el cazo algo empezaba a saltar, a chisporrotear; las gotitas de aceite ardiendo me salpicaban los cristales de las gafas. Seguía viéndolas un buen rato, incluso cuando estaba ya sentado, comiendo directamente del cazo, y arrancaba un pedazo de pan con las manos para soparlo en la grasa que se había quedado en el fondo. Notaba los fragmentos masticados bajar por la garganta. Al anochecer, las estrellas se encendían poco a poco al otro lado de la cristalera. Las pieles de la fruta se ponían cada vez más negras en el fondo del cazo; si me olvidaba de encender la luz, casi no se veían. Los rincones de la cocina desaparecían, volvía a sentir bajo mis pies la gran extensión vacía de la sede. «El caso es que no me acuerdo de si he bloqueado el portón con esa caja», me decía. De la parte trasera de los bloques de pisos no llegaba ningún ruido desde hacía tiempo, a pesar de que alguna ventana ya se había encendido aquí y allá. De la callecita subía el sonido atenuado de un motor cada cierto tiempo, a intervalos imposibles de determinar. Me encendía un pitillo y veía a duras penas la sombra del humo pasar frente a la cristalera. La brasa se avivaba en la oscuridad, iluminaba por un instante una pequeña parte de mi rostro y la punta de los dos dedos que sujetaban la colilla. La tiraba al cacito, la oía chisporrotear unos segundos sobre las pieles, o mientras se clavaba en el fondo de grasa. Un mal olor impregnaba la cocina. El tiempo pasaba. Las estrellas se hacían cada vez más grandes, pasaban rozando la cristalera, orbitaban sin prestar la menor atención a sus paneles. Me reclinaba un poco, hasta apoyar la espalda en la pared, y la respiración se me cortaba unos segundos cuando, de repente, se encendían otras estrellas rasantes.

Por las noches, mientras estaba tumbado en la cama sin patas, me parecía oír unos pasos ligeros en el tejado. Abría los ojos de golpe. «¡Tendría que levantarme e ir a ver!», me decía. «¡Tendría que ir a la planta baja para comprobar si he bloqueado el portón con la caja!» Me ponía de lado, y durante un buen rato seguía oyendo ruiditos que llegaban cada vez de una parte de la sede; brincos afelpados, un fragor de objetos desmoronándose, arrastrados. «Solo son los ratones…», me decía, mientras el sueño por fin me iba cerrando los ojos.

Los veía a montones cuando, de día, encendía las luces de repente. Me miraban con aire distraído, sacando la cabeza de un megáfono desvencijado o asomándose de un cubo de cola cuajada, con los pelillos tiesos y un poco pegajosos, como plumas. Comprobaba una vez más cuánto dinero me quedaba en la cartera. Volvía a mirar las solicitudes pendientes, el sobre de los resguardos de los carnés. Quitaba el elástico y los hojeaba una y otra vez, de uno en uno. «¡Tendría que intentar poner a punto esa vieja moto!», me decía. «Para dar al menos con alguno de estos afiliados y recaudar el dinero de las cuotas.»

Había probado a llamar al Centro varias veces desde la cabina de siempre, mientras a mi alrededor se encendían de golpe todas las luces de las calles. El auricular seguía emitiendo el mismo sonido monótono, por más que lo zarandeara y lo aporreara con fuerza. «¡El número lleva un tiempo desactivado!», me respondía una voz femenina pasados unos segundos, cuando llamaba al servicio de información. Al otro lado del cristal de la cabina el resplandor de la tarde aumentaba por momentos y luego desaparecía. Colgaba el teléfono y, antes de salir, me llevaba un brazo a la cabeza para protegerme de los labios de goma de la puerta, cuyos roces y oscilaciones seguía oyendo cuando ya estaba muy lejos. Caminaba un rato sobre la luz pisoteada de los escaparates y de las calles, rozándome con otras prendas que crujían como capas cegadoras de papel de aluminio.

Volvía al pozo de la sede. Bloqueaba el portón con el lado corto de una caja que arrastraba unos centímetros, porque ya no había pestillo. Algún ratón se quedaba mirándome con ojos estupefactos desde el fregadero. Subía y bajaba las escaleras, me aventuraba hasta rinconcitos a los que todavía no había llegado; descubría en algunos cajones aún más remotos, e incluso en las papeleras, informes muy detallados y planes de desarrollo, rodillos de tinta secos y portasellos giratorios, y también sobres con carnés que nunca se rellenaron, pertenecientes a organizaciones de apoyo cuyo nombre no había oído en mi vida. «A saber cuándo existieron», pensaba. Descubría complejos planes de financiación ilegal, enviados desde numerosas sedes que, supuse, dependerían de Bindra. Soplaba para quitarles el polvo y me agachaba para descifrarlos. «¡Tampoco destruyeron esto!», me decía, sorprendido.

Subía otro piso y caminaba un rato por una sala enorme, hasta llegar a una serie de máquinas de escribir eléctricas con el cable arrancado, sin enchufe. «Aquí estaban las mecanógrafas», conjeturaba. Extendía una mano para intentar desenmarañar los martillos de hierro de una de las máquinas, que estaban apiñados contra el rodillo, como si alguien hubiera pulsado a la vez y con fuerza todas las letras justo antes de abandonar atropelladamente aquella sede. Apartaba el borde de una telaraña con los dedos y al instante un hilo de polvo caía del techo y se posaba en otra telaraña, más densa y ya polvorienta de por sí. También apartaba con la mano esta segunda, que parecía formada por un gran número de telarañas apiñadas y petrificadas. Envolvían la bombilla de un farolillo y otros pequeños objetos que ni siquiera lograba descifrar, y descendían poco a poco hasta el suelo. Tocaba con la yema de los dedos otras telarañas algo más finas y menos apiñadas. Las rozaba aquí y allá, en las partes donde más se filtraba la luz, y a veces me parecía encontrar tramos que seguían un poco pegajosos, un poco caramelizados. La vista se me nublaba de golpe y el corazón se me aceleraba otra vez. También las puntas de los dedos me temblaban por la emoción mientras rozaba de nuevo ese tramo inesperado, que desentonaba con el resto. Me quedaba helado, estupefacto.

«¡Esta telaraña está habitada!»

«¿Cuánto tiempo llevo aquí dentro?», me pregunté mientras comía algo con la luz apagada, frente a la cristalera.

«Una semana más o menos, creo...», me respondí.

Me quedé inmóvil, con una cucharada a medio camino de la boca.

El timbre había empezado a sonar de golpe, ininterrumpidamente.

«¿Quién será?»

Todos los pisos de la sede resonaron, con sus espacios desiertos.

«¡Debería bajar corriendo a abrir!»

Tenía el pelo un poco erizado. Me levanté de la silla, pasé por delante de la cristalera sin verla y bajé precipitadamente los peldaños de madera.

«Tendría que haber mirado quién era desde el balconcito cúbico…», me dije mientras bajaba las escaleras, extendiendo las manos para no acabar estrellándome contra la pared.

Giré para enfilar el siguiente tramo. El timbre seguía sonando, pero las escaleras no daban muestras de terminar. Ni siquiera se veían los peldaños, solo esas campanas de hierro que sonaban cada vez con más fuerza en todos los pisos y cuyos martillitos vibraban envueltos en marañas de telarañas desgarradas, disgregadas.

«Tengo que llegar abajo antes de que se impaciente, se ponga a dar golpes en el portón con el hombro y la caja empiece a moverse como si tuviera ruedas…», me decía volando escaleras abajo sin distinguir siquiera los peldaños, con los brazos extendidos y los dedos abiertos y radiados, como por una doble explosión. «Pero ¿cuándo se acaba esta escalera?»

Debía de haber llegado ya abajo, porque el suelo llano ofreció resistencia a mis pies y, con el retroceso, las rodillas me golpearon la cara.

Ya veía el portón aún cerrado en el otro extremo del vestíbulo. Las baldosas saltaban del suelo, las oía salir despedidas y estrellarse, pulverizadas, en la bóveda del alto techo.

Di unos pasos más y me detuve.

Una luz cegadora se filtraba por las rendijas que recorrían el marco del portón.

«¿Quién habrá al otro lado?»

El timbre dejó de sonar un instante, luego siguió.

Avancé un poco más.

Los rayos de luz se colaban por los huecos entre la pared y el portón; los ejes de todas las bisagras se veían muy corroídos, casi borrados.

Aparté la caja y el portón empezó a abrirse con un chirrido.

Entrecerré los ojos de golpe y me los protegí con el brazo de esa luz cegadora, pero seguía viendo unas formas circulares que huían radiadas, fracturadas.

—Anda —oí mascullar a una voz—, ¡no me había dado cuenta de que me he dejado puestas las largas!

Al cabo de un segundo la luz menguó de golpe. Distinguí los contornos un poco incandescentes de dos faros y la cabeza de un hombre de pelo claro, incendiado, al trasluz.

—¡He traído los periódicos! —mascullό.

Lo miré con los ojos muy abiertos.

—¡Pero si aquí no hay nadie!

El hombre me había dado la espalda, ya estaba descargando un paquete de periódicos de una furgoneta parada con el motor encendido justo delante del portón de la sede.

—¡Aquí están! —dijo unos segundos después.

Se volvió para lanzarme el paquete.

—¿Entonces fuiste tú quien trajo esos también? —exclamé, indicando los otros periódicos, que seguían en el suelo a poca distancia del portón.

El hombre me miró por primera vez, con estupor.

—¡Pues claro!

Era bajo y robusto, de cara rosada, y apenas se distinguía el color de sus labios gruesos.

—Entonces verías si salía alguien a recogerlos, ¿no? —dije casi gritando.

El hombre hizo una mueca, se encogió de hombros.

—El portón estaba abierto, ¡los echaba dentro y santas pascuas!

Se dirigió a la puerta trasera de la furgoneta, ya la estaba cerrando con fuerza, con todo el brazo.

Me lancé de golpe hacia él. Casi no lo veía, de tan abiertos que tenía aún los ojos.

—¿Por qué no te quedas media horita? Puedes comer algo en el piso de arriba, podemos charlar un rato…

El hombre pareció indeciso, volvió a abrir la puerta trasera para contar el número de paquetes que le quedaban por entregar.

—La idea no me disgusta… —mascullό, echando un vistazo al reloj, mientras se masajeaba una mejilla con la palma de la mano—. Pero no puedo dejar la furgoneta aquí fuera, sin más…

—¡Nada, hombre! ¡Si por esta calle nunca pasa nadie!

El tipo se rascó la cabeza, se pellizcó con dos dedos rechonchos los rizos gruesos, apelmazados.

—Puedes aparcarla al lado de la acera… —propuse.

—¿Y si mientras estoy arriba comiendo alguien me la roba? —objetó, frunciendo el ceño.

—¡Pues apárcala dentro de la sede!

El hombre se volvió para mirar el vano del portón.

—A lo mejor pasa… —masculló.

Tiré al suelo el paquete de periódicos y empecé a abrir las dos hojas del portón. El repartidor ya se había montado en la furgoneta y estaba haciendo maniobras en la calle. Veía su cara ancha casi pegada al parabrisas.

Retrocedí hasta el vestíbulo y aparté varias sillas para hacer hueco. El morro de la furgoneta se asomó con los faros encendidos al interior de la sede. La cabeza del hombre seguía muy echada hacia delante, para comprobar que los lados de la furgoneta no rozasen la pared corroída. El vestíbulo se llenó con el humo del tubo de escape, y amplificaba hasta tal punto el estruendo del motor que tuve que taparme los oídos mientras la furgoneta seguía avanzando y las baldosas vibraban, hechas añicos, bajo sus ruedas.

—¡Venga! —gritó bajando de un salto—. ¡Vamos a llevarnos algo al buche!

Cerré a toda prisa las hojas del portón. El hombre sacó el permiso de circulación de la guantera, por si las moscas, y se lo metió en un bolsillo del pantalón, que se ensanchó sobremanera.

—¿Queda mucho? —preguntó entre jadeos mientras subíamos las escaleras.

—¡Ya casi estamos! —le grité, apretando el paso para que sus ojos me perdiesen de vista de repente, al doblar una esquina, y no tuviera más remedio que esforzarse en seguir subiendo si no quería extraviarse en la inmensidad de la sede.

Llegamos al tramo de madera, cuyos peldaños oscilaban considerablemente bajo nuestro peso. Pasamos por delante de la cristalera hasta llegar a la cocina alargada y aún oscura.

—¿Es que tampoco hay luz aquí dentro? —preguntó el hombre entre resuellos.

Pulsé el interruptor. La cristalera quedó anulada en el acto, pero cualquiera podría vernos con suma facilidad desde fuera, a lo lejos, en el interior de la cocinita iluminada.

El hombre abrió el frigorífico con gesto mecánico, miró a su alrededor, buscó una pastilla de jabón en el fregadero.

—¿Quieres lavarte las manos? —murmuré inmóvil a su espalda, como embelesado.

—¡He tenido que trastear un poco con el motor!

El hombre se raspaba las manos manchadas de grasa con el dado de jabón y yo veía el agua caer cada vez más negra a medida que se las frotaba, enjabonadas.

Puse un plato desportillado, un cuchillo y un tenedor con las puntas abiertas en la mesa y empecé a calentar un trozo de carne en el hornillo. Entretanto, el hombre se giró para servirse un vaso de agua y, al hacerlo, se dio un coscorrón con la puerta abierta del escurreplatos.

Abrió mucho los ojos y empezó a masajearse la frente con los dedos rechonchos, con excesivo ímpetu.

La cristalera estaba oscura, ya no se veía nada al otro lado. Mientras daba vueltas al trozo de carne en la sartén, un enjambre de gotas ardientes me salpicaba los dedos, las muñecas. El repartidor, que se había sentado en una silla, arrancó un pedazo de pan con los dientes, canturreando.

Dejé caer el trozo de carne en su plato y eché toda la grasa por encima, ayudándome con el tenedor.

—¡No dejo de llamar al Centro, en vano! —empecé a decir.

El hombre levantó la mirada y dejó de masticar de repente.

—¿Al Centro? ¡Pero si ya no existe! Estamos en una nueva fase. ¿Es que todavía no te lo ha dicho nadie? ¿No te has dado cuenta?

El hombre siguió masticando. Sopaba pedazos de pan en la grasa; los pasaba también por el trozo de carne, un poco brillante.

—¡¿Cómo?! ¡Si estuve allí hace apenas unos días! —rebatí—. Hablé con el hombre calvo…

El repartidor hizo una mueca.

—¿El hombre calvo? ¿Se puede saber quién es el hombre calvo?

La luz de la bombilla oscilaba. No llegaba ningún ruido ni del otro lado de la cristalera ni de la calle. El hombre se desperezó en la silla y soltó un leve eructo con los ojos cerrados.

Yo lo miraba conteniendo el aliento. Varias migajas de pan asomaban aún de su ancha boca; no acababan de desprenderse, hasta que se pasó los dedos por los labios y cayeron en el borde de la mesa pringosa, llena de manchas.

12

La chica con sarampión

Repasaba por enésima vez los nombres escritos en los resguardos de los carnés, en una sede donde volvía a reinar el silencio; leía una tras otra las solicitudes de admisión. «¡Esta parece buena!», constataba. «¿Por qué no la reclutarían?» Algún que otro ratón salía corriendo, con sus plumas, del marco de una puerta. Despejaba una pequeña parte del escritorio, me inclinaba para apuntar una primera lista de nombres en un folio. «Si pudiera al menos dar con uno —reflexionaba—, si aún se diesen las condiciones para reclutarlo y consiguiera cobrarle parte de las cuotas atrasadas… ¡Pero a saber cuántos años tiene ya esta gente! Y dónde estarán viviendo después de tanto tiempo, si es que siguen vivos… Debería hacer una lista de direcciones, ir comprobándolas una a una empezando por las más cercanas a la sede, escribir al lado las nuevas direcciones, si se han mudado y consigo que los vecinos que sigan vivos me las digan… Ensancharía poco a poco mis rondas hasta llegar a la periferia, y luego a los pueblos de la provincia, y a esas zonas que ya no son periferia y que, sin embargo, te encuentras sorprendentemente abarrotadas si llegas sin previo aviso, a última hora de la tarde, cuando la gente camina con las manos en los bolsillos por las calles, siempre con los ojos bien abiertos, y se ven los reflejos de los escaparates, las filas brillantes de farolas…»

Iba corriendo a abrir el trastero, en la planta baja, y examinaba unos minutos la moto bocabajo, apoyada en su asiento. Palpaba los neumáticos deshinchados para ver si estaban rajados; comprobaba que conservaban la cámara de aire. «Algo es algo: ¡al menos se les ocurrió dejarla bocabajo!», me decía mientras intentaba hincharla con una vieja bomba que había encontrado en el segundo piso. La levantaba para empezar a usarla, pero el émbolo caía sin oponer ninguna resistencia. Desmontaba la bomba y comprobaba el muelle y la junta; intentaba abrir la válvula de una de las cámaras de aire de la moto. Volvía a hinchar, presionando con el dedo la cubierta para aprovechar hasta el más mínimo soplo de aire bajo su gruesa piel. «Pero, aunque consiga hincharla —me decía—, luego habrá que ver en qué condiciones está el motor…» Dejaba de hinchar, tiraba la bomba al suelo. Me entretenía un rato observando la cadena partida y oxidada. El cable del embrague estaba corroído, los ratones habían mordisqueado por varias partes su revestimiento de goma y se veía brillar el hilo de acero.

Volvía al primer piso y retomaba la lista de direcciones. «Pero ¿no la había dejado aquí, encima del escritorio?», me preguntaba, sorprendido, al ver que el sobre de las solicitudes de admisión había acabado otra vez en uno de los estantes del armario. «Las habré guardado sin darme cuenta antes de bajar a ver la moto…», concluía, quitando el elástico que las mantenía unidas y que no recordaba haber puesto. Seguía redactando la lista de nombres y direcciones. La sede se sumía en un silencio absoluto, ya ni siquiera se oía el ruido de los ratones en el suelo, ni el fragor amortiguado de uno de esos camiones que veía pasar de cuando en cuando desde el balconcito cúbico antes de meterme en la cama por las noches, ni el suave golpeteo de la lluvia que empezaba a caer dos pisos más arriba, sobre el tejado. Dejaba las gafas en el escritorio y me frotaba los ojos. «¡Ya está oscuro!», me decía, sorprendido. «Debería subir al último piso a hacerme algo de cenar…»

Por las noches escuchaba el golpeteo de las gotas en los cubos y los barreños que, en los días de lluvia, repartía por la habitación. Resonaban sobre la chapa, hasta que el sonido cambiaba y las gotas caían, a intervalos regulares, en una capa de agua cada vez más gruesa, creando un rumor remoto, como de cisterna. La lluvia aporreaba con más fuerza los tejados; me dormía unos minutos, me despertaba. Otra vez me parecía oír ligeras pisadas en las tejas. Me pasaba una mano por la cara, para borrar el rastro de cualquier posible patita. Alguno de los cubos dejaba de resonar de pronto, cuando una filtración aún más reciente cambiaba el itinerario del agua por el techo. Oía una nueva gota estallar contra el suelo y lanzarme a la cara minúsculas salpicaduras nebulizadas. Después también ese ruido cesaba, pero entonces oía que en un cubo lejano habían empezado a caer dos gotas en vez de una sola. Me giraba en la cama, cerraba otra vez los ojos. De la habitación de en medio, y también de la escalera, llegaba el sonido de la lluvia al golpear la claraboya, la cristalera.

Me levantaba para vaciar los cubos y los barreños en el fregadero a primera hora de la mañana. Me acercaba a la ventana caminando con los talones para mojarme lo menos posible las plantas de los pies. Sacaba un brazo para abrir al menos uno de los postigos. Me quedaba un rato mirando la parcela de terreno agreste al otro lado de la calle y los tejados mojados por la lluvia, algo más lejos.

Toda la cristalera estaba surcada y deformada por venas de agua, y mientras pasaba por delante de ella veía el cielo deslizarse al otro lado. También mi cuerpo y el perfil de mi cara se verían deslizarse y parecerían inconexos, incoincidentes, si en ese mismo momento alguien los observase por casualidad desde lejos, desde detrás de otros cristales deslizados, en los márgenes de los márgenes de la ciudad de Bindra.

Encendía la lucecita del trastero, en la planta baja, y me acuclillaba para examinar mejor el motor bocabajo de la moto, la bomba de gasolina y las bujías, con las herramientas ya oxidadas, harinosas, que seguían envueltas ordenadamente en un trapo. Intentaba una vez más abrir la válvula de una de las cámaras de aire con la puntita roma de una herramienta que en su día debió de ser un destornillador. Me limpiaba la punta de los dedos con el trapo antes de volver al primer piso. Tocaba la puerta de una de las oficinas, que se abría como descolgándose desde arriba. «¡Qué raro!», me sorprendía de nuevo. «Juraría que anoche sí que lo guardé todo en el armario antes de volver al apartamento…» Me pasaba de una mano a otra, dándole vueltas y más vueltas, el sobre de las solicitudes de admisión y los resguardos de los carnés, que estaban colocados justo delante de la silla, en la zona despejada de la mesa, sin su elástico. «Están exactamente por donde lo había dejado ayer», constataba, retomando la lista de nombres y direcciones. Me pasaba dos dedos por los párpados y las gafas se me separaban un poco de la cara; sus patas se levantaban en diagonal, rozándome la sien. «¿Quién será esta, por ejemplo?», me preguntaba, girando entre los dedos uno de los resguardos.

El tiempo pasaba, la luz se filtraba por los postigos con una inclinación distinta. «¡Ya será hora de comer!», me dije. Levanté la cabeza y, al estirar los brazos para desperezarme, me pareció que mis dedos rozaban una telaraña más suave de lo previsto, pegajosa. Me puse de pie de un brinco. «¡Y eso que ayer me pareció que esta no estaba habitada!», me dije, acercándome para escudriñarla. Me alejé otra vez y empecé a caminar de un lado a otro de la sala atravesada por haces polvorientos: la luz era tan pastosa que notaba claramente cómo me rozaba la cara al atravesar, una tras otra, sus franjas. Bajé corriendo las escaleras y entré otra vez en el trastero para hinchar las ruedas de la moto. La bomba parecía querer desmontarse mientras la utilizaba, el émbolo torcido amenazaba con salirse de un momento a otro. A veces el tubito se soltaba de golpe de la válvula, que aún no estaba abierta del todo; se retorcía, exhalando, y me daba un latigazo en la cara.

«Parece que se está hinchando.»

Bombeaba conteniendo la respiración. Bajo mis dedos, el neumático ascendía inequívocamente con cada impulso, crujía al ajustarse a la llanta. El émbolo empezó a encontrar cierta resistencia en el último tramo de su recorrido; el aire tenía que pasar por la válvula sin dispersarse, e irrumpir en su interior, y expandirse y dejarse expandir por zonas y en formas siempre cambiantes, y en números y espacios infinitamente restringidos con respecto a sus potenciales líneas de expansión.

Me detuve un instante.

Mi pelo se movía por su cuenta, como si estuviera plantado en una cabecita fluida y aún incandescente. Palpé una vez más la cubierta y enrosqué con delicadeza el taponcito de la válvula antes de empezar a hinchar la otra rueda. El aire seguía pasando, suspirando, con suma facilidad.

«¡Ahora tengo que intentar ponerla del derecho!», me dije, secándome el sudor de la frente.

La piel de la cara me picaba mucho por la sangre acumulada. Moví de una patada la dirección del manillar apoyado en el suelo e intenté inclinar toda la moto hacia un lado. La dejé caer poco a poco, acompañándola, para que no se partiesen los pedales. La luz que entraba por la ventana a la que le faltaba un postigo hacía que el suelo se viera un poco polvoriento, y la moto, ya tumbada, se desmigajaba mientras yo intentaba levantarla, bloqueando la rueda con un pie. Soltaba un polvillo exhausto, oxidado.

Tiré con los dos brazos hasta enderezarla y conseguí subirla en el caballete.

La miraba, la seguía mirando por el otro lado, y me costaba reconocerla en esa nueva posición, bocarriba. «¿Qué hora será?», me dije. «A lo mejor ya se ha pasado la hora de comer, a lo mejor han vuelto a abrir las tiendas, así que puedo salir a comprar una cadena y un par de bujías nuevas, puedo pedir que me llenen de gasolina una de estas botellas vacías en un surtidor y comprar un poco de aceite para engrasar los engranajes incrustados… Y luego probar a saltar sobre el pedal de arranque, que está medio doblado y sin su revestimiento de goma; saltar hasta que la moto empiece a toser de golpe, a temblar, y el retroceso me lance de repente por los aires…»

Cogí una botella vacía y me dirigí a toda prisa al portón entornado, inerte. Todas las calles estaban un poco transparentes a causa de los escaparates. Doblaba esquinas, cruzaba amplias avenidas, me veía correr reflejado en esa película de cristal de las tiendas. Algún transeúnte se apartaba, casi rozándome la cabeza, pero yo seguía avanzando, pasaba entre una pareja encallada, atravesaba un corrillo. Me vi obligado a parar en seco al borde de una acera porque un semáforo se puso en rojo de repente, y una pequeña multitud a la espera se amontonó alrededor de mis sienes. El asfalto de las calles parecía glaseado: se le había pegado esa costra formada por el polvo transparente que no deja de flotar en el espacio, yendo y viniendo. A veces veía de refilón mi silueta al doblar las esquinas perpendiculares de los escaparates, de vuelta a la sede con un cucurucho de piezas de recambio, la lata de aceite y la botella de gasolina. La llevaba tapada con el pulgar, y a veces salpicaba a los transeúntes con el frenesí de la carrera. La palma de la mano se me secaba poco a poco, la piel se volvía de escayola, se me veían una a una las huellas dactilares mientras desenroscaba el tapón del depósito de la moto, en el trastero, y engrasaba con una tira de papel los engranajes. El portón se había quedado entornado; de cuando en cuando llegaba de la calle un ruido de pasos, que oía alejarse poco a poco. La luz del vestíbulo parecía cambiar a trompicones cada vez que levantaba la cabeza y sentía la necesidad, quién sabe por qué, de echar un vistazo.

Me sequé la frente sudada con la muñeca, pues aún tenía todos los dedos grasientos y negros. Comprobé por última vez la cadena nueva recién colocada, los capuchones de las bujías y la horquilla de suspensión antes de ir a lavarme con la lámina de jabón que quedaba en el fregadero. Volví al trastero, pero enseguida caí en la cuenta de que no había cogido la lista de nombres y direcciones. Subí al primer piso a la carrera y bajé otra vez. Me quedé inmóvil un segundo. Luego arqueé una pierna para, lentísimamente, sentarme a horcajadas en la moto.

Flexioné dos o tres veces las rodillas: la horquilla chirriaba, el asiento gemía, se desmenuzaba. Accioné el freno y el embrague: las puntas de los cables asomaban de los revestimientos mordisqueados, como nervios. Apoyé el pie en el pedal de arranque. Mi corazón había empezado a latir desbocado, casi no podía distinguir el manillar, ni la puerta del trastero, ni el espacio mucho más amplio del vestíbulo. Me levanté del asiento, incliné la moto hacia un lado y pisé el pedal de arranque, que cedió sin apenas oponer resistencia a mi zapato. Agaché la cabeza para comprobar el manguito de la gasolina y accioné dos o tres veces la pequeña bomba antes de volver a intentarlo: ahora el pedal reaccionó un poco más, con decisión. Su retroceso me lanzaba cada vez más alto, hasta que hundí la cara en una telaraña caramelizada del techo. El tubo de escape ya empezaba a expulsar herrumbre, toda la moto vibraba, chirriaba. Agarré con más fuerza el puño del acelerador y lo giré apretando los dientes, con los ojos cerrados.

«¡Arranca, se enciende!»

Abrí los ojos de golpe. El trastero estaba abarrotado de gas, no se veía nada. Saqué la moto empujándola y me detuve unos segundos en el vestíbulo con el manillar bien sujeto y el freno y el embrague accionados. Apenas podía entrever el brillo de sus nervios despellejados con la poquísima luz que aún quedaba. Se oía el bramido del motor en la inmensidad completamente desierta de la sede.

Metí una marcha y solté poco a poco el embrague. Toda la moto empezó a moverse entre dos filas de sillas partidas, volcadas.

Contuve la respiración mientras las ruedas giraban sobre las baldosas levantadas, que veía saltar por los aires. Noté los filamentos caramelizados de las telarañas acariciarme una y otra vez la cara mientras maniobraba, patinando en las curvas más cerradas.

Pasé rozando el armario desmoronado, envuelto en un ruido ensordecedor. El aire estaba cada vez más azul por los gases.

Di otro par de vueltas y, sin bajarme de la moto, cogí la lista de nombres y direcciones que había en la mesa, antes de asomar la rueda delantera al vano del portón.

«¡Empezaré por la primera dirección! Daré poco a poco con ellos, ¡con todos!», me dije, echando la cabeza hacia atrás.

Los bordes de las calles estaban algo borrosos. Los transeúntes ya empezaban a pulular por las aceras, pasando por delante de las fachadas. El motor renqueaba un poco, los radios de las ruedas amenazaban con deshacerse en plena marcha, la horquilla de suspensión gemía en los frenazos inesperados y, al pasar por los desniveles, el nervio del freno se arqueaba violentamente, asomando casi por completo de su vaina. A veces el motor dejaba de girar un buen rato, pero luego se volvía a oír su estruendo, como de lejos, mientras enfilaba una calle al final de una plaza. En los cruces, cuando los semáforos cambiaban de color de repente, apoyaba en el suelo una pierna arqueada. El pavimento de las aceras, que temblaban un poco al paso de la muchedumbre, siempre estaba húmedo. Notaba el aleteo de los vestidos y las prendas drapeadas que pasaban rozando la protuberancia de hueso en mi tobillo. El semáforo cambiaba otra vez de color, las calles se volvían aún más amplias y solo distinguía el brillo de la carrocería de los coches aparcados en la papilla de la noche.

«Tendré que comprar también un espejo retrovisor, una bombilla para el faro…», pensé.

Levantaba la cabeza en plena marcha y miraba hacia arriba para leer los nombres de las calles. Las cuencas de los ojos se me secaban cada vez más con el viento. Las gafas corrían el riesgo de resbalar en las curvas, cuando tenía que volverme para mirar hacia atrás de repente. Me las sujetaba con las manos, las interceptaba cuando ya se habían separado de la cara y empezaban a alzar el vuelo en los adelantamientos.

«Parece que es aquí», me dije, frenando en la entrada de una nueva calle. «Ocupación de fábricas, luchas, sabotajes… ¡Espero que esté en casa!»

Apoyé un pie en el suelo, subí la moto a la acera y la encaramé al caballete. Noté que me temblaban los brazos mientras caminaba con la hoja de las direcciones hacia una pequeña travesía.

«Eso es, ¡esta es la calle!»

Enfilé la travesía, pero no se podía avanzar porque estaba cortada por una valla.

Me asomé.

«¡Pero si aquí ya no hay nada!»

Toda la zona estaba demolida: solo había una inmensa obra con una excavación que se abismaba muy por debajo del nivel de la calle, con sus silos, sus barracones y sus carretillas bocabajo, inmóviles.

La lista de nombres aleteaba y silbaba por la velocidad. La llevaba en la misma mano con la que agarraba el acelerador, para poder mirarla en marcha cuando pasaba por delante de una serie de travesías y tenía que consultarla rápidamente, cotejando las direcciones con los nombres escritos allá arriba, en las placas. Bajaba de la moto, buscaba una por una las calles. Pero muchos de sus nombres ya habían cambiado, no había forma de encontrar a nadie que se acordase del anterior. Entretanto, en ese tramo de calle o en ese patio en cuestión se formaba un corrillo en un abrir y cerrar de ojos; algunos niños interrumpían sus juegos para mirarme. Me alejaba a paso lento y volvía a la moto, aparcada a poca distancia delante de una fachada. Empezaba a pisar el pedal de arranque y tenía que agarrarme con las dos manos al manillar para que el retroceso no me lanzara demasiado alto. La horquilla chirriaba, oía el chasquido de la marcha al engranar, arrancaba.

«¡Ya está bien por hoy!», me decía volviendo tranquilamente a la sede por unas calles ya invadidas por la multitud. «Está oscureciendo, no se distinguen los números de los edificios ni los nombres de las calles, y la gente empieza a volver a casa para cenar, ya no abre la puerta...»

Empujaba una de las hojas del portón con la rueda delantera de la moto y entraba. El vestíbulo entero retronaba. Giraba la llave y el motor se apagaba casi de golpe, pero su eco permanecía unos segundos; llegaba incluso desde los otros pisos desiertos de la sede, desde lo alto del edificio. Colocaba la moto en el caballete, empujaba la caja hasta pegarla al portón y subía a comer algo frente a la cristalera.

Anochecía, las estrellas empezaban a encenderse una tras otra. Bajo mis pies, toda la sede estaba sumida en un silencio tan denso que me pitaban los oídos. Apartaba el plato con las sobras y las migajas cortantes antes de apoyar la cabeza en el brazo. Me dormía. La cristalera se volvía más tersa, estaba cada vez más cargada de estrellas. «¿Qué hora será?», me preguntaba, despertándome de repente en plena noche. Me tambaleaba hasta la cama y me detenía justo antes de dejarme caer en ella, porque me parecía que las sábanas estaban dobladas con mimo, que la mancha de sangre ennegrecida casi había desaparecido de la almohada. Apagaba la luz y me desplomaba en el colchón. Uno de esos pequeños insectos que pendían de un hilo debía de lanzarse contra mí, porque justo antes de dormirme distinguía sus ojillos muy abiertos, resplandecientes, a escasos centímetros de mi cabeza.

«¡El caso es que nunca he lavado la almohada!», me repetía a la mañana siguiente, recién despertado. Hacía una meticulosa ronda de inspección por la sede, movía un rollo de pancartas, arrancaba una tabla de madera medio suelta, que tapaba la vista de parte de una sala. Bajaba a encender la moto negando con la cabeza: no me lo explicaba. Pero, justo cuando rodeaba la mesa, me parecía distinguir algo extraño en el suelo. Me agachaba para observarlo, sentado sobre los talones. La vista se me nublaba un poco, mi pelo se movía por su cuenta, despacio. Me acercaba aún más al pequeño objeto de metal, conteniendo la respiración al reconocerlo de repente: «¡Pero si esto es un cepo!». Me ponía de pie y empezaba a dar vueltas por la sala con la cara ardiendo. Solo se oía el ruidito de una gota de agua al caer del grifo del fregadero con una cadencia regular. «Tendrá el tornillo pasado de rosca», me decía. Seguía deambulando, surcando con la cara ese polvillo de luz, hasta que volvía a acuclillarme al lado del cepo. «No lo había visto nunca —me decía—, hasta ahora nunca me había fijado…» Me levantaba de nuevo, reanudaba el ir y venir por la sala. «Puede que lleve ahí todo este tiempo, desde vaya usted a saber cuándo —me paraba a reflexionar—, desde el día en que abandonaron esta sede en masa, a toda prisa y quién sabe por qué…» Volvía a agacharme sobre el cepo.

«¡El caso es que este trocito de queso parece fresco!»

Salía con la moto. Todas las calles estaban abarrotadas, el ruido del tráfico parecía amortiguado por la luz. Comprobaba la primera dirección que aún no había tachado, intentaba leer el nombre de la calle sin girar demasiado la cabeza, sin detenerme. Aparcaba delante de un edificio inmenso y agujereado. Comprobaba el número, que seguía colgado junto a una de sus muchas puertas y repetido al lado con tiza. «¡Pero si este edificio lo demolieron hace tiempo!», me decía, cayendo en la cuenta, al levantar la mirada hacia la única fachada que quedaba en pie.

Volvía a montar en la moto y, después de un trayecto muy largo, llegaba a una dirección que correspondía a una nave industrial abandonada. «Aquí había una célula», pensaba al entrar, un tanto atónito. Franqueaba una montaña de cascotes y cristales rotos, deambulaba entre sus paredes carbonizadas hasta llegar a un horno central, negro y con la puerta arrancada, de la que aún salía un olor dulzón, a vainilla. Estiraba un poco el cuello para asomarme.

—¿Qué pasó aquí dentro? —gritaba al ver a un hombre que estaba serrando las barras de hierro que asomaban en forma radial de una pared de hormigón armado medio desmoronada.

—¡Hubo un incendio! —me respondía él, gritándome desde lejos—. ¡Estoy intentando sacar un poco de chatarra para venderla al peso!

—Pero ¿cuándo pasó? —insistía yo.

El hombre agitaba el brazo varias veces, dando a entender que había que remontarse mucho en el tiempo; parecía que se estaba peinando con la sierra.

A la moto le costaba un poco ponerse en marcha, tenía que arrancarla de un empujón. Al llegar a la sede tachaba unas cuantas direcciones más. Cocinaba una lata de berzas mirando por la cristalera y veía que, junto a las otras, también se encendían de repente aquellas estrellas rasantes. «Mira —me decía, apoyándome en el respaldo—, ya estarán subiendo todos juntos de la iglesia al dormitorio, después de que el padre prior haya dado unas palmadas mientras camina con sus dos cabezas debajo de los tilos, y la ciudad se verá resplandeciente, con sus luces al fondo de la llanura, y también el cielo estará repleto de estrellas congeladas, dormidas…» Me sacaba la cartera del bolsillo, aunque ya no se veía casi nada. «El dinero está a punto de acabarse, estoy pelado…», constataba, hurgando en los diferentes compartimentos con los dedos. Me encendía un cigarrillo, oía chisporrotear en el plato con las sobras las cenizas que iban cayendo, aún incandescentes. La brasa palpitaba, iluminando unos instantes mis facciones. «Tendría que haber esperado», pensaba, tirando las migajas al suelo. «No debería haber tenido tanta prisa por comprar ese desatascador, la bombilla de la moto, el detergente…»

Bajaba por última vez a la sede. «Mañana iré a buscar a esta chica con sarampión», decidía, después de descifrar en una solicitud de admisión un añadido a lápiz, quizá escrito por la persona enviada en su día a reclutarla.

«Aquí dice que no pudo entrar en su casa, que no pudo reclutarla por culpa del sarampión…» Me oí soltar una risita maliciosa.

«¡Digo yo que ya se le habrá pasado!»

Enfilé la callecita. La horquilla de suspensión gimió con más fuerza aún en el empedrado.

«¡Al menos el edificio todavía existe!», pensé mientras aparcaba delante de la puerta principal.

Subí la moto en el caballete y me giré para comprobar otra vez el número en la placa de porcelana. «¡Deben de haberle tirado una piedra!», me dije, porque estaba desportillada, toda llena de líneas quebradas.

La puerta del edificio estaba abierta. Me adentré unos pasos en el vestíbulo y me detuve.

«Qué raro… ¡Parece que aquí sigue viviendo gente!»

Subiendo la escalera, mi pelo rozaba el techo abovedado.

«Aquí dice que vive en el segundo…»

Notaba un ligero olor a amoniaco, señal de que habían fregado los peldaños hacía poco. El corazón se me aceleró. Me pasé una mano por el pelo.

El tramo de escaleras giraba y acababa en una pequeña cristalera con las ventanas abiertas.

«Este debería ser el segundo piso, si no me he equivocado al contar…»

Unos peldaños más. Me quedé petrificado.

«¡El nombre es el mismo!»

Cerré un instante los ojos, volví a abrirlos. Y vi mi mano, como deshilachada, acercarse hacia el timbre.

«Ya está… ¡He llamado!»

El corazón había empezado a latirme a mil por hora, pues del interior llegaron unos pasos livianos.

«¡A saber cuánto tiempo ha pasado desde que anotaron esta dirección!», me dije. «¡A saber cuánto habrá envejecido!»

La vista se me había nublado, me parecía oír ya el sonido inminente del pestillo.

Sin embargo, al cabo de un instante me giré hacia el patio interior, porque era de allí de donde había llegado un ruidito.

Me asomé por las pequeñas ventanas del rellano.

—¡Estoy aquí! —susurró una voz.

La pared exterior avanzaba unos metros y hacía un ángulo recto. Una de las ventanas tenía los postigos y las hojas abiertas de par en par.

—¡¿Cómo puede ser?! —se me escapó, al ver a una chica con sarampión apoyada en el alféizar.

—Lo siento —la oí decir—, pero no puedo salir de casa y tampoco puedo invitarte a entrar.

Esbozó una ligera sonrisa y se pasó una mano por el pelo muy corto: se veían las últimas manchitas rojas subir hasta la línea del nacimiento.

—¿Qué querías? —preguntó luego.

—¡Quería reclutarte!

Del fondo del pequeño patio subía una musiquilla atenuada y, sin embargo, un tanto ensordecedora. Me asomé a mirar. Un aprendiz de panadero entraba y salía de la trastienda de un local con su gorrito en la cabeza; había una enorme montaña de harina en el suelo blanco del patio.

Volví a fijarme en la chica.

Observaba con infinito estupor el vestido de terciopelo rojo que llevaba. Estaba nuevo, recién planchado, como si fuese a salir de casa de un momento a otro para ir a una fiesta.

—¿Vas a una fiesta?

—Sí, ¡pero antes tengo que curarme!

Debió de mover ligeramente la cabeza, porque oí sus pequeños pendientes tintinear.

—¿Entonces por qué vas vestida así?

Volvió a sonreír.

—Siempre estoy preparada. ¡Así, en cuanto me cure, no perderé ni un minuto en vestirme!

13

Cepos

«Entonces, quizá también este —me decía, pasándome de una mano a otra las solicitudes de admisión y los resguardos de los carnés—, y también este otro, que firmó solo como “el Dandi”, y toda la red de las sedes provinciales que hay aquí escritas, y la red de trabajo ilegal, la de exteriores…»

Me levantaba de un salto de la silla y empezaba a moverme descontroladamente por la inmensa sede. Las piernas me temblaban un poco, no conseguía meter las manos en los bolsillos. Corría a la planta baja, arrancaba la moto, me ponía en marcha. Las calles estallaban lentamente, algunas casas iban asomando poco a poco. «Tiene que ser uno de los primeros pueblos…», me decía, levantando la hojita. El aire casi me la arrancaba de las manos, la hacía cantar, la aporreaba cual cáscara de huevo. Entraba en el pueblo con el cuerpo aún muy echado hacia delante y empezaba a frenar para que el primer transeúnte que encontrara me indicase la calle. Se la preguntaba a grito pelado cuando todavía estaba a su espalda, y lo veía girar por completo la cabeza para buscarme cuando yo venía subiendo una cuesta, por debajo de la línea de sus ojos. Lo veía abrir la boca, un poco deshilachada, y volvía a acelerar con la cara aún girada hacia él. Cruzaba una pequeña plaza recortada por la luz, enfilaba con el corazón en un puño una travesía y al fin paraba delante de una tiendecita.

«¡Pero si aquí trabaja una corsetera!», pensaba.

Me decidía a entrar. La campanilla sonaba al más leve movimiento de la puerta.

—¿No había aquí una especie de círculo, una sede? —preguntaba con cautela.

—No sabría decirle —se disculpaba una vieja que acababa de aparecer tras la cortina de un cambiador—, llevo aquí tantos años...

—¿Y antes quién había? —insistía yo.

—Una lechera, me parece...

De repente salía otra persona por la cortina, una clienta. Debía de haberse puesto un corsé nuevo y muy estrecho, porque tenía la cara violeta por la sangre acumulada. Me sonreía con los ojos muy abiertos, desorbitados.

Llegaba al siguiente pueblo y paraba delante de la tienda de un reparador de garrafas, o de un alquilador de básculas. Entraba, un tanto exasperado, en la tienda de una vendedora de regaliz.

—¡El caso es que aquí tenía que haber, sí o sí, una sede! —protestaba.

Miraba a mi alrededor: había serpentinas de regaliz enrolladas, con caramelitos de colores en el centro; había palitos, y bolitas chupadas y un poco pegajosas por el calor, repartidas en distintos tarros por colores. La vieja negaba con la cabeza, mientras de la trastienda asomaba también su gemela. Las dos tenían los labios pintados de un rojo muy intenso; parecían manchados por esos caramelos que tiñen la boca.

Subía hasta un balcón corrido y pasaba junto a una barandilla de hierro que parecía derretida por el efecto de la luz. Llamaba a uno de los muchos timbres conteniendo el aliento. La puerta se abría. Daba unos pasos, como si ya no pudiera parar. Me detenía al cabo de un segundo en el centro de una sala y observaba, un tanto atónito, la montañita de enchufes amontonados en el suelo.

—Hacemos algunos trabajos a domicilio... —me explicaba un hombre en pantalones cortos, con zapatos y sin calcetines.

Me quedaba clavado delante de una manchita en relieve en la pared de otra casa, casi en el otro extremo de la provincia.

—¡Pero si aquí hay una gotita de cola! —protestaba—. ¡De esa que se usa para pegar carteles! ¡Se ve! ¡Está seca!

La mujer se inclinaba para mirar, la veía ruborizarse.

—Eso es un poco de cera. Siempre salpica alguna gota del cazo cuando la caliento en el hornillo…

La luz cambiaba. Me quedaba mirándole las mejillas, confuso, antes de escapar.

A veces, a primera hora de la tarde, y también a última, cuando encendía las luces de todos los pisos y deambulaba por las distintas salas de la sede, veía a algún ratón tieso en el suelo. «Será que ellos también mueren de viejos», me decía. No podía haber sido el cepo que había descubierto en la planta baja, pues lo había tirado con su presa y lo había dejado fuera de la sede, en la bolsa de basura que sacaba todos los días al portal. Pasaban a llevársela por la mañana, y a veces oía el camión alejarse mientras aún estaba en la cama y no acababa de despertarme. «¡Con tal de que no vengan a pedirme el impuesto de basuras!», me decía abriendo el bolsillo de la cartera.

Subía al apartamento y me quedaba un buen rato delante de la cristalera. Hasta que me sobresaltaba un ruido inesperado, que llegaba de algún lugar recóndito de la sede. Bajaba las escaleras conteniendo el aliento. Encendía todas las luces, inspeccionaba una a una las salas. «Se habrá caído algo», pensaba. Pero al cabo de un instante me quedaba de piedra. «¿Qué es eso?», me preguntaba cuando aún estaba a unos metros. Me pasaba una mano por la cabeza, notaba el pelo y todos sus huesecitos un poco dislocados, de punta. Me agachaba a inspeccionarlo. «¡Mira que habré pasado cien veces por este pasillo!», me decía, con los ojos clavados en un nuevo cepo que acababa de saltar en el suelo. «¡¿Cómo no lo habré visto antes?!» El ratón me miraba con los ojillos muy abiertos, brillantes; no quedaba claro si seguía vivo o si ya estaba muerto.

Apagaba todas las luces y subía de puntillas las escaleras.

«¿Cuándo los pondrían?», me preguntaba debajo de la sábana, cuando la habitación se sumía en la oscuridad y el balconcito cúbico quedaba fuera, aislado. «¿Y cómo es posible que el trocito de queso siempre esté tan fresco, que tenga ese aroma, y que el hierro todavía brille un poco, que no esté para nada oxidado?» Me giraba en la cama y oía fracturarse los huesecitos de los pelos que se clavaban en la almohada. «¿Qué hora será?», me preguntaba. Sentía el impulso de levantarme bruscamente y dar unos pasos hasta el armario, descalzo. Me quedaba de piedra, asombrado. «Vaya, vaya… ¡Nunca había mirado en este armario! Hay una bonita camisa blanca colgada de una percha. ¡Parece que es de seda y todo!» Volvía a la cama procurando no hacer ruido. La luz de la farola exterior se filtraba por los postigos, oscilando un poco por el viento en el centro de la callecita desierta. El agua empezaba a gotear en los barreños y en los cubos. La boca se me abría sola de par en par y yo fingía que era un bostezo.

«Pero, entonces, ¿quién hay en la sede, además de mí?», me preguntaba de repente.

Bajaba cuando ya había amanecido del todo. Saltaba sobre el pedal de arranque y daba una vuelta a la sala pisando las baldosas con la moto. Enfilaba las escaleras, los neumáticos golpeaban el canto humeante de los peldaños y llegaba rebotando hasta el primer piso. Entraba rugiendo en las oficinas. El motor subía de revoluciones en los giros bruscos, y también cuando enfilaba, desequilibrado, el segundo tramo de escaleras, hasta llegar a la enorme sala del segundo piso, y de ahí al último tramo de madera, a la cristalera.

Daba media vuelta con la moto. La horquilla de suspensión gemía en cada peldaño que bajaba. Me veía obligado a frenar continuamente, con cada rebote, y el guardabarros trasero se partía cuando la moto se quedaba encajada en los rellanos. En los giros de la escalera me protegía la cabeza con los codos, que veía astillarse contra las paredes, hasta llegar de nuevo al salón. Pasaba por detrás de los destellos de luz polvorienta y enfilaba el portón y luego las calles empapadas, ausentes.

La camisa de seda aleteaba alrededor de mis brazos: mientras aceleraba tumbado en la moto el aire irrumpía con fuerza por las muñecas y el cuello, la hinchaba como un balón y la hacía aletear y cantar por todas partes, desbordada. Accionaba el freno y el embrague, aminoraba la velocidad para que el aire no me arrancase de golpe de la moto. La luz cambiaba de color, el blanco de la camisa destacaba sobre la franja de la carretera, incluso cuando acababan las farolas. «¿Estará en casa a estas horas?», me preguntaba, adentrándome en un enorme bloque de pisos. Intentaba identificar la puerta, subía una escalera, tocaba un timbre. Esperaba, mirando a mi alrededor en el rellano de techo bajo, hasta que la puerta se abría.

—¿Está en casa el Dandi?

—¡Aún no ha vuelto de bailar! —me respondía una mujer cada vez que me presentaba, a cualquier hora del día o de la noche.

—Pero ¿está siempre bailando o qué? —protestaba yo.

El semblante de la mujer se endurecía de repente; la puerta hacía amago de cerrarse de golpe en mis narices.

—¡Que me lo digan a mí! —respondía ella con rabia, con los ojos entornados y los labios apretados.

Me veía tentado de pedirle el pago de la última cuota, al menos, y luego bajar corriendo a la calle y saltar sobre el pedal de arranque, que me lanzaría cada vez más alto, contra la fachada ya agujereada por las luces, mientras la gente se sentaba a cenar en sus casas. Entonces iría a toda prisa a la primera tienda que encontrase aún abierta en la avenida, y me colaría por debajo de su persiana mientras ya la estaban cerrando y le pediría al charcutero un par de rodajas del asado helado que ya había guardado en el frigorífico, enseñándole los billetes desde lejos.

—Es un asunto un poco delicado… —me limitaba a decirle a la mujer antes de bajar corriendo las escaleras, cuya barandilla estaba recorrida por venas de vidrio esmerilado.

Cuando volvía a la sede ya estaba muy oscuro. Encendía la luz y me quedaba un rato sentado en una silla, no acababa de decidirme a subir. Miraba a mi alrededor sin ver nada, hasta que algo saltaba de golpe debajo de una fila de sillas polvorientas. De repente distinguía el brinco fulmíneo de un cepo, aunque debía de haberse accionado una fracción de segundo antes. Lo veía elevarse del suelo y volver a caer lleno de plumas, más pesado. Me levantaba de la silla y me acuclillaba para mirar el cuerpo del ratón tumbado de lado, dormido.

En mis paseos por la sede siempre descubría alguno nuevo. Los oía saltar incluso en plena noche y por la mañana los encontraba habitados. Los recogía para ir a tirarlos a la bolsa de basura y oía a mi espalda el roce de las colitas interminables y filiformes en el suelo. A veces sorprendía a algún morrito todavía un poco vivo, un poco perplejo. Lo miraba mientras intentaba girarse hacia el otro lado con la columna vertebral partida, entre los dos hierros. Me parecía verlo ruborizarse ligeramente, antes de dejarse morir con indiferencia y un puntito de desprecio.

Paraba en el primer piso y borraba varias direcciones ya comprobadas. Vacilaba un poco en subir: a fin de cuentas, en el frigorífico ya no quedaba comida. Distinguía aquí y allá el destello de algún cepo recién colocado en el suelo, con su trocito de queso aún aromático. Me quedaba mucho tiempo mirándolo, se desenfocaba. Me acercaba más, luego volvía a mirarlo desde lejos, hasta que un ratón asomaba de la pata de una silla, haciendo caso omiso a mi presencia, y se aproximaba dando saltitos para comérselo. Entonces yo daba un pisotón en el suelo para espantarlo. El ratón me miraba perplejo unos segundos, y juraría que encogía sus pequeños hombros antes de alejarse con aire indiferente. Me levantaba de la silla y me acercaba mucho al cepo, sentado en los talones. Lo hacía saltar con la ayuda de un boli y recogía con cuidado el trocito de queso.

A veces la luz se atenuaba ligeramente, mientras que su intensidad crecía al pasar por los tramos de cable roídos. «A lo mejor, si busco bien —pensaba—, puedo encontrar alguno más por la sede.» El corazón se me aceleraba otra vez. Iba a la planta baja y volvía a subir al primer piso con la escoba enana. Hacía saltar todos los cepos que encontraba y recogía los trocitos de queso. Incluso de los que ya habían saltado siempre se podía recuperar algo, apartando un poco el morrito helado, estilizado.

Subía al tercer piso. Sopesaba los trocitos de queso, un tanto desmigajados, y los ponía en un platito de centro ovalado y desportillado, el único que todavía no se había roto. Empezaba a comer sin molestarme en encender la luz. Los pliegues de la camisa nueva aún crujían al menor movimiento de los brazos; las estrellas ya estaban muy altas en la cristalera. Se me nublaba la vista, por unos instantes las veía desplazarse en órbitas diversas y lanzar por todas partes esquirlas de luz licuada. «Estará lloviendo contra la cristalera», me decía, frotándome los ojos. Notaba que los bocados me descendían por el esófago astillados, inmasticados, y mi camisa fosforescente bailaba con holgura alrededor de mis muñecas cuando levantaba una mano para llevármela a los labios. Luego las estrellas rasantes se apagaban todas a la vez, de golpe, entre las demás. «¿Qué día es hoy?», me preguntaba de repente. «¿Por qué han apagado las luces a esta hora en los dormitorios? Habrán bajado a la iglesia más tarde para las oraciones de la noche, ¡habrá sido el día de visita de los parientes! Como cuando, acompañando al Nervio y a la modista de Turquesa, vino también la Melocotón y, para hacer tiempo, se puso a tocar el armonio en la pequeña iglesia vieja, y el Gato me miraba en silencio desde una de las ventanas del edificio nuevo mientras a nuestro alrededor el aire vibraba, irrespiraba…» La camisa resaltaba cada vez más, como una mancha, en la cocina oscura. A veces la cristalera temblaba ligeramente, señal de que algún coche estaba pasando al otro lado, en la calle. «Ahora me levanto y me voy a la cama», me decía, pero mi frente se desplomaba en la manga de la camisa, que aún conservaba algo de su aroma. Notaba que por fin me dormía.

Extendí los brazos para coger al vuelo el paquete de periódicos.

—¿Y esto qué es?

Había un sobre metido debajo del cordel.

Lo saqué y lo abrí a toda prisa.

—¡Anda, aquí hay dinero!

El hombre de la furgoneta hizo una mueca, se encogió de hombros.

—¡Pero si me habías dicho que el Centro ya no existe!

—Y, en efecto, ¡no existe!

—Entonces, este sobre, ¿qué?

—¡Venía con el paquete de periódicos!

La luz palpitaba ligeramente, a veces se salía de sí misma.

—¿Y los periódicos? En algún sitio los recogerás, ¿no?

El repartidor extendió los brazos y deformó con otra mueca su ancha boca, mientras subía de un salto al asiento elevado de la furgoneta.

—Los recojo en el almacén del repartidor habitual, ¡como siempre!

Arrugué el sobre, notando que me temblaban las piernas.

—¡Puedes meter la furgoneta! ¡Puedes quedarte a comer!

El motor estaba en marcha y el hombre gritó con la cabeza asomada por la ventanilla, para que el estruendo no ahogara su voz.

—¡Esta vez voy con retraso! ¡Tengo que seguir la ronda!

Levantaba la mirada de la mesa, aguzaba el oído unos segundos. «¿Qué habrá sido eso?», me preguntaba. Un mal olor emanaba del plato de sobras en el que había aplastado la colilla. Del fregadero solo llegaba el tamborileo de una gota que se hinchaba y caía del grifo con cadencia regular. «Seguro que ha sido una ventana», me decía. «Se habrá cerrado de golpe con el viento en algún lugar recóndito de la sede…» En efecto, a través de la cristalera se veían oscilar varios farolillos en la parte trasera de los bloques de pisos y en los patios interiores. Me levantaba de la silla, despegaba las sobras del fondo del plato con un tenedor y las tiraba a la bolsa de basura antes de meterme en la habitación. Pero aún no me había desabotonado del todo la camisa cuando un tenue fragor volvía a paralizarme. La mancha de la camisa se detenía a media altura. Corría hasta las escaleras, hacía resonar los peldaños de madera del primer tramo y, acto seguido, me detenía y aguzaba otra vez el oído: en ese mismo momento me parecía oír un bostezo justo debajo de mis pies, en la enorme sala del segundo piso. Se me cortaba la respiración, mi pelo se expandía como una mancha de aceite contra la cristalera. Y, al mismo tiempo, notaba que me ruborizaba incontrolablemente por la indignación. Bajaba volando al segundo piso con los brazos por delante, golpeaba todos los interruptores al pasar, los oía crujir, repiquetear. Me pasaba un rato corriendo de un lado a otro de la enorme sala, con los ojos muy abiertos; luego bajaba los siguientes tramos de escaleras y recorría los otros pisos hasta llegar al amplio vestíbulo de la planta baja, un tanto ruinoso, y a su sala trasera, abarrotada de pancartas enrolladas y polvorientas, y al trastero, medio desahuciado ahora que ya no estaba la moto. Volvía al salón, me desplomaba en una silla. Cogía del suelo un ratón enorme y perfectamente plano. Estaba muy seco, crujía. «Será un marcapáginas», me decía. «Alguien lo aplastaría sin querer entre las páginas de un libro durante alguna de aquellas interminables reuniones, quién sabe cuándo… O lo pasarían por el ciclostil cuando aún funcionaba, o se arrojaría él mismo entre sus rodillos para salir por el otro lado como uno de esos animalillos volantes que se lanzan, un tanto marcapaginizados, desde las alturas…»

Llegaba hasta el portón y pegaba la oreja a la madera. En la calle solo se oía el crujido del viento, el chirrido de la pequeña farola oscilante. Me pasaba una mano por la cara. «¡Mejor será que vuelva arriba y me acueste!», me decía. Las baldosas vibraban ligeramente bajo mis zapatos, las veía encabritarse en el suelo y volver a caer. Estaba a punto de cruzar la puerta del salón y de accionar el interruptor de la luz cuando oía un estornudo reprimido en vano, que me hacía cambiar bruscamente de dirección. Montaba en la moto de un brinco. «¡Viene del primer piso!», me decía. Me agarraba al manillar con las dos manos y mi cuerpo rebotaba cada vez más alto al pisar el pedal de arranque; el retroceso me lanzaba por los aires, me ponía bocabajo. El motor empezaba a rugir. La cara me picaba aún más por la sangre acumulada mientras maniobraba para enfilar la puerta esmerilada y luego las escaleras. Saltaban fragmentos de baldosas por todas partes, las ruedas mellaban el canto humeante de los peldaños y se quedaban un instante encastradas antes de seguir subiendo, deformadas, lanzando esquirlas esquirladas por las escaleras. No quedaba claro si eran astillas de enlucido o del codo que sacaba para protegerme los huesos de la cara. La horquilla de suspensión chirriaba, los fragmentos cortantes del guardabarros volaban aquí y allá. Llegaba brincando hasta el primer piso con la moto tronante, enfilaba a toda velocidad el pasillo y, maniobrando con el manillar, me metía en cada una de las oficinas. Las ruedas resbalaban, toda la moto se inclinaba, se desmoronaba. Aceleraba aún más cuando notaba que el motor estaba a punto de calarse. Los tubos de escape saturaban el estrecho pasillo y arrancaban los bordes de las telarañas polvorientas al pasar. «¡Estará ya en el segundo piso!», me decía, y enfilaba el siguiente tramo de escaleras tosiendo, envuelto en el humo de escape. Cruzaba varias veces la enorme sala, volcaba las mesas de una brusca patada al pasar. Subía el último tramo hasta llegar a lo alto del edificio, donde la cristalera estaba repleta de estrellas, parecía cosida a escupitajos. Hacía una última ronda por el apartamento, con las rodillas pegadas al depósito para pasar de una habitación a otra sin estrellarlas en las jambas de las puertas. Llegaba al dormitorio, miraba a un lado y a otro antes de cruzar la puertaventana y salir, frenando y rugiendo, al balconcito cúbico aún abierto. Las casas, un poco más allá, estaba apagadas, y la calle en silencio, iluminada por esa luz pisoteada que iba y venía como si nada. Subía de revoluciones el motor antes de volver a la habitación. Dejaba la moto en el caballete y me quitaba los zapatos a oscuras, con un dedo, antes de desplomarme en la cama vestido.

La noche se elevaba. Podía rozar la moto desde la cama sin patas cuando me quedaba un ratito en el duermevela. Sentía en las yemas de los dedos el borde de la bujía, la cabeza bien peinada de la culata del cilindro. Aguzaba el oído unos segundos. Volvía a dormirme. Hasta que un objeto caía con estrépito en uno de los pisos inferiores de la sede y me despertaba otra vez, de sobresalto. Salía de la cama de un brinco y arrancaba la moto descalzo. Cruzaba el apartamento casi a ciegas, con los ojos hinchados por el sueño, desorbitados, y me lanzaba de cabeza escaleras abajo.

«Eso no puede ser un ratón», me decía a veces al oír un suspiro llegado de algún rincón, a última hora de la tarde, mientras subía al tercer piso a cenar. O cuando me asomaba a las escaleras desde la cocina aguzando el oído. Y entonces volvía a montar en la moto, subida al caballete a poca distancia del hornillo, y me precipitaba escaleras abajo con todo el cuerpo inclinado hacia delante. Los neumáticos se salían y entraban en sus llantas en cada peldaño, oía una respiración jadeante desplazarse de un piso a otro, de una sala a otra. Ni siquiera el estruendo del motor conseguía ahogarla del todo; tampoco los repentinos ataques de tos rabiosa que me sobrevenían por culpa del humo. Aceleraba aún más, me daba la sensación de que alguna pieza de la moto se soltaba de golpe, pero no era esencial, habida cuenta de que seguía brincando escaleras arriba. Irrumpía con la moto casi tumbada en las oficinas del primer piso, en el salón de la planta baja…

* * *

«¡Está en el piso de abajo!»

Me lancé hacia allí con el embrague accionado y la rueda delantera otra vez fuera de la llanta.

Bajaba las escaleras con lo que quedaba de moto, sacando el codo, con los cables de los frenos saliéndose como nervios de las líneas y del campo de fuga del manillar.

«Ya estará otra vez en la planta baja, o habrá subido al segundo piso, quién sabe…»

Barrí todo el salón con la pierna estirada, para desmoronar la montaña de sillas. Me lancé otra vez escaleras arriba, levantado del asiento ya casi despegado del resto de la moto. Los peldaños se veían un tanto borrosos, solo eran una línea recta tensa y dolorida.

Llegué de un brinco a la enorme sala del segundo piso. Tiré la moto al suelo. Me quedé de piedra.

Había un chico sentado en una de las sillitas de las mecanógrafas, jadeando.

—¿Se puede saber quién eres tú?

14

El cochecito amarillo

No se le veía bien la cabeza, parecía completamente vendada, indeterminada.

«Se ha llevado por delante un montón de telarañas polvorientas en su huida de piso en piso», me dije, al caer en la cuenta. «Le han envuelto la cabeza como una especie de capullo, no se ve quién es…»

El chico me miraba sin decir nada. Respiraba con esfuerzo, doblado en la silla, quitándose trozos de telaraña pastosa de la cara y del pelo.

—Pero ¿tú quién eres? —probé a preguntarle otra vez—. ¿Qué haces aquí?

Me pareció que inclinaba la cabeza hacia un lado; sonreía y jadeaba.

—Pues… ¡vivo aquí!

—¿Vives aquí? ¿Dónde? ¡Si no te he visto nunca!

—Bueno, aquí y allá, como quien dice. Esta sede es grande… —Se detuvo un instante—. Pero, concretamente, me he apañado una habitacioncita en una de las oficinas del primer piso. ¡Hasta tengo un hornillo eléctrico para calentarme algo de comida!

—¿De verdad? ¿Dónde? ¿En qué oficina? ¡No me había dado cuenta!

—Hombre, está detrás de una pila de tablas, ¡en un rincón! Luego te la enseño.

Yo lo observaba mientras él hablaba intentando coger aire.

—Madre mía, ¡qué pálido estás! ¿Te pasa algo?

—No, no, ¡ha sido por la carrera! —dijo, esquivo.

—Pero ¿por qué huías así?

Agachó la cabeza.

—Me habías asustado un poco...

Me desplomé en otra sillita. La notaba moverse, medio desvencijada, al apoyarme en el respaldo.

—¡Pues ahora ya ni siquiera tenemos moto! —suspiré.

Él seguía con la cabeza agachada, sin respirar.

—Recuerdo que en su día teníamos un coche... —dijo con un hilo de voz al cabo de un rato.

Me volví hacia él.

—¿De verdad? ¿Hay un coche aquí?

—Sí, sí, te lo aseguro.

—Pero ¿dónde está? ¡No lo he visto!

—Pues... en la calle, aquí al lado.

Me levanté de la silla.

—¡Pues andando! ¡Enséñame dónde está!

Él también se levantó, de mala gana, y enfiló las escaleras.

Yo iba pegado a su espalda sin abrir la boca, mirando el delgado cuello que asomaba de un suéter deformado, mientras bajaba quitándose tiras de telaraña un poco caramelizada de los pliegues internos de los oídos, del pelo hirsuto.

Crucé todo el vestíbulo de la planta baja, también el portón. El día aún rebosaba luz y veíamos cada vez más transeúntes a medida que avanzábamos por aquellas calles a poca distancia de la sede. El chico me precedía, tambaleándose un poco. En su pelo, los últimos copos se derretían a simple vista por la tibieza del aire y de la luz.

—¡Aquí está, este es! —me indicó de repente.

En una acera había un cochecito muy oxidado y descentrado, que ya no tenía ruedas.

Me detuve con los ojos muy abiertos, intenté levantar la mano que menos me pesaba.

—¡Pero si es el cochecito amarillo!

El chico bajó ligeramente la cabeza.

—¡Me dijeron que tuvo un accidente! —dijo con un suspiro.

La gente seguía pasando, nos rozaba con sus hombros blandos, con el pelo.

—Pero ¿cuándo ocurrió? —balbuceé.

—Pues… ¡eso fue ya hace muchísimo tiempo!

Yo moví los brazos, apenas podía separarlos de ese amasijo de aire y luz.

—¡No, hombre, no puede ser! —Negué dos o tres veces con la cabeza, cerré los ojos—. ¿Y no podían llevarlo al chapista?

—No había dinero…

Me las apañé para levantar el capó, completamente descentrado.

—El motor no parece muy dañado, pero todos los cables están corroídos, mordisqueados. Han arrancado la batería y han robado las cuatro ruedas, ¡con sus llantas y todo! —protesté, agachándome para mirar las pilas de ladrillos que sostenían los cubos de las ruedas.

El chico también se había agachado a mirar.

—Es verdad, ¡no hay nada que hacer! —suspiró.

—Bueno, siempre podríamos buscar ruedas usadas… —respondí.

Me incliné sobre el capó y saqué la maraña de cables roídos, sin su revestimiento.

—Y estos podemos aislarlos con cinta… —Levanté los ojos un instante para mirarlo—. Y, una vez que hayamos encontrado las ruedas, podemos empujar el coche hasta la sede, reparar con un martillo el capó y el guardabarros hundido, trabajar en él con calma y ver si somos capaces de arrancarlo…

El otro había palidecido de repente, no decía ni una palabra.

La gente seguía pasando, salía de las tiendas con los ojos entrecerrados y me rozaba las corvas con sus bolsas de la compra hinchadas, que siempre parecían llenas a reventar de paquetes de blandísima carne, de copos de algodón.

—¡Entonces eras tú el que ponía todos esos cepos! —le decía mientras lo llevaba de un lado a otro de la sede, los primeros días.

—Procuraba que el lugar fuera un poco más acogedor… —suspiraba él.

—¡Pero podías haber dado señales de vida!

Me llevaba a visitar su habitacioncita. Había que saltar una pila de tablas y doblar una esquina que yo, cuando me detenía a trabajar justo al lado, en un escritorio medio desmoronado, siempre había creído muerta.

—¡Atiza, te habías organizado bien aquí dentro!

Me sorprendía al comprobar que, al doblar la esquina, se abría un pequeño espacio amueblado. Había una silla y un silloncito hundidos, una mesa con un par de platos y cubiertos y un hornillo eléctrico conectado a un viejo enchufe abierto como una flor, destripado.

—Te calentabas la comida y todo… —añadía.

—Sí, sí, me las apañaba con latas, cocinaba…

—¡El caso es que nunca olí a comida al pasar por aquí!

—Hombre, ¡la comida de lata no huele mucho, que digamos!

Me quedaba un rato mirándolo en silencio; se diría que, en vez de ruborizarse, palideciese de golpe por la emoción.

—¿Y cómo hacías para conseguir comida?

—Salía poco antes de que cerraran las tiendas, por las tardes…

—¿Y para tus necesidades?

—Subía al baño del último piso cuando tú no estabas… También para lavar mi ropa interior.

Pasábamos un rato yendo de un lado a otro, sin hablar, hasta que yo reparaba en un saxofón polvoriento.

—¿Qué hace ese trasto aquí, en una sede?

Él parecía un poco confuso, balbuceaba.

—Era para los domingos por la tarde, en invierno… Se organizaban fiestas de baile en la sede. Como sabes, las organizaciones de masas…

—¿Y todas estas sillas?

Él se animaba un poco.

—¡A veces no bastaban, fíjate lo que te digo! Cuando se convocaban varias reuniones a la misma hora, por ejemplo, y coincidía con que algún círculo, el de las células de reparto de una fábrica cualquiera, por ejemplo, nos pedía un piso entero para hacer una asamblea…

—Pero ¿todo esto cuándo fue? ¿Cómo lo sabes? ¡Si eres un chiquillo!

No dejaba de mirarlo, me parecía verlo ruborizarse geológicamente sobre un estrato de rubor precedente.

—¿Fue justo antes de mi llegada? —le preguntaba.

Él levantaba un poco el brazo, como si se dispusiera a pronunciar un largo discurso.

—Entonces, ¿cuándo? —lo apremiaba unos segundos después al ver que se quedaba en silencio, con la cabeza gacha.

—A mí también me lo contaron… No sabría…

El cochecito ya estaba delante del portón de la sede, bajábamos todos los días a trabajar en él. Si algún transeúnte se detenía un rato a curiosear, veía a mi compañero palidecer de golpe: apenas se distinguía la mano que manejaba el destornillador, solo la punta de sus dedos manchados de grasa.

—Pero ¿por qué te pones así? —le preguntaba.

Entretanto, la estación iba pasando, el aire empezaba a refrescar. Lo oía estornudar de repente, cuando creía que no había nadie en la sala donde estaba, y me giraba de golpe.

—Ah, ¿que estás aquí?

—Estaba buscando una resolución del Comité Central… —farfullaba, asomando de un armario con las dos puertas abiertas de par en par.

Bajaba a media tarde a una de las oficinas y me lo encontraba sentado delante de un barreño humeante apoyado en un escritorio, con la cabeza tapada por un trozo de tela arrancada de una pancarta.

—¿Qué haces? —le preguntaba.

—¡Estoy haciendo vahos! —respondía, apareciendo completamente sudado y envuelto en una nube de vapor.

—¡Has pillado un buen resfriado!

Subíamos a comer algo delante de la cristalera, ahora que con el paquete de periódicos llegaba con regularidad el sobre del dinero. En los días de lluvia, se subía a la mesa y se impulsaba con los brazos para salir por la claraboya abatible de la habitación de en medio. Se movía por el tejado, intentando colocar un poco mejor las tejas partidas.

—¡Entonces eras tú el que caminaba ahí arriba por las noches! —le decía, asomando la cabeza por la claraboya.

Lo veía moverse con suma facilidad sobre las tejas, relucientes por el agua, contra un telón de fondo bíndrico. Me metía otra vez en el apartamento, pero seguía oyéndolo un buen rato caminar sobre mi cabeza.

—¡Tienes que cuidarte más! —le decía al verlo descolgarse por la gran claraboya, calado hasta los huesos.

Las gotas empezaban a golpetear los cubos y los barreños aún vacíos.

—Y tenemos que encontrar otro catre para ti, ¡tienes que subir a dormir al apartamento!

—No, gracias, ¡no me molesta! ¡Estoy acostumbrado a dormir en cualquier rincón de la sede! —respondía, esquivo.

La luz menguaba de golpe. Ahora se veía de otra manera en la sala.

—¡Se ha ido la luz!

—Tranquilo, que ahora vuelve.

Y, en efecto, se intensificaba al cabo de un rato, o ya al día siguiente, mientras comíamos delante de la cristalera con la puerta del frigorífico abierta para aprovechar ese poco de luz. Ya empezaba a hacer frío.

—¿Funciona la caldera que hay al fondo del salón, en la planta baja? —le preguntaba.

Él negaba con la cabeza, palidecía.

—¡No pasa nada! —añadía para consolarlo—. Siempre podemos hacernos con una estufita eléctrica.

Lo veía animarse de golpe, suspirar.

—Por eso no te preocupes, ¡hay dos en el trastero de la planta baja!

Se sonaba la nariz con un trocito de tela recortado de una bandera y se acercaba al fregadero para lavar los platos.

—No, no —le decía, deteniéndolo—, ¡esta noche me toca a mí!

Se quedaba unos segundos más al lado del fregadero, avergonzado, antes de bajar a la sede para pasar la noche. Lo oía carraspear un poco y estornudar, mucho tiempo después, cuando ya estaba en el duermevela; no me quedaba claro de qué lugar de la sede llegaban esos ruidos.

«Estará durmiendo en ese silloncito hundido —me decía—, o tumbado por ahí, encima de una maraña de pancartas, o de esos tacos de folios para ciclostil polvorientos y amarillentos, ya desintegrados...»

* * *

El timbre empezó a sonar de repente.

—¿Quién será a estas horas?

Me volví hacia él con los ojos muy abiertos.

—Voy a asomarme al balcón… —dijo con un hilo de voz.

El timbre seguía sonando.

«El caso es que hoy no le toca pasar al de la furgoneta…», pensé.

La puertaventana ya estaba abierta, salimos los dos al balconcito cúbico.

—¡Es el intermediario!

—¿El intermediario?

Me miraba con ojos alarmados, indescifrables.

—¿Quién es el tal intermediario? ¿Qué quiere?

—Pasa de vez en cuando… Lo manda la Señora.

Lo miraba en silencio, de vuelta en la habitación. Los cristales de la puertaventana estaban desenfocados por culpa de esas venas que traza el agua cuando empieza a deslizarse y expandirse inventándose los caminos.

—¡Vamos a ver qué quiere! —murmuré, intentando sujetarlo de un brazo.

Enfilé las escaleras, pero a medida que bajábamos lo notaba enmudecer por momentos a mi espalda.

El timbre seguía sonando, las baldosas partidas bailaban a mi paso.

—¡Voy! —grité con una voz un poco cavernosa mientras me acercaba corriendo a la caja y la apartaba del portón empujándola con los brazos.

Abrí por completo la puerta.

—¡Hombre! —dijo el tipo que tenía delante.

Se quedó un instante en silencio.

Se quitó el sombrero y se pasó una mano por el pelo fino y bien peinado, canoso.

—Pasaba por aquí y he visto que los postigos estaban abiertos… —empezó a decir, sacudiendo el paraguas cerrado con la mano.

Yo seguía en el vano del portón, sin abrir la boca. Aún no me había movido.

—¿Puedo pasar un momento? —preguntó el hombre.

Me aparté para dejarlo entrar, lo vi dar unos pasos por el vestíbulo y abanicar con el sombrero una de las sillas para quitarle el polvo antes de sentarse.

—Me quito los cubrezapatos, si le parece…

Se los sacó con dos dedos y los dejó caer en el suelo, deformados.

—¡Por fin una persona con la que se puede hablar! —dijo al cabo de un instante, levantando los ojos.

Yo seguía mirándolo, todavía no se me había ocurrido sentarme.

—He visto que también están reparando el cochecito…

Tenía en el regazo su enorme sombrero, en el que se distinguían las gotitas individuales de lluvia.

Miró a un lado y a otro.

—La Señora me ha dicho…

—¿Se puede saber quién es esa Señora?

Lo oía jadear.

—¡La propietaria de este edificio, claro!

Yo estaba girado hacia la puerta esmerilada. Distinguía a duras penas la silueta del chico, que se había escondido ahí detrás, conteniendo el aliento.

El intermediario se aclaró un poquito la garganta antes de seguir hablando.

—Ha dicho que está dispuesta a tener un poco más de paciencia, pero deben confirmarnos algo tarde o temprano…

—¿Confirmar el qué?

Me miró con estupor.

—¡Si han decidido quedarse en el inmueble o marcharse!

Decidí sentarme en la menos torcida de las sillas; me volví otra vez hacia el intermediario.

—Y está el asunto de los alquileres atrasados… —lo oí decir.

Yo debía de haber abierto muchísimo los ojos, porque el intermediario hizo un gesto tranquilizador con la mano.

—La Señora dice que está dispuesta a posponerlos, a prorratearlos…

Tocó con dos dedos el borde de fieltro del sombrero, levantó un par de veces su ala enorme.

—¡Piénseselo bien! Un día de estos vendrá ella a hablar con usted en persona.

Yo seguía mirando la puerta esmerilada. «Está retorciéndose ahí detrás», me dije. «A juzgar por el reflejo en el cristal, parece que está tapándose la boca con las dos manos, con los brazos…»

Casi no se veían los platos y los cubiertos con la poquísima luz que llegaba del frigorífico abierto.

—Pero ¿tú eres el antiguo dirigente? —pregunté.

Él negó con la cabeza, dejó de comer por un instante.

—No, yo era su número dos.

«¿Eras o eres?», habría querido gritarle de sopetón, en la cocina semioscura.

Se aclaró un poco la garganta, intimidado.

—Trabajaba en este edificio a jornada completa… —añadió con un hilo de voz.

—¡Entonces fue de ti de quien me habló el hombre calvo poco antes de mandarme a Bindra!

Agité los brazos, era incapaz de estarme quieto en la silla. La luz se elevaba ligeramente, luego menguaba. Apenas distinguía el perfil de su cabeza recortándose sobre la cristalera mientras se comía con un tenedor unos garbanzos de lata recién calentados.

Me pasé una mano por la cara, notando que mi pelo empezaba a retorcerse otra vez, de repente. «A lo mejor el sobre que llega todos los meses con la furgoneta no está dirigido a mí —pensé al cabo de un instante—, a lo mejor el dinero que hay dentro no es para mí… Pero ¿entonces quién lo manda?»

—Bueno, ¡ya he terminado! —dijo, acercándose al fregadero con su plato.

Me encendí un cigarrillo y me quedé unos segundos con la sien apoyada en la pared.

—¿Es que han lanzado huevos a la cristalera? —pregunté, distraído.

—No, son las estrellas.

15

El número dos

Eché un último vistazo al motor antes de bajar el capó. Ocupé el asiento del conductor.

—¡Venga, monta tú también! —grité, volviendo la cabeza hacia el número dos.

Estaba apoyado en el portón de la sede, un poco encorvado, observando la carrocería del cochecito, completamente lijada.

Giré la llave y el motor empezó a temblar casi al instante.

—¡Monta! —le grité otra vez, retorcido en mi asiento para sujetarle la puerta abierta.

Se agachó para entrar y se deslizó en silencio al asiento del copiloto.

—¿Lo oyes? ¡Ha arrancado!

Pisé el acelerador y el cochecito vibró con fuerza; la cabeza del número dos había palidecido de repente, como derretida.

—¡En marcha! —dije mirando al frente, y desde fuera debía de parecer que tenía la cara aplastada contra el parabrisas.

—Vamos a dejar que el motor se caliente un poco más —aconsejó el número dos—: ¡lleva muchísimo tiempo parado!

Levanté el pie del embrague y el vehículo se separó poco a poco de la orilla de la calle.

—¿Por qué has puesto los limpiaparabrisas? —murmuró el número dos, armándose de valor, al cabo de un rato.

—La verdad es que he puesto el intermitente para salir…

La cabeza del número dos temblaba contra el parabrisas. Miraba a la calle muy echado hacia delante, un tanto estupefacto.

—¡Habrá que comprobar los contactos! —dije sin volverme—. ¡Te enseñaré a echar matarratas en los cables con un pincel!

Apretaba el volante, casi no cabía en mí del asombro, y de vez en cuando giraba la cabeza hacia el número dos.

—¿Has visto como hemos conseguido hacerlo arrancar, que vuelva a la carretera? Así podremos comprobar juntos las últimas direcciones que siguen dudosas. ¿Has traído la lista?

El número dos asintió, tragando saliva.

—¿No sería mejor dar una vuelta de prueba antes de alejarnos demasiado de la sede? —me pareció oírlo murmurar con un hilo de voz pasados unos segundos.

Bajé la palanca del limpiaparabrisas para señalar un adelantamiento.

—Luego tendremos que estudiar juntos un plan de trabajo —continué—, encontrar la forma de meternos en alguna lucha, difundir los periódicos, repartir octavillas…

Me volví hacia él y lo vi acurrucado en el borde exterior de su asiento, casi aplastado contra la puerta.

—¿Dónde te quieres meter?

En las aceras los transeúntes abrían la boca, todas un poco iluminadas, para hablar.

Me giré hacia el número dos, pues me había parecido oírlo gemir un poco.

—¿Qué te pasa?

Seguía hecho un ovillo en el borde del asiento, retorciéndose ligeramente los dedos, suspirando.

—Pues que acabo de ver…

—¿A quién acabas de ver? ¡Di!

—A ese tal Dandi…

—¡Entonces lo conoces! —exclamé, girando bruscamente la cabeza.

—Claro, hombre, ¡para no conocerlo!

Detuve el coche en seco.

—¿Dónde lo has visto?

—¡Ese es, está ahí! —murmuró a regañadientes, indicándomelo con la mano.

—¿Qué estará haciendo por aquí?

—Hay un local de baile aquí al lado…

El cochecito ya se había subido con las ruedas delanteras a la acera. Seguí con la mirada a ese hombre fornido que caminaba entre la multitud con la chaqueta desabotonada.

—No sé si conviene pararlo… —murmuró el número dos.

Bajé rápidamente del coche y apreté el paso por la acera atestada de transeúntes, que me rozaban con el relleno un poco electrizado de sus hombreras.

Ya estaba justo detrás de la cabeza del tipo.

«Se tiñe el pelo», me dio tiempo a pensar mientras extendía una mano para tocarlo.

Se giró de repente.

—¡Por fin alguien da señales de vida! —exclamó, vacilando.

Su barriga abombada asomaba de la chaqueta abierta, con la camisa fina adherida como una segunda piel.

—¡Muy bien! ¡Así puedo volver a pagar la cuota! —añadió, llevándose la mano a la cartera.

Yo lo miraba sin abrir la boca. El local, a su espalda, tenía una fila de ventanales abiertos en la primera planta. De allí venía un fragor indeterminado.

—¡Ha llegado la orquesta, ya están ensayando! —dijo el hombre girándose, emocionado.

Yo también me di la vuelta para mirar.

—¿Quieres subir a echar un vistazo?

Negué con la cabeza.

De todos los ventanales, ya encendidos pese a que era de día, salían con ímpetu fragmentos de luz cargada, abocinada, como si estuvieran arrojando al exterior lámparas de techo, vasos, cristales rotos.

* * *

Habíamos puesto a punto las dos estufitas eléctricas. Las encendíamos en la cocina del tercer piso, para las comidas, o en las oficinas del primero, cuando bajaba a repasar por enésima vez el taco de solicitudes de admisión cumplimentadas y aún encontraba alguna, hecha una pelotita, debajo de un armario o en una papelera. La oía crujir un buen rato mientras la alisaba con el canto de la mano en uno de los escritorios y arrancaba con la uña los pequeños grumos secos de su interior, que no quedaba claro si eran de semen o de cola.

Miraba bruscamente al número dos.

—¿Has visto esto? —le preguntaba.

Él se apartaba de la estufa, se acercaba y pegaba su cabeza a la mía.

Seguía repasando un rato más las solicitudes. El número dos volvía a sentarse al lado de los serpentines al rojo vivo de su estufa; también su cara empezaba a entrar un poco en calor, se alteraba.

Alisaba aún más algún pliegue del papel, descubría pequeñas anotaciones a lápiz que antes había pasado por alto, apuntes para el reclutamiento.

—¡Mira lo que pone aquí! —le decía.

El número dos volvía a fijarse en la solicitud; notaba su mejilla un poco incandescente al lado de la mía.

—Elemento combativo… —lo oía descifrar sílaba a sílaba, en voz baja, para luego sentarse otra vez delante de su estufa.

—¡Entonces hay que intentar dar con él! —decía yo, animándome.

No me quedaba claro si el número dos palidecía o se sonrojaba, o si solo era el serpentín de su estufa lo que, subiendo y bajando de intensidad, confería a su rostro una luz distinta, una consistencia distinta.

Bajaba corriendo las escaleras hasta salir a la calle y arrancaba rápidamente el motor del coche para ponerme en marcha.

—¿Estás? —le preguntaba al número dos, volviéndome hacia el asiento del copiloto.

«Elemento combativo», me repetía unos segundos antes de llegar a la dirección indicada y aparcar el cochecito debajo de un edificio de apartamentos aislado, en una zona alejada, provincial.

Subía por una pequeña escalera exterior, en que los peldaños estaban siempre un poco más altos de lo que el pie se esperaba.

—¡Soy su mujer! —decía la señora que venía a abrirme, con el cráneo vendado.

Me quedaba plantado en la puerta, sin palabras. Miraba fijamente su cráneo rasurado, veía restos de sangre ennegrecida y de pomada asomar de la enorme tirita, debajo de la malla de gasa.

—¡No está en casa, está trabajando! —añadía, apoyándose con una mano en la silla.

—¡Volveré otro día! —murmuraba, bajando a toda prisa la escalera exterior.

Me montaba con gesto ágil en el coche y arrancaba. El asiento estaba completamente hundido, tenía que levantar mucho los brazos para llegar al volante.

—Ah…, ¡qué bien que estés aquí! —decía al ver de refilón la silueta del número dos en el asiento de al lado.

Él se ruborizaba de pronto, con la cabeza vuelta hacia su cristal, un poco agachada. Luego ninguno de los dos era capaz de hablar durante un buen rato.

Tocaba el claxon, porque había llegado la hora de poner las luces.

—¿Qué es eso? —preguntaba al pasar por delante de una montañita de un cierto tono violeta.

—Son raspajos.

Me giraba para mirarlos mientras el cochecito seguía avanzando a toda velocidad.

—¿Raspajos?

El número dos asentía.

—¿Y qué hacen ahí todos esos raspajos?

—Hay una destilería en aquella nave, ¡ahí al lado!

Me encendía un cigarrillo.

—¡Se nota que te conoces esta zona como la palma de la mano! —le decía con un suspiro—. A saber cuántas veces la habrás recorrido, cuándo…

—¡Pues sí!

—Pero ¿cómo puede ser? ¡Si eres casi un chiquillo!

El cochecito seguía acelerando. El espacio se llenaba de luces, huevos de estrellas.

«Aquí es, hemos llegado», pensaba mientras aparcaba delante de una de las últimas direcciones que nos quedaban por comprobar.

—Si no te importa, te espero en el coche —me decía el número dos palideciendo otra vez, descontroladamente.

Yo me giraba de golpe hacia él.

—Pero ¿por qué eres tan tímido? —le echaba en cara sin poder contenerme.

—¡No creas que no me afecta! —musitaba con un hilo de voz.

Pasaba un buen rato llamando a la puerta, a la intemperie, en la pequeña avenida de aquel pueblo desierto y silencioso. No respondía nadie, pero alguien se asomaba bostezando, unas ventanas más allá, antes de cerrar los postigos.

El motor vacilaba un instante. Volvía a ponerme en marcha.

Al cabo de unos días regresaba al edificio de apartamentos aislado. Subía las escaleras, con unos peldaños tan altos que había que levantar las rodillas casi hasta la cara.

—¡No, todavía no ha vuelto! —decía la mujer con el cráneo vendado.

La cocina era amplia, los pocos muebles que tenía parecían miniaturizados.

—Pero tiene que estar al llegar… —añadía.

Me disponía a decir algo, a salir pitando.

—Si quiere quedarse a esperarlo… Mire, le hago un café.

La observaba unos segundos más, mientras se apoyaba en la enorme mesa de mármol para alcanzar una vieja cafetera, antes de bajar como una exhalación la escalera exterior, cuyos peldaños estaban tan separados que era imposible tener la certeza de acertar y caer, desde tan alto, en el siguiente.

—¿Lo has encontrado? —me preguntaba el número dos cuando volvía al coche.

Su silueta se animaba un poco a mi lado. Me pasaba una mano por las gafas y arrancaba.

—¡También tendríamos que intentar difundir los periódicos! —le decía luego en voz alta, casi gritando.

Lo veía palidecer otra vez, enmudecer.

—¿Quieres venir a casa de ese tal Dandi?

—No me apetece.

Iba yo solo, llamaba al timbre conteniendo el aliento.

—¡Acaba de volver! —decía la mujer con desgana cuando al fin abría.

—¡Pasa! ¡Estoy aquí! —oía al Dandi gritar desde la habitación.

Él cerraba la puerta a mi espalda y me invitaba a sentarme en una butaca arañada mientras se cambiaba. Se quitaba la chaqueta, su camisa tenía rodales de sudor seco en las axilas.

—¡Te pago la cuota de este mes! —decía, llevándose inmediatamente la mano a la cartera.

Veía los dedos de sus pies separarse poco a poco unos de otros mientras se quitaba los zapatos. O los observaba con asombro mientras se los ponía, si ese día en cuestión yo llegaba a una hora diferente, cuando se estaba preparando para salir. Lo veía palidecer un instante cuando introducía su pie rechoncho en el zapato de punta, de charol.

—¡Son zapatos de baile! —me explicaba mientras se levantaba, tambaleándose un poco antes de dar el primer paso.

Descolgaba la chaqueta de la percha, mirándome sin verme. Se alisaba el pelo delante del espejo de cuerpo entero y el corte de su boca se movía por su cuenta, como si estuviera hablando.

—Ay, si tú supieras —creía oírlo mascullar de repente—. Un día de estos te cuento…

«¿Cuántos años puede tener este hombre?», me preguntaba, a su espalda. «¿Y quién será esa mujer? Es mucho más joven que él. Será la hija…»

Su mano seguía moviéndose lentamente, haciendo el gesto de alisarse el pelo unos centímetros por encima de la cabeza.

—¿Tienes el coche abajo? —me preguntaba sin mirarme al cabo de unos segundos.

La mujer torcía la boca al vernos pasar y salir a paso ligero de la casa sin mediar palabra.

Le abría la puerta del coche al Dandi. Lo veía apretarse un poco, haciéndose hueco en el asiento. Se pasaba el viaje echando vistazos por el espejo retrovisor, miraba por la ventanilla con aire ausente.

—¡Aquí es, hemos llegado! —me anunciaba.

Se agitaba un poco en su asiento si el coche no paraba al instante. Se ponía de lado para salir, se pasaba una mano por el corte de la boca con gesto mecánico y se limpiaba los zapatos de baile con el pañuelo planchado. Su cuerpo se tambaleaba un poco entre la muchedumbre corroída que seguía transitando como si nada por delante de los escaparates.

El número dos y yo llevábamos las estufas al piso de arriba. Sus colitas se desenrollaban a medida que subíamos las escaleras.

—¡Cuidado, no pises el enchufe! —le insistía.

La cristalera se empañaba paulatinamente mientras empezábamos a comer pegados a las dos estufas. Luego nuestra respiración dejaba poco a poco de convertirse en vaho. Observaba al número dos, que masticaba con placer su trozo de tortilla.

—Tienes apetito, ¿eh? —exclamaba yo.

Él agachaba la cabeza, lo veía sonrojarse. Una de sus mejillas también empezaba a quemar por la proximidad de las estufas, mientras que la otra seguía helada, un poco porcelánica.

Me levantaba para alejar las estufas, intentaba orientarlas mejor. El número dos se desabrochaba el abrigo y también el cuello de la camisa, de bordes muy lisos.

—¿Me dejaste tú en el armario esta camisa de seda? —le preguntaba de repente.

Él asentía, llevaba la sartén al fregadero y la enjuagaba con un hilo de agua para que los trocitos resecos no se quedaran pegados.

Me encendía un pitillo. La cristalera estaba empañada de arriba abajo, recorrida por venas de agua. Oía los dedos del número dos pasar por la superficie de los platos recién enjuagados, haciéndolos sonar.

—¿Qué hora será? —le preguntaba.

—Las nueve y media, las diez como mucho.

—¿Entonces por qué no vamos a buscar a ese elemento combativo? —proponía—. ¡Ahora lo pillaremos en casa!

El plato se le escurría de las manos, se desportillaba.

El cochecito arrancaba con algo de esfuerzo por culpa de la humedad. Las calles de Bindra estaban abarrotadas. Dejábamos atrás la periferia y conducía un tanto aturdido durante un buen rato. El número dos seguía acurrucado, no hablaba. Hasta que aparecía la silueta del edificio de apartamentos ya oscuro, recortado contra el cielo. Solo un par de ventanitas seguían iluminadas, en dos puntos muy apartados de la supuesta fachada. Subía de puntillas las escaleras, la barandilla de hierro oscilaba bajo las yemas de mis dedos en cuanto la rozaba.

«¡La que está encendida es su ventana!», me decía de repente. «¡Puede que esta vez sí lo pille en casa!»

Llegaba a la puerta y, justo cuando me disponía a llamar, me quedaba inmóvil frente a la reja de la pequeña ventana que había al lado.

Entreveía a un hombre y a una mujer que copulaban casi completamente vestidos en el suelo de la cocina: el hombre le aporreaba con furia el cráneo contra las baldosas, en pleno orgasmo, y una maraña de pelo blanco se extendía por el aire, liberado.

«Le habrá soltado las vendas», pensaba bajando las escaleras a toda prisa, con sigilo, y luego corriendo hasta el coche, aparcado a pocos metros del edificio de apartamentos oscuro, silencioso.

—¿Estás despierto? —preguntaba mirando al otro asiento.

Oía al número dos suspirar a mi lado.

—¡Ya hemos terminado! —lo tranquilizaba—. Volvemos a la sede.

El timbre había empezado a sonar de repente.

El número dos asomó la cabeza por el balconcito cúbico en el que ambos estábamos.

—¿Quién es esa mujer?

—¡Es la Señora! —me respondió.

Yo asomé aún más la cabeza para mirar.

—Pero ¿qué hace?

—Está llorando.

Me giré hacia la puertaventana y pasé de puntillas a la habitación. Me parecía que el timbre había dejado de sonar.

—¿Se ha ido? —le pregunté al número dos, que todavía no se había despegado del antepecho del balcón.

—No.

Al instante volví a oír el timbre. Ya no paró.

Corrí hasta la cocina, salté por encima de las estufas al rojo vivo y me lancé escaleras abajo, inclinando el cuerpo para no estrellarme y romper la cristalera con el hueso del hombro.

La calle se veía un poco húmeda, un poco azul. La Señora seguía llamando, a pesar de que ya me había asomado por el portón.

Se volvió hacia mí.

—¿Me deja pasar?

Me aparté del portón y vi que la Señora me agarraba del brazo para entrar en la sede.

Las baldosas vibraban con fuerza, cada una por su cuenta, en el salón.

—Si quiere sentarse…

La Señora miró a su alrededor unos instantes. Oí que empezaba a llorar otra vez, descontroladamente.

—¿Por qué no se sienta? —balbuceé.

Ella negó dos o tres veces con la cabeza, levantó un poco la mano y señaló a todas partes, al techo.

—Está un poco desordenado —intenté disculparme—. A primera vista puede dar la sensación de haber estado un poco descuidado últimamente…

Había poca luz en el vestíbulo. Ahora la Señora lloraba aún con más fuerza; se había llevado las manos a la cara.

—Pero vamos a empezar a limpiar en serio, ¡ya lo verá! Piso a piso, primero el salón del vestíbulo, luego las oficinas…

La Señora sollozó dos o tres veces, tuve que abrazarla para que no se tirase al suelo.

Yo miré hacia las escaleras y hacia la puerta esmerilada, por encima de la cabeza de la mujer. Notaba su cara aplastada y un poco deformada contra la base de mi cuello.

—¡Si no, al menos devuélvame el inmueble! —la oí sollozar—. ¡Permítame venderlo! Soy viuda, no tengo nada más. Lo necesito. Me han buscado la ruina, uno de los suyos…

—¿Uno de los nuestros? Pero ¿quién? ¿Cuándo? ¿Cómo sabe que era uno de los nuestros?

—¡Tenía una hoz y un martillo tatuados en el pecho!

Noté que el corazón se me aceleraba mientras intentaba apartar de mi cuello la cara empapada de la mujer.

—¡No puede ser! ¿Ha pasado por aquí también?

La mujer echó la cabeza hacia atrás para mirarme.

—¿Por qué? ¿Lo conoce? —me preguntó con los ojos muy abiertos.

—No, no, pero hace un tiempo me enteré de algunas cosas, oí hablar de él... Si usted supiera cuántas hoces y martillos hay por ahí, cuántas siglas, cuántos nombres...

Dejó caer otra vez la cabeza en mi hombro.

—Se instaló en mi casa —continuó entre sollozos aún más fuertes—, me engañó, me hice ilusiones y luego no me dejó nada, me lo robó todo. Solo me queda este inmueble. Necesito volver a disponer de él, créame; devuélvamelo, permítame venderlo...

El vestíbulo era amplio. No me explicaba dónde se había metido el número dos, porque no se oía el más mínimo ruido en el resto de la sede.

—Ordenaremos todo el inmueble —murmuré—, me reuniré con el órgano directivo e incluiré en el orden del día el asunto de la búsqueda de una nueva sede. Antes hablaré con todos sus miembros, uno por uno, a solas, en un aparte, para intentar orientar su decisión en ese sentido...

16

La Señora y la hija

Me subí con la escoba enana a una silla, después de ponerla encima de una mesita, colocada a su vez sobre una mesa más grande.

—¡Al menos sujétame la silla! —le grité al número dos tosiendo.

Lo oí toser también a él desde la base de la torre, parecía que se estaba asfixiando.

—¡Mañana nos despertaremos todavía más temprano! —añadí girándome hacia él—. ¡Lo ordenaremos todo! ¡Limpieza general!

El número dos seguía tosiendo.

—¡Ponte el pañuelo en la boca! ¡Ve a beber agua! —le grité desde lo alto de la torre tambaleante.

Lo vi ir muy encorvado hasta el grifo, pero antes llenó varias bolsas con telarañas aglomeradas y cascotes. Se asomó dos o tres veces al portón, tímidamente, solo la cabeza, antes de salir y dejarlas en la acera.

Desde lo alto de la torre, que seguía tambaleándose, me estiré con la escoba enana para rasgar una parte completamente velada de techo. Junto con las telarañas también había arrancado una bombilla. Cuando cayó al suelo y se hizo añicos, ni una sola esquirla de cristal se salió del mechón sequísimo que la recubría: no habría oído el ruido ni agachándome todo lo posible en la silla y llevándome una mano en forma de embudo a la oreja.

—¡Ten cuidado y no te caigas, no vaya a pasarte algo! —insistía el número dos con un hilo de voz.

Había vuelto a los pies de la torre y sujetaba la silla con una mano, mientras que con la otra se pasaba un recorte de bandera por la cara.

La escoba enana se había adentrado en un rincón aún más recóndito para seguir arrancando telarañas. Tiré con fuerza y cayeron también trozos de pared, y se desmoronaron pilas de tablas y de pancartas.

—¡Pero si aquí detrás hay una puerta empotrada! —grité, dándome la vuelta—. ¡Hay un trastero que no había visto! ¡Está lleno a reventar de material!

Bajé de la silla de un salto y aparté una pila de tablas que habían caído sobre los estantes.

El número dos también se había acercado por mi espalda a curiosear.

—¡Esto también está lleno de solicitudes de admisión!

Me incliné sobre los estantes.

—Vamos a quitar el cordel, a ver si están cumplimentadas.

El número dos se había sentado a mi lado en el escritorio y estaba desatando los paquetes con solicitudes, ennegrecidos por el polvo.

—¡Date prisa! ¡A ver, enséñamelos!

Tosía un poco por la polvareda que se levantaba mientras hojeaba las solicitudes.

Me detuve.

—¡Pero si esta es mi solicitud de admisión!

La cabeza del número dos se había asomado por encima de mi hombro para mirarla.

—¿Qué hace aquí? —balbuceé.

Debía de estar chispeando en la calle, porque cada vez que pasaba un coche se oía ese ruidito desollado, destilado.

—¿Cómo habrá acabado aquí metida? —volví a preguntar.

El número dos se rascó la cabeza.

—A lo mejor en el Centro se esperaban un registro de la policía de un momento a otro. Trasladarían a Bindra el archivo nacional…

—Pero ¿cuándo pudo ser?

El número dos se frotó los ojos y se quedó unos segundos en silencio. Todavía se oían las ruedas recauchutadas de los coches arrancando del asfalto esa fina película de agua viva.

—O puede que esta sede llegara a ser durante un tiempo el propio Centro…

—¡Nos habríamos enterado! —objeté.

El número dos se había girado hacia un lado, con la boca sellada.

—¡No pudo pasar antes de que yo llegase a Bindra! —dije casi gritando.

—Pasaría después.

—Pero, entonces, ¿quién nos manda este dinero? —preguntaba, mientras el número dos sacaba el sobre del paquete de periódicos recién llegado, con cuidado, para que el cordel no lo rasgase.

Yo lo abría y contaba los billetes recién impresos con el corazón en un puño: había que soplar entre ellos para separarlos.

—¿Se puede? —preguntaba amablemente el intermediario, asomándose justo en ese momento al vestíbulo desde la calle—. El portón estaba abierto… —se disculpaba.

Se tocaba el borde del sombrero a modo de saludo, y su llegada era tan inesperada que al número dos ni siquiera le daba tiempo a desvanecerse.

—Me he enterado de que han hablado con la Señora —decía en tono amable—. ¿Han tomado alguna decisión? Yo vengo con una posibilidad…

Lo miraba en silencio mientras se sentaba en una silla y acercaba las manos a una de las estufas.

—Pasaba por aquí… —añadía, frotándose los dedos un buen rato para que entraran en calor—. Iba de camino a ver a un cliente, aquí al lado…

Seguía frotándose las manos, lo oía jadear unos segundos más. El número dos estaba plantado en medio de la sala; tenía que agarrarlo del brazo para que no se desplomase de repente.

—Nada, estaba pensando… —me parecía oír mascullar al intermediario.

Yo lo miraba con la cabeza inclinada, intentando comprender qué tenía en mente.

—Si ahora mismo no tienen gran cosa que hacer, si están en una de esas horas muertas que hay siempre en cualquier tipo de trabajo...

Yo seguía esperando, lo veía quitarse los cubrezapatos y pegar también los pies a la estufa.

—¡Podrían acercarme en su cochecito!

—¿Acercarle dónde?

—¡A ver a mi cliente!

Se ponía los cubrezapatos y se levantaba de la silla como quien no quiere la cosa. Veía al número dos dirigirse a la puerta del salón para desaparecer cuanto antes tras el vidrio esmerilado.

—¿Por qué no nos acompaña usted también? —proponía en el último segundo el intermediario.

El semblante del número dos palidecía de repente; parecía iluminado por una linterna.

Salíamos compungidos de la sede y montábamos en el coche.

—¿Dónde vive ese cliente suyo? —preguntaba volviéndome hacia el intermediario, que se había repanchingado en el asiento de atrás con los brazos abiertos.

Me entregaba una hojita con la dirección.

—¡Pero esto está lejísimos!

Él hacía una pequeña mueca a contraluz. El número dos suspiraba, el cristal del parabrisas se empañaba.

—¡Debería encender un poco la calefacción! —sugería desde atrás el intermediario.

Yo giraba la palanquita y el claxon empezaba a sonar sin interrupción por las calles.

—¡Por lo que veo, tienen problemitas con los contactos! —constataba desde atrás el intermediario.

—Todos los cables están roídos...

—¿Han probado a echarles veneno con un pincel?

—¡Lo hago continuamente! —no podía evitar responder el número dos, con un hilo de voz.

Las calles perdían poco a poco las aceras. El sombrero del intermediario ocupaba buena parte de la luna trasera. Yo mascullaba, hacía ruiditos con los labios para que se diera cuenta.

—¡El sombrero! —me veía obligado a exclamar al final, exasperado.

—Ah… ¡Le ruego que me disculpe!

Me pedía que aparcase delante de una pequeña villa y se ponía el sombrero antes de llamar a la puerta, para quitárselo acto seguido, en cuanto abrían. Se soltaba los cubrezapatos, que seguían aleteando unos segundos en el suelo, al lado del paragüero. En el comedor veía por todas partes esquirlas de cristal recién abrillantadas. Nos invitaban a sentarnos en sillas muy abombadas, sin brazos. El intermediario empezaba a hablar, a veces los residentes de la villa giraban la cabeza para mirarnos. La silla del número dos estaba a mi lado, así que podía agarrarlo de la manga cuando, cada cierto tiempo, notaba que hacía amago de salir.

Luego una mujer se levantaba y hacía una ronda con una bandeja a rebosar de galletas. Al número dos apenas le daba tiempo a engullir una antes de abandonar atropelladamente la sala.

—¿Dónde se ha metido el otro? —preguntaba la mujer, sorprendida.

—Habrá salido a tomar un poco el aire, imagino que no se encuentra bien —se apresuraba a decir el intermediario para tranquilizarla.

Lo encontrábamos acurrucado en el cochecito. El intermediario se sentaba detrás y nos poníamos en marcha. Lo veía por el espejo retrovisor, concentrado, haciendo cuentas en un bloc de notas con lápiz permanente.

—¿Ha podido cerrar algún acuerdo? —le preguntaba.

Él negaba con la cabeza. El corte de su boca iba a lo suyo, se fruncía.

—¡Qué va! ¡Ya nadie compra, nadie vende!

Pero, unos segundos después, mientras enfilábamos una callecita siguiendo sus indicaciones, me pedía de repente que parase.

—¡Ahí está, es él! —decía, señalando a un hombre que esperaba delante de una puerta.

—¿Él, quién?

—Un cliente. Quería enseñarle un par de inmuebles que hay aquí cerca, haga el favor…

Tenía que parar. El intermediario invitaba a su cliente a ponerse cómodo en el asiento trasero y me daba un golpecito en el hombro para indicarme que arrancase.

«¡Me está haciendo pasar por su chófer!», me percataba de repente.

En cuanto asomaba la cabeza por el portón, lo veía pasar por delante de la sede por casualidad, cada vez con un cliente distinto.

—Haga el favor de acercarnos, es aquí al lado…

Montábamos en el coche. El intermediario, desde atrás, me indicaba con un gesto de la mano que podía arrancar. Lo veía por el espejo retrovisor charlar distendidamente con su cliente, que se había sentado a su lado. El asiento del copiloto estaba vacío y yo llevaba un brazo extendido sobre el respaldo. El cliente podía verme la cara de refilón, de perfil. Bajaba la palanca de los limpiaparabrisas cuando llegaba la hora de poner las luces.

—¿Pasa algo con los contactos? —preguntaba el cliente de pronto, interesado—. ¡Deje que le eche un vistazo, que yo entiendo de coches!

Bajaba del vehículo y zambullía la cabeza en el capó. Incluso desde dentro del coche se oía que estaba tirando con fuerza del manojo de cables envenenados, despegándolos uno a uno, separándolos.

—¡No, no! —tenía que gritarle poco después, cuando ya había vuelto al coche, para detenerlo justo antes de que se llevara la mano a los labios.

La luz cambiaba. No sabía qué lío había armado el cliente con la instalación eléctrica, porque ahora había que girar la manivela elevalunas para quitar las luces largas. Ya empezaban a verse esas estrellas rasantes un poco por encima de Bindra. Cerraba los ojos un instante. «¿Qué hacen todavía ahí en medio esos amasijos incendiados, esas estrellas?», me preguntaba conteniendo el aliento.

—¿Quieres venirte mañana a dar una vuelta por la provincia? —le proponía al número dos cuando habíamos acabado de comer y la cristalera ya estaba completamente empañada por el calor de las dos estufas.

—A ver cómo estoy… —respondía.

Me quedaba un rato mirándolo.

—¡¿Cómo puedes llevar el pelo tan bien cortado a cepillo?! ¿Vas al barbero? —le preguntaba de repente.

—No, no, me lo corto yo.

Al día siguiente recorría la provincia solo, con el paquete de periódicos nuevos en el asiento de atrás. La montaña de raspajos estaba congelada. Tocaba el claxon, porque estaba empezando a anochecer. Llamaba a varias puertas que no se abrían y regresaba lentamente, en silencio, a Bindra.

El portón ya estaba bloqueado por dentro con la caja, tenía que llamar al timbre varias veces para entrar.

—¡Atiza, cuánto has tardado! —exclamaba cuando el número dos por fin venía a abrir jadeando, después de subir a la carrera al último piso para mirar a la calle desde el balconcito cúbico y luego bajar corriendo otra vez.

—Me temo que tengo un poco de fiebre... —se disculpaba.

Yo subía a paso lento las escaleras, llevaba una de las estufas a la habitación.

—¡Estás sudadísimo! —le decía con un bostezo, girando la cabeza hacia él.

—Me he tomado unas aspirinas, están haciendo efecto.

La luz empezaba a cambiar. La noche caía ahora más clara, más en vilo. También la estación debía de haber cambiado, porque la montaña de raspajos había florecido. La veía cuando pasaba por delante a media tarde: el viento depositaba en ella pequeñas semillas que no tardaban en agarrar, extendiendo sus raíces entre los raspajos. De ellas brotaban florecillas borrachas, pequeñas plantas y setos que, hasta donde yo sabía, solo crecían en otros continentes. Giraba la cabeza para seguir mirando la pala excavadora que arrancaba cúmulos floridos y los transportaba, muy altos, hasta la destilería cercana.

El timbre volvía a sonar de pronto, en los días de asueto o a media tarde. La Señora entraba con los ojos muy abiertos, a veces también se traía a la hija. Reconocía desde el balconcito cúbico sus siluetas emocionadas. Subían en absoluto silencio las escaleras, me hablaban en voz baja justo delante de la cristalera. Luego la Señora se quitaba el abrigo y soltaba el bolso. Si algún plato desportillado se había quedado sucio en la mesa, miraba el fregadero con lágrimas en los ojos. Yo me desplomaba en una silla en cuanto la hija empezaba a hablarme. El resplandor de las estufas le encendía el contorno de la cara y del pelo.

Se inclinaba sobre mi mano, la besaba.

—Podríamos darle también una pequeña indemnización —empezaba a rogarme la Señora desde el fregadero—, si tuviera la inmensa amabilidad de devolvernos el inmueble…

La hija me agarraba de la mano, sentía caer esquirlas de agua en mi piel.

—Podríamos ayudarlo a buscar una nueva sede, podríamos incluso alojarlo en nuestra casa hasta que la encuentre, si le agrada la idea de quedarse un tiempo con nosotras…

El resplandor de las estufas alumbraba ligeramente la cocina. La hija tenía los dedos muy rosados, ya ni siquiera notaba sus huesos.

—Devuélvanoslo, por favor…

Yo seguía con la mirada gacha, negando con la cabeza.

—Deme algo más de tiempo —murmuraba—. Me estoy moviendo todo lo que puedo, se lo aseguro…

La hija volvía a visitarme a solas, en plena noche.

—No le he dicho nada a mi madre —susurraba cuando iba a abrirle, adormilado—. Me he levantado de la cama en silencio, me he vestido a oscuras sin hacer ruido. Perdón por ir un poco despeinada, pero he tenido que peinarme sin encender la luz, a ciegas, y asearme a toda prisa, con el hilo de agua que salía del grifo abierto mínimamente para que ella no lo oyera desde su habitación. Me he perfumado de aquella manera, cuando estaba ya más fuera que dentro de la casa.

—No, mujer, qué dice, no va despeinada, y huele usted muy bien…

Entraba en el vestíbulo de la planta baja, subía las escaleras y deambulaba un rato por las otras salas, por el apartamento, en silencio. Me costaba seguirle el ritmo para detenerla.

—¡No nos ha dejado nada! —decía de repente—. La casa está vacía, las habitaciones están limpias. Dormimos en dos colchones de gomaespuma tirados en el suelo… ¡Y no tengo a nadie con quien compartir este peso! ¡Nadie en quien confiar!

—¡Tranquilícese, tranquilícese! —le decía, por decir algo, viéndola balbucear entre lágrimas. Ella me agarraba las manos, me las besaba con los labios blandos, mojados.

—De día y de noche, en cuanto mi madre salía de casa… Él la acompañaba a la puerta, la besaba. Y, en cuanto ella salía, se volvía hacia mí con una cara distinta, se ponía pálido de repente por la emoción mientras caía en sus brazos. Íbamos agarrados a mi habitación, si es que nos daba tiempo a llegar… En la alfombra, en el suelo. Soy rubia, ya lo ve… Me abría la ropa, o la bata, y yo veía mis senos blancos y aplastados expandirse sobre su pecho, sobre ese tatuaje, mientras me cubría…

—Sí, sí, sé cómo se comporta… —le decía yo, porque la chica me abrazaba y balbuceaba y temblaba—. Me lo contaron, me enteré en su día, en otro sitio: también allí una madre y una hija… ¡Pero no creía que hubiera llegado hasta esta zona!

—Incluso me hacía daño; por la furia con la que me poseía, ya me entiende… Mire aquí, estos moratones en los muslos, aún están frescos… —decía, subiéndose la falda para que lo comprobase con mis propios ojos—. Toque aquí, en el pezón, este nódulo que me pellizcaba con los dientes… —Y descubría uno de sus blandos senos en la enorme sede oscura y desierta, en plena noche, en silencio.

La calle estaba completamente anulada, se veían los tejados blancos por la nieve hasta las afueras de Bindra.

—¡Ha nevado un montón esta noche! —dijo el número dos, que había subido al apartamento para asomarse al balconcito cúbico.

Se oía la nieve crujir bajo las ruedas de los coches que pasaban por la calle, allá abajo.

—¡Tengo que subir a despejar el tejado! —recordó de repente.

Cogió la escoba enana y se puso el abrigo antes de abrir la claraboya.

—¡Aquí arriba está todo blanco! ¡No se ve nada! —lo oí gritar desde el tejado con tono animado.

Yo también asomé la cabeza. Apenas se distinguía su cara entre el polvo de la nieve. Se oían elevarse desde la calle los golpes secos de las bombas blancas y blandas que lanzaba a la acera.

En la cocina, la leche ya estaba en los cuencos. El número dos aún tenía la cara colorada por el frío. La estufa empezaba a caldear un poco el ambiente.

Fui a enjuagar el cuenco en el fregadero y me quedé un rato mirando por la cristalera.

—Aún no ha pasado el intermediario… —recordé de repente.

—Habrá visto que nevaba, ¡se habrá quedado en la cama!

17

El Dandi

—La sede está aquí al lado. ¿Quieres venir? —le preguntaba al Dandi cuando lo interceptaba en la puerta del local de baile.

Él negaba con la cabeza, sonreía.

—Es que estoy esperando a una amiguita… —se disculpaba.

Parecía buscar algo con la mirada a mi espalda. El corte de su boca estaba helado, olía un poco a vermú.

—¿Quieres que te acerque a tu casa? —le preguntaba cuando me lo encontraba por las noches a la salida del local, conteniendo la respiración al pasar por debajo de sus ventanales abiertos de camino al coche.

—Están oreando el local… —se disculpaba el Dandi, porque de esa zona emanaba un tufillo un tanto pestilente.

Llegábamos en silencio a su casa. Yo me sentaba en la butaca de siempre mientras él se cambiaba.

El Dandi me daba la espalda, seguía peinándose un buen rato.

—¿Te he pagado la cuota este mes? —preguntaba para estar seguro, sin darse la vuelta, al cabo de unos minutos.

Dejaba el peine y se pasaba las dos manos por el pelo, sin tocarlo, como si sus dedos tuvieran la capacidad de moldearlo a distancia.

—Ay —decía de repente—, a mi edad ya solo puedo contribuir a la causa con el pago de los sellos… ¡Pero si me hubieras visto en mis años mozos! Un día de estos te cuento…

—¡Cuéntame ahora!

—¿Nunca te he hablado de cuando formaba parte de la Patrulla Roja?

—No, no me has dicho nada… ¡¿Cómo?! ¿Formabas parte de la Patrulla?

Lo veía enmarcado en el espejo, desde atrás, y no me quedaba claro si el corte de su boca sonreía o si tan solo se movía por su cuenta, mascullando.

—Sí, sí… Íbamos por las calles, con la pistola debajo de la chupa de cuero; salíamos por sorpresa de los portales, de sopetón. ¿Qué te crees? Y, sin embargo, también entonces…, camisas a rayas con cuello de punta larga, corbatas de nudo ancho, zapatos suaves de piel de becerro.

—¿En serio? ¡Cuenta, cuenta!

—Sabía ser elegante incluso cuando caminaba con la metralleta debajo de la gabardina o cuando, justo después de una acción, me metía en un local de baile con la mensajera para perder mi rastro, y bailaba con ella, con una mano en el arma que llevaba en el costado y con la otra alrededor de su cuello, de su cabecita… ¡Tendrías que haber visto con qué ojos me miraba! Fue en aquellos años cuando me apodaron el Dandi…

Cogía unas pequeñas tijeras y empezaba a cortarse algún pelo que le asomaba de la nariz, de las orejas.

—¡Cuántas cosas podría contarte! —decía sin volverse—. Si tú supieras…

Tenía que brincar hacia un lado para esquivar el cabezal de la enceradora, que la mujer me lanzaba de pronto a las piernas cuando me disponía a salir de la casa para volver a la sede.

La nieve seguía cayendo. El balconcito cúbico tenía el suelo cóncavo, como el fondo de un huevo, y cantaba bajo mis pasos cuando salía a mirar. Luego volvía a la cocina. Dejaba las gafas encima de la mesa antes de apoyar la cabeza en el ángulo del brazo. La estufa las calentaba, la montura quemaba cuando me las ponía al cabo de un rato.

—¿Vas a salir de todas formas? —me preguntaba el número dos, porque el coche se había quedado bloqueado en la calle.

La nieve crujía bajo mis zapatos mientras caminaba por las aceras ya pisoteadas por los transeúntes. Me encontraba otra vez al Dandi, que iba del brazo de alguna señorita un poco ajada, en las inmediaciones del local. Lo veía caminando con los zapatos de baile por la nieve. O lo reconocía en el interior de la pecera de cristal de una gasolinera. Se frotaba las manos para entrar en calor y murmuraba algo a todas luces desvergonzado al oído de la empleada, que giraba la cabeza y se ruborizaba, fingiéndose escandalizada. Lo veía de nuevo ya por la tarde, mientras pasaba por delante de la puerta del local de baile tapándome la cara con el pañuelo, porque habían abierto las ventanas para orearlo.

—¡Tendrías que ir un poco más abrigado! —le decía al ver que, a pesar del frío, solo llevaba la chaqueta desabrochada y la camisa abombada.

—¿Quieres subir a ver? —me preguntaba.

Yo negaba con la cabeza. El corte de su boca se veía cuarteado; percibía en la punta de sus dedos antiguos olores púbicos exorbitantes, mientras se pasaba por los labios el pañuelo aún doblado.

—¿Entonces no vienes a mi casa?

—No tengo coche, ¡se ha quedado bloqueado en la nieve!

Me agarraba del brazo, se oían los cristales helados hacerse añicos bajo las suelas de nuestros zapatos mientras me conducía a la parada del autobús.

El cobrador llevaba un dedal de goma repleto de puntitas un poco congeladas. Las ruedas compactaban lentamente la franja de la calle; se oía un ruidito procedente de debajo del autobús, como si alguien estuviera cantando mientras tragaba saliva. Las luces de los escaparates estaban encendidas y algún que otro transeúnte, entre risas, escuchaba los crujidos de la nieve bajo las suelas de sus zapatos, con la cabeza ladeada, a contraluz.

Subíamos las escaleras.

—¡Se queda a cenar! —anunciaba el Dandi, parapetado a mi espalda, cuando la puerta se abría de golpe.

La mujer entornaba por un instante los ojos, me parecía verla sonreír un poco, imperceptiblemente, como si un latigazo le hubiera separado los labios.

La habitación estaba ordenadísima. El Dandi se sentaba en un brazo de la butaca para quitarse los zapatos mojados y luego los calcetines empapados, finos, casi transparentes.

—¡No me acuerdo de si te he pagado la cuota este mes! —decía alarmado.

—Tranquilo, ¡ya pagaste!

Los huesos de su pie todavía estaban muy pegados, pringosos. El Dandi se los masajeaba con las dos manos, mientras el corte de su boca iba a lo suyo: no había forma de saber si se estaba preparando para escupir o si, en cambio, sonreía.

—¿Te he hablado alguna vez de lo que hice antes aún? ¿En España? —me preguntaba sin dejar de masajearse el pie helado.

—No, solo me hablaste de la Patrulla Roja. ¿Por qué? ¿Estuviste en España?

—Sí, señor, en Guadalajara, y también en el frente de Aragón. Conocí a Durruti…

—¿Conociste a Durruti?

Se levantaba para coger una toalla pequeña de un cajón y empezaba a frotarse los pies con ella, sentado en el brazo de la butaca.

—¡Por supuesto que sí! Y luego Teruel, la batalla del Ebro… Por aquel entonces era joven, llevaba el pelo más largo, siempre peinado hacia atrás. Resplandecía por la brillantina, con aquel sol… También la frente me brillaba. Solo tenía que anudarme el pañuelo de una forma distinta a los demás; me bastaba con el porte. Y participé en ataques a bancos, en atracos…

Empezaba a cortarse las uñas de los pies, que salían volando calcificadas a través de la habitación y se estrellaban con estrépito en las paredes, en el espejo, o resonaban unos instantes contra las placas del radiador antes de caer al suelo.

—Durante un tiempo —seguía diciendo, mientras iba a coger el bote de talco de la cómoda—, hubo una chica en mi brigada que estaba siempre detrás de mí, que no me quitaba los ojos de encima mientras cruzábamos los pueblos, o por las noches, alrededor de las hogueras... Participaba en las acciones. Rápida, precisa, de pocas palabras, se enteraba de todo. Hablaba con un acento distinto. «Pero ¿tú quién eres? ¿De dónde eres?», le pregunté una vez. «Soy la hija de Rosa», me respondió.

—¿De Rosa? ¿De qué Rosa? —le preguntaba al Dandi, incorporándome de golpe en la silla.

—¡Rosa Luxemburgo! «Soy la hija de Rosa Luxemburgo y de Leo Jogiches», se limitó a decirme.

—¡No se sabía que tuviera una hija! —respondía yo.

El Dandi empezaba a nebulizarse el talco en los pies, apretando varias veces el bote blando.

—Me echo un poquito de talco para que entren en los zapatos de baile... —me explicaba.

Yo miraba a mi alrededor en esa habitación que casi no veía.

—Una noche —continuaba al cabo de un instante— acabamos en una villa expropiada... Despensas llenas, vestidos elegantes, batas, ropa interior. Los acariciaba con mano experta, metiendo el brazo en los armarios, y me guardé unas cuantas prendas en la mochila. Para aquella noche escogí una bata de seda, y a ella le pedí que se pusiera otra después de lavarse el barro del camino. Paseamos de la mano por aquellos salones un poco ametrallados, sorteando de cuando en cuando el cadáver aún caliente de algún residente de la villa recién fusilado, hasta llegar a un balcón desde el que se veía el cielo estrellado. Se oía el cuchicheo de varios milicianos acampados al lado de la villa; un torrente repleto de agua pasaba justo por debajo del balcón. «Pero ¿por qué estás conmigo?», le pregunté mirándola a esos ojos relucientes. «Porque eres elegante», me respondió.

El Dandi se interrumpía un momento para toser; intentaba disipar una nube de talco que había salido del bote antes de seguir hablando.

—Elegimos la habitación más bonita, la cama más mullida, las sábanas más perfumadas. En fin, para qué contarte, ya te puedes imaginar lo que pasó... Pero, en plena noche, después de un sueño breve, profundo y sin sueños, me desperté de repente. Ella no estaba a mi lado. La cama estaba vacía. Me levanté y fui a buscarla por aquellas salas desiertas con los ventanales abiertos, donde la luna iluminaba a veces la silueta de algún fusilado. La encontré en el balcón. Estaba de pie, en silencio. Me acerqué por detrás y la abracé por la cintura, sin decir nada. Ella seguía mirando en silencio ese torrente, se oía el agua fluir plena y rápida, pero tranquila. Había algo flotando, una camisa hecha jirones, quizá, o el cadáver de un hombre o de algún animal, o un mero reflejo de la luna en ese tramo de agua. «¿Qué haces aquí fuera?», le pregunté. «Hay algo ahí flotando. ¿Qué miras?» Solo se oía el ruido del agua al pasar. Ella levantó el brazo. «¿Qué es eso?», volví a preguntarle, sin dejar de abrazarla por la cintura, al ver que no apartaba los ojos de ahí. «¡Es Rosa Luxemburgo en el Landwehrkanal!», dijo sin girarse…

El Dandi se interrumpía otra vez, más tiempo, mientras terminaba de ponerse unos pantalones limpios.

—Y esto no es nada… ¡No sabes lo mejor! —exclamaba, volviéndose de repente—. Aunque habría que remontarse aún más en el tiempo. Es una larga historia. Un día de estos te la cuento…

Me quedé mirándolo en silencio mientras metía los pies en las zapatillas.

—¡Pero ahora vamos a cenar! —me decía.

La mesa de la cocina ya estaba puesta, la comida en los platos. La mujer se sentaba enfrente de mí, de espaldas a la ventana. La nieve seguía cayendo, en la sala solo se oía el ruido de los platos, de las cucharas.

—Bueno, ya he terminado, tengo que irme —anunciaba yo.

La mujer estaba quitando la mesa y no decía ni pío.

—¡No, no, quédate un ratito más! —exclamaba mirándome el Dandi, como percatándose de repente de mi presencia.

Encendía la televisión, me pedía que me sentara a su lado en el pequeño sofá. Pero al cabo de un instante lo veía cerrar los ojos, quedarse dormido. Observaba desde muy cerca las raíces de su pelo completamente blancas, señal de que tenía que renovar el tinte. «¿Cuántos años tendrá este hombre?», me preguntaba, fijándome en su mano acribillada de manchas. La mujer terminaba de quitar la mesa y se quedaba dándonos la espalda, mirando por el cristal de la ventana, en silencio.

—Ha dejado de nevar —apuntaba sin darse la vuelta, al cabo de un rato.

—Sí, sí, ¡ya me voy! —repetía yo.

El Dandi seguía durmiendo mientras me levantaba del sofá con sumo cuidado y escapaba con el abrigo a medio poner. Oía los muelles expandirse en la papilla acolchada de los asientos cuando ya estaba en el vano de la puerta; veía el rellano repleto de círculos de nieve derretida y la línea quebrada de los peldaños.

—¡Habría que quitar un poco de nieve con la pala! —le gritaba al número dos cuando bajaba a abrirme la puerta de la sede—. Despejar al menos un camino para entrar…

Él me miraba en silencio.

—¡Y habría que desbloquear también las ruedas del cochecito! —insistía acto seguido—. Para intentar volver a la carretera.

Daba pisotones en el suelo del vestíbulo para quitarme la nieve. Subía a la cocina, donde las dos estufas estaban encendidas. Me quitaba el abrigo y lo sacudía. Al otro lado de la cristalera volvía a caer la nieve. La veías siempre en el último momento, cerquísima, en la oscuridad.

—Ha llamado al timbre el intermediario —oía decir al número dos mucho después—. Parecía un poco molesto por no haberte pillado aquí…

—¿Has bajado a abrir?

—No, no, lo he visto desde arriba, desde el balcón.

Las ruedas resbalaban con estrépito.

—¡Excava un poco más debajo de los neumáticos! —le grité al número dos—. ¡Rompe la nieve congelada con el canto de la pala!

Probé a mover el volante, pisé aún más a fondo el acelerador. Las ruedas giraban en vano, sin agarre: volvían a ser ruedas y nada más que ruedas.

«A lo mejor es al contrario y hay que ir más lento», me decía. «Que las ruedas giren a menos velocidad, que giren un poco al revés, como si quisiera salir marcha atrás, y acto seguido intentarlo otra vez, y otra, más y más lento… Sin tocar ni siquiera el volante, con las ruedas inmóviles. Hasta notar que todo el coche se mueve hacia delante de repente, que sale…»

Levanté el pie del acelerador y, para mi sorpresa, vi que el coche bajaba de la acera y rebotaba en el asfalto.

«Iré a casa del Dandi para que el motor entre en calor, llamaré a la puerta, pasaré como si nada a su habitación...»

Las calles estaban cada vez más blancas, emulsionadas. Los limpiaparabrisas, congelados, formaban un todo con el parabrisas. Probaba a frenar y avanzaba un buen tramo con las ruedas bloqueadas.

«¡Ahí está el edificio!»

Subí las escaleras, toqué el timbre con los ojos muy abiertos.

La puerta se abrió.

—¡Han llamado ahora mismo del local! —dijo la mujer casi gritando—. ¡Ha tenido una indisposición!

Tenía el brazo levantado, como para defenderse de mi hipotético ataque.

Di media vuelta. La barandilla bailaba, los peldaños venían a mi encuentro mientras bajaba volando.

El cielo mostraba esa luz glaseada, blanca. La veía a través del parabrisas, todavía un poco helado, mientras me deslizaba rumbo al barrio donde se encontraba el local. La nieve seguía elevándose, los transeúntes se quitaban los grumos que se les quedaban enredados en la cara, en las pestañas.

Bajé a toda prisa del coche y levanté la mirada hacia la fila de ventanales, al otro lado de la calle.

Estaban todos encendidos, abiertos de par en par.

«¡Me están esperando! ¡Habrá llamado la mujer desde su casa!», pensé mientras echaba a correr hacia la entrada del local, porque vi a muchas personas y a muchas viejas bailarinas asomadas a los ventanales, ocupándolos con las arrugas de su cara y de sus brazos.

Subí atropelladamente la amplia escalinata y pasé por delante de un camarero anciano que, desde lo alto, me pedía por señas que corriera más rápido. La puerta interna del local también estaba ya abierta. Abrí un poco más los ojos antes de adentrarme, tapándome la cara con el pañuelo.

—Sí, huele un poco a humanidad —se disculpó el director viniendo a mi encuentro a través del salón repleto de cristales rotos—. Pero este local lo frecuentan principalmente ancianos, ya lo ve, jubilados...

E hizo un amplio gesto con la mano, con todo el brazo, como para despejar un círculo de luz en la sala.

—¡No lo veo! —murmuré, avanzando unos pasos más.

El círculo se fue abriendo, repleto de vestidos, completamente fracturado.

—¡Ese es, ahí está!

Estaba sentado en el suelo, con la cabeza hundida, la espalda apoyada en la pared y las piernas estiradas y un poco abiertas.

Me quedé inmóvil.

Tenía la cara violácea, el corte de su boca olía a cosas expulsadas.

Una vieja lloraba a su lado.

Me agaché junto al Dandi.

—¡Sácame de aquí! ¡Llévame a casa! —murmuró.

Me acercaba a su cama. Me inclinaba para mirar su boca tensa, los ojos abiertos.

—¡Ha tenido otro ataque! —oía susurrar a la mujer—. Le ha afectado también a… Ya sabe, la otra pierna…

Levantaba las sábanas de golpe, se la palpaba.

—Toque usted también… ¡Toque, toque! —me decía, casi tirándome del brazo.

Yo intentaba zafarme. Había mucha luz. La habitación estaba como los chorros del oro, olía a desinfectante.

Me levantaba de golpe, iba corriendo por mi abrigo.

—¡Quédese un ratito más, no se vaya! —me rogaba la mujer de repente.

Volvía al lado de la cama. La mujer se ponía el abrigo, bajaba a hacer la compra y pasaba casi todo el día fuera. Me adormilaba en la butaca. Luego caminaba de un lado a otro de la habitación para estirar las piernas. Oía un ruidito procedente de la almohada. Me inclinaba sobre el Dandi, observaba sus ojos muy abiertos, el corte tensísimo de su boca.

—Se me ha hecho un poco tarde… —se disculpaba la mujer cuando por fin volvía y me encontraba dormitando de nuevo en la butaca.

—¡Pero si es casi de noche! —me percataba al mirar por la ventana.

—¡He aprovechado para ir al peluquero!

Observé su casco de pelo tieso y rizado moverse de un lado a otro de la habitación.

Levantaba otra vez la sábana. Fruncía la boca, me miraba.

—¡Se ha puesto perdido! ¡Al menos podría haberle puesto la cuña!

Me disponía a salir pitando.

—Tiene que quedarse a cenar, ¡he comprado contando con usted! —decía la mujer justo antes de que lograra llegar a las escaleras.

Ella dejaba abierta la puerta entre la cocina y la habitación, por si tenía que ir corriendo mientras cenábamos. Toda la mesa temblaba cuando le daba un golpe sin querer al pasar; el líquido se quedaba por un instante en diagonal en los vasos. Me tragaba sin masticarlos enormes anillos de pasta cocidos hasta reventar.

—¡Está moviendo los labios! ¡Puede hablar! —gritaba la mujer desde la habitación.

Me levantaba en el acto, arrastrando una esquina del mantel, y corría a los pies de la cama.

—¿Qué quieres decir? —le rogaba la mujer.

El Dandi volvía la cabeza, me hacía una señal para que me acercase.

Yo pegaba la oreja al corte de su boca.

—¿He pagado la cuota? —murmuraba.

Yo asentía, intentaba tranquilizarlo.

Cuando volvía a la sede era noche cerrada. Tenía que tocar un buen rato el timbre hasta que el número dos bajaba y apartaba la caja del portón.

—Estás descuidando un poco el trabajo... —señalaba mientras subíamos juntos las escaleras.

Algunas mañanas me cruzaba con la Señora cuando me disponía a salir.

—Entonces, ¿en qué quedamos?

—En qué quedamos ¿de qué?

La oía llorar a lágrima viva mientras apretaba el paso en dirección al coche y arrancaba.

—¡Ayúdeme a sentarlo en la cama! —me pedía la mujer cuando me presentaba en su casa—. Me parece que hoy está mucho mejor, ¡puede hablar!

Luego ella salía de la habitación.

—¡Nunca te ha hablado de cuando conocí a Lenin! —mascullaba de repente el Dandi.

Yo lo miraba conteniendo la respiración.

—¿Cómo? ¿Conociste a Lenin?

—Pues, sí, en cierto sentido…

El Dandi también se quedaba mirándome de soslayo; se destapaba una pierna de repente, por el lado.

—¡Tráeme aquí el teléfono, haz el favor! —me pedía, señalando la mesilla—. Me gustaría llamar a una amiguita…

Agarraba el auricular y le murmuraba algo con la cara colorada. El corte de su boca rozaba esos orificios llenos de burbujas de condensación.

Luego volvía a apoyar la cabeza en la almohada inclinada, sonreía con los ojos entrecerrados, mascullaba algo.

—Pero ¿cuándo lo conociste? ¿Cómo fue? —le preguntaba estirando mucho la cabeza, intrigado, al cabo de un rato.

Un suave ronquido me indicaba que se había dormido de pronto, con las manos cruzadas, acribilladas de manchas.

La luz menguaba al otro lado de la ventana. Yo también me quedaba traspuesto. Me despertaba otra vez, aunque quizá me había despertado el propio Dandi, porque lo encontraba mirándome fijamente desde su almohada, justo cuando el corte de su boca dejaba de moverse, como si acabara de emitir un sonido.

—Venga, ahora que no hay nadie… —le decía, inclinándome sobre su almohada—. ¡Cuéntame lo que pasó! ¿Cómo fue?

Él cerraba un poco los párpados, su sonrisa me indicaba que llevaba muchísimo tiempo pensando en otra cosa.

—Tienes que hacerme un favor… —me susurraba.

Me pedía que le llevase papel y boli, escribía notitas y me rogaba que las entregase en zonas lejanísimas de Bindra. Yo subía las escaleras con el corazón en un puño. Las gafas se me empañaban casi de golpe cuando entraba en las casas. Ni siquiera veía de quién eran las manos arrugadas y llenas de anillos que se alargaban para coger las notas.

—¿Te ha dicho algo? —preguntaba el Dandi levantando mucho la cabeza, a mi vuelta—. ¿Te ha respondido con otra nota?

Yo abría la mano. Lo veía desplegar la hojita descontroladamente, y el corte de su boca se curvaba hacia un lado mientras leía cada vez más lento, silabeando.

Me daba tiempo a dormirme otra vez antes de que la mujer viniera a despertarme, a última hora de la tarde.

Entraba encendiendo la luz de golpe. Yo me frotaba los ojos.

—Me he quedado traspuesto… —decía, disculpándome.

La mujer abría una bolsa y desenrollaba algo blanco en el centro de la habitación.

—¡Le he comprado una bata! —anunciaba con emoción—. Más vale que se la ponga… Por higiene.

Yo agitaba los brazos, intentaba zafarme, pero ella insistía en que me la pusiera a toda costa. Me miraba un instante al espejo. Yo era consciente de que la mujer me enseñaba con orgullo a otras personas que iban a visitarla a primera hora de la tarde, entreabriendo una rendija de la puerta entre la habitación y la cocina.

—Entonces, ¿cuándo lo conociste? —probaba a preguntarle otra vez al Dandi, cuando se despertaba y la mujer había salido a hacerse el tinte.

Él negaba con la cabeza, movía un instante el corte de la boca. Los cristales de la ventana estaban enmarcados por la nieve.

—Por aquel entonces era un Dandi delgadito, una raspa… —decía inesperadamente al cabo de un rato, cuando creía que ya se había dormido de nuevo.

Yo me acercaba sin hacer ruido, levantando la butaca. Ni siquiera encendía la luz, contenía la respiración.

—Pero ¿cuántos años tendrías?

Se adormilaba, al rato lo veía despertarse otra vez.

—¿Qué hora será? —preguntaba.

La habitación estaba casi completamente oscura, un poco de nieve destacaba en las esquinas de la ventana; los copos helados caían rozando los cristales.

—¿Qué haces con esa bata puesta? —me preguntaba con una sonrisa.
Solo se oía nuestra respiración en el dormitorio.
—Pero ¿cómo habías ido a parar tan lejos? —insistía yo.
—Cómo había ido a parar… Ah, déjalo, ¡es una larga historia! Un día de estos te la cuento…
—Vale, vale, pero ¿qué hacías allí?
—Acompañaba en sus viajes a un profesor ruso, era su asistente…
—Y ¿qué hacía aquel profesor tuyo?
—Era embalsamador.

—¡Le ha subido la fiebre! —constataba la mujer al volver.
Encendía de golpe las luces, todas a la vez, y abría los cajones, y casi no se podía respirar. Me traía una maquinilla eléctrica con un solo cabezal y me pedía que lo afeitase, que lo aseara.
—¡Tengo que enseñarlo dentro de poco! —me explicaba.
La luz desconcertaba. El Dandi tenía la cara un poco sudada, el cabezal de la maquinilla se encallaba en las mejillas.
—¡Échele polvos de talco! —decía la mujer, impacientada—. ¡Tendría que saber mejor que yo cómo se hacen estas cosas!
La nube de talco ocultaba por un instante la cara del Dandi, que ni siquiera se despertaba con el ruidito descacharrado de la maquinilla. Cuando acababa de afeitarlo soplaba en el cabezal destapado y, además de la barba pulverizada, salía volando la ruedecita cortante, afilada.
—¿Dónde se habrá metido? —decía la mujer, desesperada.
La veía acuclillarse y echarse a llorar cuando al fin la encontraba entre los flecos entalcados de la alfombra.
Me abrazaba la cabeza por sorpresa.
—¿Qué habría sido de mí si no la hubiese encontrado? —la oía murmurar entre mi pelo, emocionada.
—Si pudiera quedarse usted alguna noche… —me decía cuando estábamos ya en la cocina, delante de la televisión, mientras yo abría un paquete de embutido empapado, señal de que el frigorífico se había quedado un rato con la puerta abierta.

Volvía junto a la cama del Dandi y me preparaba para pasar la noche.

Pasaba mucho tiempo viéndolo dormir, antes de caer yo también rendido.

—¡Me encuentro un poco mejor! —decía con un suspiro, despertándose de sobresalto en plena noche.

Se incorporaba en la cama, con la espalda pegada a la cabecera. Lo miraba en silencio, me frotaba los ojos.

—Había mucho trabajo —empezaba a decir sin que le hubiera preguntado nada, unos segundos después—: teníamos que movernos sin cesar a través de aquel país inmenso, en tren y en carro, en trineo…

Lo miraba con los ojos muy abiertos y guardaba silencio.

—Kiev, Odesa… Y luego hacia el norte, hasta Tula, hasta Petrogrado…

Yo giraba la pequeña lamparita hacia la pared. En la otra habitación se oía el sueño profundo de la mujer.

—Y eso… —lo oía decir, con un bostezo, al cabo de unos segundos—, el profesor me mandaba descargar los instrumentos de trabajo, los ácidos, las soluciones. Se quitaba la chaqueta y empezaba a ponerse los guantes, a contraluz.

Fuera la nieve seguía cayendo; solo se oía ese ruido que no hace ruido.

—«¡Qué país inmenso! ¡Cuántas estrellas!», decía el profesor con un suspiro, bajo las pieles del trineo que compartíamos, mientras nos dirigíamos hacia las zonas más gélidas del Báltico. Se veía la fusta del piloto, ¡las nubes de vaho de los caballos! Llegábamos a una villa aislada, sepultada por la nieve. Subíamos las escaleras y una mujer nos agarraba las manos. «Miren, ¡aquí está!» Nos enseñaba el pequeño cadáver de un recién nacido. Lo rellenábamos de fenol; era como inyectarlo en un pan de mantequilla recién horneado. Al final, cuando ya estaba un poco calcificado, lo dejábamos encima de un cojín. La mujer lo cogía en brazos y ¡lo llevaba como una estatuilla de escayola por toda la casa!

Yo me agitaba en la butaca, me frotaba los ojos otra vez para no dormirme.

—Cuando durante un viaje parábamos a dormir en alguna isba, el campesino nos pedía que embalsamáramos a su oca. «¡Que sepa que luego no hay marcha atrás!», avisaba siempre el profesor. «¡Ya no se la podrán comer!» Nos pedían que les diésemos las entrañas y las devoraban en la sala cargada de humo, ¡todos juntos!

El Dandi se giraba en la cama; también el corte de su boca se deformaba, como si hiciese el gesto de masticar, de tragar.

—¡Me siento fenomenal! —decía de pronto—. ¡Me han entrado ganas de llevarme algo al buche a mí también!

Iba a la cocina a calentarle en la sartén un poco de la pasta que había sobrado. Volvía a la habitación, le pasaba el plato y la cuchara y le extendía una servilleta sobre las piernas.

—¡Me cuesta un poco mover la cuchara! —reconocía, un tanto contrariado.

Me acercaba para darle yo la comida, pero después de los primeros bocados lo oía toser de golpe, se atragantaba. Veía dispersarse por el aire los trozos de pasta recién masticados. La mujer se despertaba en el acto y venía corriendo de la otra habitación, con la cara pálida.

—¡Así no se hace! —gritaba con los ojos muy abiertos—. Tiene que meterle la cuchara más, ¡hasta la mismísima garganta!

Se inclinaba sobre la cama, me enseñaba cómo se hacía.

—¿Se queda esta noche? —me preguntaba a media tarde en voz baja, dándome la espalda.

—¡Al menos tendría que avisar! —protestaba yo.

Bajaba corriendo las escaleras y me metía en el coche. Las calles estaban llenas de surcos helados. En la acera de delante de la sede había varias bolsas de basura congeladas en un montón de nieve. «¡Ni siquiera han pasado a recogerlas!», pensaba, llamando al timbre. Levantaba la cabeza hacia el cielo y al cabo de un segundo atisbaba la cara alarmada del número dos, asomado al balconcito.

—¡Te lo has tomado con calma! —protestaba cuando por fin aparecía.

Él volvía a empujar la caja contra el portón mientras yo caminaba ya sobre las baldosas encabritadas. Lo veía apretar mucho los labios, palideciendo hasta tal punto que casi desaparecía.

—Estás descuidando a los demás contactos. ¡Ya casi no se te ve el pelo! —tenía el valor de reprocharme.

18

La historia

—¡Teníamos nuestros secretos! Lográbamos calcificar con tanta maestría algunos cadáveres que podíamos colocarlos en fila entre otras estatuas, en escalinatas, debajo de las columnatas. A lo lejos se oían disparos. Parecía que todo había acabado ya. Sin embargo, al día siguiente veíamos llegar de pronto la nube de los cosacos. ¡Subían a caballo las escalinatas, derrumbaban filas enteras de columnas con sus látigos, disparaban a las bóvedas, derribaban las lámparas de techo!

Toda la habitación estaba en penumbra. Me recoloqué en la butaca, cerré los ojos.

—Podíamos calcificar, podíamos metalizar los cadáveres con electrólisis. O partes de cadáveres, cuando venían a traernos una pierna aún caliente, por ejemplo, arrancada por una explosión. «Lo ideal sería tratarlos en el mismo momento del deceso», oía fantasear al profesor durante nuestros desplazamientos nocturnos en trineo. Me giraba hacia él: su cabeza asomaba por encima del manto de pelo, observando aquellas luces heladas en el espacio. «Empezando por los ojos», continuaba, «inyectándoles una solución de parafina y alcohol, fijándolos mientras aún estuvieran así, mirando, sin necesidad de saber si veían algo o no…»

Me agité en la pequeña butaca.

—¿Qué tiene que ver Lenin con todo esto?

—¡No me lo canse, no lo presione demasiado! —soltó la mujer, irrumpiendo de golpe en la habitación.

Luego la puerta se cerró, y también la otra, más alejada, que daba al rellano y a las abruptas escaleras. «Habrá ido a rizarse el pelo», me dije. «¡A esta hora ya estará con la cabeza ardiendo bajo el casco!»

—Embalsamábamos en mitad de las batallas —continuó el Dandi, que parecía haber hecho caso omiso a mi pregunta—, nos abríamos paso entre la multitud para conservar una expresión enfervorizada, el ímpetu de un brazo aún extendido y ya a punto de ser interceptado. El profesor fruncía el ceño mientras intentaba calcular la trayectoria de un proyectil que buscaba su punto de impacto entre la muchedumbre. Yo vertía las soluciones y el profesor las inyectaba en los globos oculares del hombre que estaba a punto de recibir el impacto. Le pasaba el cuchillo para la evisceración justo antes de que el sublimado empezara a hacer efecto…

—Pero ¿qué tiene que ver Lenin con todo esto? —volví a interrumpirlo.

La luz había menguado aún más, ya ni siquiera se veía el corte de su boca sobre el ligero resplandor de la almohada.

—Nos llamaban de todas partes, llevábamos los bolsillos llenos de salvoconductos. Nos escoltaban cuando teníamos que alcanzar o atravesar zonas en las que había maniobras militares en curso, amplias operaciones. Veíamos cuerpos de expedición, vivacs, lenguas y uniformes diversos por doquier. Nos pedían que metalizásemos una oreja interceptada en el punto álgido de una explosión y la clavaban en la puerta de una isba o de una iglesia. Con cada martillazo veía saltar de la punta del clavo chispas del tamaño de un trapo…

Estiré la cabeza hacia él. El Dandi miró a un lado, parecía estar perdiendo otra vez el hilo de la historia.

—Un día, mientras estábamos en la choza de unos soldados, un hombre entró echando la puerta abajo de una patada. «¡Tenéis que seguirme!», dijo sin mirarnos. En el centro de la choza, un grupo de soldados había prendido fuego por diversión a un fragmento de pierna ortopédica. Lo estaban haciendo girar en el aire, para que ardiese mejor. Salimos de la choza. «¿Dónde tenemos que ir?», preguntó el profesor. «¡A Moscú!», respondió el hombre. «¿A Moscú? Pero eso son miles de verstas, ¡está lejísimos!», intentó objetar el profesor. El hombre apretó con fuerza los dientes y cerró los ojos. Se veía que tenía las pestañas mojadas, que estaba llorando. No dijo nada más en todo el viaje. Miraba por la ventanilla, se acurrucaba en el banco de madera y cerraba los ojos de golpe, como si estuviera durmiendo. Volvía a anochecer. El convoy pasaba días enteros parado en las llanuras. En lo alto de la locomotora se distinguían, a contraluz, las siluetas de varios fusileros soñolientos. Pasaba por las estaciones sin detenerse. Yo daba cabezadas, y entre la vigilia y el sueño veía al profesor levantarse por enésima vez para ir a comprobar la caja del material, en el último vagón. «Pero ¿qué vamos a hacer en Moscú?», preguntaba cada cierto tiempo, intrigado. El hombre fruncía el ceño, se giraba para que no viésemos que estaba llorando. Varias personas subieron al tren a hablar con él durante el viaje. Al cabo de un rato, la locomotora resoplaba de nuevo. Me asomaba por la ventanilla y luego me giraba con ojos estupefactos hacia el hombre, porque me daba la sensación de que las vías terminaban de golpe, unos metros por delante de la locomotora. Al hombre le hacía gracia mi estupor. Me asomaba otra vez y comprobaba, aliviado, que varias cuadrillas de obreros habían aparecido de repente a lo largo del balasto. Instalaban nuevos tramos de raíles y traviesas a tal velocidad que el tren ni siquiera tenía que aminorar la marcha…

»Hasta que Moscú apareció poco a poco, a lo lejos. «¡Ahí está, ya hemos llegado!», se animó el profesor. El hombre se volvió hacia él con los ojos entrecerrados; parecían faltarle las fuerzas incluso para hablar. «¡No, todavía no hemos llegado! Tenemos que seguir hasta Gorki…»

La habitación estaba oscura, me costaba distinguir la cabeza del Dandi en la almohada.

—Llegamos a una villa torreada, casi sepultada tras un pequeño bosque. La verja se abrió, cruzamos el parque… «Estamos en Villa Morózov», dijo el hombre casi con un suspiro mientras muchas personas acudían para coger la caja y el equipaje. La servidumbre nos vio pasar bajo el pórtico de la villa; una mujer que trabajaba en las cocinas susurró algo al oído de un soldado, que nos miraba. «¡Os llevo a ver la habitación en la que os hospedaréis!», dijo el hombre conduciéndonos escalinata arriba. «¡Aquí es, es esta!», indicó, abriendo una monumental puerta de dos hojas. Entramos con los ojos muy abiertos en la enorme habitación. Me acerqué a la ventana y descorrí las cortinas con ricos bordados. ¡Se veían buena parte del parque, el espejo sereno del pequeño lago y, algo más lejos, las copas de los árboles!

—Ah… Allí también había un parque, ¡y una villa! —no pude evitar exclamar, apartando la espalda de la butaca por la emoción.

—El hombre se quedó unos segundos mirándonos, a la espera. «¡Venid!», nos ordenó de repente. «¡Os llevo a verlo!» Lo seguimos por una serie de largos pasillos. Una joven camarerita dejó por un instante de limpiar el polvo de una cornisa y nos saludó con una leve reverencia. Nos sonrió, mostrando sus encías infantiles, cuando nos cruzamos con ella.

—Y también había una chica…

—Se quedó mirándome, porque ya entonces procuraba vestir con elegancia, aunque siempre estábamos de viaje, cubiertos de polvo. Cuando pasábamos por villas abandonadas o destruidas a cañonazos, con los armarios llenos de ropa a reventar, elegía una camisa de cuello alto, con las puntas unidas por un broche, y me peinaba el pelo largo y un poco perfumado… «¡Ahí está, es él!», dijo nuestro guía abriendo la puerta. Había un hombrecillo acurrucado en una silla de ruedas, en el extremo opuesto de una sala enorme. «¿Quién es ese hombrecillo?», preguntó el profesor. El otro entrecerró un poco los ojos, intentó tragar saliva. «¡Es Vladímir Ilich Uliánov!»

Me agité en la butaca, estiré la cabeza aún más para acercarla a la cama.

—¿Estás seguro? ¿El mismísimo Lenin?

—Salimos al pasillo. El profesor era incapaz de hablar; mover los brazos le costaba lo que no está escrito. «¿Qué tenemos que hacer?», balbuceó. Al hombre le temblaba la voz, frunció el ceño. «¡Voy a llevaros a ver a Benno!», dijo, casi echando a correr por el pasillo. La escalinata era amplia, exagerada, y había que caminar mucho antes de llegar al final de cada peldaño...

»Se abrió una puerta de dos hojas. Había un hombre de espaldas, mirando por la ventana, al otro lado de la sala. Estaba alisándose con delicadeza la camisa en las caderas, en la barriga, con los pantalones bajados hasta las rodillas, enrollados. Volvió la cabeza para mirarnos, se abrochó con calma los botones, el cinturón. Nos invitó a sentarnos y se quedó observándonos durante unos largos segundos. «¿Qué tenemos que hacer?», balbuceó el profesor. «¡Vuestro trabajo!», respondió Benno con una carcajada. Se giró otra vez hacia la ventana. «Me dicen que ya habéis pasado a verlo», continuó al rato, sin volverse siquiera. «Hace poco le dio otro ataque...» Se interrumpió un instante. «Sé muy bien lo importante que es para vosotros intervenir en el momento exacto... O aún mejor, justo antes, según me dicen... Por eso tenéis que observarlo atentamente. Así pues, he mandado que os construyan un habitáculo secreto dentro de la chimenea que hay en su habitación. He pedido que le hagan una pequeña portezuela para mirar...» Se levantó de la silla y empezó a caminar. «¡No podéis perderlo de vista ni un segundo! Y cuando os parezca que se dan todas las condiciones, y consideréis que podéis prever las que aún no se vean a simple vista, o las que no puedan comprobarse porque nadie ha tenido aún la audacia de preverlas, entonces pasáis a la acción sin titubeos, ¡os anticipáis! Leninísticamente hablando, como se suele decir...» Se había girado de golpe para mirarnos, con una sonrisa.

—Pero ¿quién es ese tal Benno? —pregunté con la cabeza estirada.

Oí al Dandi darse la vuelta en la cama, respirar.

—Él era el que lo dirigía todo, en realidad.

—¿También a Lenin?

—¡Por supuesto! ¿No lo dicen los libros?

Ahora tenía la cabeza ladeada, de soslayo, o eso me parecía. No se entendía bien lo que decía porque la mujer le había quitado la dentadura antes de salir de casa; se la había arrancado de la boca prácticamente, alargando una mano invasiva hacia su cara.

Me acerqué arrastrando la butaca, porque su boca había quedado muy lejos de mis oídos.

—Nos enseñaron el habitáculo. Se entraba por otra sala, a través de una puertecita con la misma tapicería que la pared. Apenas se veía la línea que cortaba el dibujo, tenías que fijarte muy bien… Dentro solo se podía estar de pie, hombro con hombro: teníamos que acercar las cabezas, casi pegarlas, para mirar a la vez por la portezuela. Abríamos la pequeña hoja de madera, pero solo podía hacerse desde dentro, para que la portezuela no se notase en la pared ennegrecida de la chimenea de la sala… Los dos echábamos hacia atrás la cabeza al abrirla, pero la notábamos rozarnos la cara de todos modos. Ignoro si alguien, fijándose con atención, podría ver la blancura de nuestras caras desde el fondo de la sala, emparejadas en el hueco de la portezuela; ignoro si aún se podían distinguir cuando la chimenea estaba encendida y el fuego pasaba a poca distancia de nuestras facciones, haciéndolas resplandecer de cuando en cuando…

—Y había fuego también… —intervine.

—«¿Qué está haciendo ahora?», susurraba yo. «Esos movimientos juguetones con los ojos y con la cabeza que tanto le gustan…», respondía con un hilo de voz el profesor. La camarerita entraba con un cuenco y empezaba a darle pacientemente de comer. A veces me la cruzaba por los pasillos, o la sorprendía mientras descansaba un segundo en un sillón taraceado, con el trapo en la mano. Me sonreía mostrando sus encías infantiles y yo me quedaba plantado mirándola. Le respondía con una leve reverencia y mi vergüenza le arrancaba una sonrisa alegre. Por aquel entonces era muy tímido, te lo habrás imaginado; aún no sabía manejarme con las mujeres… La veía pasear junto al espejo del lago, en las horas de reposo a media tarde, cuando el profesor me dejaba un rato libre para caminar por la villa y estirar las piernas. La observaba desde la enorme ventana de una de las salas y bajaba a toda prisa la escalinata, por esos peldaños infinitamente más anchos que el resto, exagerados. Cuando por fin llegaba al parque, a ella ya le había dado tiempo a volver a la villa por las cocinas, porque poco después la veía otra vez a través de la portezuela, mientras entraba casi riendo en la sala y se acercaba con el cuenco de sopa a la silla de ruedas que estaba inmóvil en el rincón opuesto. La veía perfectamente reflejada en el suelo, encerado hasta tal punto que brillaba como un espejo. Lenin daba una palmadita en una de las ruedas de su silla, siempre le hacía muchas fiestas cuando llegaba. Movía su boquita desdentada, murmuraba cuando la camarerita empezaba a darle de comer con toda la paciencia del mundo. Cuando se terminaba la sopa, le hacía una caricia en su pequeña cabeza con la única manita temblorosa que aún movía. «¿Cree usted que ha llegado la hora?», le preguntaba yo con un hilo de voz al profesor. Lo veía hacer muecas con la boca, fruncía el ceño. «Aún no puede decirse...», susurraba unos segundos después. «No sabría decir si nos está ofreciendo todos los datos que nos permitan prever... Quizá, en este caso, convendría aplazar toda nuestra capacidad de previsión... y esperar acontecimientos que vuelvan a aplazarla, hasta culminar...» Yo cerraba los ojos en el habitáculo secreto, apoyaba el cogote en la pared. Oía los pasos de la camarerita salir lentamente de la enorme sala. Me pegaba a la portezuela y me quedaba un rato mirando la cabecita de Lenin. Él también parecía mirarnos, pues estaba girado de refilón hacia la chimenea. No quedaba claro si miraba o dormitaba. De cuando en cuando movía la boca, el corte de los labios. «¿Qué estará haciendo?», le preguntaba al profesor. Notaba su cabeza pensativa, casi pegada a la mía. «Está echando un eructito, digiriendo...»

»Subían la escalinata visitantes con las botas embarradas. Los volvía a ver por la portezuela, mucho tiempo después, cuando abrían la puerta de la sala y se quedaban mirando a Lenin desde lejos. «¡Ese es Iósif Vissariónovich Dzhugashvili!», me susurraba al oído el profesor. «¡Ese es Feliks Dzerzhinski!» Pasaban unos días en la villa. Llegaban nuevos invitados de muy lejos. Los oía hablar entre ellos por los balcones, a última hora de la tarde. Salían juntos al parque. Los sorprendía mientras paseaban del brazo a orillas del lago, en parejas. Miraba hacia los ventanales de la villa y me daba tiempo a ver que alguien escondía la cabeza apresuradamente detrás de las cortinas. Nadezhda Krúpskaya deambulaba por el edificio con esos ojillos suyos que estaban siempre algo desorbitados. Pasaban los días. Luego todo volvía a la normalidad. Abríamos la portezuela de madera y, si la chimenea llevaba demasiado tiempo encendida, notaba que la cabeza del profesor se pegaba bruscamente a la mía, ardiendo. La camarerita apoyaba el cuenco de sopa y se acercaba a echar otro tronco a las llamas; me parecía imposible que no viera nuestras caras emparejadas a escasa distancia, a través de la portezuela. Volvía con Lenin, sonriendo, con el cuenco en la mano. La veía ir y venir. Caminaba hacia la silla de ruedas como envuelta en una luz que se desplegaba. Los dos sonreían. Yo oía que Lenin ya había comenzado a mascullar. No perdía esa sonrisilla ni un segundo, ni siquiera cuando la camarera empezaba a darle de comer: su boquita se deformaba un poco alrededor de la cuchara, un hilillo de sopa le goteaba por la perilla, en la ropa, y ella tenía que secarlo de vez en cuando con la servilleta. Yo salía del habitáculo y bajaba la escalinata a toda velocidad —había que correr un buen trecho antes de ver el final de cada peldaño— hasta salir al fin al aire libre, a la amplitud del parque. Se oía el bramido de algún vehículo que abandonaba la villa, de alguno que llegaba. Atisbaba a Dzerzhinski sentado a orillas del lago. Su perilla se recortaba sobre el reflejo del agua; parecía hecha de cristal, bordada. Volvía al habitáculo secreto, relevaba al profesor. La puerta de la sala se abría y la camarerita se acercaba con una sonrisa a la silla de ruedas; sus encías se liberaban completamente de los labios. Lenin balanceaba un poco la cabecita, sonreía. «¿Cómo te llamas, camarada camarerita?», oí que le preguntaba un día con aquella vocecilla suya.

»Ella seguía sonriendo, yendo de un lado a otro de la sala en penumbra. «¡Soy Anastasia Nikoláyevna Románova!»

—¡Está delirando! —oí gritar a la mujer.

Tenía la palma de la mano abierta en la frente del Dandi.

Se quitó los zapatos y el pañuelo, que crujió al despegarse; casi tuvo que arrancárselo del pelo recién rizado, ardiente.

—¡Entonces es cierto que salió viva de aquel sótano! ¡Se salvó! —dije con la cabeza muy estirada, cuando en la habitación volvió a reinar el silencio.

El Dandi debía de haberse quedado traspuesto. Sin embargo, al cabo de un instante me pareció que era su voz la que me despertaba a mí de repente.

—¿Estabas durmiendo?

—No, me parece que no… —murmuré, frotándome los ojos.

Ahora tenía la cabeza girada hacia un lado; las sábanas estaban llenas de pliegues, completamente fracturadas.

—Me habré agitado en sueños… —murmuró.

La habitación daba sacudidas, aquello era extenuante.

—¡Apaga la luz! —dijo sin mirarme siquiera—. Molesta a los ojos.

Ya no se veía su cabeza, ni se intuía si había aceptado volver a su lugar habitual, apoyada en el centro de la almohada.

—Mirando única y exclusivamente por aquella portezuela, la situación no quedaba muy clara —volvió a murmurar, al cabo de un rato—. Pero esa misma noche Benno nos mandó llamar otra vez. «Ha sufrido un nuevo ataque, como sabéis…», dijo sin mirarnos. «Ha perdido el uso de la palabra. ¡Estad atentos!» Y se volvió hacia el gran ventanal que daba al parque. La escalinata estaba abarrotada de gente que subía y bajaba. Volvimos al habitáculo secreto. La sala estaba desierta, en la chimenea las llamas habían crecido mucho y apenas se adivinaba la cabecita inmóvil y silenciosa de Lenin. Parecía deslizarse por su cuenta, al otro lado del fuego. «¡Me parece que ha movido la boca! Creo que ha hecho uno de sus movimientos juguetones con los ojos, con las mejillas…», le susurré al profesor. «No queda claro, quizá sea un efecto del fuego…» Seguíamos con la mirada clavada en su cabecita, que se movía autónomamente por la sala, y se diría que también Lenin miraba, muy sereno, hacia la portezuela. Pero al cabo de un instante la silueta de su cabeza parecía derretirse de pronto, y ya no quedaba claro si nos estaba mirando, si estaba mirando algo, si miraba. «A saber si ve algo», oí susurrar al profesor. «A saber lo que está pensando.» En toda la sala reinaba un perfecto silencio, a pesar de que la villa estaba repleta de visitas expectantes, de mensajeras listas para ponerse en marcha en grandes coches abombados, que esperaban con el motor arrancado en el parque. «¡Quizá haya llegado el momento de actuar!», murmuré. «¡Puede que incluso hayamos esperado un poquito más de la cuenta!» El profesor fruncía el ceño, lo veía entrecerrar los ojos en el habitáculo abrasador. «Aún no estoy convencido, no me queda claro…»

»Miramos a la puerta, pues Anastasia estaba entrando en la sala. Sonreía mostrando ligeramente los dientes y no quedaba claro si Lenin le devolvía la sonrisa o si era ese velo de fuego lo que hacía que sus labios se movieran por su cuenta. Solo se oía un frufrú de ropa, de sonrisas. La mancha que era la silla de ruedas también se desplazaba a su aire. «¿Lo está paseando por la sala?», pregunté con un hilo de voz. El profesor seguía con los ojos entrecerrados en el hueco de la portezuela, fruncía el ceño. «Al menos lo parece...» También la silueta de Anastasia estaba empezando a estallar poco a poco. «¿Dónde se ha metido?», pregunté, porque ya no la veía en las zonas en que, por lo general, se dejan ver las personas. Me faltaba el aire, el pelo de mi cabeza se movía por sí solo, ardiente. Noté los huesos del profesor deslizándose sobre los huesos de mi cara, señal de que se disponía hablar. «¿Qué está pasando?», dijo con un hilo de voz. «¿Qué ven mis ojos...?»

»Las salas rebosaban papillas de luz, la escalinata estaba abarrotada de uniformes y de botas. Se saludaban desde lejos, cuando coincidían en el mismo peldaño. Volvía al habitáculo secreto. «¿Dónde se ha metido la silla de ruedas? ¿Dónde han ido a parar los piececitos de esa joven, de Anastasia?», preguntaba, pues ya no los veía sobre la superficie que normalmente pisan las personas. Distinguía a duras penas la cabecita muy estirada de Lenin, dándome el cogote. «Mira lo que te he preparado», le susurraba Anastasia. «Ven a comer...» La chica se levantaba el uniforme, agarraba con las dos manos ese meloncito calvo y se lo llevaba de pronto contra el vientre... «¡Esta parte no me la esperaba para nada!», oía murmurar de cuando en cuando al profesor. Yo apoyaba el cogote ardiendo en la pared del habitáculo. «¿A qué esperamos para actuar?», lo apremiaba. El profesor fruncía el ceño. «¿Quién puede asegurarnos, en rigor, que con esta actividad francamente extraordinaria de su lengua no está protagonizando uno de esos momentos suyos tan furiosamente desalineados, tan adelantados a su época?» Lenin se quedaba con la perilla girada hacia un lado, muy pegajosa, cuando Anastasia por fin daba un paso atrás y se separaba. Salía con el cuenco de la sala. Podríamos decir que el tiempo pasaba... Hasta que la puerta se abría otra vez. A veces también entraba Benno cuando Lenin estaba solo en su silla de ruedas. Lo miraba con la cabeza ladeada. Antes de salir le limpiaba con una servilleta de encaje la perilla, si veía que aún estaba un poco caramelizada. La puerta se abría de nuevo y aparecía Anastasia, que se acercaba a pasitos cortos a la mancha medio derretida de la silla de ruedas, con el uniforme ya completamente reventado. Lo llevaba levantado con unas manos que parecían pincitas rosadas, y casi rozaba con ellas el techo abovedado de la habitación. La chica llegaba a la silla de ruedas y, por un instante, me daba incluso la sensación de que quería pasar por encima: hasta tal punto levantaba hacia un lado una sola pierna, como para saltarlo. Veía sus encías infantiles retraerse de golpe hasta casi estallar contra el techo. «Puedes salir si quieres», oía que me susurraba el profesor. «Puedes ir un rato a tomar el aire al parque.»

»La villa bullía de actividad, veía visitantes ir y venir por la franja de la escalinata, pasear y cruzarse en pequeños grupos en un mismo peldaño, como quien camina por un paseo marítimo. Al atardecer, las terrazas y los balcones se encendían y los invitados charlaban paseando por ellos de un lado a otro, en la primera planta. El cielo estaba repleto de estrellas; los veía detenerse de vez en cuando y quedarse un buen rato contemplando toda aquella cristalería. «¡Qué sinfín de estrellas!», oía susurrar a Dzerzhinski, hablando para sus adentros, cuando me cruzaba con él. Me agarraba del brazo unos segundos, sin dejar de caminar de un lado a otro de la terraza. Veía su perilla recortarse contra las luces del espacio cuando inclinaba hacia atrás la cabeza para mirarlas. Se la atusaba con sus dedos finos, la oía hacerse añicos, tintinear. Atisbaba la luz intermitente de la pipa que Dzhugashvili estaba fumando a solas a orillas del lago, en el parque. Cuando pasaba por su lado, lo veía tirar piedrecitas al agua, lo oía lanzar un suspiro ocasional. Deambulaba un rato por las cocinas, por los pasillos, y a veces me parecía distinguir la silueta de Anastasia al fondo de una hilera de salas paralelas, subida a un taburete, con el pelo suelto, de perfil. Me sonreía de pronto, desde lejos, y llegaba hasta mí el color rosado de sus encías, como si de repente el viento hubiera abierto de par en par una hilera de puertas. Ella se afanaba en limpiar con tesón un armario, o una cornisa, cuando alguien se detenía a observarla desde lejos, distraído. Yo seguía deambulando un ratito más; alguna sala se apagaba de pronto y otra se encendía en ese mismo momento. Se oía en el parque el bramido de un coche abombado, que llegaba de la capital con un despacho urgente. Una mensajera bajaba a toda prisa y subía la escalinata a la carrera. Me daba tiempo a volver al habitáculo secreto, y a salir de nuevo a la mañana siguiente, con la cara ardiendo. Me asomaba a la majestuosa balaustrada, en lo alto de la escalinata, y veía que la apresurada mensajera, que agitaba la mano en la que llevaba el despacho, aún no había llegado ni a la mitad.

—¡Y también había allí una escalera! —exclamé, abalanzándome hacia delante.

—Alguien abría de repente la puerta de la habitación y se quedaba un rato mirando basedówicamente a Lenin y a la camarerita... —siguió mascullando el Dandi al instante—. Nadie hablaba, solo se oía ese ruidito de la lengua que iba y venía, toda perdida de baba, trabada. «A lo mejor quiere comunicarnos algo de esa manera...», oía murmurar a alguien, asomado a la puerta lejana de la sala, o mucho más tarde, mientras charlaban dando un paseo por las terrazas. «En efecto, en efecto...», susurraba de repente al profesor. «Me parece que está intentando inventar un auténtico lenguaje alternativo, con el único medio del que aún dispone... Si probásemos a contar las pasadas de la lengua, las series de pasadas, el sistema en que vuelven a repetirse de una forma cada vez distinta, cada vez idéntica... Basándonos en eso, podríamos empezar a plasmar por escrito códigos y tablas; embarcarnos en la aventura de la interpretación, de la significación...» El profesor aguzaba el oído unos segundos; solo oíamos el chapoteo de la lengua, que seguía a lo suyo, pegajosa. Yo salía corriendo del habitáculo secreto e irrumpía en una de las enormes terrazas, iluminadas si era de noche. «¡Cálmese, cálmese, jovencito!», susurraba Aleksandra Kolontái de repente, acariciándome el pelo por detrás. «Beba un vasito de agua conmigo, séquese los ojos...»

»El profesor, arrugando la frente, porfiaba: «Ahí está, ¿lo oyes? En esos lengüetazos averiados, inesperados, se percibe un ritmo. Está trabajando con denuedo con la esencia mínima de la propia comunicación, del lenguaje; ha quedado en condiciones de poder trabajar solo con eso. No cabe duda de que está haciendo algo grande, ¿no te parece?». Un tizón se soltaba del armazón ardiente de las brasas y al caer levantaba de repente una oleada de chispas que se adherían a mis pestañas, sin excepción. «¿Y ahora qué hacen?», preguntaba yo una vez más, intrigado. El uniforme de Anastasia estallaba de nuevo mientras la joven se desplegaba de pronto, con un pie encima de un armario altísimo y el otro en el suelo. La línea de su pierna seccionaba en diagonal buena parte de la sala. La veía contraerse eléctricamente unos segundos. Subía el otro pie a otro armario, situado justo enfrente, en el extremo opuesto de la amplia sala, y extendía los brazos para acercarse ese meloncito, para pegárselo aún más al punto de irradiación de sus piernas; lo colocaba en la posición exacta, mientras se balanceaba en los armarios. Yo lo veía a través de las llamas, deformado. No quedaba claro si lo que salía de repente de entre los finos labios de Lenin aún podía llamarse lengua. La silueta de Anastasia se dislocaba, se descolgaba del techo abovedado. Se sentaba en el aire, descoyuntada, justo delante de esa esquirla de lengua. Las líneas de sus piernas cambiaban eléctricamente de dirección, seccionando toda la bóveda de la sala. También la estación cambiaba; el parque se había cubierto de nieve de repente. Yo caminaba por el interior de sus murallas, después de tardar días en bajar corriendo la escalinata. Parpadeaba varias veces al salir por la cristalera, pues también el pequeño lago estaba congelado. Veía mi aliento expandirse y elevarse durante mis paseos. Del bosque cercano llegaba el crujido de las copas de los árboles, que se desquiciaban y se desplomaban bajo el peso de la nieve. "¡Ya es invierno!", me percataba de repente. "Pero, entonces, ¿cuánto tiempo llevamos en Gorki, en esta villa?"

»Los bordes de la portezuela estaban completamente quemados, como mordisqueados, y veía las llamas rozarla antes de ascender, descontroladas, por la campana de la chimenea. "¿Dónde se habrán metido ahora?", me decía. La chica lo llevaba de un lado a otro de la sala en su silla de ruedas, como una bala, resbalando por el suelo encerado como un espejo. Lo lanzaba de un extremo a otro, y le daba tiempo a llegar corriendo antes que él, apoyar un piececito en la cornisa ovalada de un cuadro y el otro en el suelo, y ver esa cabecita estirada acudir a su encuentro, con la boquita desdentada y muy abierta. Su perilla siempre se quedaba alborotada, pegajosa. Cuando toda su cara giraba como un pivote sobre su barbilla, se abría en ella una especie de rosa de pelo, muy enroscada, como si fuese a toda velocidad con el viento en contra. La chica empujaba la silla de ruedas hasta uno de los ventanales, por los que entraba esa luz tan estrellada, esa crema de cristal. Se sentaba al lado de la silla de ruedas y apoyaba su delicada cabeza en el hombro de él. La luz bañaba la perilla glaseada, ladeada.

»De repente oíamos tocar a la puerta cuando Benno nos mandaba llamar. Salíamos del habitáculo secreto con la cabeza sudada, pasábamos por salas donde corría el aire. «¿Qué está pasando? ¡Estamos todos esperando!», exclamaba Benno sin volverse siquiera, con los pantalones por las rodillas. Se quedaba un rato en absoluto silencio. Viéndolo de espaldas, parecía que su mano estaba haciendo algo más que alisarse con delicadeza la ropa. Al final se recolocaba con mimo los genitales antes de abrocharse los pantalones y darse la vuelta. «Este un caso distinto a todos los demás», empezaba a disculparse el profesor, «nos elude continuamente, no hay forma de saber adónde quiere conducirnos a todos...» Me parecía ver sonreír a Benno echando la cabeza hacia atrás, con la excusa de llevarse a los labios un cigarrillo con una larga boquilla de cartón. Ardía con cada calada, como si dentro del papel ya no quedase tabaco. «Bueno, siempre podríais tratarlo junto con esa camarerita, ¡crear un único grupo escultórico con ellos!», sugería entre risas, con el cigarrillo encendido en los labios. El profesor parecía confuso, balbuceaba. «Tendríamos que salir a toda prisa del habitáculo, cruzar la antecámara a toda velocidad, irrumpir jeringuilla en mano en la sala, confiando en que él no retirase esa esquirla de lengua en el momento exacto...» Benno hacía otra sugerencia sin dignarse mirarnos: «¡Podríais metalizarlos!». El profesor fruncía el ceño, se frotaba los ojos. «¿Y cómo sacamos luego todo el grupo escultórico de la sala?», seguía reflexionando en voz baja, al cabo de un rato. «Si esa... camarerita... sigue con las piernas tan levantadas. Habrá que tirar todas las puertas, todos los tabiques, y construir maquinaria para bajarlos por la escalinata de peldaños amplísimos, volar con dinamita las verjas, las cristaleras...»

»Veía al profesor mirar fijamente la esquirla de lengua a través de la portezuela. También el meloncito de Lenin parecía fijarse en la chimenea. «A saber si nos está viendo», oía murmurar de vez en cuando al profesor. «Si entiende algo...» Me parecía incluso que su lengua se ralentizase un instante cuando miraba a la chimenea ennegrecida y al huequecito aún más oscuro de la portezuela. Aceleraba otra vez y yo veía las encías infantiles de la chica estallar hasta casi chocar con el techo abovedado. «Ahora, ¡es el momento!», apremiaba de repente al profesor. «Puedo salir ya mismo del habitáculo, cruzar a toda prisa, con paso sigiloso, las salas donde corre el aire, acercarme de puntillas por su espalda, bloquear con una inyección de sublimado su lengüecilla…» El profesor aguzaba el oído, no parecía prestar atención a lo que le estaba diciendo. «No lo entiendo —murmuraba—, no me había pasado nunca…» Yo me movía por la villa, y me era imposible encontrar la puerta del habitáculo cuando los desplazamientos de la multitud me arrastraban a una zona alejada, desconocida. «Pero ¿cómo ha acabado aquí?», me preguntaba con ternura un viejo camarero que caminaba apoyando la parte exterior del pie, mientras me acompañaba, bostezando con los ojos muy abiertos, a través de aquella ala nunca vista de la villa. La multitud aumentaba, los inmensos uniformes levantaban ráfagas de viento. Me cruzaba con gente que iba de acá para allá por los pasillos, fumando; veía las líneas de fuga de las salas repletas de luz, sin puertas. Hasta que, mientras levantaba un poco los pies para sortear a un oficial despatarrado y con la boca abierta, medio dormido en una silla taraceada, reconocí por fin una mesa ovalada y un espejo de cuerpo entero. Vi que por la escalinata subían caras de circunstancias, inflamadas, indeterminadas…

»Irrumpiendo por última vez en el habitáculo, le pregunté al profesor: «¿Qué ha pasado?». Me lo encontré con los ojos muy abiertos. Incluso encerrado ahí dentro podía percibir que en toda la villa había muchos uniformes inmóviles, radiados, moviéndose de una sala a otra. «Me he distraído un instante», murmuró. «Creía que había echado otro tronco a la chimenea…»

19

La muerte

—¡Déjelo tranquilo, no lo atormente más! —dijo la mujer casi gritando, irrumpiendo en la habitación.

Tenía el pelo recién rizado, todavía no se le había enfriado del todo. Y las puntas estaban de un color distinto, incandescente.

«Habrá estado en la peluquería —me dije—, debajo de ese sombrero oriental, debajo del casco…»

La habitación resaltaba. Yo no dejaba de jugar con un botón de mi bata, que colgaba de un hilo solitario. Debía de tener los ojos muy abiertos, en blanco.

Luego la luz se apagó. De la otra habitación solo llegaba el ruido de la enceradora, que iba y venía con su cabeza repleta de círculos radiados, iluminados.

—Pero ¿ella quién es? —le pregunté al Dandi—. ¿Es tu mujer? ¿Es tu hija?

—¿Es que aún no te has dado cuenta? ¡Es mi madre!

* * *

—En la villa reinaba el silencio, la puerta de la habitación estaba abarrotada de trajes, abierta de par en par, y el suelo completamente caramelizado.

«¿Por qué hay sangre en el suelo?», pregunté.

«¡Benno les ha dado el tiro de gracia!»

Los bordes de la portezuela estaban mordisqueados, se veían lenguas de fuego rozarla desde el otro lado, a contrafuego.

«Han caído de cabeza», oír murmurar a mi lado al profesor. «No me ha quedado claro si los dos se han arrojado al fuego abrazados o si Anastasia ha lanzado a Lenin y acto seguido se ha arrojado ella también. Casi no se han estropeado: solo las manos y la cabeza, un poco los hombros…»

Luego la multitud se hizo a un lado. Lo único que se oían eran unos pasos cada vez más contundentes, cada vez más próximos.

«¿Qué pasa?», le pregunté al profesor.

«¡Está volviendo Benno!»

El hombre entró fumando en la habitación, que se abrió a su paso. Se detuvo y tocó con la punta de la bota un fragmento cocido de cabeza, que había caído al suelo, al lado de la chimenea, y que se balanceaba sobre su fondo convexo, emitiendo un ruidito como de lata que invadió la sala.

«¿Y ahora qué hace?»

«Se ha abalanzado sobre los cuerpos, está llorando.»

En efecto, las esquirlas de agua se hacían añicos contra el suelo, tintineando.

La sala seguía en silencio; solo veía las dos cabecitas chamuscadas, evisceradas, con una mejilla apoyada en el suelo, pegada en esa especie de chocolate.

«¡Dispondré que los entierren juntos en ese jardín incendiado de Krasnoyarsk!», dijo Benno casi gritando, volviéndose con la cara resquebrajada hacia los presentes en la sala.

—Pero ¿no lo expusieron en la Plaza Roja? —lo interrumpí, echando la cabeza hacia delante.

Apenas distinguía al Dandi, que hablaba casi sin mover la boca, apoyado en la almohada.

Sonrió, girando la cabeza hacia el otro lado.

—No, hombre… Ese era Misha, ¡el mozo de cuadra de la villa!

Se quedó unos segundos en silencio, hecho un ovillo, antes de seguir hablando:

—Lo preparamos a toda prisa. ¡Al mozo de cuadra, me refiero! Detrás de la puerta, los guardias esperaban en silencio el cadáver para transportarlo a Moscú. Además, ¡me han dicho que puede visitarse! Con todo el tiempo que tardaron en bajarlo por aquella escalinata interminable, se estropeó un poco antes de llegar abajo: ya había adoptado esa expresión de ratón furtivo, alucinado…

Salíamos de vez en cuando con las batas arremangadas para estirar las piernas y nos asomábamos a la majestuosa balaustrada de mármol: los guardias seguían bajando la escalinata con el cadáver de Misha a hombros. Volvíamos a la faena. La puerta se abría de golpe y aparecía Benno. Los cuerpos ya estaban tumbados en la mesa; les habíamos quitado ese chocolate de la cara, del pelo.

«¡Adelante! ¡Empezamos con él!», dijo el profesor con un suspiro.

Ya habíamos comenzado a inyectar el cloruro de mercurio, el alcohol… Veía a Benno caminar de un lado a otro de la sala, detenerse unos segundos delante de los cadáveres, exasperado.

«¡Quiero que cubráis lo que queda de sus caras con una capa de oro!», exclamó frunciendo el ceño, al rato. «Improvisad un pequeño horno para fundirlo al lado de las cuadras, en las cocinas; ¡mandad requisar todo el oro que haga falta de las salas!»

El profesor intentó objetar algo:

«¡Pero eso lleva ya varios milenios sin hacerse!», y se secó la frente sudada.

De vez en cuando se oían las brasas desmoronarse en la chimenea. Benno seguía yendo, viniendo. Se quedaba mirando el cadáver, palidecía. De pronto lo oía soltar una carcajada, mientras deambulaba por la sala con los ojos lagrimosos.

«¡Dos máscaras, insisto!», dijo, sobresaltándose, pasados unos minutos.

Hizo oscilar en la mesa los dos fragmentos cocidos de cabeza y lo oí soltar otra carcajada, sin dejar de fumar, mientras seguía caminando por la sala como si sus paredes se hubieran desplazado, rediseñado. El cigarrillo se consumía casi de golpe entre sus dedos.

«¿Puedo apagarlo aquí?», preguntó, haciendo amago de aplastar la colilla en lo que quedaba de la cara de Lenin.

«¡No me estropee la boca!»

El profesor logró detenerlo justo a tiempo. Vi a Benno inclinarse sobre el cuerpo recién eviscerado. Acercaba la colilla para aplastarla dentro, pero luego se frenaba con el ceño fruncido, palidecía. La villa estaba repleta de papillas de voces, se oían las botas de los guardias que seguían bajando el cadáver de Misha por la escalinata.

«¡No consigo colocarla bien!», se lamentó el profesor, manipulando la lengua, ya un poco taninoficada. «¡Está descontrolada, no deja de crecer en la boca!»

Desde una silla taraceada al fondo de la sala, Benno le sugirió:

«¡Arránquesela! Sustitúyala tranquilamente por una tira de cuero, por un fleco de aquella cortina, por un cubierto…».

Oía al profesor agitarse y suspirar mientras frotaba el cadáver antes de envolverlo en una fina tela, ya impregnada. Yo no miraba a Anastasia, solo veía de refilón la sombra de su mascarita chamuscada y el resto de su carne intacta bajo la lámpara de techo repleta de esquirlas de luz, encandilada…

«Entonces, ¿qué? ¿Qué ha decidido hacer con la lengua?», oí preguntar a Benno entre risas desde su silla.

Tenía las dos piernas colgando sobre uno de los brazos y las balanceaba, mirándonos. Toda la sala estaba descentrada, no se podía mirar, no se podía respirar.

El profesor cerró los ojos un instante, no respondió. En el resto de la villa se oía el ruido de trajes que giraban y se hacían añicos al chocar entre sí. "Estarán bailando en la escalinata", me dije, porque oía el silbido de las caras dando vueltas, muy desalineadas, muy arrugadas.

No miraba al profesor, a la persona a la que hasta ahora hemos llamado profesor. Solo veía la sombra de sus dedos a contrafuego.

Tensó un poco los labios, sin llegar a bostezar. Tenía las uñas completamente caramelizadas, parecían esmaltadas.

Se volvió hacia mí.

«¡Ahora empezamos con ella! ¡Coge el cuchillo!»

—Pero al final ¿qué hicisteis con la lengua? —no pude evitar preguntarle al Dandi.

—Ah… A las más delicadas les aplicábamos una llamita durante unos segundos. Lo limpiamos todo, incluido el interior de su boca, con fuego. Le arranqué la lengua antes de que se apagara, con dos dedos. La dejé caer, aún en llamas, entre las páginas de un libro que conservo desde entonces. Con el paso del tiempo, se secó ahí dentro, como una flor…

—¡Bueno, pues ya está! —oí gritar a la mujer—. ¡Ha entrado en coma!

Me pasé la mano por los ojos, porque había encendido de golpe la luz de la habitación.

—¿Ni siquiera se había dado cuenta? —preguntó sin mirarme.

—Me he quedado traspuesto… —murmuré.

—¡Tiene que haberse agitado en sueños! ¡Mire dónde ha ido a parar! —dijo, arrojando el bolso.

Había agarrado de un brazo el cuerpo rígido del Dandi para girarlo en la cama.

—¡Ayúdeme a darle la vuelta! —me ordenó, inquieta.

La veía hinchar las mejillas, con la cara colorada. Notaba sus huesos descarnados bajo la tela del pijama mientras levantábamos el cuerpo del Dandi agarrándolo por las axilas. Tenía la cabeza estirada, con la boca abierta como un embudo, apoyada en la almohada.

La mujer salía un instante de la habitación y volvía acto seguido, blandiendo el desodorante. Agitaba el botecito unos segundos y se oía el golpeteo de la esferita zarandeada en el agua comprimida, cargada. Lo rociaba con el brazo levantado, sin dejar de caminar por la habitación, dejando en el aire una estela de agüilla infecta, perfumada en exceso. Pasaba por mi lado y el chorro de desodorante se estrellaba en uno de los cristales de mis gafas, descolocando de golpe la montura.

—¡Quédese por aquí! ¡No desaparezca!

—Pero ¿eso por qué?

—¡Para vestirlo!

El aire estaba arañado. La mujer agitaba unos segundos más el botecito y seguía rociando la pequeña lámpara de techo, los espejos. La cabeza del Dandi taladraba la almohada, su boca había estallado por completo.

Me encendía un cigarrillo.

—¡Deje de fumar al lado de su cama! —ordenaba la mujer, agitada—. ¡No hay quien respire aquí!

La veía salir de la habitación, volver. Se inclinaba sobre la almohada y, unos segundos después, la oía suspirar.

—Mejor que seamos dos —decía sin mirarme—. Habrá que vestirlo en cuanto ocurra... ¡No podemos esperar!

Iba a la cocina, volvía.

—¡Esté atento a la respiración! —insistía—. ¡Avíseme de inmediato! Si no estoy en casa, tenga el teléfono siempre a mano: de lo contrario ya no podremos ponerle la dentadura... ¡Y habrá que partirle los dos brazos para vestirlo!

Llenaba un folio entero con números de teléfono.

—Este es el número del peluquero, este el de la lechera, el de la camisera, el de la botonera...

Oía la puerta cerrarse de un portazo, a lo lejos. Me encendía un cigarrillo y me pasaba una mano por el pelo. «¿Cuánto habrá crecido?», me preguntaba mientras lo notaba pasar entre mis dedos, pues tenía que echar la mano muy hacia atrás para encontrar el extremo de mi cabellera. La luz se elevaba otra vez, luego declinaba. La brasa del cigarrillo se avivaba un instante y en su resplandor adivinaba esos ojillos revueltos, relucientes.

—¡Ha vuelto a fumar! —protestaba la mujer al entrar, pasado mucho tiempo, en la habitación.

Me frotaba los ojos, comprobaba que al otro lado de la ventana había vuelto a anochecer.

—¡Venga a comer algo! —me decía—. Vamos a dejar la puerta abierta, para oírlo…

El aire se cargaba de nuevo, sofocante. Captaba en él una nota infinitamente dulzona, exagerada. Me volvía hacia el Dandi con los ojos muy abiertos y me parecía verlo sonreír con la boca reventada, descontrolada.

—Muy bien —decía la mujer cuando ya estábamos en la cocina—, solo hay que procurar no hacer ruido con los platos y los cubiertos, para que oigamos bien su estertorcito…

La puerta que separaba la cocina y la habitación estaba abierta. De vez en cuando me llevaba el pañuelo a la cara con la excusa de limpiarme los labios, de toser.

La mujer volvía la cabeza y se quedaba quieta unos segundos, aguzando el oído. Dejaba de masticar, para no tapar con el ruido de los dientes ese otro sonidito. Al final relajaba el ceño, sonreía.

—¿Lo oye? Respira…

Entraba corriendo en la habitación cuando parecía que el estertor iba a detenerse.

—¡Ha cerrado los ojos! —anunciaba al volver.

Yo cortaba un trocito amarillento de queso de vaca, intentaba tragármelo.

—¡Ha vuelto a abrirlos! —gritaba poco después desde la habitación.

Venía a cogerme del brazo, me arrastraba hasta allí para que los viese.

La oía mover en la cama el cuerpo rígido cuando yo ya había vuelto a la mesa para seguir comiendo.

—Venga, dese prisa, ¡se me ha caído! —gritaba al cabo de un instante.

Yo me daba prisa, con el trocito de queso en la boca, pues aún no me había resignado del todo. La veía manipular las piernas del Dandi, radiadas, saponificadas. Se estrellaban contra el armario, tiraban al suelo las estatuillas.

—¡Agárrelo de ese lado! —la oía gritar con la cara colorada.

Yo estiraba los brazos todo lo posible, intentaba sujetarle los talones antes de que chocaran contra la lámpara del techo.

Oía a la mujer pasar de puntillas a mi espalda mientras intentaba tragarme un bocado de pasta aglutinada, fría. Veía entre sus brazos la esfera de una enorme sábana apelotonada, completamente fracturada. «Le ha cambiado las sábanas», me decía. «Dentro lleva envuelta toda esa herrumbre grasienta, desencadenada...» Unos segundos después oía la esferita zarandeada del bote de desodorante. Un chorro me golpeaba el pelo de refilón y acababa empapando el tenedor lleno de pasta fría que me estaba llevando a la boca. Veía a la mujer pasar a la otra habitación. Rociaba con esa agüilla desenfrenada los pocos pelos del Dandi, sus zapatos; le rociaba el orificio completamente reventado de la boca, se inclinaba para olerlo. Volvía a la cocina y seguía sirviendo la comida con las manos apestosas, perfumadas en exceso.

—¡Este embutido sabe a desodorante! —protestaba yo.

Abría el frigorífico y veía el botecito de desodorante goteando al lado del cartón de leche, de la ensalada. A la mujer se le escapaba un chorrito en un huevo con la cáscara recién partida, o en el pan arañado, rallado. La oía dar la vuelta al cuerpo rígido en la habitación; arrancaba con sus propias manos ese chocolate estallado, destripado, y luego seguía batiendo el huevo para el rebozado.

—¡Tenga un filete empanado! —me ofrecía poco después—. ¡Acábese ese trocito de queso!

Cuando cogía mi vaso, lo notaba empapado de esa agüilla encolerizada, desfigurada.

—¿Cuánto tiempo ha pasado? —oía preguntar a la mujer—. ¿Cuántos días lleva en coma?

Yo negaba con la cabeza, iba a sentarme junto al lecho del Dandi. Veía su silueta rígida desde la puerta, antes incluso de entrar; escuchaba atentamente para comprobar si aún salía ese ruidito del orificio de su boca.

—¡Se le está metiendo la lengua en la garganta! —se alarmaba la mujer—. ¡Se la va a tragar!

Yo la notaba ir y venir alrededor de la cama, por el airecillo que me desgreñaba el pelo a su paso. Luego la casa volvía a quedarse en silencio de pronto. Oía las vueltas de llave con que la mujer cerraba la puerta desde fuera, sus pasos descentrados en las escaleras. Al final apagaba la luz. Me adormilaba.

Me despertaba de golpe y me quedaba unos segundos a la escucha, hasta que volvía a oír el estertorcito. Me tapaba a toda prisa la boca, toda la cara; mi pelo se electrizaba, iba a lo suyo. La habitación estaba oscura. «¿Qué hora será?», me preguntaba, saliendo rápidamente. La luz se encendía con recelo, pero, mal que le pesara, no podía evitar acudir cuando yo apoyaba la palma de la mano en el interruptor. De repente veía las líneas de las paredes, de los objetos. «¡Todavía no ha vuelto!», constataba. «Es muy tarde…» Pero, al cabo de un instante, oía la puerta abrirse de golpe; captaba ese ruidito que siempre hacen las puertas desprevenidas cuando vuelven a abrirlas después de mucho tiempo.

—¡Le preparo algo! —decía la mujer al sorprenderme inspeccionando el frigorífico bajo esa lucecita despellejada, deshuesada.

Luego entraba corriendo en la habitación y se inclinaba sobre la cama antes incluso de quitarse los guantes, de dejar el bolso. Movía la cabecita rígida, intentaba darle la vuelta al cuerpo sin mi ayuda, dentro de la cama. Me llamaba. Yo entraba corriendo en la habitación y conseguía agarrarlo del hueso de una pierna. Ella lo hacía girar sobre sí mismo y las figuritas decorativas de los muebles se precipitaban al suelo, se hacían añicos. Enseguida las quitaba con el recogedor. Yo me sentaba en la cocina y me llevaba a la boca un buñuelo de sobras de arroz, pero al instante la veía llegar agitada, con la cara colorada.

—¡Se lo estaba comiendo un mosquito! —exclamaba indignada, enseñándome los hilillos pegados y ensangrentados de las patas.

—¿Un mosquito en esta época del año? —respondía yo, sorprendido.

La mujer volvía a salir. Me sentaba al lado de la cama y, al cabo de un rato, mi pelo empezaba a ir a lo suyo. Me llevaba el pañuelo doblado a la boca.

—¿No podemos abrir la ventana? —le preguntaba casi gritando a la mujer cuando regresaba.

Veía que se alarmaba.

—¡Pueden colarse gatas! ¡Se le pueden enganchar a la cara y destrozársela!

Volvía a adormilarme. Me despertaba y abría los ojos de par en par. El estertorcito se detenía, se reanudaba. También oía dormir a la mujer al otro lado de su puerta.

«Está claro que es de noche», pensé en un momento dado, durante una de aquellas vigilias.

Reinaba un profundo silencio a mi alrededor, ya ni siquiera se oía llegar ese ruidito de la almohada.

Y, sin embargo, al cabo de un segundo la mujer apareció de repente en bata, desgreñada.

Me froté los ojos, porque había encendido la luz de la habitación de golpe.

—¡¿Pero es que no ve que está muerto?! —dijo sin mirarme.

Me levanté de la silla. La cabeza del Dandi estaba verde en la almohada. La mujer corría de un lado a otro con la cara aún pastosa, lánguida.

—¿Y ahora qué hacemos? —preguntó, alarmada.

La vi volver al cabo de unos segundos, levantando la mano en la que traía la dentadura.

—¡Al menos ayúdeme! —gritó, echando hacia atrás la cabeza.

La mujer le movía la mandíbula, intentaba incrustarle los dientes en el orificio ya rígido de la boca.

—¡Necesitamos un martillo! —gritó, negando con la cabeza, exasperada.

La habitación resaltaba. La cara del Dandi crujía y soltaba chispas en todas direcciones mientras la mujer la golpeaba repetidamente con el martillo. La oía patear el suelo, la oía gritar.

—¡Ya está, se ha abierto! —me anunció de pronto.

Me volví hacia ella. Estaba apoyada en la pared, me devolvió la mirada sonriendo.

—¿Qué está pasando? —pregunté con los ojos muy abiertos, porque los cristales temblaban un poco, y también la habitación. Casi no se podía respirar.

—¡Es un castillo de fuegos artificiales! ¡Esta noche hay fiesta en Bindra!

En efecto, se oían unas explosiones inesperadas, exacerbadas, que te obligaban a mantener los ojos desenfocados, que te hacían resplandecer.

—¿Una fiesta en esta época del año? —murmuré—. ¡Entonces ya es verano!

Casi no veía a la mujer, que le estaba dando la vuelta al cuerpo rígido del Dandi. Le arrancó el pijama, tuvo que cortárselo con unas tijeras y despegarlo, con un tirón, de ese jabón desenfrenado. Le rellenó el recto con gasa. Toda la casa temblaba, retumbaba. Solo se podía respirar con los ojos muy abiertos, para poder ver había que ver un poco más de la cuenta. La mujer se agitaba. El aire iba y venía entre explosiones; había que respirar con la boca tensa, hecha añicos.

—¡Ayúdeme a moverlo! —gritó la mujer dejando caer el martillo al suelo.

El cuerpo estaba completamente erguido y ella lo giraba en la habitación, rígido, estrellándolo contra puertas y paredes. La sombra de sus pantalones rotos a tijeretazos, que casi llegaban al suelo, aleteaba ante mis ojos.

—¡Vamos a intentar darle la vuelta! —la oí gritar.

—Pero ¿adónde quiere llevarlo?

—¡A la sala de estar!

Mientras agarraba el cuerpo por un hueso descarnado de la espalda y un tobillo, yo entreveía la cabeza rígida, que se movía casi pegada al techo de la habitación, hasta que se estrelló contra la cristalera y rebotó. De pronto vi la dentadura salir disparada de su boca, como si estuviera corriendo y riéndose al mismo tiempo, con el viento en contra.

—¡Vamos a dejarlo otra vez en la cama! ¡No cabe! —oí gritar a la mujer.

Fue corriendo a coger una bolsa completamente empapada, destripada. Los fuegos artificiales se habían vuelto aún más potentes, regulares.

—¡Baje al patio a tirarla al contenedor de basura, rápido! —dijo, haciendo el gesto de lanzarme la bolsa.

Yo la miraba con los ojos abiertos de par en par, pero no veía nada.

—¡Ayúdeme, ayúdeme! ¡Está goteando todo!

Hice un amago, como si me dispusiera a salir escopetado por la puerta de aquella habitación, de la casa.

—¿Han llamado al timbre? —preguntó, alarmada.

Negué dos o tres veces con la cabeza. Su cara se curvó hacia un lado, desenfocada, mientras ataba las dos asas arrugadas de la bolsa.

—¡Más rápido! ¡Dese prisa! —me gritó cuando enfilé la puerta para bajar volando las escaleras, en las que de pronto reinaba el silencio.

«¡Por fin ha acabado el dichoso castillo!», pensé, corriendo hasta la planta baja sin ver dónde pisaba.

A veces veía el canto de algún peldaño al volver la cabeza; oía espumar dentro de la bolsa esa mermelada enfurecida, emulsionada…

20

Ya no había carretera, ya no había nada que no fuese carretera

La puerta principal del edificio estaba abierta. Salí al patio blanco y nevado, silencioso.

Me quedé inmóvil.

«¡Entonces es invierno otra vez!»

Di unos pasos hacia el contenedor de basura. La nieve crujía con indiferencia bajo mis zapatos, emitiendo ese ruidito delicado, como descoyuntado.

Tiré la bolsa y volví a detenerme.

«¡Sigue ahí!», me dije con infinito estupor.

Reconocí la silueta del cochecito, casi completamente cubierto de nieve, al otro lado del patio.

Me acerqué a él, despegué la costra de nieve del techo, despejé los limpiaparabrisas.

«¡Arranca! ¡Se enciende!»

El motor empezaba a girar y el asiento vibraba, despertaba. Veía las nubes de vaho condensarse, ondear.

«¡Eso es, se mueve!»

El volante estaba completamente congelado y el cochecito salió derrapando; oí las ruedas encajarse en los surcos de nieve endurecida.

La carretera estaba vacía y las farolas forradas, encapuchadas. También las plazas se veían desiertas, parecían aradas.

«¡Ahí está la sede!»

Frené poco a poco y bajé a toda prisa del coche.

«¿Cuánto tiempo llevan sin barrer esta acera?», me dije buscando el timbre.

Lo pulsé conteniendo el aliento y la película helada que lo recubría se hizo añicos.

Agucé el oído. En el interior de la sede no se oía nada. Sin embargo, un sonido infinitamente tenue me hizo levantar la cabeza hacia el balconcito del último piso al cabo de un rato.

El cielo estaba blanco, se expandía. En la farola, la capucha de nieve se disgregaba.

Daba pisotones en la acera para entrar en calor mientras esperaba. Hasta que al otro lado del portón se oyó la caja deslizarse.

—¡Cuánto has tardado en abrir! —le dije al número dos irrumpiendo en el vestíbulo.

Él me miraba con los ojos muy abiertos, adormilados. Las baldosas vibraron ligeramente bajo mis zapatos mientras subía corriendo al último piso. Oía a mi espalda los pasos del número dos, que iba más lento, tambaleándose.

En el último tramo de escaleras, los peldaños de madera retumbaron a mi paso.

La cristalera estaba helada de arriba abajo, recordaba a un bordado.

Encendí la luz de la cocina y me di la vuelta. El número dos estaba murmurando algo, me miraba.

—¡Habla más alto, que no te entiendo!

Él no dejaba de negar con la cabeza gacha.

—El intermediario viene día sí, día también… Se pasa muchísimo tiempo tocando el timbre…

—¡Nos vamos de aquí! ¡Nos largamos! —respondí casi gritando.

Se quedó callado con los ojos muy abiertos.

Fui a toda prisa a la habitación, abrí la maleta y empecé a echar cosas dentro, a lo loco.

—¿Qué haces ahí plantado en la puerta? —le grité al número dos—. ¡Prepara tus cosas tú también! ¡Vamos a darnos prisa!

Se estaba mirando en un trozo de espejo, se tocaba con las yemas de los dedos las mejillas y las comisuras de los ojos.

—A saber por qué estoy siempre tan pálido… —reflexionaba.

—¡Pues porque nunca sales!

Lo vi apartar el hombro de la jamba y perderse en uno de los pisos de abajo sin mediar palabra.

—¿Entonces estás preparado? —le pregunté cuando lo vi aparecer otra vez.

Lo oí pararse lentamente, a mi espalda.

Me di la vuelta.

Tenía los ojos muy abiertos, se notaba que le costaba abrir la boca para hablar.

—Quizá sea mejor que me quede… —murmuró—. ¡Si mandan a otro dirigente necesitará a un número dos!

Me volví con cara de sorpresa y eché a correr escaleras abajo *ipso facto,* hacia el vestíbulo, hacia el portón con la caja apartada, aún abierto.

Arrojé la maleta al coche y agarré el volante helado. El parabrisas estaba un poco empañado por el vaho. Lo limpié con un trapo y arranqué. Las ruedas empezaron a derrapar sobre la nieve congelada mientras maniobraba, y me pareció atisbar la palidez de la mano del número dos despidiéndose de mí desde el balconcito.

Las calles estaban desiertas y las aceras muy arañadas por el filo de las palas. El cielo era blanco, reflejaba la nieve. No se veían las estrellas; tampoco esas estrellas rasantes. «Ya estarán todos durmiendo, todo apagado. Solo quedará la lucecita magmática que titila toda la noche debajo de aquella imagen sagrada, como una yema de huevo…», pensé, calentándome con el aliento los dedos congelados, estilizados.

Intenté acurrucar la cabeza para que la solapa del abrigo la cubriese por completo. Las farolas empezaban a escasear, ya ni siquiera se veían esas manchas de luz en los escaparates que se quedaban encendidos por las noches. «¡Ahora sí que estoy saliendo de Bindra!», me dije estirando la cabeza. «¡Me estoy yendo de verdad!» La carretera ya no tenía arcén, los faros del coche iluminaban a mi alrededor un manto de copos de algodón moldeados a golpe de martillo. El motor subía de revoluciones, se desbocaba. Ya no había carretera, ya no había nada que no fuese carretera.

«Voy a salir de esta provincia —me dije frotándome los ojos—, pararé a dormir en algún rincón medio reparado, en algún pueblo. Cuando me despierte, ya veré dónde voy…»

«En su momento, conocí a aquel ciego…», recordé, dando una palmadita al volante.

Anochecía de nuevo, en el cristal del parabrisas estallaban gotas de luz desatornilladas, electrizadas.

«Esta era la dirección. Me parece que primero se giraba en este cruce.» Y enfilé un camino casi borrado por la nieve.

El firme estaba completamente helado. A la luz de los faros reconocía la silueta de alguna granja que llevaba un buen rato apagada, cerrada a cal y canto.

«¡Ahí está el pueblo!»

Bostecé con los ojos muy abiertos.

«¡La casa sigue ahí! ¡La luz de la cocina todavía está encendida!»

Detuve el coche lentamente. Las ruedas, que no atendían a razones, hacían crujir el firme congelado.

«¿Para qué dejarán encendida esa luz?»

Bajé con gesto ágil del coche y lancé una piedrecita helada a esa ventana.

Me quedé a la escucha: dentro no se oía ningún ruido.

Probé a gritar en voz baja.

El pueblo quedaba bastante apartado. Tras los postigos de algunas casas se distinguía ese halo azulado de las televisiones.

Entonces la puerta se abrió y vi aparecer en el umbral al viejo en camisa.

—¿Eres tú? —dijo estupefacto.

Tenía los ojos muy abiertos, destripados.

—¿No te ha visto nadie? —preguntó para cerciorarse.

—No, creo que no… —balbuceé.

Seguía en la puerta, parecía petrificado, con la mano en la frente un poco fruncida.

—Vale —dijo con un suspiro—. Si quieres, puedes quedarte, ¡pero solo esta noche!

—¡Por fin te has decidido a tutearme! —se me ocurrió decir, siguiéndolo con paso sigiloso por la casa.

Se detuvo un instante.

—¿Por qué? ¿Es que te hablaba de usted?

La cocina estaba desierta e iluminada.

—Ya se han acostado... —susurró.

En efecto, al otro lado de las puertas se oían suaves ronquidos.

—Te llamaré poco antes del amanecer, así no te verá salir nadie del pueblo...

Yo lo miraba en absoluto silencio.

—Pero ¿eso por qué? ¡No lo entiendo!

El ciego se pellizcaba la cara, se estiraba hacia delante el corte de la boca.

—¡Ahora soy el alcalde del pueblo!

Lo miré con los ojos abiertos de par en par mientras él sonreía.

—Han llegado hasta aquí los rumores de tu gesta... —susurró.

Negué con la cabeza, me faltaba la respiración.

—¿Cómo puede ser? ¿Qué rumores van a llegar?

Me había dado la espalda para abrir un trastero y llevaba una enorme almohada bajo el brazo.

—Pero ¿ha quedado algo del Centro, de la red? —pregunté sin controlar del todo mi voz.

Lo seguía a través de la casa, oía nuestros pasos por el pasillo.

—¿Qué fue de Somnolencia? ¿Qué fue de los demás? —pregunté casi gritando a su espalda.

—Los perdí de vista... —dijo con una risita maliciosa.

La habitación estaba perfectamente ordenada. Dejé las gafas en la mesilla y me desplomé en la cama. Seguía oyendo suaves ronquidos en las otras habitaciones, a los que se sumaron los del ciego a los pocos minutos.

Y, sin embargo, al cabo de un rato me pareció notar muchas manos rozándome la cara, mientras estaba bocarriba entre el sueño y la vigilia.

«¡Intentaré volver a aquellas zonas lejanas, fronterizas!», me decía sin lograr despertarme. Notaba todos esos dedos palpitar sobre mis ojos, en mi pelo.

Di la enésima curva cerrada.

Había un hombre haciendo autostop a la salida del siguiente pueblo y paré para invitarlo a montar. No quedaba claro si el tipo enseñaba los dientes o sonreía.

«Siempre puedo pasar por casa del Simple...», pensé mientras seguía conduciendo.

—¡Ya está, aquí me bajo! —dijo el hombre.

Indicó con la mano un bloque de pisos y lo vi entrar por la puerta de un gimnasio, en un semisótano.

La luz empezaba a declinar. Algún que otro coche flamante avanzaba con una lentitud exasperante en los cruces. En las pedanías de los pueblos me encontraba a gente abrigada de la cabeza a los pies que hacía autostop con una mano mientras sujetaba un tocadiscos de maleta con la otra.

«Será un día de fiesta», pensé. «Y está anocheciendo.»

Empezaba a oír los ruidos del sueño que salían por las ventanas, aunque atravesara los pueblos a toda velocidad y con las ventanillas bien subidas. El runrún del motor me aturdía mientras la fila de lucecitas bajaba como si nada de los puertos de montaña.

«Me parece que vivía en este pueblo —me dije más adelante—: se subía por aquella estrecha escalera de techo abovedado y, si desde el patio interior se veía la lucecita encendida, se llamaba de una determinada manera a su puerta.»

Aparqué en el arcén y bajé del coche, que aún no había dejado de deslizarse. Entré por el portón a un patio interior completamente blanco y helado.

Solo había un ventanuco encendido. Lo miraba con la cabeza levantada, casi inclinada hacia atrás.

«¿Será justo ese?»

Aunque no me parecía estar moviéndome, aunque no había dado ningún paso, la nieve helada crujía bajo mis pies.

La cortina ondeó y vi a alguien recortarse en el tuétano de luz del ventanuco.

«No me queda claro si es el Simple…», me decía subiendo con los ojos muy abiertos la estrecha escalera abovedada.

Me detuve delante de la puerta y empecé a llamar.

El rellano estaba completamente oscuro y en silencio.

Oí un leve ruido en el interior, como si alguien se dispusiera a abrir la puerta y asomar la cabeza de golpe.

No sabía dónde mirar, no sabía si mirar.

El hombre se quedó con los ojos muy abiertos en la franja de luz de la puerta.

—¿Tú? —lo oí decir con una risilla maliciosa.

—Te veo muy cambiado… —balbuceé, porque no lo veía bien en esa posición, a contraluz.

—Me he teñido el pelo.

La pequeña habitación de techos bajos estaba caldeada de más. Yo lo miraba con las gafas empañadas; solo se oía el crepitar de la pequeña estufa en la pared.

—Has llegado en el momento exacto, ¡ya me iba! —dijo al cabo de un rato tocándose la cara.

Se acercó a la ventana y descorrió la cortina.

—¿Esperas a alguien? —se me ocurrió preguntarle.

—No, ¡ya estamos todos! —respondió con una sonrisilla.

Bajé las escaleras tras él. Apenas distinguía la silueta de su cabeza bajo el techo abovedado.

—Ya nadie da señales de vida… —dijo sin volverse—. Me lo he montado por mi cuenta.

La calle estaba vacía, esmerilada.

—¡Vamos con el mío, que es más rápido! —propuso.

Su boca se movía sin control, esbozaba sonrisas maliciosas.

Desde mi asiento, completamente hundido, veía el capó abombado recortarse contra las cornisas de los edificios.

—¿Estamos volviendo al sitio de siempre? —pregunté.

Giró la cabeza hacia un lado y soltó una risa lenta.

—No, esta vez vamos a otro sitio que yo me sé…

La carretera seguía emitiendo ruiditos, chirriaba. Tenía que estirar mucho el cuello para verla.

El pueblo había acabado hacía un buen rato. El Simple conducía en silencio, con la cabeza tan levantada que no había forma de verle la cara.

—¡El lago! —dije de repente mientras dábamos una curva cerrada, al ver que la tierra acababa abruptamente.

El coche descendía planeando hacia el espejo de agua.

—¡Ya no hay cisnes!

—¡Han explotado todos! —respondió el Simple con una carcajada.

Tosió dos o tres veces. El cigarrillo oscilaba en sus labios, parecía que se le iba a caer de un momento a otro.

Al fondo apareció la garita del puesto fronterizo. El Simple empezó a frenar; ya se distinguía la cara de un aduanero que estaba sentado tras el cristal en la torreta de luces tenues. Tenía los ojos entrecerrados, bostezaba.

El coche volvió a acelerar. El motor me aturdía, me invitaba a dar una cabezada de cuando en cuando.

—¿Aún no hemos llegado? —pregunté frotándome los ojos.

El Simple se tocó muy lentamente la mejilla; oía las púas de su barba crepitar. Me giré hacia el parabrisas, distinguía a duras penas la sombra del capó sobre la franja de la carretera.

—¡Despierta! ¡Hemos llegado! —me gritó de repente.

El coche se había detenido en un lugar un tanto a desmano. Veía extenderse a nuestro lado una tapia por la que caía una suerte de espuma encandilada, casi borrada.

—¿Qué sitio es este?

—¡¿Cómo que qué sitio?! ¿Es que no lo ves? ¡Es un cementerio!

En los haces de luz de los faros flotaba un polvillo desintegrado, destripado.

—¡Cámbiate al asiento del conductor! —me ordenó el Simple.

Noté que el pelo se me erizaba en oleadas, que se extendía.

—¡Si lo necesitas puedo prestarte mi peine! —El Simple soltó una carcajada con la boca retorcida, como estallada.

Bajó del coche y vi su espalda encandilada saltar la tapia.

El tiempo pasaba. De cuando en cuando me quedaba traspuesto, me despertaba. «¿Cuánto lleva ahí dentro?», pensaba, mirando con los ojos muy abiertos la tapia. «¿Qué estará haciendo?»

Entonces la espuma se movió y vi sus pies aterrizar de golpe a este lado de la tapia, resplandecientes.

«¿Qué llevará ahí?», me pregunté mientras se acercaba a paso ligero a los faros del coche, cargando con algo enorme. «Parece un títere inmenso, descoyuntado», pensé, bostezando otra vez.

El volante estaba alto, había que levantar los brazos para agarrarlo.

—¡Abre la puerta trasera! —lo oí gritar.

—Pero ¿qué es eso? —tuve que preguntarle.

—No lo sé exactamente... ¡En la lápida decía que era un prestidigitador! —me respondió con una sonrisita, con la cabeza ya dentro del coche.

Oía unos ruiditos en el asiento trasero. «Estará sentándolo —me decía—, ¡le estará cruzando con mimo esas piernecillas filiformes!

El motor estaba arrancado. El coche daba ligeras sacudidas, temblaba.

—¡Vamos! ¡Vamos! —lo oí gritar mientras se sentaba atropelladamente en el asiento del copiloto, exhausto.

La sombra del capó parecía moverse sola, tenía que estirarme mucho para ver la franja de la carretera. El Simple se había recostado en su asiento y había cerrado los ojos.

—Me sorprende que los huesos de los esqueletos se mantengan tan unidos... —se me ocurrió decir para que no se durmiese.

—¡Será por la alimentación! —dijo con una sonrisa sarcástica.

Giraba ligeramente la cabeza y miraba con los ojos muy abiertos por el espejo retrovisor cuando los faros de un coche que nos adelantaba alumbraban por un instante el cráneo del prestidigitador, haciendo destacar su silueta en el cristal de la luna trasera.

El Simple tenía los ojos entrecerrados, no quedaba claro si estaba canturreando con un hilo de voz o si dormía.

—Pero ¿qué vas a hacer con eso? ¿Dónde lo llevas? —pregunté levantando la voz.

Abrió los ojos un instante, bostezó.

—Los pagan bien. Están muy demandados en los institutos de medicina… ¡No hay forma de satisfacer tanta demanda!

Cerró los ojos otra vez y lo vi hundirse aún más en el respaldo.

—Pero ¿por qué te duermes? —protesté.

—¡Tú preocúpate de conducir! —respondió sin mirarme.

El coche seguía avanzando. Oía la cabecita del prestidigitador moverse ligeramente en el asiento de atrás, crujir.

Luego una hilera de lucecitas apareció un poco más adelante, a ras del suelo.

—¡Ya está, hemos llegado! —le dije al Simple.

Abrió los ojos con esfuerzo, bostezó.

Empecé a frenar al llegar a la fila de coches que avanzaba hacia la garita de cristal con las luces tenues, casi a oscuras.

—¿Y ahora qué hacemos? —murmuré, porque dos o tres coches ya estaban frenando por detrás de nosotros sin molestarse en quitar las largas.

—¡Pues qué vamos a hacer! —dijo el Simple, entrecerrando otra vez los ojos.

La garita de cristal no quedaba lejos; se distinguía la cara del aduanero que dormitaba al lado de una estufa baja con la boca abierta.

—¿Has visto? Hemos pasado… —oí decir al Simple al cabo de un rato.

La fila de coches frenó un instante, para luego estirarse al bajar por una curva rápida, congelada, como la de una montaña rusa. Yo conducía con la cabeza muy estirada, veía de refilón por el espejo retrovisor la cabecita del prestidigitador, que seguía moviéndose con el traqueteo de la marcha, regalándome una amplia sonrisa desprovista de labios.

—¿Y ahora dónde lo llevas? —le pregunté al Simple, porque el coche temblaba, se zarandeaba.

Soltó otra carcajada al mismo tiempo que emitía un ruido distinto, como un bostezo.

—¿Dónde voy a llevarlo? Por ahora lo subiré por esa estrecha escalera que tan bien conoces, procurando no caer rodando abrazado a él…

Frené un poco, el coche pasó casi deslizándose bajo una corta hilera de farolas. Ahora el Simple estaba apoyado de costado en el respaldo de su asiento, en absoluto silencio.

—¿Qué miras? —le pregunté.

—¡Hay un coche que lleva un rato siguiéndonos!

La carretera dio una curva. Se veían algunas lucecitas encendiéndose en los pisos altos, flotando.

—¡Ve más lento! ¡Frena! —dijo el Simple, y empezó a silbar.

Ahora la carretera iba más lenta. El capó la tapaba casi del todo, desbordándola.

—Pero ¿quién va al volante? ¿Quién va dentro?

El Simple seguía haciendo ruiditos, silbando algo.

—Por el sombrero parece un alto oficial, un coronel…

—Pero ¿un coronel de qué?

—¡De los emplumados!

21

Los refugios

La puerta se abría y el Simple aparecía arrastrando algo muy pesado a la habitación. Se quitaba el pasamontañas. Lo veía acercarse al catre, mucho tiempo después, mientras yo aún estaba entre el sueño y la vigilia.

—Te he traído unas cuantas aspirinas…

Se sentaba en mi catre mientras yo me tragaba un par de pastillas. El colchón de gomaespuma era fino y el somier de malla cedía de golpe, hasta casi tocar el suelo.

—¿Qué hora será? —le preguntaba.

El Simple hacía una mueca al mirar con los ojos entrecerrados el reloj, como si no consiguiera ver la hora por culpa del sueño.

Me secaba el pelo empapado de sudor con la sábana.

—¿No podemos bajar un poco la estufa?

El Simple se sentaba en el catre de al lado. Se quitaba los zapatos bostezando y aún le daba tiempo a mascullar algo antes de dormirse de golpe.

Yo apartaba bruscamente las sábanas y me daba la vuelta en la almohada empapada mientras, en el otro catre, el Simple empezaba a roncar con la cabeza de lado. Me secaba el sudor y me levantaba para servirme un vaso de agua del grifo del fregadero. Me quedaba un rato en ese duermevela, oyendo pisadas que subían la estrecha escalera y pasaban con infinita lentitud por delante de nuestra puertecita. A veces se detenían, me daba la sensación de que se oía un ligero chapoteo en el rellano, como de pies caminando sobre una papilla de luz. Oía que también el Simple se despertaba de golpe y se quedaba con la cabeza incorporada en la almohada.

—¡No te preocupes, tengo una pipa! —murmuraba en la oscuridad poco después.

Y unos ruiditos tenues me indicaban que había sacado todo el brazo de las sábanas y estaba palpando la pila de ropa que había dejado en el suelo, al lado de la cama, en busca de la pistola.

No lo oía salir de la habitación; me costaba reconocerlo cuando regresaba. Oía la llave en la cerradura, me giraba en la cama y, estirando mucho la cabeza, lo veía entrar unos segundos después con un saco a hombros. Se quitaba los zapatos, bostezaba.

—Pero ¿qué tienes en la boca? —le preguntaba intrigado.

—Me estoy dejando bigote.

Pasaba días y días desaparecido. Tampoco lo oía regresar.

—¿Volviste anoche? —le preguntaba.

—¡Pues claro que volví! También te preparé un poco de sopa caliente, te la di…

Yo me tocaba el pelo mojado, lo miraba.

—¡El caso es que no oí absolutamente nada!

Lo veía dormitar en el catre de al lado, en pleno día.

—¿Entonces hoy no sales? —le preguntaba, levantando la cabeza de la almohada.

Se giraba para darme la espalda, no me respondía.

Me quedaba un rato sentado en mi colchón, mirando el fondo de aquella habitación repleta de sacos amontonados, destripados.

—Tendrías que deshacerte de parte del botín…

Él se encogía de hombros, esquivo.

—¡Al menos podrías deshacerte del prestidigitador!

Se daba la vuelta en la cama y lo miraba; luego se levantaba para sentarlo mejor en su silla. Algunos días se echaba a hombros el esqueleto descoyuntando y llegaba hasta la puerta. En ocasiones bajaba incluso la estrecha escalera desierta, pues desde la habitación se oía el golpeteo seco de los piececitos de hueso que bajaban bamboleándose, entrechocando. Yo me tendía en el catre, pero al cabo de unos segundos veía al Simple volver con el prestidigitador, con la respiración un poco entrecortada.

—¡Las calles están abarrotadas de paseantes!

«¡Entonces es un día festivo!», me decía.

Cerraba los ojos de golpe y me adormilaba. En la escalera se oían unos pasitos apresurados, de zapatillas.

Me secaba la frente sudada y me quedaba un buen rato oyendo el crepitar de la estufa, que caldeaba el ambiente.

—¡Todavía no nos has dicho por qué en el último momento no te hiciste cura! —exclamaba el Simple sentándose con un plato de sopa humeante en el catre.

Yo tenía que pasarme la sábana por la cara, por el pelo.

Me parecía verlo, entre el sueño y la vigilia, trasteando con los sacos al fondo de la habitación. «Pero ¿qué ropa se ha puesto ahora?», me preguntaba justo antes de volver a girar la cabeza, de caer otra vez dormido.

—¡Te he dejado unas cuantas latas! —me decía en voz baja al pasar al lado de mi catre.

Oía la puerta cerrarse a su espalda y me ponía de costado, intentaba dormirme.

—¡Tu cochecito ya no está en la calle! —me anunciaba al volver, mucho tiempo después—. Lo aparcarías en cuesta, ¡imagino que se habrá deslizado por el hielo!

Se quitaba el pasamontañas congelado, se acercaba a la estufa y apoyaba las manos.

La habitación se dejaba observar, se caldeaba. Al cabo de un rato oía unos ruiditos que venían de su catre; no me quedaba claro si estaba roncando bocarriba o cantando con un hilo de voz, con la cabeza apoyada en la almohada e inclinada hacia atrás.

El Simple pasaba varios días fuera, o eso me parecía a mí, a juzgar por las franjas de luz que veía moverse por el techo.

—¡Lo encontré muchos pueblos más abajo! —me anunciaba abriendo la puerta.

—¿El qué?

—¡Tu cochecito, hombre!

Me giraba hacia él con la cucharada a media altura, deshilachada.

—Al parecer, fue deslizándose por las carreteras heladas por su cuenta. Lo encontré en la plaza de ese pueblo lejano… ¡Luzaire!

—¡Llegó hasta Luzaire! —le respondía, atónito.

—Sí, pero te lo he traído. Está ahí aparcado, debajo de casa.

Sin embargo, a la noche siguiente me anunciaba que había vuelto a desaparecer, deslizándose sin salirse ni una solo vez de la carretera, evidentemente, pues al cabo de unos días se lo encontraba de nuevo, muchos pueblos más abajo.

Cuando regresaba ni siquiera encendía la luz. Yo lo entreveía hurgando en una enorme caja desfondada, o dentro de un saco. Lo arrastraba hasta el fondo de la habitación y se tomaba unos segundos para respirar en la oscuridad. Me giraba en el catre, lo oía salir otra vez, y enseguida regresaba.

—Pero ¿qué ropa te has puesto ahora? —se me ocurría preguntarle.

A pesar de la luz apagada, notaba que estaba quitándose algo de la cara, o del pelo, cuando pasaba por delante de la cortina descorrida del ventanuco. Me ponía bocarriba, buscando la postura que más favoreciese la respiración.

—¿Dónde te gustaría ir? —me preguntaba, acercándose de repente e inclinándose sobre mi catre.

Intuía en la oscuridad algo que bien podría ser la silueta de su cara. Notaba que mi pelo se movía por su cuenta mientras me adormilaba.

—Puedo llevarte a las vías del tren, por ejemplo, en cuanto te encuentres mejor y recuperes las fuerzas… —proponía al cabo de un rato, a oscuras.

Me despertaba otra vez, me quitaba las gafas empapadas de sudor y, por seguridad, las metía debajo del somier.

El Simple encendía la luz y se sentaba con las piernas cruzadas en el catre.

—Vale, vale. Voy a llevarte a la estación más cercana y subirte a un tren. Si quieres, puedes llegar a otra zona y ver si encuentras un sitio donde ir…

Lo veía bajar de un brinco del catre y caminar de un lado a otro de la habitación.

—¿Ese coronel de los emplumados sigue rondando por ahí? —le preguntaba unos minutos después.

—¡No he vuelto a verlo!

Me quedaba un buen rato en silencio, me adormecía.

—Pero ¿mi coche sigue abajo, en la calle?

—No, ya no está.

El Simple seguía dando vueltas por la habitación, se animaba.

—¿Qué está haciendo el prestidigitador? —le preguntaba, porque el suelo temblaba y hacía vibrar un poco su cabecita.

El Simple se giraba para mirarlo.

—¡Estará intentando fruncir el ceño! —respondía con una risita socarrona

El tren avanzaba sin hacer ruido. A nuestro alrededor la nieve resaltaba, adormecía. Entreví en el duermevela a una vieja dormida en el asiento de enfrente, con la boca abierta.

Me incorporé y levanté la cabeza.

—¿Usted no es la callista?

A la vieja le costaba despertarse, jadeaba.

—Voy al entierro de mi hermana. Se casó con un tipo de esta zona, un guardia fronterizo…

—¿Y la villa? —pregunté estirando la cabeza—. ¿Qué queda del parque, de la villa?

—Allí ya no vive nadie, ¡está completamente vacía! No pueden tocarla, la han declarado monumento nacional. —Movió los labios pintados, muy cuarteados—. Se está cayendo a pedazos, está en ruinas. De vez en cuando veo pasar por Ducale a alguno de los invitados de entonces, los veo entrar hasta el patio… Vuelven años y años después, se quedan muchísimo rato en el coche antes de decidirse a salir.

Caminan por lo que queda de los paseos, por el parque. Se oyen sus pasos incluso desde el otro lado de la tapia, mientras van con la cabeza en las nubes y las manos en los bolsillos, pisando y partiendo todas las ramitas caídas al suelo…

Íbamos solos en el compartimento. Me fijé en la carne encrespada de sus nudillos reventados, deshilachados.

—A otros los veo pasar a toda velocidad con el coche, sin detenerse, por el camino que pasa por delante de la verja, con la cabeza pegada a la ventanilla para intentar distinguir algo al otro lado en esos poquísimos segundos…

La miraba con los ojos bien abiertos, bostezando.

—¿Y tampoco ha quedado nadie en aquella casita sin techo que había al lado, en la del guardés? —probé a preguntar.

—Aún los dejan quedarse ahí, no sé quién, no sé cómo… Por las noches el Albino sale a pasear por la villa, a solas.

—¿Y la Melocotón? ¿La Melocotón?

El tren seguía avanzando, mantenía la velocidad de marcha, sin frenar. El corte de la boca de la vieja se había curvado un poco hacia un lado, se deformaba.

—Viene a verme de vez en cuando para hacerse un legrado… Le pido que se tumbe de lado en la camilla, aunque casi da miedo acercar la cara para explorarla. «¿Y ahora con quién te has acostado?», le pregunto cuando llega a mis manos la cosa en cuestión. «Ha hecho estragos, hay que coser.» Prefiero no ponerme a mirar con detenimiento a qué especie pertenece mientras voy a tirarla a la basura. «¡Cuánto hilo vamos a necesitar!», le digo cuando empiezo a coser, conteniendo un bostezo. «¡Esperemos acabar antes de que anochezca! ¡Y que no nos falte hilo!» Empiezo a dar cabezadas, me despierto dos o tres veces antes de terminar. Me agacho para cortar el hilo con los dientes y ella se marcha con las piernas arqueadas por las callecitas de Ducale. Ni siquiera respeta la cuarentena. Vuelve a verme en menos que canta un gallo. Quienes pasan caminando por delante de mis ventanas, en la planta baja, la oyen gritar; en verano, cuando las noches empiezan tarde y son luminosas, hay quien se para a mirar mientras estoy concentrada, cosiéndola otra vez…

»Se encaraman a la tapia con la cabeza vendada y los vecinos los ven saltar al parque tal cual… La Melocotón ni siquiera sabe quiénes son, no les ve la cara. Los espera sin bragas al otro lado de la tapia, en la gruta. Los hombres, con las prisas, se sacan los genitales antes incluso de saltar al parque, y se los arañan al descolgarse de la tapia, antes de soltar de repente las manos para dejarse caer…

«¡El caso es que había una sede justo en este pueblo!», me dije. «¡En esta calle!»

La acera daba una curva y pasaba por delante de una fila de ventanitas con los postigos arrancados. Veía granitos de cal resplandecer en la pared cuando pasaba una y otra vez por debajo de los haces de luz de los faroles.

Me detuve y agucé el oído.

Del interior llegaba un ruido de sueño. Veía los cristales de las ventanas vibrar, resplandecer.

Me acerqué con sigilo, hasta casi rozar una de las ventanitas con la cara.

Me quedé inmóvil.

«Ahora hay una especie de albergue…»

Aunque el interior estaba a oscuras, con la poca luz que entraba de refilón desde la calle se atisbaban muchos cuerpos dormidos en el suelo.

El farol oscilaba, alguien se movía en sueños y se llevaba un brazo a la cabeza, como para protegerse de algo.

«Pero ¿cuánta gente hay ahí dentro?», me preguntaba sin apartar la vista de la pequeña ventana.

La callecita vibraba, veía desprenderse de la pared algunos granos de cal un tanto cegadores.

Luego se abrió la puerta, de la que asomó un hombre con una manta sobre los hombros, aterido.

Me miraba restregándose los ojos, frotándose entre sí los pies descalzos.

—Puedes quedarte a dormir… —lo oí susurrar.

Casi no veía dónde había que pisar y dónde no, mientras atravesaba la enorme habitación abarrotada de cuerpos dormidos.

—Aquí puede quedarse a dormir quien quiera —susurró el hombre con la manta sobre los hombros, al pasar por mi lado—, quien ya no tiene ningún sitio adonde ir…

Llegó casi hasta un rincón del dormitorio y con un gesto del brazo me indicó que buscase un poco de hueco por ahí.

El farol oscilaba; a veces distinguía los suaves dibujos de las baldosas cuando su lucecita llegaba, cuando volvía.

—Voy a darte una esterilla de goma —susurró el hombre.

Me acurruqué de lado. A mi alrededor oía todas aquellas bocas durmiendo, respirando.

—Pero ¿esto sigue siendo la sede? —pregunté intrigado.

El hombre tenía la voz pastosa. «Ya se había dormido…», me dije, intentando cerrar los ojos.

El aire estaba infinitamente respirado, agotado.

—¡El caso es que estoy convencido de que esto era una sede! —insistí, entre el sueño y la vigilia.

El hombre se giró un segundo en su esterilla, de mala gana.

—No sé qué decirte. Ahora es un refugio —susurró.

De vez en cuando llegaba alguien solo, o algún grupo. Veía sus cabezas, que se paraban a mirar por las ventanitas, desde la calle. Los oía murmurar un buen rato cuando ya estaba medio dormido, antes de que se decidiesen a entrar.

Otros enrollaban su esterilla y se marchaban; se oía el ruido de una lata volando a través del dormitorio, golpeada por una bota en la oscuridad. La luz del pequeño farol avanzaba; veía a alguien retorcerse, molesto, tumbado sobre el diseño en relieve de las baldosas. Luego atisbaba desde mi esterilla la forma gigantesca de una suela y apartaba un poco la cabeza para que no me la aplastase de golpe al pasar.

Empezaba a llover y me giraba hacia el otro lado, intentando conciliar el sueño. Alguien, llegado de quién sabe dónde en plena noche, comía en la oscuridad. Podía oír, incluso mientras dormía, el ruido de su cortaplumas al arrancar trocitos de carne de una lata. Toda la masa de cuerpos cambiaba de posición, sin despertarse siquiera, cuando el recién llegado se tumbaba en el suelo después de comer e intentaba hacerse un hueco paulatinamente. Seguía lloviendo. La puertecita se abría otra vez y veía el resplandor de una capucha empapada de agua, a determinadas horas de la noche o a primera hora de la tarde, mientras todo el mundo estaba comiendo o dormitando. Alguien abría la puerta de pronto para salir y se perdía por las calles del pueblo; luego oía una bota pisar mi esterilla, casi rozándome la cara y el pelo, cuando volvía. Otro lanzaba destellos con la hoja de un cuchillo, entre risas, deambulando por las calles con los ojos entornados. Caía la noche y reconocía a algunos de los que dormían a poca distancia de mí mientras me dirigía, como ellos, al único local humeante que seguía iluminado. Había un recién llegado al lado de mi esterilla, pegado a la pared. Se había quedado un buen rato mirando por la ventanita antes de entrar casi de puntillas, en plena noche. Lo sorprendía observándome desde su esterilla, cuando la luz del farol empezaba a balancearse un poco y se alargaba. Entonces me daba la espalda, pero no lo oía dormir; tampoco respirar. Yo también lo observaba mientras se peinaba con los ojos entrecerrados por las mañanas. Colgaba su ropa en el picaporte de una de las ventanitas antes de echarse a dormir. Pasaba dos dedos por los pantalones para que el pliegue de la tela no se perdiese durante la noche. Yo me giraba en mi esterilla y lo miraba con los ojos entornados mientras se subía el cuello de la camisa para anudarse la corbata raída. El suelo estaba encharcado por el agua que goteaba de las suelas de las botas. Lo veía abrir su bandolera y dar brillo con mimo a sus zapatos, primero uno, luego otro. Se acercaba a la ventana, se quedaba un rato mirando a la calle. La lluvia seguía cayendo en los cristales, adormecedora. Me giraba hacia el otro lado y cuando volvía a despertarme ya debía de ser la hora del almuerzo, porque en el suelo se habían formado muchos corrillos para comer. Me volvía hacia el hombre de la corbata y lo sorprendía abriendo una lata de anchoas, girando la llavecita muy lentamente, con mil precauciones, para que el aceite de su interior no gotease. Se sacaba del bolsillo un cortaplumas, abría un panecillo por la mitad y extendía las anchoas, una a una. Me daba otra vez la vuelta, frotándome los ojos, y me preguntaba de qué recónditos reinos vendría aquel hombre.

Lo veía caminar por el pueblo, unos metros detrás de mí, cuando me daba por salir de noche a pasear por las calles. Oía sus pasos alejarse un poco y volver enseguida. Me lo encontraba en un local, hundido en un enorme sillón casi sin muelles al lado de una mesa de billar. No me quedaba claro si estaba dando una cabezada o mirándome; pero, en cuanto hacía amago de levantarme, lo veía girar la cabeza con la excusa de desperezarse o de llevarse un caramelo de menta a la boca. Alguien con el cráneo rasurado caminaba a su lado, apretando el paso, mientras volvíamos al refugio por las estrechas aceras, desperdigados. Luego lo oía pasar de largo como si nada, sin acelerar. Se quitaba con delicadeza la corbata, sentado en su esterilla, e iba a colgarla en el picaporte de la ventanita. El farol oscilaba y yo me tumbaba bocarriba, en el corazón de la noche. Oía el tenue sonido que hacen los caramelos cuando se estrellan, infinitamente delgados, contra los dientes. «¿Quién será ese hombre de la corbata?», me preguntaba, intentando entrecerrar los ojos para verlo. «¿Qué hace aquí dentro?»

No había un alma en la calle, a excepción de alguna que otra persona que pasaba corriendo con los brazos abiertos, desencadenada.

Doblé la esquina del local y avancé unos pasos antes de darme la vuelta.

El hombre de la corbata se había detenido a su vez; tragó saliva.

—Hay elementos desperdigados por todas partes, a la fuga —lo oí balbucear al cabo de un segundo—. Vengo a buscarlos a estas sedes reconvertidas en refugios para sintecho: los reconozco aunque tengan la cara cambiada, aunque lleven tiempo sin asearse… Los reconozco por su forma de estar entre el resto, como ausentes; por cómo se llevan a la boca un trozo de comida, al otro lado del fuego, en los vivacs…

—¿Eso quiere decir que aún queda algo del Centro, de la red?

El hombre puso cara de paciencia y, por un instante, los ojos se le quedaron casi completamente en blanco.

—Puedo darte una pequeña lista con sedes que han cambiado varias veces de nombre, con direcciones de refugios…

Lo miraba conteniendo el aliento. Seguía inmóvil en la acera, pero ahora me sonreía.

—También te daré algo de dinero para que vuelvas a ponerte en marcha.

—Pero ¿tú quién eres? ¿Quién te manda? —pregunté casi gritando.

No dejaba de pellizcarse las manos.

—A mí también me cuesta entenderlo, en esta diáspora de grupos que se deshacen y acto seguido se recomponen con otro nombre y con propósitos que ya ni siquiera son los mismos: se disputan las siglas, el poco dinero que queda, las armas —empezó a decir, poniéndose pálido de repente—. Y ni siquiera sé si quienes me encargaron que volviese a poner en circulación a los que encontrase; si quienes me entregaron incluso fondos para lograrlo, llegados quién sabe cómo de quién sabe dónde, siguen por algún sitio… No sé si desde entonces también se han disuelto, si se han convertido en otra cosa. Ya ni siquiera sé de quién soy emisario, quién me manda…

22

Los disturbios

Estiraba una pierna en la cama, ya en otro refugio, y al rozar con los pies una cabeza desgreñada descubría que alguien estaba durmiendo del revés en mi mismo catre, para ahorrar espacio. Me giraba con los ojos muy abiertos y veía a mi lado, en la almohada, la silueta de un pie recién estallado, triturado. Me lo volvía a encontrar delante de mis narices mucho tiempo después, en un lugar distinto, en una ciudad distinta. «Es otra vez aquel pie repleto de huesecitos brotados, bordados...», me decía dándome la vuelta, entre el sueño y la vigilia. Rozaba con los dedos de los pies una especie de velo inerte. Intentaba agarrarlo y tiraba de él poco a poco. «¿Qué hace aquí este preservativo?», le preguntaba al que dormía a mi lado, intrigado. «¡Es para el detonador químico!», lo oía susurrar medio dormido.

Me quedaba un rato bocarriba, porque veía filtrarse por los listones de la persiana un hervidero de puntitos de luz desenfrenados. Se movían por el techo y llenaban todo el dormitorio de miguitas espumantes, desatadas. «¡Eso es que estoy en una localidad costera!», me decía, ruborizándome de pronto. «La luz se refleja en el agua que baña los pies de la casa y baila en el techo. Anoche ni siquiera me di cuenta cuando entré en el edificio por el otro lado...» Me ponía de costado, un poco girado hacia el techo, y notaba que el sueño volvía de repente.

Veía a alguien bostezar en esa luz pegajosa mucho después, cuando ya debía de estar bien entrada la mañana, mientras cruzaba el dormitorio para ir por su ropa. Me sentaba en la cama y veía vaciarse todas las demás, poco a poco.

—¿Qué está pasando? ¿Dónde vais? —preguntaba parando a alguien.

—¡Pero, bueno! ¿No te has enterado? ¡Hay disturbios!

A la vuelta me equivocaba de autobús, porque estaban todos aparcados en diagonal en las explanadas soleadas. «¡El caso es que tendríamos que haber llegado hace un rato!», me decía. «Está anocheciendo...» Algunos dormían en su asiento; el chófer también tenía los ojos caídos. Aguzaba el oído, porque la pareja del asiento de delante seguía charlando. «¡Me he metido por error en otro autobús!», comprendía de repente, al cabo de unos segundos. Yo también me hundía en el respaldo y me adormilaba. Oía el motor detenerse de golpe, mucho después, y el crujido del freno de mano al subir con su mecanismo dentado. Observaba las calles desiertas a mi alrededor, las plazas de una ciudad que no había visto en mi vida. Tenía que mirar las matrículas de los coches aparcados para descubrir dónde estaba. Alguien bostezaba con la cara un poco helada, caminando en silencio por las calles. Ni siquiera me quedaba claro en qué papilla de puertas acabábamos entrando. Subíamos por una escalera y venía a abrirnos alguien que se había despertado de sobresalto, soñoliento.

—¿De quién es esta sede? ¿Dónde estoy? —le preguntaba, pisándole los talones.

Él se rascaba la cabeza.

—Pero, bueno, ¿aún no te has dado cuenta? —respondía con un bostezo.

Oía a alguien agitarse en sueños. Se encendía la luz del pasillo, ahí al lado, señal de que ya había quien salía o regresaba. Me daba la vuelta en mi litera. «Tuvo que ser cuando volvimos a los autobuses —me decía cuando estaba ya en duermevela—, en aquella explanada donde los chóferes sacan los cubos de agua y esas escobas larguísimas y aprovechan la parada para enjabonar los autobuses uno tras otro… Los copos de detergente se desprenden, flotan por el aire, y no hay manera de distinguir los autobuses entre sí, ni siquiera pasando muy cerca de ellos, rodeándolos. Como tampoco se reconocen las personas al otro lado de las ventanillas, debido a ese vapor que sigue elevándose incluso después de que los hayan enjuagado, cuando reanudan su marcha humeante por las calles…»

Veía las ciudades vaciarse de pronto por los disturbios. «¿Quién será aquel hombre con el pie en flor?», me preguntaba al vislumbrar a poca distancia un zapato ortopédico a la fuga. Mientras corría con los ojos entrecerrados por el viento veía cabelleras desplegadas, inclinándose al unísono hacia un lado para coger impulso y lanzar los cócteles molotov. De las azoteas con terraza llegaba el frufrú de los vestidos en las noches más calurosas, en pleno verano; bajaba hasta la calle el aroma del tabaco de pipa, se oía ese ruidito que hacen los dientes al chocar con el borde de los vasos helados. Escuchaba voces soñolientas moverse, dando sorbitos a sus bebidas y charlando en las azoteas, mientras corría en medio de un grupo con camisetas de tirantes fosforescentes. Al cabo de un rato me veía en uno de aquellos refugios abarrotados. De vez en cuando subía alguien, incluso en plena noche, secándose la frente sudada con el borde de la camiseta borrosa, completamente deshilachada. A mi alrededor oía a los demás dormir; llegaban de las calles los ruidos de los incendios, de las sirenas. «Están corriendo con los brazos abiertos —me decía—, se han tapado la cara…» Me despertaba en otra esterilla de gomaespuma, en un sitio totalmente distinto. «Tengo que haber seguido por error sus banderas borrosas y hechas jirones», me decía cambiando de costado, en un semisótano. «Nunca hay forma de saber de qué color son mientras las ondean, reventadas, a contraluz… ¿Y para qué las llevan cuando es de noche si no se ven, si solo se oyen hincharse, agigantarse? Luego hay que despegárselas de la cara con dos dedos cuando se empapan del agua de la lluvia y empiezan a dar latigazos, desatadas, con el viento de la velocidad… Resaltan un poco cuando un foco apunta de repente en su dirección. Se oyen hacerse añicos si las desenrollan a toda prisa cuando están congeladas. Parecen de cristal. Pero, sin son de cristal, ¿cómo ondean?»

Una noche de verano, mientras caminaba por una ciudad que nunca había visto y ni siquiera imaginado, veía a muchos individuos correr en marabunta con el pelo mojado, medio chamuscado, blandiendo cuchillos de hojas relucientes que lanzaban destellos entre los disturbios, clavándolos en los capós de los coches empapados de agua, que se desgarraban de golpe, como si estuvieran hechos de cartón mojado. Distinguía la silueta de un hombre de espaldas, a contraluz, entre la barrera de cabezas que se recortaba contra el humo: estaba apagándose lentamente una colilla en la oreja después de encender con ella la mecha de un cóctel molotov.

—¿Cómo se llama este sitio? ¿Cómo se llama esta ciudad? —gritaba yo mientras pasaba corriendo por delante de alguien, girando la cabeza.

Lo veía entrecerrar los ojos; parecía que ya no tenía fuerzas ni para sacar el cuchillo del capó empapado, destripado.

Me detuve a escasos metros de la casa a la que nos dirigíamos.

«¡Pero si es el cochecito amarillo!»

Estaba aparcado como si nada entre los demás, en la plaza.

—¿Cómo puede ser? —dije estirando un brazo para tocarlo—. ¿Cómo habrá llegado hasta aquí sin salirse de la carretera en ningún momento, sin estrellarse contra nada, deslizándose desde la zona del Simple, desde tan lejos?

—¡Ah! ¿Tienes coche? ¡Muy bien! —exclamó el hombre que caminaba a mi lado—. Nos viene de perlas, así puedes llevarnos. Tenemos que trasladar a una persona… Espérame aquí, ¡vuelvo en un santiamén!

Monté en el cochecito, toqué el volante con mimo, me hurgué en los bolsillos en busca de las llaves.

La plaza estaba completamente desierta. Distinguí la silueta del hombre, que caminaba rozando la casa con la mano.

Metí la llave en el bombín. «La luz se enciende, la batería aún está cargada, también el motor de arranque gira a la perfección. Eso es, está temblando, está vibrando… ¡Arranca!»

Miraba a un lado y a otro conteniendo el aliento, pisando de vez en cuando el acelerador para que el motor no se calara, y reconocí los viejos asientos un poco cuarteados, las palanquitas del cuadro de mandos, mientras el motor subía de revoluciones y se calentaba.

De repente, de una puerta a escasos metros del coche salieron varias personas apiñadas.

—¡Vamos! ¡Vamos! —dijo el hombre abriendo el coche de golpe.

Echó hacia delante el asiento del copiloto y metió en el asiento trasero, casi a empujones, a un encapuchado. Él también se sentó detrás, mientras otro hombre ocupaba el asiento a mi lado.

Metí primera y, cuando levanté el pie de embrague, el motor subió de revoluciones.

Ya nadie hablaba en el coche; solo veía la luz de los faros, que avanzaba a medida que yo aceleraba.

—¿Dónde tengo que llevaros? —pregunté, intrigado.

El hombre sentado a mi lado sonreía; no parecía tener fuerzas ni para despegar los labios y hablar.

—¡Por lo pronto, tú conduce! Ya te lo diremos… —respondió el que estaba sentado detrás—. Luego te daremos una dirección para pasar la noche. ¡Di que te la ha dado Stenka! Y ya no volveremos a vernos. ¡Tú no sabes nada, no has visto nada!

Su voz estaba un poco deformada por el chicle que no dejaba de mascar. En el espejo retrovisor distinguía la silueta del hombre sentado a su lado, encapuchado.

«A saber por qué ese hombre no se quita la capucha ni siquiera en el coche…», me preguntaba de vez en cuando. «Ni siquiera ahora, que ya nos hemos alejado de aquella casa de la que ha salido, oculto entre las muchas personas que bajaban las escaleras rodeándolo, con las cabezas aún fusionadas, emulsionadas…»

A veces lo miraba: no hacía el más mínimo gesto, no hablaba. «Estará escuchando el motor —me dije—, ¡o se habrá dormido!»

Al que sí oía dormir era al copiloto. Tampoco llegaba ya del asiento trasero el ruido del chicle masticado.

Carraspeé un poco y detuve el coche.

Desde hacía ya un rato notaba un ligero hedor a mi espalda.

«¡Pero si ese es Somnolencia!»

Lo miré por el espejo retrovisor. Veía moverse imperceptiblemente diminutos pliegues de su capucha, pero no había forma de saber si estaba bostezando ahí debajo o si, en cambio, se estaba riendo solo, sin hacer ruido.

«Somnolencia... ¿Quién lo habría dicho?», pensé reanudando la marcha. «Ahora no puede permitir que lo reconozcan, ¡no puede decirme nada! ¡Me estará mirando desde el asiento de atrás, a través de esos dos agujeritos un poco deshilachados que acaban de hacerle a la altura de los ojos con unas tijeras! Me estará viendo conducir con la cabeza estirada, muy cerca del parabrisas, y la verá iluminarse cada vez que nos cruzamos por la carretera con una de esas papillas de luz inesperada...»

«Aún queda alguien, ¡aún están despiertos!», me dije con la cabeza casi pegada al parabrisas.

Allá arriba se veía una ventanita encendida.

«El piso también debe de ser ese, si no me equivoco...»

Salí del coche sin hacer ruido y lo cerré con sumo cuidado.

«A saber si dejan abierta por las noches esa puerta acristalada o si tendré que buscar en la selva de timbres hasta dar con alguno sin el nombre al lado, o con el nombre muy raspado...»

La puerta principal estaba abierta. En el portal se oían los chasquidos de las tenues luces nocturnas, que ya llevaban un rato encendidas.

El timbre estaba fuera de su hueco, destripado. Probé a llamar a la puerta con dos dedos y retrocedí un paso, pero solo oía los chasquidos de las lucecitas.

«¡Seguro que están al otro lado de la puerta, me estarán observando por la mirilla!»

Moví la cabeza en el rellano, que vibraba imperceptiblemente.

«Tiene que haber una lavadora encendida en uno de estos apartamentos, estará centrifugando...»

La puerta se abrió.

—¿Quién te ha dado esta dirección?

—Stenka...

La mujer me miró con los ojos muy abiertos.

—¿Y se puede saber quién es el tal Stenka?

Había un jarrón de flores desenfrenadas encima de la lavadora, que, en efecto, estaba centrifugando.

—Pero ¿de quién es esta sede? Si es que es una sede…

La mujer frunció los labios, observándome. Su mano tenía que estar rascando un pecho debajo de la bata, porque veía la tela embravecida, desenfocada.

—¡Vale! —dijo con la boca un poco tensa, reprimiendo un bostezo—. Si quieres, puedes quedarte a dormir, ¡pero solo esta noche!

Oí que alguien la llamaba con voz pastosa desde una de las habitaciones.

La lavadora seguía centrifugando; yo veía vibrar esas florecillas desencadenadas.

«Será el centrifugado largo —me dije, adentrándome en el recibidor—, el del último lavado…»

La mujer echó los hombros ligeramente hacia atrás para desperezarse y cogió un cubo.

—Siempre hay una montaña de cosas que lavar… —la oí quejarse.

—Pero ¿qué refugio es este?

Observaba la silueta de su cabeza, que me precedía por un pasillo en el que todas las puertas estaban entornadas.

Me asomé a mirar por una.

—¡Está todo lleno de cunas, de recién nacidos!

—Sus padres tienen otras cosas que hacer… ¡Operaciones! —la oí susurrar.

Abrió un poco más otra puerta y se acercó a una cama algo más grande que las demás, un poco apartada.

—Puedes dormir aquí esta noche, si no tienes nada mejor…

—¡Ya hay alguien acostado! —respondí, porque en el centro de la almohada distinguía a duras penas una cabecita dormida.

—¡Pues lo apartas! —oí murmurar a la mujer.

Se puso mejor las zapatillas y salió de la habitación sin hacer ruido.

De la cama llegó ese olorcillo a carne recién parida, que aún no se ha enfriado del todo, cuando levanté un poco las mantas para meterme.

Intenté estirar las piernas, darme la vuelta.

«¡Pero si es casi una cuna!»

Notaba aquella cabecita, entre fundida y soldada, presionando mi cabeza mientras intentaba cerrar los ojos, conciliar el sueño. De su boca emanaba un olorcillo a leche un poco fermentada.

Movió las manos, noté que me rozaban la cara, el pelo.

«¡Se ha despertado!», me dije conteniendo el aliento.

Sin embargo, seguía durmiendo. Lo oía hacerse un ovillo otra vez, respirar. Notaba el roce de su boquita en una mejilla, tumbado de costado para no aplastarlo.

Se me cerraban los ojos, volvía a abrirlos de repente.

«¡Me ha abrazado la cabeza!», pensaba alarmado.

Del exterior, de lejos, llegaba el ruido tenue de algún coche esporádico. «Ni siquiera tienen que cambiar de marcha —pensaba, esforzándome para no dormirme—, se limitan a quedarse sentados, casi sin tocar el volante, mientras giran en los cruces desiertos con los intermitentes puestos…» Volvía la cabeza para intentar zafarme de los dos bracitos. Notaba en la cara, a escasos centímetros de mí, esa respiración recién inventada.

Me desperté otra vez.

«Pero ¿dónde ha puesto las manos?», me dije, alarmado.

Se me pusieron los pelos de punta; crujían y se extendían por la almohada.

Me quedé traspuesto de nuevo y en el duermevela noté al recién nacido ensancharse de golpe, expandirse. «Pero ¿cuántos brazos tendrá? ¿Cuántas piernecitas?», me pregunté al despertarme casi fuera de la cama. Intenté ponerme de costado, al notar que estaba tocándome otra vez con una de sus manitas. «¡El caso es que tiene los dos brazos fuera de la manta!», advertí, estupefacto. Me quedé un rato con los ojos muy abiertos. «Estará usando otra de sus muchas manitas», me dije. «O habrá movido uno de sus piececillos prensiles…» Me adormecí de nuevo. «Voy a acostarme en el suelo —me dije al despertarme otra vez en el último segundo, abruptamente—, rodeado de todas estas boquitas que oigo respirar por todas partes, que bullen de actividad…»

* * *

«¿Y quién será ese, por ejemplo?», me preguntaba cuando llegaba a otra casa recóndita. «Ese hombre en el otro extremo de aquella larga mesa, con los ojos tan exageradamente separados. Intenta reírse sin dejar de comer, como todos los demás, y la comida siempre parece a punto de caérsele de la boca; a veces tiene que llevarse una mano a los labios, como para frenarla… Bebe inclinando exageradamente hacia atrás la cabeza, de una de esas latas que aquí dentro hacen las veces de vasos, y cierra y aprieta tanto los labios que, cuando se la aparta de la boca, siempre los veo abrirse como flores, sangrar…»

Me movía por la casa. Cuando los demás se calentaban algo en el hornillo, al volver de día o de noche, llegaban hasta la cama donde dormía los destellos de la cocina, repleta de gotitas de grasa ardiendo. La llama salía del pequeño quemador y las hacía arder, aunque las gotitas ya estuvieran en una habitación muy alejada de la cocina, completamente a oscuras. Yo giraba la cabeza y notaba la almohada pringosa de grasa, e incluso los dedos me resbalaban en los picaportes cuando tenía que abrir una puerta. También tenía los cristales de las gafas cubiertos de salpicaduras. De repente, mientras pasaba por una habitación cualquiera, notaba que algo ardiente se introducía en mi cuerpo de forma inesperada. «Habré respirado una de esas gotitas de grasa hirviendo que deambulan por la casa…» Un hombre con las manos quemadas volvía con una pila de latas nuevas, aún sin etiqueta y sin tapa. Las entrechocaban con fuerza al brindar; con tanta fuerza que de repente veía deformarse un lado. Atisbaba al hombre de ojos separados brindando en el otro extremo de la larga mesa. Se volvía un instante para mirarme y apartaba los labios del borde de la lata ligeramente aplastado, ensangrentado.

Me despertaba en plena noche, varias veces, porque siempre llegaba alguien cuando todos los catres estaban ocupados. O porque alguien se equivocaba de sitio cuando, después de cenar, se acostaba en plena oscuridad. Mi pie rozaba unas uñas largas, descubría debajo de las sábanas algún resto de comida. Me dormía otra vez, me despertaba. Oía a alguien taparse la boca con las dos manos en una cama cercana; no quedaba claro si estaba riéndose o vomitando. Le daba la espalda. Por la mañana, cuando abría los ojos de pronto, encontraba otra cabeza en mi almohada. «¡Pero si es el hombre de ojos separados!», me percataba. Él también se despertaba; lo veía sonrojarse de golpe. «¿Será alguien de la antigua organización, de la red?», me preguntaba, pero acto seguido me dormía en esa misma almohada pastosa.

Algunas noches salía por la ventana e iba a fumar a un techado desde el que se veía una fábrica cercana. Las luces ya se habían apagado en los bloques de pisos aislados, aquí y allá. Veía camiones entrar y salir del almacén, intuía desde lo alto, gracias al tenue resplandor que emitían, tolvas repletas de azúcar o de sal. La brasa del cigarrillo se avivaba un instante. El camión rebotaba al pasar por un desnivel y se formaba en el aire una nube avainillada. No muy lejos de allí, alguien volcaba en una montaña de basura una carga de latas hinchadas, sin esterilizar. Les prendía fuego. El aire se volvía aún más caliente, más caramelizado, cuando las latas empezaban a estallar, a suspirar, y sentía que pasaban rozándome la cara jirones de avispas que saltaban por los aires, semicarbonizadas. Me secaba el sudor y me tumbaba en el techado. La noche resaltaba. El continuo trasiego de los camiones y de las tolvas me manchaba un poco de polvo las gafas. En las lentes, bajo aquella luz que seguía atravesando el espacio, desbordándolo, brillaban algunos cristales de sal que se habían quedado pegados.

«Ah, claro, claro...», recordaba de repente. «Aquella fábrica donde estaba la inmensa maquinaria de hierro del esterilizador, en lo alto de aquella escalerilla de varios tramos por la que yo subía hasta llegar a la bóveda ardiente de la nave, de día y de noche. Y donde estaba aquel tanque de cemento armado lleno de agua hirviendo, allá abajo, y aquellas torres de latas resplandecientes que se erigían por todas partes a medida que las transpaletas, entrando a toda velocidad en las naves con las cuchillas desenvainadas, apilaban los palés cúbicos y relucientes que salían sin cesar de las cintas transportadoras, mientras en las torres explotaban aquí y allá latas mal esterilizadas. Las latas también estallaban bajo las ruedecitas compactas de las transpaletas. Desde allí arriba me recordaban a enormes mariposas ardientes de hojalata, al verlas aplastadas en el suelo de la nave cuando recorría la pasarela de hierro para llegar hasta el cuadro eléctrico y parar o reactivar el esterilizador, cuyos dos enormes brazos de metal introducían en el agua los cilindros de hierro perforado llenos de latas aún ardientes... Hasta que las líneas de producción se detenían de golpe y todo se sumía en un repentino silencio. Entonces se oía el resuello de las autoclaves, y las chicas de las cintas transportadoras, allá abajo, aprovechaban para descansar un poco los brazos y se encendían un cigarrillo... La que estaba a la derecha, sobre todo, que llevaba una bata ligera y colorida muy holgada por el calor, miraba hacia arriba de vez en cuando mientras yo caminaba por la pasarela con la camiseta de tirantes cubierta de grasa. En los descansos volvía a verla desde lejos, entre las demás mujeres, comiendo algo sentada en un tanque de agua, escuchando por un transistor alguna canción emitida desde quién sabe dónde, pues la cantaban en un idioma perfectamente desconocido, antes de que las líneas de producción se pusieran de nuevo en marcha y los carruseles empezasen a girar otra vez, desatados. La chica me lanzaba largas sonrisas inequívocas, entre el fragor, cuando veía descender desde arriba la lata de plástico amarilla que indicaba el final de una serie que yo había introducido en una de las líneas. Luego me mandaban al almacén, a llenar unas cuantas tolvas, antes de que comenzara una nueva serie, en plena noche. Me encaramaba a las montañas de sal y de azúcar, lacerando los sacos con mi cuchillo, desgarrándolos, y estaba tan cansado, tan exhausto, y la cascada de azúcar que caía desde lo alto era a veces tan inesperada y tan potente, que me arrastraba y yo también acababa en la tolva a medio llenar. En ocasiones me quedaba unos segundos dormido ahí dentro, e incluso me daba tiempo a soñar que en la tolva estaba también la chica de la cinta transportadora, que había caído conmigo, arrastrada por la misma cascada; y que la abrazaba y la besaba y la acariciaba, y que ella también me abrazaba y me besaba y me acariciaba; y que ella estaba perfumada, completamente cubierta de azúcar, como azucarados estaban su pelo, sus pequeñas orejas, su boca, sus pestañas, y que la besaba y la acariciaba mientras pensaba que aquel debía de ser ya el mundo feliz...»

La noche seguía elevándose, el cielo estaba repleto de estrellas, desbordante. Levantaba la cabeza y me quedaba un buen rato contemplando el firmamento.

«Sí, sí, me acuerdo…, pero ¿cuándo pasó todo aquello? ¿Y ahora dónde estoy? ¿En qué estación estamos?», me preguntaba. «¿Cuánto tiempo llevo deambulando así, de un sitio a otro, de refugio en refugio, de disturbio en disturbio? ¿Qué he hecho en todos estos años? ¿Dónde he estado?»

Daba una larga calada y, desde lo alto del techado, arrojaba la colilla a la noche.

23

El coronel de los emplumados

Doblé la esquina de una callecita y me detuve.

«¿Ese no es el coronel de los emplumados?»

Me esperaba con las manos en la espalda, sonriendo.

—Ya nos vimos en Ducale, no sé si se acuerda, en aquella plaza…

Hizo una leve reverencia y dio un taconazo.

—Me parece que también nos vimos de pasada después de aquello…

Tenía la cara recién afeitada, perfumada.

—Llevo un tiempo siguiéndolo —lo oí murmurar. Se interrumpió un segundo antes de continuar en voz baja, como si hablara solo—: Uno nunca sabe qué decir en estos casos…

Ahora caminaba a mi lado; de su cara emanaba el tenue vapor del afeitado.

—Me alojo aquí cerca, en un cuartelillo… Vamos a dar un paseo, ¡acompáñeme!

La callecita estaba vacía, solo se oía un ruido atenuado de platos y cubiertos en el interior de las casas.

—¡Ya es hora de comer! —dijo, casi ruborizándose.

Levantó la muñeca para mirar la hora. En sus manos oía el frufrú de sus guantes planchados, estilizados.

—Estoy siguiendo sus movimientos —lo oí murmurar al cabo de un rato—. Si veo que se queda varios días en un sitio, me alojo en algún pequeño cuartel de los emplumados, en alguna pensioncilla…

Se alejaba unos centímetros por la acera cuando su hombro rozaba sin querer el mío y me parecía verlo ruborizarse de pronto, incontrolablemente. Veía de reojo la silueta excesiva de su sombrero.

—Siempre suben a enseñarme mi habitación —me dijo con una sonrisa—. Me quito la chaqueta del uniforme y la cuelgo en una silla, o en una percha, mientras me refresco las manos en el lavabo. Abro un poco la ventana, oreo el ambiente… «¿Se queda a comer?», me pregunta la señora del mostrador con la amabilidad que la caracteriza, al verme pasar. Me encojo de hombros, le sonrío. «Vaya usted a saber… ¡No depende de mí!» Miro aquí y allá, por las calles, paro un rato en el bar de la plaza, doy un paseo por delante de las ventanas de su edificio. «Estará dormitando ahí dentro…», me digo, pasándome un dedo por el cuello de la camisa. Vuelvo a mi habitación, me quito las botas y me pongo a hojear alguna revista ilustrada sentado en la cama. Luego miro a mi alrededor: los pequeños armarios repletos de perchas, todos vacíos, los ceniceros con las vistas de cada ciudad, las estampitas torcidas, enmarcadas… Me asomo un rato a la ventana y bajo a cenar. Me quito el sombrero, lo dejo sobre el mantel. Todos los comensales, que ocupan unas pocas mesitas, se giran para mirarlo, y luego siguen charlando en voz baja, entre pausas larguísimas. Se oye la llovizna que empieza a caer al otro lado de la ventana. Remuevo la sopa con la cuchara, cargo una hoja de lechuga un poco quemada por el vinagre, clavo el tenedor en las zanahorias hervidas, con esa babilla que sueltan cuando ya llevan ahí mucho tiempo. En estos casos, se hace un poco difícil tragar… Me doy otra vuelta antes de acostarme, voy paseando hasta las ventanas del refugio donde usted se encuentra. Me vuelvo a la pensión y escribo alguna postal antes de acostarme, me quito lentamente el uniforme. «¿Quién sabe cuánto se quedará aquí?», me pregunto cuando ya estoy acostado, con la luz apagada. Busco con la mano la pera del interruptor a lo largo de la cabecera, lo acciono para comprobar una vez más si he dado cuerda al reloj. «¿Quién se acuerda de mí?», me pregunto, apagando la luz otra vez. «¿De este encargo que se me asignó y que estoy cumpliendo?» Noto que los párpados empiezan a pesarme de repente, me vence el sueño…

Aparecía cuando menos me lo esperaba, en una localidad completamente distinta. Me lo encontraba por la calle, después de cenar.

—Ah… ¡Aquí estamos otra vez! —decía, cogiéndome del brazo.

Me llevaba al nuevo cuartelillo donde se alojaba. Con la otra mano sujetaba los guantes, y yo la veía levantarse de golpe si el coronel tenía que responder al saludo de otro emplumado con el que se cruzaba. Me parecía que se ruborizaba todas y cada una de las veces, incluso cuando estábamos ya muy cerca del recinto del cuartelillo y el centinela lo saludaba medio dormido desde su garita.

Se oía a alguien escribir a máquina en una pequeña oficina mientras recorríamos un pasillo. El repiqueteo paraba de golpe; veía al emplumado levantarse como un resorte y saludar cuando pasábamos por delante de la puerta acristalada de la oficina.

—Voy a enseñarle mi habitación —decía el coronel de los emplumados enfilando la escalera que subía al primer piso, mientras volvía a oírse el ruido de las teclas que golpeaban el papel lentamente, a intervalos un tanto exagerados.

—¡Aquí estamos, esta es!

El coronel de los emplumados abría una puerta y yo me asomaba a la pequeña habitación recién ordenada, con las ventanas aún entornadas para que se orease.

—También tenemos un pequeño comedor en la planta baja, puedo comer aquí.

Me enseñaba la sala de estar con televisión, el mostrador donde pagaba, el pequeño dormitorio desierto, ordenado.

Me acompañaba a la puerta principal, en la planta baja.

—Lo dejo libre. ¡Adiós! —me decía en tono deferente.

Yo lo miraba desde el umbral con ojos estupefactos.

—A ver, que me aclare: entonces ¿puedo irme?

Lo veía ruborizarse de repente.

—¡Por supuesto que sí! ¿Qué se había creído?

Yo salía casi de puntillas por la verja y me dirigía al coche, aparcado en una callecita a poca distancia. Subía conteniendo el aliento y comprobaba, con infinito estupor, que estaba a punto de largarme de allí.

—¿Ha visto qué tiempo? ¡He tenido que ponerme el capote! —se lamentaba el coronel de los emplumados en otra ocasión, apareciendo como si nada en la puerta de un bloque de pisos, justo cuando estaba a punto de terminar mi turno de guardia.

Veía las nubecitas de vaho de su respiración agigantarse a medida que se acercaba a pasos cortos, emocionado.

—¿Ha acabado su turno? —preguntaba.

—¿Mi turno? ¿Qué turno?

—Entonces podemos hacer juntos un tramo del camino, ¡puedo enseñarle dónde estoy pernoctando esta vez!

Me conducía cogiéndome del brazo hasta un cuartelillo bajo. Se quitaba el capote, también colgaba con meticulosidad su vistoso sombrero. Tosía un poco por el humo de una pequeña estufa de leña que un emplumado estaba alimentando en cuclillas, en una oficina.

Se quedaba un rato en silencio, con las manos unidas en el corte de la boca, aún heladas.

—Si es que, aunque lo arrestara… —lo oía reflexionar de repente—. No se haga ilusiones: ¡vendrían a liberarlo en menos que canta un gallo!

Lo veía encogerse de hombros con gesto resignado, sonreía.

Me interceptaba otra vez, en otra zona, mucho tiempo después.

Fruncía el ceño, mirando la calle al caer la noche por un ventanuco empañado, en el cuartelillo de un pueblo perdido.

—Pero, en fin… ¡No se pierde nada por intentarlo! —reconocía, negando con la cabeza.

Ruborizado, llamaba a un sargento de los emplumados que estaba sentado en una pequeña oficina, bostezando. Pedía que le trajesen la barra para tomar las huellas dactilares.

—Aquí llevan muchísimo tiempo sin usarla —se disculpaba, pues estaba muy dura y no soltaba tinta ni aunque el coronel me pidiese que presionara con más fuerza las yemas de los dedos, ayudándome con sus propias manos, avergonzado.

La dejaba al lado de la estufa para que se ablandara un poco con el calor. Lo veía sonrojarse otra vez.

—¡Nada, no hay forma! Qué le vamos a hacer… —se disculpaba al despedirse de mí en la puerta al cabo de un rato.

Me quedaba inmóvil un instante, porque el sonido de una trompeta se elevaba de repente en el pequeño patio.

—Es el toque de silencio —me explicaba, un poco confundido—. Ahora iremos a cenar algo, jugaremos un ratito a las cartas y a dormir se ha dicho…

Tenía que volver hasta donde había aparcado el cochecito, en la única plaza del pueblo, desierta. Cuando lloviznaba, caminaba por los soportales de techos bajos rozando las paredes con la mano. Veía a una vieja perra pasar a unos metros de mí, con las patas abiertas y estiradas y la cabeza gacha. En su lomo distinguía tiras de papel de colores, empapadas de agua, pegajosas. «¡Pero si son serpentinas!», me decía. «¡Eso significa que ya es Carnaval!»

—¿No lo oye usted también? —me preguntaba el coronel de los emplumados aguzando el oído, en un puesto de guardia de un solo piso, cuando ya me tenía esposado.

Yo también prestaba atención, sin dejar de mirarlo.

—Ahí está… ¿Oye ese clamor lejano? Se está acercando…

—No lo oigo, no creo que…

Él negaba con la cabeza, sonriendo.

—¿Lo ve? ¡Ya vienen a liberarlo!

Me quitaba las esposas con una llavecita, me acompañaba a la puerta, se disculpaba.

Yo cruzaba la verja y miraba a mi alrededor: el pueblo estaba completamente oscuro y desierto. Buscaba la pequeña explanada donde había aparcado. Me subía al coche. Me ponía en marcha.

—A ver si nos dejan llegar al menos hasta la pequeña prisión de tránsito —lo oía reflexionar en nuestro siguiente encuentro, cuando ya estaba sentado a su lado, esposado, en un coche patrulla de los emplumados—. ¡Que lo dudo! Pero tampoco espere gran cosa, ya se lo adelanto: las fotos para la ficha policial, más huellas, los chirridos de las rejas, algún que otro traslado al amanecer, los zapatos sin cordones, inspecciones corporales, los habituales gritos exaltados de la celda de aislamiento, las puertas dobles, el cubo para sus necesidades, la ventanita con reja por debajo del nivel del suelo, un cuenco de hojalata lleno de aguachirle sentado en el jergón… La hora para tomar el aire a solas, en el patio desierto, las paredes altas, como en el fondo de un pozo. Una patada a un balón rajado, destripado…

El coche de los emplumados se deslizaba casi sin hacer ruido por un camino sepultado por la nieve. Desde el asiento de atrás veía la cara soñolienta del conductor en el espejo retrovisor empañado por el frío. Algunos escúteres empezaban ya a salir de las granjas con los faros encendidos. Distinguía la silueta del conductor, abrigado de la cabeza a los pies. Me quedaba traspuesto unos segundos en el asiento, pero seguía oyendo al coronel de los emplumados suspirar a mi lado cuando salía del salpicadero la voz ligeramente alterada de la radio del coche patrulla.

Se frotaba las manos para entrar en calor.

—Mire, ¿lo ve? ¡¿Qué le decía yo?! —lo oía exclamar al cabo de un segundo, alarmado—. ¡Me avisan de que nos están siguiendo! Se ha formado detrás de nosotros una fila de coches. Me parece que no tienen la menor intención de darlo por perdido…

Me despertaba del todo y veía su cara a poca distancia, emocionada.

—No creo que pueda seguir reteniéndolo —se disculpaba, aflojándome las esposas.

Oía el tornillo de mariposa girar, chirriar.

—Aquí tiene, ¡le devuelvo los cordones! —me decía asomado a la ventanilla, sujetándolos con dos dedos, cuando ya me había bajado del coche.

Lo oía alejarse de repente, a mi espalda, y echaba un vistazo rápido a mi alrededor.

«¡Pero si aquí no hay nadie!»

El camino estaba absolutamente desierto, podía caminar por el centro de aquella nieve compacta, bostezando.

Encontraba el pueblo después de dar un largo rodeo. El cochecito temblaba un instante antes de arrancar. Yo abría la boca de par en par, pero no me quedaba claro si también bostezaba. Oía estallar bajo las ruedas algún animalillo congelado mientras me dirigía a otra zona, frotándome los ojos. Pegaba la cara al parabrisas, intentaba leer el nombre del pueblo cuando pasaba junto al letrero cubierto de nieve helada. Ponía las luces cortas, y las largas, cuando cruzaba los pueblos ya del todo oscuros y desiertos. Quitaba por unos segundos la mano del volante para limpiar el parabrisas empañado, bostezaba y recorría un tramo con los ojos entornados. Volvía a abrirlos de golpe al entrar en una nueva localidad. Me encontraba de pronto en una plaza inesperadamente abarrotada, muy iluminada.

«¡Pero si esto es Luzaire!», me dije moviendo la cabeza de un lado a otro, observándolo todo.

Se veía una bulliciosa multitud de cabecitas en la hilera de cafeterías con terrazas acristaladas, encandiladas.

«¡Y esos dos siguen ahí! Me están esperando como si nada, donde siempre, en la acera de esa plaza…»

Empecé a frenar. Noté que las ruedas resbalaban en el firme helado, saliéndose del trazado.

—¡Pero qué elegantes vais! —dije bajando del coche con cara de sorpresa, porque llevaban pajarita y pechera y unos zapatos negros de charol que resplandecían en la acera congelada.

Movían los bracitos, giraban la cabeza hacia un lado para enseñarme el pelo repeinado y con brillantina en las sienes.

—¡Es mejor que aparques allí! —los oí gritar mientras se colocaban a ambos lados del coche para empujarlo entre risas y deslizarlo a través de la plaza.

Observaba los escaparates deslumbrantes, en cuyo interior veía cabecitas corroídas a la luz de las lámparas de techo.

—¡Mira, mira! ¡Esta noche tenemos fiesta en Luzaire!

Los dos habían echado a correr.

—¿Has traído los periódicos? ¡Esta noche podemos reunirnos en la sala grande! —exclamaron, exultantes.

—¿Los periódicos? ¡Ya no hay periódicos que valgan!

Veía brillar sus zapatos de charol mientras corría tras ellos a través de la plaza helada y por las calles.

—¡No! ¡La sala grande está por aquí! —los oía gritar cuando, en las curvas blancas por la nieve, resbalaba en la dirección equivocada.

Se acercaban corriendo para cogerme por las axilas y me llevaban a cuestas durante un trecho. Notaba sus rizos helados salirse ligeramente de su sitio con un crujido.

—¡Aquí es, ya hemos llegado!

La escalinata estaba repleta de esas esquirlas heladas que a veces se desprenden de los tacones, de las pestañas. Y la sala, abarrotada; los vestidos y las pecheras resplandecían bajo las luces.

—¡Pero si aquí ya están celebrando un congreso! —dije.

—¡Sí, sí, esta vez es de una asociación de expertos en la exosfera!

Todo el mundo estaba mirando al fondo, solo se oían esos crujidos que emiten las sillas en las salas repletas de luz.

El hombre sentado a la mesa del fondo de la sala abrió un maletín, accionando los dos cierres en medio del más absoluto silencio, y sacó una manzana perfectamente redonda, de un color intenso.

—Ya está acabando... —oí murmurar a esos dos.

Todo el mundo miraba hacia allí: podía verse el brillo en los ojos y en los trajes a juego, mientras el hombre levantaba la manzana con tres dedos y la giraba para que los asistentes pudieran contemplarla en toda su redondez.

—¡Ahora prepárate! En cuanto acabe, la sala se vacía en un instante —me susurró al oído uno de los dos— y se queda a nuestra disposición hasta que empiece otro congreso que, eso sí, ¡tendría que haber empezado ya hace un rato!

Me giré hacia el fondo de la sala. El hombre se había levantado de su sillón en medio del perfecto silencio.

—Ahora la pasará entre el público. Fíjate bien...

En efecto, había entregado su manzana a uno de los espectadores para que pudiera observarla con calma, de cerca. En la sala nadie abría la boca mientras la manzana pasaba de mano en mano. A alguien se le escapaba un ruidito emocionado; sus dedos temblaban varias veces y la manzana se le deslizaba de las manos, pero su vecino de silla la cogía al vuelo.

—¡Siempre acaba igual, prepárate! —oí decir a los dos entre risas.

Veía toda la sala ondear mientras la manzana saltaba por los aires, de acá para allá, con su color intenso. De pronto la multitud se desmoronaba hacia un lado y oía crujir los trajes y las pecheras, hasta que alguien lograba atraparla al vuelo antes de que cayese. La manzana salía disparada otra vez, hasta casi rozar el techo abovedado, pero uno de los asistentes más atrevidos se lanzaba de lado al suelo justo antes de que se hiciera añicos contra las baldosas.

«¡Eso es que está hecha de cristal!», me decía mientras la multitud ondeaba para perseguirla, dirigiéndose hacia la salida casi a la carrera. Los oía contener la respiración al unísono y suspirar cuando alguien conseguía atrapar la manzana casi a mitad de la escalinata, bajando con temeridad la selva de peldaños. La veía escurrirse de los dedos enguantados de una asistente y brincar aún más lejos cuando a quien por fin la cogía, de pura emoción, se le escapaba otra vez de las manos.

Ya estábamos en las calles heladas, blancas. La multitud se deslizaba por ellas cuando la manzana salía disparada en una trayectoria inesperada. Los más osados tenían que seguirla patinando, para atraparla justo antes de que cayera al suelo, y arrastraban tras de sí a todos los demás.

—¡Vamos, vamos! ¡Hacia la plaza! —oí gritar entre risas a los dos, que se habían arrojado con los brazos extendidos a la avalancha de la multitud.

Me habían cogido cada uno de una mano y oía el crujido de sus pecheras mientras corríamos.

La plaza estaba repleta de luz, hacía resplandecer ese enjambre de zapatos desenfrenados.

Miré hacia un lado.

—¡Mi cochecito ya no está! ¡No lo veo!

Los dos se rieron con los labios tensos, un poco helados.

—¡Se habrá deslizado por el hielo! —los oí gritar—. ¡A saber dónde habrá llegado ya a estas horas!

24

Navidad

La furgoneta empezó a frenar en el asfalto reblandecido por el calor.

—¿No tienes coche? ¡Si quieres que te acerque, sube! —me gritó el conductor.

Se había estirado un poco hacia el lado, para llegar a abrirme la puerta.

Subí de un brinco al asiento del copiloto mientras se ponía otra vez en marcha.

—Pero ¿tú no eras el que venía a traerme los periódicos a aquella sede?

El hombre se giró para mirarme.

Notaba que mi corazón se aceleraba a ciegas, desbocado.

—No acababa de reconocerte… ¿Qué te has hecho en los dientes? Están todos negros.

—Los tengo un poco abandonados últimamente… —me respondió con una sonrisilla sarcástica.

El hombre conducía con la cabeza muy estirada, casi pegada a la luna delantera de la furgoneta.

—¡La furgoneta también es la misma! —dije moviendo a un lado y a otro la cabeza, descontrolada.

—Es la misma, sí, pero ya no transporta lo mismo…

Estiró aún más la cabeza, hasta casi rozar el parabrisas con la boca.

—¿Qué fue de los periódicos? ¿Qué pasó?

—¡Pues no tengo ni idea! De un día para otro dejé de encontrarlos en el almacén por el que pasaba a recogerlos. Tuve que buscarme otro trabajillo…

Del fondo de la furgoneta llegaba un olor a líquidos pútridos, reventados, azucarados.

—¿Dónde vamos? ¿Qué son esas montañas cada vez más altas a ambos lados de la carretera?

—Estamos entrando en el gran vertedero, ¡el reino de los residuos!

Las ruedas ya pisaban algo blando, muy fermentado.

—¡Cuidado! ¡Vamos a volcar!

La furgoneta avanzaba inclinadísima; a través del parabrisas veía las montañas blandengues. El hombre había echado la cabeza hacia atrás para dar un buen trago a una botellita de aguardiente. Lo vi palidecer de pronto, mientras el alcohol se filtraba por los huecos donde los dientes estaban destrozados, como partidos a martillazos. Su cabeza había temblado un instante mientras seguía conduciendo con los ojos muy abiertos.

Se lanzó montaña abajo a toda velocidad, con la boca tensa, bajando como una avalancha por la ladera. A veces notaba las ruedas encallar un instante, levantando en el aire esa papilla infecta.

El hombre abrió la puerta trasera de la furgoneta en una hondonada cuyas laderas aún no estaban afianzadas.

—¡Venga, échame una mano! —dijo con una sonrisilla—. ¡Ponte esto! ¡Y mira bien dónde pisas!

Vi sus dientes reventados mientras me tendía una bata gris, de mozo de almacén, unas botas de goma y unos guantes enormes.

—Tú tranquilo, sé manejarme en este trabajo, ¡me lo conozco bien! Ya lo hice en algún sitio, aunque no me acuerdo de dónde ni de cuándo… —respondí, dando un paso sobre la ladera tambaleante.

Cuando de repente soplaba un poco de viento, veía una cáscara de huevo caer rodando sin hacer ruido desde la cima. La puerta trasera estaba muy pegajosa, siempre había que limpiar la yema que goteaba.

La furgoneta, con el motor encendido, temblaba mientras descargábamos por detrás toda esa pasta infecta. Día tras día veía a las avispas abalanzarse enfurecidas sobre ella. Se me pegaban a los cristales de las gafas cuando me salpicaba un poco de yema. Y seguía viéndolas, agigantadas, cuando la furgoneta se ponía en marcha: distinguía su mirada desenfrenada, atónita, mientras arrancaban las gotitas más suculentas de la montura, a la que se aferraban con las patas cuando la furgoneta empezaba a acelerar por las calles y el viento de la velocidad entraba por las ventanillas bajadas. Bajo el salpicadero entreveía el movimiento de las botas de goma en los pedales, señal de que el hombre estaba cambiando bruscamente de marcha para ir más rápido.

Volvió la cabeza para mirarme y acabó por rendirse:

—Vale, vale, aún tengo algún contacto… Te daré el dinero que te has ganado en estos días de trabajo. Te daré una dirección… —dijo con un suspiro.

El escúter estaba frenando. Cuando abrí un poco los ojos, que había tenido cerrados por el viento de la velocidad, vi la hilera de pisos, que llevaban un tiempo a oscuras.

—¡Mejor entrar por detrás! —dijo el conductor sin girarse.

Vi la habitual escalerilla enrejada, la puertecita de hierro.

El ascensor emitió un ligero soplido y empezó a subir.

El tipo se volvió hacia mí, iluminado por la luz recién brotada.

«¡Este hombre tiene quemaduras por todas partes!», me percaté al levantar la cabeza.

El ascensor se estaba deteniendo lentamente, suspiraba.

—¡Solo puedes quedarte esta noche! —dijo el hombre con quemaduras abriendo con sigilo una puerta.

Me adentré en la cocinita, con el fregadero abarrotado de platos sin lavar.

—¡Pero aquí vive alguien! —exclamé.

El hombre con quemaduras estiró los labios, su piel parecía adherida de manera exagerada a la cara.

Llegué a la habitación de al lado, con una cama de matrimonio bajo la que asomaban dos zapatillas de andar por casa emparejadas, de colores.

—¿Quién duerme aquí?

El hombre con quemaduras echó la cabeza hacia atrás, esbozando esa sonrisilla suya apenas insinuada, como lijada.

—Una persona… Durante sus desplazamientos.

Lo miré sin abrir la boca. Él me observaba.

—Pero ¿viene a dormir esta noche?

El hombre con quemaduras volvió a sonreír.

—¡Quién sabe!

Se dirigió a la puerta. Oí sus pasos en el rellano, que llevaba un buen rato en penumbra, y en las escaleras.

Y luego el ruido del escúter, que se puso en marcha de pronto. Llegaba de lejos, de las carreteras.

Me asomé a la ventana, con un alféizar bajo, baricéntrico. A veces oía las esquinas de los edificios cantando con el viento.

Al cabo de un rato me di la vuelta. Me acerqué a una de las mesillas de la habitación, sobre la que había un suéter sin terminar, con los moldes metálicos aún ensartados.

Lo cogí y noté que el corazón se me aceleraba mientras me lo apoyaba en el cuerpo, extendiéndolo.

«¿Un suéter de punto? ¡Pero si es de mi talla!»

La habitación cegaba; se entreveían por todas partes esas cosas, esos objetos, que nunca se dejan ver del todo. Al pasar por delante del espejo me percataba de que tenía la boca abierta de par en par. La veía igual cuando pasaba por el mismo sitio mucho después. «¿Será el mismo bostezo de entonces?», me preguntaba cruzando la casa. Notaba que mi pelo se descentraba de pronto; me parecía oír algo vibrar, desatado. «¿Estaré gritando?» Me quedaba unos segundos a la escucha. Pero solo se oía el viento chocar en las esquinas de los bloques de pisos, antes de seguir avanzando y dejarlos atrás.

La cama destacaba. Oía el crujido de los pliegues de las sábanas cuando me acostaba y estiraba las piernas, cuando me expandía.

El interruptor estaba al lado de la cabecera, solo había que alargar una mano para encontrarlo. Del exterior solo llegaba esa enervante vibración del viento. De cuando en cuando se oía un coche acelerar por las calles casi desiertas, a lo lejos. Se podía oír incluso el claxonazo cuando hacía un adelantamiento brusco. «¿Dónde irán a parar todos esos sonidos —me preguntaba— que resuenan de golpe y luego nada más, cuando el coche pone las largas y al mismo tiempo da un larguísimo claxonazo durante un adelantamiento alocado, lanzándose hacia esa esfera que hay siempre un poco más adelante, que retumba?»

Notaba algo escurrirse entre los dedos de mis pies cuando me giraba de golpe en la cama. Estiraba el brazo bajo las sábanas y sacaba un filamento reluciente, larguísimo. Encendía la luz bruscamente. «¡Pero si esto es un pelo!» Extendía mucho los brazos, intentando agarrar un extremo con cada mano. Me adormilaba sin querer, pero los ruidos volvían de golpe y me despertaban. «¡Todavía no son ni las cuatro!», comprobaba, vislumbrando en la oscuridad el despertador fosforescente colocado en diagonal sobre la mesilla. Me despertaba un portazo en un lugar cualquiera del enorme bloque de pisos. Contenía unos segundos la respiración, luego volvía a apoyar poco a poco la cabeza en la almohada. «Habrá sido la puerta de otro apartamento», me decía. «Alguien que ha salido o que ha vuelto, caminando por uno de esos rellanos aún en penumbra. La puerta parece descolgarse de la pared; siempre da un portazo algo más fuerte de lo que cabría esperar, aunque uno se gire del todo para cerrarla, casi acurrucándose, acompañando el picaporte lentamente: siempre se oye ese ruidito seco, desatado, como si en ese instante la casa hubiera desaparecido, como si hubiese quedado atrás...»

Oía en el duermevela el runrún de un coche que aparcaba justo delante del edificio. De la calle llegaba el fragor de un portazo, el ruido del ascensor que subía de golpe, con un suspiro. El corazón se me paraba al instante. «¡Ya llega la monja negra!», me decía, apartando la cabeza de la almohada y girándola hacia la puerta. «Ya empieza a subir, asciende... Ahí está, ya ha salido del ascensor y cruza el rellano en penumbra, envuelta en su capa de pelo desenfrenado, autónomo. No podría verle la cara ni aunque abriese la puerta de sopetón y echara a correr y a gritar como un poseso...» Me apoyaba en el hueso del brazo, mirando con ojos muy abiertos la puerta. «Estará levantando la palma de la mano, de piel más clara; se estará acercando a la puerta para abrir...» Al otro lado se oía un frufrú inesperado, un ruidito. «Estará echándose hacia atrás la capa de pelo, estará bostezando... Entrará en la casa con la boca abierta de par en par, embalsamada...» Notaba que el corazón se me paraba de golpe; no sabía si levantar el brazo para protegerme de la luz.

Me despertaba de sobresalto al cabo de un rato.

«¡Entonces era otra persona! ¡Otra puerta!»

Aún me daba tiempo a oír unos pasos en un apartamento cercano, un grifo abierto y cerrado, un bostezo. Me dormía otra vez, atisbaba por un instante la luz que empezaba a elevarse, oía las calles llenarse poco a poco, bulliciosas.

«¿Qué hora será? ¡Ya es de día!»

Volví la cabeza y me quedé inmóvil.

«¡Están abriendo la puerta!»

No veía nada, debía de tener una mirada estupefacta.

—¿Qué pasa? —me oí gritarle al hombre con quemaduras.

—¡Levántate, rápido! ¡Puede que hayan localizado este escondite! Es mejor que cambies de aires durante un tiempo, quizá en otro país... ¡Te doy un contacto!

Debía de haber entrado corriendo, pues lo oía jadear.

—Pero ¿por qué? ¿Qué ha pasado?

Saqué los pies de la cama. El hombre con quemaduras iba de un lado a otro de la habitación, descontrolado.

—Ha saltado por los aires esta noche... ¡Un accidente! —lo oía trasegar, presa de la agitación—. Han encontrado relleno de los asientos hasta en las copas de los árboles, en las ramas... También restos de la cara, del pelo...

Echó hacia atrás la cabeza y le vi la garganta completamente despegada, masticada.

El tren avanzaba a toda velocidad después de dejar atrás la frontera. El hombre que tenía enfrente dormitaba.

Me levanté del asiento. El pasillo estaba vacío, y oía los huesos de mi cara crujir mientras caminaba de un extremo a otro del vagón.

Me detuve de repente.

«¡Pero si es el coronel de los emplumados!», me percaté al mirar de pasada hacia un compartimento. «¡Él también va en este tren!»

Distinguí con dificultad su silueta, que me saludaba con una leve reverencia desde el interior mientras yo pasaba con la boca muy abierta, bostezando.

Se ruborizó un poco. Había dejado en la mesita de debajo de la ventanilla el sombrero, de colores chillones, explosivos.

Eché hacia atrás la cabeza sin dejar de caminar, intentando bostezar mientras ya bostezaba.

El tren volaba sobre un grupo de tejados, se adentraba en una nueva estación, la dejaba atrás. Cada vez que levantaba la cabeza de sopetón y abría los ojos, veía dormitar al hombre que tenía enfrente.

—¡Despierta! ¡Hemos llegado! —me gritó de pronto.

Estaba de pie delante de mi asiento, zarandeándome.

El tren chirriaba con más fuerza, deteniéndose.

De los altavoces salía una vocecita que parecía bostezar mientras hablaba.

—Pero ¿qué idioma es ese? ¿Dónde estamos?

El hombre miraba por la ventanilla, conteniendo el aliento.

—¡La estación está llena de policías! —exclamó alarmado—. ¡Vamos a separarnos!

Siguió hablándome mientras se deshacía del bigote con unas tijeras, persiguiendo a una boca que no dejaba de moverse al hablar. Veía saltar virutas húmedas de labio junto con el pelo; caían en los asientos, se pegaban a la ventanilla.

«A saber por qué la luz está apagada», me preguntaba ya en el vagón del metro, de pie, a poca distancia de la puerta.

Notaba las otras caras pasar rozando la mía mientras los pasajeros subían apiñados en cada parada.

Estiraba un poco el cuello para mirar por la ventana y leer en los letreros los nombres de las estaciones, cuando llegábamos a esos ensanchamientos inesperados, deslumbrados.

Giré ligeramente la cabeza.

Algo me había rozado una mejilla al pasar, sin lugar a dudas.

«Habrá sido una manita enguantada —me dije—, o uno de esos cuellos de pelo tan voluminosos... O una pata de gato, o de cualquiera de esos animalillos que las mujeres llevan en brazos incluso cuando viajan en metro y todas las luces del vagón están apagadas, quién sabe por qué, y siempre cabe la posibilidad de que esas patitas afelpadas rocen la cara de los viajeros al pasar y hagan que se les salten las lágrimas...»

Me detuve.

«Ahí está, ¡ese es el número!»

Unos metros más adelante había un enorme edificio de apartamentos aislado. La calle estaba mojada por la lluvia, deslumbraba.

Pasé por delante de una caseta de alta tensión. En su interior se oía la luz crepitar, desatada.

Avancé unos pasos más. En la fachada del edificio proliferaban las ventanitas recién encendidas, aún blandas.

«Qué será ese reflejo de luz en la calle —me preguntaba, acercándome—, y quién será ese transeúnte que lo atraviesa con indiferencia, caminando con las manos en los bolsillos y el cuello levantado, como recién inventado, aún onírico...»

Entré por la puerta trasera, que pareció descolgarse al abrirse. Se veía el agujero que había hecho el picaporte en el enlucido, de tanto chocar contra la pared, de tanto golpearla.

Me asomé al habitáculo del ascensor, pero empecé a subir lentamente, casi de puntillas, por las escaleras.

De los apartamentos llegaban gritos repentinos en ese idioma extranjero. Las puertas estaban adornadas con figuritas metálicas brillantes.

Subí otro tramo de escaleras y me acerqué a una puerta conteniendo el aliento.

El nombre estaba muy raspado, apenas distinguía la silueta de mi mano levantándose para llamar.

Al cabo de unos segundos la puerta se despegó.

—¡Te estaba esperando! —dijo el hombre calvo, inmóvil en el resquicio.

Noté que se me erizaba el pelo, que ondeaba.

—¿Qué haces ahí plantado? ¡Pasa!

—¡Cuánto has adelgazado! —dije, por decir algo.

El hombre calvo inclinó la cabeza hacia un lado, lentamente.

—¿Qué haces con esa manta sobre los hombros? —le pregunté.

—El radiador no funciona bien, siempre tengo frío.

No podía ver el resto de su cuerpo, solo los huesos de los dedos que sujetaban la manta para tenerla bien cerrada en el pecho, sellada.

Se adentró en la casa y yo lo seguí.

—¡Cuánto has tardado en llegar! —dijo con una risotada, echando la cabeza hacia atrás.

Aunque la luz estaba apagada distinguí sus dientes, excesivos. Se veía una esquina del fregadero detrás del hule.

—Bueno, de todas formas, podemos brindar: ¡hoy es Navidad!

—¡Es verdad! —balbuceé con un hilo de voz—. ¡He visto los adornos en las puertas al pasar!

Oí sus dientes tintinear en el borde del vaso cuando se lo llevó a la boca tras el brindis.

—Ven que te enseñe tu cama y te dé las sábanas.

Llegaba una musiquilla de algún lugar.

—He encendido la radio, por prudencia…

Seguía con la cabeza ligeramente inclinada.

—¡Ahora soy un guerrero! —dijo sin mirarme.

Pasó una mano por la radio, giró con un dedo muy flexible el dial.

—Pero ¿aún quedan guerreros? —pregunté, intrigado.

Lo oí reírse, levantarse.

—¿Que si quedan? ¡Ya lo creo!

De los apartamentos cercanos llegaban esos ruidos de platos, esas voces.

—¡Aquí tienes las sábanas!

Mientras hurgaba en un armario, dándome la espalda, yo oía crujir sus dedos flexibles, como cosidos a martillazos.

Se volvió para mirarme.

—¿Te gustaría convertirte en un guerrero?
La musiquilla enervante seguía sonando, desatada.
Hice una mueca.
—¡Sí!

Tercera parte

ESCENA DE LA FIESTA

I

En una gran ciudad del hemisferio boreal

«Sigo aquí, sigo volando, tal fue la fuerza de la mano que me lanzó desde el desván de aquel seminario, y la de las corrientes de aire y de espacio que se cruzaron en mi camino. Las carreteras se encienden todas a la vez, de golpe. Mientras paso rozando una cima de cristal, atisbo por un instante la silueta de mi pequeña cabeza de ratón, los ojillos abiertos que brillan reflejados en una de estas grandes cristaleras que hay aquí arriba, como escaparates suspendidos, desfigurados. También me da tiempo a distinguir el contorno de mis pequeñas orejas peludas, transparentes, e intuyo por el destello de mis dientecitos puntiagudos que mi minúscula boca ya está abierta de par en par, que ya estoy cantando. Empieza a anochecer y ya se encienden esas balizas de señalización que hay en lo alto de las torres y los rascacielos aislados, para los aviones. Y supongo que, por lo tanto, también para mí…

»Echo hacia atrás mi cabecita flexible mientras vuelo hacia ese cenagal de estrellas recién nacidas. Cuando mi planeador vuelve a descender lentamente, atisbo lo que queda de la sombra de mis largas alas reflejadas en los pisos más altos. Sobrevuelo esas papillas de luz, esas calles. Noto que mi cabecita se lanza de repente hacia delante cuando bajo de nuevo en picado, y que un ala se levanta de golpe, señal de que estoy virando. Sobrevuelo algunos espacios más íntimos, muy iluminados, y no me queda claro si son atrios de casas o patios exteriores de otros patios interiores. Entran en ellos, poco a poco, largas filas de coches iluminados, los veo pasar a través de resplandecientes columnas en perspectiva. Sus puertas se abren de golpe, sin hacer ruido, y de los vehículos bajan unas caras que la luz ya empieza a borrar. Desciendo otra vez en picado, ejecuto un viraje para colarme por una de las ventanas y sobrevuelo unos segundos una sala repleta de luz, de invitados, antes de salir por la ventana de enfrente y seguir volando con la cabeza inclinada hacia atrás sobre las avenidas, en un aire lleno de luz, muy pringoso, desde el que se oye, incluso a esta altura, una botella hacerse añicos en uno de esos contenedores de vidrio que hay allá abajo, en las calles. La luz se expande paulatinamente, veo pasar como flechas a los patinadores entre el gentío de las avenidas. Desciendo hasta rozar sus cabecitas estiradas, cuando se lanzan desde los peldaños más altos de las escalinatas de las iglesias. Por un instante veo reflejadas en los escaparates unas miradas inesperadas, encandiladas. Siento que el aire me roza el hocico y el borde de los labios, mientras la ciudad se vacía poco a poco. Paso a ras de un grupo aislado que sigue deambulando por la ciudad. "Serán modelos de publicidad que vuelven a casa después de una sesión de fotos en alguna calle semidesierta a estas horas de la noche, en algún paso elevado, en algún puente... Figurantes de algún estudio de televisión, de alguna de las muchas fiestas que se celebran en las casas aisladas, en las villas... ¡Aquí siempre es fiesta!", me digo al distinguir el destello de un vestido de napa bajo mis alas. Las oigo charlar un rato mientras caminan con los ojos entornados; oigo sus voces cada vez más pastosas, deformadas por el chicle que están mascando, dándole vueltas y más vueltas entre los dientes. "Están muertas de sueño —me digo, sobrevolando aún sus diminutas cabezas sin hacer ruido—, están tan destrozadas que casi no tienen fuerza para despegar los dientes del chicle de vez en cuando."

»Estoy sobrevolando Milán, una gran ciudad del hemisferio boreal.»

2

El ordenanza del editor

—¡Soy el filtro del editor! —dijo el hombre, extendiendo una manita desenfocada.

Me dejé caer en el sillón que me había indicado.

—¡Estamos un poco desconcertados con esta novela! —continuó el hombre de sopetón—. Esos desvíos repentinos… Y ¿qué pasa al final con los guerreros? ¿Usted se da cuenta de lo que está haciendo?

Veía a duras penas su cabeza, zambullida en las páginas del manuscrito.

Levantó los ojos de golpe.

—¿Qué puedo explicarle al editor? ¡Ya puestos, dígamelo usted!

Me encogí de hombros. De la calle llegaba un leve rugido.

—Claro, usted no puede darse cuenta de nada, ¡ya se sabe! —dijo sonriendo, con los ojos bien abiertos—. ¡Eso no es cosa suya!

La puerta, que quedaba a mi espalda, estaba ligeramente entornada.

—¿Piensa seguir por este camino, como si nada?

De los pasillos llegaba un tenue frufrú de mejillas y de ropa.

—No se crea, no se crea… —continuó el hombre—. Llevamos un tiempo siguiendo su trabajo. Desde la debida distancia, se entiende.

No podía ver a la persona que había entrado en la oficina en silencio y que me observaba desde atrás, incapaz de controlarse.

Tampoco la oía parpadear, ni respirar siquiera.

Levanté de golpe la cabeza de la almohada.

«Pero ¿qué hora es? ¿Cuánto tiempo llevo durmiendo? Debo de haberme dormido después de comer, ¡me he quedado frito!»

Toda la habitación estaba en penumbra, apenas distinguía el contorno de la silla que hacía las veces de mesilla, el del armario de chapa.

Apoyé los pies en el suelo, sentado en el catre, y me puse los zapatos.

En la torre de enfrente, se había encendido alguna que otra ventana.

Me levanté frotándome los ojos y caminé un poco por la habitación antes de salir por la puertaventana.

Las paredes de mi torre caían a plomo hacia el punto de fuga de un patio lejano, al fondo.

«¡Y eso que esta es la parte más corta, la que sobresale del suelo!», me dije, asomándome al balconcito.

El asfalto del patio resplandecía a la luz de las farolas. Adivinaba en sus reflejos la silueta de alguien que, de vuelta a casa, se estaba limpiando los zapatos en un felpudo empapado, delante de una de las puertas de cristal del edificio.

«Ha llovido allá abajo», me dije, entrando otra vez en la habitación.

Encendí la luz de la cocinita, me acerqué a la pila de platos sin lavar amontonados en el fregadero y abrí el grifo.

«¿Cómo podrá llegar hasta aquí arriba?», me pregunté mientras el agua empezaba a brotar. «Y llegar todavía tan borrosa, tan excitada...»

Otras ventanas se iban encendiendo en la torre de enfrente a medida que la gente volvía a casa.

Recogí las botellas vacías y las metí en una bolsita antes de salir.

Tintineaban mientras el ascensor bajaba, y también cuando crucé el abismo del patio rumbo al contenedor de vidrio, en la avenida.

Aparté la cabeza hacia un lado y cerré instintivamente los ojos mientras las introducía una por una en sus bocas, que ya habían perdido las gomas protectoras.

«La gente las arroja con saña —me dije conteniendo la respiración—, aparecen con esas bolsitas llenas hasta reventar y, sin que nadie los vea, arrancan los labios de goma del contenedor para poder ver las botellas hacerse añicos ahí dentro, resplandecientes…»

El mercado de abastos municipal ya tenía las luces encendidas. Llegaba tras una caminata por el arcén de la avenida y caminaba entre las dos hileras de puestos de cristal recién iluminados. El viento de los coches me rozaba las sienes mientras volvía a casa. Había cada vez más ventanas encendidas en las torres; todas parecían un poco agujereadas cuando las observaba desde abajo, desde lejos. Veía a alguien caminar de puntillas hacia las puertas de cristal, con sus felpudos machacados. De vez en cuando me cruzaba con una mujer negra que volvía a casa con un monito en el hombro. «Seguro que es modelo», me decía, atraído por los reflejos de sus pantalones de cuero ceñidos. «Habrá alquilado un estudio en una de estas torres, en esta zona tan a desmano, donde los alquileres son menos caros…» Bajo la luz de la farola, su cara parecía azul; resplandecía hasta tal punto que ni siquiera se distinguían sus facciones. El monito giraba la cabeza de repente para mirarme y su cadenita brillaba un instante. Yo contenía la respiración al percatarme de un detalle. «La cadena está unida por un pendiente a una de las orejas negras y brillantes de la mujer…»

El ascensor temblaba varias veces durante el ascenso. Comía algo delante de la puertaventana, en una mesita de formica. En una de las ventanas de la torre de enfrente atisbaba un mueble repleto de copas y trofeos. Un par de pisos más abajo, un hombre se secaba los zapatos, primero uno y luego el otro, con el secador. «Se habrán mojado con la lluvia», me decía, limpiando la hoja del cuchillo con la molla de pan. Un par de apartamentos a la derecha, una vieja salía a su balconcito a sembrar sus macetas. Las llenaba con tierra ya abonada, que raspaba de un saquito de plástico hinchado. Hundía en ella las semillas y las cubría con más tierra compacta. Al cabo de unos días volvía a escudriñarlas, arrodillándose en el balcón; hurgaba con los dedos en la tierra para comprobar si habían agarrado de verdad, arrancaba las plantitas recién sembradas para cerciorarse de que ya habían arraigado. Siempre sembraba alguna nueva, y yo veía temblar al trasluz las filigranas de sus raíces cuando las arrancaba de cuajo y, después de sacudirlas unos segundos para quitarles ese velo de tierra que las hace parecer desenfocadas, las levantaba para mirarlas más de cerca. De detrás de la torre llegaba el ruido de los coches que pasaban como flechas por la autopista. Me pelaba una manzana. En la torre de enfrente alguien bajaba una persiana, otro apagaba una luz, y solo quedaba ese fanguillo colorido, esa vibración, que emitía su televisión encendida. Unos pisos más abajo, una pareja estaba absorta en un cunnilingus. Ni siquiera se preocupaban de bajar las persianas, ni siquiera les daba tiempo a salir de la cocina. «Tendrán la comida aún en la boca», me decía, acabando de masticar. «Y tienen ya una edad…» El hombre tenía los ojos muy abiertos, y yo veía las dos caras un poco deformadas a causa de ese velo de sangre que nos cubre los ojos mientras comemos. «Ni siquiera les ha dado tiempo a llegar a la guarnición —constataba—: ella ya está así sentada en la silla de la cocina, ya tiene las medias y las bragas bajadas por los tobillos, y las piernas dobladas y abiertas, y su lengua asoma un poquito, como quien no quiere la cosa, durante el orgasmo…» En otra parte de la torre de enfrente, detrás de una fila de ventanas ya apagadas se distinguía un leve resplandor. A veces lo veía desplazarse, como si corriese. «Habrán saltado los plomos en ese piso —conjeturaba—, le habrán cortado la luz, o quizá sea un recién llegado que aún no la ha contratado y que va linterna en mano por las habitaciones… Pero ¿por qué corre?» De la autopista llegaba el ruido de una oleada de coches acelerando; de vez en cuando se oían elevarse por un instante los claxonazos de algún conductor empeñado en adelantar al resto, desatado.

Me limpié la boca con el borde del mantel y despejé una parte de la mesita, apartando los platos y las sobras a un lado con el dorso de la mano para poner allí el bloc de hojas de cuadros y el boli.

Me volví hacia la puerta principal.

«¿Quién puede ser? ¿Quién se habrá molestado en venir hasta aquí?»

El timbre seguía sonando. Dejé el plato que estaba fregando, con la mano aún borrosa, llena de espuma.

Me sequé con el trapo y fui a abrir.

Giré el picaporte conteniendo el aliento.

—¡Menos mal que lo he encontrado! —suspiró el hombre que tenía delante.

Cerró los ojos un instante.

—¿Vive usted aquí? —preguntó, entrando de puntillas.

Me miraba estupefacto, se aflojaba el nudo de la corbata sin llegar a aflojarlo.

—¿Cuántos años lleva viviendo en este estudio? —siguió preguntando.

Echó un vistazo a su alrededor en silencio.

—Duerme en este catre… —dijo recorriendo la habitación, ensimismado.

Yo seguía apoyado en una convergencia de puertas, en el pasillo.

—Y este armario de chapa… —añadió rozando una de sus dos puertecitas, abolladas por arriba.

Pasó por delante de mí como si no me viese y entró sin hacer ruido en la cocinita.

—¿Esto que llega hasta aquí sigue siendo agua? —susurró con un hilo de voz, abriendo un poco el grifo—. ¿Podemos seguir llamándola agua, con lo alto que estamos?

Dirigió una mirada a la pila de platos y a la bolsa de basura, justo al lado.

Yo lo observaba desde el pasillo, mientras de detrás de la torre llegaba el ruido de algún coche que aceleraba bajo aquella luz.

—¡Soy el ordenanza del editor! —dijo el hombre sin mirarme, de repente.

Me ruboricé un poco.

—Tenga, le doy su teléfono. ¡Vamos a llamar ahora mismo al editor y hablamos con él los dos juntos desde aquí, aprovechando que he dado con usted!

Me quedé mirándolo en absoluto silencio.

—¿Tiene teléfono?

Negué dos o tres veces con la cabeza.

—¡Pues vaya corriendo a la cabina más cercana! ¡Póngase en contacto con el editor de inmediato!

El hombre caminaba de un lado a otro de la habitación, balbuceaba.

—Está esperando que lo llame cuanto antes. Ha dicho que va a quedarse exprofeso en su despacho hasta que lo llame, aunque todo el mundo se haya ido ya, aunque esté todo apagado...

Yo había vuelto a la habitación, todavía estupefacto. Se veían las primeras ventanas encenderse en la torre de enfrente, oí el ruido de una persiana levantada de golpe por una de esas personas que siempre vuelven a casa y se abalanzan como posesas, casi a la carrera, antes de hacer cualquier otra cosa, sobre esa cinta.

—«¡Siga ahora mismo su pista!», me ha dicho el editor agarrándome el brazo, emocionado. «¡Encuéntreme cuanto antes a este autor! A saber si sigue viviendo en la misma dirección, si conseguiremos dar con él de algún modo.»

—Pero ¿por qué? ¿Qué ha pasado?

—Ha encontrado su manuscrito en medio de una pila de folios aparcados. Ha empezado a ojearlo como si nada, para pasar el rato. Pero al cabo de diez minutos se ha encerrado en el despacho y ha insistido en que no lo moleste nadie, por ningún motivo. «¿Cuánto tiempo lleva aquí este manuscrito?», ha gritado al salir, una hora después. «¡Corra ahora mismo a buscar a su autor!», me ha ordenado. No dejaba de pasar por delante de las oficinas, no había forma de que se estuviese quieto, de hacerlo entrar en razón. «A saber dónde estará ahora, a saber si todavía lo encontraremos en algún sitio.» Iba y venía por el pasillo, se llevaba las manos a la cabeza. «¡Que venga ahora mismo el filtro! ¿Será posible que nunca os deis cuenta de lo que tenéis delante, que nunca os enteréis de nada en estos casos? Y, sin embargo, entre un caso y otro pasan décadas, o incluso siglos, milenios...»

3

Destellos

Salí atropelladamente del ascensor en la planta baja y enfilé el camino de acceso al edificio, recién iluminado.

«¡Eso será si logro encontrar una cabina que siga funcionando!», me dije, avanzando sin ver.

El asfalto resplandecía un poco por la lluvia; alguien estaba buscando su llave con los ojos entornados, de vuelta a casa.

Eché a correr por el arcén de la avenida. Por mi lado pasaban como flechas oleadas de coches disgregados, iluminados. Sentía en las sienes su viento, que casi me llevaba volando cuando, en plena carrera, tenía los pies separados del suelo.

«¡El mercado de abastos!», me dije jadeando. «Me parece que hay un teléfono público en la pared del fondo, al lado del puesto del perfumista...»

Crucé la puerta sin aminorar la marcha y me dirigí hacia el aparato, situado entre las dos hileras de puestos de cristal iluminados. «El caso es que no parece desvencijado», pensé, observando unos segundos el teléfono de cerca. «Tampoco han destripado la maquinita de las fichas...»

Probé a marcar el número del editor. Respiraba con la boca entreabierta mientras el teléfono empezaba a sonar al otro lado. Un perro viejo y casi completamente calvo me estaba mirando, acurrucado delante del puesto de la perfumería. «Siempre está delante de ese puesto —me dije mientras el teléfono seguía sonando—, ¡será su marca comercial!»

Volví a marcar el número, lo dejé sonar más tiempo.

El perro seguía mirándome con los ojos entornados, dormitando.

«¡Qué raro! No responde nadie.»

Bajaba a llamar a diario, después de fregar los platos y tirar la bolsa de basura al contenedor de la planta baja. Siempre estaba abarrotado; de la tapa asomaban distintos objetos voluminosos y destrozados: reconocía una muleta estropeada, una lámpara de techo hecha pedazos. Llegaba hasta el mercado de abastos municipal, e incluso más lejos, si el teléfono no funcionaba o no quedaban fichas ni encontraba a nadie que me las vendiera, por más que les enseñara el dinero antes incluso de abrir la boca, desde lejos. Cruzaba casi corriendo la avenida y llegaba a una cabina aislada. Me quedaba mirando la ranura alargada. «¿Qué habrá que meter?», me preguntaba. «A juzgar por la forma que ha adquirido la ranura, quizá uno de esos mecheros que venden por las calles... O una cajita de regaliz, de esas que agitamos con la mano en el bolsillo mientras paseamos, y empiezan a cantar como si tal cosa...» Llegaba a otro teléfono cuyo cable tenía un corte limpio, faltaba el auricular. «Se lo habrá llevado una de esas personas que deambulan por ahí hablando solas. Habrá querido aumentar un poco su círculo de contactos...» El destello de una cabina doble llamaba mi atención y hurgaba entre mis monedas para buscar alguna que meter por la ranura, que debían de haber llenado de papel prensado para luego quemarlo. Por fin oía el ruidito. Esperaba conteniendo la respiración mientras el aparato empezaba a sonar al otro lado. A través de los cristales de la cabina veía una parte de la ciudad muy alejada de mi edificio. «¡Cuánto he andado!», me decía. «¿Cómo habré podido llegar hasta aquí?» Mientras el teléfono seguía sonando, me fijaba en las primeras ventanas encendidas en los bloques de pisos. «A lo mejor este teléfono está averiado», pensaba, dejando caer de golpe el auricular. «¡Intentaré dar con uno que funcione en otro sitio!»

La ciudad se iluminaba. Mucho después me cruzaba con un grupo de modelos fotográficas que atravesaban, con su paso articulado, un puente ferroviario. «Estarán haciendo algún encargo», pensaba al ver sus corbatas de lana de aluminio iluminadas por los focos. Alguien arrojaba con saña botellas de cristal a los contenedores acampanados. De vez en cuando oía su estruendo, de camino a casa. Sorprendía a muchas personas asomadas al mismo tiempo a aquellas bocas, ya sin gomas protectoras, para ver las botellas hacerse añicos ahí dentro. «¿Cómo pueden mirar?», me preguntaba. «¿Cómo tendrán los ojos?» Ya empezaba a ver las torres a lo lejos. Metía la mano en el bolsillo en busca de las llaves, y ya estaba bostezando el viento que llegaba de la avenida cuando algo me hacía volver la cabeza de golpe. Un movimiento de una fracción de segundo en el interior de un coche aparcado ahí al lado me indicaba que una mujer, después de copular en el asiento, había arrancado la bolsita que hay justo debajo del salpicadero y se estaba lavando con el líquido limpiaparabrisas, mientras la brasa de un cigarrillo que se avivaba y se atenuaba en la oscuridad revelaba la presencia de un hombre fumando en silencio a su lado.

—¡No responde nadie! Y eso que siempre lo dejo sonar un buen rato…

—¡¿Cómo puede ser?! ¡Si siempre se queda en la editorial esperando!

De cuando en cuando las esquinas de la torre cantaban con el viento.

El ordenanza del editor se había dado la vuelta para mirar hacia las ventanas de la torre de enfrente.

—¿Qué está haciendo aquel hombre? —preguntó de repente.

—Lo de siempre: cuando tiene prisa, descongela la carne con el secador…

Se giró otra vez hacia mí y se desplomó, agotado, en una silla.

—¡Me ha ordenado que vuelva corriendo a buscarlo! Se ha quedado en la editorial hasta altas horas de la noche todos estos días… Él mismo apaga las luces de las oficinas desiertas cuando ya se ha ido todo el mundo a casa; incluso les da tiempo a llegar a las mujeres de la limpieza, con las escobas y los cubos. Me lo encuentro a la mañana siguiente dormido en su despacho, en el sillón, cuando paso a darle los buenos días, como de costumbre. «¿Se ha quedado aquí toda la noche esperando?», le reprocho mientras se pasa la mano por el pelo y se ajusta el cuello de la camisa y la corbata. «Debo de haberme quedado traspuesto…», se disculpa, de camino a la máquina de café que hay en el pasillo. Bebe del vasito con los labios aún pastosos. «¡Se nos ha vuelto a escapar!», empieza a lamentarse acto seguido, desesperado. «En cuanto se ha sentido acosado, interceptado…» Yo me esfuerzo por consolarlo: «¡Volveré a dar con él! Ya verá como lo convenzo para que llame, para que dé señales de vida. Hoy mismo podrá sentarse con él en la sala de reuniones, ustedes dos solos en esa larguísima mesa, sin nadie alrededor, en diagonal, con el manuscrito delante, con esa cosa enorme…». Cierra los ojos, suspira, lo veo esbozar una sonrisilla efímera. Se limpia de los labios la espumilla del café, niega dos o tres veces con la cabeza y se enciende un cigarrillo. Se diría que está un poco aliviado, pero al instante empieza a agitarse otra vez. Lo oímos deambular por la editorial, nada le parece bien. Se fuma un cigarrillo detrás de otro, lo oímos cojear de oficina en oficina, por los pasillos…

—¿Por qué «cojear»?

El ordenanza me miró de repente con los ojos muy abiertos.

—¡Pues porque es cojo!

Me apoyé en el cristal de la cabina para tomar aliento antes de llamar.

Los orificios del auricular estaban obstruidos por ese cienecillo que sale de la garganta al hablar.

«Debo de tener la boca abierta de par en par», me dije, acercándome el auricular a la oreja. «Todo el mundo me verá bostezando en esta cabina de cristal tan transparente, iluminada…»

En ese momento, alguien levantó el auricular de golpe al otro lado.

—Creo que el editor está esperando esta llamada… —dije por decir algo, conteniendo la respiración.

—Lo siento… Acaba de salir, ¡se ha ido de vacaciones!

—¿De vacaciones, en esta época del año? —balbuceé.

Del exterior llegaba el ruido de algún coche que aceleraba de golpe, que se desenfocaba.

—¿Sigue ahí? —preguntó la voz al otro lado del aparato al cabo de un rato.

La oía mover toda la boca, respirar.

—Antes de marcharse —continuó, levantando un poco el tono de voz— ha insistido en que le ruegue que no deje esto de lado bajo ningún concepto…

Su voz sonaba cada vez más animada. Hizo una pausa.

—Se me ha acercado por detrás mientras estaba escribiendo a máquina —dijo, respirando más fuerte—, ha desenchufado de repente el cable con un pie y las teclas han muerto bajo mis dedos, todas a la vez. «Insisto», ha dicho, pasándome las manos por los hombros. «Espero sin falta su llamada dentro de un mes, a mi regreso. Déjele bien claro lo importante que es para mí, convénzalo de que no cuelgue en caso de que le siente un poco mal, de que le cueste aceptarlo… Puede llamarme a media tarde, cuando la editorial empieza a vaciarse y solo quedan dos o tres redactores, trabajando en una de las oficinas más alejadas, y los diseñadores gráficos, dando los últimos retoques a una cubierta. Vendré corriendo directamente desde el aeropuerto para no perderme su llamada. Solo si tengo la absoluta certeza de que voy bien de tiempo, paso un segundo por mi casa, dejo la maleta en la cama, me doy una ducha rápida, me afeito, me pongo la camisa limpia, el *after shave,* vengo andando a la editorial y me siento al lado del teléfono, un poco perfumado, emocionadísimo…» Hablaba y hablaba, sin dejar de pasarme las manos por la línea de los hombros, del cuello. «¡¿Está segura de que lo ha entendido?! Haga el favor, me gustaría irme con el alma en paz», susurraba. Yo he dejado caer la cabeza hacia atrás, he cerrado los ojos…

Me daba por salir otra vez después de cenar. Volvía a casa por un camino distinto, bordeando una explanada llena de agujeros, donde los chóferes iban a lavar sus autobuses. A veces veía charcos aún humeantes y, cuando de repente soplaba un poco de viento, rodaban por el suelo copos de espuma de detergente disgregados, como bordados, que luego me encontraba pegados en las alambradas, a mucha distancia, y no quedaba claro si era espuma o esas esporas vegetales que flotan por el aire en algunas estaciones. Vislumbraba la silueta de una casilla de peones camineros que llevaba tiempo deshabitada, completamente a oscuras, en el margen de una vieja carretera cortada, abandonada, a poca distancia de otra fila de edificios con las primeras ventanas recién encendidas. Me abría un par de latas delante de la puertaventana. En la torre de enfrente, la habitación repleta de copas resplandecía. «Les saca brillo todos los días», pensaba mientras masticaba. Me quedaba unos segundos escuchando los coches que aceleraban en la autopista, por detrás de la torre. Los del cunnilingus ya se estaban apresurando a terminar la cena, ruborizados. Oía un avión pasar sobre el edificio mientras me limpiaba la boca con el borde del mantel. Los oía también en plena noche, y su vibración bastaba para que la puertecita del armario de chapa se descolgase. La oía abrirse de golpe, abollarse. Me levantaba del catre y, en plena madrugada, la alisaba a puñetazos.

Me cruzaba con esa modelo azul cerca de las torres cuando salía a la calle después de cenar, sin haber quitado la mesa. «Irá a hacer algún encargo...», me decía, entreviendo la cadenita enganchada a la oreja y al mono. La chica caminaba mascando chicle con los ojos entornados. Veía brillar por un instante un hilo de saliva reluciente entre sus labios gruesos cuando cerraba la boca mientras pasaba por debajo de la farola. Me alejaba de mi zona, dejaba a mi espalda otras hileras de bloques de pisos salpicados de lucecitas. Por la rejilla de un interfono salía la voz de alguien que estaba hablando en uno de los apartamentos. Seguía oyéndola cuando ya estaba muy lejos; se distinguían una por una las palabras. «No habrán colgado bien el auricular, no lo habrán colocado bien en el soporte», me decía al pasar. Por otra rejilla, algo más adelante, salían voces discutiendo. «Ya será la hora de cenar, se nota», pensaba apretando un poco el paso, antes de que la discusión bajara a la calle y arreciase, desatada. Caminaba por las avenidas y pasaba por delante de los primeros escaparates iluminados. Me paraba a mirar una fila de televisiones encendidas detrás de la reja de una persiana; me fijaba en los puntitos desenfrenados y bulliciosos de una de las pantallas, que se había averiado o desintonizado.

Regresaba a las torres dando un largo rodeo. «Ya se ha cumplido casi un mes», me decía rozando con la mano una cabina intensamente iluminada, con las puertas arrancadas. «Tendré que llamar al editor dentro de unos días...» Poco antes de llegar a casa entreveía un piececito descalzo de mujer que asomaba de la ventanilla triangular del coche aparcado en la oscuridad. Movía la franja rosada de sus dedos, como para saludarme mientras pasaba a poca distancia. «Estará copulando en ese coche —me decía al llegar a su altura—, estará moviendo incontrolablemente los dedos de los pies durante el orgasmo, y el otro piececito estará apoyado en la otra ventanilla triangular, para empujar aún más fuerte...»

Seguía moviendo esa franja rosada, que parecía masticada. «O a lo mejor de verdad se alegra de verme y me está saludando», pensaba, respondiendo al saludo con un ademán de la cabeza, sin detenerme.

«Estarán haciendo las fotos para las colecciones del año que viene», me dije pasando por delante de un grupito parado al lado de un foco, mientras la mitad de la calle humeaba ligeramente por el alquitrán recién vertido, aún caliente.

«Vienen a propósito a estas zonas un poco a desmano, les hacen fotos en traje de noche con los bloques de pisos solitarios de fondo, como bordados, mientras una apisonadora pasa lentamente por el otro carril y un hombre echa paladas de alquitrán humeante desde un camión reluciente por la grasa...»

Mientras, un grupo de modelos fotográficas desfilaba por su carril con tacones de cristal. Entre ellas, un hombre con esmoquin caminaba con los ojos entornados, abrazándolas.

Un motorista frenó para mirar y acto seguido aceleró de golpe, haciendo un caballito.

Me detuve con los ojos muy abiertos.

Notaba las piedrecitas blandas bajo los zapatos.

El hombre del esmoquin se pasaba de vez en cuando una mano por el pelo, lo hacía añicos al echárselo hacia atrás de repente, recortándose contra la luz del foco.

Yo lo observaba caminar con los ojos entornados, esbozando una sonrisa.

«¡Pero si ese es el ordenanza del editor! ¿Qué pinta ahí en medio?»

4

Los dos ciegos

El teléfono seguía sonando. Oía el tono apoyado en la pared de cristal de la cabina iluminada, con las puertas arrancadas.

Hasta que, de repente, alguien levantó el auricular al otro lado del aparato.

«Por fin… ¡Responde!», me dije conteniendo el aliento.

Se oía un ruidito, como si alguien estuviese mascando chicle.

—¿Hablo con el editor?

—No, con su secretaria… El editor no está.

—¿Cómo…? ¡¿No está?!

Seguía oyéndose ese ruidito, como si nada.

—¡Pero si he llamado justo el día acordado!

Por todas partes pasaban las siluetas iluminadas de los coches.

—Y aquel ordenanza que me enviasteis… —continué.

Oía que la mujer seguía mascando chicle con indiferencia, no hablaba.

«Estará dando vueltas y más vueltas entre los dientes a esa espumilla llena de marcas, eternamente empezada», me dije, intentando apartarme el auricular de la cara.

—¡No cuelgue, por favor! —Su voz había vuelto a animarse de repente al otro lado del aparato—. El editor ha insistido en que lo convenza para que vuelva a llamar mañana a la misma hora. Ha sacado otra vez el manuscrito, ha empezado a saborearlo y a hojearlo, emocionado... «¡Consiga que no se ofenda!», me ha rogado varias veces. «Son cabecitas un poco susceptibles, siempre les cuesta aceptar las cosas. ¡Podría salir corriendo de la cabina y desaparecer!»

Volví a oír ese ruidito: no me quedaba claro si de vez en cuando se le escapaba un bostezo o si seguía mascando el chicle, cada vez más ensalivado, más borroso.

—¿Entonces me lo promete? ¿Puedo decirle que esté tranquilo?

Llamaba a la misma hora al día siguiente.

—Ahora mismo ya está en el avión —respondía la secretaria—, ¡estará sobrevolando el océano!

Yo intentaba balbucear algo.

—Lo ha llamado a primera hora de la tarde uno de sus autores —oía que empezaba a explicarme la mujer—. Estaba con la moral por los suelos, lo ha tenido media hora larga al teléfono. El editor ha intentado animarlo, e incluso le ha arrancado una carcajada al final. Al pasar cerca del auricular se oían sonoras risotadas en ese idioma en el que hablan... «¿Por qué no viene por aquí?», le ha propuesto al cabo de un rato el escritor; estaba ya tan aliviado que de vez en cuando el editor se volvía hacia mi mesa, sonriente. «Vamos a inaugurar mi nueva casa», oía decir a esa vocecilla. «Me haría ilusión que estuviese aquí para la ocasión, vamos a dar una fiestecita... Pero enseguida nos escabullimos y lo llevo a ver el local donde, en su día, iba a comerme una hamburguesa de vez en cuando, cuando aún podía. Está aquí al lado... Me apoyaba en una pequeña repisa, entre toda la gente que se limpiaba la boca con servilletas de papel... Fue allí donde escribí la famosa página de mi primera novela, la del cucurucho manchado de pintalabios, en una tarde no muy distinta a esta, en la que estaba, cuando menos, un poco hundido... Puede traerse al fotógrafo de la otra vez, podría retratarnos paseando con una bolsa de patatas fritas, mientras intercambiamos citas y charlamos y masticamos...»

Yo me disponía a salir corriendo de la cabina.

—¡No se marche así, a lo loco! —La voz de la secretaria me detenía—. ¡Prométame que volverá a llamarlo! Él quiere saberlo, me ha pedido que lo avise a cualquier hora del día o de la noche. Me ha dado los husos horarios y los números de teléfono a los que puedo llamarlo con la buena nueva, a medida que se desplaza de un lugar del mundo a otro, quién sabe dónde… «He vuelto a leer ese manuscrito», me dijo antes de ayer acercándoseme por detrás. «Son encuentros que solo ocurren una vez en la vida de un editor», me susurró apretándome los hombros de pronto, emocionado. «Que ocurra una sola vez ya es infinitamente insólito, y siempre parece inaudito que, a pesar de todo, pueda volver a ocurrir…»

Cuando volvía a probar, la secretaria me anunciaba que el editor se había marchado de nuevo, que ya estaba lejos.

—Me ha asegurado que regresa mañana por la mañana, le implora que tenga un poquito más de paciencia, que llame otra vez. Anoche lo llamó de madrugada un escritor recién incorporado a la casa, al que le hacía ilusión que fuera a verlo porque se había puesto un sombrero de plumas de chorlito…

—Entonces probaré a llamarlo más adelante, ¡no pasa nada! —le proponía a la secretaria—. Puede tomarse un poco más de tiempo, puede pensárselo…

—¡Ha dicho expresamente «mañana»! —respondía la secretaria, ofendida—. No se hace usted una idea del interés que muestra por conocerlo. «Dentro de unas horas ya estaré quién sabe dónde», me ha confiado, hablando en voz baja para que nadie lo oyera. «Alguien me habrá metido como siempre en la maleta la ropa que mejor se adapte al clima en cuestión, los sombreros idóneos, el chaleco salvavidas si tengo que reunirme con ese escritor amante del piragüismo, las botas de montaña o la raqueta de tenis, según el caso, el matamoscas, el casco, el silbato… Tardo siempre un tiempo en acordarme de para qué lo necesito, me ruborizo cada vez que me lo encuentro en la maleta. Y, sin embargo, sé perfectamente que todos los demás son plumas cargadas de agua, papel agotado, inerte, adjetivos de adjetivos, sustantivos de sustantivos. Mientras que este otro, que quién sabe cuántas veces habrá pasado por delante de mis narices, que me habré cruzado por las calles sin verlo siquiera…»

Salía de la cabina, cuyos cristales estaban destrozados a patadas, y caminaba un rato a ciegas hasta encontrarme en una zona completamente desierta; no me explicaba cómo había podido llegar tan rápido. Al día siguiente buscaba una cabina que funcionase y terminaba aún más allá, más lejos, porque la del día anterior la habían saqueado durante la noche. No me percataba hasta el último momento de que las teclas estaban muy hundidas. «Las habrán aporreado con un martillo», me decía, al ver que todas estaban abiertas como una flor. Metía el dedo en uno de los agujeros del disco para marcar y comprobaba que la rueda giraba como quería, se descolgaba: después de cada número había que recolocarla en la posición inicial. Encontraba cables roídos que alguien debía de haber arrancado a mordiscos por la noche. Un auricular se balanceaba casi rozando el suelo de la cabina. De él brotaba una voz que cantaba a grito pelado. «Alguien habrá soltado de golpe el auricular en lugar de colgarlo», me decía, saliendo de la cabina. «A saber qué habrá oído antes de huir.» Aunque ya había salido de la cabina y me alejaba apretando el paso, seguía oyendo aquella voz cantarina procedente del auricular descolgado; seguía oyéndola varias calles más allá, incluso después de salir del túnel de un paso a nivel, donde el aire vibraba y se desenfocaba. Llegaba a una zona distinta, casi desconocida, y veía el letrero de un teléfono junto a la entrada de un local. «Habrá un bar», me decía abriendo la pequeña puerta. De repente me encontraba en una sala infinitamente lujosa, iluminada, por la que iban y venían grandes cuerpos escotados, enjoyados.

«Debo de haberme equivocado de puerta», pensaba al ver a un hombre con esmoquin separarse de la multitud de caras y acercarse con los ojos entrecerrados, un poco encorvado. «Debo de haber entrado sin querer por la puerta que no era. Aunque el letrero no queda muy claro, todo sea dicho: al estar entre dos puertas, no hay forma de saber a cuál se refiere… ¿Por dónde habrán entrado todos estos invitados, con esos trajes tan amplios, tan fracturados? Se distinguen con claridad las líneas donde la tela está recién cortada y aún no ha cicatrizado… Por no hablar de todos estos coches metalizados, demasiado iluminados… ¿Cómo entrarán hasta la sala con los coches?»

Cerraba la puerta al salir y oía que el fragor se atenuaba de golpe a mi espalda; ya solo era un leve rumor cuando apenas había dado unos pasos. Al doblar la esquina divisaba una cabina aislada.

—Esta vez estará fuera un poco más de lo habitual, lo lamento... —se disculpaba la secretaria—. Serán al menos dos días, quizá tres.

—¡Pero si puedo llamarlo dentro de una semana, dentro de un mes! —decía yo, con el auricular ya separado de la cara.

La secretaria dejaba de mascar el chicle.

—¡De eso ni hablar! —exclamaba alarmada—. Ha dicho tres días exactos, ¡ha insistido mucho!

Yo estaba apoyado en la pared de cristal, un poco cheposo. Del suelo elevado de la cabina ascendía un inconfundible olor a menstruación. «Entran a cambiarse la compresa en plena noche», pensaba mientras la secretaria volvía a mascar su chicle. Debía de tenerlo tanto tiempo en la boca, estaba ya tan fino, que se oían los dientes entrechocar con cada mordisco.

—Es lo primero que pregunta cuando vuelve —seguía diciendo ella enseguida—. A veces ni siquiera pasa por su casa a cambiarse. Lo oigo cojear en el rellano, presiona con furia el timbre. «¿Ha llamado esta vez?», me pregunta de inmediato, antes incluso de empujarme contra la pared del pasillo, de besarme...

Salía de la cabina y recorría un buen trecho, durante esa media hora que transcurre antes de que podamos empezar otra vez a ver paulatinamente, a respirar. «¡Atiza! ¡Qué lejos he llegado!», me percataba cuando reconocía poco a poco las calles.

Los coches atravesaban las plazas sin hacer ruido, distinguía por un instante la silueta de los pasajeros en su interior. «Nunca queda claro si son las cabezas o los reposacabezas», me decía mucho más adelante, cuando ya se divisaba un puente ferroviario. Me paraba a observar una tortuga, concentrada en comerse un puñado de pasta ya fría y aglutinada en un platito, al otro lado de una verja. Volvía a notar el viento de los coches a toda velocidad mientras paseaba por la avenida. El mercado de abastos estaba cerrado a esa hora. Al pasar por delante, echaba un vistazo a la casilla de peones camineros que llevaba tiempo deshabitada, y respondía con un ademán al pie que, como de costumbre, me saludaba asomándose por la ventanilla triangular cuando ya estaba cerca de las torres. Entraba en el ascensor, en cuyo interior se percibían esos olorcillos que siempre salen de la boca de quien se deja ascender quedándose plantado frente a un espejo, y entretanto se observa subir, bostezar. Pegaban al techo plaquitas de desodorante que se despegaban cada dos por tres y me caían de pronto en la cara o en los brazos. Encendía la luz de mi estudio y me ponía los patines antes de sentarme a comer delante de la puertaventana. De cuando en cuando, las esquinas de la torre cantaban con el viento. Seguía oyendo, también durante la noche, el fragor de aquellos aviones que sobrevolaban los edificios. «Ahí irá el editor», me decía dándome la vuelta lentamente en el catre, a la espera de que la puertecita del armario de chapa se abollase de pronto. Me quedaba a la escucha un buen rato, pues podía tardar mucho y ocurrir cuando ya había cerrado otra vez los ojos para dormirme. Oía las ruedecitas de uno de los patines girar ligeramente en el suelo mientras me comía una lata de berza con las piernas dobladas, cruzadas. Veía pasar a toda velocidad ese resplandor al otro lado de las ventanas de uno de los apartamentos de enfrente. «Se habrá puesto patines él también —me decía, masticando una galleta—, para ir más rápido con su linterna, para poder gritar…» La pareja de siempre estaba absorta desde hacía quién sabe cuánto tiempo en su cunnilingus. «Pero ¡¿cómo puede ser que ella saque la lengua de esa forma, sin ningún pudor, durante el orgasmo?!», me decía, limpiándome la boca con el mantel. «¿Y que él, en cuanto acaba, escupa en el pañuelo delante de ella como si nada, y se quite esa baba de la cara y de las pestañas?» Iba a la cocinita por una manzana con los patines puestos, volvía a sentarme delante de la puertaventana, la pelaba.

Me quedaba petrificado de repente, mientras me llevaba la manzana a la boca. «¡Anda, si son ciegos!»

Empecé a marcar el número con gesto pausado, recolocando el disco en la posición inicial después de cada giro, pues alguien lo había descolgado durante la noche.

—¿Diga? —respondió una voz masculina al primer tono.

Estaba apoyado en la pared de cristal, veía un poco más abajo las guías telefónicas abiertas como una flor.

—¿Hablo con el editor? —se me ocurrió decir.

—¡Ah! ¡Por fin consigo hablar con usted! —Tenía la voz ligeramente alterada, se sonó la nariz—. Estoy un poco resfriado… —se disculpó.

Los coches seguían pasando por las calles como si nada.

—Ahora mismo estoy reunido —lo oí decir—, pero me quedo libre en un momento, los despacho rápido. ¡Llámeme dentro de un cuarto de hora sin falta! Tenemos que sentarnos cara a cara con ese manuscrito. Cada vez que lo pienso me tiemblan un poco las piernas…

En una de las paredes de cristal distinguí la silueta de mi cabeza, ruborizándose.

Salí de la cabina empujando las puertas con el hombro y seguí oyendo sus labios de goma oscilar cuando ya estaba bastante lejos, calle abajo. «Debo de haber salido casi corriendo», me decía caminando sin ver, sin respirar. «Conviene que no me aleje demasiado de esta cabina, la única que aún funciona por aquí cerca. Tengo que merodear a su alrededor para disuadir a quien quiera meterse de golpe, con el hombro por delante…»

Veía las calles completamente desalineadas.

«Vale, ¡ya ha pasado un cuarto de hora!»

Volví a la cabina a paso ligero, desde lejos. Marqué el número con calma en el disco desvencijado, deshuesado.

Lo oí dar varios tonos.

Luego, al otro lado del aparato, una mano pareció levantar el auricular en diagonal, con suma lentitud.

—El editor ha tenido que salir apresuradamente para coger un avión —me decía la voz de la secretaria—. Me ha llamado hace unos segundos desde el aeropuerto, antes de embarcar. Aún se le notaba agitadísimo, se ha disculpado…

5

La mujer embarazada

Probaba a llamar una última vez. Oía la voz de la secretaria suspirar de pronto. Debía de tener el auricular entre el hombro y la mejilla, con la cabeza girada a un lado e inclinada hacia atrás.

—Usted tenía que ser, ya lo sabía yo... —me decía.

Yo hacía amago de salir corriendo.

—Pero ¿a quién se le ocurre llamar hoy? —continuaba, intentando controlar la voz—. ¿Es que no lee los periódicos? Cuando va por la calle, ¿no se fija al menos, aunque sea sin querer, en esos carteles que dejan colgados en los quioscos cerrados, incluso por las noches? Esos que revolotean o que están medio arrancados porque siempre hay algún listo que da un salto y se cuelga, e incluso hace dos o tres dominadas si no hay nadie en la calle...

—¡Pero si había insistido en que lo llamase precisamente hoy! —intentaba objetar.

Oía un ruidito salir del auricular; no me quedaba claro si era el chicle o uno de esos sonidos que se nos escapan de la boca sin querer, cuando un poco de aire se desalinea en las zonas más internas y desenfrenadas de la cabeza.

—Entonces es verdad… ¡Ha cortado usted todas las vías de comunicación con el mundo! —suspiraba ella un instante después—. ¿Es que no sabe que hoy es el aniversario de la publicación de *Elástica relástica*? ¡El editor se ha visto obligado a acudir con su autor a la fiesta! Ahora están los dos montados en un tándem, con sendos sombreritos de paja en la cabeza. Me ha llamado justo después de comer. También estaba con ellos el editor de mesa de las páginas impares, que ha discutido con el editor de mesa de las páginas pares… El segundo ha tenido un ataque de nervios mientras hincaba el diente a un pastel de tallarines con mantequilla de ajo, lo han fotografiado con su pajarita, con su yesquero…

Cuando paseaba de noche por las calles, oía unos ruidos fluir por el interior de las tuberías ocultas bajo el asfalto blando. De un auricular descolgado en una cabina llegaba un estruendo, como de botellas hechas añicos. «Las estarán arrojando a algún contenedor acampanado, quién sabe dónde —me decía al pasar—, y habrá alguien con el brazo estirado para sacar el auricular de otra cabina que habrá por allí cerca, después de haber marcado deliberadamente o por casualidad el número de esta, si es que lo tiene. Alguien habrá descolgado este auricular al oír sonar el teléfono y se habrá quedado a la escucha unos segundos, antes de huir…» Cuando pasaba por delante de restaurantes con terraza, en pleno verano, oía los chasquidos de los insectos chamuscados en esas grandes estufas de luz violeta. Atisbaba, al fondo de una tienda de animales que llevaba tiempo apagada, un pequeño quirófano que conservaba una iluminación tenue. Captaba por un instante la silueta de un veterinario fumándose un cigarrillo antes de empezar la última operación del día, sin tan siquiera ponerse la bata. También distinguía, al pasar, el cuerpo de un perro tumbado en la mesa de operaciones de acero, ya anestesiado. Muchos días después entraba en una vieja cabina —de esas cuyas puertas se abren como un abanico y tenemos que empujarlas con todas nuestras fuerzas, embistiéndolas con el hombro— y marcaba el número lentamente, metiendo el dedo en los agujeros dilatados por la llama de un mechero.

—Pero ¿por qué ha dejado de dar señales de vida? —preguntaba la secretaria, alarmada.

Yo emitía uno de esos soniditos que se sueltan sin pensar, sin calcular.

—Él se pasa los días encerrado en su despacho —suspiraba la mujer un instante después—, de vez en cuando me llama. «No ha sabido explicarle la situación», me reprocha sin dignarse mirarme. «Se ha sentido herido, me lo imagino corriendo solo por las calles, expandiéndose...» Me rodea con sus brazos, me muerde los labios de repente, sin hacerme daño. Va a buscar su manuscrito y me lee un fragmento con una voz que a veces se entrecorta, que se desalinea. La otra mano me la mete por debajo de la falda trapecio, lentamente; me deja una marca en la carne del vientre. «¿Entiende ahora con quién está tratando?», me pregunta levantando la cabeza. Su voz se entrecorta de nuevo, se quiebra. «A lo mejor al principio no era del todo consciente», me disculpo yo. «Llegan tantas llamadas que no siempre es fácil poder entender, imaginar...»

—Pero ¿ahora dónde está? —le preguntaba yo, agitando de pronto los brazos en la cabina.

—Ha tenido que salir sin previo aviso, le ha dolido...

Bajaba al mercado de abastos. Paraba en el puesto de la lechera a comprar un par de cartones de leche. A veces veía a un recién nacido en brazos de una mujer en el puesto del carnicero, justo al lado. Estiraba su manita hacia el plato rebosante de carne recién picada, arrancaba un puñado pastoso y empezaba a masticarlo con las encías. Fregaba los platos con los patines puestos. A uno de los apartamentos de enfrente había llegado una mujer que veía la televisión de pie y completamente desnuda. Distinguía su cuerpo pálido en esa luz borrosa, al otro lado de la ventana con la persiana subida y sin cortinas. Estaba inmóvil en el centro de la sala; la redondez de su barriga resaltaba, deslumbraba.

«A saber por qué está siempre desnuda», me preguntaba mientras salía de casa al cabo de un rato.

Pasaba a poca distancia de la casilla de peones camineros, me detenía a observar sus paredes desconchadas, sus postigos con listones arrancados. El piececito descalzo nunca se olvidaba de saludarme cuando pasaba por delante de ese coche y seguía andando, alejándome. «¡Y eso que ya está haciendo frío!», me decía, pues en las aceras empezaban a verse aquí y allá rosetones de comida recién vomitada. «Salen de los restaurantes con las chaquetillas desabrochadas y se ponen a deambular atiborrados de comida, embelesados, embobados…» Distinguía la silueta de un gato que dormía hecho un ovillo encima del capó de un coche aparcado. «No se despiertan ni aunque pases por su lado, duermen tan profundamente que ni siquiera se agitan cuando el coche arranca, y aún se los oye ronronear mientras acelera por las calles desiertas y el conductor empieza a echar la cabeza hacia atrás, a bostezar…»

Me di la vuelta en el interior de la cabina mientras el teléfono seguía sonando al otro lado.

En la nave de la estación había un gran número de modelos que caminaban en grupo con las pestañas al trasluz, frotándose con la mano el cuello de la chaqueta, amasándolo como si quisieran hacerlo brotar, estallar.

Luego, al otro lado de la línea, una mano descolgó con infinita dulzura el auricular.

—Temía que ya no quisiera llamar. —Oí la voz de la secretaria sonreír lentamente, respirar.

Probé a decir algo, giré toda la cabeza, los hombros.

—Ha salido hace un rato… —continuó ella—. Pero ha tenido que hacer de tripas corazón, se lo aseguro. ¡Está destrozado!

Se notaba que estaba moviendo la cabeza, a juzgar por la voz que iba, que venía.

—A saber dónde ha llegado ya a esta hora, ¡lo lejos que está!

Hubo una brevísima pausa, se le había escapado un ruidito desenfrenado, descontrolado.

Notaba los pelos de mi cabeza erizarse, germinar.

«El editor está ahí al lado escuchando, acariciándola», me dije conteniendo el aliento. «La estará tocando con una mano, haciendo que se altere…»

* * *

Salía del estudio y bajaba en el ascensor. Me subía el cuello de la chaqueta, o del abrigo, mientras cruzaba el patio a los pies de las torres, cuya piel resplandecía aquí y allá bajo la luz de las farolas. Enfilaba una calle desierta y pasaba rozando con la mano un pequeño coche que llevaba un tiempo abandonado en la acera, cubierto con una lona impermeable un poco desconchada. Había cartones apoyados en sus ruedas ennegrecidas. Un poco más adelante, paseando por el arcén de la avenida, veía la persiana de malla del mercado de abastos desierto, y luego solo una esquina de la casilla de peones camineros, cuya silueta oscura quedaba fuera del círculo de luz de las farolas. Empezaba a apretar el paso, sin llegar a acelerar del todo. De repente me encontraba, como si nada, en la zona de la estación. Seguía andando. Me secaba la frente, que empezaba a sudar. Todo mi cuerpo oscilaba mientras pasaba sobre las rejillas de los sótanos de unos grandes almacenes que llevaban tiempo apagados, a los que oía resoplar desde sus profundidades mientras los dejaba a mi espalda. Adivinaba en el capó de un coche la silueta de un gato que estaba devorando algo, a juzgar por el ruidito desenfrenado que oía al pasar. «Hay gente que pasea por las noches con trocitos de carne para tirárselos a los gatos», pensaba. «Los llevan en el bolsillo, y al final siempre se queda ese liquidillo en el capó…» Algunas cabezas se volvían bruscamente para mirarme. «Y no solo hay gatos, si uno se fija bien», me decía, entreviendo una cabecita con las orejas exageradamente alargadas. «¿Qué es esa criatura, por ejemplo? ¡Parece un zorro del desierto!» Seguía caminando hacia zonas más concurridas e iluminadas de la ciudad. Unos cables enormes cruzaban el suelo de una plaza, había que entornar los ojos por culpa de la luz. Un hombre que vestía esmoquin y tenía la cara tatuada llevaba de la mano a una niña en vaqueros y capita de raso. Veía su pequeña boca temblar mientras caminaba hacia los focos como si fuese de puntillas, y en la cabeza calva del hombre distinguía un único mechón trenzado, enjoyado.

Me quedaba de piedra, estupefacto.

«¡Pero si esa es Mignon!», me decía, incapaz de respirar siquiera. «Y el otro es Queequeg, el arponero…»

Al día siguiente, el auricular se deshuesaba de pronto entre mis manos mientras llamaba por ultimísima vez al editor.

—Ya está bien, no voy a volver a dar señales de vida… —respondía, después de que la voz de la secretaria me dijese lo de siempre.

Oía sus labios despegarse.

—¡No se ponga tan agresivo! —exclamaba enseguida—. ¡No nos acose! —Del otro lado del aparato llegaba un bostezo nervioso, se oía toda la garganta abrirse, hincharse.

Levantaba un momento la cabeza y me percataba de que, para mi sorpresa, estaba rodeado de nieve.

—¿No cree que está exagerando? —decía la mujer, armándose de valor.

Yo echaba hacia atrás la cabeza, intentando encontrar la forma, cualquiera que fuese, de articular palabra. La voz de la secretaria se entrecortaba de repente; parecía estar tragando saliva, llorando.

—Él ya no dice nada —me murmuraba al cabo de unos segundos—. Y, sin embargo, noto que está profundamente turbado por estas intrigas que usted maquina sin cesar, por este acoso por su parte. Noto sus pestañas mojadas cuando acerco de golpe su cara a mis pechos…

En la cabina, yo me retorcía hasta donde me lo permitía el cable.

—Vale, vale —le decía para consolarla—. De ahora en adelante no volveré a dar señales de vida. Al parecer, ha habido un malentendido: me daba la sensación de que era el editor el que insistía en que lo llamase, en que no desapareciese…

—Pero, bueno, ¿y ahora qué ha entendido? —la oía decir, otra vez desesperada—. ¡Si su novela lo tiene más atrapado que nunca! ¡Si no habla de otra cosa! —Su tono de voz se elevaba, como si sostuviera el auricular por encima de su cara y moviera lentísimamente la cabeza, el pelo—. Tengo que interponerme —continuaba al cabo de unos segundos, conmovida— para que no se abalancen el uno sobre el otro, ¡para que usted y él no se destrocen!

Yo miraba por el cristal de la cabina y de vez en cuando veía pasar algún coche por las calles acolchadas. Me disponía a colgar, pero la voz de la secretaria me detenía de pronto, emocionada.

—¡Tiene que venir mañana a la editorial para reunirse con él! Me lo está diciendo en este mismo momento. «Pregúntele si le apetece…», me susurra al oído. Se ha abierto paso entre mi pelo para pegar también su oreja al auricular. «¡Ha llegado la hora de que nos veamos!», me dice, no sé si lo oye. «Lo esperaré en la puerta, o estaré sentado como si nada en mi despacho. Pero el corazón me dará un respingo cada vez que suene el timbre. No sé si tendré fuerzas para levantarme, para ir cojeando a su encuentro. ¡Habría tenido que decidirme antes, habría tenido que atreverme! Pero tenía miedo, en cierto sentido. ¡Y eso que me reúno a diario con escritores! Pero este no es como los demás, es otra cosa… ¡Era como si tuviese que subir una montaña e inmolarme!»

—¡¿Ve?! ¿Ve como está ahí al lado? ¡No quiere ponerse! —intervenía yo, balbuceando.

Oía la voz de la secretaria emocionarse otra vez, de repente.

—De hecho, me está rogando que le pida que venga, no ya mañana, sino de inmediato… ¡No puede aguantar más!

El auricular se me escurría de la mano y lo veía balancearse a unos centímetros del suelo, en el extremo del cable. Oía la voz de la secretaria, que seguía llamándome cuando yo ya había salido de la cabina con el hombro por delante y corría a más no poder por la acera acolchada, deformada. Al cabo de un rato estaba delante de la editorial. Me armaba de valor para subir las escaleras, extendía la mano hacia el timbre con el corazón en un puño. Oía que, en el interior, las máquinas de escribir se quedaban bloqueadas un instante, al unísono. Luego la puerta se abría.

—¡Aquí me tiene! ¡Soy la secretaria! —se presentaba una mujer.

Me agarraba del brazo con las dos manos. Yo observaba su cara sonriente, ligeramente desalineada. Me conducía hasta el interior de la editorial y todos los trabajadores se giraban para mirarnos mientras pasábamos por delante de las oficinas, distribuidas a lo largo del pasillo. Me invitaba a sentarme en un sillón giratorio que te engullía. La observaba morderse los labios. Sus pecas parecían mojadas, un poco disgregadas. «Se habrá lavado la cara hace poco…», me decía, apartando la mirada.

—¿A qué esperamos? —me atrevía a preguntar acto seguido.

Ella seguía mordiéndose los labios.

—Pero ¡¿es que ahora tampoco está?! —le preguntaba, levantando la voz y apoyándome en los brazos deformados del sillón, dispuesto a levantarme.

Ella me seguía por el pasillo. Me detenía cuando ya estaba al lado de la puerta.

—Qué raro —me decía al día siguiente, al mirarse un instante en el espejito que llevaba en el bolso—, es como si cada vez que se presenta usted en la editorial floreciesen en mi cara nuevas pecas...

Me obligaba a volver.

—¡¿Hoy tampoco está?! —le decía yo, mirando por encima de su cabeza.

—He intentado explicárselo a usted por todos los medios... —se disculpaba la secretaria—. ¡Su encuentro no es moco de pavo!

Aguzaba unos segundos el oído mientras ella me sujetaba por las muñecas junto a la puerta del despacho. Notaba que el pelo de la cabeza se me empezaba a erizar otra vez. De repente caía en la cuenta, al oír a alguien cojear al otro lado de una puerta: «¡Pero si está aquí, en la editorial! Se ha encerrado en su despacho, está caminando de un lado a otro de la sala». Bajaba las escaleras corriendo y oía que la secretaria me seguía hasta la puerta principal. Me miraba con los ojos muy abiertos.

—¡No se vaya usted así! —me rogaba, cerrándose bien la rebeca de lana para no enfriarse—. Estoy dispuesta a perseguirlo eternamente, a seguirlo por las calles, hasta que lo convenza de que regrese. No sabe cómo sufre, con qué palabras me recibe cuando vuelvo corriendo a su despacho después de despedirme de usted, en qué estado me lo encuentro...

La veía temblar al lado de la puerta principal, y acababa obligándome a prometerle que volvería antes de permitirme salir a la calle, a paso ligero. Durante un rato caminaba sin ver nada. Me encontraba en una zona distinta. Me secaba la frente, me fijaba en las luces de las ventanas, todas encendidas, y reconocía en las aceras el brillo mineral de esos rosetones congelados, recién vomitados, al pasar cerca de las luces de los restaurantes. Distinguía todos y cada uno de sus cristales desalineados, refractantes. «¿Serán granos de arroz cocido o cuarzo?», me preguntaba, inclinando la cabeza. «Esos cuerpos que combustionan al entrar en la atmósfera y caen a la Tierra repletos de lucecitas heladas, enfriadas...» Llegaba caminando hasta las grandes avenidas, notaba el viento de los coches que aceleraban aún más por esas calles despejadas de nieve, que parecían esmaltadas, y luego otra vez desnatadas, aterciopeladas. Veía las torres desde lejos. Pasaba por delante del pequeño coche que llevaba ya tiempo abandonado, cubierto con la lona impermeable. «A saber qué modelo es», me preguntaba sin detenerme. «Parece un coche pequeñito, un cochecito...» Un poco más adelante me cruzaba con la modelo azul, que salía en plena noche o volvía a casa. Veía resplandecer por un instante sus pantalones de cuero ceñidos mientras pasaba por debajo de una farola. Oía tintinear la cadenita. Yo contenía la respiración y me quedaba embelesado unos segundos mirando al monito, que empezaba a dar saltos en su hombro, a bailar.

«Creerá que nadie la ve», me dije.

Estaba cenando delante de la puertaventana mientras la mujer, en la torre de enfrente, se lavaba desnuda en el fregadero.

Su cuerpo destacaba en esa cocina con la ventana sin cortinas y con la persiana completamente subida.

«A lo mejor ni siquiera hay persiana...», me dije.

La mujer estaba levantando las piernas, primero una, luego otra, para lavarse los pies en el fregadero. Su barriga se aplastaba contra la rodilla, se desbordaba.

«¡Pero si esa mujer está preñada!», me percaté de pronto.

6

«¿Hacía falta crear todo este caos?»

«Y cuando alrededor de la lengua desaparezcan las mucosas y la pelvis —me decía mientras cenaba delante de la puertaventana, contemplando a los dos ciegos de la torre de enfrente enfrascados en su cunnilingus— solo quedará una osamenta de mujer abierta de piernas, eviscerada, mientras la lengua sigue a lo suyo, desatada. Con el paso del tiempo, empezará a desintegrarse también el esqueleto despatarrado, descarnado, y también la lengua se irá deshaciendo poco a poco, hasta que solo queden sus marcas, impresas como radiografías en un punto cualquiera del espacio, y las marcas de ese hueso articulado que hay en el interior de la lengua, mientras alrededor los cometas seguirán su trayectoria magmática y ya no habrá estrellas ni constelaciones, solo cuerpos en combustión que surcan el espacio, cieno volador…

»Y cuando ya tampoco existan las paredes de estas torres, ni las propias torres; cuando ya no haya oído capaz de descifrar estos sonidos y fonemas y solo quede el trazado de un gesto, como el destino de una constelación, esa lengua que sigue moviéndose a lo suyo quizá se manifieste como un impulso de luz arqueológica ante los ojos de alguien sentado delante de un ordenador, en este mismo lugar, frente al espacio abierto. Y puede que ese alguien interprete esos movimientos como un lenguaje aún sin descubrir, indescifrado. Lo mismo le ocurrirá cuando vea el trazado de esa mano que levanta un tenedor con lo que parece un trocito de hígado en salsa de mantequilla, un par de pisos más abajo, y compruebe que ese gesto se cruza con el del hombre que, en un plano distinto, cuatro pisos más arriba, está aflojándose el nudo de la corbata antes de desplomarse en el sofá delante de la televisión; y también con el gesto de otra persona que está bostezando en el piso de al lado, en cuanto esta echa un pelín hacia atrás la cabeza pasándose una mano por los ojos; y con el de esa mujer desnuda que quita la mesa en la que acaba de comer sin ropa, sin mantel, y se acaricia de cuando en cuando esa enorme esfera que sigue en fusión, en rotación… Entonces, la mano empezará a teclear con más fuerza en el ordenador. "¡Lo he encontrado!", se dirá ese alguien echando la cabeza hacia atrás por la emoción. "Puedo extraer de las profundidades toda esta papilla cifrada, puedo arrojarla aún más lejos, puedo superarme…"»

Lo oía cojear en su despacho.

—¡Tiene que darle tiempo para que se mentalice! —me decía la secretaria, deteniéndome cuando estaba a punto de marcharme.

Me conducía por el pasillo agarrándome de la mano, y de vez en cuando se tocaba la piel de la cara con los dedos. Veía a muchas personas levantarse de golpe y moverse por las oficinas, encantadas, emocionadas.

—Todo empieza a brotar, a bullir, en cuanto pone usted un pie en el edificio —me susurraba—, también mis pecas se vuelven de repente más amplias, más suntuosas…

Se sentaba en su sillón, me pedía por favor que le dictase algo que tenía que pasar a máquina urgentemente, y acto seguido oía las teclas desatarse de pronto, como granizo.

—¡Pues que al menos me devuelva el manuscrito! —probaba a decir en las pausas más largas, entre frase y frase.

La veía darse la vuelta, alarmada.

—¡Está ahí detrás escuchándonos! —me susurraba, acercándoseme mucho con su sillón con ruedas—. ¡No se hace una idea de lo mal que lo estará pasando al otro lado de esa puerta! Me lo encuentro pálido, demacrado, al entrar en su despacho cuando usted se marcha. Se me acerca, extenuado: «¿Qué ha dicho? ¿Va a volver?», pregunta en cuanto me ve. Me lee la respuesta en los labios antes incluso de que encuentre las fuerzas para abrir la boca. Le sonrío. Se desploma en su sillón. Me acerco a él bruscamente y me abraza levantándome todo el vestido, y de pronto noto que su cara se deja llevar sobre mi carne...

Me seguía hasta los pies de la escalera cuando me marchaba. La veía temblar con su rebeca fina cuando la estación cambiaba y volvía el frío. Luego vislumbraba ese piececito asomado a la ventanilla triangular, que me saludaba con gran entusiasmo mientras volvía a casa, moviendo esa franja de dedos enrojecidos, un poco congelados. Entraba a la editorial, al día siguiente, al cabo de unos meses. Parpadeaba unos segundos por el exceso de luz. «¡Pero si aquí hay una fiesta!», me percataba de pronto, pues había gente yendo y viniendo por todas partes, bailando. «Han tirado los tabiques de las oficinas, las escaleras...»

—¡La editorial se ha mudado al edificio de al lado! —me decía un viejo con un chaleco de cuero plateado, después de acercarse atravesando varias salas.

Así que iba a llamar al timbre de al lado.

—Teníamos miedo de que no nos encontrase, de que ya no quisiera encontrarnos... —me decía la secretaria viniendo a mi encuentro, bajando las escaleras con paso ligero—. Hemos tenido que mudarnos a una sede más amplia, ahora que nos preparamos para dar este salto adelante, ¡para publicar su libro!

Notaba que el corazón se me aceleraba mientras me llevaba de la mano a través de la hilera de salas, de los pasillos.

—¡¿Eso quiere decir que ya está decidido?! —le preguntaba, jadeando.

—¿A quién se le ocurre hablar de decisiones en una situación así? —me respondía, ruborizándose—. Cuando la decisión ya estaba absolutamente tomada, cuando nunca se había cuestionado.

Me invitaba a subir en el ascensor de paredes acolchadas.

—¡Lo espera impaciente en su despacho! —me decía, apartándose el pelo de la cara para verme bien—. Me ha dicho que ahora sí que está preparado. Ha ido hace poco al barbero, se siente a la altura para su encuentro.

La secretaria se detenía unos segundos delante de una puerta y entornaba los ojos antes de poner los dedos en el picaporte. La veía agarrotarse de golpe.

—Tiene que haber pasado algo en el último momento —me susurraba con ojos estupefactos—. Está empujando la puerta desde el otro lado, ¡no nos deja pasar!

Detrás de la puerta oía algo moverse, desenfrenado, y en cuanto me encaminaba al ascensor también llegaban a mis oídos los pasos de la secretaria, que me perseguía a la desesperada, emitiendo esos ruiditos que se nos escapan cuando echamos a correr y nos quedamos sin habla. Se metía conmigo en el ascensor justo antes de que las puertas se cerraran del todo y la cabina se pusiera en marcha con un suspiro.

—¡Devuélvame al menos el manuscrito! —le rogaba mientras el ascensor perfumado seguía bajando.

Me acompañaba hasta la calle, en zapatillas.

—¡Suba, que va a enfriarse! —le decía yo al ver que seguía ahí plantada, negándose a entrar.

Bajaba corriendo las escaleras en cuanto yo, que volvía por enésima vez a la editorial, tocaba el timbre de cristal. Oía bullicio en las distintas plantas, en los pasillos; veía a gente moverse de un piso a otro, de oficina en oficina. Una vena de su mano, aferrada a la mía, me indicaba que el corazón de la secretaria se aceleraba. La mujer no decía ni una palabra. Me llevaba a la sala de siempre y me invitaba a sentarme con un gesto, sin abrir la boca, cuando en la sala contigua se oía ese ruido de pasos, esa cojera.

—Pues entonces me llevo el manuscrito, si ha tenido el detalle de buscarlo —probaba a decir, sin dirigirle la mirada.

Ella se retorcía las manos en silencio y, cuando me decidía a levantar la cabeza, a respirar, la veía ruborizarse.

—¡Eso es que a lo mejor lo perdisteis hace tiempo y ni siquiera está aquí! —decía de un tirón.

La notaba agitarse, veía que su cara se me acercaba de golpe, se expandía.

—No es eso —me respondía con la boca casi pegada a mis ojos—, pero necesitamos un poco de tiempo para dar con él. Es imposible conseguir que una cosa de esas características no se desborde, que se esté quieta.

Me di la vuelta para comprobar que había vuelto a entrar en el edificio y empecé a caminar por las aceras a paso ligero, a respirar.

«Conseguiré que me devuelvan ese manuscrito, si es que de verdad ha estado alguna vez en su poder, si aquel hombre era de verdad el filtro del editor, y el otro el ordenanza...», me dije, subiéndome el cuello del abrigo. «Empezaré a moverme otra vez, borraré mi rastro.»

Cuando pasaba cerca de los grandes restaurantes, veía destacar en el suelo esos rosetones recién vomitados y ya congelados.

«¿Eso será arroz con azafrán o azufre?», me preguntaba, parándome a mirar cuando la luz de la farola más cercana los iluminaba por completo y los hacía brillar, deslumbrantes. «¿Y esas vetas violáceas serán berenjenas o fluorita? ¿Y esos cúmulos rojizos serán salsa de tomate, eritrina o copos de rodocrosita?»

Contenía la respiración, distinguía en su interior esquirlas de cristal.

«Pero ¿qué darán de comer en esos restaurantes repletos de lámparas de techo y de espejos?»

Podían despegarse fácilmente de la acera sin romperlos, haciendo palanca con cualquier cosa, con una llave o un cortaplumas. Se levantaba toda la placa congelada, decorada. A veces me cruzaba por la calle con alguien que caminaba con un rosetón bajo el brazo. Los veía expuestos en las tiendas de minerales, cuando volvía a pasar por aquella zona de la ciudad al cabo de unos días; los reconocía en los escaparates, al lado de las otras secciones de piedras patinadas y cortadas en rodajas, enfriadas.

* * *

—¿Por qué quiere jugarse esa carta? —preguntaba la secretaria, alarmada. Me pedía que me acercase a su sillón, se llevaba las manos a las sienes—. ¿Cómo puede pretender llevarse esta novela, precisamente esta novela? ¿Le parece algo que pueda hacerse así, sin más?

No me quedaba claro si estaba riéndose o llorando. Yo caminaba con los ojos bien abiertos de un lado a otro de la salita acolchada y muy perfumada.

—Lo he visto justo antes de que usted llamase... Mejor dicho, mientras aún tenía el dedo en el timbre. Se ha quedado un poco atónito al enterarse de su petición. —Yo la miraba en silencio mientras se retorcía las manos; la veía ruborizarse, le hervían las mejillas.

—A lo mejor, si me recibe aunque solo sea un segundo... —se me ocurría decir acercándome a la puerta, pero ella me detenía cuando ya tenía la mano en el picaporte.

—¿Qué iba usted a hacer? ¿Qué se le ha pasado por la cabeza? —murmuraba, tirando de mí.

La oía jadear, mientras al otro lado de la puerta algo se caía de repente al suelo y se desparramaba.

—¿Lo oye? ¡Se ha dado cuenta de que estaba a punto de irrumpir como si tal cosa en su despacho! —me susurraba con la voz pegada a mis ojos, a mis oídos—. Va de un lado a otro, tira al suelo todo lo que se cruza en su camino...

La chica me envolvía una mano con las suyas; intentaba que me sentara otra vez en el sillón.

—¡Pues entonces entre a decírselo usted! —respondía sin mirarla—. Dígale que hoy me gustaría irme de aquí con mi novela bajo el brazo, si es que consiguen dar con ella de alguna manera...

Ella abría los ojos de golpe y se quedaba absorta unos segundos, hasta que se decidía a entrar en el despacho del editor en mi presencia.

—¡Pero no se mueva de ahí! ¡No me siga! —insistía antes de darme la espalda y desaparecer.

En el interior se oían esos sonidos que se emiten cuando se habla desde tan cerca que la voz ni siquiera tiene que salir de la boca, que no hace falta hablar. Cuando salía por aquella puerta yo miraba sus labios magullados, aún emocionados; distinguía la carne de sus piernas bajo el fino velo de las medias con carreras.

—Me ha parecido un tanto dolido por su insistencia, casi ultrajado —decía, echándose el pelo hacia un lado—. Por mucho que quisiera, ¿cómo iba a poder devolverle su novela?

Yo la miraba conteniendo la respiración.

—Es que no hay forma de que lo entienda usted… —me insistía, con los párpados hinchados, como si estuviera llorando.

—Vale, vale, ¡volveré una última vez! —le aseguraba, enfilando el pasillo sin ver nada—. Pero para entonces quiero que tengan aquí el manuscrito, ¡sin peros que valgan! Quiero salir por la puerta y pasear por las calles con él bajo el brazo…

La chica negaba con la cabeza, y antes de alejarme aún me daba tiempo a oír un ruidito desenfrenado al otro lado de la puerta del editor, como si estuviera bostezando en el centro de la sala, de pie, con los brazos estirados y la boca abierta de par en par.

Salía a ciegas, y durante unos segundos oía a mi espalda las zapatillas de la secretaria, que se empapaban al pisar la nieve. Las calles empezaban a vaciarse paulatinamente a la hora de cenar. Yo paseaba por las avenidas acolchadas y, al pasar rozando con la mano la verja de una villa, veía por unos instantes a la tortuga que comía pasta, que la mordisqueaba aunque estuviera congelada, cubierta de nieve. Las torres aparecían poco a poco a lo lejos. El ascensor empezaba a subir, resplandeciente. Me sentaba a comer delante de la puertaventana. En una de las ventanas de la torre de enfrente vislumbraba a la mujer que estaba pesándose en una báscula con los talones juntos. «A saber por qué va siempre desnuda», me preguntaba, llevándome un trozo de pan a la boca. «Será que no tiene ropa…»

—Siéntese a mi lado: tengo que acabar de pasar a máquina dos o tres cositas, tardo un momento.

La máquina de escribir ya estaba enchufada; la oía crepitar, emocionarse.

—Hombre… Si no le molesta echarme una mano, si puede dictarme…

Casi todas las oficinas estaban desiertas, pero aún iluminadas, y en la sala contigua se oía esa cojera.

La secretaria se volvió para mirarme.

—Estoy preparada, ¡adelante!

Como siempre, veía las teclas sobresaltarse, brincar con un instante de antelación; oía los pasos de alguien que se alejaba por el pasillo.

«¿Qué hora será?»

Se oía a alguien apagar una a una todas las luces a su paso.

Me levanté de la silla y empecé a caminar por la sala, bostezando.

—¿Cree que le falta mucho? —decidí preguntar—. ¡Solo he venido a llevarme el manuscrito!

Lo único que se oía era mi voz dictando; veía la cabeza de la secretaria estirada sobre el teclado.

Me detuve.

—Pero ¿qué novela estamos pasando a máquina?

Me di la vuelta para mirarla. Estaba terminando de teclear una frase. Veía su cabeza vibrar con cada pulsación, desenfocarse.

Entonces di unos pasos hacia la puerta del editor con la boca muy abierta, como destripada.

—Pero, bueno, ¡¿otra vez?!

Ella se levantó de un brinco de su sillón.

—¡Voy a entrar por mi manuscrito! No dirán que no se lo he avisado.

La mujer se había plantado justo delante de la puerta. Al otro lado, la cojera se había detenido.

—¡No, no, no lo haga!

—Pero ¿por qué no da la cara?

Ella se pasó una mano por el pelo, bajó la mirada.

—Todavía no lo ha entendido usted…

—¡Hoy tampoco me lo han devuelto!

Volví a abalanzarme contra la puerta.

—¡Pare! ¡Entre en razón! —oí gritar a la secretaria, que se echó a llorar.

Me sujetaba de los dos brazos, sentía latir su corazón, agigantarse.

—¡Pues entonces, si no quiere que lo vea, entre a cogerlo usted!

La mujer se retorcía las manos, no abría la boca.

—Les aseguro que luego me marcho, no volverán a verme el pelo...

Ella negó con la cabeza, cerró los ojos.

—Desapareceré de una vez por todas, ya no me encontrarán...

La chica retrocedía hacia la puerta, mirando hacia atrás, como si la empujara agarrándola de los brazos.

—Todo volverá a ser como antes, como si no hubiera pasado nada...

Ella me escuchaba moviendo ligeramente los labios, como si estuviera musitando lo que yo decía.

Solté un bostezo, echando los hombros hacia atrás, y oí los últimos pasos de alguien que se marchaba de la oficina y se ponía la chaqueta sin detenerse, y que al pasar apagaba las luces con la manita recién brotada, recién florecida, de la manga de la chaqueta.

La mujer ya había abierto una rendija de la puerta y se había colado por ella.

Del despacho llegaban unos ruiditos alterados.

Luego la puerta volvió a abrirse. Vi la cabeza de la secretaria acercarse como a trompicones.

—¡De acuerdo! —dijo sin mirarme—. ¡Ha dicho que se lo devuelve de inmediato, que no tiene inconveniente!

Levantó los ojos de repente para mirarme.

—Entonces tengo que entrar a recogerlo...

Noté que un nervio le palpitaba en el cuello, que se le tensaba.

—No, dice que, ya puestos, ¡le hace ilusión devolvérselo en persona!

Me di la vuelta, con los ojos muy abiertos.

Las demás oficinas estaban desiertas. La luz en el techo crepitaba, adormecía.

—¡Aquí está, ya llega! —dijo la secretaria conteniendo el aliento.

Un hombre había aparecido de repente en la puerta.

—¡Aquí estoy!

No me quedaba claro si estaba bostezando o riéndose.

Se acercó unos pasos. Apenas se distinguían los destellos de su botita ortopédica al despegarse del suelo, avanzando.

—¿Hacía falta crear todo este caos?

Se detuvo y, echando la cabeza hacia atrás, entrecerró los ojos hasta casi fundirlos mientras se llevaba el cigarrillo a la boca con una sonrisa.

—¡Pero si tú eres el Gato!

7

El círculo de fuego

—¿Qué te pasó en el pie?

—¿Pues qué me va a pasar? ¡Un accidente!

Lo oía cojear a mi lado mientras me conducía por el pasillo agarrándome del brazo.

—¿Dónde vamos? —se me ocurrió preguntar sin volver la cabeza, sin respirar.

—¡A la sala de las grandes ocasiones, claro está!

Distinguía a duras penas la silueta de la secretaria, que caminaba unos pasos por delante, apretando el paso.

—¿Y ahora dónde va la secretaria?

—Va a preparar la sala: enciende todas las luces, vacía los ceniceros de cigarrillos, limpia con un trapo las huellas que siempre se quedan en la mesa de cristal, la deja como si acabaran de fabricarla, aterciopelada; pasa las yemas de los dedos por las paredes y por las cortinas, las acaricia. En resumidas cuentas, se encarga de que todo esté listo para una reunión de esta magnitud, como si acabaran de construir ahora mismo la sala y estuviese pendiente de una digna inauguración…

Veía aquí y allá los destellos de su botita deformada.

—¡Aquí estamos, ya hemos llegado!

La sala resaltaba.

—¡Vamos a sentarnos ahí! —dijo señalándome dos sillones—. ¡Uno al lado del otro!

Oí el resoplido del relleno del asiento.

—Pero ¿dónde se ha metido ahora la secretaria?

—Se ha marchado.

Me giré para mirarlo.

—¡Ahora llevas gafas!

Él miró al techo. Veía sus cristales brillar, deslumbrantes.

—¿Y cómo es que ahora eres editor? ¿Qué ha pasado?

—Y tú ¿qué? ¿No habías acabado metiéndote a guerrero? Es una larga historia. Un día de estos te la cuento…

Se detuvo un instante y soltó una risita maliciosa.

—¡Aquí tengo el manuscrito! —dijo de repente.

Su cabeza temblaba imperceptiblemente, se desenfocaba.

Se había inclinado sobre la mesa de cristal y había abierto con gesto indiferente una carpeta.

—¿Hacía falta ponerse hecho una furia? —lo oí decir sin mirarme siquiera.

Se pasó una mano por la cara y las gafas se le subieron hasta la frente, inclinadas.

—Uno orienta su vida en una nueva dirección y está ahí, relativamente tranquilo —continuó, ruborizándose de pronto, incapaz de controlarse—. Va a lo suyo, hace planes de vida… Hasta que un día llega a la mesa de su editorial una cosa con la que nadie contaba, que sin duda nadie podía esperarse ni imaginar.

Volvió la cabeza para mirarme.

—Hasta que se ve arrastrado a este proyecto de guerra, a esta emboscada… En realidad, uno podría negarse a que lo apartaran de esta manera de sí mismo, de su destino, ahora que le ha dado la vuelta a la tortilla. Ahora que este tipo, este personaje, por qué no decirlo, ha cambiado de vida, al menos en apariencia. Ahora que ha hecho carrera, como suele decirse, y ha llegado a editor…

Apoyó una mano en el manuscrito, volvió a cerrarlo.

—Entonces me lo llevo… —dije sin mirarlo, conteniendo el aliento.

—¡Otra vez igual! Como cuando, en su día, querías que te devolviese aquella hoja en el seminario. Me parece que volvemos a estar en la misma situación…

Cerró los ojos un instante y frunció el ceño.

—Claro, claro, ¡ten, llévatelo! —dijo de repente.

Yo tenía la mirada clavada en la puerta, en el pasillo.

—Aunque siempre podríamos intentar convertirlo en algo… —lo oí decir—. No es descabellado pensar que podríamos devolverlo, sin más, a lo increado…

Se giró con todo el sillón.

—Soy como un hombre al que despiertan de repente mientras está sumido en un sueño y sigue soñando —dijo, acercándome de pronto la cabeza, las manos—. Con todo, estoy dispuesto a arrojarme contigo al mismo círculo de fuego, aunque ni siquiera me haya dado tiempo a abrir los ojos del todo, a mirar a mi alrededor…

La luz en la sala era tan intensa que aturdía.

—¿Puede uno lanzarse tan a lo loco? —continuó al cabo de unos segundos—. «¡No habíamos quedado en esto!», empezará a gritar todo el mundo. Poner esto de pronto encima de la mesa, cuando todo el mundo estaba ya a punto de volver a casa y sujetaba las cartas con desidia, con la vista nublada… Ya ni siquiera hay coyunturas históricas. Y luego, esa es otra, ¿cómo dar marcha atrás? «Pero, bueno, ¿se puede saber qué es esto?», se pondrán a vociferar. «Teníamos algo bastante claro, o eso creíamos: ¡las palabras tienen que quedarse dentro de sus límites, cada una en su sitio!»

Se levantó del sillón; el ruidito de sus pasos me indicó que iba de un lado a otro de la sala, cojeando.

—«¡Las palabras tienen que tener enjundia!», me dirán, indignados. «¡Tienen que construir lenguaje!»

Se desplomó en otro sillón para mirarme.

—¿Cómo vamos a lanzar esto ahí en medio como si nada? Se hará el vacío a su alrededor, ¡se notará que hay un vacío! «¡Pensábamos que tú eras editor!», me gritarán por todas partes. Tendremos que reunirnos una y otra vez, pero ni siquiera tenemos que quedarnos en la editorial, podemos salir tranquilamente a pasear los dos juntos, a proyectar recorridos que trasciendan los recorridos... Pero ¿por qué no íbamos a querer lanzar esto y a la vez ser lanzados, sentirnos superados?

Se me había acercado otra vez y veía su mano temblar mientras me tendía el paquete con un cigarrillo, que asomaba como un brote.

—¡No fumo, gracias!

Echó la cabeza hacia un lado, no quedaba claro si bostezando con los ojos muy abiertos o riéndose.

—¡Ya he mandado el manuscrito a maquetar! Siento que ha llegado el momento, ¡estoy preparado! —gritaba, al día siguiente, mientras yo aún estaba subiendo las escaleras.

Me esperaba en la puerta principal y yo veía a su espalda la editorial desierta, iluminada.

—Me pongo algo, apago todas las luces y salimos a dar un paseo para hablar a solas...

Se agarraba de mi brazo y lo notaba cojear a mi lado, mientras bajábamos las escaleras.

—Me muero por ver esas caritas mesuradas, endemoniadas... «¡No nos parece una jugada muy leal!», dirán. «Ya se sabe que siempre cabe la posibilidad de que, si no estamos atentos, en determinadas coyunturas históricas se publiquen cosas por el estilo...» Se pasan la vida a la defensiva, ya lo hacen casi sin querer, casi sin saberlo. Proyectan su imagen fuera de sí mismos, la arrojan a través del espacio como un bumerán; se la arrojan unos a otros, no queda claro quiénes son los lanzadores y quiénes los lanzados. Intentan proyectarse en la posteridad, establecen acuerdos tácitos entre ellos sobre las literaturas, las historias, las enciclopedias... Solo tienen olfato para aquellos con los que hay que guardar las distancias a toda costa, viven con el pavor de que algún día surja de entre las hordas de los excluidos alguien capaz de salirse de un asterisco, merced a algún contratiempo histórico que, a su vez, los reduzca a ellos a un asterisco para siempre... «¡Creíamos que eras de los nuestros!», me dirán. «¡¿Es que no te das cuenta de que tu mera existencia es un ultraje?!»

Me agarraba del brazo con las dos manos, oía las pisadas sincopadas de su botita.

—Vendrán a buscarme a la editorial, se me acercarán en las entregas de premios, en las presentaciones, y yo tendré que hacerme el sorprendido. «En efecto, al principio no lo entendía bien... Todas esas palabras arrojadas de aquella manera, como si ya no existiesen ni las palabras. Hasta a nuestros lectores en plantilla se les cuelan cosas a veces, después de pasarse hojeando manuscritos días enteros, noches enteras. Cogen una carpeta perfectamente idéntica a todas las demás de la pila, quitan el elástico holgado, se frotan los ojos enrojecidos, se retiran a sus cuchitriles, se los oye bostezar incluso desde lejos, y se desperezan justo antes de hincarle el diente al nuevo texto. Al cabo de unos segundos ya se han olvidado de los criterios establecidos para la valoración de los manuscritos, ni siquiera tienen claro dónde están, empiezan a soñar poco a poco, a desbordarse...»

Se llevaba el cigarrillo a los labios y yo reparaba en el temblor de sus dedos mientras salíamos a la plaza más grande. Veía aparecer de repente esa catedral de espuma, esa clara de huevo de la que en los días de viento se desprendían copos llenos de burbujitas, que luego me encontraba pegados muy lejos de allí, mientras volvía a las torres o salía de casa y pasaba por delante del mercado de abastos municipal y de aquella explanada: veía minúsculos copos rodar por el suelo, disgregados; me fijaba en alguno pegado a la escoba de un chófer, que se acercaba a su autobús con la carrocería aún humeante por el agua caliente, con la excusa de que lo estaba lavando, enjabonando...

—Mientras tanto, si quieres, tú podrás seguir escondido; podrás buscarte un pseudónimo en menos que canta un gallo, mientras estés calentándote la leche una mañana o dándote un paseo por la ciudad una noche, cuando ya no haya nadie en la calle y observes inmóvil el interior de un escaparate, todas esas cositas que hay dentro, aisladas, iluminadas... Podrás seguir saliendo de tu casa sin que nadie sospeche nada cuando se crucen contigo en el rellano mientras tiras la bolsa de basura por el conducto de la escalera. Oirás hablar del tema mientras das un paseo, te cruzarás con alguien que esté dando su opinión en voz alta como si hablase de algo completamente distinto. Te subirás el cuello del abrigo y seguirás caminando tan pancho. De cuando en cuando vendré a verte a escondidas a tu estudio; me pondré vaqueros para no llamar la atención, un suéter de cuello redondo y encima un chaquetón de cuero rasgado, de aviador. Entraré conteniendo el aliento, apoyaré la espalda en la puerta en cuanto vuelvas a cerrarla, estaré en tu casa. Me meteré las manos en todos los bolsillos y sacaré la pasta entre carcajadas. Me dejaré caer en una silla y sacaré de una bolsa de plástico del supermercado las nuevas ediciones recién salidas de imprenta, las nuevas traducciones. Empezaremos a reírnos a carcajada limpia, sin parar, doblados en la silla; tendremos que secarnos las lágrimas con las manos. Arrojaré en tu mesa, en la que aún habrá restos de comida, eso que llaman derechos de autor. Podrás cargar mucho más tu carrito cuando vayas a hacer la compra, podrás traer bolsas mucho más llenas de comida a tu torre, a tu puerta…

Pasábamos por debajo de una farola y veía los cristales de sus gafas resaltar, resplandecer.

—Bueno, yo vivo aquí cerca… —decía soltándome el brazo.

Lo oía cojear un ratito mientras yo seguía adelante, caminando sin ver nada durante un trecho, rumbo a alguna de las circunvalaciones internas. Apretaba el paso al notar que ya me rozaba las sienes ese viento, esa luz; veía los coches acelerar por las avenidas sin aceras, sin labios. Las torres despuntaban a lo lejos. Subía en el ascensor y me asomaba a la ventana de la cocinita. Me quedaba un buen rato escuchando los sonidos de esos cuerpos en combustión que viajan a través del espacio, aturdidos. Mi codo golpeaba sin querer el gurruño de un calcetín puesto a secar en el alféizar. Lo veía descender lentamente y deshacerse de pronto en el aire justo antes de tocar, allá abajo, el asfalto del patio.

—¡La maqueta ya está casi terminada! —me anunciaba el editor, asomándose a la puerta.

La secretaria asomaba la cabeza un instante para sonreírme.

—¡Me libero en diez minutos! —volvía a gritar el Gato desde dentro—. Despacho unas cuantas solapas, pongo en marcha un par de cubiertas y estoy contigo, ¡nos largamos de aquí!

Lo oía cuchichear en su despacho, soltar risitas maliciosas. Luego dos colaboradores salían a paso ligero con las tiras de papel recién impresas, todavía un poco húmedas. Por la rendija de la puerta veía al Gato ponerse la chaqueta con gesto descoyuntando, y mientras tanto se acercaba a la secretaria por la espalda para besarla, clavándole una rodilla en los riñones para que se inclinase hacia atrás como un arco y girándole al mismo tiempo la cabeza con las dos manos. La veía salir con los labios hinchados, casi arados.

—Para la contracubierta piden que los fotografíen en sus bibliotequitas —decía el Gato con una risa sarcástica, echando la cabeza hacia atrás, cuando ya estábamos en la calle—. Se nota a la lengua que acaban de lavarse el pelo con champú, que se han puesto guapos. Te miran con esa sonrisilla, girando la cabeza mientras dejan los dedos en el teclado, los muy traviesos. Se ven las uñitas al trasluz, una por una…

Cuando salíamos ya era de noche, ya estaban encendidas las farolas, y me fijaba en algún transeúnte con el fondo del bolsillo ennegrecido. «Guardan ahí los trozos de carne que les echan a esas fieras enroscadas en los capós de los coches», pensaba mientras paseábamos por calles estrechas. Oía la botita pisar la acera de refilón, casi rebotando.

Se giraba de pronto para mirarme más de cerca mientras me hablaba.

—Le he preguntado a la mujer encargada de la maquetación qué le parece. Siempre le pido su opinión sobre los textos, me fío más de ella que de los demás. Ni siquiera era capaz de articular palabra, ha sacado medio metro de lengua, ha puesto los ojos en blanco…

Se paraba a encenderse un cigarrillo, se veía la llama desgajada, cegadora, mientras hablaba sin dejar de dar caladas.

—Ya me he puesto en contacto con editores de otros países y de otros continentes, me he sentido en la obligación de avisarlos: «¡Estad preparados! Algo me dice que se está cociendo una cosita, un acelerón. Tened listo a un buen traductor, si conocéis a alguno de esos que saben traducir con un instante de antelación. De nada sirven los que tienen que leerse primero el libro para traducirlo…».

—Pero ¿cómo es que ahora eres editor? ¿Qué ha pasado?

—Es una larga historia, ya te lo dije. Tuve que reinventarme después de colgar los hábitos… Peldaño a peldaño, poco a poco. Un día de estos te cuento. Por lo demás, estoy bastante familiarizado con la teología…

Yo estiraba la cabeza con la excusa de mirar las aceras, las calles.

—¿Supiste algo de aquella monja negra? —le soltaba de golpe, en voz baja.

—Hombre, ¡y tanto! Salimos juntos…

Notaba que su brazo había empezado a temblar.

—Al final también se pasó alguna que otra vez por la editorial, aunque nos habíamos perdido la pista hacía un tiempo… —continuaba, acercándome otra vez la cabeza.

Me veía obligado a mantener los ojos muy abiertos, a bostezar, para seguir viendo las calles.

—Pasaba sin avisar —lo oía decirme—, cuando en la editorial no quedaba nadie, solo alguna luz encendida aquí y allá y todas las sillas recogidas, volcadas. Irrumpía de pronto: la oía avanzar por el pasillo y llegaba a mi despacho mientras estaba acabando alguna tarea, con el flexo encendido en el escritorio y un sinfín de papeles a mi alrededor. Levantaba la cabeza de golpe, y tenía que levantar también el cono de luz para verla al fondo del despacho, bajo esa capa de pelo adornado con joyas… Se quedaba un rato mirándome en silencio. Al cabo de unos segundos se daba la vuelta de pronto, sin mediar palabra, y se iba por donde había venido… Pero hablemos de ti: ¿cómo conseguiste desvincularte de aquel círculo? No, no es por nada, es que en su día me enteré de alguna que otra cosa…

Me observaba muy de cerca, casi pegado a mi cabeza.

—Salir no es precisamente fácil, por lo que me dijeron —añadía.

Yo estiraba aún más la cabeza, pero seguía viendo un destello en los cristales de sus gafas cuando, al pasar por debajo de una farola, se giraba para mirarme.

—Pero, ahora… ¿Sigues siendo cura? —le preguntaba yo de repente.

Él miraba a otro lado; lo poco que le quedaba de cigarrillo le temblaba de pronto en los labios.

—Dicen que se es cura para siempre… —respondía él con una risita sarcástica, antes de alejarse.

Las torres no quedaban tan lejos cuando se caminaba sin pensar, bostezando. Veía el piececito que me saludaba por la ventanilla triangular cuando pasaba por delante. «Hoy también se ha quedado esperándome —me decía—, aunque es muy tarde, ya noche cerrada...» La mujer desnuda de la torre de enfrente ya estaba durmiendo en un catre. Veía su barriga resaltar en la habitación, con la persiana completamente subida. «Ni siquiera apaga la luz cuando se acuesta, no se tapa ni con la sábana, no se pone nada», me decía, quitándome un zapato y luego otro, sentado en una silla. Me sobresaltaba cuando, al día siguiente, oía llamar a la puerta de pronto. «¡Será el Gato!», pensaba, saliendo a toda prisa de la cama o poniéndome atropelladamente los zapatos si ya estaba comiendo. «Ya habrán publicado el libro, lo habrán traducido a no sé cuántos idiomas, habrá venido a traerme el dinero entre carcajadas...» Me limpiaba la boca con la mano, abría un resquicio de la puerta conteniendo el aliento y asomaba la cabeza. En el rellano entreveía al hombre que pasaba de vez en cuando a leer los contadores con su linternita.

—¡Pasa, pasa, estaba esperándote! Guardo dos o tres cosas y salimos, ¡nos largamos de aquí!

Miré a mi alrededor en el despacho del Gato, repleto de pliegos recién impresos que aún no se habían enfriado del todo.

—Vale, ¡ya he terminado! —dijo, levantándose de la amplia mesa baja—. Vamos a salir a dar un paseo y a charlar, a hacer planes.

Yo estaba en la puerta, observando una pila de carpetas colocada encima de una repisa que había a mi lado.

—Pero si me parece que esta carpeta... —empecé a decir, sin moverme un centímetro.

El Gato acababa de ponerse la chaqueta, su mano había brotado de pronto de la manga levantada sin soltar el peinecito.

Saqué con cuidado tan solo esa carpeta de la pila.

El Gato se estaba peinando con la cabeza ladeada, como emulsionada.

—Pero entonces el manuscrito aún no está en maquetación... ¡Sigue aquí!

Dejó de peinarse un instante y me miró estupefacto.

—¿Dónde iba a estar?

8

Las dos yemas

«¿Qué cometa será ese que acaba de pasar por detrás de las torres mientras asomaba la cabeza por la ventana de la cocinita? Amoniaco, polvo y hielo… Por un instante se ha cruzado con la proyección de mi mano, que estaba desabotonando y ensanchando el cuello de la camisa al borde del precipicio iluminado del patio, o quizá haya sido justo después, mientras me la pasaba por los ojos aún desenfocados. Me ha dado tiempo a ver en una ventana de la torre de enfrente a esa vieja concentrada, que recortaba con unas tijeritas el talón de su zapatilla florecida, reventada, antes de volver a entrar y sentarme en el catre, y de quitarme un zapato, luego el otro, y pasarme una mano por la cara, por el pelo… "¡Claro! —dirá el hombre sentado delante de los espacios, detectando en la pequeña pantalla de su ordenador el impulso de mi mano deslizándose hacia atrás en la habitación ya a oscuras—. Ahora puedo superar sin dificultad toda esta arqueología de la luz, puedo trascender. Ya tengo todo lo que necesito para dar forma, para dar vida, para originar…"»

* * *

—Pero ¿qué te crees? Acabarán encontrándote, te comprarán. Encontrarán otra forma de rechazarte, de desactivarte.

Volvió la cabeza hacia mí y vi la llama desgajada del mechero mientras se encendía el cigarrillo sin dejar de hablar, esbozando una sonrisa maliciosa.

—¿Tú también quieres colocar tu cosita en una de esas estanterías a reventar, y que un día de estos un lector pueda hojearla en la cama con los ojos entrecerrados, para coger el sueño, y pegarle un moco antes de que acabe completamente anulada, superada? ¿Acaso te interesa que te lea o te hojee alguna de las personas con las que nos estamos cruzando en este mismo momento, que hacen muecas y fingen no vernos para no tener que dejarnos pasar? ¿Ese hombre con suéter de cuello redondo y abrigo ligero, esa mujer que está a su lado y que acaba de quitarse una tirita del brazo y la ha pegado en esa pared por diversión? Habrá ido a sacarse sangre en una de estas callejuelas abarrotadas de clínicas especializadas, de hospitales... ¡Estás más cerca de ella ahora, que pasa por tu lado sin verte siquiera, de cuanto lo estarías si tuviera bajo sus ojos tu libro abierto, si tuviera en las manos tus entrañas! ¿Qué quieres, convertirte en un éxito literario, como suele decirse? ¡Pero si ya hay todo un proletariado de éxitos! ¡Ya están todos en fila con su cartelito! ¿Quieres ver llegar a tu casa el nuevo ejemplar recién salido de la imprenta, la traducción? Ni siquiera sabrías qué libro es, pasarías un tiempo sin poder hablar ni respirar. Alguien con gafas de montura de porcelana dirá en algún lugar del mundo: «¡Claro! Se daban todas las condiciones, era inevitable que apareciese algo por el estilo justo ahora, en esta coyuntura histórica, en ese agujero continental, ¡tricontinental! Qué bien se captarán desde allí, justo en este momento, las vibraciones procedentes de los cuatro puntos cardinales de nuestro planeta. Solo habrá que deambular por las calles con el oído aguzado, sin pensar, casi sin mirar...»

Su cabeza temblaba. Se oían los resoplidos, los suspiros de las tuberías recién instaladas bajo el asfalto blando.

—Lo que digo es: ¿qué ganarías tú con eso, en ultimísima instancia? Sí, seguro que llegarían los congresos patrocinados por alguna empresa de pasta de dientes, de toallitas para la higiene errante, itinerante...

Echó hacia atrás la cabeza, no quedaba claro si estaba riéndose con el cigarrillo en los labios o si temblaba.

—Por alguna empresa de palitos de regaliz, de un nuevo tipo de brillantina para las cejas o para los sobacos…

Veía el destello de uno de los cristales de sus gafas cuando se giraba hacia mí de repente.

—Por alguna empresa de chicles, de cuchillas para depilarse las ingles… Flotaría cierto interés en el ambiente, alguien se sentiría en la obligación de arramblar también con tu libro, entre otros muchos, al recorrer las estanterías de una de estas librerías. Se lo llevaría en la misma bolsa que una historia sobre la salsa en la época bizantina o sobre la psicología del botón de rosca… Le echaría un vistazo de vez en cuando, para relajarse tras la ardua lectura de algún manual sobre las miles y miles de nuevas enseñanzas dogmáticas: «Cómo fortalecer los músculos de los sobacos y de los tirantes», «Cómo hacer más satisfactoria su vida en pareja liberando la sexualidad del pulgar». Tendrías, como mucho, una función higiénica, combinatoria. A lo máximo que podrías aspirar sería a la ingesta léxica de tu texto. Yo, si me lo permites, ¡te tengo reservado algo bien distinto!

Intentó girar toda la cabeza mientras apretaba el paso.

—Casi puedo verte levantándote de la silla de pronto, en plena noche, y arrojando el boli en cuanto comprendes que ya ha sucedido, que te has activado, que estás convencido… «¿Qué necesidad tengo de seguir?», te dices, caminando sin control por la habitación. «Ahora que ya no puede ocurrir nada más, ¿ya no podrá ocurrir nada más?» Sin embargo, yo podría decirte un par de cositas. En tu caso concreto, podría verme tentado de armarme de valor e insinuar algo… «Pero ¿por qué no lo haces de verdad?», podría soltarte de pronto, presa de la indignación. ¿Qué haces ahí en el suelo?

—Me estoy atando los cordones.

Cerró los ojos un instante, no quedaba claro si seguía fumando con los labios tensos o si estaba riéndose.

—Vamos a sentarnos en aquel jardín que sigue abierto, ahora que los días se han alargado y se han iluminado tanto —lo oí decir con un suspiro al cabo de unos segundos—. Y que este pie mío, por llamarlo de alguna manera, descanse un ratito.

A nuestro alrededor había plantas vendadas con tela de saco, desfiguradas.

—Me duele un poco cuando el aire empieza a calentarse —dijo apoyando la cabeza en el respaldo—, se expande dentro de la bota, noto los huesecitos asomar, desbordarse, y los nervios y las venas se introducen en ellos sin resistencia y los hacen crecer todavía más, los hacen brotar. Cuando me quito la bota antes de acostarme, tengo que arrancar los trocitos que no se han separado del todo, y noto esas venitas desenhebrarse elásticamente de los cartílagos nuevos. Tengo que estirar mucho los brazos, empiezo a canturrear…

—Y otra cosa, otra cosa —decía de repente en nuestro próximo encuentro—: ¿estamos tan seguros de que mi misión es necesariamente la de sacar a la luz, la de publicar? Me lo pregunto ahora, justo ahora que me ha caído en suerte cruzarme con algo así… ¿Será precisamente esta la vocación que he elegido, mi destino?

Me giraba para mirarlo mientras paseábamos por las aceras mojadas. Por un instante, su boca dejaba de respirar, de fumar.

—Podría decirte: «Has parido esta cosa, ¿y no te basta?». Encima quieres que vea la luz, publicarla. ¡Eso déjaselo a los demás, hombre! Para compensarlos, entre otras cosas…

Su cabeza empezaba a temblar otra vez. Se llevaba el cigarrillo a los labios con la mano abierta, para taparse la cara.

—¿Y si la misión del editor, hoy día, fuera precisamente la de no publicar una cosa así si tuviera la extraordinaria fortuna de cruzársela en su camino? ¿Y si todo su trabajo acabara justificado por ese único gesto de exclusión para con algo que, por más que se intente, no se puede ni siquiera concebir o imaginar remotamente?

Inclinaba aún más la cabeza, se encendía otro cigarrillo con la mano con la que me sujetaba el brazo, oía la llama crepitar cuando pasaba cerca de su pelo.

—¿Y si a estas alturas, en estos tiempos que corren, fuera precisamente esa la función del editor, cómo definirlo…, total, del editor extremo? Impedir la aparición de algo tan excesivo, que no puede sino devastarlo todo y luego superarlo sin mirar a nadie a la cara, sin que se hayan creado nuevas coyunturas, sin que tampoco quede tiempo para crearlas… «Pero ¿este de dónde sale? ¿Quién se ha creído que es? ¿Cómo se atreve a entrar de esta manera?» Yo, llegados a este punto, podría decir: «¡Tengo un proyecto y un destino! Me toca impedir que esto salga a la luz para que permanezca en la luz; me toca pensar y salvar, dejarlo en ese reino potente, incongruente…».

Yo me volvía hacia él con la boca muy abierta, bostezaba de pronto. Un barrendero con botas de goma estaba subido en lo alto de una fuente, llena a rebosar de lluvia, para vaciarla. Me daba la sensación de que le costaba hundir el cubo en el agua, de que tenía que ayudarse pisando el borde con el pie.

—¡Aquí sigo, sumido en este fango! —me gritaba desde su despacho—. Estoy chapoteando en estos lenguajes precocinados y congelados y luego predigeridos e incluso prevomitados. Estoy aquí con sus autores, todos muy ufanos, todos bien peinaditos…

—¡Entonces puedo volver mañana! —le gritaba desde la oficina de la secretaria.

—No, no, ¡espérame ahí! —lo oía responder, alarmado—. No quiero ni imaginarme lo que pasaría si no te encuentro cuando salga del despacho con esta recua de autores y con sus abogados desenfocados, engominados…

Oía algo crepitar, chirriar.

—¡Ya están firmando los contratos! —me gritaba él desde dentro—. Han sacado sus plumitas, ya les han quitado la capucha, están firmando con la cabecita inclinada y la lengüita entre los dientes, muy rosada y arrugada…

La puerta se abría de par en par al cabo de unos segundos y veía salir a la secretaria con un taco de folios, emocionada.

—¡Ayúdeme a pasar a máquina estos contratos! —me rogaba, acercándose, y yo veía la tinta aún fresca de las firmas correrse en los folios cuando los agitaba en el aire, cuando los inclinaba.

Empezaba a oír los martillazos de sus dedos.

—Pero ¿qué están haciendo ahora ahí dentro? —le preguntaba al cabo de un rato, porque no se oía una mosca al otro lado de la puerta y casi todas las luces estaban apagadas en los pasillos.

—Estarán mirándose los unos a los otros, se estarán sonriendo.

Yo seguía dictando un buen rato; distinguía a duras penas la cabeza de la secretaria inclinada sobre el teclado. La mujer bisbiseaba, moviendo imperceptiblemente los labios, como si rezase.

—¿Aún no hemos terminado? —se me ocurría preguntar de sopetón.

Ella se desperezaba con los ojos entrecerrados, bostezaba.

—Vaya usted a saber si siguen ahí dentro —se preguntaba en voz alta.

Se acercaba a la puerta chancleteando con sus zapatillas. Asomaba la cabeza, entraba sin hacer ruido, volvía a salir.

—¡Se han ido todos, no queda nadie!

—¡Pero si no los he visto salir por aquí! —respondía sin mirarla.

—¡Habrán salido por el otro lado! El editor se habrá visto obligado a irse con ellos a celebrarlo. Seguro que no le han dejado ni rechistar, lo habrán agarrado de los brazos con la excusa de ayudarlo a ponerse la chaqueta y lo habrán sacado a empujones.

La miraba mientras seguía hablando, en aquella editorial ya completamente desierta, silenciosa.

—¡Ayúdeme a apagar las luces de todas las oficinas!

Iba de aquí para allá con los brazos extendidos, como si danzase. Yo oía ese ruidito que hacen las luces apagadas de golpe cuando las pillan embelesadas, desprevenidas, mientras recorríamos las dos filas de oficinas. Luego la mujer entraba en su trastero y la veía salir con unos zapatos en lugar de las zapatillas bajas y bordadas.

—¡Al menos baje conmigo las escaleras! —decía, agarrándome del brazo.

Parábamos al lado de la puerta principal, en silencio, y notaba sus labios tibios posarse rápidamente en los míos para despedirse.

Caminaba sin ver. Al cabo de mucho tiempo reconocía una calle gracias a la tirita pegada en la pared. Se había despegado por un extremo y ondeaba un poco cuando alguien pasaba muy cerca y levantaba un soplo de aire. «¡He llegado hasta aquí sin darme cuenta!», me decía sin aflojar el paso. Veía en el centro de la carretera una paloma aplastada en el asfalto, seca. Vista desde arriba, al pasar por su lado, recordaba a un puñado de algarrobas. La placa de un telefonillo vibraba claramente, se desenfocaba. Oía a un hombre y a una mujer discutir a gritos en su casa y al cabo de unos segundos los veía salir a la calle: debían de bajar las escaleras tan rápido que, cuando llegaban al último peldaño y la inclinación cambiaba de golpe, aún daban unos pasos con las piernas dobladas, como fracturadas. Se perseguían por la acera, se empujaban contra la pared agarrándose de los hombros, echaban a correr de nuevo por las calles, con la boca desalineada. Mucho tiempo después los veía otra vez en una zona complemente distinta. Veía al hombre agarrar a la mujer por detrás, del cuello. Le estrellaba la cabeza contra una pared. En la pintura se quedaba esa sombra rosada, esa mermelada. La soltaba de repente, y la mujer huía con los tacones rotos. Se paraba unos segundos después a esperarlo. Y entonces era ella la que empezaba a perseguir al hombre, y cuando lo pillaba restregaba contra la pared las facciones de su cara, agarrándolo por la nuca con ambas manos. Al poco rato volvía a verlos muy lejos de allí. «¡Pero si llevan una ropa completamente distinta!», me decía, parándome a observarlos. «¡¿Cómo han podido cambiarse y peinarse en tan poco tiempo?!» Oía el golpe seco de una cabeza estrellada en el capó de un coche, veía al trasluz la burbuja iridiscente de un moco que brotaba de una fosa nasal de la mujer, que miraba a su alrededor con ojos atontados, encandilados. Luego el hombre le abría las piernas y los brazos de golpe, encima del capó, y se le subía encima. Veía las piernas de la mujer levantarse en el aire, abiertas de par en par. Mucho tiempo después, mientras caminaba por otra zona muy alejada, reconocía sus tacones rotos. También el coche se movía, aunque apenas se veía a su conductor al otro lado del parabrisas, fumando con los ojos entrecerrados. «Ni siquiera se han dado cuenta de que el coche que tienen debajo se ha puesto en marcha», me decía, volviendo la cabeza sin dejar de caminar por la acera. «De hecho, ya está acelerando rumbo a las avenidas, y se ven las piernas de esa mujer temblar durante el orgasmo, cada vez más levantadas por el viento de la velocidad, completamente separadas, desenfrenadas…»

—Le he dado vueltas y más vueltas a todo este asunto que nos traemos entre manos —me decía el Gato, agarrándome del brazo, al día siguiente.

Bajábamos otra vez a la calle, atravesábamos esa agua nebulizada que arreciaba por todas partes, que se filtraba por el paraguas e incluso ascendía desde abajo y nos mojaba la cara. El Gato se agarraba con fuerza a mi brazo cuando el invierno regresaba y las calles volvían a helarse, a resplandecer. Se detenía de vez en cuando a observar la huella que dejaba su botita en la nieve, distinta a todas las demás. Yo oía de nuevo ese ruidito desenfrenado de las estufas para chamuscar insectos, cuando pasaba por delante de restaurantes con terraza en pleno verano; seguía oyéndolos achicharrarse un buen rato, me daba tiempo a llegar al final de la calle, a enfilar otra. «¡Pero ¿qué clase de bichos van volando por ahí?!», me preguntaba conteniendo el aliento. «Son enormes y, sin embargo, nadie los ve. Estarán hechos de cristal, serán transparentes…» Notaba el temblor del brazo del Gato, agarrado al mío; no me soltaba ni cuando tenía que agachar la cabeza para encenderse un cigarrillo. Veía de sopetón ese tajo cicatrizado en su coronilla, debajo del pelo muy corto, al observarlo desde arriba, de cerca.

—Aún se ve el tajo donde tenías la tonsura, aquel navajazo… —se me ocurría decir sin mirarlo a los ojos.

Él no respondía. Notaba que su brazo empezaba a temblar con más fuerza de repente, mientras seguíamos caminando sin hablar, sin respirar.

—Por cierto —me acordaba de pronto—: ¿qué fue de las dos cabezas del padre prior?

—Murieron las dos.

La calle cautivaba, embobaba.

—Una noche se me ocurrió una cosa —me decía de pronto, unos metros más adelante—. Una de esas fantasías que se le pueden ocurrir a uno cuando viaja en avión surcando las estrellas, esas asquerosidades titilantes…

Distinguía una montañita de colillas vertidas en el asfalto, en un cruce. «Alguien habrá vaciado el cenicero a rebosar del coche —me decía al pasar—, mientras esperaba en un semáforo en rojo, bostezando...» El Gato se giraba hacia mí.

—Un día de estos te la cuento... —lo oía decir, extenuado, emocionado.

Caminábamos en silencio un rato. De repente se desenganchaba y yo seguía avanzando sin ver nada. Recorría enormes distancias, hasta que pasaba otra vez por el cruce de las colillas. Me daba la sensación de haber dado apenas unos pasos y, sin embargo, ya estaba en la calle de la tirita. «Ya está medio despegada», me decía girando fugazmente la cabeza. «Cada persona que pasa de vuelta a casa, medio dormida, no puede reprimir el impulso de despegarla un poquito de la pared. Levanta con esfuerzo la mano para tirar de un extremo, pero ni siquiera le quedan fuerzas para arrancarla del todo, mientras sigue su camino frotándose los ojos, bostezando.» Al cabo de un rato pasaba por delante de un edificio con los ventanales abiertos, en una calle desierta. Oía llegar de dentro el crepitar de las centralitas telefónicas, veía encenderse pequeñas luces, vislumbraba en la penumbra la cabeza inclinada de varias mujeres medio dormidas. «Conectan esas clavijas sin mirarlas siquiera —pensaba al pasar—, mientras se llevan un pitillo a la boca, sin abrir los ojos... ¡Normal que luego se oigan voces cantarinas al entrar en una de esas cabinas telefónicas con las puertas deformes! O los ruidos de botellas hechas añicos en los contenedores acampanados, pegando bien la oreja al auricular...» Reconocía de pronto el escaparate aún en penumbra de aquel veterinario. Me detenía unos segundos. Atisbaba la consulta al fondo, donde el hombre estaba fumándose un cigarrillo y sacando sus instrumentos mientras un animal enorme yacía en la mesa de operaciones, ya anestesiado. Distinguía sus ojillos plumados, soñolientos. Volvía a pasar por allí unos días después y me paraba delante del mismo escaparate. «Pero ¿qué bicho es ese?», me preguntaba conteniendo el aliento. «Creía que llevaban millones de años extintos... Esos animales que reptan y se retuercen al volar, haciendo ondear sus crestas; con esa carita desenfrenada, exagerada, y los ojos encastrados directamente en el pico aún manchado de presa, aún ensangrentado...»

Me dirigía a una calle más amplia, todavía quedaba algún coche que pasaba en silencio de vuelta a casa. Me cruzaba con una modelo fotográfica posando en una combinación de seda, apoyada en el portón de un edificio con los ojos cerrados. Me encontraba con un grupo de personas que estaban rodando un reportaje de moda en plena noche. Un hombre con esmoquin de raso caminaba entre dos modelos con vestidos largos que se dirigían hacia los focos con los ojos aún hilvanados. Veía sus siluetas cegadoras mientras avanzaban contoneando un hombro, sin hablar, sin respirar.

—Te dije que se me había ocurrido una cosa…

Me giré hacia él sin dejar de caminar.

El Gato acercó su cabeza a la mía, suspiraba.

—Entonces…, ¿lo hablamos? —preguntó sin mirarme.

—Venga, vamos a hablarlo.

Su brazo había empezado a temblar otra vez, se las veía y se las deseaba para encenderse el cigarrillo, aunque estaba tan inclinado que ni siquiera le veía la cara.

—¿Quién empieza? —dijo entre risas, casi pegado a la llama.

La calle estaba completamente desierta, los zócalos de los edificios se veían fosforescentes por ese polvo amarillo que echan para disuadir a los perros.

—Mira aquel perro vagabundo, allá al fondo —lo oí decir de repente con una carcajada, pasados unos segundos—. Está marcando su territorio en ese contenedor acampanado para reciclar vidrio justo mientras las botellas se hacen añicos en su interior. Ha cerrado los ojos…

Su brazo temblaba aún más, me zarandeaba.

—En fin, la cuestión es que he pensado que… ¡podríamos abordar este tema de una manera radicalmente distinta! —dijo levantando de golpe la cabeza.

Dio una calada. Oí con claridad cómo se consumía el cigarrillo encendido de refilón.

—Me refiero, claro, a tu proyecto… Habría otra forma de convertirlo en pura presencia, en pura ausencia…

Notaba el corazón latir a mil por hora, era incapaz de abrir la boca, de bostezar.

—Podríamos concretar las líneas maestras ya mismo, desde lejos, mientras caminamos como si nada por las calles. Podríamos verlo y concebirlo en plena interdependencia, en plena paz… Pero ¿qué miras? —Yo debía de haber girado de repente la cabeza, con los ojos muy abiertos, estupefacto—. A veces, cuando nos separamos, te veo por las ventanas de mi casa. Vuelvo a verte pasar más tarde, mientras me quito la corbata detrás de los postigos entornados, y oigo otra vez tus pasos cuando ya estoy acostado y las calles están verdaderamente desiertas, en plena madrugada. «¡Bien podría encerrarme y encerrarnos a todos en su círculo!», me digo, empezando a bostezar. «Solo tendría que estar dispuesto a desgajar su obra de sí mismo, de golpe…» ¡No sé si me explico!

A veces veía el pitillo temblarle aún más en los labios.

—¿Qué has dicho? —preguntó de pronto.

Debía de habérseme escapado algo de la boca, algún ruidito.

—¡Madre mía, qué batalla! —lo oí suspirar.

Me giré hacia él. Fumaba con los labios tensos, a veces oía chocar sus dientes cuando el cigarrillo se le escurría de pronto.

—Piénsalo, intenta al menos imaginártelo —dijo cerrando los ojos—. ¿Cómo podrá manifestarse lo que estás haciendo cuando todo acabe, cuando esta gran ciudad sea arrasada?

—¿Arrasada?

—¡Pues claro! ¡Esta ciudad tiene todas las características de las ciudades que tarde o temprano son arrasadas! Y ahora más que nunca, pues ha llegado alguien capaz de verla y cantarla como la primera y la última vez…

Distinguía a duras penas los destellos de sus gafas sobre sus ojos pegajosos.

—Además, ¿no lo oyes? ¡Qué nombre! Parece acuñado exprofeso para que en el futuro lo pronuncien de esa manera, justo de esa manera… Como los de otras regiones que llevan tiempo desaparecidas, como los de las ciudades fabulosas que, según cuentan algunos, existieron de verdad, pero que quizá solo fueron fruto de un sueño, de la imaginación…

Me detuve un instante, incapaz de abrir la boca.

Desde el fondo de la calle una fila de modelos caminaba avanzando de lado, con un hombro por delante.

Luego la fila se abrió.

«¿Quiénes serán ese hombre y esa joven que se acercan abrazados, con los ojos entornados?», me pregunté, parando en seco a observarlos. «Ella solo lleva una combinación de seda recién confeccionada, recién estrenada, pese a que no hace calor precisamente, y va descalza; él lleva una chaqueta de cuero estampado, deslumbrado... Y ahora se detienen mientras la fila de modelos sigue caminando y lanzando destellos por la calle, y se oye el frufrú de esa seda repleta de luz cuando el hombre la rodea también con el otro brazo. Empieza a besarla con la cabeza inclinada, delante de los focos, y los dos mueven parte de la cara, de las mejillas: no queda claro si están hablándose dentro de la boca o si están masticando un solo chicle en una misma boca...» Se apartaban con los labios hinchados y seguían caminando con la cabeza aún pastosa, aún onírica.

—¡Pero si son Heathcliff y Sylvia Plath!

Reanudaba mi paseo por las calles, por la avenida, hasta llegar a las torres. Me dejaba llevar por el ascensor. Tenía que echar hacia atrás la cabeza y los brazos cuando empezaba a subir más rápido, perfumado. Abría corriendo la puerta y asomaba la cabeza por el ventanuco de la cocinita. Había que meterse de lado, con los hombros encogidos y los brazos y las manos bien pegados, emulsionados. Me quedaba un buen rato escuchando el sonido de esos cuerpos que no hacen sino rotar a través del espacio, emitiendo un ruidito como de puertas abiertas una y otra vez, descolgadas.

La luz empezaba a cantar. Divisaba al monito saltando en la azotea de la torre de enfrente mientras me preparaba un poco de sopa con los patines puestos. «¡Se habrá escapado del hombro de esa modelo!», me decía conteniendo la respiración. No me atrevía a comprobar si del otro extremo de la cadenita colgaba un jirón de oreja. La vieja volvía a arrancar una a una todas las plantas de su balconcito. Observaba al trasluz las raíces, que parecían arder, y las sacudía un instante para que la tierra se soltase. Yo contenía la respiración mientras ella las agitaba una vez más bajo la luz. «¡Cuánto han crecido esas raíces!», me percataba de repente. «¡Llegan casi hasta los pies de las torres!» La mujer desnuda resaltaba en una de las ventanas de la torre de enfrente. Estaba lavando su ropa interior en el fregadero. «Pero ¿por qué lavará siempre la ropa interior si no se la pone?», me preguntaba al levantar la cabeza del plato humeante. Se frotaba toda la barriga con una enorme esponja, en círculos. La veía otra vez al levantar de nuevo mi cabeza húmeda. Se echaba talco con un plumero gigante. «¡Pues sí que dura este embarazo!», pensaba, agachando la cabeza hacia el plato. Iba a hacerme un huevo en la cocinita. Veía salir de la cáscara, cuando la rompía y la abría en la sartén, dos yemas claramente distintas. Al día siguiente bajaba al mercado de abastos municipal. Todas las luces estaban encendidas, deslumbraban. Reconocía en un muchacho que se acercaba al puesto del carnicero al recién nacido que comía carne picada. «¡Cuánto ha crecido él también!», me decía, alejándome a paso ligero. «¡Ya se afeita!» Un cartel anunciaba que se vendían huevos especiales, con dos yemas, en el puesto de cristal de la pollería.

—Pero ¿no tenéis ni uno con una sola yema? —protestaba, levantando repentinamente la voz entre aquellos puestos desalineados, demasiado iluminados.

9

La aceleración

Me detuve con el tenedor a media altura.

«¿Quién llamará a estas horas?»

Me limpié la boca, aún manchada de comida, con la mano. Veía vibrar las líneas de la habitación mientras el timbre seguía sonando.

«¡Será ese mono!», me dije conteniendo la respiración. «Habrá conseguido entrar en esta torre por la puerta principal, o por la azotea, y estará dando brincos en el rellano con la oreja colgada de la cadenita. Se divertirá saltando y pisando los timbres con esos pies que parecen manos… Vale, el timbre ha dejado de sonar, ¡habrá pasado de largo!»

Intenté tragar saliva y cerrar los ojos al mismo tiempo, respirar.

El timbre volvió a sonar.

Me levanté con los patines puestos. Oía las ruedecillas en las baldosas mientras me acercaba a la puerta en absoluto silencio.

«Podría abalanzarse sobre mí perfectamente… Golpearme y lanzarme hasta el fondo de la habitación, deslizándome con los patines.»

El timbre dejó de sonar un instante, luego siguió.

Alargué una mano hacia la puerta y oí el pestillo deslizarse, adormecedor.

Asomé bruscamente la cabeza, con sus dos ojos.

Había un hombre plantado en la puerta, maleta en mano.

Hizo una leve reverencia.

—¡Me manda el editor!

—¿A mi casa? ¿Por qué? ¿Quién es usted?

—Soy su biógrafo.

—¿Mi biógrafo? —pregunté, negando con la cabeza—. ¡No puede ser! ¡Nunca he publicado nada! ¡No me conoce nadie!

Su pelo blanco resplandecía por la brillantina en el rellano oscuro, silencioso.

Se ruborizó ligeramente, me sonrió.

—No me queda claro si puedo pasar…

—¡Ah, sí, faltaría más! —balbuceé, haciéndome a un lado.

El hombre entró agachando la cabeza con gesto mecánico, aunque el dintel de la puerta estaba mucho más alto.

Cruzó la casa y fue a dejar su maleta a los pies de mi catre. Le veía la camisa por detrás, con los pliegues del cuello resplandecientes.

—No puede ser… —repetí.

Lo observé en silencio mientras se sentaba pasándose el pañuelo por la cara.

—¡Ah, por fin! —suspiró.

Miró a su alrededor unos segundos. Lo oía respirar con esfuerzo, jadeando, mientras apoyaba la maleta en el catre para abrirla.

—¿Qué lleva ahí dentro?

—Mis apuntes.

Yo lo miraba en perfecto silencio mientras él ordenaba unas carpetas con las manos repletas de manchas.

Volvió un segundo la cabeza.

—¿Podemos tutearnos? Se trabaja mejor…

Se oían los coches pasar como flechas por la autopista, desatados.

—¿Puedo quedarme aquí unos días? —preguntó ruborizándose—. Necesito recabar más información de primera mano, observaciones directas, confidencias…

—Vivo en este estudio, no tengo más camas…

—No pasa nada, yo no ocupo mucho espacio, siempre duermo en el borde…

Se quedó esperando con los ojos bien abiertos; había dejado de trastear en la maleta, me miraba.

—Ni siquiera has traído una muda… —se me ocurrió decir.

—No te preocupes, ¡no me llevará mucho!

Bajó la mirada un instante y me sonrió.

—¿Qué haces con esos patines puestos?

La maleta estaba abierta encima del catre. El hombre había empezado a hurgar por enésima vez entre los folios de apuntes.

—¿Qué haces todo el rato con esas carpetas? —le pregunté intrigado.

Él se ruborizó de repente.

—Las ordeno un poco, echo un vistazo al montón de apuntes que he recopilado hasta ahora sobre ti, aquí y allá…

—Pero ¡¿cómo puede ser?! —insistí—. No me conoce nadie, no conozco a nadie…

Él negó con la cabeza, miró a su alrededor sin dejar de hablar.

—Es lo poco que he podido hacer a estas alturas, en estas condiciones. Sin embargo, habría necesitado aún mucho trabajo, mucho más tiempo…

Se pasó una mano por los ojos y se quedó un buen rato en silencio.

—Y al final, cuando la obra por fin estuviera acabada, habría podido… —lo oí seguir murmurando.

—Habrías podido ¿qué? —pregunté sin mirarlo, mientras ponía otro cubierto en la mesita.

—Habría podido volver a Ducale… —respondió sin mirarme.

—¿A Ducale? ¿Por qué precisamente a Ducale?

—¡Porque nací allí!

Lo vi ruborizarse con la cabeza gacha mientras pasaba por su lado con los cubiertos, conteniendo la respiración.

—Habría podido quedarme allí muchos años y envejecer lentamente, como todos los demás…

—Pero ¿por qué dices eso?

—Pues, hombre… Para mí el tiempo pasa de otra manera, envejezco de forma prematura…

Seguía oyéndolo mascullar en la habitación.

—Habría llegado a una de esas horas muertas, con mi maleta; habría habido alguien esperándome en la pequeña estación. Habría disfrutado de mis costumbres cotidianas, del aperitivo en aquel bar. Alguien habría considerado un honor acompañarme, agarrándome del brazo, en mis paseos por sus callecitas. Sin duda se habría hablado durante un tiempo de esta biografía como una frontera con un género nuevo…

La sopa estaba lista. Le dejé el plato delante y empezó a sorber el caldo casi sin abrir los labios, formando un remolino.

—Me habría salido en alguna parte de la cara una de esas verrugas que necesitan mucho tiempo para acabar de formarse, de sedimentar. Alguien habría considerado una privación intolerable el carecer de una excrecencia igualita a la mía. Habría presentado en aquella sala el nuevo libro, habrían acudido muchas cabecitas bien peinadas a escucharme, habría reconocido de pronto, de pasada, a una de las presentes en la sala…

—Se te ha quedado un fideo en los labios… —le dije sin mirarlo directamente.

Se lo quitó sin dejar de hablar y el fideo cayó al plato, ya duro, frío.

—Y luego, cuando envejeciera más, y todavía un poco más, me habrían puesto a presidir el jurado de algún premio creado para la ocasión; habrían venido a visitarme a casa los cerebritos, las mocitas. Después, cuando fuese aún más viejo, unos años más viejo de lo que se considera muy viejo, habrían venido con una cámara de televisión a hombros y un foco, me habrían pedido que girase mi cabeza marchita en busca de la mejor iluminación, dándole otra capa de brillantina. Alguien habría dicho unas palabras antes de entregarme un diploma sellado, me habrían dado las gracias, me habría conmovido, se habría visto alguna lagrimilla, y el primer plano de mi manita aún más acribillada de manchas, temblorosa…

—¿Un diploma sellado y todo? ¿Un foco? —pregunté con la boca todavía un poco deformada por un trozo de manzana recién desbastado, aún no del todo triturado.

Se volvió un instante hacia mí.

—¡Pues claro! ¿Por qué? ¿Falta algo más?

Me levanté para quitar la mesa y lo oí seguir hablando mientras iba a la cocinita haciendo equilibrios con los platos.

—Y cuando muriese, al final de todo, habrían ido a hurgar en mis carpetas en busca de pasajes omitidos, con sus manitas ordenadas, peinadas; habrían apartado los mondadientes y los calcetines; habrían colocado una bonita placa en una de esas callecitas, en la pared de una casa...

—¡¿Qué me dices?! ¿Siguen poniendo esas placas? —exclamé volviendo de la cocinita para llevarme el mantel, un poco pringoso.

—¡Pues claro que siguen poniéndolas en casos como este!

Me miraba sentado en la otra silla, con los zapatos desatados. Solo se oía ese ruidito que hace la luz cuando sigue iluminando y desenfocando como si nada.

—¡Suerte que por lo menos hay otra silla! —me decía al día siguiente, ladeando la cabeza.

Yo me acercaba a paso ligero a la puerta.

—¡Bajo a hacer la compra! —decía sin volverme—. Si es que encuentro algún sitio que siga abierto... —Y me disponía a abrir.

—¡No, no, no te molestes! Yo ya no como casi nada, sobre todo por la noche. Un poco de pan sopado en leche, una galletita mojada en vino, un caldo de pastilla...

Volvía a paso ligero a la cocina.

—¡Unas estrellitas de pasta también son más que suficientes! —lo oía decir desde la otra habitación—. No hace falta masticarlas, no cuesta mucho digerirlas...

Yo llegaba al cabo de un rato con la comida y él se anudaba la servilleta al cuello.

—Pero ¿son estrellas, estrellas? —preguntaba, pescando una en el caldo con la cuchara para cerciorarse.

Se la acercaba mucho a la cara para examinarla. Al poco se oía en la habitación ese ruidito que hacía con la boca al sorber con decisión el caldo. Me miraba de vez en cuando mientras se llevaba la cuchara a la boca, sonreía.

—¡Qué bueno este caldito! ¡Estás hecho un cocinitas! No te creas que es un detalle irrelevante para nuestro trabajo…

Yo lo miraba en silencio absoluto. Veía una estrellita de pasta pegada a sus labios; la paseaba un buen rato antes de que se cayera sola. Luego volvía a verla en el suelo, pisoteada varias veces, agigantada.

—Pero, bueno, ¡¿de dónde sale esta estrellaza?! —se sorprendía al descubrirla al día siguiente.

Tenía que despegarla con un cuchillo; me costaba que cupiese en la bolsa de basura y que pasara por el conducto del rellano, cuando salía a tirar la basura antes de acostarme y solo se oía el ruido de la luz encendida, desenfocada.

—Pero ¿qué te ha pasado? —le preguntaba al volver a entrar y encontrármelo con las orejas acartonadas.

—Mira, ¿lo ves? —decía, negando con la cabeza—. El tiempo ha vuelto a acelerarse… ¿Qué te decía yo? —Se palpaba un poco—. A veces se detiene unos segundos, incluso unas horas. Puedo mirar a mi alrededor, me toco el nudo de la corbata, me divierto un rato…

Yo me sentaba lentamente en la silla mientras él se desataba la servilleta del cuello y volvía a palparse las orejas, haciéndolas cantar, chirriar.

—Luego empieza a acelerar de golpe, otra vez —seguía diciendo, negando con la cabeza—. Acelera mientras ya está acelerando y todo se desliza. Me cruzo con un conocido por la acera y, mientras nos estrechamos la mano, lo veo salir corriendo, gritando a voz en cuello. Entro en un restaurante y nadie me reconoce al salir: los camareros se niegan a devolverme el sombrero, la bufanda.

Se sentaba en el borde de la cama y se quitaba un zapato, luego el otro.

—¡No tires el pan duro! —me decía, deteniéndome, si me sorprendía yendo al cubo de la basura con un trozo que había sobrado—. Mañana por la mañana lo sopo en la leche. También se puede empapar y macerar en el caldo, y queda una cremita…

Desde la cocinita, lo oía sacudir un poco las mantas y bostezar. Yo entraba corriendo en la habitación y me lo encontraba agitando los brazos, chirriando, muy cerca de la cama. Luego empezaba a mascullar algo.

—Se han acabado las estrellitas —le decía al día siguiente, mirándolo a los ojos—, ¿te da igual si uso espaguetis partidos en muchos trocitos?

Lo notaba agitarse unos segundos, no me respondía. Luego, cuando yo llegaba con los platos humeantes, él engullía un par de cucharadas y paraba un momento para sorber un trozo de pasta un poco más largo que el resto.

—¿Te acuestas vestido? —le preguntaba sin mirarlo, algo más tarde.

—No, no, ¡llevo el pijama debajo! —me explicaba—. Lo llevo siempre debajo de la ropa, siempre tengo frío...

Se metía en la cama y se tumbaba de costado, en un ángulo recto perfecto, en el mismísimo borde.

—Mira, ¿ves? —decía, levantando un poco la cabeza para buscarme mientras yo estaba en el otro extremo de la habitación, en silencio absoluto.

Cuando al cabo de un rato volvía de la cocinita, me metía yo también en la cama. Unos segundos después notaba sus huesos helados, dormidos. De la autopista seguía llegando ese ruido de luz que aceleraba, desenfrenada. Giraba la cabeza hacia el otro lado y bastaba con que la persiana tuviese un solo listón un poco levantado para que viese su nuca embadurnada con brillantina a escasos centímetros, resplandeciendo en la oscuridad. Me cambiaba de costado, intentando conciliar el sueño, pero al instante me despertaba un leve ruido: no quedaba claro si venía del otro lado de la cama o si era el viento, que hacía cantar las torres al pasar.

—Ahí está, ¿lo oyes? —me susurraba despertándose de sopetón—. Vuelve a acelerar, estoy envejeciendo...

Yo notaba que se estaba palpando la cara en la oscuridad.

—A lo mejor tendría que dejar de llevar camisa, a estas alturas: no se me cierran bien; puedo verme hasta las uñas de los pies si agacho la cabeza y miro por el cuello, que me queda holgadísimo. Tendría que empezar a ponerme pañuelitos de esos...

Lo oía dormirse otra vez al cabo de unos minutos. Volvía a despertarse con un sobresalto.

—¿Has oído eso? —susurraba sin girar la cabeza.

—Ha sido la puerta del armario de chapa —respondía yo, con la voz aún pastosa—. Se abolla siempre que pasa sobre estas torres algún avión, algún cometa…

Se quedaba un buen rato sin decir nada.

—El caso, el caso es que… —lo oía murmurar cuando yo ya estaba bostezando, a punto de conciliar el sueño.

Iba a mirarse el pelo en el espejo. Luego se oían los huesos de sus pies crujir en las baldosas cuando por fin volvía a la cama.

—Se me ha caído un buen puñado de pelo en estos cinco minutos —me comunicaba enseguida—, tendré que dejar de usar brillantina, así al menos no hacen tanto ruido al caer…

Me quedaba en duermevela y la luz empezaba a filtrarse por los listones no del todo cerrados. Notaba que el corazón se me aceleraba de pronto. Me incorporaba en la cama mientras mi biógrafo seguía durmiendo.

—¿Qué ha pasado? —le preguntaba encendiendo la luz.

Él me miraba, medio dormido, y al cabo de unos segundos lo veía ruborizarse de golpe.

—¡Era de esperar! —me decía sin mirarme—. Han empezado esos problemillas de la vejez…

—¿Y ahora qué hacemos? —le preguntaba, respirando con la boca abierta.

—No te preocupes —me decía él para tranquilizarme, mientras yo me ponía de lado buscando una esquinita aún seca de la cama—. Esto también lo tenía previsto.

Yo esperaba, conteniendo el aliento. Se dormía unos segundos, se despertaba.

—Mañana por la mañana —lo oía mascullar al fin— iré a comprar un catéter en una tienda de productos sanitarios… ¡Alguna habrá en la zona! No quiero molestarte, me lo pondré yo solo antes de acostarme y sacaré por debajo de las mantas la cánula y la bolsita…

La noche siguiente lo oía trastear al otro lado de la cama, mientras le daba la espalda. Luego se acostaba y lanzaba un suspiro. Por fin podía apagar la luz.

—¿Has visto? —murmuraba en ese mismo instante—. No te molestaré mucho más, no se va a alargar la cosa…

Cuando me despertaba en plena noche oía en la oscuridad el sonido de aquella gotita que descendía, destilada. Notaba que el pelo se me erizaba, que se movía en la almohada.

—¡Esto va cada vez más rápido! —lo oía suspirar a la mañana siguiente—. Está claro que es mejor que lleve este trasto también durante el día.

Deambulaba por el estudio con la cánula y la bolsita, y yo veía ese manantial de orina resplandecer por unos instantes cuando se paraba delante de la puertaventana, a contraluz.

Intentaba salir a toda prisa de la casa, pero mi biógrafo levantaba la cabeza de golpe, alarmado.

—¿Sales?

—¡Es solo un ratito! —le respondía, apretando el paso en dirección a la puerta.

Él me clavaba los ojos unos segundos y, con una sonrisa, me decía:

—Me veo obligado a meterte un poco de prisa, dadas las circunstancias...

El Gato, alarmado, venía cojeando a mi encuentro cuando volvía a presentarme en la editorial.

—¿Por qué llevas tantos días sin venir por aquí?

Yo me desplomaba en el sillón habitual.

—¿Cómo iba a venir? ¡Me has endosado a ese biógrafo!

—¡Ah, sí! ¿Te ha encontrado?

—Sí, sí, ¡Pero me has mandado un biógrafo que adolece de envejecimiento prematuro!

—Hombre, no es tan sencillo, ¿sabes? ¡Es lo que hay en el mercado! Pero, ojo, ¿qué te crees? ¡Esos son los mejores!

—¡Temía que no volviera usted a dar señales de vida, no volver a verlo nunca más! —lograba decirme la secretaria, girando la cabeza, mientras el Gato buscaba repentinamente sus labios y le besaba la cara.

Salíamos en silencio. Unos metros más adelante distinguía unos fogonazos de magnesio, unos destellos. «Ahí sigue esa modelo con la combinación de seda, apoyada en la puerta principal de ese edificio», decía para mis adentros. «Ese hombre aún está sacándole fotos, está durmiéndola…»

—¿Estás cansada? —lo oía preguntarle—. ¿Quieres que paremos?

La modelo echaba hacia atrás la cabeza con su densa melena. Eructaba con los labios entrecerrados, sin abrir los ojos.

Entré en casa sin hacer ruido y fui a dejar la bolsa de la compra en la cocinita.

—¿Puedes venir? —oí murmurar en la otra habitación.

Asomé la cabeza.

—Pero ¿qué ha pasado? ¡Ya no tienes pelo!

—Se ha acelerado todo otra vez, de repente…

Estaba sentado con una pierna estirada en la otra silla.

—¿Qué te has hecho en la pierna?

—Debe de ser una flebitis, una trombosis…

—¡Pero si esta vez solo he salido media horita a hacer la compra!

Empezó a hacer aspavientos con los brazos mirando fijamente su maleta; le costaba mucho hablar, mascullar.

—¡Tienes que llevarme ahora mismo a ver al editor con estos manuscritos!

—¡No sé si lo pillaremos allí a estas horas! ¡Ni si puedes moverte!

La habitación estaba llena de luz, deslumbraba.

—¡Que cojas la maleta! ¡Ayúdame a ponerme de pie! ¡No me queda tiempo!

Notaba sus huesos bailar dentro de la ropa mientras intentaba levantarlo, abrazándolo.

—¿Y cómo pretendes que vayamos?

—¡Tengo el escúter abajo!

—¡¿Cómo?! ¿Viniste en escúter?

—¡Pues claro!

Lo miraba conteniendo la respiración mientras él intentaba sostenerse en pie, dando saltitos.

—¡Coge esa maleta! —lo oí gritarme otra vez, muy agitado.

—Pero ¿cómo voy a sujetarla si tengo que conducir?

Me miraba con los ojos muy abiertos.

—¿Quién va a conducir el escúter? —se me ocurrió preguntar.

—¿Pues quién va a ser?

El rellano estaba recién encerado.

Metí la maleta en el ascensor y lo ayudé a entrar. Desde arriba llegaba ese aroma desenfrenado, iluminado.

—¡Menos mal que está el ascensor! —me dijo con una sonrisa, mirándose al espejo.

Yo sujetaba la maleta con la mano retorcida mientras pasábamos por debajo de las torres, bajo aquella luz.

—¿Seguro que puedes conducir?

Notaba sus huesos alrededor del brazo, empujándome.

—¡Ahí está, ese es! —dijo señalando un escúter.

—¿Cómo vas a conducir con el catéter y la cánula? —volví a preguntarle, viendo la bolsita de orina balancearse en el aire, resplandecer.

—No me molestan.

Ya estaba intentando bajar el escúter del caballete; lo oía mascullar de vez en cuando.

—Solo te pido que me ayudes a arrancarla dándole un empujón con el pie por detrás. Si no te importa prestarme un pie…

—Pero ¿cómo voy a sujetar la maleta mientras estemos en marcha?

—Puedes ponerla en vertical perfectamente; puedes abrazarla…

El motor empezó a girar, una nube de humo ascendió hasta desfigurarse.

—¿Y cómo vas a apoyar el pie en el suelo cuando tengamos que parar en los cruces? Tendrás que avisarme con tiempo, lo puedo hacer yo desde atrás…

—Eso es lo de menos: ¡no hay nada como esta piernecilla tiesa!

Mi biógrafo ya estaba a horcajadas en el escúter. Yo también me monté, abrazando la maleta.

Giró la cabeza hacia un lado.

—¿Estás? —lo oí mascullar.

Cerré los ojos un instante y noté que mi cabeza retrocedía de golpe con el arreón del arranque.

—Bien, ¡ya estamos en marcha! Tendrás que indicarme el camino. ¡Esperemos llegar!

Distinguía desde atrás los huesos de sus brazos bajo las mangas de la chaqueta, que aleteaba y cantaba mientras acelerábamos por la avenida. La bolsita de orina se balanceaba con el viento de la velocidad; en las curvas la veía resplandecer a mucha distancia de nosotros.

—Pero, si por el motivo que fuese, no consiguiera llegar... —lo oí mascullar con la cabeza girada, embalsamada.

Desde atrás veía su cogote resecarse, encogerse por momentos.

—Si me pasara algo antes de tiempo...

Se oían sus dientes desgajarse de las encías con el viento, mientras gritaba con la cabeza girada hacia mí.

—En ese caso, encárgate tú de mis apuntes. Llévaselos tú al editor. ¡Lo dejo en tus manos!

El escúter empezó a perder velocidad, se detuvo en un cruce. No volcó gracias a esa piernecilla que asomaba por un lado, rígida.

Giré la cabeza para mirar a mi alrededor.

Oí el chirrido de un frenazo, de unas ruedas bloqueadas que seguían deslizándose por el asfalto.

—¡Menos mal que pasaba por aquí! —gritó alguien a mi lado.

Distinguí la cabeza de un hombre asomado a la ventanilla de una furgoneta fúnebre lacada en negro.

—¡Pero si eres el hombre de la furgoneta! —dije al reconocerlo, mientras el hombre abría la puerta para bajar de un salto y separar del escúter el cuerpo de mi biógrafo, aún aferrado al manillar—. El que venía a traerme los periódicos a la sede desierta, el que luego llevaba residuos al gran vertedero...

—¡He tenido que reinventarme otra vez! Ahora trabajo en una funeraria, ¡voy de camino a otro servicio muy lejos de aquí! —lo oí gritar—. Pero puedo acercar a este, ¡me pilla de paso!

Ya estaba enarbolando el cuerpo junto a la puerta trasera de la furgoneta, para meterlo en un ataúd vacío y ya abierto mientras seguía engarrotado con el gesto de conducir el escúter, de acelerar.

Me arrebató de las manos la maleta, que también metió en el ataúd.

—Sígueme con el cacharro ese —lo oí gritar mientras se sentaba al volante, antes de arrancar.

Me monté en el escúter.

Veía la parte trasera de la furgoneta cada vez más lejos. Oía sus ruedas, a las que les costaba quedarse dentro de sus límites, no agigantarse.

«¡Seguro que ya habrá llegado!», me dije, enfilando la avenida del cementerio con la cabeza estirada.

Sin embargo, ya estaba saliendo. El hombre me saludó sacando una mano por la ventanilla de la furgoneta mientras se alejaba derrapando, riéndose a carcajada limpia.

Subí el escúter en el caballete y entré corriendo.

«Ya lo estarán enterrando», me decía, recorriendo las avenidas.

Dos tipos caminaban con las palas aún manchadas de tierra, aún desfiguradas.

—¿Dónde habéis enterrado al hombre que acaban de traer? —les pregunté.

Echaron la cabeza hacia atrás para sonreír mejor, desde un poco más lejos.

—Nos ha dado tiempo a enterrarlo y a exhumarlo. Ya hemos metido sus restos en uno de esos hornos.

10

El cometa Halley

La secretaria vino corriendo a mi encuentro con la boca magullada.

—¡Venga, venga, lo está esperando, lo tiene en ascuas! ¿Se puede saber dónde se había metido? Desde esta mañana está obsesionado con el tema. Se le olvida comunicarme las cosas, se acuerda de repente mientras me está besando, mientras me tiene aplastada contra esa pared. Presiona con tanta fuerza mi cuerpo que me expando...

La cabeza del Gato ya había asomado de su despacho.

—¡Entra, entra! Me pongo el suéter y salimos a dar un paseo y charlar: tenemos una conversación pendiente, si mal no recuerdo...

Me detuve en la puerta mientras el Gato movía la cabeza y los brazos dentro del suéter.

—¡Vale, ya estoy!

Me sentía incapaz de dar un paso, de respirar.

—¿Qué te pasa?

—¡Ese suéter ya lo he visto yo en algún sitio!

—¿Ah, sí? ¿Y dónde, si puede saberse?

Solo se le veía media cara detrás del cuello de la camisa, aún levantado.

—¡Pues claro! —dije sin volverme siquiera—. Lo vi una noche, a medio tejer, en un refugio en el que me quedé a dormir…

Estábamos bajando las escaleras, se oía el ruido de nuestros pasos y el de su botita.

—¡Qué cosa más rara! —respondió con una risita sarcástica.

Ya habíamos salido por la puerta principal. No me quedaba claro si quería llamar mi atención tirándome del brazo o si estaba temblando.

—¿Qué te has hecho en el pelo? —me preguntó de repente.

—¡He venido en escúter!

—Ah, muy bien, muy bien, en escúter… ¡Tengo ganas de recorrer las calles contigo!

Me agarraba del brazo con las dos manos mientras nos dirigíamos al escúter aparcado a poca distancia.

—¿Qué fue del biógrafo que te mandé?

—¡Ha muerto! Me ha encomendado todos sus apuntes, me ha dicho que te los entregue a ti…

—¿Ah, sí? ¿Y dónde están? ¿Los tienes aquí?

—No. Los han enterrado con él. Ha sido todo muy rápido. No ha dado tiempo…

—¡Vaya por Dios! Es una lástima… ¡No ha habido suerte!

Se montó detrás de mí en el escúter, muy emocionado, y asomaba la cabeza mientras acelerábamos por las avenidas y se oía nuestra ropa cantar, crujir.

—No conviene abrir demasiado la boca para hablar a esta velocidad, con el viento en contra —lo oí decir con una risita, a mi espalda—. ¡Y ay del que bostece!

Llegaban unos ruiditos de los contenedores acampanados para reciclar vidrio. «Será alguno de esos insectos que siguen zumbando en los fondos destrozados de las botellas», me dije, pasando por su lado a toda velocidad. «Pasan como si nada de un fondo a otro, de botella en botella, haciéndolas añicos con sus alitas…»

Nos movíamos así por la ciudad a diario, como un rayo, y cuando pasábamos por casualidad por delante de aquel jardín, yo detenía el escúter. Lo veía levantar como buenamente podía la pierna, la de la botita. Íbamos a sentarnos en un banco y enseguida lo notaba temblar de repente, incapaz de controlarse.

—¿Será posible que no lo entiendas? —decía echando hacia atrás la cabeza, apoyándola en el respaldo.

Luego volvía a las torres. Encaramaba el escúter al caballete y subía a cocinarme algo, pero antes pasaba por el mercado de abastos municipal, si seguía abierto. Volvía con la compra y metía en el frigo una cuña de queso envuelta en papel, que encontraba completamente azul a la semana siguiente, cuando me acordaba de sacarla: había que esculpirla con el cuchillo; la llevaba a la mesa desbastada, tallada. En la torre de enfrente veía a la mujer desnuda lavando las cortinas en un cubo de plástico de colores. «A saber por qué sigue lavando esas cortinas si nunca las cuelga en las ventanas», me preguntaba al levantar la cabeza del plato. Me detenía unos segundos al lado del cochecito cubierto con la lona, antes de alejarme en el escúter con los patines puestos. «¿Cómo es posible que siga perdiendo aceite?», me preguntaba al ver una mancha irisada en el asfalto mojado por la lluvia. Volvía a parar cuando pasaba otra vez por delante, al día siguiente. Me agachaba a mirar debajo de las ruedas con las llantas oxidadas, cubiertas con cartones. «No me parece que esté exactamente en el mismo sitio que ayer», me decía conteniendo el aliento, pues la mancha de aceite siempre parecía un poco más adelantada o atrasada. Aceleraba por la avenida y notaba las ruedas de los patines deslizarse en los reposapiés cuando me recolocaba un poco en el asiento, en plena marcha.

—¡Tiene mérito que consiga que quepa también mi botita! —oía decir al Gato a mi espalda con una risita, mientras recorríamos las calles recién encendidas, aún imprecisas.

Cuando ya habíamos bajado los dos del escúter, exclamaba de pronto:

—¿Será posible que no te des cuenta?

Yo lo miraba en perfecto silencio mientras me agarraba del brazo y empezaba a caminar, a cojear. Se olía un aroma un tanto avainillado cuando pasábamos, por la tarde o por la noche, por delante de la pequeña persiana bajada de una confitería.

—¿Qué cigarrillos me han endosado? ¡Saben a vainilla! —exclamaba el Gato arrojando bien lejos la colilla, riéndose a carcajada limpia.

Se quedaba largo rato en silencio, palidecía. Yo veía pasar un perro con la cabeza en un embudo de gasa. Una modelo fotográfica que caminaba con paso articulado, muy iluminada, sujetaba su correa. El Gato se quedaba petrificado.

—¡Mira, está nevando! —Echaba hacia atrás la cabeza y no me quedaba claro si era para respirar a pleno pulmón o para soltar una carcajada—. Vale, vale, ¡vamos a hablar única y exclusivamente de la nieve un ratito!

El Gato extendía los brazos y giraba sobre sí mismo con la cabeza aún inclinada hacia atrás, como si estuviera cayéndose y danzando al mismo tiempo.

—¡Mira cuánta cae! ¡Está cubriéndolo todo!

Ya empezaba a oírse ese crujido bajo nuestros zapatos, bajo su botita. Casi no se oían los coches que pasaban por las calles.

—¡No había visto una nevada así en mi vida! —exclamaba el Gato con los brazos abiertos—. Mira a tu alrededor, ¡no se ve nada!

Al día siguiente volvía a la editorial recorriendo las avenidas esmaltadas con el escúter.

—Pero ¿cuántos días lleva nevando? —me preguntaba el Gato, animándose, mientras caminábamos por calles completamente abombadas.

A veces se giraba para observar, entre los otros pasos, esa huella singular de su botita. Me la indicaba con la mano y se reía. Entraba a toda prisa en los jardines borrados.

—¡Cuidado, no vayas a hundirte! —lo oía exclamar de pronto.

De vez en cuando se volvía para mirarme y yo apenas distinguía sus ojos detrás de las gafas heladas. Intentaba equilibrarse con los brazos mientras caminaba entre las plantas vendadas. De repente se hundía hasta la rodilla y braceaba un poco, atrapado en esa clara de huevo.

—Tenía miedo de no recuperar esta pierna con la botita, ¡esta especie de flecha! —me gritaba a poca distancia.

Al otro lado de una de las ventanas de un edificio a orillas del jardín, en la planta baja, se recortaba la cabecita de una trabajadora que nos observaba sin parpadear. Salíamos por la verja. Nunca quedaba claro si estaba abierta o cerrada, si existía. De la acera se elevaban los ruiditos amortiguados de nuestros pasos mientras caminábamos en silencio. Volvía hacia las torres y notaba las ruedecitas deslizarse por la avenida acolchada. Subía el escúter en el caballete y me encaminaba a los edificios, pero me detenía de golpe al llegar al cochecito cubierto con la lona. Me agachaba para mirar debajo, en ese rectángulo donde faltaba la nieve. Nunca estaba exactamente en el mismo sitio que el día anterior. «El caso es que esos cartones siguen cubriendo las ruedas...» A veces el rectángulo asomaba bajo el parachoques; nunca coincidía del todo con el contorno del coche. Notaba que el corazón se me aceleraba de repente.

«Este cochecito tiene que moverse, ¡aún funciona!», me decía conteniendo la respiración. «Saldrá cuando no haya nadie por las calles que pueda verlo, ¡cuando sea noche cerrada!»

—Bueno, ¡volvamos al asunto que nos ocupa!

Yo giraba levemente la cabeza, pero me daba tiempo a ver que el Gato abría un poco los ojos, sonrojándose.

—Hay otra forma de proceder, ¿no lo has pensado?

Su brazo empezaba a temblar otra vez mientras entrábamos en una enorme rotonda, mientras pasábamos bajo una columnata.

—Siempre cabe la posibilidad, a falta de otra mejor, de destruir la obra, como suele decirse... ¡Para que se conserve intacta!

Entreveía al guarda sentado en su garita de madera, debajo de la columnata. Iba muy abrigado y parecía dormido delante de la pequeña televisión que tenía en el suelo, entre los pies.

«Estarán dando algún partido», me decía al pasar. «¡Entonces es domingo!»

El Gato echaba la cabeza hacia atrás, volvía a suspirar.

—Por ejemplo, podrías tirarlo todo por el conducto de la basura de tu edificio después de romper los folios uno por uno en mil pedazos, cogiendo tacos muy finos para poder rasgarlos, ¿me explico? Bueno, estarás familiarizado con estas cosas... Te sientas en el suelo con las piernas cruzadas, en el centro de la habitación, y llenas un montón de bolsas de plástico del supermercado. Luego abres con cautela la puerta de casa para cerciorarte de que el rellano está vacío, y aún los rompes un poco más cuando tengas la portezuela abierta, para que no obstruyan el conducto de la basura y que al día siguiente alguien saque ese bulto rasgado... Me refiero al hombre que sin duda irá de edificio en edificio desatascando los conductos de la basura con su gancho. O en una fase posterior: alguien podría, por ejemplo, rescatar tus bolsas de plástico cuando ya estén en la prensa del camión... Me refiero al hombre con esos guantes amarillos gigantescos... O aún más adelante, cuando ya estén triturados, hechos una pasta: alguien podría despegar de los folios una corteza de queso pegajosa, un pellejo de mortadela... Un basurero un poco leído, con gafas de montura de cáscara de sandía, podría sospechar que ha interceptado algo especial y se le podría subir a la cabeza; podría pegar todos los trocitos y llevárselos corriendo a un editor que quizá lleve tiempo esperando algo, sin saber muy bien qué...

El Gato negaba dos o tres veces con la cabeza, se pasaba la mano por la boca exageradamente estirada antes de seguir hablando.

—¡Mejor el fuego, pues! Que todo sea pasto de las llamas, en tu estudio. Podrías apilar los folios en el centro de la habitación o en el fregadero. Podrías buscar con mimo la mejor esquina del papel, con la cabeza de la cerilla ya encendida. «¡Para mí, también la grandeza era solo un pretexto!», podrías pensar, dejándote llevar, paseando por la habitación a la luz de esa hoguera. Podrías respirar un aire distinto, primigenio...

Se llevaba las manos a los labios, tenía que arrancarse el cigarrillo de la boca a la fuerza para poder respirar.

—¿Por qué llevas la camisa tan arremangada? —le preguntaba cuando me paraba a mirarlo de pronto, bajo la columnata.

—¡¿Cómo quieres que las lleve?! ¡Estamos en pleno verano!

Y echaba la cabeza hacia atrás, para reír y respirar, para poder temblar.

—Crear una obra sin igual, a las puertas del nuevo milenio, y acto seguido arrebatársela a su tiempo, destinarla a permanecer irradiante, a quedar intacta...

Se giraba para mirarme.

Volvía a nevar, algún transeúnte se refugiaba debajo de la columnata y daba pisotones en el suelo para quitarse la nieve. Empezaba a ir de acá para allá con una radio pegada a la oreja, entre suspiros.

«¡Ya es invierno otra vez!», me decía, sorprendido.

El cielo se tornaba más blanco, encandilaba.

—Podrías hacer desaparecer el eslabón —murmuraba el Gato, incapaz de mirarme siquiera—, eludir a los inventores de la teoría del eslabón perdido. Hasta que alguien, en algún lugar del mundo, tras años de investigaciones y estudios, pegue un buen brinco y se suba de pronto a una de esas sillas que inventarán en el futuro, con una sola pata formando un ángulo de cuarenta y cinco grados con el suelo. «¡Seguro que aquí falta algo!», empezará a gritar de repente. «Todo esto está sin explicar, es incoherente… A pesar de haber sido explicado, de haberse vuelto coherente.» Desde el otro lado del mundo le responderá otra persona con gafas de montura de gomaespuma, después de haber estudiado e indagado durante mucho tiempo: «Nunca falta nada, ¡no puede faltar nada!». Así que al final, al final de los finales, acabarías por salvarte de todos modos…

Seguía nevando. De repente notaba que el Gato tiraba de mí hacia un lado, mientras salíamos de una rotonda.

—¡Mira, mira! —me decía, incapaz de volver la cabeza—. Estamos otra vez al lado de ese jardincito…

—Pero si ya no se ve nada, han desaparecido los caminos, ¡no hay ni rastro de la verja!

—¡Será cosa de la nieve!

Se quedaba rezagado unos pasos. Lo veía forcejear con los brazos para poder desatascar las piernas, para poder reírse a carcajadas.

—¡Mira a tu alrededor, hombre! ¿Es que no ves lo que está pasando? —exclamaba luego, exasperado.

Distinguía la cabeza de esa trabajadora que se acercaba a una de las ventanas del edificio, en la planta baja. «¡Está poniéndose las lentillas!», me decía al verla bajarse un párpado con el dedo, al otro lado de la ventana.

—«¿Cómo iba a faltar algo, a ver?», podría seguir diciendo el estudioso al otro lado del mundo, encolerizado —decía el Gato de repente, levantando otra vez la voz—. «¿Cómo puede faltar algo si no falta todo? Y, aunque así fuera, ¿qué puede faltar que no faltase ya?»

—¡Ya no está esa calle que se ensanchaba y giraba! —decía yo—. Y también recuerdo una plaza que se expandía, una muralla de espuma helada, onírica…

—¡No la ves por la nieve, te digo! —respondía el Gato con una risita socarrona, unos pasos por delante—. Con todo, nunca tendremos la certeza absoluta de que ya no está. Quizá estemos dentro…

Acto seguido las calles volvían a desnatarse, a aterciopelarse. Volvía a ver esas raicillas retorcidas en las enredaderas que asomaban de las paredes en las noches de verano, un poco por encima de nuestras cabezas. Las veía vibrar en el aire mientras paseábamos por las callecitas.

—¡Me pregunto cómo podrás morir! —exclamaba el Gato girando de pronto la cabeza en la oscuridad—. ¡Imagino que te preocupa no ser capaz!

Yo daba unos pasos más sin ver nada. Oía al Gato aflojar el ritmo a mi lado. Se detenía detrás de un corrillo de personas absortas en la contemplación de una retícula de televisiones, en el centro de una galería abarrotada de transeúntes.

En las pantallas se veía algo que se desplazaba con la cabellera en llamas.

—¿Qué es eso? —preguntaba yo sin apartar los ojos de la imagen.

—¡Está pasando el cometa Halley!

—Además, ¿qué te crees? ¿Que nunca te he sorprendido alguna de esas veces en las que vagas a solas por ciudad? Cuando voy a recibir a un escritor famoso al aeropuerto, o vuelvo a la editorial paseando agarrado de su brazo, te veo caminar por la acera de enfrente, o por la misma. Pasas tan cerca… Te topas con nosotros sin vernos siquiera mientras cruzas la calle con los ojos muy abiertos, embadurnados. «¿Ese quién es?», me pregunta el otro en su idioma. Hace movimientos raros con la boca, con un palillo asomando entre los labios apretados, como si estuviera vomitando…

A lo lejos se oía la musiquilla de una banda.

—Te sigo un buen rato mientras caminas con esos andares tan característicos, con las piernas tiesas. «¡Mira cómo anda!», me digo viéndote desde atrás. «En todo caso, mejor será no acercarse demasiado: no hay que ser un lince para darse cuenta de que le ha pasado algo, de que se le han vaciado los intestinos de golpe y camina con un paquete de excrementos, aún calientes y humeantes, entre las piernas... Se mancha de repente, no lo puede remediar. Estará a merced de una de sus plétoras de dones místicos. Cuando gira un poco la cabeza antes de cruzar la calle se ve que tiene las mejillas empapadas; brillan un instante a la luz de la farola; parecen esmaltadas... Estará dándole vueltas a la cabeza, pensando: "¡Puede que ya sea suficiente! Pase lo que pase, o lo que haya pasado, es infinitamente más de lo que creía merecer, de lo que he sido capaz de concebir, de imaginar..."»

Había un corrillo de gente a los pies de aquella muralla de clara de huevo batida, de aquella espuma. En el centro se distinguía una papilla de cabezas desalineadas por la luz.

«¡Es una banda de emplumados!», me percaté de repente. «Están ensayando, o eso parece...»

«Qué acelerado está todo el mundo esta noche», me decía, caminando por la avenida con la cabeza estirada, un poco helada. «Tienen prisa por llegar a algún sitio, me arrojan a un lado cuando pasan rozando mi escúter a toda velocidad y me deslumbran con sus faros; tengo que aferrar con más fuerza el manillar para no salirme de la carretera, intento pisar el pedal del freno de vez en cuando con estas ruedecitas... También se ven por todas partes esas luces húmedas, casi imaginadas, en las calles más grandes, donde la gente acude en masa a charlar, a dejarse iluminar. Hoy tiene que ser Navidad sin más remedio, parece evidente... Iré a casa a cocinarme algo, todavía debo de tener por ahí aquella lata de atún con legumbres, aquella alita de pollo completamente azul, algunas sobras de pasta desmigajadas, y también las manzanas, y las semillas de calabaza saladas, un poco transfiguradas. Iré a darme un paseíto alrededor de las torres después de cenar y de quedarme un rato con los ojos entrecerrados delante de la puertaventana, después de quitar la mesa.

Me cerraré bien el abrigo en el ascensor, daré un paseo hasta el puente que cruza la autopista, o por la zona del mercado de abastos municipal, cuyas persianas de malla llevarán ya tiempo bajadas. En época de fiestas dejan algunas luces encendidas en el interior, incluso por la noche, y desde fuera se pueden ver los puestos de cristal vacíos, oníricos… ¡Ahí están las torres!»

Aparqué el escúter y me dirigí con sigilo a mi puerta.

Di unos pasos por el camino de acceso desierto, aterciopelado, y cerré la puerta de cristal del edificio al entrar.

Subí a mi estudio y me quedé un rato detrás de la ventana de la cocina. Volví a bajar.

«Todavía hay varias ventanas encendidas aquí y allá», me dije, pasando otra vez por debajo de las torres. «Todavía se puede ver a alguien recolocarse el cuello de la camisa antes de llamar a uno de los timbres con la misma mano con la que sostiene el paquete. Habrán organizado sus buenos banquetes en este o aquel piso…»

Doblé la esquina. Vi algo que resplandecía, que avanzaba.

«¡La modelo azul!», me dije, haciéndome a un lado en la estrecha acera.

Distinguía con dificultad sus zapatos de altísimos tacones de aluminio, con lazos en los tobillos.

«Vuelve a casa», pensé, intentando levantar un segundo la cabeza para mirarla. «Me parece que lleva una gabardina de napa ceñida que lanza destellos mientras camina mascando ese chicle que asoma de vez en cuando, brillante, entre sus labios gruesos, como si mascara una brasa… No hay manera de verle toda la cabeza, solo el pelo crespo y estirado, engominado; y también el blanco de los ojos, ahora que pasa bajo la luz de la farola y se gira para mirarme justo antes de cruzarnos…»

La rocé con el hombro.

«Se le ha escapado un rugido intestinal —me dije conteniendo el aliento— mientras se cruzaba conmigo con esos pantalones de napa despellejada… ¡Entonces seguro que es Navidad!»

Di unos pasos más.

«¡Entonces Dios en verdad se ha encarnado en un bacilo intestinal!», recordé de repente. «Como había prometido aquella lejana noche de

Navidad, en el seminario, en medio de aquel fragor de firmamentos y de corrimientos de planos del espacio, triturados... Pues bien, ahora el círculo se ha cerrado, ¡el ciclo se ha cumplido!»

De repente se elevó un sonido en el cielo.

«¡Ha marcado el inicio de esas campanadas! Deben de estar grabadas en vinilo, o eso me parece, porque de vez en cuando se oye el crujido del surco... Y estas campanadas han desencadenado a su vez otras, en zonas muy alejadas de aquí. Alguien abre ya su puerta, vestido con elegancia, y también se han encendido de golpe esas balizas de señalización para los aviones en lo alto de las torres... ¡Cuántas cosas ha desencadenado ese ruidito!»

De la avenida llegaba el viento de los coches que seguían acelerando por todas partes, desatados.

Me detuve en seco a pocos pasos del cochecito cubierto con la lona.

«¡Pero si hay alguien dentro! ¡Ha puesto en marcha el motor!»

El vehículo había empezado a vibrar, a temblar.

«Las ruedas han girado de pronto... ¡Está moviéndose!»

Retrocedí unos pasos para poder verlo un poco mejor, para poder respirar.

«¡Está bajando de la acera!»

Había empezado a avanzar lentamente por la calle.

«El conductor ni siquiera ha quitado la lona... ¿Cómo podrá ver?»

Fui corriendo al escúter y lo arranqué sin apartar la vista del cochecito, que se alejaba...

«Voy a intentar seguirlo...»

Giré la cabeza un momento, mientras el escúter ya se apartaba de la acera.

«Ahí está también el piececito asomado a la ventanilla triangular del otro coche, aparcado en una zona más oscura. Está moviendo los dedos rosados, un poco helados. A saber por qué me saluda con tanto ímpetu mientras me alejo sin conocer siquiera mi destino, en esta noche hundida, encandilada...»

El cochecito avanzaba despacio. Veía las luces de los faros traseros filtrarse a través de la lona, palpitar.

«¿Quién sabe adónde se dirige? ¿Quién irá al volante?»

II

La fiesta

Levanté la cabeza conteniendo el aliento.

«La casilla de peones camineros está abarrotada, ¡está muy iluminada!»

El cochecito empezó a frenar; veía los faros traseros extenderse como una mancha de aceite bajo la lona.

«Se nota que ha llegado a su destino, está deteniéndose al lado de la casilla de peones camineros... Y hay más coches aparcados delante. Alguien ha cerrado uno de un portazo, se oye en la gravilla el crujido de los zapatos, de los botines... ¡Esta noche hay una fiesta ahí dentro!»

El cochecito había parado. Lo observé mientras subía el escúter en el caballete con la cabeza girada, completamente desfigurada.

«El conductor está abriendo la puerta, está palpando la lona para subirla un poco y poder salir... ¡Pero si es el cochecito amarillo!»

Yo seguía de pie al lado del escúter y veía, a unos metros de mí, la silueta de la casilla de peones camineros con las ventanas encendidas, deslumbrantes.

La lona había subido aún más por un lateral del coche.

«¿Quién será ese hombre que sale por la rendija de la puerta entreabierta con ese abrigo ceñido? Está mirando a su alrededor...»

El hombre cerró la puerta, volvió a bajar la lona y se atusó las enormes y vaporosas patillas antes de entrar a la fiesta.

«¡Pero si es Aleksandr Pushkin!»

Lo seguí conteniendo la respiración, subiendo la escalera recién abrillantada. Del primer piso llegaba el frufrú de los trajes en movimiento, encandilados.

«Nunca habría dicho que aquí seguía viniendo gente. Parecía abandonada desde hacía mucho tiempo, casi en ruinas...»

Me detuve en la puerta del saloncito del primer piso. Notaba los latidos de mi corazón desbocado.

«¡Está abarrotado de gente, de invitados! Y en el centro hay una enorme mesa preparada. Se diría que todo el mundo estaba esperando a que llegásemos para sentarse a comer...»

Miré a un lado y a otro para ubicarme.

«Aquella es Käthchen von Heilbronn, en vaqueros y chaquetilla de encaje, y aquel es Bartleby, el escribiente, echando un tronco en la estufa que hay al fondo y que da un calorcito muy agradable a toda la sala. Tienen pinta de conocer muy bien este sitio, imagino que coincidirán de vez en cuando, en las fiestas... Pero ¿qué hacen esos focos en ambos extremos del salón? ¿Y esos cables, esos enchufes? ¿Será que esto también es un plató?»

Noté que una mano me agarraba suavemente por detrás, del brazo.

«Es Aleksandr Pushkin... Se ha quitado el abrigo ceñido y me está indicando con un gesto mi sitio en la mesa.»

Era imposible mirar directamente los cubiertos y los vasos, los manteles.

«Y también está Smerdiakov, con ese cárdigan holgado, y Emily Dickinson, con chaquetilla de gasa de lana. Parece que está mascando chicle mientras espera a que se pueda empezar a comer. Y Leopardi, con esa chaqueta cruzada y un poco inclinada, y también ese viajero encantado...»

Los brazos de todos los presentes parecían corroídos, al estar apoyados en un mantel que resaltaba con más fuerza, que encandilaba.

Todos miraban hacia Aleksandr Pushkin, que se había quedado de pie al lado de su silla, emocionado.

«¡Le tocará dar un discurso!», pensé.

Sin embargo, se limitó a sonreír. Su boca se había estirado por un instante entre las enormes patillas iluminadas por los focos.

«Pues ese habrá sido el discurso...»

En efecto, muchos de los presentes le habían devuelto la sonrisa para acto seguido lanzarse, muy emocionados, sobre los entrantes.

Probé a inclinar yo también la cabeza, a respirar.

«De primero hay *risotto* con azafrán servido por Käthchen von Heilbronn, que va y viene de la cocina acompañada de esa otra chica con un vestido sin mangas y escotado... No se ve quién es, pero es la encargada de echar en los platos el *risotto* amarillo, que lleva en una sopera humeante, con una cuchara y un tenedor. No me explico cómo puede servir las mesas con los ojos tan entornados; no parece respirar...»

La chica se me había acercado por un lado, con los brazos por delante. Vi de refilón su cabecita corroída, a contraluz.

—¡Pero si eres la Melocotón!

La chica sonrió mientras servía el arroz amarillo en mi plato. Un mechón de su pelo colgaba a pocos centímetros de mi cara.

«Ha inclinado aún más la cabeza, el cuello. Va con los párpados casi cerrados para disimular su bizquera...»

Al instante vi que había desaparecido de golpe, llevándose la sopera.

Al cabo de un rato volvió y se sentó casi enfrente de mí.

Yo levantaba la mirada de vez en cuando y la sorprendía comiendo con la boca girada hacia mi lado, sonriendo.

Del resto de la larga mesa llegaba el ruido de los platos y los cubiertos.

«Y esas, sentadas una enfrente de la otra, las dos con un vestido de tubo de espalda cuadrada, me parece que son las buscadoras de piojos. Y aquel del fondo, con ese pequeño esmoquin con pajarita, es Pascal... ¡Está incluso Cervantes! Pero ¿qué pinta aquí Caryl Chessman?»

Noté que algo me rozaba la pierna.

«Será la Melocotón haciendo piececitos. Me está rozando la rodilla como si tal cosa, aquí en medio de todo el mundo. Me parece que incluso me ha lamido la mano cuando la he bajado, me ha olfateado... Y el caso es que noto algo húmedo que sigue rozándome debajo del mantel, aunque la Melocotón se ha levantado de su sitio y se dirige a la cocina con Käthchen, y ya vuelve con esos platos un poco deformados, con esas fuentes en las que traen rodajas de osobuco, y también albóndigas, me parece. En otra llevan flores de calabaza empanadas, bien doraditas... ¿Flores de calabaza en esta época del año?»

Miré otra vez a la Melocotón. Vi de refilón su perfil mientras se inclinaba para rellenar mi plato.

—¡Pero si hay un perro aquí abajo! —dije levantando un poco el mantel.

La Melocotón había vuelto a su sitio, no quedaba claro hacia dónde estaba mirando, si miraba.

—¿Quién es este perro? —insistí.

—¿Pues quién va a ser? ¡Será Buck! —oí que me respondía la Melocotón.

—¡Entonces están todos!

Moví la cabeza a un lado y a otro, miré a mi alrededor. Oía las flores de calabaza crujir entre los dientes de Käthchen, a unas sillas de mí; entreveía a Bartleby, concentrado en absorber todo el tuétano del osobuco.

«¿Y quién será ese invitado que está sentado tan solo, allá al fondo, y ni siquiera se ha quitado el sombrero? Los huesos de su cara palpitan mientras mastica un pedazo de pan. Aprieta el vaso con tanta fuerza que parece que se le va a hacer añicos en la mano de un momento a otro...»

Miré a la Melocotón, que estaba comiéndose una albondiguilla humeante con una sonrisa en la boca. Se me ocurrió preguntárselo:

—¿Quién es ese hombre que ni siquiera se ha quitado el sombrero y que come con los ojos bien abiertos, sin hablar, sin respirar? —Me quedé inmóvil, con el tenedor camino de la boca, antes de añadir—: Pero ¿ese no es...?

La Melocotón asintió, acercándome todavía más la cara, los hombros.

El tenedor me temblaba en la mano. El saloncito estaba completamente deslumbrado. La Melocotón había bajado aún más la mirada hacia el mantel y sonreía. Parecía masticar solo con los labios.

«¿Dónde iría a parar aquella pata de gato?», me pregunté, levantando la vista de la mancha del mantel borroso. «No la veo en su pelo, no le pende de una oreja, ni de la muñeca, ni tampoco de ese collarcito que lleva al cuello, que cuelga levemente sobre la blancura del escote, en el que apenas se distinguen las cuentas corroídas… Tampoco la veo colgar de la cadenita que le rodea el tobillo, ahora que Käthchen y ella se han levantado y puedo verla de cuerpo entero mientras se dirige a la puerta de la cocina. Han vuelto con dos soperas llenas de macedonia de fruta y con tarrinas. También traen una tarta de nueces en una bandeja; la están partiendo con cuidado, en muchos trocitos. La sala está abarrotada de voces… ¿Cómo podrán reírse y hablar y respirar al mismo tiempo?»

La Melocotón había vuelto a su sitio, de cuando en cuando se oía el frufrú de su falda debajo del mantel. «Se oyen incluso los ruiditos de los trozos de nuez al partirse bajo los dientes…», pensaba, sin mirarla siquiera.

Debajo de la mesa, Buck llevaba un rato con el morro apoyado en mis pies.

«Habrá bostezado un par de veces, se habrá dormido…»

Algunos de los comensales ya estaban echando la cabeza hacia atrás para sonreír y al mismo tiempo encenderse un pitillo, y respirar.

«Vaya… El viajero encantado ya se ha pasado la servilleta por los labios y aparta un poquito la silla de la mesa para levantarse. Ha repetido por segunda vez el mismo gesto, idéntico, no sé por qué, con la cabeza borrosa a causa de ese foco que tiene justo a la espalda. Es como si alguien, desde atrás, le hubiera pedido que repitiese la escena por seguridad… Ya avanza por el saloncito, mientras los demás también empiezan a levantarse poco a poco. Alguien debe de haber encontrado un tocadiscos al levantar la tapa de madera de una radio antigua, porque ya están todos rodeándolo. Y alguien debe de haber puesto un vinilo que ha descubierto por ahí cerca, un poco ondulado… Las buscadoras de piojos ya han empezado a bailar juntas en el centro de la sala; se ven ondear sus vestiditos de tubo, sus anchas espaldas. También Caryl Chessman mira a su alrededor, con sus zapatos de dos colores y esa enorme corbata de nudo deformado, exagerado. Ha logrado agarrar de la cintura a Käthchen von Heilbronn, y Smerdiakov le ha pedido un baile a Dickinson, que ha seguido mascando su chicle, y las buscadoras de piojos por fin se han separado: una está bailando con Bartleby, la otra con Leopardi, que se mueve con la cabecita hacia atrás y los ojos en blanco. Entretanto, Pascal y Cervantes se han sentado en unos silloncitos maltrechos y charlan tranquilamente, y Aleksandr Pushkin no anda muy lejos. Se ve el pañuelo rojo fuego que apenas asoma de su bolsillo, recién lavado y planchado, aún perfumado...»

Me giré un poco en la silla porque la Melocotón, a mi lado, me había rozado el dorso de la mano.

—¿No quieres bailar tú también?

Sus ojos seguían muy entornados, casi anulados.

Me levanté de la silla y di unos pasos por el saloncito. La Melocotón me agarró de la mano, veía de refilón su brazo levantado, un poco corroído.

—¡Así! —dijo sin soltarme la mano.

Se olía ese aroma a vestidos desalineados, iluminados.

«¡Qué modorra te entra con esta estufita, que se suma al calor de la comida y de las luces! Muchos tienen las sienes y la frente un poco sudadas, se vuelven casi invisibles cuando pasan por delante de los focos...»

Desde hacía unos segundos se respiraba una agitación repentina. Alguien había abierto de par en par la puertaventana y había salido riéndose al balcón, emocionado.

«Están llamando a los demás desde el balconcito, están observando algo que cruza el cielo. Veo el contorno de sus cabecitas inclinadas hacia atrás mientras señalan algo con el dedo en el espacio. Estará pasando uno de esos cometas...»

Di unos pasos hacia el balcón y yo también levanté la cabeza para mirar.

«¿Qué está pasando? ¿Qué es eso?», me pregunté, porque me pareció captar a nuestro alrededor un leve movimiento de aire en el aire, y atisbar la silueta de un enorme cuerpo que se desplazaba en absoluto silencio sobre aquel resplandor de estrellas heladas, por encima de mi cabeza. «¡Pues claro, claro! Cualquiera se acordaba... ¡Está pasando el planeador!»

Todo el mundo seguía con la cabeza inclinada hacia atrás mientras la silueta del planeador se alejaba, con su piloto inmóvil a los mandos. Ni siquiera se oía el viento de su vuelo, que se levantaba, se desgarraba.

Luego alguien se estremeció y la gente fue saliendo del balcón, animada. Apenas distinguía sus caras en aquella espuma de luz del saloncito donde ahora seguían bailando.

«Mira... Ahora Emily Dickinson está emparejada con Caryl Chessman, que la agarra de la chaquetilla de gasa de lana con su manaza. Ella sigue mascando chicle y haciendo pompas, que revienta mientras baila; casi no se distingue su cara cuando pasa por delante de ese foco con el chicle hinchado, desmesurado... Cuando le explota de repente en la cara, se lo despega sin dejar de bailar, de respirar. Mientras tanto Käthchen baila con Bartleby, y las buscadoras de piojos hacen lo propio con Pascal y Cervantes, que ahora lleva un chaleco blanco plomo encima de la camisa con el cuello desabotonado... Me parece que ha ido a cambiarse a una de esas habitaciones que dan al pasillo. Ha salido con una ropa distinta, lo han iluminado de golpe con ese foco... Y Aleksandr Pushkin acaba de sacar a bailar a la Melocotón. El pañuelo rojo llameante resalta en su pecho, es imposible mirarlo directamente cuando pasan por delante de la luz. La Melocotón sigue con los ojos entornados y ha apoyado la mejilla en sus vastas y vaporosas patillas, apenas se ve la forma de sus dedos borrosos, casi desaparecidos... Para el próximo baile ya se la ha pedido el tal Smerdiakov, que había salido unos segundos de la sala para volver con otra ropa, con esmoquin, y ahora también su cabeza se ve muy desalineada, muy peinada... ¡Qué rápido se cambian en esas habitaciones! Han puesto una música completamente distinta, más desenfrenada. Smerdiakov la hace girar con suma facilidad sobre sí misma, y el vestido de la Melocotón se levanta de golpe, muchísimo... Tampoco lleva la pata colgada de esa cadenita que le rodea la cintura, se puede comprobar a simple vista ahora que el vestido se separa casi por completo de su cuerpo, la rebasa... Smerdiakov la ha invitado a seguir en el balconcito y cuando han vuelto se los veía acalorados. Ahora ella está bailando otra vez, con Leopardi, me parece, a juzgar por esa cabecita inclinada, desfigurada. La

Melocotón tiene que echarse hacia delante para apoyar la mejilla en su pelo...»

Me daba la vuelta unos segundos y observaba al invitado que seguía sentado ahí cerca, con el sombrero en la cabeza.

«Ni siquiera se atreven a pedirle que se una al baile. No queda claro si está mirando con los ojos abiertos de par en par, si ve algo... Mientras tanto, Kätchen lleva ahora unos pantalones negros ceñidos y relucientes y baila con Pascal, que apenas le llega por los hombros, con esa cabecita chupada, que ya clarea. Una de las buscadoras de piojos hace lo propio con Bartleby y, aunque se han parado, siguen abrazados. Ni siquiera se han dado cuenta de que el disco ha terminado, y el tal Smerdiakov ha decidido ir a poner otro... Ya está, ya siguen bailando. Me parece que ahora el que ha invitado a la Melocotón ha sido Pascal... Si se viera un poco mejor con esta luz... Tampoco ha camuflado la pata de gato con algún broche, ni ha ido a parar a su zapato, haciendo las veces de hebilla, ni se esconde en el profundo pliegue de carne del escote, pues se vería cuando se inclina hacia delante con su vestido holgado, rebasado... Pascal ha apoyado su meloncito justo ahí y ha cerrado los ojos. Bien, el disco ya ha terminado... La Melocotón por fin ha podido librarse de sus pequeñas zarpas y ha vuelto a salir al balcón, ahora con el viajero encantado: incluso desde el fondo de la sala se distinguen sus cabecitas pegadas, recortadas sobre esa espuma helada, encandilada... Ya vuelve al saloncito, no queda claro a quién está mirando, ahora que ha abierto un poco más los ojos. Creo que viene hacia mí, aunque no se diría que está mirándome; parece mirar a un lugar totalmente distinto y, sin embargo, la tengo ya muy muy cerca, y aún más cerca, con su vestido desenfocado... ¡Juraría que es de organza!»

Levanté un poco la cabeza, conteniendo la respiración.

Ella me acercó la cara mucho más.

—Y tú, ¿qué? ¿No me invitas a bailar?

Apenas distinguía las líneas de su cuello, de sus brazos, mientras me guiaba a través de la sala.

Me apoyó una mano liviana en el hombro.

«La estoy agarrando de la cintura con las manos... ¡Ya estamos bailando!»

La miraba sin mirar, sin respirar.

—Creía que habías cambiado con el tiempo. Me habían contado unas cosas tremendas de ti…

Su cara sonreía y se deslizaba, se me acercaba.

—No, hombre, es todo mentira… Sigo siendo cándida, ¿no lo ves? —Se apartó el pelo con la mano y esbozó una amplia sonrisa—. Mira… ¡Todavía tengo los dientes de leche!

Casi no se veía la sala, casi no se veía nada.

«Ha apoyado su mejilla en la mía, me está rozando el cuello con esa manita desalineada…»

La veía desde demasiado cerca, se expandía.

—Tienes una pequeña señal en la mano… —se me ocurrió decir, moviendo como buenamente pude los labios pegados a su mejilla.

—Smerdiakov me ha besado la mano.

Había apoyado la espuma de su cara en mi hombro.

—Y también en los brazos, en los hombros…

—Bartleby me los ha estado besando un buen rato, mientras bailábamos…

Levantaba un poco la cara con los ojos entrecerrados para mirarme.

—Y tu boca está como deslizada, se ve borrosa…

—El viajero encantando me ha besado cuando hemos salido al balconcito…

—¡El caso es que parece lijada, magullada!

—Tiene la barba un poco larga, ¿no ves?

—Pero ¿es que también tiene barba en los labios?

Ella volvía a apoyarme la espuma de su cara en el cuello. Apenas distinguía los demás rostros que se deslizaban por la sala, cegadores. Bajaba un poco la mirada mientras la Melocotón apartaba un instante la cara para cambiar de hombro.

«Y tiene el canalillo como desenfocado», pensaba, conteniendo la respiración. «Parece que ha pasado una lengua hasta donde el escote lo permite, que lo ha rebasado. Habrá sido Pascal, la habrá lamido mientras estaban bailando, con esa lengüecilla… Y parece que tiene una marca de dientes en la garganta. ¡Habrá salido al balconcito también con Buck!»

La Melocotón apartaba un poco la cara, abría los ojos unos segundos para mirarme. No me quedaba claro si me estaba viendo, porque uno apuntaba a Cervantes, que bailaba con Käthchen, y el otro parecía orientado hacia las buscadoras de piojos, que acababan de entrar en el saloncito con un atuendo distinto, de crespón de seda, y se habían puesto a bailar juntas y perfumadas. Oía un ruido de chicle acribillado mientras pasaba al lado de Emily Dickinson, que bailaba con el viajero encantado. La Melocotón abría aún más los ojos, notaba la forma de su mano en mi sien.

«¿Quién sabe si, no sé cómo, estará viéndome la cara?» me preguntaba. «Parece mirar a Leopardi, que ahora baila con Käthchen. Con el otro ojo apunta a las buscadoras de piojos, que han acogido a Chessman: los tres bailan juntos, abrazados, emulsionados… Ha movido un ojo y ahora parece mirar a Dickinson, abrazada a Leopardi. Se diría que la música también ha cambiado de repente, pero solo en esa parte, porque el otro ojo de la Melocotón sigue, por lo demás, apuntando al extremo opuesto del saloncito, como antes. El primer ojo se ha movido por su cuenta, con algo de retraso, cuando Bartleby ha puesto un nuevo disco, y entonces los bailarines han empezado a bailar con pasos muy distintos a los del otro lado del saloncito, y hasta la luz de aquella zona parece haber cambiado por completo, ya no parece luz…»

Observaba a la Melocotón, que estaba entornando otra vez los ojos; ya ni siquiera distinguía la línea de sus hombros y su cuello mientras pasábamos por delante de un foco.

«Tampoco la lleva en el pelo —me decía escudriñando su cabeza, pegada a mi hombro, desde infinitamente cerca—, ni en ninguna otra parte del vestido, que sigue despegándose de su cuerpo con cada uno de sus movimientos, desbordándose…»

La chica había apoyado otra vez la espuma de su cara en mi mejilla.

—¿Dónde fue a parar la pata de gato? —me atreví a preguntarle sin mirarla, sin respirar.

—¡Está ahí! ¿No la ves?

Asomaba del bolsillo de la chaqueta de Pushkin, que ahora bailaba con Käthchen. No quedaba claro si estaba bostezando con los ojos entrecerrados o sonriendo.

—La había confundido con un pañuelo… —le dije, pegado a su mejilla.

La Melocotón apartó de repente la cara.

—Mira… —la oí susurrarme con gran emoción, desde cerca.

De pronto se abrió un hueco en el centro de la sala.

—¿Qué está pasando?

Ya no se oía la menor respiración, mientras Cervantes se inclinaba hacia Emily Dickinson para invitarla a bailar.

La sala estaba completamente desfondada, demasiado iluminada.

«Se han colocado todos en círculo —me dije procurando tener los ojos un poco abiertos, a pesar de la luz—, alguien está suspirando, dominado por un infinito estupor, y mientras tanto esos dos ya han empezado a bailar. La luz del foco los sigue mientras se desplazan dando vueltas por la sala vaciada. Ella también se ha cambiado de ropa, ahora lleva un vestido que resplandece con la luz, es imposible mirarlo directamente… ¡Me parece que es de terciopelo rojo! Él la agarra con la mano herida y la contempla sin dejar de bailar. Buck también se ha acurrucado junto a los demás, en el círculo. Tiene los ojos entornados, dormita… E incluso ese hombre que está siempre a un lado se ha quitado por fin el sombrero en señal de respeto; no queda claro si respira o sonríe. Ahí está, ahora Emily mira a su caballero con los ojos entornados, casi anulados. Apenas se ven sus cabezas cuando pasan por delante de las grandes esferas de luz de los focos. Ella le sonríe sin dejar de mascar, cada vez más lentamente, su chicle, que también se está quedando dormido entre sus vastos labios. Por fin ha apoyado la cabeza en el hombro de su caballero, parece que duerme…»

12

El tercer sí

Habían apagado casi todas las luces de la sala y solo distinguía la silueta de los dos focos en un rincón oscuro, con los cables desenchufados, enrollados.

«Ya están yendo al ropero por los abrigos, las capas y las estolas... Ya se ha marchado, antes que nadie, el hombre del sombrero. Lo he oído suspirar de pronto antes de abandonar la sala rechinando los dientes. Tampoco se ve la silueta de la mesa y de las servilletas, ni de las migajas en el mantel. Han cerrado también los postigos del balconcito, es noche cerrada y solo se oye el ruido de un portazo en uno de los coches, allá abajo. Alguien está arrancando ya, se aleja. El pasillo está completamente desierto, no queda casi nada en el ropero. Veo las puertas de dos o tres habitaciones, de la época en que la casilla de peones camineros aún estaba habitada: ahí debía de ser donde se cambiaban... Y esto me parece que es la cocina, que sigue encendida... ¡Pero si hay alguien dentro!»

Me quedé inmóvil.

«¡Es la mujer desnuda!»

Distinguía a duras penas la silueta desenfocada de su barriga, sentada al lado del fregadero abarrotado de platos sucios, en un taburete.

«Tiene los pies al baño María en ese barreño de plástico lleno de agua humeante... ¡Así que ha sido ella la que ha cocinado para todos esta noche! Esas albondiguillas y esas flores de calabaza, esos entrantes...»

Se volvió hacia mí. Se oía el chapoteo de los pies en el agua caliente, enjabonada.

—Pero ¿cuánto tiempo lleva embarazada? —le pregunté, intrigado—. ¿Cuándo sale de cuentas?

Casi no distinguía la forma de su cuerpo y de sus piernas por el vapor.

—¿Y quién es el padre? —añadí—. ¿Es alguno de los que estaban aquí esta noche?

Ya ni siquiera se oía el movimiento de los pies en el agua, la respiración.

Ella me miró con ojos estupefactos.

—¡¿Cómo?! ¿Es que no te acuerdas?

No quedaba ni un coche delante de la casilla de peones camineros, otra vez desierta, con la fachada apagada.

Arranqué el escúter. Oí el ruido de las ruedecitas girando en la gravilla, como a lo lejos, mientras me ponía en marcha.

«A saber qué hora es. Todos los bloques de pisos de alrededor están apagados... Aparcaré el escúter donde siempre, recorreré a pie el pequeño tramo antes de entrar en el patio que hay debajo de las torres, cuyos caminos de acceso se quedan iluminados toda la noche. Oiré a duras penas mis pasos en esa alfombra acolchada, doblaré la esquina y subiré en el ascensor deslumbrado, perfumado. Cruzaré el rellano de luz tenue, llegaré a mi puerta. Me descalzaré sentado en la cama y me quitaré la ropa; extenderé una mano intentando alcanzar el interruptor, bostezaré. Me estiraré en el catre y antes de dormirme pasaré un buen rato oyendo los coches acelerar en la autopista... Todos van a parar a esa luz en la que no se puede sino acelerar mientras ya se está acelerando, sin pensar, sin acelerar...»

* * *

—¡Ah, aquí está! ¡Lo estábamos esperando! Lo estaba esperando... —dijo la secretaria viniendo a mi encuentro y aferrándome las manos de golpe, incapaz de controlarse.

Se me había acercado tanto que apenas veía la aureola de su cara, sin bordes.

—¡Aquí estoy! ¡Me alegra ser yo quien lo recibe en la puerta siempre que viene! —volvió a decir, pegando su cara a la mía—. Nosotros germinamos, nos abrimos. Nosotros tenemos la osadía de dar la señal de inicio justo cuando parece que estamos al final. Estamos aquí en plena explosión, en adoración.

Me hablaba casi pegando sus labios a los míos.

Luego oí a su espalda la voz del Gato, que estaba acercándose.

—¡Has vuelto! ¡Estás aquí! Por fin...

Di unos pasos hacia él.

—¡No, no! ¡Alto! —me dijo casi gritando—. Para mí es muy importante ser yo quien vaya a tu encuentro, cueste lo que cueste, ¡en persona!

Avanzaba con la cabeza un poco inclinada hacia atrás, no quedaba claro si enseñaba los dientes o sonreía.

—¡Mire! —exclamó la secretaria observándome con los ojos muy abiertos—. Quiere verlo mientras aún está lejos, quiere tener la posibilidad de venir a su encuentro con los brazos abiertos, de mirarlo mientras su imagen crece paulatinamente, cada vez más cerca...

El Gato ya me había cogido del brazo, bajábamos por el abismo de las escaleras.

—Vamos a salir a la calle tú y yo, una vez más, una última vez...

Había echado la cabeza hacia atrás con la excusa de llevarse el cigarrillo a los labios.

—¿Por qué última?

—¡Pues porque me gustaría que este fuera un paseo sin retorno! Porque me gustaría llegar hasta donde ya no cabe pensar en el regreso, donde todo es ya cumplimiento, comienzo...

La calle estaba abarrotada de gente.

—Lanzarse así, a lo loco... ¡Y justo ahora! —dijo acercándome la cabeza de sopetón—. Tener la osadía de cultivar tamaño proyecto en una coyuntura histórica como esta, con un estrechamiento nunca antes visto, cuando todo apunta a que las condiciones esenciales para que prospere parecen inviables, inalcanzables y, al mismo tiempo, superadas; cuando cabe la posibilidad de que ocurra cualquier cosa, de que se desate algo tan excesivo que anule las condiciones esenciales para que dicho proyecto encuentre los órganos sensoriales adecuados, fruto de sucesivas mutaciones de los códigos mentales e incluso genéticos durante un período de tiempo inconcebible, acaso insuperable, antes de volver a expresarse al fin en formas que nosotros ni siquiera podemos alcanzar a soñar, que ni remotamente imaginamos…

Se arrancó el cigarrillo del filo de los labios.

—Sí, sí, sé lo que querrías decirme, si te dignaras abrir la boca tú también de vez en cuando… «Soy como una gestante que lleva en su vientre un feto y que se encuentra al mismo tiempo en el vientre de su propio feto» Seguro que eso es lo que se te está pasando ahora mismo por la cabeza. «Soy como quien se prepara para nacer y sabe que no solo tendrá que enfrentarse al trauma de una respiración nueva y diversa, sino que tendrá incluso que inventarse al mismo tiempo las condiciones para que aún haya aire que respirar… Y, sin embargo, no sé cómo, ya estoy respirando. ¡Respiraré!»

Distinguí a un grupo de modelos fotográficas que cruzaban la plaza en patines, con la cabecita estirada, muy bien peinada.

—Que no se te suba a la cabeza. Ya no queda espacio para todo esto, ya no hay futuro. De ahora en adelante, solo combinaciones, revisitaciones, manipulaciones, impulsos sin potencia, ecos de ecos. ¡El mundo está de oferta! ¡Liquidación total! ¿Es que todavía no te has enterado? ¡Venga, a ver! ¿Qué respondes? ¡A estas alturas puedes decir lo que opinas!

—¡Este año se lleva mucho el suéter!

El Gato se arrancó de sopetón el cigarrillo de la cabeza para mirarme y temblar al mismo tiempo, y soltó una risita maliciosa.

De algún lugar no muy lejano de la plaza llegaba la música de una banda, había una aglomeración de gente.

«¡Es la banda de emplumados, están ensayando!», me dije sin detenerme. «Se han puesto a los pies de esa muralla de clara de huevo batida…»

El Gato se había girado hacia mí como un compás.

—Alguna cabecita podría llegar a pensar: «Quién sabe, quizá precisamente por tratarse de una coyuntura como esta, justo ahora, pueda encajarse tamaño proyecto como quien no quiere la cosa… Construir, pillando a todo el mundo desprevenido, un nuevo continente de fronteras aún impensadas, indeterminadas, como aquellos sanguinarios soñadores que crearon las naciones…».

Distinguía los destellos de los instrumentos de metal al otro lado de aquella barrera de cabezas desalineadas.

Me detuve de pronto.

«¡Pero si el director de la banda es aquel famoso coronel de los emplumados!»

El coronel giró la cabeza en mi dirección y me sonrió mientras yo reanudaba la marcha, sin dejar de blandir con su mano enguantada la batuta corroída por el aire, por la luz.

El Gato había echado la cara hacia delante, para fumar y temblar al mismo tiempo, desatado.

—Esto es hablar por hablar, ¡que no se te suba a la cabeza otra vez! La historia de tu lenguaje escrito está a punto de acabar para siempre. La pizarra se borra a diario, y ocurrirá también ahora, ¿no ves que ya está ocurriendo? ¿Qué te crees? ¿Qué otro espacio crees que existe, qué otra dimensión?

Se detuvo un instante. Echó hacia atrás la cabeza, los hombros.

—Vamos a seguir hablando ahí arriba, en esa catedral de espuma… ¡No aceptemos nada menos para nuestro último encuentro!

Ni siquiera hacía amago de girarme para mirarlo mientras subíamos muy juntos en el ascensor y luego nos adentrábamos en esa clara de huevo encabritada, deslumbrada.

—Ven, ven —lo oí decir, temblando—. Todavía tenemos que acabar aquella conversación pendiente…

Caminábamos entre la espuma. Al fondo se veía toda la plaza, desfigurada por la vibración sonora.

«Puedo distinguir incluso el círculo de personas alrededor de la banda —me dije, conteniendo la respiración— y aquel palacio al fondo. Nunca habría dicho que estuviera tan escorado. El Gato está temblando con la boca desencajada, parece a punto de soltar otra carcajada después de tanto tiempo, por fin, de repente, entre todas estas agujas de espuma... También podría ver por unos instantes estos edificios desde una perspectiva desplazada, desquiciada, si volara de cabeza hacia el suelo con la boca abierta de par en par...»

—Ven... —oí decir al Gato—. Asoma un poco más la cabeza, saca también los hombros, verás que todo el cuerpo te sigue solo. Y, mientras miras, lo superas, te superas...

Solo notaba su brazo en mis hombros, desenfrenado.

—Ven, ven... Vamos a buscar otra cosa. ¡Todo esto no es para nosotros! Vamos a la aventura, tú y yo, como dos muchachos que van a una fiesta, elegantes, un poco desdeñosos. Lancémonos de cabeza a lo increado... Da un último paso adelante, sigue avanzando como siempre has hecho, tú solo. Enséñanos cómo se abren de nuevo los mundos. Muéstranos el camino...

Me volví para mirarlo con ojos estupefactos.

—Pero ¿qué haces? ¡Estás intentando arrojarme al vacío con tus propias manos! —dije con la cabeza completamente desequilibrada hacia delante, suspendida en esa papilla de aire, de luz.

Veía de refilón el tajo de su boca moviéndose.

—¡No, hombre! ¡Qué cosas tienes! ¡¿Qué dices?! Solo intento convertirme en instrumento, propiciar el cumplimiento del destino que nos ha tocado, de este sueño...

Se detuvo un instante para mirarme.

—¿Y ahora qué haces? ¿Estás llorando?

Desde la plaza ascendía, cada vez más fuerte, el fragor de la banda.

—¿Qué pasa? ¿Es que pretendes seguir con tu vida como si nada? —lo oí decir de repente con un suspiro.

Yo seguía con la cabeza suspendida en el aire, en la luz. Ya no se veía nada, aún no se veía nada.

—Ay, Dios mío —oí murmurar al Gato sin mirarme siquiera, sin respirar—, ¡no permitas que siga sufriendo así mucho tiempo! ¡Haz que se exceda, por su bien, haz que enmudezca! Hazlo entrar en los reinos donde se desaparece y se aparece al mismo tiempo. ¡Pero ya, ahora! ¡Para qué esperar! Justo antes de que abra otra vez esa especie de boca para pronunciar como si nada el tercer sí.

Índice

Los comienzos

Primera parte
Escena del silencio

Segunda parte

Escena de la historia

Tercera parte

Escena de la fiesta

Antonio Moresco

Antonio Moresco nació en Mantua en 1947 y, tras pasar su infancia en un colegio religioso, militó en grupos de extrema izquierda a la vez que ejercía diversos oficios. Durante mucho tiempo su obra fue rechazada por varias editoriales, y no fue hasta 1993 cuando logró publicar su primera novela, *Clandestinità.* A pesar de su inicio tardío, Moresco ha publicado una veintena de obras narrativas, teatrales y de no ficción, ha sido traducido a numerosos idiomas y se ha consolidado como uno de los principales escritores italianos de su generación. La crítica lo considera uno de los padres fundadores de una nueva línea de literatura italiana que va más allá de la posmodernidad; ha sido comparado con Mircea Cărtărescu, Don DeLillo y Thomas Pynchon, y Roberto Saviano lo ha descrito como «una herencia literaria». Al castellano se han traducido sus novelas *La cebolla* (1995, Melusina 2007) y *La lucecita* (2013, Anagrama 2016), con la que quedó finalista del International Dublin Literary Award en 2018, así como el volumen de ensayos *El volcán* (1995, Melusina 2007). También ha escrito para niños: en 2008 obtuvo el Premio Andersen por *Le favole della Maria.* Ahora en Impedimenta emprendemos la publicación del proyecto que marcó su carrera de forma definitiva: la monumental trilogía ***Giochi dell'eternità***, una obra maestra con tintes autobiográficos compuesta por ***Gli esordi*** (*Los comienzos*, 1998; Impedimenta 2023), ***Canti del caos*** (2001) y ***Gli increati*** (2015). Su libro de 2016 *L'addio* fue nominado al Premio Strega por Daria Bignardi y Tiziano Scarpa. En su última obra, *Canto degli alberi* (2020), Moresco convierte su experiencia durante la pandemia en una disertación, a la vez enciclopédica y onírica, sobre el papel del ser humano en la naturaleza. Actualmente, reside en Milán.